孫楷第文集

小說旁證

中華書局

圖書在版編目（CIP）數據

小説旁證/孫楷第著. —北京：中華書局，2018.10
（孫楷第文集）
ISBN 978-7-101-13441-4

Ⅰ.小… Ⅱ.孫… Ⅲ.古典小説–小説研究–中國–文集
Ⅳ.I207.41–53

中國版本圖書館 CIP 數據核字（2018）第 213613 號

書　　名	小説旁證	
著　　者	孫楷第	
叢 書 名	孫楷第文集	
責任編輯	俞國林	
出版發行	中華書局	
	（北京市豐臺區太平橋西里 38 號　100073）	
	http：//www.zhbc.com.cn	
	E-mail：zhbc@zhbc.com.cn	
印　　刷	北京瑞古冠中印刷廠	
版　　次	2018 年 10 月北京第 1 版	
	2018 年 10 月北京第 1 次印刷	
規　　格	開本/850×1168 毫米　1/32	
	印張 13　插頁 3　字數 300 千字	
印　　數	1-2000 冊	
國際書號	ISBN 978-7-101-13441-4	
定　　價	66.00 元	

孙楷第先生

孫楷第文集出版緣起

　　孫楷第（1898—1986），字子書，河北滄縣人。1922 年考入北平高等師範（即今北京師範大學）國文系，期間，師從楊樹達、黃侃、黎錦熙等學者，深受乾嘉學派的影響。1928 年畢業後留校任教，兼中國大辭典編纂處編輯。後任北平圖書館（即今中國國家圖書館）編輯，並先後兼北京師範大學、輔仁大學、北京大學等校講師。抗戰勝利後，任北京大學、燕京大學教授。1953 年，由北京大學調入新成立的中國科學院文學研究所（即今中國社會科學院文學研究所）任研究員，工作直到去世。

　　孫楷第先生是中國現代小説戲曲研究的開創者和奠基人。從二十世紀三四十年代起，他就着力研究中國通俗小説和戲曲，先後出版了日本東京所見中國小説書目（1932）、大連圖書館所見中國小説書目（1932）、中國通俗小説書目（1933）、也是園古今雜劇考（原名述也是園舊藏古今雜劇，1940）等著作，其深厚的樸學功力和開創性的學術成就，得到學術界的公認。建國後，孫楷第先生仍潛心學術，先後出版了元曲家考略（1952）、滄州集（1965）、滄州後集（1985）。這些著作蜚聲學界，其資料多爲學者所稱引，其見解早爲學界所熟知，已經成爲文學研究的經典性作品。但是，多年以來，這些著作散見各處，搜羅不易；有的斷版已久，難以尋覓。因此，爲孫楷第先生編訂文集，彙編其所有著作，已成爲學術界的迫切需要。

孫楷第先生一生以"讀書""寫書"爲志業,心無旁騖,一意向學。即使在抗戰時期和"文化大革命"時期,其學術工作多受干擾,仍不改初衷,專注學術。在勤於著述的同時,孫楷第先生還注重修訂充實舊作,精益求精。如元曲家考略始撰於二十世紀四十年代,1949年開始陸續發表,結集初版於1952年,增訂再版於1981年;直到去世,他仍然在做補充修改。也是園古今雜劇考,1940年初版問世之後,孫楷第先生在至少六個本子上做過精心細緻的修改,並先後寫過三個跋語,還專請余嘉錫先生作序。滄州集,初版於1965年,直到去世前,孫楷第先生在多個本子上反復校訂。"文化大革命"期間,孫楷第先生的上萬册藏書和文稿損失殆盡,其中包括反復校訂修改的著作原本。之後雖多方努力,苦苦追求,仍未能尋回,成爲孫楷第先生的終生憾事。藏書散失後,孫先生更下決心,要盡餘生之殘力,將畢生著述出版一份定本,以反映自己一生苦心孤詣的學術探索。可以説,出版文集,是孫楷第先生的心願。

從1982年開始,中國社會科學院文學研究所的楊鐮先生即在孫楷第先生的指導下,着手協助其收集散佚的藏書、整理數百萬字的著述。戲曲小説書録解題、小説旁證兩部著作在孫先生身後的1990年和2000年得以出版問世。整理孫先生文稿的工作,得到文學研究所歷届領導的重視,特別是在2006年——孫先生去世二十周年之際,文學研究所學術委員會通過決議,爲研究孫楷第先生的學術思想,整理孫楷第先生的文集,成立了專門的課題組,由楊鐮先生主持。同時,由於得到孫先生哲嗣孫泰來的通力合作,社會各界熱心人士的協助,孫先生在"文化大革命"中散佚的文稿和有其批校的書籍,幾乎全部神奇地被重新找到,爲整理工作奠定了基礎。此次整理出版的孫楷第文集,所有著述都是依據孫先生手訂批校本和生前留下的手稿重新校訂而成,可以完整、準確地體現孫楷第先生畢生的學術成就。新發現的孫先生所著數十萬字學術回憶録與日記,將另編入孫楷第治學録一書。

當此孫楷第文集出版之際,我們對中國社會科學院文學研究所各屆領導的關心支持、對楊鐮等各位先生的辛勤工作,表示衷心的感謝。

中華書局編輯部

2008 年 12 月

附筆:計劃出版的孫楷第文集,包括滄州集、滄州後集、中國通俗小説書目、日本東京所見小説書目、大連圖書館所見小説書目、小説旁證、也是園古今雜劇考、元曲家考略、戲曲小説書録解題、曲録新編、孫楷第治學録等十餘種。這些著作,囊括了孫楷第先生畢生的治學成果。尤為重要的是,鑒於孫楷第先生生前一直對已出版作品作出修訂校改,以期不斷完善,本文集皆以孫先生手訂本為底本,參以各項增補資料,使之可稱為孫楷第先生畢生著述的定本,以實現孫先生晚年心願。但也正因如此,極大地增加了孫楷第文集的整理出版難度。孫楷第文集於 2008 年始已陸續推出數種,由於底本情況複雜,進度緩慢,兼以 2016 年 3 月楊鐮先生不幸因車禍於新疆驟然離世,文集的後續整理出版工作一度陷入停滯。2018 年是孫先生誕辰的一百二十周年,我們謹以新排本孫楷第文集的出版,作為對孫先生的誠摯紀念,及對楊鐮先生的深切緬懷。

中華書局編輯部

2018 年 8 月

整理説明

　　小説旁證是孫楷第先生用力甚勤的一部學術專著。1953年鄭振鐸先生就曾説過："孫先生有一部小説旁證，專證好些小説的故事的來源，應該爲讀者所見到。"小説旁證全書七卷，上起六朝，下逮清初，"凡所載事爲通俗小説所本，或可以互證者，皆録之"，"徵其故實，考其原委，以見文章變化斟酌損益之所在"（自序）。各卷依宋元"舊話本"、古今小説、警世通言、醒世恒言、初刻拍案驚奇、二刻拍案驚奇、"其它話本"之序，各收證本事條目總計達一百六十七則。

　　小説旁證初刊於 1935 年，條目僅收八則。後孫先生不斷有增補修訂，數十年不輟。本次我局整理出版此書，係據 2000 年人民文學出版社簡體版録入，改爲繁體橫排，施以全式標點，並根據孫先生歷年手訂稿多種進行增補修訂。對於書稿中之引文亦多加對核，訂正徵引訛誤；於孫先生節引、略引文字，除改正誤字，詞句未順者依原所引本補足外，一般不再濫加文字。

　　孫先生家屬提供了十數種各種期刊、手鈔件等先生手批稿件，使本次修訂出版成爲可能；本次修訂中亦有參考苗懷明先生相關文章及歷年讀者意見，謹此併致謝意。

中華書局編輯部

2018 年 8 月

目　　録

卷四　醒世恒言

序

宋人説話有小説一門，敷衍古今雜事，如煙粉、靈怪、公案等色目不同，當時謂之舌辨。蓋散樂雜伎粗有可觀。雖一時習尚難以禁除，亦不爲世重。及文人代興，效其體而爲書，浸開以俚言著述小説之風。如明馮夢龍三言，凌濛初拍案驚奇二集，清李漁無聲戲、十二樓等不下數百卷，爲世人傳誦。於是通俗小説駸駸乎爲文藝之別枝，與丙部小説抗衡。蓋其紀事不涉政理，頭緒清斯，無講史書之繁；用事而以意裁制，詞由己出，故無講史之拘；以俚言道恒情，易覽而可親，則無文言小説隔斷世語之弊。至藻繪風華，極文章之能事，則又二者所同，不可揚彼而抑此。斯雖通俗歟而無傷於雅。然則徵其故實，考其原委，以見文章變化斟酌損益之所在，雖雕蟲篆刻幾於無用，顧非文人之末事歟？昔鄭還古序博異志云："夫習識譚妖，其來久矣。非博聞强識何以知之？然須鈔録見知，雌黄事類，語其虛則源流具在，定其實則姓氏罔差，既悟英彦之討論，亦是賓朋之節奏。若纂集克備，即應對如流。"區區譾陋，竊有慕乎斯言。因就暇日流覽所及，上起六朝，下逮清初雜書小記傳奇記異之編，凡所載事爲通俗小説所本或可以互證者皆録之。積久成帙，釐爲七卷。非云博識，聊爲講求談論之資云爾。

舊　話　本

燈　花　婆　婆

錢曾也是園目著録宋人詞話本，今佚

〔唐段成式酉陽雜俎前集卷十五諾皋記下〕　劉積中常於西

"西"字據太平廣記補。京近縣莊居。妻病重。於一夕，劉未眠，忽有
婦人白首，長纔三尺，自燈影中出。謂劉曰："夫人病唯我能理，
何不祈我？"劉素剛，咄之。姥徐戟手曰："勿悔！勿悔！"遂滅。
妻因暴心痛，殆將卒。劉不得已，祝之。言已，復出。劉揖之坐。
乃索茶一甌向日，"日"字據太平廣記改，明本雜俎誤作"口"。如咒狀，顧
命灌夫人。茶纔入口，痛愈。後時時輒出，家人亦不之懼。經
年，復謂劉曰："我有女子及笄，煩主人求一佳婿。"劉笑曰："人鬼
路殊，固難遂所托。"姥曰："非求人也。但爲刻桐木爲形，稍工者
則爲佳矣。"劉許諾，因爲具之。經宿，木人失矣。又謂劉曰："兼
煩主人作鋪公鋪母。若可，某夕我自具車輪奉迎。"劉心計無奈
何，亦許之。"之"字據太平廣記補。至一日過西，有僕馬車乘至門。
姥亦至曰："主人可往！"劉與妻各登其車馬。天黑，至一處，朱門

崇墉，籠燭列迎，賓客供帳之盛，如王公家。引劉至一廳，朱紫數十，有與相識者，有已歿者；各相視無言。妻至一堂，蠟炬如臂，錦翠爭煥，亦有婦人數十，存歿相識各半，但相視而已。及五更，劉與妻恍惚間卻還家，如醉醒，十不記其一二矣。經數月，姥復來拜謝曰："我"我"字據太平廣記補。小女成長，今復托主人！"劉不耐，以枕抵之，曰："老魅敢如此擾人！"姥隨枕滅。妻遂疾發。劉與男女酹地禱之，不復出矣。妻竟以心痛卒。劉妹復病心痛。劉欲徙居，一切物膠着其處，輕若履屜，亦不可舉。迎道流上章，梵僧持咒，悉不禁。劉常暇日讀"讀"字據太平廣記增。藥方，其婢小碧自外來，垂手緩步，大言："劉四頗憶平昔無？"既而嘶咽曰："省躬近從泰山回，路逢飛天野叉携賢妹心肝，我已"已"字據太平廣記改，明本雜俎誤作"亦"。奪得。"因舉袖，袖中蠕蠕有物。左顧，似有所命。曰："可爲安置！"又覺袖中風生，衝簾幌。婢"婢"字據太平廣記補。入堂中，乃明本"乃"字下有"上堂"二字，與上文複重，今據太平廣記刪。對劉坐，問存歿，叙平生事。劉與杜省躬同年及第，有分；其婢舉止笑語，無不肖也。頃曰："我有事不可久留。"執劉手嗚咽。劉亦悲不自勝。婢忽然而倒。及覺，一無所記。其妹亦自此無恙。

〔同上卷十四諾皋記上〕　鄭相餘慶在梁州。有龍興寺僧智圓善總持敕勒之術，制邪理病，"病"字據廣記改，明本作"痛"。多著效。日有數十人候門。智圓臘高，稍倦。鄭公頗敬之，因求住城東陬地。鄭公爲起草屋種植，有沙彌行者各一人；居之數年。暇日智圓向陽抈腳甲，有婦布衣，甚端麗，至階作禮。智圓遽整衣，怪問："弟子何由至此？"婦人因泣曰："妾不幸夫亡而子幼小，老母危病。知和尚神咒助力，乞加救護！"智圓曰："貧道本厭城隍喧啾，兼煩於招謝；弟子母病，可就此爲加持也。"婦人復再三泣請，且言母病劇不可舉扶。智圓亦哀而許之。乃言："從此向北二十餘里，至一村，村側近有魯家莊，但訪韋十娘所居也。"智圓詰朝如言，行二十餘里，歷訪悉無而返。來日，婦人復至。僧責曰：“貧道昨日遠赴約，何差謬如此！”婦人言：“只去和尚所止處二三里耳。和尚慈悲，必爲再往！”僧怒曰：“老僧衰暮，今誓不出！”婦人乃聲高疑當作“高聲”，太平廣記作“大聲”。曰：“慈悲何在耶！今事須去。”因上階牽僧臂。僧“僧”字據太平廣記增。驚迫，亦疑其非人，恍惚間以刀子刺之。婦人遂倒，乃沙彌誤中刀，流血死矣。僧忙然遽與行者瘞之於飯甕下。沙彌，本村人，家去蘭若十七八里。其日，其家悉在田。有人皂衣揭襆，乞漿於田中。村人訪其所由，乃言居近智圓和尚蘭若。沙彌之父欣然訪其子耗。其人請問疑當作“聞”。具言其事。蓋魅所爲也。沙彌父母盡皆號哭。詣僧，僧猶紿焉。其父乃鍬索而獲，即訴於官。鄭公大駭，俾求盜吏按，意其必冤也。僧具陳狀復白“復白”二字據太平廣記增。“貧道宿債，有死而已。”按者亦已死論。僧求假七日命①，持念爲將來資糧。鄭公哀而許之。僧沐浴設壇，急印契縛爆考其魅。凡三夕，婦人見於壇上言：“我類不少，所求食處，輒爲和尚破除。沙彌且在。能爲誓不持念，必相還也。”智圓懇爲設誓。婦人喜曰：“沙彌在城南某村幾里古丘中。”僧言於官。吏用其言尋之，沙彌果在，神已癡矣。發沙彌棺，中乃苕帚也。僧始得雪。自是絕不復道一梵字。

　　按：燈花婆婆孤行本久佚不傳。余所見<u>江安傅氏</u>雙鑒樓藏本<u>錢遵王述古堂藏書目録</u>，乃遵王稿本。其書卷十末宋人詞話類燈花婆婆，下有小注云：“一名劉諫議，一名龍樹王斬妖。”明錢希言桐薪卷三公赤條云：“簫管腔中有‘公赤’，不知何義。考之宋朝詞話有燈花婆婆。第一回載本朝

---

①編按：“命”，原作“令”，屬下句。今據太平廣記改，屬爲上句末字。

皇宋出了三絶:第一絶是理會五凡公赤上底。後排出幾個
詞客蘇子瞻周美成凡十六人。"又卷一燈花婆婆條云:"宋人
燈花婆婆詞話甚奇。然本於段文昌諸皋記兩段説中來。按
諸皋記乃段成式西陽雜俎中之篇。成式父文昌,此云文昌作,誤。前段劉
績中妻病,有三尺白首婦人自燈影中出。而後段則取龍興
寺僧智圓事闌入成文。非漫然架空而造者。"據希言所述,
可稍知燈花婆婆開首之文,其所演本西陽雜俎劉績中事,而
以龍興寺僧智圓事附益之,亦賴是而知其始末。今馮夢龍
新平妖傳第一回演燈花婆婆事作劉直卿,不作績中。其末
段謂妖入鶯脰湖中,經揭諦龍樹王菩薩擒治,乃一獼猴,雖
與錢遵王述古堂藏書目録合,而無西陽雜俎所記智圓事。
則於原文頗有删改,非直録其文矣。

紫　羅　蓋　頭
也是園目著録本,今佚

〔明錢希言獪園卷十二二郎廟條〕　相傳灌口二郎神在四川
成都府灌縣,香火甚盛。今吾吳葑門内水中漲一小洲沚,方廣不
逾數弓,土人立二郎廟於其上。殿堂甚湫溢,臨水開窗,如人家
齋舍一楹。神像亦小,長可二尺許,着金兜鍪,衣黄袍,坐帷帳
中。而香火之盛莫與比者。自春徂冬,祭享不絶。瘧疾之家,許
一白鷄還願;既瘥,乃宰鷄往獻。又裹麵爲餅以飼廟中白犬。尚
白者,豈謂蜀在西方取義於金以神其説歟? 此不可曉。宋朝有
紫羅蓋頭詞話,指此神也。

　　按:據此知紫羅蓋頭演二郎神事。今醒世恒言有勘皮
靴單證二郎神一篇,所記乃宣和宮人出居楊戩府第,禱於二

郎廟，匪徒因冒二郎神往，與之私。余所見鈔本錢遵王述古堂藏書目錄宋人詞話紫羅蓋頭下有小注云："一名錯入魏王宮。"考宋史宦者傳楊戩未嘗封王。疑紫羅蓋頭所演乃另一事，與恒言所載勘皮靴篇無涉。

碾 玉 觀 音

京本通俗小說本　警世通言本
按通言標題作崔待詔生死冤家。

〔元無名氏異聞總錄卷一〕　宋時袁州瀘蕭市之東，有銀匠姓郭，年三十餘，隻身獨處。市西有把賣嫗常詣郭買賣釵鐶之屬。嫗女年十五六，一夕奔郭曰："願爲君妻。"郭駭之。女曰："妾慕君久矣，適得一計脫身，君無疑也。"問故，曰："適佯死，母殮我於棺中。妾啟棺而出，復掩之。母將空棺瘞之矣，不復我索也。"郭置之密室，不令出入。月餘，母偶瞰郭亡，窺其室，見女所斂紅履在焉。推戶取之，呼告鄰里曰："郭某盜開女墳！"郭歸，鄰告之故，大駭。女曰："母卒至，亟避之，忘收履焉。我姑避之，君勿慮也。"女去。郭遂逃往潭州。早行十數里，女亦追至，同至潭州。久之囊竭。女曰："妾善歌宮調，當有賞音。"遂開場於平里坊下。歌聲遏雲，觀者如堵，日數百券。豪門爭致之，日擲與金釵等。年餘，所積累萬。一日，有鬌角道人身九尺，撫郭背曰："千萬人觀此鬼傀儡。"郭悟，挽之僻處，拜求濟度。道人令祝之東嶽廟。郭詣廟拜。至二更，見急走枷鎖女至東嶽後宮，忽仆地，則一死屍，乃知鬼投女屍也。遂傾資修廟，以贖女罪。厚禮焚殯之。夜夢女感謝，泣別而去。

按：京本通俗小說所錄乃碾玉匠崔寧事，不云銀匠郭

姓。然所遇女子皆爲鬼，且相偕逃之潭州，其情節又同。則
爲一事衍化無疑。

西山一窟鬼

京本通俗小説本　警世通言本
按通言標題作一窟鬼癩道人除怪。

〔鬼董卷四〕　都民質庫樊生與其徒李遊湖上某寺閣，得女
子履，絶弓小，中有片紙，曰："妾擇對者也。有姻議者可訪王老
娘問之。"樊生少年，心方蕩，得之若狂。莫知其何人。他時遇
"遇"字可疑，恐是"過"字之誤。昇陽宮庫前，聞兩嫗踵其後相語笑，多
道王老娘。伺其入茶肆，亦往焉。兩嫗謂瀹茶僕曰："王老娘在
乎？"曰："在！""爲我道：欲見。"僕自後呼一嫗出，四五十矣。兩
嫗迎語之曰："陶小娘子遣我問親事，何如？"王曰："未得當人意
者。且彼自以鞋約，得鞋者諧之。"樊大喜，伺兩嫗去，獨呼飲王
嫗言："鞋乃我得。陶今安在？嫗果能副吾事否？"嫗咤曰："天
合也！彼生二十有二年矣，張郡王之嬖也。郡王死時，方十七
八。出求偶已四年矣，無當其意者，故不嫁，至今奩中所有萬緡。
君少年而家富，契彼所欲。然必令一見方可！"約以明日會某氏
酒肆中。樊生如期往顧之。嫗走而先，四夫舁一轎，一女奴從其
後；褰簾出揖，粲然麗人，目所未見。飲至暮，語寖褻狎。嫗以他
故出，女遂與樊亂，不肯復去。樊生父甚嚴，以野合不敢攜女歸。
有貯貨屋在後市街，女已知之；自呼車與女奴偕往。樊生不獲
已，乃從之。相挽登樓，坐舁夫於門。守舍傭見其人衣紙衣，驚
呼失聲，四夫皆没。樊生坐樓上，不知也。中夜，樊歸。傭途送
之，道所見，猶不之信。旦日，傭燖湯登樓。視婢，乃一枯骸。女
在牀，自腰以下中斷而異處。亟走報樊父。父往驗之，則蕩然空

室,無復存者。鬼乃入其家,即子舍;塗抹出,拜舅姑,上續命物,真若新婦。樊惟一子,憂之。訪善法者,或言賣燒臝張生考召有驗,呼治之。女無畏色,出語曰:"我良家子,方有姻議,而彼遽姦污我於酒肆中。若謂此誰之罪? 今不居此,將安歸?"張爲之勸解。久之乃曰:"去易耳,然吾終不置此人!"遂爲旋風而滅。月餘樊與李遊嘉會門外。李以酒忤省史趙生,趙生欲苦之。樊與並遁,不敢由故道,乃登慈雲嶺繞入錢湖門中。嶺雨暴至,舍小人家,主人母白服出迎,曰:"顧六妻也,夫死未盈月。"日曛,雨甚。主人母以榻處二客,曰:"昇陽宮前酒,唯飲王老娘;今急,乃投我!"李謂樊曰:"彼何自知之? 得非亦鬼乎?"懼不敢寐。中夜,聞叩門聲呼顧六甚急。二生窺見皂衣卒自靈牀上曳老叟去。回語嫗:"善視二客,勿使去。"樊李益恐,相携自後户而逸。望荒邱中燈燭森列;綠袍人據案決事,鬼吏擁顧六翁嫗在旁;又有麗女,鬼卒守之,腰腹中絶,以綫縫綴而不甚相屬:蓋陶小娘子也。二生疾走里餘,聞宿春聲,人家燈光自隙出之。投之,扣主人姓名。曰:"雍三,鬻餻者。"方搗粉耳。爲言所遇之怪,雍笑而不答。喘未定,四夫與陶小娘子並王老娘、顧六等全集。樊李奮臂肆擊,力不勝而仆。群鬼將甘心焉。俄而殿前司某統制趨衙,從卒百許人呵殿至,群鬼皆舍去。統制聞草中呻吟,命下視之,見樊李已昏不知人。數卒挾扶,就湯肆喫治。門開,呼徼者送之歸。異時訪鬼所起,則陶小娘子信張氏之嬖,以外淫爲主所殺,中腰一劍而斷。王老娘居新門外,亦以姦被戕。顧六翁嫗、雍三,皆嶺邊新瘞者也。此度是紹興末年事,余近聞之。

　　按:京本通俗小說作吳教授,不作樊生。情節與鬼董亦微異。

馮玉梅團圓

京本通俗小説本　　警世通言本
按通言標題作范鰍兒雙鏡重圓。

〔宋洪邁夷堅志補卷十一徐信妻條〕　建炎三年，車駕駐建康。軍校徐信與妻子夜出市，少憩茶肆。傍一人竊睨其妻，目不暫釋，若向有所囑者。信怪之，乃捨去。其人踵相躡。及門，依依不忍去。信問其故。拱手巽謝曰："心有情實，將吐露於君；君不怒，乃敢言。願略移步至前坊靜處，庶可傾竭。"信從之，始言曰："君妻非某州某縣某姓氏邪？"信愕然曰："是也！"其人掩泣曰："此吾妻也。吾家於鄭州。方娶二年，而值金戎之亂，流離奔竄，遂成乖張。豈意今在君室？"信亦爲之感愴曰："信陳州人也。遭亂失妻，正與君等。偶至淮南一村店，逢婦人敝衣蓬首，露坐地上，自言爲潰兵所掠，到此不能行。吾乃解衣饋食。留一二日，乃與之俱。初不知爲君故婦。今將奈何？"其人曰："吾今已別娶，藉其貲以自給，勢無由復尋舊盟。倘使暫會一面，叙述悲苦，然後訣別，雖死不恨。"信固慷慨義士，即許之。約明日爲期，令偕新妻同至，庶於鄰里無嫌。其人歡拜而去。明日，夫婦登信門。信出門，望見長慟，則客所携乃信妻也。四人相對凄惋，拊心號咷。是日，各復其故，通家往來如婚姻云。

　　（以上入話）

〔宋無名氏擴青雜説原本説郛卷三十七引〕　建炎庚戌歲，建州兇賊范汝爲因饑荒嘯聚至十餘萬。是時朝廷以邊境多故，未遑致討，遂命本路官司姑務招安。汝爲聽命，遂領其徒出屯州城。名曰招安，但不殺人而已，其劫人財帛掠人妻女常自若也。州縣不能制。次年春，有吕忠詡本關西人，得受福州税監“税監”當作“監税”。官，方之任。道過建州，爲賊徒所劫。吕監有女十七八歲，亦爲所掠。是時賊徒正盛，吕監不敢陳理，委之而去。汝爲有族子范希周，本士人，三入上舍，間在學校會試中上，亦陷在賊中，不能自脱；年二十五六歲，猶未娶。吕監之女爲希周得①，見其爲官家女，又顔色清麗，性和柔，遂卜日合族告祖，備禮册爲正室。是冬朝廷命韓郡王統大軍討捕。吕氏謂希周曰：“妾聞正女不事二夫。君既告祖成婚，妾乃君家之婦也。孤城危迫，其勢必破，則君乃賊之親黨，必不能免。妾不忍見君之死。”引刀將自刎。希周救之曰：“我陷在賊中，雖非本心，無以自明，死有餘責。汝衣冠宦族兒女，虜劫在此，爲大不幸。大將軍士皆是北人；汝既是北人，或言語相合，宛轉尋着親戚骨肉，又是再生也。”吕氏曰：“果然，妾亦終身不嫁人。但恐爲軍人將校所虜。吾誓不再辱，“不再辱”原作“再不辱”，今徑改。惟一死耳。”希周曰：“我萬一漏網，得延年年②，亦終身不娶，以答汝今日之心。”先是，吕監與韓郡王有舊。韓過州郡，吕監爲提轄官，同到建州。十餘日，城破，希周不知所之。吕氏見兵勢正盛，勢不能免，乃就一荒屋中自縊。吕監巡視次，適見之。使人解下，乃其女也。良久方蘇，具言其所以。父子相見，且悲且喜。事定，吕監隨韓師歸臨安，將令其女改適。吕氏不肯。父罵曰：“今嫁士人，文官未可知，武官可必有也，縣君不肯做，尚戀戀爲逆賊之妻，不忍抛耶？”吕氏曰：“彼名雖曰賊，其實君子人也。彼是讀書人，但爲其宗人所逼，不得已而從之。他在賊中，常與人作方便。若有天理，其人必不死。兒今且奉道，在家作老女，奉事二親，亦多少快活；何必嫁

①編按：“得”字據情史補。
②編按：“年年”，情史作“殘年”。

也?"紹興壬戌歲,呂監爲封州將領。一日有廣州使臣賀承信以
公牒到將領司。呂監延見於廳上。既去,呂氏謂呂監曰:"適來
者何人也?"呂監曰:"廣州使臣。"呂氏曰:"言語步趨,宛類建州
范氏子。"監笑曰:"汝范家子死於亂兵,骨已朽矣。彼自姓賀,自
與你范家子了無半毫相惹。汝道世間只有一個范家子耶?"呂氏
爲父所沮,亦不敢復言。後半載,賀承信又以職事到封州將領
司。事務繚繞,未得了畢,時復至呂監廳事。呂監時或延以酒
食,情契款熟。呂氏屢窺之,知其爲希周也。乃情懇其父,因飲
酒熟問其鄉貫出身。賀羞愧向呂監曰:"某建州人也,實姓范。
宗人范汝爲者叛逆,某陷在賊中。既而大軍來討。城破,舉黃旗
招安。某隨投降。恐以賊之宗族,一並誅夷,遂改姓賀,出就招
安。後撥在岳承宣軍下,收楊幺時,某以南人便水,常前鋒。每
戰,某尤盡力。主將知之,賊平之後,遂特與某解由。初任和州
指使;第二任合受監官,當以闕遠,遂只受此廣州指使。"呂監又
問曰:"今孀人何姓? 初娶? "娶"下疑脫"乎"字。再娶乎?"賀泣曰:
"在賊中時虜得一官員女爲妻。是冬,城破,夫妻各分散走逃。
且約苟存性命,彼此無娶嫁。後來又在信州尋得老母。見今不
曾娶。只有母子二人,一個孅妾而已。"語訖,悲泣失聲。呂監感
其恩義,亦爲泣下。引入堂中見其女。住數日,事結畢,束齎具
令隨希周歸廣州。後一年,呂監解罷,迂道之廣州。待希周任
滿,同赴臨安。呂得淮上州鈐,鈐,轄。范得淮上監稅官。廣州有
一兵官郝大夫,嘗與予說其事。

　　(以上正傳)

簡　帖　和　尚

清平山堂話本　古今小説本
按古今小説標題作簡帖僧巧騙皇甫妻。

〔唐無名氏玉泉子①〕　杜羔妻劉氏善爲詩。羔累舉不第，乃歸。將至家，妻即先寄詩與之曰：“良人的的有奇才，何事年年被放回？如今妾面羞君面，君到來時近夜來。”羔見詩，即時回去。竟登第。妻又寄詩云：“長安此去無多地，鬱鬱葱葱佳氣浮。良人得意正年少，今夜醉眠何處樓？”

（以上入話）

〔宋洪邁夷堅支景卷三王武功妻條〕　京師人王武功居襪㧊巷，“㧊”當作“袦”。夢華録三：大内前州橋東街巷有襪袦巷。廣韻效韻：襪袦，袦，於教切。妻有美色。緣化僧過門，見而悦之，陰設挑致之策而未得便。會王生將赴官淮上，與妻坐簾内，一外僕頂合置前云：“聰大師傳語縣君：相別有日，無以表意，漫奉此送路。”言訖即去。王夫婦亟啟合，乃玉璽。“玉璽”二字疑誤。武林舊事卷六市食篇記蒸作從食，有子母璽、春璽。夢粱録卷十六葷素從食店篇記市食點心，蒸作麵行賣春璽、子母春璽。專賣素點心從食店有諸色春璽。郝懿行證俗文一：餅綻頭者謂之稍麥。注引正字通云：饅開首者曰橐駝臍，長曰繭，斜曰桃。今話本無此品，但云“送一對落索環兒，一雙金釵，一個簡帖”而已。百枚，剖其一，中藏小金牌，重一錢。以爲誤也。復剖其他，盡然。王作色叱妻曰：“我疑此髡朝夕往來於門，必有異，今果爾！”即訴於府縣。僧元無名字及所居處，已竄伏不可捕。獨王妻坐獄受訊，但泣涕呼天，不能答一語。王棄之而單車之任。妻因繫累月。府尹以曖昧不可竟，命録付外

────────────

① 編按：太平廣記卷二七一“杜羔”條引。

舍。窮無以食。僧聞而潛歸，密遣針婦説之曰："汝今將何爲？
且餓死矣！我引汝往某寺爲大衆縫衽度日，以俟武功回心轉意，
若之何？"王妻勉從其言。既往，正入前僧之室，藏於地阱，姦污
自如。久而稍聽其出入，遂伺隙告邏卒，執僧到官，伏其辜。妻
亦悵恨以死。

（以上正傳）

陰　騭　積　善
清平山堂話本　初拍卷二十一入話

〔宋洪邁夷堅甲志卷十二林積陰德條〕　林積，南劍人。少
時入京師，至蔡州息旅邸。覺牀第間物逆其背，揭席視之，見一
布囊中有錦囊，又其中則綿囊，實以北珠數百顆。明日，詢主人
曰："前夕何人宿此？"主人以告，乃巨商也。林語曰："此吾故人。
脱復至，幸令來上庠相訪。"又揭其名於室曰："某年某月日劍浦
林積假館。"遂行。商人至京師，取珠欲貨，則無有；急沿故道，處
處物色之。至蔡邸，見榜即還，訪林於上庠。林具以告，曰："元
珠具在，然不可但取。可投牒府中，當悉以歸。"商如教，林詣府
盡以珠授商。府尹使中分之。商曰："固所願。"林不受，曰："使
積欲之，前日已爲己有矣。"秋毫無所取。商不能强，以數百千就
佛寺作大齋，爲林君祈福。林後登科，至中大夫。生一子又"又"
字似誤，疑本作"乂"。字德新，爲吏部侍郎。

孔淑芳雙魚扇墜傳
熊龍峰刊本

〔明田汝成西湖遊覽志餘卷二十六〕　弘治間，旬宣街有少

年子徐景春者，春日遊湖山，至斷橋時日迫暮矣。路逢一美人與一小鬟同行。景春悦之，前揖而問曰："娘子何故至此？"答曰："妾頃與親戚同遊玉泉。士子雜遝，遂失羣；惘惘索途耳。"景春曰："娘子貴宅何所？"答曰："湖墅宦族孔氏二姐也。"景春遂送之以往。及門，强景春入，曰："家無至親，郎君不棄，暫寄一宿如何？"景春大喜，遂入宿焉。備極繾綣，以雙魚扇墜爲贈。明日，鄰人張世傑見景春卧冢間，扶之歸。其父訪之，乃孔氏女淑芳之墓也。告於官，發之，其祟絶焉。

霅川蕭琛貶霸王
欹枕集下

〔宋書卷五十四孔季恭傳〕　孔靖，字季恭，會稽山陰人也。名與高祖（宋武帝劉裕）祖諱同，故稱字。高祖東征孫恩，屢至會稽，季恭曲意禮接。及定桓玄，以季恭爲内史，尋除侍中，出爲吳興太守。先是，吳興頻喪太守。云項羽神爲"卞山王"，卞、弁音同字通，卞山即弁山。居郡聽事，二千石至，常避之。季恭居聽事，竟無害也。南史卷二十七孔靖傳同。

　　按：靖爲吳興太守在晉安帝時，卒於宋武帝永初三年。話本謂靖以梁武帝天監十年爲吳興太守，又云靖爲楚霸王神所殺。皆誤。

〔南史卷十八蕭琛傳附祖思話傳〕　琛字彦瑜。起家齊太學博士。天監九年，累遷江夏太守。後爲吳興太守。郡有項羽廟，土人名爲"憤王"，甚有靈驗，遂於郡聽事，安牀幕爲神坐，公私請禱。前後二千石，皆於廳拜祠，以軛下牛充祭，而避居他室。琛至，着履登聽事，聞室中有叱聲。琛厲色曰："生不能與漢祖爭中原,死據此聽事,何也?"因遷之於廟。又禁殺牛解祀,以脯代肉。
梁書卷二十六蕭琛傳亦載霸王神異事而稍略。

〔南史卷五十一蕭獻傳附父梁長沙宣武王懿傳〕　獻封臨汝侯,
爲吳興郡守。性倜儻,與楚王廟神交,飲至一斛。每酹祀,盡歡
極醉,神影亦有酒色,所禱必從。後爲益州刺史,侍中,中護軍。
時江陽人齊苟兒反,衆十萬,攻州城。獻兵糧俱盡,人有異心。
乃遙禱請救。是日,有田老逢一騎浴鐵從東方來,問去城幾里,
曰:"百四十。"時日已晡。騎舉稍曰:"後人來,可令之疾馬,欲及
日破賊。"俄有數百騎如風,一騎過請飲。田老問爲誰。曰:"吳
興楚王來救臨汝侯。"當此時,廟中請祈無驗。十餘日,乃見侍衛
土偶皆泥濕如汗者。是月,獻大破苟兒。獻在州頗僭濫……武
帝末知之,以此爲恕。還都以憂愧成疾,卒。謚曰靈,以與神
交也。

　　按:獻乃梁武帝兄懿之子。話本謂獻乃齊太祖蕭道
成御弟,誤。吳興楚霸王廟神異事,南朝盛傳。南史蕭惠
明傳云:"泰始(劉宋明帝年號)初,爲吳興太守。郡界有
卞山,山下有項羽廟。相承云,羽多居郡聽事,前後太守不
敢上。惠明謂綱紀曰:'孔季恭嘗爲此郡,未聞有災。'遂盛
設筵榻接賓。數日,見一人長丈餘,張弓挾矢,向惠明,既而
不見。因發背,旬日而卒。"此一事也。蕭惠休傳云:"永元
(齊東昏侯年號)元年,徙吳興太守。徵爲尚書右僕射。吳
興郡項羽神舊酷烈,人云惠休事神謹,故得美遷。"(南史卷
十八,惠休與兄惠明並附父思話傳。)此又一事也。此二事,
話本不採。

錢　塘　夢

明刊李卓吾評本西廂記卷首

醉翁談録小説開闢篇有錢塘佳夢,不知即此本否。

〔宋何薳春渚紀聞卷七司馬才仲遇蘇小傳〕　司馬才仲初在洛下,晝寢,夢一美姝牽帷而歌曰:"妾本錢塘江上住,花落花開不管流年度。燕子銜將春色去,紗窗幾陣黃梅雨。"才仲愛其詞,因詢曲名。云是黃金縷,且曰:"後日相見於錢塘江上。"及才仲以東坡先生薦,應制舉中等,遂爲錢塘幕官。其廨舍後,唐蘇小墓在焉。時秦少章爲錢塘尉,爲續其詞後云:"斜插犀梳雲半吐,檀板輕籠唱徹黃金縷。夢斷彩雲無覓處,夜涼明月生春渚。"不逾年而才仲得疾。所乘畫水輿艤泊河塘。柁工遽見才仲携一麗人登舟,即前聲喏。繼而火起舟尾,狼"狼"字可疑。忙走報,家已慟哭矣。

按:元白仁甫有蘇小小月夜錢塘夢劇演此事,見録鬼簿,劇今佚。

宋馬永卿懶真子録卷一:同州澂城縣有九龍廟,然只一妃耳。土人云:馮瀛王之女也。夏縣司馬才仲戲題詩云:"身既事十主,女亦妃九龍。"過客讀之,無不一笑。才仲名槱,兄才叔名栩,皆溫公之姪孫,豪傑之士,咸未四十而卒。文季(名朴)每言及之,必慘然也。

夔關姚卞弔諸葛

欹枕集下

〔花草粹編卷十引姚卞念奴嬌詞題諸葛廟〕　小舟橫楖。

“櫴”話本誤“截”。看雲峰高擁，千重蒼碧。話本作“蒼壁”。白帝城中冠
蓋換，田野猶談話本脫“猶談”二字。玄德。三顧頻煩，兩朝開濟。何
處尋遺迹？江堆石陣，話本脫“江”字，“堆石陣”作“翻石陣”。至今神擁話
本作“護”。沙磧。　　追憶當年諸葛，話本作“想諸葛當年”。幄中話本
作“幅巾”。高卧，抱圖王奇策。見說廟堂話本作“祠堂”。今尚在，中
有參天松柏。據蜀英豪，話本“據”誤“巡”，“英豪”作“英謀”。吞吳遺恨，
俯仰成今昔。空令豪俊浩歌，揮話本作“橫”。涕橫臆。

西湖三塔記

清平山堂話本

〔西湖遊覽志卷二〕　湖心亭。自宋元歷國初，舊爲湖心寺，
鵠立湖中，三塔鼎峙。相傳湖中有三潭，深不可測，所謂“三潭印
月”者是也。六十家小說載有西湖三怪時出迷惑遊人，故厭師作
三塔以鎮之。國朝弘治間，按察司僉事陰子淑爲諸生時，曾遊入
寺，廉得衆僧之姦。及爲秉憲，甚厲。時寺僧倚怙鎮守中官，見
任官長及卿士大夫以酒餚入遊寺者，杜門不容。陰乃發其姦事，
立毀之，並去其塔。

吳郡王夏納涼亭

寳文堂目著録本，佚

〔宋周密齊東野語卷十吳郡王冷泉畫贊條〕　莊簡吳秦王益
以元舅之尊，德壽特親愛之，入宮每用家人禮。憲聖常持盈滿之
戒，每告之曰：“凡有宴召，非得吾旨，不可擅入。”一日，王竹冠練
衣，芒鞵筇杖，獨携一童，縱行三竺靈隱山中，濯足冷泉磐石之
上。遊人望之，儼如神仙。遂爲邏者聞奏。次日，德壽以小詩召

之，曰："趁此一軒風月好，橘香酒熟待君來。"令小瑨持賜。王遂亟往。光堯迎見，笑謂曰："夜來冷泉之遊樂乎？"王恍然頓首謝。光堯曰："朕宮中亦有此景，卿欲見之否？"蓋壘石疏 _{"疏"字據汲古閣本改，涵芬樓印本作"覓"。} 泉，像飛來香林之勝，架堂其上曰"冷泉"。中揭一畫，乃圖莊簡野服濯足於石上，且御製一贊云："富貴不驕，戚畹稱賢。掃除膏粱，放曠林泉。滄浪濯足，風度蕭然。國之元舅，人中神仙。"於是盡醉而罷，因以賜之。亦可謂戚畹之至榮矣。書今藏其曾孫潔家，余嘗見之。

風月瑞仙亭

清平山堂話本

〔漢書卷五十七司馬相如傳〕 司馬相如，字長卿，蜀郡成都人也。少時好讀書，學擊劍，名犬子。相如既學，慕藺相如之爲人也，更名相如。以訾爲郎，事孝景帝，爲武騎常侍，非其好也。會景帝不好辭賦，是時，梁孝王來朝，從游說之士齊人鄒陽、淮陰枚乘、吳嚴忌夫子之徒，相如見而說之，因病免，客游梁，得與諸侯游士居，數歲，乃著子虛之賦。會梁孝王薨，相如歸，而家貧，無以自業。素與臨邛令王吉相善。吉曰："長卿久宦遊，不遂而困，來過我。"於是相如往舍都亭。臨邛令繆爲恭敬，日往朝相如。相如初尚見之，後稱病，使從者謝吉；吉愈益謹肅。

臨邛多富人，卓王孫僮客八百人，程鄭亦數百人。乃相謂曰："令有貴客，爲具召之。並召令。"令既至，卓氏客以百數，至日中請司馬長卿，長卿謝病不能臨。臨邛令不敢嘗食，身自迎相如。相如爲不得已而強往，一坐盡傾。酒酣，臨邛令前奏琴曰："竊聞長卿好之，願以自娛。"相如辭謝，爲鼓一再行。是時，卓王孫有女文君新寡，好音，故相如繆與令相重而以琴心挑之。相如

時從車騎，雍容閒雅，甚都。及飲卓氏，弄琴，文君竊從户窺，心
說而好之，恐不得當也。既罷，相如乃令侍人重賜文君侍者，通
殷勤。文君夜亡奔相如。相如與馳歸成都。家徒四壁立。卓王
孫大怒曰："女不材，我不忍殺，一錢不分也。"人或謂王孫，王孫
終不聽。文君久之不樂，謂長卿曰："弟俱如臨邛，從昆弟假貸，
猶足以爲生，何至自苦如此?"相如與俱之臨邛，盡賣車騎，買酒
舍。乃令文君當盧，相如身自着犢鼻褌，與庸保雜作，滌器於市
中。卓王孫恥之，爲杜門不出。昆弟諸公更謂王孫曰："有一男
兩女，所不足者非財也。今文君既失身於司馬長卿。長卿故倦
游，雖貧，其人材足依也；且又令客，奈何相辱如此!"卓王孫不得
已，分與文君僮百人，錢百萬，及其嫁時衣被財物。文君乃與相
如歸成都，買田宅，爲富人。

居久之，蜀人楊得意爲狗監，侍上。上讀子虛賦而善之，
曰："朕獨不得與此人同時哉!"得意曰："臣邑人司馬相如自言
爲此賦。"上驚，乃召問相如，相如曰："有是。然此乃諸侯之
事，未足觀，請爲天子游獵之賦。"上令尚書給筆札。相如以
"子虛"，虛言也，爲楚稱；"烏有先生"者，烏有此事也，爲齊難；
"亡是公"者，亡是人也，欲明天子之義。故虛藉此三人爲辭，
以推天子諸侯之苑囿，其卒章歸之於節儉，因以風諫。奏之天
子，天子大說。

相如爲郎數歲，會唐蒙使略通夜郎、僰中，發巴蜀吏卒千人，
郡又多爲發轉漕萬餘人，用軍興法，誅其渠率。巴蜀民大驚恐。
上聞之，乃遣相如責唐蒙等，因諭告巴蜀民以非上意。相如還
報。唐蒙已略通夜郎，因通西南夷道，發巴蜀廣漢卒，作者數萬
人。治道二歲，道不成，士卒多物故，費以億萬計。蜀民及漢用
事者多言其不便。是時，邛、莋之君長聞南夷與漢通，得賞賜多，
多欲願爲内臣妾，請吏，比南夷。上問相如，相如曰："邛、莋、冉、

虒者近蜀，道易通，異時嘗通爲郡縣矣，至漢興而罷。今誠復通，爲置縣，愈於南夷。”上以爲然，乃拜相如爲中郎將，建節往使。副使者王然于、壺充國、呂越人，馳四乘之傳，因巴蜀吏幣物以賂西南夷。至蜀，太守以下郊迎，縣令負弩矢先驅，蜀人以爲寵。於是卓王孫臨邛諸公皆因門下獻牛酒以交歡。卓王孫喟然而歎，自以得使女尚司馬長卿晚，乃厚分與其女財，與男等。相如使略定西南夷，邛、莋、冉、駹、斯榆之君皆請爲臣妾。除邊關，邊關益斥，西至沬、若水，南至牂牁爲徼，通靈山道，橋孫水，以通邛、莋。還報，天子大說。

相如使時，蜀長老多言通西南夷之不爲用，大臣亦以爲然。相如欲諫，業已建之，不敢，乃著書，藉蜀父老爲辭，而己詰難之，以風天子，且因宣其使指，令百姓皆知天子意。其後人有上書言相如使時受金，失官。居歲餘，復召爲郎。

相如口吃而善著書。常有消渴病。與卓氏婚，饒於財。故其仕宦，未嘗肯與公卿國家之事，常稱疾閑居，不慕官爵。嘗從上至長楊獵。是時，天子方好自擊熊豕，馳逐野獸，相如因上疏諫。上善之。還過宜春宮，相如奏賦以哀二世行失。相如拜爲孝文園令。上既美子虛之事，相如見上好仙，因曰：“上林之事，未足美也，尚有靡者。臣嘗爲大人賦，未就，請具而奏之。”相如以爲列仙之儒居山澤間，形容甚臞，此非帝王之仙意也，乃遂奏大人賦。天子大說，飄飄有陵雲氣游天地之間意。

相如既病免，家居茂陵。天子曰：“司馬相如病甚，可往從悉取其書，若後之矣。”使所忠往，而相如已死，家無遺書。問其妻，對曰：“長卿未嘗有書也。時時著書，人又取去。長卿未死時，爲一卷書，曰：‘有使來求書，奏之。’”其遺札書言封禪事，所忠奏焉，天子異之。相如既卒五歲，上始祭后土。八年而遂禮中岳，封於太山，至梁甫，禪肅然。相如它所著，若遺平陵侯書、與五公子相難、草木書篇不采，采其尤著公卿者云。

梅杏爭春

清平山堂話本（殘）

〔曲海總目提要卷十五沉香亭條〕　又按江楊兩妃賦詩相
嘲，雖屬不根。然宋人稗乘，有一事頗與相類：吳七郡王有二愛
姬，一名梅嬌，一名杏俏，丰姿並俊，尤善詩詞。梅作一詞誇己嘲
杏云：“一種陽和，玉英初綻，雪天分外精神。冰肌玉骨，別是一
家春。樓上笛聲三弄，百花都未知音。明窗畔，臨風對月，曾結
歲寒盟。　　笑杏花何太晚，遲疑不發，等待春深。只宜遠望，
舉目似燒林。麗質芳姿雖好，一時取媚東君。爭如我，青青結
子，金鼎內調羹。”杏答云：“景傍清明，日和風暖，數株濃淡胭脂。
春來蚤起，惟我獨芳菲。幾番雨過，似佳人細膩香肌。堪賞處，
玉樓人醉，斜插滿頭歸。　　笑梅花何太早，消疏骨肉，葉密花
稀。不逢媚景，開後甚孤凄。恐怕百花笑你，甘心受雪壓霜欺。
爭如我，年年得意，占斷躡青時。”王益加稱美，作梅杏詞以和
解之。

又按開元天寶遺事，寧王宮有樂妓寵姐者，美姿色，善謳
唱。每宴外客，其諸妓女盡在目前，惟寵姐客莫能見。飲欲半
酣，詞客李太白恃醉戲曰：“白久聞王有寵姐，善歌。今酒餚醉
飽，群公宴倦，王何吝此女示於眾？”王笑謂左右曰：“設七寶花
障，召寵姐於障後歌之。”白起謝曰：“雖不許見面，聞其聲亦
幸矣。”

附：

記嘉靖本翡翠軒及梅杏爭春

—— 新發現的清平山堂話本二種

見阿英小説閑談

......

　　梅杏爭春一種,只殘存五紙,有二紙可連成一頁,另一紙已不能連續成文。就其頁數觀之,都是第三、第四、第五共三頁中的殘片。其内容寫梅嬌與杏俏春日遊園,暢談梅杏,引經據典,各説其好。事爲郡王得知,嫌其喧鬧,加以責罰,二人大恐。旋由郡王命彼等各作詩賦自贖。入後如何不得知。

　　觀此結構,頗有類於鄧志謨之數種"爭奇",其内容大體如此,是同一類型的。鄧編中有梅雪爭奇一種,大概和此種頗有類似之點。若然,則第五頁以下,當係二人所作之詩詞賦曲,最後以猥褻描寫結束,有如童婉爭奇。不知此假定是否可靠也。兹特鈔録其殘片原文於下,以見其風格一斑:

殘 片 一

　　輕移蓮步,款簇羅裙,入到後花園中,打一觀望。正是景色春時,百花競放,百蕊爭開。怎見得?但見:風光勝王母園中,景物類武陵溪上。尋香粉蝶翩翩舞,釀蜜遊蜂隊隊飛。

　　二人來到杏花深處,正見繁花開得茂盛艷冶,滿樹芳菲。只見杏俏叫:"梅嬌姐姐,你看那杏花恁開得好看。正是萬物各得其時,有千般嬌媚,萬種妖嬈,百花見了,都無顏色。......

殘　片　二

"……有人吟詠。我曾記得宋子京留下玉樓春詞，說□□□□時若不賞玩，也虛過時節。你若不信，念與你：

> 東城漸覺風光好，皺縠波紋迎客棹。綠楊林□□□□，紅杏枝頭春意鬧。　　浮生長恨歡娛少，譏把千□□□□，與君對酒莫躊躇，且向花間沉醉倒。"

杏俏念罷，梅嬌道："姐姐差了，這杏花不及梅花。"二人一來一去，一聲高一聲。爭了半晌，卻不知道郡王府中解□，□□□無甚事，迅步行到後花園中。見百花盛開，抬頭一望，□□□這兩個細人在那裏爭鬧。當時郡王就四望亭上，□□□□，叫堂後官去喚那兩個賤人來。堂後官領了鈞旨，□□□□花深處。這兩個姊姊兀自爭不了。後堂官道："鈞旨……。"

殘　片　三

"……春光明媚，景色可人，日長困倦，無處消遣。來此園中，閑翫一遭。不知貴人到此，有失回避。"郡王道："春意可人，誰不遊玩，這件不責你們。只見你兩個在那裏高聲大語，指手劃腳，爭是爭非，快說將來。如說得是，饒你；若說得不是，各人打二十竹箆。"這個小姐嚇得顫顫兢兢：

> 悶似長江水，涓涓不斷流。
>
> 猶如秋夜雨，一點一聲愁。

只見梅嬌向前道："復貴人。杏俏姐與侍兒來到園中閑玩，他說那杏花強似梅花。侍兒道，杏花不如梅花清幽淡泊。因此一句論一句爭將起來。望貴人乞賜恕罪。"
郡王道:"原來如此説。我且不打你們。你兩個或詞或
賦,各作一篇,要見梅杏花好處。作得好者有賞,如不
好者加罪。"即時堂後官將文房四寶放於亭下。只有梅
嬌先作滿庭芳:

> 一種陽和,玉英初綻,雲天分外精神。冰肌玉
> 骨,別是一家春。樓上笛聲三弄,百花都未知音。
> 窗外臨風對舞,曾結歲寒盟。　　笑杏花何太晚,
> 遲疑不發,□待春深。只……

此外一殘片,第一行存"爭春百花魁首,數枝"八字。第二行
存"驛畔亭前雅稱,疏籬"八字。第三行引詩存"疏影橫斜"
四字。第四行存"這梅花多有吟詠"七字。第五行存"梅花
好處,你"五字。第六行引詞存"天然標格"四字。第七行引
詞存"宮額"二字。第八九行引詞,各存一字:"有","色"。
大約仍是梅嬌與杏俏爭論梅杏,未被喚到郡王前時的文字。

在版本上是極講究的,大本,楷書宋字,很寬的單欄,頁
二十二行,行二十二字,白皮紙印,明嘉靖年間刻。鄭振鐸
先生見到,疑是清平山堂話本的二種,出"話本"書影對閲,
果如其言。馬隅卿先生曾刊清平山堂話本兩部,皆無此二種
目,是則殘葉之發現,可以證明"話本"除已影印者外,尚有此
二種目。其二,則除馬氏所發現之黃紙本外,尚有白紙本一
種也。可惜馬先生去歲已經故去,否則,當不知如何歡喜也。

老馮唐直諫漢文帝

欹枕集

〔漢書卷五十馮唐傳〕　馮唐,祖父趙人也。父徒代。漢興,

徙安陵。唐以孝著，爲郎中署長，事文帝。帝輦過，問唐曰："父老何自爲郎？家安在？"具以實言。文帝曰："吾居代時，吾尚食監高袪數爲我言趙將李齊之賢，戰於鉅鹿下。吾每飲食，意未嘗不在鉅鹿也。父老知之乎？"唐對曰："齊尚不如廉頗、李牧之爲將也。"上曰："何已？"唐曰："臣大父在趙時爲官帥將，善李牧；臣父故爲代相，善李齊，知其爲人也。"上既聞廉頗、李牧爲人，良説，乃拊髀曰："嗟乎，吾獨不得廉頗、李牧爲將，豈憂匈奴哉！"唐曰："主臣！陛下雖有廉頗、李牧，不能用也。"上怒，起入禁中。良久，召唐讓曰："公衆辱我，獨亡間處乎？"唐謝曰："鄙人不知忌諱。"

　　當是時，匈奴新大，入朝那，殺北地都尉卬。上以胡寇爲意，乃卒復問唐曰："公何以言吾不能用頗、牧也？"唐對曰："臣聞上古王者遣將也，跪而推轂，曰：'闔以內，寡人制之；闔以外，將軍制之。軍功爵賞，皆決於外，歸而奏之。'此非空言也。臣大父言：李牧之爲趙將，居邊，軍市之租皆自用饗士，賞賜決於外，不從中覆也。委任而責成功，故李牧乃得盡其知能，選車千三百乘，彀騎萬三千匹，百金之士十萬，是以北逐單于，破東胡，滅澹林，西抑彊秦，南支韓、魏。當是時，趙幾伯。後會趙王遷立，其母倡也，用郭開讒而誅李牧，令顏聚代之，是以爲秦所滅。今臣竊聞魏尚爲雲中守，軍市租盡以給士卒，出私養錢，五日壹殺牛，以饗賓客軍吏舍人，是以匈奴遠避，不近雲中之塞。虜嘗一入，尚帥車騎擊之，所殺甚衆。夫士卒盡家人子，起田中從軍，安知尺籍伍符？終日力戰，斬首捕虜，上功莫府，一言不相應，文吏以法繩之，其賞不行，吏奉法必用。愚以爲陛下法太明，賞太輕，罰太重。且雲中守尚，坐上功首虜差六級，陛下下之吏，削其爵，罰作之。繇此言之，陛下雖得李牧，不能用也。臣誠愚，觸忌諱，死罪。"文帝説。是日令唐持節赦魏尚，復以爲雲中守，而拜唐爲車騎都尉，主中尉及郡國車士。十年，景帝立，以唐爲楚相。武帝即位，求賢良，舉唐。唐時年九十餘，不能爲官，乃以子遂爲郎。遂字王孫，亦奇士。

死生交范張鷄黍

欹枕集

〔後漢書卷八十一范式傳〕　范式，字巨卿，山陽金鄉人也，一名氾。少遊太學，爲諸生，與汝南張劭爲友。劭字元伯，二人並告歸鄉里。式謂元伯曰：“後二年當還，將過拜尊親，見孺子焉。”乃共剋期日。後期方至，元伯具以白母，請設饌以候之。母曰：“二年之別，千里結言，爾何相信之審邪？”對曰：“巨卿信士，必不乖違。”母曰：“若然，當爲爾醞酒。”至其日，巨卿果到，升堂拜飲，盡歡而別。式仕爲郡功曹。後元伯寢疾篤，同郡郅君章、殷子徵晨夜省視之。元伯臨盡，歎曰：“恨不見吾死友。”子徵曰：“吾與君章盡心於子，是非死友，復欲誰求？”元伯曰：“若二子者，吾生友耳；山陽范巨卿，所謂死友也。”尋而卒。式忽夢見元伯玄冕垂纓，屣履而呼曰：“巨卿！吾以某日死，當以爾時葬，永歸黃泉。子未我忘，豈能相及。”式恨然覺寤，悲歎泣下，具告太守，請往奔喪。太守雖心不信，而重違其情，許之。式便服朋友之服，投其葬日，馳往赴之。式未及到，而喪已發引，既至壙，將窆，而柩不肯進。其母撫之曰：“元伯！豈有望邪？”遂停柩。移時，乃見有素車白馬，號哭而來。其母望之曰：“是必范巨卿也。”巨卿既至，叩喪言曰：“行矣元伯！死生路異，永從此辭。”會葬者千人，咸爲揮涕。式因執紼而引柩，於是乃前。式遂留止冢次，爲修墳樹，然後乃去。

後到京師，受業太學。時諸生長沙陳平子亦同在學，與式未相見，而平子被病將亡，謂其妻曰："吾聞山陽范巨卿，烈士也，可以託死。吾歿後，但以屍埋巨卿户前。"乃裂素爲書，以遺巨卿。既終，妻從其言。時式出行適還，省書見瘗，愴然感之，向墳揖哭，以爲死友。乃營護平子妻兒，身自送喪於臨湘，未至四五里，乃委素書於柩上，哭別而去。其兄弟聞之，尋求，不復見。長沙上計掾史到京師，上書表式行狀，三府並辟，不應。舉州茂才，四遷荆州刺史。友人南陽孔嵩，家貧親老，乃變姓名，備爲新野縣阿里街卒。式行部到新野，而縣選嵩爲導騎，迎式。式見而識之，呼嵩，把臂謂曰："子非孔仲山邪？"對之欷歔，語及平生，曰："昔與子俱曳長裾，遊集帝學。吾蒙國恩，致位牧伯；而子懷道隱身，處於卒伍，不亦惜乎？"嵩曰："侯嬴長守於賤業，晨門肆志於抱關。子欲居九夷，不患其陋。貧者士之宜，豈爲鄙哉！"式敕縣代嵩。嵩以爲先備未竟，不肯去。嵩在阿里，正身厲行，街中子弟，皆服其訓化。遂辟公府。之京師，道宿下亭，盜共竊其馬，尋問知其嵩也，乃相責讓曰："孔仲山善士，豈宜侵盜乎！"於是送馬謝之。嵩官至南海太守。式後遷廬江太守，有威名，卒於官。

漢李廣世號飛將軍

欹枕集

〔漢書卷五十四李廣傳〕　李廣，隴西成紀人也。其先曰李信，秦時爲將，逐得燕太子丹者也。廣世世受射。孝文十四年，匈奴大入蕭關，而廣以良家子從軍擊胡，用善射，殺首虜多，爲郎，騎常侍。數從射獵，格殺猛獸。文帝曰："惜廣不逢時，令當高祖世，萬户侯豈足道哉！"景帝即位，爲騎郎將。吳楚反時，爲驍騎都尉，從太尉亞夫戰昌邑下，顯名。以梁王授廣將軍印，故還，賞不行。爲上谷太守，數與匈奴戰。典屬國公孫昆邪爲上泣曰："李廣材氣,天下亡雙,自負其能,數與虜确,恐亡之。"上乃徙廣爲上郡太守。匈奴侵上郡。上使中貴人從廣,勒習兵擊匈奴。中貴人者將數十騎從,見匈奴三人,與戰。射傷中貴人,殺其騎且盡。中貴人走廣,廣曰:"是必射雕者也。"廣乃從百騎,往馳三人。三人亡馬步行,行數十里。廣令其騎張左右翼,而廣身自射彼三人者,殺其二人,生得一人,果匈奴射雕者也。已縛之上山,望匈奴數千騎,見廣,以爲誘騎,驚,上山陳。廣之百騎皆大恐,欲馳還走。廣曰:"我去大軍數十里,今如此走,匈奴追射,我立盡;今我留,匈奴必以我爲大軍之誘,不我擊。"廣令曰:"前!"未到匈奴陳二里所止,令曰:"皆下馬解鞍!"騎曰:"虜多如是,解鞍,即急,奈何?"廣曰:"彼虜以我爲走;今解鞍,以示不去,用堅其意。"有白馬將出護兵。廣上馬,與十餘騎奔射殺白馬將而復還,至其百騎中,解鞍,縱馬臥。時會暮,胡兵終怪之,弗敢擊。夜半,胡兵以爲漢有伏兵於傍欲夜取之,即引去。平旦,廣乃歸其大軍。後徙爲隴西、北地、雁門、雲中太守。

　武帝即位,左右言廣名將也,由是入爲未央衛尉;而程不識時亦爲長樂衛尉。程不識故與廣俱以邊郡太守將屯。及出擊胡,而廣行無部曲行陳,就善水草頓舍,人人自便,不擊刁斗自衛,莫府省文書,然亦遠斥侯,未嘗遇害。程不識正部曲行伍營陳,擊刁斗,吏治軍簿至明,軍不得自便。不識曰:"李將軍極簡易,然虜卒犯之,無以禁;而其士亦佚樂,爲之死。我軍雖煩擾,虜亦不得犯我。"是時,漢邊郡李廣、程不識爲名將,然匈奴畏廣,士卒多樂從,而苦程不識。不識孝景時以數直諫爲太中大夫,爲人廉,謹於文法。

　後漢誘單于以馬邑城,使大軍伏馬邑傍,而廣爲驍騎將軍,屬護軍將軍。單于覺之,去,漢軍皆無功。後四歲,廣以衛尉爲將軍,出雁門,擊匈奴。匈奴兵多,破廣軍,生得廣。單于素聞廣

賢，令曰：“得李廣，必生致之。”胡騎得廣，廣時傷，置兩馬間，絡
而盛臥。行十餘里，廣陽死，睨其旁有一兒騎善馬，暫騰而上胡
兒馬，因抱兒鞭馬，南馳數十里，得其餘軍。匈奴騎數百追之，廣
行取兒弓，射殺追騎，以故得脫。於是至漢，漢下廣吏。吏當廣
亡失多，爲虜所生得，當斬，贖爲庶人。數歲，與故潁陰侯屛居藍
田南山中射獵。嘗夜從一騎出，從人田間飲。還至亭，霸陵尉
醉，呵止廣。廣騎曰：“故李將軍。”尉曰：“今將軍尚不得夜行，何
故也！”宿廣亭下。居無何，匈奴入遼西，殺太守，敗韓將軍。韓
將軍後徙居右北平，死。於是上乃召拜廣爲右北平太守。廣請
霸陵尉與俱，至軍而斬之，上書自陳謝罪。上報曰：“將軍者，國
之爪牙也。司馬法曰：‘登車不式，遭喪不服。振旅撫師，以征不
服；率三軍之心，同戰士之力。故怒形則千里竦，威振則萬物伏；
是以名聲暴於夷貉，威稜憺乎鄰國。’夫報忿除害，捐殘去殺，朕
之所圖於將軍也；若乃免冠徒跣，稽顙請罪，豈朕之指哉！將軍
其率師東轅，彌節白檀，以臨右北平盛秋。”廣在郡，匈奴號曰“漢
飛將軍”，避之，數歲不入界。

　　廣出獵，見草中石，以爲虎而射之，中石沒矢。視之，石也。
他日射之，終不能入矣。廣所居郡，聞有虎，常自射之。及居右
北平，射虎，虎騰傷廣，廣亦射殺之。石建卒，上召廣，代爲郎中
令。元朔六年，廣復爲將軍，從大將軍出定襄。諸將多中首虜率
爲侯者，而廣軍無功。後三歲，廣以郎中令將四千騎，出右北平；
博望侯張騫將萬騎與廣俱，異道。行數百里，匈奴左賢王將四萬
騎圍廣，廣軍士皆恐，廣乃使其子敢往馳之。敢從數十騎，直貫
胡騎，出其左右而還，報廣曰：“胡虜易與耳。”軍士乃安。爲圜陳
外鄉，胡急擊，矢下如雨。漢兵死者過半，漢矢且盡。廣乃令持
滿毋發，而廣身自以大黃射其裨將，殺數人，胡虜益解。會暮，吏
士無人色，而廣意氣自如，益治軍，軍中服其勇也。明日，復力

戰,而博望侯軍亦至,匈奴乃解去。漢軍罷,弗能追。是時,廣軍幾没,罷歸。漢法,博望侯後期,當死,贖爲庶人。廣軍自當,亡賞。初,廣與從弟李蔡俱爲郎,事文帝。景帝時,蔡積功至二千石。武帝元朔中,爲輕車將軍,從大將軍擊右賢王,有功中率,封爲樂安侯。元狩二年,代公孫弘爲丞相。蔡爲人在下中,名聲出廣下遠甚;然廣不得爵邑,官不過九卿。廣之軍吏及士卒,或取封侯。廣與望氣王朔語云:"自漢擊匈奴,廣未嘗不在其中,而諸妄校尉已下,材能不及中,以軍功取侯者數十人。廣不爲後人,然終無尺寸功以得封邑者,何也?豈吾相不當侯邪?"朔曰:"將軍自念,豈嘗有恨者乎?"廣曰:"吾爲隴西守,羌嘗反,吾誘降者八百餘人,詐而同日殺之,至今恨獨此耳。"朔曰:"禍莫大於殺已降,此乃將軍所以不得侯者也。"

　　廣歷七郡太守,前後四十餘年,得賞賜,輒分其戲下,飲食與士卒共之,家無餘財,終不言生産事。爲人長,爰臂,其善射亦天性,雖子孫他人學者莫能及。廣訥口少言,與人居,則畫地爲軍陳,射闊狹以飲,專以射爲戲。將兵,乏絶處見水,士卒不盡飲,不近水,不盡餐,不嘗食。寬緩不苛,士以此愛樂爲用。其射,見敵非在數十步之内,度不中不發,發即應弦而倒。用此,其將數困辱,及射猛獸,亦數爲所傷云。元狩四年,大將軍票騎將軍大擊匈奴。廣數自請行,上以爲老,不許;良久,乃許之,以爲前將軍。大將軍青出塞,捕虜知單于所居,乃自以精兵走之,而令廣并于右將軍軍,出東道。東道少回遠,大軍行,水草少,其勢不屯行。廣辭曰:"臣部爲前將軍,今大將軍乃徙臣出東道,且臣結髮而與匈奴戰,乃今一得當單于,臣願居前,先死單于。"大將軍陰受上指,以爲李廣數奇,毋令當單于,恐不得所欲。是時,公孫敖新失侯,爲中將軍,大將軍亦欲使敖與俱當單于,故徙廣。廣知之,固辭。大將軍弗聽,令長史封書與廣之莫府,曰:"急詣部,如書。”廣不謝大將軍而起行，意象慍怒而就部，引兵與右將軍食其合軍，出東道。惑失道，後大將軍。大將軍與單于接戰，單于遁走，弗能得而還。南絕幕，乃遇兩將軍。廣已見大將軍，還入軍。大將軍使長史持糒醪遺廣，因問廣、食其失道狀，曰：“青欲上書報天子失軍曲折。”廣未對。大將軍長史急責廣之莫府上簿。廣曰：“諸校尉無罪，乃我自失道，吾今自上簿。”至莫府，謂其麾下曰：“廣結髮與匈奴大小七十餘戰，今幸從大將軍出接單于兵，而大將軍徙廣部行回遠，又迷失道，豈非天哉！且廣年六十餘，終不能復對刀筆之吏矣！”遂引刀自剄。百姓聞之，知與不知，老壯皆爲垂泣。而右將軍獨下吏，當死，贖爲庶人。

古 今 小 説

蔣興哥重會珍珠衫

古今小説卷一

〔明宋懋澄九籥別集卷二珠衫篇〕　楚中賈人某者，年二十二三。妻甚美。其人客粤。家近市樓居，婦人嘗當窗垂簾臨外。忽見美男子，貌類其夫，乃啟簾潛睒。是人當其視，謂有好於己，目攝之。婦人發赤，下簾。男子，新安人，客二年矣。舉體若狂，意欲達誠，而苦無自。思曾與市東鬻珠老媼相識，乃因鬻珠而告之。媼曰：“老婦未嘗與娘子會面，雅命所不敢承。”其人出白金百兩、黃金數錠置案上，揖而跪曰：“旦夕死矣。案上二色，敬爲姥壽。事成，謝當倍此。”媼驚喜，諾曰：“郎君第俟旅中，因此階進。期在合歡，勿計歲月也。”其人殷勤而返。媼因選囊中大珠，並簪珥之珍異者，明旦至新安人肆中。肆戶正當娘子樓前。媼佯與新安人交易，良久。於日中照弄珠色，把插搔頭。市人競觀喧笑，聲徹婦所。婦登樓竊窺，即命侍兒招媼。媼抗新安人金曰：“不賣！阿郎好纏人！如爾價，老婦賣多時也。”收貨入笥。

便過樓，與婦作禮。曰："老婦久同里曲，知娘子饒此。此數物是老眼中奇。樓下人高下不情，想未有女郎者。老身適有他事，煩爲收拾。少間徐來等論。"匆匆下樓。過數日不至。一日雨中，媼來。曰："老身愛女有事。數日奔走，負期。今日雨中，請觀一切纓絡，爍卻窮睛。"婦人出篋中種種奇妙。老媼喧歡不一。形容既畢，婦綜合媼貨，酬之有方。媼喜曰："如尊意所衡，余魄無感。""感"當作"憾"。情史作"如尊意所衡固無憾"。婦復請遲價之半，以俟夫歸。媼曰："鄰居復相疑邪？"婦既喜價輕，復幸半賒，留之飲酌。媼機穎巧捷，彼此惟恨相知之晚。明日，媼携酌過，傾倒極歡。自此婦日不能無媼矣。媼自言："老身家雜，此間大幽。請携卧作伴，爲鬱金侍兒。"婦喜曰："妾不敢邀。謹拭流蘇以待。"是夕，媼遂移宿。兩牀相向，啾語相聞，轉動偪側。侍兒別寢一房。媼携挈壺，靡夕不至。宵言褻句，蕩語沉煙。新安人數問媼期。輒曰："未！未！"及至秋月，過謂媼曰："初謀柳下，條葉未黃。約及垂陰，子已成實。過此漸禿，行將白雪侵枝矣！"媼曰："今夕隨老身入，須着精神。成敗繫此，不然虛費半年也。"因授之計。媼每夜黑至婦家。是夕陰與新安人同入，而伏之寢門之外。媼與婦酌於房。兩聲甚戚，笑劇加殷。媼强侍兒酒。侍兒不勝，醉卧他所。適有飛蛾嗡嗡梁上，情史作"適有飛蛾來火上"。婦仰視之。媼即扇撲燈曰："唉！燈滅！老身自出點燈。"因携其人入寢。復佯笑曰："忘携燭。"去，"忘携燭去"四字可疑。則暗置其人於己牀上，下帳蔽之。火至，其人以被蒙頭。媼與婦復酌。許久，各已微酣，語言無禁，解衣登牀。媼自言少時初婚情狀。因問："娘子如此否？"婦人大笑，不答。媼復以淫語挑之。良久，媼知其情已蕩，乃曰："老身更有最關情者，須自至枕上言。"乃挾其人上婦牀。婦以爲媼也，啟被撫其身曰："姥體滑如是。"其人不言。婦已神狂，聽其輕薄而已。是此"是此"疑當作"自此"。之後，恩

逾夫婦。自開端"楚中賈人某"云云至此約八九百字，以情史校之異文頗多。奄
逾夏初，新安人結伴欲返。自"新安人結伴欲返"句下至煞尾"世無非理人
矣"約八九百字，以情史校之文多同。流涕謂婦曰："別後煩思，乞一物以
當會面。"婦人開箱，檢珠衫一件，自提領袖爲其人服之。曰："道
路苦熱，極生清涼。幸爲君裏衣，如妾得近體也。"其人受之，極
歡而起。計此人所贈珠玉，已千金矣。明日別去，相約明年共載
他往。新安人自慶極遇。於路視衣，輒生涕泗；雖秋極不勝，未
嘗離去左右。是年，爲事所梗。明年，復客粵，因携珠衫而往。
旅次，適與楚人同館，相得頗歡。戲道生平隱事。新安人自言：
曾於君鄉遇一婦如此。蓋楚人外氏故客粵中，主人皆外氏舊交，
故楚人假外氏姓名作客，新安人無自物色也。楚人内驚，佯不信
曰："亦有證乎？"新安人出珠衣泣曰："歡所贈也。君歸囊之便，
幸作書郵。"楚人辭曰："僕之中表，不敢得罪。"新安人亦悔失言，
收衣，謝過。楚人貨盡歸家。謂婦曰："適經汝門，汝母病甚，渴
欲見汝。我已覓轎門前，便當速去。"復授一簡書曰："此料理後
事語，至家與阿父相聞。我初歸，不及便來。"婦人至母家。視母
顏色初無恙。因大驚。發函視之，則離婚書也。闔門憤慟，不知
所出。婦人父至婿家請故。婿曰："第還珠衫，則復相見。"父歸
述婿語。婦人内慚欲死。父母不詳其事，姑慰解之。期年，有吴
中進士宦粵。過楚，擇妾。媒以婦對。進士出五十金致之。婦
家告前婿。婿檢婦人房中大小十六厢，"十六厢"情史作"十六箱"，宜從
之。下文"出前所携十六厢還婦"，"厢"亦當從情史作"箱"。皆金帛寶珠，封畀
妻去。聞者莫不驚嗟。居期年，楚人復客粵，因繼室於粵。携室
將歸，情史無"繼室於粵。携室將歸"語。與主人算貨。不直主人翁，就
勢披之。翁仆地，暴死。二子訟之官。官即進士也。夜深，張燈
檢狀。妾侍於傍，見前夫名氏，哭曰："是妾舅氏，今遭不幸。願
憐箕帚，丐以生還。"官曰："獄將成矣。"婦人長跪請死。官曰：

“起，徐當處分。”明日欲出，復泣曰：“事若不諧，生勿得見矣。”官出視事，謂二子曰：“若父傷未形，須刷骨一驗。適欲見官他縣，屍可移置漏澤園，俟還時爲汝商檢。”二子家累千金，恥白父骨，且年逾耳順，仆損難稽，叩頭言：“父死狀甚張，無煩剔剜。”官曰：“不見傷痕，何以律罪？”二子懇請如前。官曰：“若欲罪楚人，必虧父體。”“若欲”以下九字原在上文“仆損難稽”下，語意不順，必有誤。今移置於此。我有一言，足雪若憾，若能聽否？”二子咸請唯命。官曰：“令楚人服斬衰，呼若父爲父。葬祭責其經紀。執拂躃踴，一隨若行若父。快否？”二子叩頭曰：“如命。”舉問楚人。楚人喜於拯死，亦頓首如命。事畢，官乃召楚人與妾相見。男女合抱，痛哭逾情。官察其有異，曰：“若非舅甥。當以實告。”同辭對曰：“前夫前婦。”官垂淚謂楚人曰：“我不忍見若狀。可便携歸。”出前所携十六厢還婦。且護之出境。“且護之出境”下情史多二句云：“楚人已繼娶。前婦歸，反爲側室。”或曰：新安人客粵，“或曰”以下至“至粵就家”二十八字情史文爲“或曰：新安人以念婦故再往楚中，道遭盜劫，及至，不見婦，愁忿病劇不能歸，乃召其妻”，凡三十三字，所記或人之言與別集不同。遭盜劫“劫”下當脫一字。盡。負債不得還。愁忿，病劇。乃召其妻至粵就家。妻至，會夫已物故。楚人所置後室，即新安人妻也。廢人曰：情史作“九侖生曰”。“若此，則天道太近，世無非理人矣。”“世無非理人矣”下，情史多二句，云“小説有珍珠衫記，姓名俱未的”，蓋馮夢龍附加之詞。

此九篇別集珠衫篇，以情史卷十六所録珍珠衫篇校之，知前半異文甚多。後半文雖大致相同，而文中記或人之言，在別集謂新安人客粵遇盜。病劇，乃召其妻至粵就家。在情史則謂新安人念楚婦復往楚，途遇盜。至則不見婦。愁忿病劇，乃召其妻。此大不同者也。疑情史所録珠衫篇是單行舊本，復經馮夢龍潤色之，故與收入別集者異。至話本所叙於情史爲近。惟別集、情史俱謂新安人遇楚人於粵，出珠衫。話本則云二人遇於吳爲獨異。戲曲演此事者，清袁晉有珍珠衫傳奇。

陳御史巧勘金釵鈿

古今小説卷二

〔元楊瑀山居新話〕聶以道，江西人，爲□□縣尹。有一賣菜人早往市中買菜，半途忽拾鈔一束。時天尚未明，遂藏身僻處。待曙，檢視之，計一十五定。内有五貫者，乃取一張，買肉二貫，米三貫，置之擔中，不復買菜而歸。其母見無菜，乃叩之。對曰："早於半途拾得此物，遂買米肉而回。"母怒曰："是欺我也。縱有遺失者，不過一二張而已；豈有遺一束之理？得非盜乎？爾果拾得，可送還之。"訓誨再三，其子不從。母曰："若不然，我訴之官。"子曰："拾得之物，送還何人？"母曰："爾於何處拾得，當往原處候之。伺有失主來尋，還之可也。"又曰："吾家一世未嘗有錢，買許多米肉，一時驟獲，必有禍事。"其子遂携往其處。果有尋物者至。其賣菜者本村夫，竟不詰其鈔數，止云："失錢在此。"付還與之。傍觀者皆令分賞。失主靳之，乃曰："我失去三十定，今尚欠其半，如何可賞？"既稱鈔數相懸，爭鬧不已。遂聞之官。聶尹覆問拾得者，其詞頗實。因暗喚其母復審之，亦同。乃令二人各具結罪文狀：失者實失去三十定，賣菜者拾得十五定。聶尹乃曰："如此，則所拾之者，非是所失之鈔；此十五定乃天賜賢母養老。"給付母子令去。喻失者曰："爾所失三十定，當在別處。可自尋之。"因叱出。聞者莫不稱善。

（以上入話）

〔明黃瑜雙槐歲鈔卷四陳御史斷獄條〕雙槐歲鈔十卷，明黃瑜撰。瑜字廷美，香山人，官長樂知縣。此書嶺南遺書收十卷本，有瑜弘治乙卯（八年）自序。〕　武昌陳御史孟機智按閩，有張生者殺人當死，其色有冤。詢之。曰：“鄰居王媼許女我，已納聘矣。父母歿，我貧無資，彼遂背盟。女執不從，陰遣婢期我某所，歸我金幣，俾成禮。謀諸同舍楊生，楊生力止我；不果赴。是夕，女與婢皆被殺。媼執我送官。不勝拷掠，故誣服。”即遣人執楊生至，色變股栗，遂伏罪。張生獲釋。人以爲神。智有聲宣宣德正正統間，至右都御史。陳智正統初爲右都御史，見明史七卿年表。

〔情史卷十四柳鸞英條〕　萊州閻瀾與柳某善，有腹婚之約。及誕，閻得男子，曰自珍；柳得女，曰鸞英。遂結鳳契。柳登進士，仕至布政。而瀾止縣貢得教職以死。家貧不能娶，柳欲背盟。鸞英泣告其母曰：“身雖未往，心已相諾。他圖之事，有死而已。”母白於父。父佯應之而未許。鸞英度父終渝此盟，乃密懇鄰媼往告自珍曰：“有私蓄，請君以某日至後圃；挾歸，因事可成。遲則爲他人先矣。”自珍聞之，喜不自抑，遂與其師之子劉江、劉海具言故。江、海密計設酒賀珍，醉之於學舍。兄弟如期詣柳氏。鸞英倚圃門而望，時天將暮，便以付之。而小婢識非閻生，曰：“此劉氏子也。”鸞英亦覺其異，罵之曰：“狗奴！何以詐取我財！速還則已，不然當告官治汝！”江、海恐事洩，遂殺鸞英及婢而去。自珍夜半醉醒，自悔失約。急起，走詣柳氏圃門。時月色黑，直入圃中，踐血屍而躓。嗅之，腥氣。懼而歸。衣皆沾血，不敢以告家人也。達曙，柳氏覺女被殺，而不知主名。官爲遍訊及鄰媼，遂首女結約事。逮自珍至，血衣尚在。一詞不容辯，論死。會御史許公進巡至。夜夢一無首女子泣曰：“妾柳鸞英也。身爲賊劉江、劉海所殺，反坐吾夫。幸公哀辯此獄，妾死不朽矣。”因忽驚覺。明達，召自珍密問之。自珍具述江、海留飲事。公僞爲見鬼自訴之狀。即捕二兇訊之，叩頭疑服。誅於市。遂釋自珍。爲女建坊曰“貞節”以表之。珍後登鄉薦。時人爲作傳奇。見許

公異政録。許公異政録余有明本。一薄册，多不過十幾葉。首大字碑傳，餘小字
軼事。斷柳鸎英案在軼事中，疑是再續百川學海零種。此一册置於奢摩他室曲叢書
函中，爲人竊去。所摘柳鸎英事迹亦遍檢不獲，因據情史所引録之。

　　（以上正傳）

閑雲庵阮三償冤債

古今小説卷四雨窗集卷上題作戒指兒記

　　〔續艷異編卷四寶環記以情史卷三阮華篇校〕　　淳熙中，有阮生
名華，美姿容，賦性温茂，尤善絲竹，時以“三郎”稱之。上元夜，
因會其同遊，擊筑飛觴，呼盧博勝，約爲長夜之歡。既而相携，踏
於燈市。時漏盡銅龍，遊人散矣。仰觀浩月滿輪，浮光耀采，華
欣然曰：“負此景而歸枕席，奈明月笑人。孰若各事所能，共樂清
光之下。”衆曰：“善。”一友能歌，華吹紫玉簫和之，聲入雲表。近
居有女玉蘭，陳太常子也。燈筵方散，步月於庭，忽聞玉管嗚嗚，
因命侍兒窺之。還曰：“阮三郎會友於彼。”蘭頷之數四，凝睇者
久之。因低諷一絶曰：“夜色沉沉月滿庭，是誰吹徹繞雲聲？嗚
嗚只管翻新調，那顧愁人淚染襟！”“淚染襟”，情史作“淚眼傾”。因此詩首
句“庭”是青韻字，第二句“聲”是清韻字，第四句“襟”是侵韻字，馮夢龍惡其韻不協，
故易之。遂怏怏而入。華等曲終各散去。明夜，復會於此。如是
數夕皆然。一夕，衆友不至，華獨徘徊星月之下，自覺無聊，乃吹
玉簫一曲自娱。未終，忽一雙鬟冉冉而至。華戲謂曰：“何氏子
冒露而行？”鬟笑曰：“某陳宅侍兒也。因小姐玩月於庭，聞簫心
醉，特遣妾逆郎，以圖清夜之話。”華思曰：“彼朱門若海，閽寺守
之。倘有不虞，何以自解？”因謝之曰：“因謝之曰”，情史作“因遜詞謝
之”。以下自“予菱焉燕侣”至“顧酌斯心達之幸也”三十八字，情史删。“予菱焉
燕侣，敢望風儔。既辱鸎音，倍加雀躍。但雲期隔若天漢，露草

畏乎夜行。願酌斯心達之。幸也。"侍兒去，俄頃復至，出一物曰："如郎見疑，請以斯物爲質。"華視之，乃一金箱情史作"金鑲"。指環也。遂約之於指。無暇疑思，心喜若狂，隨與俱往。至三門，月色如晝，見蘭獨倚小軒，衣絳綃衣，幽姿雅態，風韻翩然，雖驚鴻游龍，不足喻也。方欲把臂訴衷，忽聞傳呼聲，蘭即遁去。華狼狽而歸，寢不成寐。因吟一詞曰："玉簫一曲無心度，誰知引入桃源路。邂逅曲闌邊，匆忙欲並肩。　　一時風雨急，忽爾分雙翼。回首洛川人，翻疑化作雲。"遂日彷徨於陳氏之居，而香閣深沉，無媒可達。日爲羸瘦，寢食皆忘。父母及兄百方問之，皆隱而不露。

有友張遠，華之至交也。聞華病，往視之，因就榻究其病源。華沉吟不答，惟時時以目顧其手，嗚咽不勝。遠因逼視之，惟指約一環而已。遠會其意，因曰："子有所遇乎？倘可致力，弟當圖之。"華終日支吾，而遠苦叩不已。華度其可與謀，因長歎曰："異香空梁，賈院牆高，翠羽徒存，洛川雲散，更何言哉。"遠得其曲折，因曰："彼重門深鎖，握手誠難，幸有此環，容僕試籌之可也。"遂袖之而出，凝目於陳氏之門，以窺其釁。俄頃，一尼自其門出。迹其蹤視之，乃避塵庵之尼。遠喜曰："吾計得矣。"遂尾尼至庵，出一白鏹於前曰："有事相煩。倘師能成之，當圖重報。"尼叩其詳。遠曰："吾友阮郎，鍾情於陳太常之女。彼此相慕，會面無期。聞師素游其門，願得良謀，以圖一晤。"尼始有難色。遠懇之數四。始曰："俟有便可乘，當相報也。"遂收其環而別。次日，尼清晨至陳太常家，見蘭着杏黃衫子，雲髻半偏，從其母摘玫瑰於庭。見尼至，驚謂曰："露草未乾，梁燕猶宿，師來何若此早？"尼笑曰："不辭曉露而至，特有所請耳。"其母問之，曰："敝庵新鑄大士寶像，翌日告成。願夫人同小姐隨喜一觀，爲青蓮生色。"其母曰："女子差長，身當獨行。"時蘭方抱鬱無聊，正思閒適，聞母不

許，顏微怫然。尼再四慫惥，夫人因許共往。遂延早膳，兼致閒
談。尼因耳目四集，終難達情，遂推更衣於小軒僻所，蘭躡其後，
因與俱行。尼遂微露指環。蘭觸目心驚，即把玩不已，逡巡淚
下，不能自持。因強作笑容，叩其所自。尼曰："日有一郎，持此
禱佛，幽忱積恨，顧影傷心，默誦許時，遂施此環而去。"蘭復叩其
姓名，遂歘歔淚下。尼故驚曰："小姐對此而悲，其亦有説乎？"蘭
羞悗久之，遂含淚言曰："此情惟師可言，亦惟師可達。但搖搖不
能出口耳。"尼強之。曰："昔者閒窺青鎖，偶遇檀郎，欲尋巫峽之
蹤，遂解漢江之佩。脱茲金指，聊作赤繩。蝶夢徒驚，雀橋未駕。
適逢故物，因動新愁耳。"尼曰："小姐既此關情，何不一圖覿面？"
蘭歎曰："秦臺鳳去，楚岫雲迷，一身靜鎖重幃，六翮難生弱體。
欲圖幸會，除役夢魂耳。"尼見淒慘情真，遂告以所來之故。蘭喜
極不能言，惟笑頷其首而已。因出所題閨怨，使作回音。其一
曰："日永憑闌寄恨多，懨懨香閣竟如何；愁腸已自如針刺，那得
閒情繡綺羅。"其二曰："清夜淒淒懶上牀，挑燈欲自寫愁腸；相思
未訴魂先斷，一字書成淚萬行。"其三曰："玉漏催殘到枕邊，孤幃
此際轉淒然；不知寂寞嫌更永，卻恨更籌有萬千。"其四曰："朝來
獨向綺窗前，試探何時了此緣；每日殷勤偷問卜，不知擲破幾多
錢。"因更出一環並前環付尼。臨別曰："師計固良，第恐老母俱
臨，無其隙耳。"尼笑曰："業已籌之。小姐至庵，但爲倦極思睡，
某當有計耳。"尼因出別夫人，往復遠信。未行數步，遠已迎前。
遂同至阮所，以詩及環付之。華喜不自持，病立愈矣。遽起櫛
沐。夜分，以肩輿載至尼庵，匿於小軒邃室。次晨，夫人及蘭果
聯翩而至。尼延茶畢，遂同遊兩廊。卓午，蘭困倦不勝，時欲隱
几。尼謂夫人曰："小姐倦極思寢耳。某室清幽頗甚，能暫憩而
歸乎？"夫人許諾。遂送一小室中，更外爲加鑰。蘭入其內，果幽
雅絶倫。旁設一門，隨手可啟。蘭正注目，忽華自牀後冉冉而

來。蘭驚喜交加,令其躡足。兩情俱洽,遂笑解羅襦,雖戲錦浪
之游鱗,醉香叢之迷蝶,亦不足喻也。歡好正濃,而華忽寂然不
動。蘭驚,諦視,已聲息杳如。遂惶懼不勝,推之牀壁,蹶然而
起,遽整雲鬢。母雖訝其神色異常,第以爲疾作耳。遂命輿別尼
而歸。輿音未寂,張遠及華之兄至。謂尼曰:"事成否?"尼笑曰:
"幸不辱命。"遠問:"三郎何在?"尼指其室曰:"猶作陽臺夢未醒
耳。"遂推門共入,喚之數四。近而推之,死矣。各相失色無言。
因思其久病之軀,故宜致是。遂歸報其父,託言養病於庵而殂。
其事遂隱,而人無知者。惟蘭衷心鬱結,感慨難伸。凡痞寐之
間,無非愁恨。乃續前之四韻。其一曰:"行雲一夢斷巫陽,懶向
臺前理舊妝;憔悴不勝羞對鏡,爲誰梳洗整容光。"其二曰:"幾向
花間想舊蹤,徘徊花下有誰同?可憐多少相思淚,染得花枝片片
紅。"其三曰:"一自風波起楚臺,深閨冷落已堪哀;餘煙空自消金
鴨,那得芳心化作灰。"其四曰:"雲和獨抱不成眠,移向庭前月滿
天;別怨一聲雙淚落,可憐點點濕朱弦。"自此終日慚慚,遂已成
娠。其母察其異,因潛叩蘭。度不可隱,遂盡露其情,且涕泣而
言曰:"女負罪之身,死無足惜。所以厚顏苟存者,爲斯娠在耳。
倘母生之,爲阮氏之未亡婦足矣。"母乃密白於太常。始尤怒甚,
終亦無奈。遂請阮老於密室,以斯情達之。阮亦欣然。因託言
曾聘於華者,遂迎之於歸。數月而生一子,取名學龍。蘭遂蔬縞
終身,目不窺户。後龍年十六而登第,官至某州牧。蘭因受
旌焉。

　　〔夷堅支景卷三西湖庵尼條〕　臨安某官,土人也。妻爲少
年所慕,日日坐於對門茶肆,睥睨延頸,如癡如狂。嘗見一尼從
其家出,徑隨以行。尼至西湖上,入庵寮。即求見,啜茶。自是
數往。少年固多資,用修建殿宇爲名捐施錢帛,其數至千緡。尼
訝其無因而前,叩其故。乃以情愫語之。尼欣然領略,約後三日

來。於是作一齋目，列大官女婦封稱二十餘人，而詣某官宅邀其
妻曰："以殿宇鼎新宜有勝會，諸客皆已在庵。請便昇轎。"即盛
飾易服珥，携兩婢偕行。迨至彼，元無一客。尼持錢犒轎僕，遣
歸。設酒連飲兩婢，婦人亦醉。引憩曲室就枕，移時始醒，則一
男子卧於傍。駭問："爲誰?"既死矣。蓋所謂悦己少年者先伏此
室中，一旦如願，喜極暴卒。婦人不暇俟肩輿，呼婢徒步而返。
良人適在外，不敢與言。兩婢不能忍，口頗洩一二。尼畏事宣，
露瘞死者於榻下。越旬日，少年家宛轉訪其蹤，訴於錢塘。尼及
婦人皆桎梏拷掠。婢僕童行，牽連十餘輩。凡一年，鞫得其實。
尼受徒刑，婦人乃獲免。

窮馬周遭際賣䭀媪

古今小説卷五

〔太平廣記卷二百二十四賣䭀媪條引唐呂道生定命錄〕　唐馬
周字賓王，少孤貧，明詩、傳，落魄不事産業，不爲州里所重。補
博州助教，日飲酒。刺史達奚恕原誤"怒"，今據兩唐書本傳改。屢加咎
責。周乃拂衣南遊曹汴之境。因酒後忤浚儀令崔賢，又遇責辱。
西至新豐宿。旅次主人唯供設諸商販人，而不顧周。周遂命酒
一䲰兩唐書俱作"命酒一䲰八升"，按"斗"字俗書作"䲰"。獨酌。所飲餘者，
便脫靴洗足。主人竊奇之。因至京，停於賣䭀集韻二灰韻：䭀，丸餅
也。媪肆。數日，祈覓一館客處。媪乃引致於中郎將常何之家。
媪之初賣䭀也，李淳風、袁天綱嘗遇而異之。皆竊云："此婦人大
貴，何以在此?"馬公尋取爲妻。後有詔：文武五品官已上，各上
封事。周陳便宜二十餘事，"二十餘事"原誤作"二十條事"，今據兩唐書改。
遣何奏之。乃請置街鼓，及文武官緋紫碧緑等服色，並城門左右
出入事。皆合旨。太宗怪而問何所見。何對曰："乃臣家客馬周

所爲也。”召見與語，命直門下省。仍令房玄齡試經及策。拜儒林郎守監察御史。以常何舉得其人，賜帛百疋。舊唐書作“三百匹”。周後轉給事中，中書舍人。兩唐書俱作“拜給事中轉中書舍人”。有機辯，能敷奏。深識事端，動無不中。岑文本見之曰：“吾見馬君，令人忘倦。然鳶肩火色，騰上必速，但恐不能久耳。”數年内，官至宰相。其媼亦爲夫人。後爲吏部尚書。病消渴，彌年不瘳，年四十八而卒。追贈右僕射高唐公。

　　按：定命録此條文多同舊唐書。舊唐書出唐國史。“刺史達奚恕屢加咎責”，唐史語也。談本太平廣記改“恕”爲“怒”，以“怒”字屬下讀，遂失人名。馮夢龍所讀廣記亦是誤本，故云“博州刺史姓達名奚”。不知“達奚”乃鮮卑姓也。

葛令公生遣弄珠兒
古今小説卷六

〔説苑卷六〕楚莊王賜群臣酒。日暮，酒酣，燈燭滅。乃有人引美人之衣者。美人援絶其冠纓，告王曰：“今者燭滅，有引妾衣者。妾援得其冠纓持之。趣火來上，視絶纓者。”王曰：“賜人酒使醉失禮。奈何欲顯婦人之節而辱士乎？”乃命左右曰：“今日與寡人飲，不絶冠纓者不歡。”群臣百有餘人，皆絶去其冠纓而上火，卒盡歡而罷。居二年，晉與楚戰。有一臣常在前。五合，五獲首。卻敵，卒得勝之。莊王怪而問曰：“寡人德薄，又未嘗異子。子何故出死不疑如是？”對曰：“臣當死。往者醉失禮，王隱忍不暴而誅也。臣終不敢以蔭蔽之德而不顯報王也。常思肝腦塗地，用頸血湔敵久矣。臣乃夜絶纓者也。”遂斥晉軍。楚得以強。此有陰德者必有陽報也。韓詩外傳卷七載此事，美人作王后，晉與楚戰作晉與吴戰，以非話本所本，不錄。

（以上入話）

〔太平廣記卷一百七十七葛周條引王仁裕玉堂閑話〕 梁葛侍
中周鎮兖之日，嘗遊從此亭。按此句上當有文敘兖景物及亭名，而廣記删
之，致"遊此亭"語無根，今無從補之。公有廳頭甲者，年壯未婚，有神彩，
善騎射，膽力出人。偶因白事，葛公召入，時諸姬妾並侍左右。
内有一愛姬，乃國色也，專寵得意，常在公側。甲窺見愛姬，目之
不已。葛公有所顧問，至於再三；甲方流眄於殊色，竟忘其對答。
公但俛首而已。既罷，公微哂之。或有告甲者，甲方懼，但云神
思迷惑，亦不計憶公所處分事。數日之間，慮有不測之罪。公知
其憂，甚以温顏接之。未幾，有詔命公出征，拒唐師於河上。時
與敵決戰，交鋒數日，敵軍堅陣不動。日暮，軍士飢渴，殆無人
色。公乃召甲謂之曰："汝能陷此陣否？"甲曰："諾！"即攬轡超乘，
與數十騎馳赴敵軍，斬首數十級，大軍繼之，唐師大敗。及葛公凱
旋，乃謂愛姬曰："大立戰功，宜有酬賞。以汝妻之！"愛姬泣涕辭
命。公勉之曰："爲人之妻，可不愈於爲人之妾耶？"令具飾資妝，
其直數千緡。召甲告之曰："汝立功於河上。吾知汝未婚，今以某
妻。兼署列職。"此女即所目也。甲固稱"死罪"，不敢承命。公堅
與之。乃受。噫！古有絶纓盜馬之臣，豈逾於此？葛公爲梁名
將，威名著於敵中。河北諺曰"山東一條葛，無事莫撩撥"云。

（以上正傳）

羊角哀舍命全交

欹枕集上 古今小説卷七

〔後漢書卷二十九申屠剛傳李賢注引劉向烈士傳〕 羊角
哀、左伯桃二人爲死友。聞楚王賢，往尋之，"聞楚王賢"以下七字據文

〔選卷五十五劉孝標廣絕交論_{李善注引烈士傳補}〕欲仕於楚。道阻，遇雨雪，不得行。飢寒，自度不俱生。伯桃謂角哀曰："俱死之後，骸骨莫收。内手捫心，知不如子。生恐無益而棄子之能，我樂在樹中。"角哀聽之。伯桃乃並衣糧於角哀，_{"乃並衣糧"以下七字，據文選廣絕交論注補。}入樹中而死。楚平王愛角哀之賢，以上卿禮葬伯桃。角哀夢伯桃曰："蒙子之恩而獲厚葬，正苦荆將軍冢相近，今月十五日，當大戰以決勝負。"角哀至期日，陳兵馬詣其冢，作三桐人，自殺，下而從之。

〔太平寰宇記卷六十九幽州人物〕　左伯桃。_{燕人。}羊角哀。_{燕人。}

〔同上卷九十江南東道昇州溧水縣〕　左伯桃墓在縣南儀鳳鄉。與羊角（哀）友善，葬於此。大曆六年，顏真卿經此，題詩於蒲塘客館。

〔繆荃孫輯永樂大典本順天府志卷八名宦門引析津志〕　左伯桃、羊角哀，並燕人也。二人爲友，聞楚王待士，乃同入楚。至梁山，值雨雪，糧少。伯桃乃並糧與角哀，_{令往來此處疑有誤。}楚，自餓死於空樹中。哀至楚，爲上大夫。乃告楚王，修禮葬於建康溧水縣南四十五里儀鳳鄉孔鎮_{"孔鎮"疑當作"孔家岡鎮"。元豐九域志六江寧府溧水縣有孔家岡、高淳、固城三鎮。}南大驛路西。一夕，哀夢伯桃告之曰："幸感子葬我，奈何與荆將軍墓相鄰，每與吾戰，爲人困迫。今年九月十五日，將大戰以決勝負。幸假我兵馬，叫噪冢上以相助。"哀覺而悲之。如期而往。歎曰："今在冢上，安知我友之勝負?"乃開棺自刎而死，葬伯桃墓中。劉孝標廣絕交云："績_{"績"字誤，當依文選作"庶"。}羊左之徽烈。"正謂是也。唐大曆六年，顏真卿過墓下，作詩吊之，書於莆塘客館。大中十一年，宣歙池觀察使鄭薰_{"鄭"原誤作"勤"，今徑改。}徙其詩於宣州北望樓，仍作文以記之。今俱不存。

吳保安棄家贖友

古今小説卷八

〔太平廣記卷一百六十六吳保安條引牛肅紀聞〕　吳保安，字永固，河北人，任遂州方義尉。新唐書地理志劍南道遂州有方義縣，遂州治此。“方義尉”新唐書卷一九一忠義列傳作“義安尉”。其鄉人郭仲翔，即元振從姪也。仲翔有才學，元振將成其名宦。會南蠻作亂，以李蒙爲姚州都督帥師討焉。蒙臨行辭元振，元振乃見仲翔，謂蒙曰：“弟之孤子，未有名宦，子姑將行。如破賊立功，某在政事，當接引之，俾其廩薄俸也。”蒙諾之。仲翔頗有干用，乃以爲判官，委之軍事。至蜀，保安寓書於仲翔曰：“幸共鄉里，籍甚風猷。雖曠不展拜，而心常慕仰。吾子國相猶子，幕府碩才，果以良能而受委寄；李將軍秉文兼武，受命專征，親綰大兵，將平小寇。以將軍英勇，兼足下才能，師之克殄，功在旦夕。保安幼而嗜學，長而專經。才乏兼人，官從一尉；僻在劍外，地邇蠻陬。鄉國數千，關河阻隔。況此官已滿，後任難期。以保安之不才，厄選曹之格限，更思微禄，豈有望焉！將歸老丘園，轉死溝壑。側聞吾子急人之憂，不遺鄉曲之情，忽垂特達之眷，使保安得執鞭弭，以奉周旋，錄及細微，薄霑功效，承兹凱入，得預末班，是吾子丘山之恩，即保安銘鏤之日。非敢望也，願爲圖之！唯照其款誠，而寬其造次。專策駑蹇，以望抬携。”仲翔得書，深感之。即言於李將軍，召爲管記。

未至，而蠻賊轉逼。李將軍至姚州，與戰，破之。乘勝深入，蠻覆而敗之。李身死軍没，仲翔爲虜。蠻夷利漢財物，其没落者，皆通音耗，令其家贖之。人三十疋。保安既至姚州，適值軍没，遲留未返。而仲翔於蠻中間關致書於保安曰：“永固無恙。

原注:保安之字。頃辱書未報,值大軍已發,深入賊庭,果逢撓敗。李公戰没,吾爲囚俘。假息偷生,天涯地角。顧身世已矣,念鄉國眷然。才謝鍾儀,居然受繫;身非箕子,日見爲奴。海畔牧羊,有類於蘇武;宮中射雁,寧期於李陵。吾自陷蠻夷,備嘗艱苦,肌膚毁剝,血淚滿池,生人至艱,吾身盡受。以中華世族,爲絶域窮囚,日居月諸,暑退寒襲;思老親於舊國,望松檟於先塋;忽忽發狂,膈臆流慟,不知涕之無從。行路見吾,猶爲傷愍。吾與永固雖未披款,而鄉里先達,風味相親,想睹光儀,不離夢寐。昨蒙枉問,承間便言。李公素知足下才名,則請爲管記。大軍去遠,足下來遲;乃足下自後於戎行,非僕遺於鄉曲也。足下門傳餘慶,天祚積善,果事期不入,而身名並全。向若早事麾下,同參幕府,則絶域之人,與僕何異!吾今在厄,力屈計窮。而蠻俗没留許親族往贖。以吾國相之姪,不同衆人,仍苦相邀,求絹千匹。此信通聞,仍索百縑。願足下早附白書報吾伯父。宜以時到,得贖吾還,使亡魂復歸,死骨更肉,唯望足下耳。今日之事,請不辭勞苦。吾伯父已去廟堂,難可諮啟;即願足下親脱石父,解夷吾之驂;往贖華元,類宋人之事。濟物之道,古人猶難;以足下道義素高,名節特著,故有斯請而不生疑。若足下不見哀矜,猥同流俗,則僕生爲俘囚之豎,死則蠻夷之鬼耳。更何望哉!已矣吳君!無落吾事。"

保安得書,甚傷之。時元振已卒。保安乃爲報,許贖仲翔。仍傾其家得絹二百疋往。因住巂州,十年不歸。經營財物,前後得絹七百疋,數猶未至。保安素貧窶,妻子猶在遂州,貪贖仲翔,遂與家絶。每於人有得,雖尺布升粟,皆漸而積之。後妻子飢寒,不能自立。其妻乃率弱子,駕一驢,自往瀘南瀘南路屬姚州。求保安所在。於途中糧盡,猶去姚州數百。其妻計無所出,因哭於路左,哀感行人。時姚州都督楊安居乘驛赴郡,見保安妻哭,異而訪之。妻曰："妾夫遂州方義尉吳保安,以友人没蕃,丐而往贖,因住姚州。棄妾母子,十年不通音問。妾今貧苦,往尋保安。糧乏路長,是以悲泣。"安居大奇之,謂曰："吾前至驛,當候夫人,濟其所乏。"既至驛,安居賜保安妻錢數千,給乘令進。安居馳至郡,先求保安見之,執其手升堂,謂保安曰："吾常讀古人書,見古人行事,不謂今日親睹於公。何分義情深,妻子意淺,捐棄家室,求贖友朋,而至是乎?吾見公妻來,思公道義,乃心勤佇,願見顏色。吾今初到,無物助公,且於庫中假官絹四百疋,濟公此用。待友人到後,吾方徐爲填還。"保安喜,取其絹,令蠻中通信者特¹往。

向二百日而仲翔至姚州。形狀憔悴,殆非人也。方與保安相識,語相泣也。安居曾事郭尚書,則爲仲翔洗沐,賜衣裝,引與同坐,宴樂之。安居重保安行事,甚寵之。於是令仲翔攝治下尉。仲翔久於蠻中,且知其款曲,則使人於蠻洞市女口十人,皆有姿色。既至,因辭安居歸北,且以蠻口贈之。安居不受,曰:"吾非市井之人,豈待報耶?欽吳生分義,故因人成事耳。公有老親在北,且充甘膳之資。"仲翔謝曰:"鄙身得還,公之恩也;微命得全,公之賜也。翔雖瞑目,敢忘大造。但此蠻口故爲公求來;公今見辭,翔以死請。"安居難違,乃見其小女曰:"公既頻繁有言,不敢違公雅意。此女最小,常所鍾愛。今爲此女受公一小口耳。"因辭其九人。而保安亦爲安居厚遇,大獲資糧而去。仲翔到家,辭親凡十五年矣。卻至京,以功授蔚州録事參軍。則迎親到官。兩歲,又以優授代州戶曹參軍。秩滿,内憂。葬畢,因行服墓次。乃曰:"吾賴吳公見贖,故能拜職養親。今親歿服除,可以行吾志矣。"乃行求保安。而保安自方義尉選授眉州彭山丞。仲翔遂至蜀訪之。保安秩滿,不能歸。與其妻皆卒於彼,權窆寺内。仲翔聞之,哭甚哀。因製縗麻,環経,加杖,自蜀郡徙

¹ 疑當作"持"。

跣，哭不絕聲。至彭山，設祭酹畢，乃出其骨，每節皆墨記之，原注：墨記骨節，書其次第，恐葬歛時有失之也。盛於練囊，又出其妻骨，亦墨記，貯於竹籠。而徒跣親負之，徒行數千里，至魏郡。保安有一子，仲翔愛之如弟。於是盡以家財二十萬厚葬保安。仍刻石頌美。仲翔親廬其側，行服三年。既而爲嵐州長史，又加朝散大夫。携保安子之官，爲娶妻，恩養甚至。仲翔德保安不已。天寶十二年，詣闕讓朱紱及官於保安之子以報。時人甚高之。初，仲翔之没也，賜蠻首爲奴，其主愛之，飲食與其主等。經歲，仲翔思北，因逃歸。追而得之，轉賣於南洞。洞主嚴惡，得仲翔，苦役之，鞭笞甚至。仲翔棄而走，又被逐得，更賣南洞中，其洞號“菩薩蠻”。仲翔居中經歲，困厄，復走，蠻又追而得之，復賣他洞。洞主得仲翔，怒曰：“奴好走，難禁止邪？”乃取兩板，各長數尺，令仲翔立於板，以釘其足背釘之，按句有誤。釘達於木。每役使，常帶二木行，夜則納地檻中，親自鎖閉。仲翔二足經數年瘡方愈。木鎖地檻，如此七年。仲翔初不堪其憂。保安之使人往贖也，初得仲翔之首主，展轉爲取之，故仲翔得歸焉。

裴晉公義還原配

古今小説卷九

〔唐王定保摭言卷四節操篇〕裴晉公質狀眇小，相不入貴。既屢屈名場，頗亦自惑。會有相者在洛中，大爲搢紳所神。公時造之問命。相者曰：“郎君形神稍異於人，不入相書。若不至貴，即當餓死。然今則殊未見貴處。可別日垂訪，勿以蔬糲相鄙，候旬日爲郎君細看。”公然之。凡數往矣，無何阻朝客在彼，因退遊香山佛寺，徘徊廊廡之下。忽有一素衣婦人，致一緹緗集韻齊韻：緹，赤色。説文：緹，綈衣。緹或从習作緹。玉篇：綈，交縫衣也。於僧伽和尚唐釋僧伽，西域何國人，龍朔初來中國，隸名楚州龍興寺。後於泗州臨淮縣掘得齊國香積寺古碑，遂建寺焉。景龍二年，中宗迎入内道場，尊爲國師，尋出居薦福寺。四年卒。敕送至臨淮，起塔供養。其臨淮所建寺，中宗賜額曰"普光王寺"。事見宋高僧傳卷十八，及太平廣記卷九十六。欄楯之上，祈祝良久，復取笏擲之，叩頭瞻拜而去。少頃，度方見其所遺忘。念致彼既不可追，然料其必再至，因爲收取。躊躇至暮，婦人竟不至。度不得已，携之歸所止。詰旦，復携至彼，時寺門始辟。俄睹向者素衣疾趨而至，逡巡，撫膺惋歎，若有非横。度從而訊之。婦人曰："新婦宋王得臣麈史卷中辨誤篇：今之尊者斥卑者之婦曰新婦，卑對尊稱其妻及婦人凡自稱者則亦然。而不學者輒易之曰媳易，又曰室婦，不知何也。阿父無罪被繋。昨告人假得玉帶二，犀帶一，直千餘緡，以遺津要。不幸遺失於此。今老父不測之禍無所逃矣。"度憮然，復細詰其物色，因而授之，婦人拜泣，請留其一。度不顧而去。尋詣相者。相者審度顔色頓異，大言曰："此必有陰德及物。此後前途萬里，非某所知也。"再三詰之。度偶以此言之。相者曰："只此便是陰功矣。他日無相忘。勉旃，勉旃。"度果位極人臣。

（以上入話）

〔太平廣記卷一百六十七裴度條引五代王仁裕玉堂閒話〕　元和中，有新授湖州録事參軍，未赴任遇盗，戟"戟"當作"戴"。集韻三陽韻：攘，古作戴。剽殆盡，告敕歷任文簿，悉無孑遺。遂於近邑求丐，故衣迤邐假貸，卻返逆旅。旅舍俯逼裴晉公第。時晉公在假，因微服出遊側近邸，遂至湖糾録事參軍掌勾稽文簿，總録衆曹之文，以其綱領諸曹，故謂之都曹，謂之紀綱從事，亦曰糾曹。白氏長慶集卷六十唐故湖州長城縣令崔府君神道碑銘：轉常州録事參軍，糾察課成。之店，相揖而坐，與語周旋，問及行止。糾曰："某之苦事，人不忍聞。"言發涕零。晉公憫之，細詰其事。對曰："某主"主"疑當作"住"。京數載，授官江湖。遇寇蕩盡，唯殘微命。此亦細事爾。其如某將娶而未親迎，遭郡牧强以致之，獻於上相裴公！位亞國號矣！"裴曰："子室之姓氏何也？"
答曰："姓某，字黃娥。"裴時衣紫褲衫，謂之曰："某即晉公親校
也。試爲子偵。"遂問姓名而往。糾復悔之："此或中令之親近。
入而白之，當致其禍也。"寢不安席。遲明，詣裴之宅側偵之。則
裴已入內。至晚，有報衣吏詣店，頗匆遽。稱令公召。糾聞之惶
懼，倉卒與吏俱往。至第，斯須延入小廳。拜伏流汗，不敢仰視。
即延之坐。竊視之，則昨日紫衣押牙也。因首過再三。中令曰：
"昨見所話，誠心惻然。今聊以慰其憔悴矣。"即命箱中官誥授
之，已再除湖糾矣。喜躍未已，公又曰："黃娥可于飛之任也。"特
令送就其逆旅，行裝千貫，與偕赴所任。

　　（以上正傳）

趙伯昇茶肆遇仁宗
古今小説卷十一

　　〔花草粹編卷五引趙旭曲入冥詞〕　握管淚盈眸。欲寫還
休。人間情是阿誰留？千丈遊絲不落地，風外悠悠。　　煙雨
晚山稠，人在西樓。幾行候雁下汀洲。一個思鄉寒夜客，萬種
離愁。

　　按：粹編卷五目錄浪淘沙下注云：一名賣花聲、過龍門，
小說作曲入冥。正文李後主浪淘沙詞注云：一名賣花聲，小
說作曲冥。脫"入"字。知所引趙旭詞，乃採自小說者也。
今古今小說趙伯昇茶肆遇仁宗話本無此詞，蓋馮夢龍編時
略之。

衆名姬春風弔柳七

古今小説卷十二

〔宋羅燁醉翁談録丙集卷二三妓挾耆卿作詞條〕　耆卿居京華，暇日遍遊妓館。所至妓者愛其有詞名，能移宮换羽，一經品題，聲價十倍。妓者多以金物資給之，惜其爲人出入所寓不常。耆卿一日經由豐條樓"豐條"當作"豐樂"。前——是樓在城中繁華之地，設法賣酒，群妓分番——忽聞樓上有呼"柳七官人"之聲，仰視之，乃甲妓張師師。師師耍哨而聰敏，酷喜填詞和曲。與師師密。及柳登樓，師師責之曰："數時何往？略不過奴行。君之費用，吾家恣君所需，奴之房卧，因君罄矣。豈意今日得見君面，不成惡人情去，且爲填一詞去。"柳曰："往事休論。"師師乃令量酒，具花箋，供筆墨。柳方抷花箋，忽聞有人登樓聲。柳藏紙於懷，乃見劉香香至前言曰："柳官人也有相見，爲丈夫豈得有此負心，當時費用，今忍復言。懷中所藏，吾知花箋矣，若爲詞，妾之賤名幸收置其中。"柳笑出箋，方疑"疑"當作"凝"。思間，又有人登樓之聲。柳視之，乃故人錢安安。安安叙別，顧問柳曰："得非填詞？"柳曰："正被你兩姐姐所苦，今似應作"令"。我作詞。"安安笑曰："幸不我棄。"柳乃舉筆一揮而止。三妓各私喜，仰官人有我先書我名矣。乃書就一句（乃云）："師師生得艷冶。"治"當作"冶"。香香、安安皆不樂，欲掣其紙。柳再書（第二句）云："香香於我情多。"安安又嗔柳曰："無我矣！"按其紙，忿然而去。柳遂笑而復書（第三句）云："安安那更久比和，四個打成一個。（過片）幸自蒼"蒼"應作"倉"。皇未疑，新詞寫處多磨。幾回扯了又重按。奸既詠三女，"奸"字應作"姦"。字中心着我。"（曲名西江月）三妓乃同開宴款柳。師師下原空一字，辨識不清。似應作"卽"。席借柳韻和

一詞(西江月)："一種何其輕薄，三眠情意偏多。飛花舞絮弄春
和，全没些兒定個。　　蹤迹豈容收拾，風流無處消磨。依依接
取手親授，永結同心向我。"柳見詞大喜，令各盡量而飲。香香謂
安安曰："師師姐既有高詞，吾已醉，可相同和一詞。"(西江月：)
"誰道詞高和寡，須知會少離多。三家本作一家和，更莫容它別
個。　　且怎眼前同條，休將飲裏相磨。酒腸不奈苦揉授，我醉
無多酌我。"和詞既罷，柳言別。同祝之曰："暇日望相顧，毋似前
時一去不復見面也。"柳笑而下樓去也。

張道陵七試趙昇
古今小説卷十二

〔晉葛洪神仙傳卷四漢魏叢書本，以太平廣記卷八引校〕　張道陵
者，沛國人也。本太學書生，博通五經。晚乃歎曰："此無益於年
命。"遂學長生之道，得黃帝九鼎丹法，欲合之用藥，皆糜費錢帛。
陵家素貧，欲治生，營田收畜，非己所長，乃不就。聞蜀人多純
厚，易可教化，且多名山，乃與弟子入蜀。往鵠鳴山，著作道書二
十四篇。乃精思煉志。忽有天人下，千乘萬騎，金車羽蓋，驂龍
駕虎，不可勝數。或自稱柱下史，或稱東海小童，乃授陵以新出
正一明威之道。陵授之，能治病。於是百姓翕然奉事之，以爲
師，弟子戶至數萬。即立祭酒，分領其戶，有如官長，並立條制，
使諸弟子隨事輪出米、絹、器物、紙、筆、樵薪、什物等。領人修復
道路，不修復者，皆使疾病。縣有應治橋道，於是百姓斬草除溷，
無所不爲，皆出其意，而愚者不知是陵所造，將爲此文從天上下
也。陵又欲以廉恥治人，不喜施刑罰，乃立條制，使有疾病者，皆
疏記生身已來所犯之罪，乃手書投水中，與神明共盟約，不得復
犯法，當以身死爲約。於是百姓計念，邇逅疾病，輒當首過。一

則得愈，二使羞慚，不敢重犯，且畏天地而改。從此之後，所違犯者，皆改爲善矣。

陵乃多得財物，以市其藥合丹，丹成，服半劑，不願即昇天也。乃能分形作數十人。其所居門前水池，陵常乘舟戲其中，而諸道士賓客往來盈庭。蓋座上常有一陵與賓客對談，共食飲，而真陵故在池中也。其治病事，皆採取玄素，但改易其大較，轉其首尾，而大途猶同歸也。行氣服食，故用仙法，亦無以易故。陵語諸人曰："爾輩多俗態未除，不能棄世，正可得吾行氣導引房中之事，或可得服食草木數百歲之方耳。"其有九鼎大要，唯付王長；而後合有一人從東方來，當得之。此人必以正月七日日中到，具説長短形狀。

至時，果有趙昇者，恰從東方來，生平原相，見其形貌，一如陵所説。陵乃七度試昇，皆過。乃受昇丹經。七試者：第一試，昇到門不爲通，使人罵辱四十餘日，露宿不去，乃納之。第二試，使昇於草中守黍驅獸，暮遣美女非常，託言遠行過寄宿，與昇接牀。明日，又稱腳痛不去，遂留數日。亦復調戲，昇終不失正。第三試，昇行道，忽見遺金三十餅，昇乃走過不取。第四，令昇入山採薪，三虎交前，咬昇衣服，唯不傷身，昇不恐，顏色不變，謂虎曰："我道士耳，少年不爲非，故不遠千里來事神師，求長生之道，汝何以爾也？豈非山鬼使汝來試我乎？"須臾，虎乃起去。第五試，昇於市買十餘疋絹，付直訖，而絹主誣之，云：未得。昇乃脱衣買絹而償之，殊無恡色。第六試，昇守田穀，有一人往叩頭乞食，衣裳破弊，面目塵垢，身體瘡膿，臭穢可憎。昇愴然爲之動容，解衣衣之，以私糧設食，又以私米遺之。第七試，陵將諸弟子登雲臺，絶岩之上，下有一桃樹，如人臂，傍生石壁，下臨不測之淵，桃大有實。陵謂諸弟子曰："有人能得此桃實，當告以道要。"於時伏而窺之者，三百餘人，股戰流汗，無敢久臨，視之者莫不卻退而還，謝不能得。昇一人乃曰："神之所護，何險之有？聖師在此，終不使吾死於谷中耳。師有教者，必是此桃有可得之理故耳。"乃從上自擲投樹上，足不蹉跌，取桃實滿懷，而石壁險峻，無所攀緣，不能得返。於是乃以桃一一擲上，正得二百二顆。陵得而分賜諸弟子各一，陵自食，留一以待昇。陵乃以手引昇，衆視之，見陵臂加長三二丈，引昇，昇忽然來還，乃以向所留桃與之。昇食桃畢，陵乃臨谷上，戲笑而言曰："趙昇心自正，能投樹上，足不蹉跌。吾今欲自試投下，當應得大桃也。"衆人皆諫，唯昇與王長嘿然。陵遂投空，不落桃上，失陵所在。四方皆仰，上則連天，下則無底，往無道路，莫不驚歎悲涕。唯昇、長二人，良久乃相謂曰："師則父也。自投於不測之崖，吾何以自安！"乃俱投身而下，正墮陵前。見陵坐局腳牀斗帳中，見昇、長二人笑曰："吾知汝來。"乃授二人道畢，三日乃還。歸治舊舍，諸弟子驚悲不息。後陵與昇、長三人，皆白日沖天而去。衆弟子仰視之，久而乃没於雲霄也。初，陵入蜀山，合丹半劑，雖未衝舉，已成地仙，故欲化作七試，以度趙昇，乃如其志也。

〔太平寰宇記卷八十六劍南東道閬州蒼溪縣〕　雲臺山，一名天柱山，在縣東南三十五里。高四百丈。上方百里，有魚池，宜五穀，無惡毒，可度災。周地圖云：漢末張道陵在此學道，使弟子趙昇投身絶壑以取仙桃。長等七試已訖，九丹遂成，隨陵白日昇天。

楊八老越國奇逢
古今小說卷十八

〔情史卷二楊公條〕　楊公某，關中蓋屋人；婦李氏，生一子，才七歲。公復賈於閩漳浦，主龔氏家，龔新寡，復爲其家贅婿。

生一子，冒姓蘽氏，亦已三歲。倭夷突犯海上諸郡，略公以去。居十九年，髠跣跳戰，皆倭習矣。後又隨衆犯閩。會閩帥敗之去，而公得遁歸爲纍囚，屬紹興郡丞楊公世道者鞫辨之。"夷耶？民耶？"公曰："我閩中民也。"因道其里族妻子名姓，多與己合，異之，歸以問母。母令再讞而聽於屏後。不數語，大呼曰："而翁也！"起之囚中，拜哭皆慟。洗浴更衣，慶忭無極。次朝下疑脱"太守"二字蘽公知公得翁，舉羔雁爲賀。公觴之，翁出行酒。蘽公問翁何由入閩。翁言其始末，又與蘽公家里族妻子名姓合。異之，亦歸以問母。其日，翁來報謁，蘽公觴之。而母竊聽其語，又大呼曰："而翁也！"其爲怨喜猶楊丞家。於是闔郡黎老歡忭，呼爲循吏之報。士大夫羔雁成群。蓋守、丞即異地各姓，實同體兄弟。而翁以髠跣跳戰之卒，且爲纍囚，一日而得二貴子兩夫人，以朱輴千鍾養焉。其離而合，疏而親，賤而榮，豈非天故爲之哉？

　　按：笑史卷三十四一日得二貴子條文同。惟"屬紹興郡丞楊公世道者鞫辨之"句下，少"夷耶民耶"四字。

臨安里錢婆留發迹
古今小説卷二十一

〔宋釋文瑩湘山野録卷中〕　開平元年，梁太祖即位，封錢武肅鏐爲吳越王。時有諷錢拒其命者。錢笑曰："吾豈失爲一孫仲謀耶？"拜受之。改其鄉臨安縣爲臨安衣錦軍。是年，省塋壠，延故老，旌鉞鼓吹，振耀山谷。自昔游釣之所，盡蒙以錦繡，或樹石至有封官爵者，舊貿鹽肩擔亦裁錦韜之。一鄰媪九十餘，携壺漿角黍迎於道。鏐下車亟拜。媪撫其背，猶以小字呼之曰："錢婆留！喜汝長成。"蓋初生時，光怪滿室，父懼，將沉於丫溪，此媪酷留之，遂字焉。爲牛酒，大陳鄉飲。別張蜀錦爲廣幄，以飲鄉婦。凡男女八十已上金樽，百歲已上玉樽，時黃髮飲玉者尚不減十餘人。鏐起，執爵，於席自唱還鄉歌以娛賓曰：“三節還鄉兮掛錦衣，吳越一王駟馬歸。臨安道上列旌旗，碧天明明兮愛日輝。父老遠近來相隨，家山鄉眷兮會時稀。牛斗光起兮天無欺。”止時父老雖聞歌進酒，都不之曉。武肅覺其歡意不甚浹洽，再酌酒，高揭吳喉唱山歌以見意，詞曰：“你輩見儂底歡喜，吳人謂儂爲我。別是一般茲味子，呼味爲瀌。永在我儂心子裏。”止歌闋，合聲賡贊，叫笑振席，歡感閭里，今山民尚有能歌者。

〔宋釋文瑩續湘山野錄〕　唐昭宗以錢武肅鏐平董昌於越，拜鏐爲鎮海鎮東節度使、中書令，賜鐵券，恕九死，子孫二死。羅隱撰謝表，略曰：“鎪金作誓，指日成文。蓋陛下憫臣處極多虞，憂臣防姦未至。所以廣開聖澤，永保私門，屈以常刑，宥其必死。雖君親屬意，在其必恕必容；而臣子盡心，亦豈敢傷慈傷愛。謹當日慎一日，戒子戒孫。不可以此而累恩，不可因茲而賈禍。”止殆莊宗入洛，又遣使貢奉，懇承旨改回，請玉冊金券。有司定儀：非天子不得用。後竟賜之。鏐即以節鉞授其子元瓘，自稱吳越國王，名其居曰殿，官屬悉稱臣。又於衣錦軍大建玉冊、金券、詔書三樓。復遣使冊東夷諸國，封拜其君長。幾極其勢，與向之謝表所陳處極防微、累恩賈禍之誠殊相戾矣。禪月貫休嘗以詩投之曰：“貴極身來不自由，幾年勤苦踏山丘。滿堂花醉三千客，一劍光寒十四州。萊子衣裳宮錦窄，謝公篇詠綺霞羞。他年名上凌煙閣，豈羨當時萬戶侯。”鏐愛其詩，遣客吏諭之曰：“教和尚改‘十四’爲‘四十州’，方與見。”休性褊介，謂吏曰：“州亦難添，詩亦不改，然閑雲孤鶴何天而不可飛耶？”遂飄然入蜀，以詩投孟知祥，有“一瓶一鉢垂垂老，萬水千山得得來”之句。知祥厚遇之。鏐後果爲安重誨奏削王爵，以太師致仕。重誨死，明宗乃復鏐舊爵位。

木綿庵鄭虎臣報冤

古今小説卷二十二

〔宋周密齊東野語卷十五龜溪二女貴條〕　隆國黄夫人，湖
州德清縣人，入榮邸，嗣王與芮無子，一幸而得男，是爲度宗。秦
齊國夫人胡氏，亦同邑人，相去才數里。賈涉濟川，以制置少日
舟過龜溪，見婦人浣衣者，偶盼之，因至其家，問：“夫何在？”曰：
“未歸。”語稍洽，調之曰：“肯相從乎？”欣然惟命。及夫還，扣之，
亦無難色，遂携以歸。既而生似道。未幾去，嫁爲民妻。似道少
長，始奉以歸。性極嚴毅，似道畏之。當景定咸淳間，屢入禁中，
隆國至同寢處，恩寵甚渥。年至八十有三。上方賜秘器，及冰腦
各五百兩。賻銀絹四千兩疋。命中使護葬，帥漕供費。凡兩輟
朝。賜謚“柔正”，賜功德寺及田六千畝，可謂盛極矣。

〔宋周密齊東野語卷十九賈氏前兆條〕　賈師憲柄國日，嘗
夢金紫人相迎逢，旁一客謂之曰：“此人姓鄭，是能制公之死命。”
時大璫鄭師望方用事，意疑其人，且姓與夢合，於是竟以他故擯
逐之。及魯港失律，遠謫南荒，就紹興差官押送，則本州推官沈
士圭、攝山陰尉鄭虎臣也。鄭武弁，嘗爲賈所惡，適有是役，遂甘
心焉。賈臨行，置酒招二人，歷言前夢，且祈哀徵庇云：“向在維
揚日，襄鄧間有人善相，一日來，值其跣卧，因歎惜再三，私謂客
曰：‘相公貴極人臣，而足心肉陷，是名猴形，恐異時不免有萬里
行耳。’是知今日竄逐之事，雖滿盈招咎，蓋亦有數存焉。”及抵清
漳之次日，泣謂押行官曰：“某夜來夢大不祥。儻離此地，必死無
疑。幸保全之。”遂連三日逗留不行。而官吏追促之。離城五里
許，小泊木綿庵。竟以疾殂。或謂虎臣有力焉。先是林劾樞存
孺父爲賈所擯，謫之南州，道死於漳。漳有富民蓄油杉甚佳，林

氏子弟欲求而價窮不可得，因撫其木曰："收取，收取，待留與賈
丞相自用。"蓋一時憤恨之語耳。至是，郡守與之經營，竟得此物
以歛。可謂異矣。死生禍福，皆有定數，不可幸免也如此。事親
聞之沈士圭云。

〔元蔣正子山房隨筆〕　秋壑在朝，有術者言平章不利姓鄭
之人；因此每有此姓爲官者，多困抑之。武學生鄭虎臣登科，輒
以罪配之。後遇赦得還。秋壑喪師，陳靜觀諸公欲置之死地，遂
尋其平日極仇者監押。虎臣遂請身爲之。乃假以武功大夫押其
行。虎臣一路凌辱。至漳州木綿庵，病洩瀉，踞虎子欲絕。虎臣
知其服腦子求死，乃云："好教作只恁地死。"遂趯數下而殂。

〔同上〕　庚申，履齋吳相循州安置，以賈似道私憾之故。未
幾，除承節郎劉宗申知循州。劉江湖士，專以口舌嚇迫當路要
人，貨賄官爵。士大夫畏其口，姑厚饋彌縫之。其得官亦由此。
守循之除，似道欲其殺吳相。宗申至郡，所以捃摭履齋者無所不
至。隨行吏僕以次病亡。或謂置毒所居井中，故飲水者皆患足
軟而死。履齋亦不免。似道遭鄭虎臣之辱，其時趙介如守漳，賈
門下客也。宴虎臣於公舍。介如欲客似道，似道不可，以讓虎
臣，口口稱天使惟謹。虎臣不讓，似道遂坐於下。介如察其有殺
賈意，命館人啟鄭，且以辭挑之。於時似道衣服飲食皆爲鄭減
抑，介如作錦衣等饋之。見其行李輜重，令截寄其處，伺得命放
回日取之。其館人語鄭云："天使今日押練使至此，度必無生理；
曷若令速殂，免受許多苦惱。"鄭云："便是這物事受得這苦，欲死
而不死。"未幾遂殂。趙往哭，鄭不許。趙固爭。鄭怒云："汝欲
檢我邪！"趙云："汝也宜得一檢。"然未如之何。趙經紀棺斂，且
致祭，其辭云："嗚呼！履齋死循，死於宗申。先生死閩，死於虎
臣。嗚呼。"云云。只此四句，然哀激之恫，無往不復之微意，悉
寓其中。季一山閟爲郡學正，爲予道之。

〔明趙弼效顰集下卷木綿庵記^{據日本舊鈔本，以明刊本校}〕 賈似道者，萬安縣簿賈涉之婢所生也。涉年逾四旬無子。厥妻楊氏，性妒，惟生一女。涉欲買妾，楊不許。一日，縣尹室會楊宴，僮僕皆出。涉自入厨覓水，時賤婢名胡海棠者，裸眠窗下。涉見之興動，因而幸焉。其婢自是情亦淫蕩矣。涉有養子曰似兒、曰道奴者，皆未娶。婢嘗夜就二子，因是有娠。楊見之，大怒，撻婢數十，詰其孕狀。婢遂言涉覓水入厨偶私之事。楊恚曰："詎有一交而成胎者？是必外私所至也。"仍撻之。婢不勝箠楚，乃言似兒與道奴亦嘗與私。楊曰："如此則聚麀類也。亂吾賈氏之宗。俟生則殺之。"至期，婢産於後圃楮樹下，楊果欲見害。尹聞，急令厥妻先往勸救。尹亦率丞尉賀之。既至涉居，尹謂曰："喜公有弄璋之慶，萬事足矣。"涉倉卒應曰："聊乘一時之興，不料有此。"衆大笑。楊因尹妻勸，俾胡婢收育。然猶惡其猥賤，戲謂涉曰："此孽子三種也，宜從三父姓名，而曰'賈似道'。苟不從吾言，則殺之以啖犬。"涉不得已，從焉。蓋兼取賈涉、似兒、道奴三人之名也。楊之女後爲理宗貴妃。暨似道秉政，涉與楊氏已死，惟胡婢獨存，封兩國夫人。於所生楮樹前立崧高亭以旌之。

元兵侵揚州，三學儒生上書，劾似道欺君枉上過惡。太后乃降其官，移婺州居住。婺人聞似道至，率衆數百爲露布以逐之。左丞相王爚、御史孫嶸^{"孫嶸"當作"孫嶸叟"，見宋史卷四百七十四。}等，皆以似道罪重罰輕，乞斬以謝天下。徐直方、陳景行、翁合上言，似道專權罔上，賣國招兵，貪利虐民，滔天之罪。遂徙循州安置，俾臨安台州，籍其家産。仍命會稽尉鄭虎臣爲監押官。時似道寓建寧開元寺，侍妾尚數十人。虎臣至，悉屏去之，奪其寶物珍玩之器。舁以弊轎，撤其蓋，使曝於烈日中。令舁夫唱杭州歌以謔之。一日之間，窘辱備至。似道不能堪，但垂淚而已。數日，至一古寺假宿，忽睹壁上有吳潛南行所題詩云：

股肱十載竭丹心，諫草雖多禍亦深。補袞每思期仲甫，殺人未必是曾參。氈裘浩蕩紅塵滿，喻元兵入都之衆也。風雨淒涼紫陌陰。喻宋庭無賢而蕭索也。遙望諸陵荒草隔，不堪老淚灑衣襟。

胡馬南來動北風，累陳長策罄孤忠。群豺暴橫嘉謀遏，喻似道也。儀鳳高飛事業空。自喻也。愁恨暗銷榕樹綠，寸心謾擬荔枝紅。欲知千載英雄氣，盡在風雷一夜中。

潛先被似道讒譖，貶於循州。居數月，忽語人曰："吾將逝矣。必有風雨大作，以表吾忠烈之意。"既而果然。是詩蓋潛昔過此而作也。虎臣呼似道曰："賈團練，吳丞相何故至此？題此詩何意？"似道赧顏，不能對。翌日，至泉州九日山。忽逢數卒，押一叟二嫗，桁楊號泣而來，指似道罵曰："逆賊累我夫婦矣。"似道視之，乃其父賈涉與二母也。死已數十年，一旦見之。似道大駭，罔知所爲，即降輿頓首拜泣。其父捋似道髮拳之蹴之。二母以瓦礫擊其面，且詈且泣。數似道曰："逆賊本非我子。此賤婢與二奴所私，而生爾也。我以年暮無嗣，黽勉認爲己體。育爾成人，訓爾詩書，教爾忠孝之道。爾既蔭補我職，天子以爾姊故，累擢顯任。因沈炎讒佞，黜賢相吳潛，以爾執政，引進奸回。爾嗾何夢然等譖愬，斥吳丞相死於循州。幽元使郝經，以匿求和之盟。爾欺君枉上，妒賢嫉能，流毒稔禍，害民誤國。擢髮不容數爾之罪。我大宋自開基以來，姦邪之臣，惟爾一人爲最也。今藝祖、太宗二帝，命酆都勘我與爾二母失教之罪。吳丞相爲地府大素妙廣真君，與酆都主者公同勘問。日夜受苦萬狀，未知了於何時。爾亦不免風刀之慘酷也。"楊嫗詈涉曰："老奴！我曩爲爾言：'此駁種也，不宜畜。'爾不見信，反以爲妒忌。向使聽我之言，豈有今日之苦哉！"虎臣見涉與二嫗捽毆既久，前爲救解。涉曰："縣尉不知耶？吾輩，賈似道父母也。因此孽賊誤國病民，累我曹若此。吾於幽冥之中待此賊久矣。縣尉胡不亟殺之，又欲俟何時耶？"虎臣笑曰："在旦夕耳。"言既，押卒驅曳嫗痛哭而去，倏然不見。虎臣觀似道髮鬢蓬鬆，面身疥瘠，仆地呻吟，久而方甦，歎曰："吾父母恚恨如此，安能久生於世乎？"

十月，至漳州木綿庵。虎臣諷令自決。似道曰："太后許我不死。有詔，即死矣。"虎臣怒曰："爾父母前者數爾罪惡，令吾殺爾，爾亦聞之。吾爲天下除殘伸冤，雖死何憾焉！"乃拘其妻子於別室，叱數卒驅似道於庵後。褫其衣，縛其手足，以鐵撾築之。似道哀鳴乞命。虎臣愈怒，命左右取廁中穢物囕其口，拉其胸，而殺之。仍剖其腹，實馬糞數升，剜其兩目，割其耳、鼻、舌，埋於廁側而去。

〔田汝成西湖遊覽志餘卷五〕　大全丁大全罷，吳潛代相，爲人豪雋，其兄弟多以附麗登庸。賈似道與潛有隙，遂爲飛謠於上曰："大蜈公，小蜈公，盡是人間業毒蟲。夤緣攀附百蟲叢，若使飛天能食龍。"語聞，罷潛，謫循州，中毒死。

賈似道師憲，台州人。少落魄，游博。會其姊有寵於理宗，嘗憑高見湖中燈火，語左右曰："此必似道也。"詢之，果然。十數年，超致相位。人有作詩云："收拾乾坤一擔擔，上肩容易下肩難。勸君高著擎天手，多少傍人冷眼看。"未幾，元兵南侵，至鄂州。拜似道左丞相，禦之。會憲宗崩，似道請和，元人許之。兵解，遂上表以肅清聞。帝以其有再造功，寵用日盛。似道乃使門客廖瑩中、翁應龍等撰福華編，以紀鄂功。賜第葛嶺。大小朝政，就決館中。宰執充位而已。當時爲之語曰："朝中無宰相，湖上有平章。"

度宗時，襄陽受圍者三年矣。帝一日問曰："襄陽久困，奈何？"似道對曰："北兵已退，陛下安得此言？"帝曰："適聞女嬪言之。"似道詢得其人，誣以他事賜死。自是無人敢言及邊事者。日坐葛嶺，取舊宮人及娼尼淫戲，無晝夜。惟故博徒得闌入，人無敢窺其第者。嘗與群妾踞地鬥蟋蟀，所狎客撫其背曰："此平章軍國重事耶？"嘗作半閑亭，以停雲水道人。每治事畢，則入亭中打坐。有佞人上糖多令，大稱其意。其詞曰："天上謫星班，青牛度谷關。幻出蓬萊新院宇，花外竹，竹邊山。　軒冕儻來間，人生閑最難。算真閑，不到人間。一半神仙先占取，留一半，與公閑。"

似道欲行富國強兵之策。是時，劉良貴爲都曹，尹天府。吳勢卿餉淮東，入爲浙漕。遂交贊公田事。欲先行之浙右，候有端緒，則諸路仿行之。於是以官品限田，立回買、派買之目，民間騷然。有爲詩云："襄陽累載困孤城，豢養湖山不出征。不識咽喉形勢地，公田枉自害蒼生。"其後又立推排打量之法，白沒民產。有人作詩云："三分天下二分亡，猶把山川寸寸量。縱使一丘添一畝，也應不似舊封疆。"又有作沁園春詞云："道過江南，泥牆粉壁，右具在前。述何縣何鄉里，住何人地，佃何人田。氣象蕭條，生靈憔悴。經界從來未必然。惟何甚，爲官爲己，不把人憐。

思量幾許山川，況土地分張又百年。西蜀巉岩，雲迷鳥道；兩淮清野，日警狼煙。宰相弄權，奸人罔上，誰念干戈未息肩？掌大地，何須經理？萬取千焉。"樞密使文及翁作百字令詠雪以譏之云："没巴没鼻，煞時間，做出漫天漫地。不問高低並上下，平白都教一例。鼓弄滕六，招邀巽二，只恁施威勢。識他不破，至今道是祥瑞。　最苦是，鵝鴨池邊，三更半夜，誤了吳元濟。東郭先生都不管，挨上門兒穩睡。一夜東風，三竿紅日，萬事隨流水。東皇笑道：山河原是我的。"

御史陳伯大奏立士籍，似道毅然行之。凡應舉及免舉人，州縣給歷一道，親書年貌世系，及所肄業於歷首，執以赴舉，過省參對筆迹異同，以防僞濫。時人有詩譏之云：“戎馬掀天動地來，襄陽城下哭聲哀。平章束手全無策，卻把科場惱秀才。”又有爲沁園春詞云：“國步多艱，民心靡定，誠吾隱憂。歎浙民轉徙，怨寒嗟暑，荆襄死守，閱歲經秋。虜未易支，人將相食，識者深爲社稷羞。當今虩，出陳大諫，箸借留侯。　　迂闊爲謀，天下士如何可籍收？況君能堯舜，臣皆稷契，世逢湯武，業比伊周。政不必新，貫宜仍舊，莫與秀才做盡休。勸吾元老，廣四門賢路，一柱中流。”又詞云：“士籍令行，條件分明，逐一排連。問子孫何習，父兄何業，明經詞賦，右具如前。最是中間，娶妻某氏，試問於妻何與焉？鄉保舉，那當著押，開口論錢。　　祖宗立法於前，又何必更張萬萬千？算行關改會，限田放糴，生民凋瘁，膏血俱朘。只有士心，僅存一脈，今又艱難最可憐。誰作俑？陳堅伯大，附勢專權。”

似道令人販鹽百艘，至臨安賣之。太學生有詩云：“昨夜江頭長碧波，滿船都載相公醝。雖然要作調羹用，未必調羹用許多。”

似道居湖上。一日，倚樓閑眺，諸姬皆從。有二人，道裝羽扇，乘小舟游湖登岸。一姬曰：“美哉，二少年！”似道曰：“汝願事之，當留納聘。”姬笑而不言。逾時，令人捧一合，喚諸姬至前曰：“適方爲某姬受聘。”啟視之，乃姬之首也。諸姬股栗。

似道一日招馬廷鸞、葉夢鼎飲，行令，舉一物與人，還詩一聯。似道云：“我有一局棋，付與棋師。棋師得之，予我一聯詩：自出洞來無敵手，得饒人處且饒人。”廷鸞云：“我有一竿竹，付與漁翁。漁翁得之，予我一聯詩：夜靜水寒魚不食，滿船空載月明歸。”夢鼎云：“我有一張犂，付與農夫。農夫得之，予我一聯詩：但存方寸地，留與子孫耕。”似道不悅而罷。

似道臥治湖山，母猶在養。每歲八月八日，似道生辰，四方善頌者以數千計，悉俾翹才館謄考，以第甲乙。一時傳誦，爲之紙貴，然皆詔辭囈語耳。陳惟善寶鼎詞云：“神鰲誰斷？幾千年，再乾坤初造。算當日，枰棋如許，爭一着，吾其衽左。談笑頃，又十年生聚處，豳風葵棗。江如鏡，楚氛餘幾，猛聽甘泉捷報。天衣細意從頭補，爛山龍華蟲黼藻。宮漏永，千門魚鑰，截斷紅塵飛不到。　　六街九軌，看千貂避路，庭院五侯深鎖。好一部太平六典，一一周公手做。赤烏繡裳，消得道斑斕衣好。盡龍眉鶴髮，天上千秋難老。甲子平頭纔一過，未説汾陽考。看金盤露滴瑤池，龍尾放班回早。”廖瑩中木蘭花慢云：“請諸君著眼，來看我福華編。記江上秋風，鯨黎漲雪，雁徼迷煙。一時幾多人物，只我公隻手護山川。爭睹階符瑞象，又扶紅日中天。　　因懷下走，奉囊鞬磨盾夜無眠。知重開宇宙，活人萬萬，合壽千千。梟鷥太平世也要東還，赴上是何年？消得清時鐘鼓，不妨平地神仙。”陸景思甘州歌云：“滿清平世界，慶秋成，看看斗米三錢。論從來，活國掄功第一，無過豐年。辦得閒民一飽，餘事笑談間。若問平戎策，微妙難傳。　　玉帝要留公住，把西湖一曲，分入林園。有茶爐丹竈，更有釣魚船。覺秋風未曾吹著，但砌蘭長倚北堂萱。千千歲，上天將相，平地神仙。”趙從橐陂塘柳云：“指庭前翠雲金雨，霏霏香滿仙宇。一清透徹渾無底，秋水也無流處。君試數，此樣襟懷，頓得乾坤住。閒情半許，聽萬物氤氳，從來形色，每向靜中覰。　　琪花路，相接西池壽母，年年弦月時序。荷衣菊佩尋常事，分付兩山容與。天證取，此老平生，可向青天語。瑤卮緩舉，要見我何心，西湖萬頃，來去自鷗鷺。”郭居安聲聲慢云：“捷書連書，甘灂通宵，新來喜沁堯眉。許大擔當，人間佛力須彌。年年八月八日，長記他，三月三時。平生事，想只和天語，不遣人知。　　一片閒心鶴外，被乾坤繫足，虹玉腰圍。閶闔雲邊，西風萬籟吹齊。歸舟更歸何處？是天教，家在蘇堤。

千千歲，比周公多個綠衣。"且侑以儷語云："綠衣宰輔，古無一品之曾參；袞服湖山，今有半閑之姬旦。"所謂三月三者，蓋頌其庚申蘋草坪之捷，而"歸舟"乃舫齋名也。賈大喜，既而語客曰："此詞固佳，然失之太俳。安得有着綠衣周公乎？"

似道嘗於湖中作絕句云："寒食家家插柳枝，留春春亦不多時。人生有酒須當醉，青冢兒孫幾個悲？"殆所謂朝不謀夕者，寧復有經國之遠猷哉！

似道少時，嘗馳馬游湖山，小憩栖霞嶺下。遇一布裘道人，睊視曰："官人可自愛重，將來不在韓魏公下。"似道意其見侮，不顧而去。既而醉博平康，至於敗。而他日復遇道人，頓足驚歎曰："可惜，可惜！天堂已破，必不令終。"後果悉驗。

似道開閫日，有桃符一聯云："笑迎珠履三千客，坐擁貔貅百萬兵。"人皆稱羨。一客獨笑曰："若是，則客居主位矣。何不曰：坐擁貔貅百萬兵，笑迎珠履三千客？"賈大喜，厚贈之。其他若"威行塞北幾千里，春滿淮南第一州"，"陽春膏雨三千里，明月香風十二樓"，皆門客所諂獻也。

似道有異志。遇一拆字者，以杖畫地，作"奇"字。拆字者曰："相公之志不諧矣。道立又不可，道可又不立。"似道默然禮遣之。恐事洩，使人害諸途。

德祐元年正月，詔似道統軍行邊。先是，似道屢請出師，陰嗾臺臣留己，以為師臣一出，顧襄未必及淮，顧淮未必能及襄，不若居中以運天下。於是，帝謂似道曰："師相豈可一日離左右耶？"呂文煥遂以襄陽降元。似道言於帝曰："臣始發請行邊，陛下不之許。向使早聽臣出，當不至此。"至是，上表出師，次魯港。元兵蔽江而下，夏貴、孫虎臣咸無鬥志。阿朮遣人掠宋舟，大呼曰："宋軍敗矣。"虎臣遽過其妾舟。眾見之，歡曰："步帥遁矣。"宋師大亂。舳艫簸蕩，乍分乍合，溺死者不可勝數。似道倉惶召

夏貴計事。頃之，虎臣至，撫膺哭曰：“吾兵無一人用命。”貴微笑
曰：“吾嘗血戰當之。”似道曰：“計將安出？”貴曰：“諸軍膽落，吾
何以戰？師相惟有入揚州，招潰兵，迎駕海上。吾當以死守淮西
耳。”言畢，貴即解舟去。夜四鼓，似道擊鑼退師。諸軍皆潰。似
道與虎臣單舸奔還揚州。堂吏翁應龍以都督府印奔還臨安。明
日，潰兵蔽江而下。似道使人登岸，揚旗招之。莫有應者，或肆
惡語謾罵之。似道乃檄列郡如海上迎駕。已而，姜才收兵至揚
州，元師乘勝東下矣。

　　似道既敗，事聞，臺臣交章攻之。詔曰：“大臣具四海之瞻，
罪莫大於誤國；都督專閫外之寄，律尤重於喪師。告九廟以奉
辭，詔群工而聽命。具官似道，小才無取，大道未聞。昔相穆陵，
徒以邊將而自詭；逮事先帝，又以國事而自專。謂宜開誠布公，
以扶皇極，並謀合智，以盡輿情。乃恣行胸臆，不恤人言。以吏
道沮格人材，以兵術剸裁機務。括田之令行，而農不得耕於野；
榷利之法變，而旅不願出其途。矧當任閫之驅馳，不度戎事之緩
急。戰功曠歲而不舉，兵事曷日而不修。纖悉於文法之搜求，闊
略於邊政之急切。遂令飲馬，倏渡長江。乃者，抗表出師，請身
戡難。人方期以孔明之志，朕亦望以裴度之功。謂當纓冠而疾
趨，何爲奉頭而鼠竄？遂致三軍解體，百將離心。彼披甲之謂
何？乃聞聲而奔潰。孟子曰：‘吾何畏彼。’左氏云：‘我不成夫。’
社稷之勢綴旒，是誰之過？搢紳之言切齒，罪安得辭！姑示薄
罰，俾爾奉祠。於戲，膺戎狄，懲荆舒，無復周公之望；放驩兜，殛
伯鯀，尚寬虞典之誅。可罷平章軍國重事，都督諸路軍馬。”頃
之，謫高州團練使。

　　先是，似道嘗夢術者言：“平章不利姓鄭人。”故朝士鄭姓者，
多摧抑之。武學生鄭虎臣，素見憎於似道。廷議遂以虎臣爲押
送官。似道瀕行，置酒飲虎臣，言前夢，且祈哀庇。虎臣微笑而

已。途中備加窘辱。及抵清漳，似道泣曰："夜夢不祥，離此恐無生理。"漳守趙介如者，似道門客也，宴虎臣，欲請似道偶坐。虎臣不許。似道亦固讓不敢當，口稱天使唯謹。介如察虎臣有殺似道意，挑之曰："天使今日押團練至此，想無生理。曷令速殞，無受許多苦惱?"虎臣笑曰："便是這物事受得許多苦惱，好死不得!"明日，促之行。離城五里，小憩木綿庵。似道知不可免，乃服腦子，踞虎子欲絕。虎臣曰："好教祇恁地死。"大搥數下而殂。先是，吳履齋潛安置循州時，似道命知州劉宗申捃摭其短，竟以毒死。至是，介如祭似道，爲之辭曰："嗚呼!履齋死蜀<small>山房隨筆原文作"死循"，"蜀"字定誤。</small>死於宗申;先生死閩，死於虎臣。"只此四句，然哀激之懷，無往不復之微意，悉寓其中矣。

似道既有謫命，適值生辰建醮。自撰青詞云："老臣無罪，何衆議之不容?上帝好生，奈死期之已迫。適值垂弧之旦，豫陳易簀之詞。竊念臣際遇三朝，始終一節。爲國任怨，但知存大體以杜私門;遭時多艱，安敢顧微軀而思末路。屬醜虜狂胡之犯順，率驕兵悍將以徂征。違命不前，致成酷禍;措身無所，惟冀後圖。衆口皆詆其非，百喙難明此謗。四十年勞悴，悔不效留侯之保身;三千里流離，猶恐置霍光之赤族。仰慚覆載，俯愧劬勞。伏願皇天后土之鑒臨，理考度宗之昭格。三宮霽怒，收瘴骨於江邊;九廟闡靈，掃妖氛於境外。"此時，門下已無廖、王諸客，蓋似道手筆也。

似道既敗，高臺曲池，日就荒落。有題詩於門壁者云："深院無人草已荒，漆屏金字尚輝煌。底知事去身宜去，豈料人亡國亦亡。理考發身端有自，鄭人應夢果何祥。卧龍不肯留渠住，空使晴光滿畫牆。"又云："事到窮時計亦窮，此行難倚鄂州功。木綿庵上千年恨，秋壑堂中一夢空。石砌苔稠猿步月，松庭葉落鳥呼風。客來未用多惆悵，試向吳山望故宮。"又吳人湯益詩云："檀板輕敲月上花，過牆荊棘刺檐牙。指庵已失鐵如意，賜予寧存玉辟邪。破屋春歸無主燕，曲池雨産在宮蛙。木綿庵上尤愁絶，月黑夜深聞鬼車。"有和之者云："榮華富貴等浮花，脅力難勝國爪牙。漢世但知光擁立，唐朝誰識杞奸邪？綺羅化作春風蝶，弦管翻成夜雨蛙。縱有清漳人去也，碧天難挽紫雲車。"

似道母兩國夫人胡氏者，錢唐鳳口里人。賈涉至鳳口，見而悦之，戲曰："汝能從我乎？"婦曰："有夫，安得自由？待其歸，君自爲言。"夫歸，欣然賣與。嘉定癸巳，涉爲萬安丞。似道在孕，不容於嫡。縣宰陳履常者，涉與之通家往來，以情告之，遂相與謀。陳宰令其妻過丞廳，諸妾環侍。談話間，因語丞以乏使令，欲借一妾。涉妻云："惟所擇用。"陳妻遂指似道之母。涉妻幸其去，忻然許之。即隨軒以歸縣衙。及八月八日，似道生於縣治。賈丞校事他郡歸，詣於宰，方始知之。終不以入涉家。後去任，雖携似道歸鄉，而其母竟流落，嫁爲石匠妻。及似道鎮維揚，訪得其母，偕石匠來見。似道使石匠往江上興販，計沉之江。子母方得聚會，享富貴四十年。咸淳十年，以壽終。似道歸越治葬。太后已下，及朝士貴戚，設祭饌，以相高爲競，有累至數丈者。裝祭之次，至擠死數人。送葬者值水潦，不問貴賤，没及腰膝，不得遂便。雖度宗山陵，無以加此。蓋自三月至七月，似道持喪起復，辭免，虛文汩汩，殆無虛日。而國事、邊事，皆置不問。至十二月十四日，北兵透渡。時人爲之語曰："莊子所謂無用之用者，此嫗是也。嫗死，賈必敗，國必亡矣。"

廖瑩中群玉，賈似道門客也。嘗撰福華編，以紀鄂功。臨淳化帖，書丹入石，皆逼真。又刻小字帖十卷，所謂世彩堂小帖也。縮定武褉帖爲小字，刻之靈璧石，號"玉枕蘭亭"。又集全唐詩話、諸史要略、三禮節、左傳節、悦生堂隨鈔，梓刻精妙。未及印行，而國事變矣。似道褫職之夕，與瑩中相對痛飲，悲歌雨泣，五鼓方罷。歸舍不復寢，命愛姬煎茶，服冰腦一握。藥力未行，而業求速死，又命姬曰："更進熱酒一杯。"再服冰腦數握。愛姬始覺之，急前奪救，已無及矣。持其妾而泣曰："勿哭，勿哭！我從丞相二十年，一日傾敗，得善死足矣。"言未畢，九竅流血而死。瑩中嘗爲園湖濱，有世彩堂、在勤堂、芳菲徑、紅紫莊，桃花流水之曲，緑陰芳草之間。嘗從似道禱雨天竺，鎸名飛來峰洞，至今猶存。

楊思温燕山逢故人
古今小説卷二十四

〔夷堅丁志卷九太原意娘〕　京師人楊從善，陷虜在雲中，以幹如燕山。飲於酒樓，見壁間留題，自稱"太原意娘"；又有小詞，皆尋憶良人之語。認其姓名、字畫，蓋表兄韓師厚妻王氏也。自亂離暌隔，不復相聞。細驗所書，墨尚濕。問酒家人。曰："恰數婦女來共飲，其中一人索筆而書，去猶未遠。"楊便起，追躡及之。數人同行，其一衣紫，佩金馬盂，"盂"字疑誤，話本作"佩銀魚"。以帛擁項。見楊愕然，不敢公招喚，時時舉目使相送。逮夜衆散，引楊到大宅門外，立語曰："頃與良人避地至淮泗，爲虜所掠。其酋撒八太尉者，欲相逼。我義不受辱，引刀自剄，不殊。大酋之妻韓國夫人，聞而憐我，亟命救療，且以自隨。蒼黄別良人，不知安往，似聞在江南爲官，每念念不能釋。此韓國宅也。適與女伴出遊，因感而書壁，不謂叔見之。乘間願再訪我，儻得良人音息，幸見報。"楊恐宅内人出，不敢久留連，悵然告別。雖眷眷於懷，未敢復往。它日，但之酒樓瞻玩墨迹，忽睹別壁新題字，並悼亡一詞，正所謂韓師厚也。驚扣："此爲誰?"酒家曰："南朝遣使通和在館，有四五人來買酒，此蓋其所書。"時法禁未立，奉使官屬，尚得與外人相往來。楊急詣館，果見韓。把手悲喜，爲言意娘所在。韓駭曰："憶遭掠時，親見其自刎死，那得生?"楊固執前説，邀與俱至向一宅，則闃無人居，荒草如織。逢牆外打綫媼，試告焉。媼曰："意娘實在此，然非生者。昨韓國夫人閔其節義，爲火骨以來。韓國亡，因隨葬此。"遂指示空處。二人逾垣入，恍然見從廡下趣室中。皆驚懼。然業已至，即隨之，乃韓國影堂，傍繪意娘像，衣貌悉曩所見。韓悲痛，還館，具酒餚作文祭酹，欲挈遺燼歸。拜而祝曰："願往不願往，當以影響相告。"良久，出現曰："勞君愛念。孤魂寓此，豈不願有歸? 然從君而南，得常常善視我，庶慰冥漠。君如更娶妻，不復我顧，則不若不南之愈也。"韓感泣，誓不再娶。於是，竊發冢，裹骨歸。至建康，備禮卜葬。每旬日輒往臨視。後數年，韓無以爲家，竟有所娶;而於故妻墓稍益疏。夢其來，怨恚甚切，曰："我在彼甚安，君强携我。今正違誓言。不忍獨寂寞，須屈君同此況味。"韓愧怖得病，知不可免。不數日，卒。

〔鬼董卷一張師厚條〕　張師厚，太原人，娶同郡崔氏懿娘爲妻，琴瑟甚諧。生一子，甫期而卒。懿娘念之，因感疾而亦卒。師厚乃更娶白莊劉氏。劉已嫁，喪夫，再醮師厚，性實殘刻而妒急。師厚嬖而畏之，爲所禁制，如處女不得浪出。師厚於故妻墓未能忘情，時一往。劉怨且怒，乘間挾健婦往，擊碎其祠堂。又迫師厚發取其骨，投之江。師厚歸，夜垂涕屏處。劉怒詬曰："吾故夫美而俊，簪纓家也。爾何物! 鶻奔爲人奴，乃污瀆我。爾猶悼亡，我獨不念舊耶?"遂大慟。俄而疾作，故夫憑焉，叫呼怒罵，以其背盟而醮也。師厚呼法者張雲老治之。懿娘亦現形於旁曰："余安崔氏，爾强以余歸，又棄言焉。又毀余祠，沉余骨。胡寧忍之! 余不爾貸也!"師厚百拜祈哀，乃没。劉亦蘇。秋夕，劉强師厚出遊，猶有所畏，呼雲老與之偕。白晝飲酣，艤舟龍灣。

劉方曼聲而歌，波心忽岈然而分，一丈夫綠袍乘馬，出自水底。劉掩面曰："法師救我，故夫來矣。"綠袍舒臂丈餘，挽劉入水。雲老法無所施，徒呼篙師赴救。及得之岸旁，氣已絶矣。師厚方驚慟，俄黑霧起於船中，有人蓬首被血而立，懿娘也。雲老拔劍罡步而前，劍墜於水。雲老徒手搏之，誤中師厚。相紛拏久之。傔人入視，則師厚殞於拳下矣。時群奴皆目見之，故雲老止坐黥流云。夷堅丁志載"太原意娘"，正此一事。但以意娘爲王氏，師厚爲從善，按夷堅丁志作韓師厚，此作張師厚，丁志未嘗以師厚爲從善也。又不及劉氏事。案此新奇而怪，全在再娶一節，而洪公不詳知。故覆載之，以補夷堅之闕。

〔花草粹編卷五引鄭意娘浪淘沙小令原注：鄭意娘，楊師厚妻。按"楊"當作"韓"。〕 盡日倚危欄。觸目凄然。乘高望處是居延。忍聽樓頭吹畫角，雪滿長川。 荏苒又經年。暗想梁園。梁園謂汴京，話本作"南園"，誤。與民同樂五門南。"五門南"當依話本作"午門前"。僧院仍存"宣""政"字，不見鰲山。

〔同上卷十二引鄭意娘勝州令長調原注：鄭意娘，韓師厚妻。〕 杏花正噴火。朦朦微雨曉來初過。夢回聽乳鶯調舌，紫燕競穿簾幕。垂楊影裏，粉牆映出秋千索。對媚景，贏得雙眉鎖。翠鬟信任嚲，誰更忺梳掠？ 追思嚮日，共個人同携手，略無暫時抛墮。到今似海角天涯，無由見得則個。番思往事上心，向他誰能訴？卻會舊歡，淚滴真珠顆。意中人未睹，覺鳳幃冷落。 都是俺嗏錯。被他閑言仗語啜。做到此近四五千里，爲水遠山遥闊。當初曾言盡老更不重婚，卻甚鎮日共人同歡樂？傅粉在那裏肯念人寂寞？ 終待把雲箋細寫，把衷腸盡總説破。問伊怎下得憐新棄舊，頓乖盟約。可憐命掩黄泉，細尋思都爲它一個。你忒煞虧我！

　　話本叙楊師溫與表兄韓思厚妻鄭意娘相見一段頗瑣
細。入後即平衍無味。韓思厚携妻骨歸金陵後再娶一段尤
爲荒率。疑話本原文只就夷堅丁志敷衍，後人復取鬼董所
載附益之。花草粹編所引勝州令長調四疊，乃師厚再娶時
鄭意娘鬼怨望之詞，今古今小説話本不載；蓋馮夢龍編時省
去之。清徐釚詞苑叢談卷八：鄭義娘，宣政間楊思厚妻。撒
八太尉自盱眙掠得之，不辱而死。魂常出遊。思厚奉使燕
山，訪其瘞處，與之相見，有好事近詞“往事與誰論”云云。
詞見今話本。疑釚所據即古今小説。

晏平仲二桃殺三士

古今小説卷二十五

　　〔晏子春秋卷二内篇諫下〕　公孫接、田開疆、古冶子事景
公，以勇力搏虎聞。晏子過而趨。三子者不起。晏子入見公，
曰：“臣聞明君之蓄勇力之士也，上有君臣之義，下有長率之倫，
内可以禁暴，外可以威敵。上利其功，下服其勇。故尊其位，重
其禄。今君之蓄勇力之士也，上無君臣之義，下無長率之倫，内
不以禁暴，外不可威敵，此危國之器也。不若去之。”公曰：“三子
者，搏之恐不得，刺之恐不中也。”晏子曰：“此皆力攻勃敵之人
也，無長幼之禮。”因請公使人少饋之二桃。曰：“三子何不計功
而食桃。”公孫接仰天而歎曰：“晏子智人也。夫使公之計吾功
者，不受桃是無勇也。士衆而桃寡，何不計功而食桃矣。接一搏
猏，而再搏乳虎，若接之功可以食桃，而無與人同矣。”援桃而起。
田開疆曰：“吾仗兵而卻三軍者再。若開疆之功亦可以食桃，而
無與人同矣。”援桃而起。古冶子曰：“吾嘗從君濟於河，黿銜左
驂以入砥柱之流。當是時也，冶少不能游，潛行，逆流百步，順流

九里，得黿而殺之。左操驂尾，右挈黿頭，鶴躍而出。津人皆曰河伯也。若冶視之則大黿之首。若冶之功亦可以食桃，而無人同矣。二子何不反桃。"抽劍而起。公孫接、田開疆曰："吾勇不子若，功不子逮。取桃不讓，是貪也。然而不死，無勇也。"皆反其桃，挈領而死。古冶子曰："二子死之，冶獨生之，不仁；恥人以言，而誇其聲，不義；恨乎所行，不死，無勇。雖然二子同桃而節，冶專其桃而宜。"亦反其桃，挈領而死。使者復曰："已死矣。"公殮之以服，葬之以士禮焉。

話本所敘晏子使楚，楚閉朝門不開及誣齊國從者作賊事，本晏子春秋內篇雜下，今不復錄。

沈小官一鳥害七命
古今小説卷二十六

〔明郎瑛七修類稿卷四十五沈鳥兒條〕 天順間，杭有沈姓者，畜一畫眉，善叫能鬥。徽客許以十金購之，不與，人莫不知也。一早，攜至西湖，偶爾腹痛，坐臥於堤，不可歸。有識人箍桶匠過焉，沈即浼其歸以報之。家人至，則沈已無頭矣。視之，則箍桶刀殺之，血光顯然，遂執桶匠，告於官。桶匠不能受刑，就招云："得鳥貨人，割頭棄之湖也。"然尋頭於湖，久之不能得。獄不成，則官與沈俱懸賞以求。一日，有漁人兄弟持頭來受賞，頭腐莫辨，因以成獄，而桶匠秋決矣。數年後，有人見畫眉籠於蘇州，驚疑而問其來歷。主人曰："此籠貨杭州人某者。"其人報沈家。沈氏子孫又疑而訪探某人，某欺罔不服。訟於官，刑至就招。問其頭："置湖畔枯楊腹中。"取之，果在焉。官以此獄既明，漁人之頭何來？因捕之。加刑，則曰："吾父死而弟兄欲得受賞，故割頭

以獻。"三人遂皆棄市。嗚呼！一鳥而至人命有五，至今杭人以
"沈鳥兒"爲禍根云。

金玉奴棒打薄情郎
古今小説卷二十七

〔漢書卷六十四朱買臣傳〕　朱買臣，字翁子，吳人也。家
貧，好讀書，不治產業。常艾薪樵，賣以給食。擔束薪，行且誦
書。其妻亦負戴相隨，數止買臣勿歌謳道中。買臣愈益疾歌。
妻羞之，求去。買臣笑曰："我年五十當富貴，今已四十餘矣。女
苦日久，待我富貴報女功。"妻恚怒曰："如公等終餓死溝中耳，何
能富貴！"買臣不能留，即聽去。其後買臣獨行歌道中。負薪墓
間，故妻與夫家俱上冢；見買臣飢寒，呼飯飲之。後數歲，買臣隨
上計吏爲卒，將重車，至長安，詣闕上書。書久不報，待詔公車。
會邑子嚴助貴幸，薦買臣。召見說春秋，言楚詞。帝甚說之，拜
買臣爲中大夫，與嚴助俱侍中。後買臣坐事免。久之，召待詔。
是時，東越數反覆。上拜買臣會稽太守。會稽聞太守且至，發民
除道，縣吏並送迎。車百餘乘，入吳界。見其故妻、妻夫治道。
買臣駐車，呼令後車載其夫妻。到太守舍，置園中，給食之。居
一月，妻自經死。買臣乞其夫錢令葬。

　　（以上入話）

〔明田汝成西湖遊覽志餘卷二十三〕　宋時，杭丐者之長曰
"團頭"，雖富，而丐者之名不除。有一"團頭"，家富而女甚美，且
能詩。心欲嫁士人，人無與爲婚者。有士新補太學生，貧甚，無
所避。此下疑有脫文。又得妻之資，羅書而讀，遂登第。授無爲軍
司户。將妻赴官，常不滿於老丐者。一夕，泊舟荒江。其妻已
寢，户"户"當作"司户"，下同。強之至馬門觀月，推墜水中。徐呼梢

人："此地荒迴，非泊舟處。"移泊十里外。有許某者，爲淮西漕，泊舟司户棄妻處。見岸上有婦人哭者，乃户妻也。説："墜水時，若有物托吾足者，故得上岸。"許亟呼之下船，俾换乾衣，曰："汝爲吾女。"戒左右勿得言。至官。宋淮南西路轉運使，南渡後由廬州移治舒州，後又自舒州移治無爲軍。一日，謂僚屬曰："吾有女笄，不欲與凡子，欲得一美士贅於家。"衆以司户薦。許曰："此子亦吾選中。但其少年入太學登第，未必肯呼我丈人。"衆曰："彼寒士，得公收之，如天之福也。"許曰："諸君自以意爲司户言之，勿使知出吾意。"衆與言之，户欣然聽命。入許門，乃故妻也。即唾夫之面，且批其頸。"頸"疑當作"頰"。户驚惶無措。許勸止之。三日後，置酒謂户曰："吾婿常恨岳翁卑賤，今我備員如何？"户俯首不能答。許待户如真婿也。女亦盡孝。許死，制重服以報焉。

〔情史卷二紹興士人條〕　紹興間，有士人貧不能婚，贅入團頭家爲婿。團頭者，丐户之首也。女甚潔雅，夫婦相得。逾數載，士人應試成名，頗以婦翁爲恥。既得官淮上，携妻之任。中流與妻玩月，乘間推墜於水，揚帆而去。妻得浮木不死。有淮西轉運使船至，聞哭聲，哀而救之。叩其故，乃收爲己女，戒家人勿洩。比至淮，士人以屬官晉謁。運使佯問："已娶未？"士人答言："有妻墜江死，尚未續也。"運使乃命他僚爲己女議婚。且云："必入贅乃可。"士人方慕高閎，驚喜若狂。既成禮，士人欣然入閣。忽嫗妾輩數十人持細杖從户旁出，亂捶之。士人口稱何罪，莫測所以。聞閣中高唤曰："爲我摘薄情郎來。"士人猶不辨其聲。及相見，乃故妻也。妻數其過，士人叩首謝罪不已。運使入解之。自是終身敬愛其婦，並團頭亦加禮焉。

（以上正傳）

按：情史紹興士人事與志餘文不同，疑別有所本，而話本兩取之。故並録如上。志餘轉運使姓許，其餘諸人無姓名。話本女名金玉奴，士人名莫𥚃，轉運使名許德厚。范文若本話本撰鴛鴦棒傳奇，則事多增飾，人物姓名，亦盡易之。自序所謂"予鴛鴦棒傳奇，取金玉奴棒打薄情郎事；稍更而爲之"者也。

李秀卿義結黃貞女
古今小説卷二十八

〔曲海總目提要卷三十五訪友記提要〕　不知何人作。記梁山伯訪祝英臺事。相傳最久，故詞名有祝英臺近。而南中人指蝴蝶雙飛者爲"梁山伯""祝英臺"，亦因此也。英臺或云上虞人，或云宜興人。寧波府志云：義婦冢在寧波府西十六里。晉梁處仁及祝英臺合葬處也。處仁字山伯，家會稽。少遊學，道逢祝氏子，同往肄業者三年。祝先返。後二年，山伯方歸。訪之上虞，始知祝乃女子也，名曰英臺。踵門引見，詩酒而別。山伯退，慕其清白，告父母求姻。時祝已許鄮城馬氏。弗遂。山伯後爲鄞令，嬰疾不起。遺命葬於鄮城西清道原。明年，祝適馬氏。舟經墓所，風濤不能前。英臺聞有山伯墓，臨冢哀慟，地裂而埋璧焉。從者驚引其裾，片片飛去。馬氏遂言於官，欲發冢。有巨蛇守護，不果。事聞於朝。丞相謝安奏封義婦冢。安帝時，孫恩寇鄞。太尉劉裕夢山伯效力卻賊，奏封"義忠王"，立廟祀之。常州府志云：祝陵在宜興善權山。其崖有巨石，刻云：祝英臺讀書處。號碧鮮庵。俗傳英臺本女子，幼與梁山伯共學，後化爲蝶。

〔太平廣記卷三百六十七黃崇嘏條引蜀金利用玉溪編事〕　王蜀有僞相周庠者，初在邛南幕中，留司府事。時臨邛縣送失火人黃崇嘏。纔下獄，便貢詩一章曰："偶離幽隱住臨邛，行止堅貞比澗

松。何事政清如水鏡,絆他野鶴向深籠?"周覽詩,遂召見。稱鄉
貢進士,年三十許,祇對詳敏。即命釋放。後數日,獻歌。周極
奇之。召於學院,與諸生姪相伴。善棋琴,妙書畫。翌日,薦攝
府司户參軍,頗有"三語"之稱。胥吏畏伏,案牘麗明。周既重其
英聰,又美其風彩。在任將逾一載,遂欲以女妻之。崇嘏又袖封
狀謝,仍貢詩一篇曰:"一辭拾翠碧江湄,貧守蓬茅但賦詩。自服
藍衫居版掾,永抛鸞鏡畫蛾眉。立身卓爾青松操,挺志鏗然白璧
姿。幕府若容爲坦腹,願天速變作男兒。"周覽詩,驚駭不已。遂
召見詰問。乃黄使君之女,幼失覆蔭,唯與老嫻同居,元未從人。
周益仰貞潔。郡内咸皆歎異。旋乞罷,歸臨邛之舊隱,竟莫知存
亡焉。

　　〔以上入話〕
　　〔雙槐歲鈔卷十木蘭復見條〕　南京淮清橋女子黄善聰者,
年十二失母,有姊已嫁人矣。父販綫香爲業,往來盧鳳間,憐其
幼且無母,又不可寄食於姊,乃令爲男子飾,携之旅遊者數年。
父死,詭姓名爲"張勝"。有李英者亦販綫香,自故鄉來,不知其
女也。因結爲火伴,與同寢食者逾年。恒稱疾不脱衣襪,溲溺必
以夜。弘治辛亥正月,與英偕還南京,已年二十矣。突然峨巾往
見其姊。姊謂:"我本無弟,惟小妹隨父在外。爾胡爲來!"乃笑
曰:"我即善聰也。"泣語之故。姊惡之,曰:"男女同處,何以自
明!汝辱我家矣!"因拒不納。善聰不勝其憤,謂曰:"妹此身卻
要分明。苟有污玷,死未晚也。"姊呼穩婆視之,果處子。始返初
服。越三日,英來候,善聰出見。英大驚愕。歸,怏怏如有所失,
飲食頓減。英母憂之。以英猶未娶,乃求婚焉。善聰執不從,
曰:"此身若竟歸英,人其謂我何!"所親與鄰里交勸,則涕泣詬
之。事聞三廠,勒爲夫婦,且助其奩具。成婚之日,人有歌之者,
以爲木蘭復見於今日云。予按,女易男飾,後返初服者,南齊時

有東陽婁逞，五代時有臨邛黃崇嘏，國初蜀有韓貞女。蓋不獨善聰也。婁逞事見南史崔慧景傳。韓貞女事見明何孟春餘冬序錄。韓貞女、黃善聰又見明田藝蘅留青日札，以爲復見兩木蘭。明史以黃善聰入列女傳附貞女韓氏傳。

〔情史卷二王善聰條〕　王善聰者，金陵城中女子也。年十二喪母，姊亦嫁。父某，向挾綫香行販江北諸郡，因念女幼而孤，僞飾爲男，挈之以行。後父死，改姓名曰張勝。遇鄉人李英，因合夥仍以販香爲業。歲餘同臥起，但云有疾，不去衫褲。溲溺必待夜，亦不去履襪。英初不知爲女子也。弘治癸丑春，與英還金陵，年已二十餘矣。往候其姊，姊不之識，且曰：“我上無兄，下無弟，止有妹耳。我父挈往他所，買販數年，音問不通，存亡未審。”善聰哭曰：“我即是也。父死，孤貧不能歸。不得已，與鄉人李英合夥營度。今始歸拜姊耳。”姊曰：“男女久處，得無私乎？”乃入密室驗之，果爲處子。仍作女飾。越二日，英來候。善聰匿不出，姊強之。英一見駭然，叩得其故。時英尚未娶，遂自請婚。善聰羞默，遽退。英既歸，念之不置，旋遣媒往。聰堅拒之，曰：“嫌疑之際，不可不謹。今日若與配合，無私有私，數年貞節，付之逝水。不畏人嘲笑乎？”英服其有守，相慕益切。往復再四，終不聽。事聞三廠，中官嘉其義，逼令成婚，且贈資焉。聰不敢違，遂爲夫婦。

　　（以上正傳）

　　按：販香女子，雙槐歲鈔、話本俱作“黃善聰”，情史獨作“王善聰”。“王”字疑誤。話本後半細節，與雙槐歲鈔微異，而與情史同，詞句亦間相襲。據話本結末語云“有好事者，將此事編成唱本說唱，其名曰販香記”。然則話本固從販香記出耶？

月明和尚度柳翠

古今小説卷二十九

〔明田汝成西湖遊覽志卷十三〕　普濟巷東通普濟橋，又東爲柳翠井，在宋爲抱劍營地。相傳紹興間，柳宣教者尹臨安。履任之日，水月寺僧玉通不赴庭參。宣教憾之，計遣妓女吳紅蓮詭以迷道，詣寺投宿，誘之淫媾。玉通修行五十二年，戒律凝重，初甚拒之，及至夜分，不勝駘蕩，遂與通焉。已而，詢知京尹所賺也，慚怩而死。恚曰："吾必敗汝門風。"宣教尋亡，而遺腹產柳翠。坐蓐之夕，母夢一僧入户曰："我玉通也。"既而家事零落，流寓臨安，居抱劍營。柳翠色藝絕倫，遂隸樂籍。然好佛法，喜施與，造橋萬松嶺下，名柳翠橋；鑿井營中，名柳翠井。久之，皋亭山顯孝寺僧清了謂淨慈寺僧如晦曰："老通墮落風塵久矣，盍往度之？"如晦乃以化緣詣柳翠，爲陳因果事。柳翠幡然萌出家之想。如晦乃引見清了，清了爲說佛法奧旨及本來面目。末且厲聲曰："二十八年煙花業障，尚爾耽迷耶？"柳翠言下大悟。歸，即謝鉛華，絕賓客，沐浴而端化。歸骨皋亭山，從所度也。

明悟禪師趕五戒

古今小説卷三十

〔唐袁郊甘澤謠津逮本，以太平廣記卷三百八十七、宋高僧傳卷二十、冷齋夜話卷十校〕　圓觀者，大曆末洛陽惠林寺僧。能事田園，富有粟帛；梵學之外，音律貫通。時人以"富僧"爲名，而莫知所自也。李諫議源，公卿之子，當天寶之際，以遊宴飲酒爲務。父憕居守，陷於賊中。乃脫粟布衣，止於惠林寺，悉將家業爲寺公財。寺人日給一器食，一杯飲而已。不置僕使，斷其聞知。唯與圓觀爲忘言交。促膝靜話，自旦及昏。時人以清濁不倫，頗生譏誚。如此三十年。二公一旦約游蜀州，抵青城峨眉，同訪求道藥。圓觀欲遊長安，出斜谷，李公欲上荆州三峽；爭此兩途，半年未決。李公曰："吾已絶世事，豈取途兩京？"圓觀曰："行固不繇人。請出從三峽而去。"遂自荆江上峽。行次南浦，維舟山下。見婦數人條達錦襠，負甕而汲。圓觀望見泣下曰："某不欲至此，恐見其婦人也。"李公驚問曰："自上峽來，此徒不少。何獨恐此數人？"圓觀曰："其中孕婦姓王者，是某托身之所。逾三載尚未娩懷，以某未來之故也。今既見矣，即命有所歸，釋氏所謂循環也。"謂公曰："請假以符咒，遣其速生。少駐行舟，葬某山下。浴兒三日，公當訪臨。若相顧一笑，即某認公也。更後十二年中秋月夜，杭州天竺寺外，與公相見之期也。"李公遂悔此行，爲之一慟。遂召婦人，告以方書。其婦人喜躍還家。頃之，親族畢至，以枯魚濁酒獻於水濱。李公往爲授朱字符。圓觀具湯沐，新其衣裝。是夕，圓觀亡而孕婦産矣。李公三日往觀新兒。褓襁就明，果致一笑。李公泣下，具告於王。王乃多出家財厚葬圓觀。明日，李公回棹，言歸惠林。詢問觀家，方知已有理命。後十二年秋八月，直詣餘杭，赴其所約。時天竺寺山雨初晴，月色滿川，無處尋訪。忽聞葛洪井畔有牧豎歌竹枝詞者。乘牛叩角，雙髻短衣，俄至寺前，乃觀也。李公就謁曰："觀公健否？"卻問李公曰："真信士矣。與公殊途，愼勿相近。俗緣未盡，但願勤修。勤修不墮，即遂相見。"李公以無由叙話，望之潸然。圓觀又唱竹枝，步步前去。山長水遠，尚聞歌聲，詞切韻高，莫知所謂。初到寺前歌曰："三生石上舊精魂，賞月吟風不要論；慚愧情人遠相訪，此身雖異性常存。"又歌曰："身前身後事茫茫，欲話因緣恐斷腸；吳越山川游已遍，卻回煙棹上瞿塘。"後三年，李公拜諫議大夫。二年亡。

（以上入話）

〔宋釋惠洪冷齋夜話卷七_{日本五山刊本}〕　蘇子由初謫高安時，雲庵居洞山，時時相過。"過"字據津逮本改，羅印五山本作"遇"。有聰禪師者，蜀人，居聖壽寺。一夕，雲庵夢同子由、聰出城迓五祖戒禪師。既覺，私怪之。以語子由。語未卒，聰至。子由迎呼曰："方與洞山老師說夢。子來，亦欲同說夢乎？"聰曰："夜來輒夢見吾三人者同迎五祖戒和尚。"子由拊手大笑曰："世間果有同夢者，異哉！"良久，東坡書至，曰："已次奉新，旦夕可相見。"二人"二人"疑當作"三人"。大喜，追筍輿而出城。至二十里建山寺，而東坡至。坐定，無可言，則各追繹向所夢以語坡。坡曰："軾年八九歲時，嘗夢其身是僧，往來陝右。又先妣方孕時，夢一僧來託宿，記其頎然而眇一目。"雲庵驚曰："戒，陝右人，而失一目。暮年，棄五祖來游高安，終於大愚。"逆數蓋五十年，而東坡時年四十九矣。後東坡復以書抵雲庵，其略曰："戒和尚不識人嫌，强顏復出，真可笑矣。既是法契，可痛加磨礱，使還舊觀，津逮本作"規"。不勝幸甚。"自是常衣衲衣。

〔宋何薳春渚紀聞卷一坡谷前身條〕　世傳山谷道人前身爲女子，所說不一。近見陳安國省幹云：山谷自有刻石記此事於涪陵江石間。其略言：山谷初與東坡同見清老者。清語坡前身爲五祖戒和尚。而謂山谷云："學士前身一女子，我不能詳語。後日學士至涪陵，當自有告者。"

〔捫虱新話卷十五死生類東坡知前身條〕　東坡前身亦具戒和尚。坡嘗言："在杭州時，嘗游壽星寺，入門，便悟曾到，能言其院後堂殿石處。"故詩中有"前生已到"之語。

鬧陰司司馬貌斷獄

古今小説卷三十一

〔宋本五代梁史平話卷上〕　漢高祖姓劉字季，他取秦始皇天下不用篡弒之謀，真個是：

　　手拿三尺龍泉劍，奪卻中原四百州。

劉季殺了項羽，立者號曰漢。只因疑忌功臣，如韓王信、彭越、陳豨之徒皆不免族滅誅夷。這三個功臣抱屈銜冤訴於天帝。天帝可憐見三功臣無辜被戮，令他每三個託生做三個豪傑出來。韓信去曹家託生做者個曹操，彭越去孫家託生做者個孫權，陳豨去那宗室家託生做者個劉備。這三個分了他的天下，曹操篡奪獻帝，立國號曰魏；劉先主圖興復漢室，立國號蜀；孫權自興兵荊州，立國號曰吳。三國各有史①，道是三國志是也。

〔元至治刊三國志平話卷上〕　昔日南陽鄧州白水村劉秀，字文叔，帝號爲漢光武皇帝。"光"者爲日月之光，照天下之明；"武"者是得天下也，此者號爲"光武"。於洛陽建都，在位五載。當日駕因閒遊，至御園內，花木奇異，觀之不足。駕問大臣："此花園虧王莽之修。"近臣奏曰："非干王莽事。是逼迫黎民移買栽接，虧殺東都洛陽之民。"光武曰："急令傳寡人聖旨，來日是三月三日清明節，假□□黃榜，寡人共黎民一處賞花。"至次日，百姓都在御園內賞花，各占亭館。忽有一書生，白襴角帶，沙帽烏靴，左手携酒一壺，右手將有瓦鉢一副，背負琴劍書箱，來御園中遊賞，來得晚了些個，都占了亭館，無處坐地。秀才往前行數十步，見株屏風柏，向那綠茸茸莎茵之上放下酒壺瓦鉢，解下琴劍書

----

①編按："各"，原作"劉"，與"有史"二字并屬下句，茲據梁史平話改，屬爲上句。

箱。秀才坐定，將酒傾在瓦鉢內，一飲而竭，連飲三鉢，捻指，卻早酒帶半酣，一杯竹葉穿心過，兩朵桃花上臉來。這秀才姓甚名誰？復姓司馬，字仲相。坐間因悶，撫琴一操畢，起揭書箱，取出一卷文書展開，看至亡秦南修五嶺，北築長城，東填大海，西建阿房，坑儒焚書。仲相觀之，大怒不止，毀罵始皇無道之君，若是仲相爲君，豈不交天下黎民快樂？又言始皇逼得人民十死八九，亦無埋殯，熏觸天地。天公也有見不到處，卻教始皇爲君。今南畏琅耶反了項籍，北有徐州豐沛劉三起義，天下刀兵忽起，軍受帶甲之勞，民遭塗炭之苦。才然道罷，向那荼䕷架邊，厭地轉過錦衣花帽五十餘人，當頭兩行八人，紫袍金帶，象簡烏靴，未知官大小，懸帶紫金魚，"臣奉玉皇敕，交陛下受者六般大禮"。見一人托定金鳳盤，內放有六般物件，是平天冠、袞龍服、無憂履、白玉圭、玉束帶、誓劍。仲相見言，盡皆受了，即時穿畢坐定，手執白玉圭。八人奏曰："這裏不是駕坐處。"道罷，向那五十花帽人中，厭地抬過龍鳳轎子，在當面放下："請陛下上轎。"仲相綽起黃袍上轎子，端然而坐。八人分在兩壁前引，後五十花帽圍簇住。行至琉璃殿一座，請："我王下轎子。"上殿見九龍金椅，仲相上椅端坐，受其山呼萬歲畢，八人奏曰："陛下知王莽之罪，藥酒鴆殺平帝，誅了子嬰，害了皇后，淨其宮室，殺了宮娥，勿知其數，如此之罪。後建新室，做皇帝，字巨君。在十八年後，有南陽鄧州白水村劉秀起義，破其王莽，復奪天下，把王莽廢了，見在交舍院中。如今光武皇帝即位，宰相兼有二十八宿四斗侯爲將帥輔從。光武是紫微大帝，天無二日，民無二主。我王這裏授其牒，無兵無將，又無智謀，又無縛雞之力。光武若知，領其兵將，拜其元帥，怎生干休？"仲相曰："卿交寡人怎生？"八人奏曰："陛下試下九龍椅來，我王向檐底抬頭看，須不是凡間長朝殿。"仲相抬頭覷見紅漆牌上，書着簸箕來大四個金字："報冤之殿"。仲相底頭尋思半晌，終不曉其意。仲相問："卿等，朕不知其意。"八人奏曰："陛下，這裏不是陽間，乃是陰司。適來御園中看亡秦之書，毀罵始皇，怨天地之心。陛下道不得個隨佛上生，隨佛者下生。陛下看堯舜禹湯之民，即合與賞；桀紂之民，即合誅殺。我王不曉其意，無道之主有作孽之民，皆是天公之意。毀罵始皇，有怨天公之心。天公交俺宣陛下在報冤殿中，交我王陰司爲君，斷得陰間無私，交你做陽間天子；斷得不是，貶在陰山背後，永不爲人。"仲相言曰："教朕斷甚公事？"八人奏曰："陛下可當傳聖旨，自有呈詞告狀人。""依卿所奏。"傳其聖旨，果有一人高叫："小臣負屈！"手執狀詞一紙。仲相觀之，見一人頭頂金盔，身穿金鎖甲、絳紅袍、抹綠靴，血流其領，下污其袍，叫屈伸冤不止。帝接文狀，於御案上展開看之。"乃二百單五年事，交朕怎生斷？"拂於案下。告狀人言："小人韓信冤屈。前漢高祖手内淮陰人也，官帶三齊王，有十大功勞，明修棧道，闇渡陳倉，逐項籍烏江自刎。信創立漢朝天下，如此大功，高祖全然不想捧轂推輪言誓，詐游雲夢，教呂太后賺信在未央宮，鈍劍而死。臣死冤枉，與臣做主者。"仲相驚曰："怎生？"八人奏曰："陛下，這公事卻早斷不得，如何陽間做得天子？"言未絕，又聽得一人高叫："小臣也冤屈！"覷見一人披髮紅抹額，身穿細柳葉嵌青袍、抹綠靴，手執文狀，叫屈聲冤。帝問姓名，曰："姓彭名越，官授大梁王。漢高祖手内諸侯，共韓信同立漢。天下太平也，不用臣，賺將臣身斫爲肉醬，與天下諸侯食之。以此小臣冤枉。"帝接其狀。又見一人高聲叫屈，手執文狀。帝見一人，帶猲猊磕腦，龍鱗嵌青戰袍、抹綠靴。帝問姓名，布曰："臣是漢高祖之臣，姓英名布，官封九江王。臣共韓信、彭越三人創立漢天下，一十二帝，二百餘年。如此大功，太平也不用臣。高祖執謀，背反俺三人，賺入宮中，害其性命。有此冤屈，陛下與臣等三人做主。"帝大怒，問八人："漢高祖在何處？"八人奏曰：“我王當傳宣詔。”帝曰：“依卿所奏。”八人傳聖旨宣漢高祖。
不移時，宣至階下，俯狀在地。帝問高祖：“三人狀告皆同，韓信、
彭越、英布立起漢朝天下，執謀三人造反，害其性命，是何道理？”
高祖奏曰：“雲夢山有萬千之景，遊玩去來。呂后權國，三人並不
知反與不反。乞宣太后，便見端的。”宣至太后，殿下山呼畢，帝
問太后：“你權國執謀三人造反，故殺功臣，爾當何罪？”太后看住
高祖曰：“陛下，爾爲君掌握山河社稷，梓童奏陛下：今日太平也，
何不歡樂？高祖聖旨言：卿不知就裏之事。霸王有喑嗚叱咤之
聲，三人逼到烏江自刎。三人如睡虎，若覺來，寡人奈何？寡人
去遊雲夢，交梓童權爲皇帝，把三人賺入宮中，害其性命。今陛
下何不承認，惟及賤妾？”帝問高祖：“三人不反，故害性命，何不
招狀？”呂后奏曰：“陛下，非是梓童之言，更有照明。”帝曰：“照明
者誰？”“姓蒯名徹字文通，陛下宣至便見端的。”宣蒯文通至殿
下，臣禮畢，帝曰：“三人是反是不反？爾爲證見。”文通奏曰：“有
詩爲證。詩曰：可惜淮陰侯，能分高祖憂；三秦如席捲，燕趙一齊
休。夜偃沙裳水，晝斬盜臣頭；高祖無正定，呂后斬諸侯。”各人
取訖招伏，寫表聞奏天公。天公即差金甲神人賫擎天佛牒，玉皇
敕道：“與仲相記，漢高祖負其功臣，卻交三人分其漢朝天下，交
韓信分中原爲曹操，交彭越爲蜀川劉備，交英布分江東長沙吳王
爲孫權，交漢高祖生許昌爲獻帝，呂后爲伏皇后。交曹操占得天
時，囚其獻帝，殺伏皇后報仇。江東孫權占得地利，十山九水。
蜀川劉備占得人和。劉備索取關張之勇，卻無謀略之人。交蒯
通生濟州爲琅邪郡復姓諸葛名亮字孔明道號卧龍先生，於南陽
鄧州卧龍岡上建庵居住。此處是君臣聚會之處，共立天下，往西
川益州建都爲皇帝，約五十餘年。交仲相生在陽間，復姓司馬，
字仲達，三國並收，獨霸天下。”

清褚人獲堅瓠九集卷四韓彭報施條引通鑑博論云："漢高祖取天下,皆功臣謀士之力。天下既定,呂后殺韓信、彭越、英布等,夷其族而絕其祀。傳至獻帝,曹操執柄,遂殺伏后而滅其族。或謂:獻帝即高祖也,伏后即呂后也,曹操即韓信也,劉備即彭越也,孫權即英布也。故三分天下而絕漢。雖穿鑿疑似之説,然於報施之理似亦不爽。"按通鑑博論乃明寧王權奉太祖敕撰,以洪武二十九年表上者。其書今存,分上中下三卷。上卷、中卷論歷代史事大略。下卷年表,末附永樂五年御製文一篇,題曰:歷代受命報復之驗。余未讀是書,不知人獲所引在第幾卷。所稱或言,即平話所叙也。其後馮夢龍採其事爲話本,清初嵇永仁又據之爲雜劇。曲海總目提要卷二十二嵇永仁憤司馬提要云:"小説家有鬧陰司司馬貌斷獄一卷。此劇所本即其事也。"然則古今小説,乾隆間楊州設局修曲時固有其書矣。

游酆都胡母迪吟詩
古今小説卷三十二

〔明趙弼效顰集中卷續東窗事犯傳 日本舊鈔本,以明刊本校〕　錦城士人胡生,名迪,性志倜儻,涉獵經書,好善惡惡,出於天性。一日,自酌小軒之中。飲至酣,啟囊探書而讀。偶得秦檜東窗傳,觀未竟,不覺赫然大怒,氣湧如山,擲書於地,拍案高吟曰:

長腳邪臣長舌妻,按秦檜傳:"布衣嘗與同窗數人戲於廡下,偶一異人至,問諸生曰:'此長腳者何人? 他日雖貴,其奸邪殘忍,必爲國家之患。諸公亦有受其害者。'故學中呼'秦長腳'云。"忍將忠孝苦謀夷。爲殺岳飛父子也。天曹默默綠 當作"緣"。無報,地府冥冥定有私。黃

閻主和千載恨，言檜爲相，專主和也。青衣行酒兩君悲。徽宗欽宗
北狩，金人以二帝爲庶人，使著青衣行酒，如晉懷愍者。愚生若得閻羅
做，剝此奸回萬劫皮！

朗吟數遍，已而就寢。俄見皂衣二人至前，揖曰："閻君命僕等相
招，君宜連當作"速"。行。"生尚醉，不知閻君爲誰。問曰："閻君何
人？吾素昧平生，今而見召，何也？"皂衣笑曰："君至則知，不勞
詳問。"强挽生行。及十餘里，乃荒郊之地。煙雨霏微，如深林之
時。前有城郭，而居人亦稠密，往來貿易者如市廛之狀。既而入
城，則有殿宇崢嶸，朱門高敞，題曰："曜靈之府"。門外守者甚
嚴。皂衣者令一人爲伴，一人入白之。少焉出曰："閻君召子。"
生大駭愕，罔知所以，乃趨入門。殿上王者，袞衣冕旒，類人間祠
廟中繪塑神像。左右列神吏六人，綠袍皂履，高幞廣帶，各執文
簿。階下侍立五十餘衆，有牛首馬面，長喙朱髮者，猙獰可畏。
生稽顙階下。王問曰："子胡迪耶？"生曰："然。"王怒曰："子爲儒
流，讀書習禮，何爲怨天怒地，謗鬼侮神乎？"生答曰："賤子後進
之流，蚤習先聖先賢之道，安貧守分，循理修身，未嘗敢怨天尤
人，而矧乃侮神謗鬼也。"王曰："然則'天曹默默緣無報，地府冥
冥定有私'之句，孰爲之耶？"生方悟爲怒秦檜之作，再拜謝曰：
"賤子酒酣，罔能持性，偶讀奸臣之傳，致吟忿懣之詩。顒望神
君，特垂寬宥。"王呼吏以紙筆令生供款，讓曰："爾好掉筆頭，議
論古今人之臧否。若所供有理，則增壽放還；脫辭意舛訛，則送
風刀之獄也。"生謝過再四，援筆而供曰：

伏以混沌未分，亦無生而無死；陰陽既判，方有鬼以有
神。爲桑門傳因果之經，知地獄設輪迴之報。善者福，而惡
者禍，理所當然；直之升，而屈之沉，亦非謬矣。蓋賢愚之異
類，若幽顯之殊途。是乎不得其平則鳴，匪沽名而吊譽，敢

忘非法不道之戒。故罹罪以招愆，出於自然，本乎天性。切念某幼讀父書，蚤有功名之志；長承師訓，慚無經緯之才。非惟弄月管之毫，擬欲插天門之翼。每夙興而夜寐，嘗究理以修身。讀孔聖之微言，思舉直而措枉；觀王壼之確論，想激濁以揚清。立忠貞欲効松筠，肯衰老甘同蒲柳。天高地厚，深知半世之行藏；日居月諸，洞見一心之妙用。惟尊賢而似寶，第見惡以如仇。每下_{疑脱"憐"字}岳飛父子之冤，欲追求而死諍；暨睹秦檜夫妻之惡，便欲得而生吞。因東窗贊擒虎之言，致北狩失回鑾之望。傷忠臣被屠劉而殘滅，恨賊子受棺椁以全終。天道無知，神明安在？俾奸回生於有幸，令賢哲死於無辜。謗鬼侮神，豈比滑稽之士；好賢惡佞，實非迂闊之儒。是皆至正之心，焉有偏私之意？飲三杯之狂藥，賦八句之鄙吟。雖冒大聰，誠爲小過。斯言至矣，惟神鑒之！

王覽畢，笑曰："腐儒倔强乃耳！雖然，好善惡惡，固君子之所尚也。至夫'若得閻羅做'，其毀熟_{當作"孰"}甚焉。汝若爲閻羅，將吾置於何地？"生曰："昔者韓擒虎云：'生爲上柱國，死作閻羅王。'又寇萊公、江丞相亦嘗爲是任。明載簡册，班班可考。以此微_{當作"徵"}之，冥君皆世間正人君子之爲也。僕固不敢希韓、寇、江三公之萬一，而公正之心，頗有三公之毫末耳。"王曰："若然，冥官有代，而舊者何之？"生曰："新者既臨，舊官必生人道，而爲王公夫_{當作"大"}人矣。"王顧左右曰："此人所言深有玄理。惟其狂直若此，苟不令見之，恐終不信善惡之報，而視幽明之道，如風聲水月，無所忌憚矣。"即呼綠衣吏，以一白簡書云："右仰普掠獄冥官，即啟狴牢，領此儒生，遍視泉扃報應，毋得違錯。"既而吏引生之西廊，過殿後三里許，有石垣高數仞，以生鐵爲門，題曰：

"普掠之獄"。吏叩門呼之。少焉，夜叉數輩突出，如有擒生之
狀。吏叱曰："此儒生也，無罪。閻君令視善惡之報。"以白簡示
之，夜叉謝生曰："吾輩以爲罪鬼入獄，不知公爲書生也。幸勿見
怪。"乃啟關揖生而入。其中廣袤五十餘里。日光慘淡，冷風蕭
然。四維門牌，皆榜名額，東曰"風雷之獄"，南曰"火車之獄"，西
曰"金剛之獄"，北曰"溟泠之獄"。男女荷鐵枷者（千）餘人。又
至一小門，則見男子二十餘人，皆被髮裸體，以鉅釘釘其手足於
鐵牀之上。項荷鐵枷，舉身皆刀杖痕，膿血腥穢不可近。旁一婦
人，裳而無衣，罩於鐵籠中。一夜叉以沸湯澆之。綠衣吏指下者
三人謂生曰："此秦檜父子與万俟卨。此婦人，即檜之妻王氏也。
其他數人，乃章惇、蔡京父子、王黼、朱勔、耿南仲、吳玠、莫儔、范
瓊、丁大全、賈似道，偕其同奸黨惡之徒。王遣吾施陰刑，令君觀
之。"即呼鬼卒五十餘衆，驅檜等至風雷之獄，縛於銅柱。一卒以
鞭扣其環，即有風刀亂至，繞刺其身。檜等體如篩底。良久，震
雷一聲，擊其身如齏粉，血流凝地。少焉，惡風盤旋，吹其骨肉，
復爲人形。吏謂生曰："此震擊者，陰雷也；吹者，業風也。"又呼
獄卒，驅至金剛之獄，縛檜等於鐵牀之上。牛頭者長哨數聲，黑
風飄颭，飛戈衝突，碎其肢體。久之，吏呵曰："已矣。"牛頭復哨
一聲，黑風乃止，飛戈亦息。又驅至火車之獄。一夜叉以鐵撾驅
檜等登車，以巨扇拂之，車運如飛，烈焰天當作"大"。作，且焚且
碾，頃刻皆爲煨燼。獄卒以水灑之，復成人形。又至溟泠之獄。
夜叉以長矛貫檜等，沉於寒冰中。霜刃亂斫，骨肉皆碎。良久，
以鐵鈎挽而出之。仍驅於舊所，以釘釘手足於銅柱，用沸油淋
之。饑則食以鐵丸，渴則飲以銅汁。吏曰："此曹，凡三日則遍歷
諸獄，受諸苦楚；三年之後，變爲牛羊犬豕，生於凡世，使人烹剝
而食其肉。其妻亦爲牝豕，與人育雛，食人不潔，亦不免刀烹之
苦。今此衆已爲畜類於世五十餘次矣。"生問曰："其罪有限乎？"

吏曰："歷萬劫而無已也，豈有限焉？"復引生至西垣，一小門題曰
"奸回之獄"。荷桎梏者百餘人，舉身插刃，渾類猬形。上有鐵鳥
十餘若鷗梟之狀，往來啄其面背，下有毒蛇嚙其身足，血流盈地。
有巨犬三五食之。生曰："此曹何人？"吏曰："是皆歷代將相奸回
黨惡、欺君罔上、蠹國害民者。每三日亦與秦檜等同受其刑；三
年後，變爲畜類，皆同檜也。"復至南垣，一小門題曰"不忠內臣之
獄"。內有牝牛數百，皆以鐵索貫鼻，繫於鐵柱，四圍以火炙之。
生曰："牛，畜類也。何罪而致是耶？"吏曰："君勿言，姑俟觀之。"
即呼獄卒以巨扇拂火。須臾，烈焰亙天。牛皆不勝其苦，哮吼躑
躅，皮肉焦爛。良久，大震一聲，皮忽綻裂，突出者皆人。視之，
俱無鬚眉，悉寺人也。吏呼夜叉擲於鑊湯中烹之。已而，皮肉融
液，惟存白骨而已。復以冷水沃之，仍復人形。吏謂生曰："此皆
歷代宦官：漢之十常侍，唐之李輔國、仇士良、王守澄、田令孜，宋
之閻文應、童貫之徒。曩者長養禁中，錦衣玉食，欺枉人主，妒害
忠良，濁亂海內；今受此報，歷劫而不原也。"復至東壁。男女以
千數，皆裸身跣足，或烹剝刳心，或剉燒舂磨。哀痛之聲，徹聞數
里。吏曰："是皆在生爲官爲吏，貪污虐民，不孝於親，不友兄弟，
悖負師友，姦淫背夫，爲盜爲賊，不仁不義者，皆受此報。"生見之
大喜，歎曰："今日始出吾不平之氣也。"吏笑携生之手偕出，仍至
曜靈殿，再拜叩首，謝曰："可謂天地無私，鬼神明察，善惡不能逃
其責也。"王曰："爾既見之，心已坦然。更煩爲吾作一判文，以梟
秦檜父子夫妻之過。"即命吏以紙筆給之。生辭謝弗獲，爲之
判曰：

　　嘗謂軒轅得六相而助理萬機，則神明應至；虞舜有五臣
以撲持百吏，而內外平成。苟非懷經天緯地之才，曷敢受調
鼎持衡之任？今照奸臣秦檜，斗筲之器，閭閻小人，雖居宰

輔之名，實乃匹夫之輩。獐頭鼠目，伺主意以逢迎；羊質虎皮，阿邪情而諂諛。豈有論道經邦之志？全無扶危拯溺之心。久占都堂，懷姦謀而肆為僭分；閉塞賢路，固寵渥而妒忌賢良。殘傷猶剽掠之徒，貪鄙勝穿窬之盜。既忝職居師保，而叩_{當作"叨"}任處公台。惟知黃閣之榮華，罔竭赤心之左右。欺君枉上，擅行予奪之權；嫉善妒能，專起竄誅之曲。姦宄逾其莽、操，兇頑尤勝斯、高。以梟獍為心，蝎蛇成性。忠臣義士，盡陷於羅網之中；賊子亂臣，咸置於巖廊之上。視本朝如弊甑，通敵國若宗親。鴟鷹啄架臂之人，猘犬吠牽牢之主。姦心迷暗，受詭胡兀術之私盟；兇行荒殘，害賢將岳飛之正命。悍妻王氏，不言豹隱，而言放虎之難；愚子秦熺，只顧狼貪，不顧回鸞之幸。一家同情而稔惡，萬民共怒以含冤。雖僥幸免乎陽誅，其葉（業）報還教（敎）陰受。數其罪狀，書千張繭紙，不能盡其詳；察此愆非，歷萬劫畜生，不足償其責。合行榜示，幽顯同知。

生呈稿上，王覽之大喜。贊曰："讜正之士也。"生因告曰："奸回受報，僕已目擊，信不誣矣。其他忠臣義士，在於何所？願希一見，以釋鄙懷，不勝感幸。"王俯首而思，良久乃曰："諸公皆生人中，為王公大人，享受天祿，三十餘次矣。壽滿天年，仍還原所。子既求見，吾請躬導之。"於是登輿而前，俾從者昇生於後。行五里許，但見瓊樓玉殿，碧瓦參差，朱牌金字，題曰："忠賢天爵之府"。既入，有仙童數百，皆衣紫銷_{當作"綃"}之衣，懸丹霞玉珮，執綵幢絳節，持羽葆花旄。雲氣繽紛，天花飛舞。鸞嘯鳳唱，仙樂鑑_{當作"鏗"}鏘。異香馥鬱，襲人不散。殿上坐者百餘人，皆冠通天之冠，衣雲錦之裳，躡珠霓之履。玉珂瓊珮，光彩射人。絳綃_{當作"綃"}。玉女五百餘人，或執五明之扇，或捧八寶之盂，圍侍

左右。見王至，竊降階迎迓。賓主禮畢，分東西而坐。綵女數
人，執瑪瑙之壺，捧玻璃之盞，薦龍晴當作"睛"。之果，傾鳳髓之
茶，世罕聞見。茶既畢，王乃道生所見之故，命生致拜。諸公皆
答之盡禮，同聲贊曰："先生可謂仁者，能好人，能惡人矣。"乃見
當作"具"。席，命生坐於右。生謙退再三，不敢當賓禮。王曰："諸
公以子斯文，故待之厚，何用苦辭？"生乃揖謝而坐。王謂生曰：
"座上皆歷代忠良之臣，節義之士，在陽則流芳百世，身逝則陰享
天恩。每遇明君治世，則生爲王侯將相，黼黻朝廷，功施社稷，以
輔雍熙之治也。"言既，命朱衣二吏送生還。謂生曰："子壽七十
有二，今復延一紀。食肉躍馬五十一年。"生大悅，再拜而謝。及
辭諸公而出，行十餘里，天色漸明。朱衣指謂生曰："日出處，即
汝家也。"生挽二吏衣，延歸謝之。二吏堅卻不允。再三挽留，不
覺失手而仆，即展臂而寤，時漏下五鼓矣。

張古老種瓜娶艾女
古今小説卷三十三

〔晉干寶搜神記卷十一津逮秘書本〕　陽公雍伯，津逮本誤作"楊公
伯雍"，今據水經注十四鮑丘水注、太平寰宇記七薊州漁陽縣引搜神記改，下同此。
洛陽縣人也；本以儈賣爲業。性篤孝。父母亡，葬無終山，遂家
焉。山高八十里，上無水。公汲水作義漿於坂頭，行者皆飲之。
三年，有一人就飲，以一斗石子與之，使至高平好地有石處種之。
云："玉當生其中。"陽公未娶，又語云："汝後當得好婦。"語畢不
見。乃種其石。數歲，時時往視，見玉子生石上。人莫知也。有
徐氏者，右北平著姓，女甚有行。時人多求之，不許。津逮本作"時
人求多不許"，今據太平寰宇記改。公乃試求徐氏。徐氏笑以爲狂，因戲
云："得白璧一雙來，當聽爲婚。"公至所種玉田中，得白璧五雙，

以聘。徐氏大驚，遂以女妻公。天子聞而異之，拜爲大夫。乃於種玉處四角作大石柱，各一丈；中央一頃地，名曰玉田。_{水經注鮑}

丘水注云：_{“無終山有陽翁伯玉田，在縣西北，有陽公壇社，即陽公之故居也。陽氏譜叙言翁伯是周景王之孫。食采陽樊，春秋之末，爰宅無終，因陽樊而易氏焉。愛人博施，天祚玉田。其碑文云：居於縣北六十里翁同之山（即無終山）。後路徙於西山之下。（句有誤。）陽公又遷焉，而受玉田之賜。情不好寶，玉田自去。今猶謂之爲“玉田陽”。}

　　〔太平廣記卷二百九十二陽雍條_{引梁元帝孝德傳}〕　魏陽雍，河南洛陽人。兄弟六人，以備賣爲業。公少修孝敬，達於退邁。父母殁，葬禮畢，長慕追思，不勝心目。乃賣田宅，北徙絶水漿處大道峻坂下爲居。晨夜輦水漿_{“漿”原作“將”，今徑改。}給行旅，兼補履屬，不受其直。如是累年不懈。天神化爲書生，問曰：“何故不種菜以給？”答曰：“無種。”乃與之數升。公大喜，種之。其本化爲白璧，餘爲錢。書生復曰：“何不求婦？”答曰：“年老無肯者。”書生曰：“求名家女，必得之。”有徐氏，右北平著姓，女有名行，多求不許。_{“多”上疑脱“人”字。}乃試求之。徐氏笑之，以爲狂僻。然聞其好善，戲答媒曰：“得白璧一雙、錢百萬者，與婚。”公即具送。徐氏大愕，遂以妻之。_{“以”下當脱“女”字。}生十男，皆令德俊異，位至卿相。今右北平諸陽，其後也。

　　〔太平廣記卷四陽翁伯條_{引蜀杜光庭仙傳拾遺}〕　陽翁伯者，盧龍人也。事親以孝，葬父母於無終山。山高八十里，其上無水。翁伯廬於墓側，晝夜號慟。神明感之，出泉於其墓側。因引水就官道以濟行人。嘗有飲馬者，以白石一升與之，令翁伯種之，當生美玉。果生白璧，長二尺者數雙。一日，忽有青童乘虛而至，引翁伯至海上仙山謁群仙，曰：“此種玉陽翁伯也。”一仙人曰：“汝以孝於親，神真所感，昔以玉種與之，汝果能種之。汝當夫婦俱仙，今此宮即汝他日所居也。天帝將巡省於此，開禮玉十班，汝可致之。”言訖，使仙童與俱還。翁伯以禮玉十班以授仙童。
北平徐氏有女，翁伯欲求婚。徐氏謂媒者曰：“得白璧一雙可
矣。”翁伯以白璧五雙，遂壻徐氏。數年，雲龍下迎，夫婦俱昇天。
今謂其所居爲玉田坊。翁伯仙去後，子孫立大石柱於田中，以紀
其事。

〔太平廣記卷十六張老條引唐李復言續玄怪錄〕　張老者，揚州
六合縣園叟也。其鄰有韋恕者，梁天監中，自揚州曹掾秩滿而
來。有長女，既笄。召里中媒媼，令訪良婿。張老聞之，喜而候
媒於韋門。媼出，張老固延入，且備酒食。酒闌，謂媼曰：“聞韋
氏有女，將適人，求良才於媼，有之乎？”曰：“然。”曰：“某誠衰邁，
灌園之業，亦可衣食，幸爲求之。事成，厚謝。”媼大罵而去。他
日，又邀媼。媼曰：“叟何不自度？豈有衣冠子女，肯嫁園叟耶？
此家誠貧，士大夫家之敵者不少，顧叟非匹。吾安能爲叟一杯
酒，乃取辱於韋氏？”叟固曰：“强爲吾一言之。言不從，即吾命
也。”媼不得已，冒責而入言之。韋氏大怒曰：“媼以我貧，輕我乃
如是！且韋家焉有此事？況園叟何人，敢發此議？叟固不足責，
媼何無別之甚耶？”媼曰：“誠非所宜言。爲叟所逼，不得不達其
意。”韋怒曰：“爲吾報之，今日内得五百緡，則可。”媼出以告張
老。乃曰：“諾！”未幾，車載納於韋氏。諸韋大驚曰：“前言戲之
耳。且此翁爲園，何以致此？吾度其必無而言之。今不移時而
錢到，當如之何？”乃使人潛候其女。女亦不恨，曰：“此固命乎！”
遂許焉。張老既取韋氏，園業不廢。負穢钁地，鬻蔬不輟。其妻
躬執爨濯，了無怍色。親戚惡之，亦不能止。數年，中外之有識
者，責恕曰：“君家誠貧。鄉里豈無貧子弟，奈何以女妻園叟？既
棄之，何不令遠去也？”他日，恕致酒召女及張老。酒酣，微露其
意。張老起曰：“所以不即去者，恐有留念。今既相厭，去亦何
難？某王屋山下有一小莊，明旦且歸耳。”天將曙，來別韋氏曰：

"他歲相思,可令大兄往天壇山南相訪。"遂令妻騎驢戴笠,張老
策杖,相隨而去。絕無消息。後數年,恕念其女,以爲蓬頭垢面,
不可識也,令其男義方訪之。到天壇南,適遇一崑崙奴,駕黃牛
耕田,問曰:"此有張老家莊否?"崑崙投杖拜曰:"大郎子何久不
來? 莊去此甚近,某當前引。"遂與俱東去。初上一山,山下有
水。過水連綿凡十餘處,景色漸異,不與人間同。忽下一山,其
水北,朱戶甲第,樓閣參差。花木繁榮,煙雲鮮媚。鸞鶴孔雀,徊
翔其間。歌管廖亮,耳目^{此處疑有脫文。}崑崙指曰:"此張家莊也。"
韋驚駭莫測。俄而及門。門有紫衣人吏,拜引入廳中。鋪陳之
華,目所未睹。異香氤氳,遍滿崖谷。忽聞珠珮之聲漸近。二青
衣出曰:"阿郎來此。"次見十數青衣,容色絕代,相對而行,若有
所引。俄見一人,戴遠遊冠,衣朱綃,曳朱履,徐出門。一青衣引
韋前拜。儀狀偉然,容色芳嫩,細視之:乃張老也。言曰:"人世
勞苦,若在火中。身未清涼,愁焰又熾,而無斯須泰時。兄久客
寄,何以自娛? 賢妹略梳頭,即當奉見。"因揖令坐。未幾,一青
衣來曰:"娘子已梳頭畢。"遂引入,見妹於堂前。其堂沉香爲梁,
玳瑁帖門,碧玉窗,珍珠箔,階砌皆冷滑碧色,不辨其物。其妹服
飾之盛,世間未見。略叙寒暄,問尊長而已。意甚鹵莽。有頃,
進饌。精美芳馨,不可名狀。食訖,館韋於內廳。明日方曙,張
老與韋生坐。忽有一青衣附耳而語。張老笑曰:"宅中有客,安
得暮歸?"因曰:"小妹暫欲遊蓬萊山,賢妹亦當去。然未暮即歸,
兄但憩此。"張老揖而入。俄而五雲起於庭中,鸞鳳飛翔,絲竹並
作。張老及妹各乘一鳳,餘從乘鶴者十數人。漸上空中,正東而
去。望之已没,猶隱隱聞音樂之聲。韋君在後,^{"後"下疑脫"一"字。}
小青衣供侍甚謹。迨暮,稍聞笙篁之音,倏忽復到。及下於庭,
張老與妻見韋曰:"獨居大寂寞。然此地神仙之府,非俗人得遊;
以兄宿命,合得到此,然亦不可久居。明日,當奉別耳。"及時,妹

復出別兄，殷勤傳語父母而已。張老曰："人世邈遠，不及作書。"
奉金二十鎰，並與一故席帽，曰："兄若無錢，可於揚州北邸，賣藥
王老家取一千萬。持此爲信。"遂別，復令崑崙奴送出。卻到天
壇，崑崙奴拜別而去。韋自荷金而歸。其家驚訝，問之。或以爲
神仙，或以爲妖妄，不知所謂。五六年間，金盡，欲取王老錢，復
疑其妄。或曰："取爾許錢，不持一字，此帽安足信？"既而困極，
其家强逼之，曰："必不得錢，亦何傷？"乃往揚州，入北邸，而王老
者方當肆陳藥。韋前曰："叟何姓？"曰："姓王。"韋曰："張老令取
錢一千萬，持此帽爲信。"王曰："錢即實有，席帽是乎？"韋曰："叟
可驗之，豈不識耶？"王老未語，有小女出青布幃中，曰："張老常
過，令縫帽頂。其時無皂綫，以紅綫縫之。綫色手蹤，皆可自
驗。"因取看之，果是也。遂得載錢而歸。乃信真神仙也。其家
又思女，復遣義方往天壇南尋之。到即千山萬水，不復有路。時
逢樵人，亦無知張老莊者。悲思浩然而歸。舉家以爲仙俗路殊，
無相見期。又尋王老，亦去矣。後數年，義方偶遊揚州，閑行北
邸前，忽見張家崑崙奴前曰："大郎家中何如？娘子雖不得歸，如
日侍左右，家中事無巨細，莫不知之。"因出懷金十斤以奉，曰：
"娘子令送與大郎君。阿郎與王老會飲於此酒家。大郎且坐，崑
崙當入報。"義方坐於酒旗下，日暮不見出，乃入觀之。飲者滿
坐，坐上並無二老，亦無崑崙。取金視之，乃真金也。驚歡而歸，
又以供數年之食。後不復知張老所在。

　〔花草粹編卷六引張老小説中玉壺冰小令〕　西園摘處香和
露，洗盡南軒暑。莫嫌坐上適來蠅。只恐怕寒難近玉壺冰。
　井花浮翠金盆小，午夢初回後。詩翁自是不歸來。不是青門
無地可移栽。此一詞調今見話本，乃詠瓜詞也。粹編後闋"午夢初回後"，"後"
字韻不協。話本"後"作"了"，可以正粹編之失。

陽雍伯事,干寶紀之;梁元帝再紀之。事甚有名,故李復言張老傳前半陰襲之,後半添出情節,文采煥然。話本即據復言張老傳,稍通之,純乎市人演説本色。至云梁武帝普通七年至隋煬帝大業二年,恰二十年,其疏如此。然此乃演説家常有之例,不足爲怪。杜光庭唐末人,在李復言之後。其陽翁伯傳,即取干寶、梁元帝所紀附會爲昇天之説,質而寡味,不及復言文遠甚。今録之,所以見故事嬗變之迹也。本張老事爲戲曲者,清李玉有太平錢。

李公子救蛇獲稱心

古今小説卷三十四

〔晉干寶搜神記卷二十學津訂原本〕　隨縣溠水側,有斷蛇丘。隋侯出行,見大蛇被傷中斷。疑其靈異,使人以藥封之。蛇乃能走。因號其處"斷蛇丘"。歲餘,蛇衝明珠以報之。珠盈徑寸,純白,而夜有光明,如月之照,可以燭室。故謂之"隋侯珠",亦曰"靈蛇珠",又曰"明月珠"。丘南有隋季良大夫池。

〔宋劉斧青瑣高議後集卷九朱蛇記〕　大宋李元,字百善,鄭州管城人。慶曆年,隨親之官錢塘縣。下元赴舉,泛舟道出吳江。元獨步於岸,見一小朱蛇,長不滿尺,赭鱗錦腹,銅鬣紺尾,迎日望之,光彩可愛。爲牧童所困。元憫之,以百錢售之。元以衣裹歸,沐以蘭湯,浣去傷血。夜分,放於茂草中,明日乃去。元明年復之隋渠,東歸,再經吳江。元縱步長橋,有一青衣童展謁曰:"朱秀才拜謁。"元睹其刺,稱"進士朱浚"。元以其聲類,乃冠帶出。既揖,乃一少年子弟,風骨清聳,趨進閑雅。曰:"浚受大人旨,召君子閑話。浚之居,長橋尾數百步耳。"元謂浚曰:"素不識君子之父,何相召也?"浚曰:"大人言:'與君子之大父有世契。'固遣奉召也。大人已年老，久不出入，幸恕坐邀。"意甚勤厚。元拒不獲已，仍相從過長橋，已有綵舫艤岸。浚與元同泛舟，桂楫雙舉，舟去如飛。俄至一山，已有如公吏者數十，立俟於岸。元乘肩輿，既至，則朱扉高闕，侍衛甚嚴，修廊繩直，大殿雲齊，紫閣臨空，危亭枕水，寶飾虛檐，砌甃寒玉，穿珠落簾，磨璧成牖，雖世之王侯之居莫及也。俄一老人高冠道服，立於殿上，左右侍立皆美婦人。吏曰："此吾王也。"浚乃引元昇殿。元再拜，王亦答拜。既坐曰："久絕人事，不得奉謁，坐邀車駕，幸無見疑。因有少懇，即當面聞。前日小兒閑遊江岸，不幸爲頑童所辱，幾死群小之手，賴君子仁義存心，特用百錢救此微命，不然，遂爲江壖之土也。"元方記救朱蛇之意。王顧浚曰："此君乃使子更生者也，汝當百拜。"元起欲答拜。王自起，持元手，曰："君當坐受其禮。此不足報君之厚賜。"王乃命置酒高會，器皿金玉，水陸交錯；後出清歌妙舞之姬，又奏仙韶鈞天之樂，俱非世所有。酒數巡，元起曰："元一介賤士，誠無他能，過荷恩私，不勝厚幸。深恐留滯行舟，切欲速歸侍下。"王曰："君與吾家有厚恩，幸無遽去，以盡款曲。"元曰："王之居此，願聞其詳。"王曰："吾乃南海之鱗長，有薄功於世，天帝詔使居此，仍封爲安流王。幸而江闊湖深，可以栖居。水甘泉潔，足以養吾老。知君方急利祿，以爲親榮，吾爲君得，少報厚恩，可乎?"元曰："兩就禮闈，未霑聖澤。如蒙蔭庇，生死爲榮。"王曰："吾有女，"女"字下疑脫一"奴"字。年未及笄，欲贈君子爲箕帚。納之，當得其助。"又以白金百斤遺之。王曰："珠璣之類，非敢惜也，但白金易售耳。"乃別去。既出宮，復乘前舟，女奴亦登舟同濟。少選至岸，吏賫金至元舟乃去。元細視女奴，精神雅淡，顏色清美。詢其年，曰："十三歲矣。"自言小字雲姐。言笑慧敏，元心寵愛。

　　後三年，詔下當試。雲姐曰："吾爲君偷入禮闈，竊所試題目。”元喜。雲姐出門，不久復還，探知題目。元乃檢閱宿構。來日入試，果所盜之題。元大得意，乃捷。薦名後，省御試，雲姐皆然。元乃榮登科第，授潤州丹徒簿。雲姐或告辭，元泣留之，不可。雲姐曰：“某奉王命，安可久留？”元開宴餞之，雲姐作詩曰：“六年於此報深恩，水國魚鄉是去程。莫謂初婚又相別，都將舊愛與新人。”時元新娶。元觀詩，不勝其悲。雲姐泣下，再拜離席，求之不見。元多對所親言之。今元見存焉。

〔元無名氏夷堅續志前集卷二放龍獲報條〕 李元於吳江岸見小朱蛇，長不滿尺，爲牧童所困。元以百錢買之，放於茂草中。明年再經長橋，有進士朱浚來謁見，曰：“浚居橋尾數百步耳，大人遣奉召，幸恕坐邀。”同舟至一山，樓殿寶飾，侍衛甚嚴。俄一人高冠道服，引元坐曰：“小兒不幸，幾死頑童之手，賴君子活此微命。”顧浚，令再拜。乃命置酒，水陸交錯。曰：“吾乃南海之鱗，有功於世，天帝詔居此，封安流王。吾有小奴，小字雲姐，今贈於子。子納之，當得其助。”元乃別去。後赴禮闈，明日當試，雲姐私入竊所試題目出，元乃檢閱宿構，入試，大得意，高捷，薦名登科。雲姐告辭曰：“奉王命不敢久留。”作詩別曰：“六年於此報深恩，水國魚鄉是去程。莫謂初婚又相別，都將舊愛與新人。”時李元新娶故也。

汪信之一死救全家
古今小説卷三十九

〔宋岳珂桯史卷六汪革謠讖條〕 淳熙辛丑，舒之宿松民汪革，以鐵冶之眾叛，比郡大震。詔發江池大軍討之。既潰，又詔以三百萬名捕。其年，革遁入行都。廂吏執之以聞，遂下大理。獄具，梟於市，支黨流廣南。余嘗聞之番易周國器元鼎曰：革，字信之，本嚴遂安人。其兄孚^{師中}，嘗登鄉書，以財豪鄉里。爲官，榷坊酤，以捕私醞入民家，格鬭殺人，且因以掠敓，黥隸吉陽軍。壬午、癸未間，張魏公都督江淮。孚逃歸，上書自詭，募亡命爲前鋒。雖弗效，猶以此脫黥籍，歸益治貲産，復致千金。革偶閧牆不得志，獨荷一傘出。聞淮有耕冶可業，渡江至麻地，家焉。麻地去宿松三十里，有山可薪。革得之，稍招合流徙者，冶炭其中，起鐵冶其居旁。又一在荆橋，使里人錢某秉德主焉。錢故吳越支裔也，貧不能家。妻美而艷，革私之。邑有酤坊在倉步白雲，革訟而擅其利，歲致官錢不什一。別邑望江有湖地，饒魚蒲，復佃爲永業，凡廣袤七十里。民之以魚至者數百戶，咸得役使。革在淮，仍以武斷稱，如居嚴時。出佩刀劍，盛騎從。環數郡邑官吏有不愜志者，輒文致而訟其罪；或莫夜嘯烏合，毆擊瀕死乃置。於是爭敬畏之，願交歡奉頤旨。革亦能時低昂，折節與游，得其死力，聲焰赫然，自儔夷以下不論也。

　　初，江之統帥曰皇甫倜，以寬得衆，別聚忠義爲一軍，多致驍勇。繼之者劉光祖，頗矯前所爲，奏散遣其衆太湖邑中。有洪恭訓練，居邑南門倉巷口，舊爲軍校，先數年已去尺籍，家其間。軍士程某二人，素識之，往歸焉。恭無以容，又不欲逆其意。革之長子某，好騎射，輕財結客；遂以書薦之往。果喜，留之，一年而盡其技。革貲用適窘，謝以鐵鏹五十緡。二人不滿。問其所往，曰：“將如太湖。”革因寄書以遺恭。革與恭好，有私干，期以秋。以其便之，弗端，亶書紙尾^{“亶”讀爲“但”。“亶書紙尾”即“但書紙尾”。}曰：“乃事俟秋涼即得踐約。”二人既出，飲它肆酣，相與咨怨。竊發緘窺之而未言。至太湖見恭。恭門有茗坊，延之坐，自入於室取四縑，將遺之。恭有妾曰小姐，躬蠶織勞，以恭之好施也，吝不予縑，屏後有詈言。二人聞之，怒。恭堅持縑出，不肯受，亦不投以書。徑歸九江，揚言於市，謂：“革有異謀，從我學弓馬兵陣。已

約恭以秋叛，將連軍中爲應。我因逃歸。"故使邏者聞之，意欲以
藉手冀復收。光祖廉得之，恐，捕二人送有司。既無以脱，遂出
其書爲證。光祖繳上之朝，有詔捕革。郡命宿松尉何姓，忘其
名；素畏其豪，彎卒又咸辭不敢前，妄謂拒捕，幸其事之它屬以自
解。時邑無令，有王某者以簿攝邑事。郡檄簿往説諭。革已聞
之，頗爲備。飲簿以酒，烹鵝不熟而薦，意緒倉皇。簿覺有異，不
敢言而出。行數里，解后即"邂逅"。郡遣客將郭擇者至。擇與汪
革交稔，故郡使繼簿將命，從以吏卒十餘人。簿下馬道革語，勸
勿往。擇不可，曰："太守以此事屬擇，今徒還，且得罪。"遂入。
革復飲之。時天六月，方暑，虐以酒，自巳至申不得去。擇初謂
革無他，既見，乃露刃列兩廂，門下憧憧往來，祖袒呼嘯，頗懼，亶
孫辭丐去。"亶"讀爲"但"，"孫"、"遜"字通。革畢飲，字謂擇曰："希顔
吾故人，今事藉藉，革且不知所從，始雀鼠貪生未敢出。有楮券
四百，丐希顔爲我展限。"擇陽諾。方取楮，捕吏有王立者，亦以
革之餉飲也醉，聞其得錢，扣窗呼曰："三省樞密院同奉聖旨取謀
反人，教練乃受錢展限耶！"革長子聞之，躍出，縛擇曰："吾父與
爾善，爾乃匿聖旨文書，給吾父死地。"戶闔，甲者興。王立先中
二刀，仆，僞死。盡殲捕吏，鈎曳出，置牆下。將殺擇，探懷中得
所藏郡移。擇搏顙祈哀曰："此非他人，乃何尉所爲。苟得尉辨，
正死不恨。"革許之，分命二子往起炭山及二冶之衆。炭山皆鄉
農，不肯從，爭迸逸。惟冶下多逋逃群盜，實從之。夜起兵。部
分行伍，使其腹心龔四八、董三、董四、錢四二及二子分將之。有
衆五百餘。六日辛亥遲明，蓐食趨邑。數人者，故軍士若將家子
弟，亦有能文者，俠且武，平居以官人稱；革皆親下之。革有三
馬，號惺惺騮、小驄"小驄"疑當作"小驄"。驊、爾雅釋畜馬屬：牝曰騇。郭
注：草馬名。郝氏疏：今東齊人以牡爲兒馬，牝爲騇馬。唯牝驢呼草驢。余按：今天
津以南人呼牝馬爲騇馬，與東齊人同。白番婆子，駿甚。馭曰劉青，驍捷

過人。革是日被白錦袍，屬橐鞬，腰劍，總鵝梨旋風髻。道荊橋，秉德之妻闖於垣，"闖"字可疑。或者本是"闞"字。"闞"、"窺"字同。匿弗之見，乃過之。未至縣五里，錢四二有異心，因謂革曰："今捕何尉，顧不足多煩兵，君以親騎入，大隊姑屯此可也。"革然其言，以三十騎先入郭門。問尉所在，則前一日以定民訟，舍村寺未歸。乃耀武郭中，復南出。劉青方鞬，忽顧革曰："今雖不得尉，能質其家，尉且立來。"革曰："良是。"反騎，趨縣。尉廨在縣治。革將至，有長人，衣白，立門間，高與樓齊。其徒俱見之，人馬辟易，亟奔還。則錢四二者，已與其衆潰逃略盡；惟龔、董守郭擇不去者，尚五六十人。計無所出，乃殺擇，而還麻地。其居屋數百間，藏書甚富，穀粟山積，盡火之。幼孫千一，甫十一歲，使乘惺惺驏如無爲漕司，分析非敢反，特爲尉迫脅狀。遂殺二馬，挈其孥至望江，以五舟分載入天荒湖，泊葦間。與龔、董灑涕別去，曰："各逃而生，毋以爲君累也。"其次子有婦張，實太湖河西花香鹽賈張四郎之女，有智數，嘗勸革就逮，弗從。至是，與其子相泣，自湛於湖。時人哀之。王立既不死，負傷而逃歸郡。郡聞革起，聚民兵，會巡尉來捕。且驛書上言。詔發兩統帥偏裨撲滅，勿使熾。居十日而兵大合。徒知其在湖，不敢近。視舟有煙火，且聞伐鼓聲。稍久，不出，使闖"闖"字可疑，或本是"闞"字。之，則無人焉。煙乃燐麻屑爲，詰曲如印盤，縛羊鼓上，使以蹄擊，革蓋東矣。革之至江口，劫二客舟，浮家至雁漢采石，僞官歸峽者，謁徵官而去。人莫之疑。舒軍既失革，朝廷益慮其北走胡，大設賞購。革乃匿其家於近郊故死友家，夜使宿弊窖，曰："吾事明，家可歸師中兒。"遂入北關，遇城北廂官白某者於塗。白嘗爲同安監官，識革，方駭避。革曰："聞官捕我急，請以爲君得。"束手詣闕，下天獄。獄吏訊其家所在，備楚毒，卒不言。從獄中上書，言："臣非反者，蹭蹬至此。蓋嘗投匭，請得以兩淮兵恢復中原，不假援助，

臣志可見矣。不知訟臣反而捕者爲誰，請得以辨。"乃詔九江軍
送二人，二人即上文所云軍士程某二人，往依洪恭訓練者。捕洪恭等雜驗，
皆無反狀。書所言秋期乃它事。革亶"亶"讀爲"但"。坐手殺平人，
論極典。從者末減。二人亦以首事妄言，杖脊，竄千里。方其孫
訴漕司時，遞押繫太湖，荷小校過棠梨市。"荷小校"即"荷小枷"。明趙
弼效顰集鍾離叟嫗傳叙王安石罷相歸金陵事，云子王雱死後，公嘗見雱荷巨校如重
囚。警世通言拗相公篇作王雱病疽而死。荆公恍恍忽忽，見王雱荷巨枷約重百斤。
宋邵伯溫河南邵氏聞見錄卷十一云：雱死，荆公哀悼不忘。荆公在鍾山，嘗恍惚見雱
荷鐵枷扭械如重囚者。可證。國器嘗見之。惺惺驢棄野間，爲人取去。
宿松人復攘之，以瘠死。革之婿曰毛耆，字時舉。弟百一，居倉
步，亦業儒，以不預謀至今存。後其家果得免，依孚而居。孚字師
中，革之兄。見前。後一年，事益弛，乃如宿松，識故業，董四從。有
總首詹，怨之，捕送郡。郭擇家人逆諸門，搏擊之。至郡庭，首不
發矣。其捕董時亦賞緡千，郡不復肯畀，薄其罪，僅編管撫州。
革未敗，天下謠曰："有個秀才姓汪，騎個驢兒過江，江又過不得，
做盡萬千趨蹌。""蹌"，"蹡"之假借字。"趨蹡"，行動貌。"蹡"亦作"蹌"。又
曰："往在祁門下鄉，"下鄉"二字疑誤倒。行第排來四八。"首尾皆同，
凡十餘曲。舞者率侑以鼓吹，莫曉所謂。至是始驗。革第十二，
以四合八，其應也。二人"二人"即上文所云軍士程某二人。初言，蓋謂
革將自廬起兵如江云。國器又言："革存時，每酒酣，多好自舞，
亦不知兆止其身。"宿松長人，或謂其邑之神，曰福應候，威靈極
著。革時亦欲縱火殺掠，使無所睹，邑幾殆。時守安慶者李，歲
久，亦不知其爲何人也。

　　桯史此篇文起簡古，且有假借字。余再三斟酌，校定
之，始可讀。

沈小霞相會出師表
古今小説卷四十

　　〔明江盈科明十六種小傳卷三沈小霞妾〕　臨湘令沈襄，號小霞，蓋忠臣沈煉青霞子也。煉嘉靖間官經歷，上書極詆嚴相國嵩，編氓保安州。於教場中置垛三：一書李林甫，一書秦檜，一書嚴嵩姓名。日輓弓射之。時巡撫楊順、巡按路楷爲嚴氏鷹犬。構陷煉謀逆，斬西市。煉三子，嵩殺其二獄中。止襄未死，謫戍煙瘴。嵩子世蕃囑解役曰：“必殺襄。襄不死，爾且死。”襄知蕃意，挾一妾與俱。行數日，度解役將殺己也，陰以其意語妾，且問妾曰：“爾能制此人乎，我則逸去，聽爾爲計；爾若不能，我乃與爾同死矣。”其妾應曰：“吾與君俱死役人手，與螻蟻等耳。君宜逸，妾自有術制之。”襄蓋度妾之心能也，抵一郡治，給役人曰：“我有年伯住此城中。往省之，必得饋送。當以遺汝。”役人縱襄入城，止押其妾旅邸。襄匿年伯所，其年伯亦力匿襄。越三日不出，役人入城至伯家覓襄，答無有。役人出語妾曰：“爾夫逸去，將奈何。”妾詈役曰：“我夫素無恙。今覓之不得，必汝受嚴相旨殺之也。”往白官司。官司無以詰，屬妾城內尼姑庵，而諭役人四索。役人語妾曰：“大海茫茫，誰能覓針？我亦從此逝矣，汝自爲計可也。”於是襄處年伯家，妾寓尼姑所，凡半年。嚴氏敗，有旨録忠臣後。襄遂不死，補國子生，推擇爲臨湘令。向微此妾，且不免爲道傍鬼矣。噫！若沈妾者，亦女中俠也。故爲之傳。

　　〔情史卷四沈小霞妾〕　錦衣衛經歷沈煉，以攻嚴相得罪，謫佃保安。時總督楊順、巡按路楷皆嵩客，受世蕃指：“若除吾瘍，大者侯，小者卿。”順因與楷合策，捕諸白蓮教通虜者，竄煉名籍中。論斬，籍其家。順以功蔭一子錦衣千戶，楷候選五品卿寺。

順猶怏怏曰："相君薄我賞,猶有不足乎?"取煉三子當作"二子"。杖殺之;而移檄越,逮公長子諸生襄。至則日掠治,困急且死。會順、楷被劾,卒奉旨逮治;而襄得末減問戍。襄之始來也,止一愛妾從行。及是,與妾俱赴戍所。中道,微聞嚴氏將使人要而殺之。襄懼欲竄,而顧妾不能割。妾曰："君一身沈氏宗祧所繫。第去,勿憂我!"襄遂紿押者:"城中有年家某,負吾家金錢。往索,可得。"押者以侍妾在,不疑,縱之去。久之,不返。押者往某家詢之。云:"未嘗至。"還復叩妾。妾把其襟大慟,曰:"吾夫婦患難相守,無頃刻離。今去而不返,必汝曹受嚴氏指戕殺吾夫矣!"觀者如市,不能判。聞於監司,監司亦疑嚴氏真有此事。不得已,權使寄食尼庵;而立限責押者迹襄。押者物色不得,屢受笞。乃哀懇於妾,言:"襄實自竄,毋枉我。"因以間亡命去。久之嵩敗,襄始出訟冤,捕順、楷抵罪。妾復相從。襄號小霞,楚人江進之有沈小霞妾傳。

　　按:江盈科字進之,湖廣桃源人,萬曆二十年進士,官至四川提學僉事。所著明十六種小傳四卷,四庫全書總目著錄,在傳記類存目中。情史所載沈小霞妾事,雖提及江進之沈小霞妾傳,而核其文與進之所爲傳不盡同,而話本所叙則頗與江進之沈小霞妾傳合。徐文長集卷二十六有贈光禄少卿沈公傳,爲煉作。云:"楊順握符鎮宣、大,與御史巡宣、大者路楷會疏告君叛狀。棄君宣府市,連坐死者五人。既又馳捕其長子襄,械抵宣府,杖,繫縻且死。會吳公時來疏上,有詔逮順、楷。襄得免,戍。"明史卷二百零九沈煉傳亦謂順具煉獄上。許倫"倫"當作"論"。許論字廷議,嘗總督宣、大,沈煉忤之。明史卷一百八十六有傳。長兵部,竟復如其奏。斬煉宣府市,戍子襄極邊。順以賞薄,謂嚴嵩意未愜,復取煉子袞、褒,杖殺之。更移檄逮襄。襄至，掠訊方急。會順、楷以他事逮，乃免。是襄實逮至宣府。話本謂襄被逮北上，抵濟寧逸去。與事實不符。又襄上書言父冤，順、楷坐死，及詔贈煉光禄寺少卿，任一子官，均隆慶初年事。話本以爲嘉靖末年事，亦誤也。

　　話本世蕃敗後，小霞至臨清會其妾。明臨清屬東昌府。會通河在城南，有衛河自西來會，至天津直沽入海，爲北運河。話本小霞至濟寧府匿年伯馮主事家。考明史，濟寧州屬兖州府。濟寧州元治任城縣，省入。南臨會通河。

警 世 通 言

俞伯牙摔琴謝知音
警世通言卷一

〔吕氏春秋卷十四孝行覽本味篇〕　伯牙鼓琴，鍾子期聽之。方鼓琴而志在太山，鍾子期曰："善哉乎鼓琴，巍巍乎若太山。"少選之間，而志在流水，鍾子期又曰："善哉乎鼓琴，湯湯乎若流水。"鍾子期死，伯牙破琴絶弦，終身不復鼓琴，以爲世無復爲鼓琴者。

　　按：高誘注吕氏春秋云："伯"，姓；"牙"，名，或作"雅"。"鍾"，氏；"期"，名。"子"皆通稱。悉楚人也。今小説於"伯牙"上增"俞"字，云姓"俞"，名"伯牙"。誤。俞樾已辨之。伯牙鼓琴鍾子期聽音事，又見韓詩外傳卷九、説苑卷八尊賢篇、列子湯問篇。

拗相公飲恨半山堂
警世通言卷四

〔效顰集中卷鍾離叟嫗傳〕　熙寧九年冬十月，荆公王安石以其子王雱死，悲慟甚切，力辭解機務。神宗亦厭其所爲，乃以使相判江寧府。安石既退，欲居金陵，携其親吏江居，偕僮僕數十人，駕舟由黄河_{"黄河"二字疑誤，似當作"汴河"。}溯流而往。囑居等曰："凡於宿食之處，有問吾爲誰者，第言遊客耳。慎勿洩吾名以駭民。脫有知吾者，必汝曹以要求之故洩之，吾咎汝曹弗貸。"居應曰："謹遵鈞命。苟或途中有言相公者，僕輩何以處之？"公曰："亦聽其言之美惡也。言吾善者不可爲悦，言吾惡者不可爲怒。惟和色温言待之而已。"衆皆曰："諾。"翌日，牽舟而行。凡二十餘日，乃達鍾離。公曰："此去金陵近矣。久居舟中，俾人情思鬱鬱。汝曹挈舟由瓜步維揚而來，吾與江居數子，陸路而去。訪濠梁莊叟故宅，聊以豁吾懷抱也。"於是舍舟登輿而進。行五十餘里，居告曰："今日中矣。此有官舍，可以止宿。"公笑曰："向者叮囑爾輩，勿令人知我。今若宿驛，正猶掩耳盜鈴也。前尋村居之僻靜者，吾將憩焉。"促輿夫又行十里許，乃至一村。竹籬茅屋，柴扉晝掩。公喜曰："於此可宿矣。"江居言於主人曰："某等遊客，欲暫假館舍一宿。"一老叟扶筇而出，言曰："官人不鄙荒陋，幸少息。"從者乃延公入宅，坐焉。公視堊壁間，有大書律詩二首云：

五葉明良致太平，相君何事苦紛更？既言堯舜宜爲法，當效伊周輔治平。排逐舊臣居散地，盡爲新法誤蒼生。翻思安樂窩中老，先識天津杜宇聲。

文章謾説自天成，曲學偏邪識者輕。强辨鶉刑非直道，誤餐魚餌豈真情。奸謀已遂生前志，固執空遺死後名。自見亡兒陰受梏，始知天理報分明。

公閱畢，慘然不懌，謂叟曰："此詩何人所作？"叟曰："往來遊客書之，不知其姓名也。"公俛首自思："辨鶉刑、餐魚餌二事，人頗有知者；惟亡兒陰受梏事，吾妻尚不知，胡爲書之於此？"蓋王雱死後，公嘗見雱荷巨校，如重囚，悲哀求救。故此詩言之，甚傷公心。因問叟曰："老丈年幾何？"叟曰："吾年八帙矣。""令嗣幾人？"叟泣曰："四子俱亡，與老妻獨居於此。"公曰："四子何爲皆亡？"叟曰："十年以來，苦爲新法所害。諸子應門，或殁於官，或喪於途。吾幸年耄，苟若少壯，死亦久矣。"公曰："何爲而若是耶？"叟曰："官人視壁間詩當知矣。自朝廷用王安石爲相，變易祖宗制度，專以聚斂爲急。引用滅裂小人，始立青苗法以虐吾農，繼立保甲、助役、保馬、均輸等法，紛紜不一。使者日迫於官，吏卒噭號於門。民苦筆掠，棄產業、携妻子而亡者，日以數十。吾村百有餘家，今存者止八九家矣。吾家男女一十有六，今存者止四矣。"言既，悲不自勝。公亦爲之改容，徐曰："新法所以便爾民，何爲如此？"叟曰："非便民，實爲民害也。且以保甲上番法言之：民家每一丁教閱於場，又以一丁昕夕供送。雖曰五日一教，其爲保正者日聚於場。得賂則釋之，否則拘之。以致農時皆廢，多由凍餒而死。"言既，問公曰："王安石今何在？"公紿曰："見相於朝，輔弼天子。"叟唾地大罵曰："此等奸邪，尚不誅夷，猶爲相乎？朝廷奚爲不相韓、富、司馬、范、趙諸君子，而猶用此小人乎？"左右胥視皆失色。江居叱叟曰："老人不可亂言，此語聞於王丞相，獲罪非輕也。"叟矍然而怒曰："吾年幾九十，奚畏死哉！若見此奸臣，必手刃剖其心而食之，雖罪烹鼎鑊，亦無憾矣。"吏卒皆吐舌縮項，罔知所爲。公容色大變，振衣而起，謂江居曰："日色尚早，可兼行數程。"乃與叟別。叟笑曰："老拙罵王安石，何預官人事，而乃遽去此乎？"公俯首不答，登輿急去。

又及十餘里，至一村莊。門外苑屋數間。公曰："姑宿於此。"乃命江居言於主人。一老嫗弊衣蓬首，貿貿而出。指草舍曰："此中潔淨可宿。"公降輿入室，視窗間亦有詩二律云：

　　初知鄞邑未昇時，僞行虛名眾所推。蘇老辨奸先有識，呂丞劾奏已前知。斥除賢正專威柄，引進輕浮起禍基。最恨邪言三不足，千年流毒臭聲遺。安石言：天變不足畏，祖宗不足法，人言不足恤。

　　生已沽名炫氣豪，死猶虛僞惑兒曹。既無好語遺吳國，卻有浮辭誑葉濤。四野逃亡空百屋，千年嗟恨說青苗。想因過此如親見，一夜愁添鬢雪毛。

公閱之大不樂，因自念曰："彼叟村中題之如此，此嫗村中又書如此。其後律次聯，尤不解其意。言吳國者，非吾妻乎？葉濤者，非吾友乎？"欲去，天色已暮。乃罄折憑窗而坐，其愁容可掬。少焉，老嫗偕二婢，携豕食至門外，瀉於木器中，呼其豕曰："囉！囉！王安石來食也。"一婢呼雞曰："䛫！䛫！音祝，呼雞聲。王安石來食也。"江居與左右僮僕皆大驚訝。公愈不樂，因問嫗曰："老嫗奚爲呼豕雞之名如此？"嫗曰："官人不知耶？王安石者，今之丞相也。自彼執政以來，立新法以擾民。妾家婦女三人，亦出免役、助役等錢。錢既出矣，差徭如故。老妾以桑麻。蠶未成眠，已假客之絲錢矣；麻未臨機，已貸客之布錢矣。桑麻弗遂攸用，畜犬、豕、雞、鴨以售之。吏胥、里保旦暮而來，征迫役錢。或烹食之，或生取之，第得一視而已。故此間民庶咸呼犬、豕、雞、鴨爲王安石者，欲擬其人如異類也。"公聞，面色如土。江居叱嫗退。公長吁歎曰："嗚呼！吾以新法爲民利，焉知民怨恨若此。"乃和衣偃臥，不能成寐，拊膺頓足，私自憤曰："吾爲天下怨惡，皆惠卿誤我也！"吞聲而泣。比及天曙，鬚髮盡白，兩目皆腫。從者觀公之容，無不驚異，知公憂恚之所致也，乃促裝起行。江居叩興告曰："相公施美政於天下，愚民無知，顧以爲怨。今宵惟宿置郵中，不可再止村舍。恐鄙俚之徒，又有瀆於鈞顏也。"公不言，

頷之而已。良久，至一郵亭。公命早炊，下昇_{"下昇"當作"下輿"。}昇
亭而坐。壁間亦有三絕云：

> 祖宗制度至詳明，百載黔黎樂太平。白眼無端偏固執，
> 紛紛變亂拂人情。_{李承之以安石眼多白，似王敦。}

> 富韓司馬總孤忠，懇諫良言耳過風。只把惠卿心腹待，
> 不知殺羿是逢蒙。

> 高談道德口懸河，變法誰知有許多。他日命衰時敗後，
> 人非鬼責奈愁何。

公閱畢，艴然曰："何物狂夫，謗吾若此！"傍一老卒應曰："非但此
郵亭有此詩，處處皆有題也。"公怒曰："斯言何爲而作？"驛卒曰：
"因王安石立新法以害民，所以民恨於骨髓。近聞安石辭相判江
陵府，必經此路，常有村氓數百持白梃伺其來。"公曰："伺其來，
欲拜謁乎？"卒笑曰："仇怨之人，奚拜謁焉？特欲殺而啖之耳。"
公大駭，不俟炊熟，趣駕并程而去。至金陵，憂恚成疾，三日不
食，昏悶極矣。語其妻吳國夫人曰："夫婦之情，偶合耳。不須他
念，强爲善而已。"時葉濤問疾，執濤手曰："君聰明，宜博讀佛書，
慎勿徒勞作世間言語。安石生來多枉費力作閒文字，深自悔
責。"吳國勉之曰："君未宜出此言。"公曰："生死無常，吾恐時至
不能發言，故今叙此耳。"_{本傳實録。}因思嚮日老嫗村中"既無好語
遺吳國，卻有浮辭誑葉濤"之句，撫髀歎曰："事皆前定，豈偶然
哉！書其句者，非鬼即神也。不然，何以知吾未來偶爾之事耶？
吾爲神鬼誚讓如此，焉能久於世乎？"又一月，公疾革，譫言，見人
輒自詈曰："我上負於君，下負於民，罪固不容誅也。九泉之下，
何面目見唐子方諸公乎？"言既，嘔血數升而死。時元豐七年夏
四月也。

　　此文犀利，章法謹嚴。然刻露已甚，必元祐黨家所作

也。一九七二年六月十七日七十五歲老人錢翁畏，老病無聊，聊以自遣而已。

〔宋王闢之澠水燕談錄卷九〕　盧多遜南遷朱崖。逾嶺，憩一山店。店嫗舉止和淑，頗能談京華事。盧訪之。嫗不知爲盧也，曰：“家故汴都，累代仕族，一子事州縣。盧相公違法治一事，子不能奉，誣竄南方。到方周歲，盡室淪喪。獨殘老嫗，流落居此，意有所待。盧相欺上罔下，倚勢害物。天道昭昭，行當南竄。未亡間庶見於此，以快宿憾爾。”因號呼泣下。盧不待食，促駕而去。

〔明陳霆兩山墨談卷十四〕　南平趙弼著效顰集。其鍾離叟一傳，蓋寓言以詈安石，嘗喜其幻設之妙。然古實有邂逅若此者。盧多遜南遷，食於道旁逆旅。有嫗頗能言京邑事。盧問其何居於此。嫗顰蹙曰：“我本中原士大夫家，子任某官。盧某作相，令枉道爲某事。吾子不從。盧銜之，中以危法，盡室竄南荒。未周歲，骨肉淪没，惟老身淪落山谷間。彼盧相者妒賢怙勢，恣行無忌，終當南竄。幸未死，間或可見之耳。”多遜默然趣駕去。然則鍾離叟意仿於此。

　　按：清王士禛香祖筆記卷十云：“小說演義亦各有所據。如警世通言有拗相公篇述王安石罷相歸金陵事，極快人意。乃固盧多遜謫嶺南事而稍附益之耳。”不言所本，疑即據澠水燕談錄。

〔宋邵伯溫河南邵氏聞見錄卷十一〕　王荆公子雱，字元澤，性險惡，凡荆公所爲不近人情者，皆雱所教。雱死，荆公罷相，哀悼不忘，有“一日鳳鳥去，千年梁木摧”之詩。蓋以比孔子也。荆公在鍾山，嘗恍惚見雱荷鐵枷杻械如重囚者。荆公遂施所居半山園宅爲寺，以薦其福。後荆公病瘡，良苦；嘗語其姪曰：“亟焚吾所謂日録者。"姪給公，焚他書代之。公乃死。或云有所見也。

〔宋岳珂程史卷九金陵無名詩條〕　熙寧七年四月，王荆公罷相，鎮金陵。是秋，江左大蝗。有無名子題詩賞心亭曰："青苗免役兩妨農，天下嗷嗷怨相公；惟有蝗蟲感恩德，又隨鈞斾過江東。"荆公一日餞客至亭上。覽之，不悦。命左右物色，竟莫知其爲何人也。

俞仲舉題詩遇上皇
警世通言卷六

〔宋周密武林舊事卷三〕　淳熙間，壽皇以天下養，每奉德壽三殿游幸湖山。往往修舊京金明池故事，以安太上之心。湖上御園，南有聚景、真珠、南屛，北有集芳、延祥、玉壺。然亦多幸聚景焉。一日，御舟經過斷橋，橋旁有小酒肆，頗雅潔。中飾素屏，書風入松一詞於上。光堯駐目，稱賞久之。宣問何人所作，乃太學生俞國寶醉筆也。其詞云："一春常費買花錢，日日醉湖邊。玉驄慣識西泠路，驕嘶過沽酒樓前。紅杏香中歌舞，綠楊影裏秋千。　　東風十里麗人天，花壓鬢雲偏。畫船載取春歸去，餘情在湖水湖煙。明日再携殘酒，來尋陌上花鈿。"上笑曰："此詞甚好，但末句未免儒酸。"因爲改定云："明日重扶殘醉。"則迥不同矣。即日命解褐云。

〔明田汝成西湖遊覽志餘卷二〕　高宗既居德壽，時到靈隱冷泉亭閒坐。有一行者奉湯茗甚謹。德壽語之曰："朕觀汝意度，非行者也。本何等人？"其人拜且泣曰："臣本某郡守。得罪監司，誣劾贓，廢爲庶人。貧無以糊口，來從師舅，覓粥延殘喘。"德壽惻然曰："當爲皇帝言之。"數日後再往，則其人尚在。問之，則云："未也。"明日孝宗恭請太上帝后幸聚景園，德壽不笑不言。

孝宗再奏，亦不答。太后曰：“孩兒好意招老夫婦，何爲怒耶？”德壽默然良久。乃曰：“朕老矣，人不聽我言。”孝宗益駭，復從太后請其事。德壽乃曰：“如某人者，朕已言之而不效，使朕愧見其人。”孝宗曰：“昨承聖訓，次日即以諭宰相。宰相謂贓污狼籍，免死已幸，難以復用。然此小事，來日決了。今日且開懷一醉可也。”德壽始笑而言。明日，孝宗再諭宰相。宰相猶執前説。孝宗曰：“昨日太上聖怒，朕幾無地縫可入。縱大逆謀反，也須放他。”遂盡復原官，予大郡。後數日，德壽再往。其人曰：“臣已得恩命，專待陛下之來。”謝恩而去。

　　通言此一段夾叙在俞良事中。

李謫仙醉草嚇蠻書
警世通言卷九

　　〔唐劉全白唐故翰林學士李君碣記〕　君名白，廣漢人。天寶初，玄宗辟翰林待詔。因爲和蕃書，並上宣唐鴻猷一篇，上重之，欲以綸綍之任委之。同“同”上疑脱“爲”字。列者所謗，詔令歸山。遂浪迹天下，以詩酒自適。偶遊至此，當塗。遂以疾終。因葬於此。全白幼則以詩爲君所知，及此投弔，荒墳將毀，追想音容，悲不能止。邑有賢宰顧公遊秦，志好爲詩，亦常慕效李君氣調，因嗟盛才冥寞，遂表墓式墳。乃題貞石，冀傳斿往來也。貞元六年四月七日記。

　　〔唐范傳正唐左拾遺翰林學士李公新墓碑〕　公名白，字太白。天寶初，召見於金鑾殿。玄宗明皇帝降輦步迎，如見園、綺。論當世務，草答番書，辯如懸河，筆不停輟。玄宗嘉之，以寶牀方丈賜食於前。御手和羹，德音褒美。褐衣恩遇，前無比儔。遂直

翰林，專掌密命。既而上疏請還舊山。玄宗甚愛其才，或慮乘醉
出入省中，不能不言溫室樹，恐掇後患，惜而遂之。晚歲，渡牛渚
磯，至姑熟，悅謝家青山，有終焉之志。盤桓利居，竟卒於此。傳
正生唐代，甲子相懸。常於先大夫文字中，見與公有潯陽夜宴
詩，則知與公有通家之舊。無何，叨蒙恩獎，廉問宣、池。按圖得
公之墳墓在當塗邑。訪公之子孫，獲孫女二人。因云：先祖志在
青山，遺言宅兆。頃屬多故，殯於龍山東麓，地近而非本意。聞
之憫然，將遂其請。因當塗令諸葛縱會計在州，得諭其事。縱樂
聞其語，便道還縣，躬相地形，卜新宅於青山之陽。以元和十二
年正月二十三日遷神於此，遂公之志也。

上所録唐劉全白撰墓碣、范傳正撰墓碑，均據清繆日芑
重刊北宋臨川晏知止本李太白文集。

蘇知縣羅衫再合
警世通言卷十一

〔太平廣記卷一百二十一崔尉子條引無名氏原化記〕　唐天寶
中，有清河崔氏，家居於滎陽。母盧氏，幹於治生，家頗富。有子
策名京都，受吉州大和縣尉。其母戀故産，不之官。爲子娶太原
王氏女，與財數十萬，奴婢數人，赴任。乃謀賃舟而去。僕人曰：
“今有吉州人姓孫，云空舟欲返，備價極廉。儻與商量，亦恐穩
便。”遂擇發日。崔與王氏及婢僕，列拜堂下，泣別而登舟。不數
程，臨野岸。舟人素窺其囊橐，伺崔尉不意，遽推落於深潭，佯爲
拯溺之勢。退而言曰：“恨力救不及矣。”其家大慟。孫以刃示
之，皆惶懼，無復喘息。是夜，抑納王氏。王方娠，遂以財物居於
江夏。後王氏生男，舟人養爲己子，極愛焉。其母亦竊誨以文

字，母亦不告其由。崔之親老在鄭州，訝久不得消息，積望數年，天下離亂，人多飄流，崔母分與子永隔矣。爾後二十年，孫氏因崔財致產極厚。養子年十八九，學藝已成，遂遣入京赴舉。此子西上，途過鄭州。去州約五十里，遇夜迷路。常有一火前引，而不見人。隨火而行二十餘里，至莊門，扣開以寄宿。主人容之，舍於廳中，乃崔莊也。其家人窺窺，報其母曰：“門前宿客面貌相似郎君。”家人又伺其言語行步，輒無少異。又白其母。母欲自審之，遂召人升堂與之語話，一如其子。問，乃孫氏矣。其母又垂泣。其子不知所以。母曰：“郎君遠來，明日且住一食。”此子不敢違長者之意，遂諾之。明日，母見此子告去，遂發聲慟哭。謂此子曰：“郎君勿驚。此哭者，昔年唯有一子，頃因赴官，遂絕消息，已二十年矣。今見郎君狀貌酷似吾子，不覺悲慟耳。郎君西去回日，必須相過。老身心孤，見郎君如見兒也。亦有奉贈。努力早回。”此子至春，應舉不捷。卻歸，至鄭州，還過母莊。母見欣然，遂留停歇數日。臨行，贈賷糧，兼與衣一副，曰：“此是吾亡子衣服，去日為念。今既永隔，以郎君貌似吾子，便以奉贈。”號哭而別：“他時過此，亦須相訪！”此子卻歸，亦不為父母言之。後忽着老母所遺衣衫，下襟有火燒孔。其母驚問：“何處得此衣？”乃述本末。母屏人，與子言其事：“此衣是吾與汝父所製，初熨之時，誤遺火所爇。汝父臨發之日，阿婆留此以為念。比為汝幼小，恐申理不了。豈期今日神理昭然。”其子聞言，慟哭。詣府論冤。推問，果伏。誅孫氏。而妻以不早自陳，斷合從坐，其子哀請而免。

　　按：蘇知縣篇本此。唯易崔為蘇雲。云雲沉水不死，其婦鄭義不從舟人，逃去為尼。在庵生子，長第進士，始否終泰，為稍異耳。太平廣記卷一百二十二陳義郎條引溫庭筠乾膜子，又卷一百二十八李文敏條引聞奇録，皆與原化記所載大略相似而細節不同，非平話所本。清人又本平話爲白羅衫傳奇。

〔太平廣記卷一百二十八李文敏條引聞奇録〕　唐李文敏者，選授廣州録事參軍。將至州，遇寇，殺之，沉於江。俘其妻崔氏；有子五歲，隨母而去。賊即廣州都虞候也。其子漸大，令習明經，甚聰俊。詣京赴舉，下第。乃如華州。及渭南縣東，馬驚走不可制。及夜，入一莊中，遂投莊宿。有所衣天淨紗汗衫半臂者，主嫗見之，曰：此衣似頃年夫人與李郎送路之衣，郎既似李郎，復似小娘子。取其衣視之，乃頃歲製時爲燈燼燒破半臂，帶猶在其家。遂以李文敏遭寇之事説之。此子罷舉，徑歸問母，具以其事對。乃白官。官乃擒都虞候，繫而詰之，所占一詞不謬，乃誅之。而給其物力，令歸渭南焉。

鈍秀才一朝交泰
警世通言卷十七

〔北夢瑣言卷三段相踏金蓮條附書夏侯相事〕　夏侯孜相國未偶，伶俜風塵，蹇驢無故墜井。每及原本説郛卷四十八條引作"每入"。朝士之門，舍逆旅之館，多有齟齬。時人號曰"不利市秀才"。後登將相。何先塞而後通也！

老門生三世報恩
警世通言卷十八

〔馮夢龍三報恩傳奇序崇禎壬午作〕　余向作老門生小説，政

謂少不足矜而老未可慢，爲目前短算者開一眼孔。滑稽館萬後
氏曲海總目題要萬後氏下有注，言其爲畢魏，不知確否。取而演之爲三報恩
傳奇，加以陳名易負恩事，與鮮于老少相形，令貴少賤老者渾身
汗下。天下獲老成人之用，未必不繇乎此。萬後氏年甫弱冠，有
此奇才異識，將來豈可量哉！

崔衙內白鷴招妖
古本作定山三怪三桂堂本警世通言卷十九

〔太平廣記卷三百七十二盧涵條引唐裴鉶傳奇〕　開成中有盧
涵學究家於洛下，有莊於萬安山之陰。夏麥既登，時果又熟，遂
獨跨小馬造其莊。去十餘里，見大柏林之畔有新潔室數間，而作
店肆。時日欲沉，涵因憩焉。睹一雙鬟，甚有媚態，詰之，云是耿
將軍守塋青衣，父兄不在。涵悅之，與語。言多巧麗，意甚虛襟，
盼睞明眸，轉資態度。謂涵曰：“有少許家醞，郎君能少飲兩三杯
否？”涵曰：“不惡。”遂捧古銅樽而出，與涵飲，極歡。青衣遂擊席
而謳，送盧生酒，曰：“獨持巾櫛掩玄關，小帳無人燭影殘。昔日
羅衣今化盡，白楊風起隴頭寒。”涵惡其詞之不稱，但不曉其理。
酒盡，青衣謂涵曰：“更與郎君入室添杯去。”秉燭挈樽而入。涵
躡足窺之，見懸大烏蛇，以刀刺蛇之血，滴於樽中，以變爲酒。涵
大恐慄，方悟怪魅，遂擲出戶，解小馬而走。青衣連呼數聲曰：
“今夕事，須留郎君一宵，且不得去。”知勢不可，又呼：“東邊方
大！且與我趁取遮郎君。”俄聞柏林中有一大漢，應聲甚偉。須
臾回顧，有物如大枯樹而趨，舉足甚沉重，相去百餘步。涵但疾
加鞭，又經一小柏林，中有一巨物，隱隱雪白處有人言云：“今宵
必須擒取此人，不然者，明晨君當受禍。”涵聞之，愈怖怯。及莊
門，已三更，扃戶闃然。唯有數乘空車在門外，群羊方咀草次，更

無人物。涵棄馬潛跧於車箱之下，窺見大漢徑抵門，牆極高，只及斯人腰胯。手戟，瞻視莊內，遂以戟刺莊內小兒，但見小兒手足撈空於戟之巔，只無聲耳，良久而去。涵度其已遠，方能起扣門。莊客乃啟關，驚涵之夜至，喘汗而不能言。及旦，忽聞莊院內客哭聲，云三歲小兒因昨宵寐而不蘇矣。涵甚惡之，遂率家僮及莊客十餘人，持刀斧弓矢而究之。但見夜來飲處，空逃戶環屋數間而已，更無人物。遂搜柏林中，見一大盟器婢子，高二尺許，傍有烏蛇一條，已斃。又東畔柏林中，見一大方相骨。遂俱毀而焚之。尋夜來白物而言者，即是人白骨一具，肢節筋綴而不欠分毫，鍛以銅斧，終無缺損，遂投之於塹而已。涵本有風疾，因飲蛇酒而愈焉。

宋小官團圓破氈笠

警世通言卷二十二

〔耳談類增卷八武騎尉金三重婚條〕　崑山舟師楊姓者，雅與金姓善。金姓者死，有子曰金三，年十七八，窶甚，將行乞。楊見憐之，因招入舟收養之。既久，楊夫婦以其力勤也，愛之甚。楊無子，有一女，年亦相若，因以妻三。歲餘，產一女。逾晬盤，病死。三哭之哀，成疾，日漸尪羸，阽危。楊夫婦始悔恨，罵不絕口。一日，江行，泊孤島下。楊謂三："舟中乏薪，不得炊，可登岸拾枯枝爲爨！"三勉力疾去，則棄三，掛帆行矣。三得枯枝，至泊，失舟；知楊賣己也，慟哭，欲赴江死。既又念：島中或逢人，冀可救援。轉入林，行至一所。見戈戟森森，列衛在焉。爲之駭愕。徐偵之，無所聞。漸就，闃寂無人。僅有八大篋，封識完好。竟不知爲何。蓋盜所劫財，暫置此地。三乃匿戈戟溝中。再臨江濱，適有它舟經其處。三招之來，曰："我有行李，待伴不至，可附我去。"舟中許諾。悉携八大篋入舟。行抵儀真,問居停主人家。密起篋視,皆金珠也。即其地售得如干,服食起居非故矣。既收童僕,復將買妾。一日,行過河下,楊舟適在。三識之,楊不知也。三乃使人雇其舟,云:"湖襄賈。"輜重累累,舳艫充切。先是,楊棄三時,女晝夜啼哭,不欲生。父母強之更納婿,女不從。至是,三登舟,舟人莫敢仰視。女竊視之,驚語母曰:"客狀甚似吾婿!"母晉之曰:"見金夫不有躬耶?若三不知死所矣。"女遂不敢言。三顧女,佯謂舟人曰:"何不向舡尾取破氈笠戴之?"蓋三寠時初登楊舟,有是言也。於是妻覺之,出見。相與抱哭,歡如平生。而楊夫婦羅拜請罪,悔過無已。三亦不之較。尋同歸三家焉。未幾,會劇寇劉六、劉七叛,入吳。三出金帛募死士,從郡別駕胡公直搗狼山之穴,縛其渠魁,討平之。按正德六年,劉六、劉七起兵霸州。七年五月,走湖廣,焚漢口,爲指揮滿弼所敗,六中流矢,赴水死。劉七帥五百人舟行,自黄州抵鎮江。兵部侍郎陸完追至。七抵通州,風大作,棄舟保狼山,完命同知羅瑋夜導軍登山南蟹之。七中矢赴水死。見明史武宗紀及陸完傳。劉六殁於湖廣,未得至鎮江。小説謂劉六、劉七入吳,非也。功授武騎尉,妻亦從封云。姑蘇顧朗哉談。

耳談云:金三得疾,日漸尪羸,阽危。下文但云三獲財致富而不云此病何由得痊愈。平話欲補此缺,遂造爲遇神僧教以念金剛經,誦經後病立愈之説。殊嫌言不經。然唐段成式酉陽雜俎專記金剛經靈異,有金剛經鳩異篇。此乃舊時代宗教家迷信思想也。

樂小舍拚生覓喜順
警世通言卷二十三

〔情史卷七樂和條〕　南宋時,臨安錢塘門外樂翁衣冠之族,因家替，乃於錢塘門外開雜貨鋪。有子名和，初年寄養於永清巷舅家。舅之鄰喜將士，有女名順娘，少和一歲。二人因同館就學，學中戲云："喜樂和順，合是天緣。"二人聞之，遂私約爲夫婦。久之，館散。和遠"遠"字下疑脫一字。父處，各不相聞。又三年，值清明節，舅家邀甥掃墓，因便遊湖。杭俗湖船男女不避。適喜家宅眷亦出遊，會於一船。順娘年已十四，姿態發越。和見之魂消。然一揖之外，不能通語。惟彼此相視，微微送笑而已。和既歸，懷思不已，題絶句於桃花箋云："嫩蕊嬌香鬱未開，不因蜂蝶自生猜；他年若作扁舟侶，日日西湖一醉回。"題畢，折爲方勝。明日携至永清巷，欲伺便投之順娘。徘徊數次，而未有路。聞潮王廟著靈，乃私市香燭禱馬。焚楮之際，袖中方勝偶墜火中。急簡之，已燼，惟餘一侶字。侶者雙口，和自以爲吉徵也。步入碑亭。方凝思間，忽見一老叟，衣冠甚古，手握團扇，上寫"姻緣"二字。和問曰："翁能算姻緣之事乎？"叟云："能之。"因詢年甲。於五指上輪算良久。乃曰："佳眷是熟人，非生人也。"和云："某正擬一熟人，未審緣法如何？"叟引至八角井邊，使和視井中有緣與否。和見井内水勢洶湧，如萬頃汪洋，其明如鏡。中有美女，年可十六七，紫羅杏黃裙，綽約可愛。細辨，乃順娘也。喜極，往就，不覺墜井。驚覺乃夢耳。查碑文，其神石瑰，唐時捐財築塘捍水，没爲潮王。和意夢中所見叟即神也。還告諸父，欲往請婚。父謂："盛衰勢殊，徒取其怒。"再請舅，舅亦不許。和大失望，乃紙書牌位，供親妻喜順娘。晝則對食，夜置枕旁，三唤而後寢。每至勝節佳會，必整容出訪，絶無一遇。有議婚者，和堅謝之，誓必俟順娘嫁後乃可。而順娘亦竟蹉跎未字。又三年，八月，因觀潮之會，和往江口巡視良久，至團圍頭遥見席棚中喜氏一門在焉。乃插身人叢，漸逼視之。順娘亦覺，交相注目。忽聞謹"謹"字誤，疑本作"嘩"。言："潮至。"衆俱散走。其年潮勢甚猛，如

冰城數丈,頃刻逾岸。順娘失足,墜於潮中。和驟見,哀苦,意不
相捨。倉皇逐之,不覺並溺。喜家夫婦急於救女,不惜重賂,弄
潮子弟競往撈救。見紫羅衫、杏黃裙浮沉浪中。眾掖而起,則二
屍對面相抱。喚之,不蘇。拆之,亦不解。時樂翁聞兒變,亦踉
蹌而至,哭曰:“兒生不得吹簫侶,死當成連理枝耳。”喜公怪問,
備述其情。喜公恚曰:“何不早言?悔之何及!今若再活,當遂
其願也。”於是高聲共喚,逾時始蘇。毫無困狀,若有神佑焉。喜
公不敢負諾,擇日婚配。事見小説。

玉堂春落難逢夫
金陵兼善堂本警世通言卷二十四

〔情史卷二玉堂春條〕　河南王舜卿父爲顯宦,致政歸,生留
都下,支領給賜。因與妓玉堂春姓蘇者狎。創屋宇,置器飾。不
一載,所賷罄盡。鴇嘖有繁言。生不得已,出院。流落都下,寓
某廟中廊間。有賣果者見之,曰:“公子乃在此耶?玉堂春爲公
子誓不接客,命我訪公子所在。今幸無他往。”乃走報蘇。蘇誑
其母,往廟酬願。見生,抱泣曰:“君名家公子,一旦至此,妾罪何
言!然胡不歸?”生曰:“路遙費多,欲歸不得。”妓與之金,曰:“以
此置衣飾,再至我家,當徐區畫。”生盛服僕從,復往。鴇大喜,相
待有加。設宴。夜闌,生席捲所有而歸。鴇知之,撻妓幾死。因
剪髮跣足,斥爲庖婢。未幾,山西商聞名求見,知其事,愈賢之,
以百金爲贖身。逾年髮長,顏色如故。携歸爲妾。初,商婦皮氏
以夫出,此處疑有脫誤。鄰有監生,俯嫗與通。及夫娶妓,皮妒之。
夜飲,置毒酒中。妓适巡未飲,夫代飲之,遂死。監生欲娶皮,乃
唆皮告官云:“妓毒殺夫。”妓曰:“酒爲皮置。”皮曰:“夫始給爲正
室。不甘爲次,故殺夫,冀改嫁。”監生陰爲左右,妓遂成獄。生

歸，父怒斥之。遂矢志讀書，登甲科，後擢御史，按山西。録囚，潛訪得監生鄰嫗事。逮以來，不伏。因潛匿一胥於庭下櫃中。監生、皮氏與嫗俱受刑於櫃側。官爲退，吏胥散。嫗年老不堪受刑，私謂皮曰："爾人累我。我只得監生五金及兩疋布，安能爲若受刑？"二人懇曰："姆再忍須臾。我罪得脱，當重報。"櫃中胥聞此言，即大聲曰："三人已盡招矣。"官出。胥爲證，俱伏法。王令鄉人僞爲妓兄，領回籍。陰置別邸，爲側室。情史此條後有附記云："好事者撰爲金釧記。生爲王瑚，妓爲陳林春，商爲周鐘，姦夫莫有良。其轉折稍異。"

桂員外窮途懺悔

警世通言卷二十五

〔元楊瑀山居新話〕　杭州鹽商施生者，至正八年，其家猪欄中母猪自啖其子。餵猪者往箠之。忽爲人語曰："因你不餵我，自食我子，干你何事！"餵猪者大驚，往報施生。生往視之。旁觀者或曰可殺，或曰貨之。猪復言曰："我只少得你家三十七兩五錢。賣我還你便了，何必鬧！"遂賣之，果得三十七兩五錢而止。古有中宵牛語之説，誠不誣也。

〔明邵景詹覓燈因話卷一桂遷夢感録〕　大德中，有施君名濟，吳之長洲人。君家故饒於財，犖犖負氣節，年四十而未有子。性獨嗜佳山水，暇輒往虎丘、天池、天平諸山遊憩焉。夏之日，獨棹小舟登劍池，度真娘墓，遂避暑讀書臺。新蟬嘒柳，南薰度松。顧瞻之頃，忽聞有愁歎聲。徐一再聽，而其人若不勝情者。君使覘之，則少同學桂生遷也。邀而問之，初難於言。既曲慰之曰："足下父母無恙乎？"曰："先二人謝世久矣。"曰："然則壺内弗寧乎？"乃始輸其誠曰："僕有田數畝，足供饘粥。不幸惑於人言，謂販與耕利且相百。遂折券於<u>李平章</u>家，得金二十錠，貿易京師。天乎不余貸，而重之禍也：舟碎洪流，橐懸罄矣。所存者僅藐焉一身。今日竄歸，又爲主者所覺。主者勢焰薰天，念薄田不足以償一妻二子，將不復留，是以悲耳。"言訖而涕潸焉下。君爲動容，曰："足下無慮，吾且爲爾圖償之。"<u>桂</u>初以爲戲。君曰："吾與足下交雖不深，然愛妻之心一也。吾每恨無子，忍見有子棄之乎？且吾家素裕，固未急急於此。以不急之財，救足下於塗炭；推愛子之念，全足下之妻孥，是所甘心，何敢爲戲？"<u>桂</u>乃反悲爲喜，長跪且拜，曰："君如是，是僕之天也。異日尺寸有立，圖所報稱。若終於困窮，則公家豈無犬馬乎？"遂別去。翌日，<u>桂</u>果來謁。君輒如額與償之，不復責券。<u>桂</u>大感謝。無何，君以他事過<u>桂</u>之居，念而造焉。其子迎門，歡甚。<u>桂</u>趨出，禮恭而色沮喪。已而聞内飲泣。君更詰之。對曰："向承厚德，等於天親。再生之餘，何敢容隱？僕豚兒荆婦，幸賴保全。然薄田敝廬，皆爲<u>李</u>氏所有。今旦夕被其驅逐，而出無所之，坐無所食。溝中之瘠，僕將不免。僕命已矣，君恩奈何？"君又憮然曰："夫拯人之急而不足全人之生，則亦徒耳。足下無慮。余前村有田十畝，桑棗數十株，盍往居焉？樹藝而給，無憂乏也。"<u>桂</u>謝且报良久，願奉幼子爲質，以效犬馬之勞。君固卻之。再此處疑有脱誤。翌日，偕<u>桂</u>生至田處，以田及桑棗給之。中一株最高，俗傳有神棲焉。<u>桂</u>因結茅於下。居一年，覺其地甚寒，與他所異。<u>桂</u>疑之。一日，荷鋤歸，見純白鼠入室。逐之，不見。謀於妻曰："下豈有物乎？"卜之，得吉。遂與妻夜發之。果得白金一藏。生喜而遽呼曰："是可以報施君矣。"妻搖手急止之曰："無以呼爲也。此施氏地，安知非施所瘞？即不然，彼藉口於己之地，固以爲分内物也。雖盡與之，必不見德。如或不諒，將更疑子之匿其餘。是欲報德而且生怨矣。且子終身止欲作十畝田主人耶？盍於他鄉潛置産業，

徐以己力爲報？顧不美乎？暮夜無知，天啟其便。天與不取，反
受其殃矣。"桂生聞妻之言，良心頓昧，而巧計潛滋。自是遂置施
君於度外焉。乃倩舊識置膏田脂産於會稽。歲往徵租，則托以
朱門之干謁。既還故郡，則詐爲藍縷之形容。如是者十年，而施
君殂矣。其子甫三歲。桂謂其妻曰："此吾揚眉吐氣時也。"乃以
隻鷄斗酒往奠施君曰："先生之恩所不能報，亦豈敢忘？今先生
往矣。顧余何人，久佔先生之田廬。豈無面目？靦顔殊甚。寧
轉而之他，受凍餓以死耳。"施母留之再三。不可。灑泣而去。
挈家居於會稽。桂素饒幹局，居積致富。

　　施氏素豪宕，家不甚實，加以子幼妻弱，不十餘年而資産蕭
然，饔飧或不相繼。於是母與子謀曰："爾父存日施德於桂生。
桂生似長者。今聞其富於會稽，盍與爾歸焉？上者可冀厚償，而
次亦不失故值，諒不虛此行也。"乃買舟自吳抵越。母止旅店，其
子先往。比至桂生家，則門庭奕然，非復曩時田舍翁氣象矣。施
子驟喜，以爲得所依也。遂投刺。閽者數輩引入東廂。楹桷嚴
整，扁題曰"知稼"，蓋楊鐵崖筆也。候久，不出。俄履聲自内聞，
乃逡巡卻立，再整衣冠。而桂生未遽見也。憩中庭，處分童僕，
呼諸語刺刺不可了。又久之，始出。心知爲施氏子也，故爲不
識。施子備道其巔末。且云："老母在旅次。"桂乃延之西齋，留
一飯。吐詞簡重，矜色尊嚴。徐問曰："子今年幾何？"對曰："昔
先生垂吊時，不肖方三齡。今別先生十五年矣。"桂頷之，別無他
語。飯已，更不問其母及家事。施子計窮，因微露其意。桂即變
色曰："吾知爾之來也，顧吾力亦能辦此。爾毋多言，令他人聞
之，爲吾辱。"施唯唯而退。初，施母以桂必迎己也，倚閭而望。
及聞狀，不覺大慟，曰："桂生，而忘棲十畝時耶？"其子遽勸之曰：
"姑待之。彼何物，戇癡而悖眊若是！蓋彼勢壓村中，習爲驕慢。
見我貧寠，不欲禮爲上賓，而又諱言前負，故落落如是耳。犬馬

之盟，言猶在耳。而矧今已赫赫乎？豈有負人桂叔子？”母意稍釋。過數日，施子以晨往候，日亭午而竟弗達。施不勝慚忿，攘袂直趨，大言曰：“我施生寧求人者？爲人求我而特取宿值耳。胡爲其窘辱我？”頃之，其長男自外入。施整衣向前揖曰：“某姑蘇施生也。”言未竟，長男曰：“然則故人矣。門下不識耳。昨家君備道足下來意，正在措置，而足下遽發大怒。豈數十年之久，而不能待數日耶？然此亦不難，明旦可無負矣。”言訖，竟去。施子方悔己之失言，又怨彼之無禮，涕泣而歸。其母復勸之曰：“吾與爾數百里投人，分宜謙下。若得原直二十錠，意望亦完。不必過爲悲憤也。”明旦戒行。母復囑之曰：“慎毋英鋭，坐失事機，以勞我心。”於是施子鞠躬屏氣，再候於桂之門下。久之，曰：“宿酒未醒也。”乃求見其長男，且曰：“得見長公足矣，無煩主翁也。”又久之，則曰：“已往東莊催租矣。”問其次男。則曰：“已於西堂陪館賓矣。”施子怒氣填胸，羞顏滿面，然無可奈何。頃之，桂生乘驪而出。則就謁於馬首，甚恭。桂漫不爲禮，曰：“爾施生耶？”顧一僕以金二錠償之。施子視償，僅什一也。大駭，方欲一言白，而桂飄然已去。且使人來數曰：“爾昨何淺暴如是？本欲從容從厚，今不能矣。然猶念爾年幼遠來，故纖毫不缺。可速歸。”施子大失望而不敢見於辭色。求略閽者通問於其妻。妻又令人數曰：“曩先公以爲德，而子今以爲負也。幸吾主翁長者，償之如數。夫復何言？無已可歸取券來，雖百錠不負也。”施無以對。歸以語母，母抑鬱不堪，遂抱疾。還家，竟不起。而日所取償於桂生者，曾不足爲道塗喪葬之費。吁，亦悲矣夫！

　　已而桂生家益裕，産益夥。當元年，賦役繁增，桂甚苦之。每頻蹙曰：“某非國家之民，乃一老奴僕耳。”里有劉生者，善滑稽，奔走要津有年矣。偵之桂意，説之曰：“方今賦税不均，貴者千百頃而無科，賤者倍徒輸而無算。以公之貲，寧不能少人作顯客，而碌碌甘税户耶？"桂長歎不答。劉笑曰："公豈以廢舉子業久乎？公不見吳之張萬户、李都赤，不識一丁而食禄千石，是何人也？此皆僕爲之斡旋。僕自恨無力耳。使有如公十分之一，今不知衣紫乎？衣朱乎？"桂聞其言，心動耳熱。因撫臂問曰："費當幾何？"曰："二千足矣，多則近三千耳。"桂甚喜。且曰："卜吉即與君行。"劉辭曰："恐有爲公惜者，必以僕言爲誕。然以僕計，公賦歲不下千餘，今所費僅三年賦役之耗耳。夫損耗資而躋崇秩，不愈於歲作輸户而猶輒腰墨綬耶？及今爲計，吾見來年之春吏不敢書入公之堂矣。語曰：'成大功者不謀於衆，圖大事者不惜小費。'必欲僕行，惟公裁之。"桂益惑。明日遂行，劉又辭以未有室家。桂仍以貲安其孥。挈金三千，與俱至都下。罄以金付之，不問出入。未逾月，金盡。則謬來賀曰："旦夕貴矣。第非五千不可。"桂稍有難色。輒去不顧，曰："徒費前物，毋咎我也。"桂不得已，稱貸。得金二千而留其半，以半與之。又月餘，或告桂生曰："劉某已除親軍指揮使矣。"桂未信。少頃，從者奔入曰："適見劉生驟貴甚，呵擁塞道塗。"桂且信且疑，倚門望焉。忽有四卒前曰："大人致請。"桂曰："大人何爲者？"曰："新親軍劉公也。"桂愕然，始信劉之賣己矣。大怒，欲入。而卒掖之行。及至，桂猶意其鄉曲見。而劉端坐如故，久始言曰："曩貲便宜假我，決不爾負。但吾新蒞署，需錢甚急。爾前所留，幸並貸我，不數月當悉償也。"即令卒押取之。卒去，而索貸者填門矣。乃令從者歸取償之。桂羞還故鄉，止居京邸。以厚價得利匕首，將俟劉入朝殺之。然急於報仇，夜不能少寐。月光黯淡，而誤以爲東方明矣。急奔出，則路杳無行人，禁漏方三催耳。乃倚身闤闠少息焉。須臾，夢匍匐入高堂。一老翁據案坐，乃施君也。桂見之，大赧。不得已，搖尾前曰："曩令嗣來，非敢忘德，恐其不克負荷，欲得當以報之耳。"君大叱曰："是欲死耶！胡自吠其主也！"

桂見訴不聽，見其子自内出，乃銜衣笑曰：“向辱惠顧，不能輒厚遺。幸無罪！”其子以足蹴之曰：“是欲速死耶！胡自嚙其主也！”桂不敢仰視。行至廚，見施母方分羹，乃蹲足叩首乞哀曰：“向令嗣不能少待，以致薄母。罪不敢辭。今我餒甚，能以餘羹食我乎？”母命大杖朴之。逃至後庭，則其妻與二子、少女咸在焉。諦視之，皆成犬形。反自顧，亦無少異。乃大駭曰：“我輩何至此哉！”妻怒曰：“爾貴他人而辱妻子。獨不思負施君乎？施在堂，乞憐萬狀而不見聽；比爾曩時侮慢其子，能相當否？”桂詈曰：“桑下得金，爾以爲暮夜無知，致我如此。顧咎我耶？”妻復詈曰：“其子來時，誰爲爾言而弗報也？”二子前解之曰：“此往事，言之何益？徒增傷痛耳。但自今以後，再世爲人，其勉無爲獸行哉！”相與歔欷。久之，桂餒甚。索食之急，顧有小兒遺溺池上。桂心知其穢惡，而見妻子攢聚欲食，亦不覺垂涎焉。見所遺隨落池中，深惜之。已而，廚人奉主翁之命烹其長男，驚懼而蘇。汗液浹背，乃一夢也。則曙色漸開而朝罷矣。桂幡然曰：“噫！有是哉。天道好還，絲粟不爽。人之不可輒負彰彰矣。夫負人之與負於人，一也。今日之夢，是天以象告，非其實也；猶可得而悔悟。安知劉生不實受於此乎？則於劉何尤？”乃棄匕首河中而返。

　　急至吳，訪施君之子，時年二十七矣。更厚葬其父母。載之至越，以女妻焉。居無何，劉果以贓敗。抄録拷訊，備嘗窘辱。桂適以事赴京，偕子、婿謁刑曹。會見劉頸荷鐵徽，<small>説文系部：徽，三糾繩也。文選西征賦：解頳鯉於黏徽。李善注引説文曰：徽，大索也。</small>手交木葉，顔色枯槁，步履艱難。妻子自後來，與之訣別，或怨或啼。而旁觀者益怒。忽見桂生，悲慚伏地，曰：“向負大人，故有今日。”其冀食乞哀之情，怨悔顛連之狀，宛若曩時夢中故態。桂不覺心動，以錢數十貫贈焉。劉跽而受之曰：“今生已矣，俟來世爲犬馬以報德也。”桂因大感歎。與子、婿歸，三分其財産。遂爲會稽名家。江左之人,迄今猶有能道其詳者。

〔曲海總目提要卷十九人獸關提要〕　按:今蘇州閶門內施家宗族頗多,有讀書者,亦有開綢緞行者,皆云是施濟子孫。云濟初富,後以作糧長賠累家貧,以故桂氏悔親。今小說中桂有負李平章債語。平章元時官名,明太祖初尚有之,其後改官制,則無此名矣。糧長運糧,亦明太祖制度。由此推之,是明初人也。蘇人皆云桂是龍游人,小說則云會稽人,未知誰的。

唐解元出奇玩世
警世通言二十六

〔耳談類增卷二十五陳玄超遇銅帽仙人條〕　陳玄超名玄,句吳人。父侍御,疏論嚴氏,謫死。玄少年倜儻不羈。嘗與客登虎丘,見官家夫人遊者婢狡好,笑而顧己,悅之。令人跡得之。因微服作落魄,求備書其家,留爲二子傭。自是二子文日奇。父、師大驚,不知出玄也。已而以娶求歸,子不從,曰:“室中婢惟汝所擇。”曰:“必不得已,秋香可。”即前遇婢也。二子白於父母以娶。玄既娶,婢曰:“君非虎丘遇者乎?”曰:“然!”曰:“君既貴公子,何自賤若此?”曰:“汝昔笑顧我,不能忘情耳。”曰:“妾昔見君服喪,表素而華其裏,少年佻僙可笑,非有他也。”玄不謂然。益兩相歡。會有貴客過其主人,玄因假衣冠謁客。客與歡甚,從容言及“白吏部”。蓋玄之外父吏部正柄國尊顯。主人聞大駭,始悉始末,亟治百金裝,並婢將送之歸。已而又娶一琵琶妓。二艷入室,吏部女白氏頗不怡。秋香寵亦漸衰,因合力排妓。妓闇憤恚,經死。成訟。玄於色既多所悅,而因是常與人鬭訟。竟扞文罔,論輸作。家益落。是時白氏已卒,重盟胡御史女。會御史卒,女養父嫌玄好俠不已,又破產,家徒壁立,故索重購以難玄。

玄不能辦。女獨謂：“婚主自父，且婦從一，無改盟理。”陰屬保母脫簪珥金玉貽玄，以爲購助。養父聞，益大怒。誘玄至其家，毆撻幾死。鎖幽之，勒約離婚。女竊命奴開鎖，縱玄去。而兩相泣窗內外間，若不勝情。養父聞益怒，撻女。女是夜縊死。玄念女亡家破，使貞女復爲己死，何復碌碌人間世爲。遂棄爲黃冠，訪道入終南，歷衡、湘、沅、辰，登太和，窮探幽深險阻處。沿溪澗行數百里，忽見磐石，細草蒙茸。露坐良久，有人從高岩飛下，頭頂銅帽，身披木葉，深目黝體，見人瞥爾，轉身欲颺去。急追及，再拜求道。銅帽注視不言。玄叩頭不已，乃挈之行。又數十里，入一石室。發石函書一編賜玄曰：“得此，道術通天地，伏鬼神矣。若還真，需後期。”玄復在洞庭間遇異人袁先生，授正乙符訣。又在七閩遇仙僧，授神通秘術。客東昌，大旱，御史中丞而下久禱不應。召玄。玄登壇作法，即掩太二星，天上二星不見。約明日申時雨。至期，纖雲斷空，黑雲陡合，雷雨颯降，平地水深五尺。爲人祈仙，令人書卜事函中，默禱焚之。明日封識宛然，墨尚淋漓。或取白紙粘壁間，霎時字迹隱起，漸次明朗，無拘腧糜、石青、丹砂、紫粉，五色璀璨，書法遒麗，往往作晉魏人筆意。隨人作詩賦，清空瀟灑，悉是瓊笈韞語。又能爲人追寫亡真。人失其故祖父妻孥像者，玄命其家張紙，置筆靜室中，遣神將追攝其幽魂，而命仙人爲之握管畫像。人從室外聽之，毫絹歷落有聲；少頃而定。開門視之，皴畫初就，肖像儼然，即喜、怒、顰、笑，鬚眉纖悉肖似；一見，即令人號哭伏地不能起。又能爲人除祟斷魔。神符到處，精魅現在；玄命燔斬，病魔遂除。書一符繫人腔脛，日行千里，如風聲，不復可佇足。檄廟神取神燈，夜列燈□□□導，或高或下，炯如巨星，人亡不見者。以百錢投水中，才誦密咒，錢即一一飛入盂鉢，百不失一。擲一扇梁間，化爲鼠；已又擲一扇，化爲狸奴，捕鼠嚙之盡。又能煉神兵，布列營陳，置奇門遁甲，敵猝入之不能出。以法攝盜在室，迷不知其所往；即就道，足禁不得前。諸滅風火，驅蚊蛇，亡不神驗。人問以休咎，雖隱在方寸之中，遠在萬里之外，妻子勿聞，人迹不到者，悉洞然照燭。諸天上天下、蓬萊弱水、酆都九幽之事，遣神將查覈，或刹那報復，或才經宿，無不了了。人甫動，問玄已知。即思慮未啟，數可預定。嘗對衆稍發人隱語以爲戲笑，人益敬服，莫敢有私議者。爲人俊爽，不拘拘檢柙，而慷慨剛毅，嶔崎磊砢不凡，真天壤間異人也。玄嘗爲吉氏子，故人稱"吉道人"。屠長卿有吉道人傳。予稍省其繁，置之談中。

〔明姚旅露書卷七〕　吉道人父秉中，以給諫論嚴氏，廷杖死。道人七歲爲任子。十七，與客登虎丘。適上海一宦家夫人擁諸婢來遊，一婢秋香姣好。時道人有姊之喪，外衣白衫，裏服紫襖絳褲，風動裙開。秋香見而含笑去。道人以爲悅己，物色之。乃易姓名葉昂，改衣裝作寠人子，往賄宦家縫人，鬻身爲奴。宦家見道人嫻雅，令侍二子讀書。二子習舉子業，道人陰教之。二子益愛昵道人。道人一日求歸娶，二子因留之曰："爾毋歸娶，我言之大人爲汝娶。"道人曰："必爲我娶者，願得夫人婢秋香。他非所須也。"二子爲力請，卒與之。定情之夕，解衣，依然紫襖絳褲也。秋香凝睇良久，曰："君非虎丘少年耶？君貴介，何爲人奴？"道人曰："吾爲子含笑目成，屈體惟子故。"會句吳學博遷上海令，道人嘗師事焉。甫下車，道人隨主人謁令。既出，竊假主人衣冠入見。令報謁主人，並訪道人。道人外父白，方爲吏部郎，令問起居甚悉。旋道人從兄東遊，其僕偶見道人，急持道人歸。宦家始悉道人顛末，具數百金裝送秋香歸道人。道人名之任，字應生，江陰人。本姓華，爲母舅趙子。

按：露書之吉道人，與耳談之吉道人，姓名里貫不同，似是二人。然核其文，不但遇秋香事同，即露書卷十二技篇所載吉道人祈遇銅帽翁、袁先生及神僧，受秘術，於東昌祈雨一條；吉道人能爲人追寫亡真一條；吉道人以百錢投水中，誦密咒，錢一一飛入盂鉢一條，亦均在耳談吉道人傳中，文亦襲之。則耳談、露書所記實一人事，特所傳姓名異耳。

〔情史卷五唐寅條〕　唐伯虎名寅，字子畏。才高氣雄，藐視一世，而落拓不羈，弗修邊幅。每遇花酒會心處，輒忘形骸。其詩畫特爲時珍重。錫山華虹山<small>當作“鴻山”。鴻山名察，字子潛，嘉靖五年丙戌科進士，累官侍講學士掌南京翰林院。靜志居詩話云學士豐於貲，纖纖務嗇，晝夜持籌，不知吟詠性情，何由超詣乃爾。</small>學士尤所推服。彼此神交有年，尚未覿面。唐往茅山進香，道出無錫，計返棹時當往詣華傾倒。晚泊河下，登岸閑行。偶見乘輿東來，女從如雲，有丫鬟貌尤艷麗。唐不覺心動，潛尾其後，至一高門，衆擁而入。唐凝盼悵然。因訪居民，知是華學士府。唐歸舟，神思迷惑，展轉不寐。中夜忽生一計。若夢魘狀，被髮狂呼。衆驚起問故。唐曰：“適夢中見一天神，朱髮獠牙，手持金杵云：‘進香不虔，聖帝見譴，令我擊汝。’持杵欲下。予叩頭哀乞再三。云：‘姑且恕爾。可隻身持香，沿途禮拜，至山謝罪，或可幸免。不則禍立降矣。’予驚醒戰悚。今當遵神教，獨往還願。汝輩可操舟速回，毋溷乃公爲也。”即微服持包傘，奮然登岸，疾行而去。有追隨者，大怒逐回。潛至華典中，見主櫃者，卑詞降氣曰：“小子吳縣人，頗善書。欲投府上寫帖，幸爲引進。”即取筆，書數行於一紙，授之。主者持進白華，呼之入。見儀表俊偉，字畫端楷，頗有喜色。問：“平日習何業？”曰：“幼讀儒書，頗善作文。屢試不得進學，流落至此。願備書記之末。”公曰：“若爾，可作吾大官伴讀。”賜名華安。送至書館。安得進身，潛訪前所見丫鬟。云名桂華，乃公所素寵愛者。計無所出。居久之，偶見郎君文義有未妥處，私加改竄，或爲代作。師喜其徒日進，持文誇華。華曰："此非孺子所及，必倩人耳。"呼子詰之，弗敢隱。因出題試安，授筆立就。舉文呈華，手有枝指。華閱之，詞意兼美，益喜甚。留爲親隨，俾掌文房。凡往來書札，悉令裁復，咸當公意。未幾，主典者告殂。華命安暫攝。出納惟慎，毫忽無私。公欲令即真，而嫌其未婚，難以重託；呼媒爲擇婦。安聞，潛乞於公素所知厚者，云："安蒙主公提拔，復謀爲置室，恩同天地。第不欲重費經營，或以侍兒見配可耳。"所知因爲轉達。華曰："婢媵頗衆，可令自擇。"安遂微露欲得桂華。公初有難色，而重違其意。擇日成婚，另飾一室，供帳華侈。合巹之夕，相得甚歡。居數日，兩情益投。唐遂吐露情實，云："吾唐解元也。慕爾姿容，屈身就役。今得諧所願，此天緣也。然此地豈宜久羈？可潛遁歸蘇。彼不吾測，當圖偕老耳。"女欣然願從。遂買小舟乘夜遄發。天曉，家人見安房門封鎖。啟視室中，衣飾細軟俱各登記，毫無所取。華沉思莫測其故。令人遍訪，杳無形跡。年餘，華偶至閶門。見書坊中坐一人，形極類安。從者以告，華令物色之。唐尚在坊，持文翻閱，手亦有枝指。僕尤駭異，詢爲何人。旁云："此唐伯虎也。"歸以告華。遂持刺往謁。唐出迎，坐定，華審視再三，果克肖。茶至而指露，益信爲安無疑。奈難以直言，躊躇未發。唐命酒對酌。半酣，華不能忍，因縷述安去來始末以探之。唐但唯唯。華又云："渠貌與指頗似公，不識何故？"唐又唯唯，而不肯承。華愈狐疑，欲起別去。唐曰："幸少從容，當爲公剖之。"酒復數行。唐命童秉燭前導，入後堂，請新娘出拜。珠珞重遮，不露嬌面。拜畢，唐携女近華，令熟視之。笑曰："公言華安似不佞，不識桂華亦似此女否？"乃相與大笑而別。華歸，厚具裝奩贈女，遂締姻好云。事出涇林雜記。涇林雜記，明周復俊撰，書今未見。復俊字子籲，崑山人，嘉靖十一年壬辰科進士，官至南京太僕寺卿。

　　按：情史此篇後附記云：耳談載陳玄超娶宦家婢秋香
事，與此絶類。他書亦有以秋香事混作唐子畏者。

白娘子永鎭雷峰塔
警世通言卷二十八

〔明田汝成西湖遊覽志卷三南山勝迹〕　淨慈寺前爲雷峰
塔。雷峰者，南屏山之支脈也。穹窿回映，舊名中峰，亦曰回峰。
宋有道士徐立之居此，號回峰先生。或云：有雷就者居之，故又
名雷峰。吳越王妃於此建塔。始以千尺十三層爲率；尋以財力
未充，姑建七級；復以風水家言，止存五級。俗稱王妃塔。以地
産黃皮木，遂訛黃皮塔。俗傳湖中有白蛇青魚兩怪，鎭壓塔下。

宿香亭張浩遇鶯鶯
警世通言卷二十九

〔青瑣高議別集卷四張浩花下與李氏結婚〕　張浩字巨源，西洛
人也。蔭補爲刊正。家財鉅萬，豪於里中；甲第壯麗，與王公大
人侔。浩好學。年及冠，洛中士人多慕其名，貴族多與結姻好，
每拒之曰："聲迹晦陋，未願婚也。"第北構圃，爲宴私之所。風軒
月榭，水館雲樓，危橋曲檻，奇花異草，靡所不有。日與俊傑士遊
宴其間。

　　一日，與廖山甫閒坐。時桃李已芳，牡丹未坼，春意浩蕩。
步至軒東，有方束髮小鬟，引一青衣倚立。細視，乃出世色：新月
籠眉，秋蓮著臉，垂螺壓鬢，皓齒排瓊，嫩玉生光，幽花未艷。見

浩亦不避。浩乃告廖曰："僕非好色者，今日深不自持，魂魄幾喪，爲之奈何？"廖曰："以君才學門第，結婚於此，易若反掌。"浩曰："待媒成好，當逾歲月，則我在枯魚肆矣！"廖曰："但患不得之，苟得之，何晚早爲恨！君試以言譃之。"浩乃進揖之，女亦斂容致恭。浩曰："願聞子族望姓氏。"女曰："某乃君之東鄰也。家有嚴君，無故不得出，無緣見君也。"浩乃知李氏耳。曰："敝苑幸有隟館，欲少備酒餚，以接鄰里之歡，如何？"女曰："某之此來，誠欲見君。今日幸遇，願無及亂，即幸也。異日倘執箕帚，預祭祀之末，乃某之志。"浩曰："若不與儷，不偕老，即平生之樂，不知命分如何耳！"女曰："願得一物爲信，即某之志有所定，亦用以取信於父母。"浩乃解羅帶與之。女曰："無用也，願得一篇親筆即可矣！"浩喜。詢其年月，曰："十三歲。"乃指未開牡丹爲題，作詩曰："迎日香苞四五枝，我來恰見未開時。包藏春色獨無語，分付芳心更待誰？碧玉蕇中藏蜀錦，東吳宮裏鎖西施。神功造化有先後，倚檻王孫休怨遲。"女閱之，益喜曰："君真有才者。生本在君，願君留意。"乃去。浩自玆忽忽如有所失，寢食俱廢。月餘，有尼至，蓋常出入浩門者，曰："李氏致意。近以前事託乳母白父母，不幸堅不諾。業已許君，幸無疑焉。"至明年，牡丹正芳，浩開軒賞之。獨歎，乃剪花數枝，使人竊遺李，曰："去歲花未坼，遇君於闌畔。今歲花已開，而人未合。既爲夫妻，竊泊"泊"字原空闕，據明版本補。見，亦非亂也。如何？"李復遣尼曰："初夏二十日，親族中有適人者，父母俱去，必挈同行。我託病不往，可於前苑軒中相會也。"浩大喜，嚴潔館宇，預備酒醴以俟。至望後一日，前尼復至，曰："李氏遺君書。"浩開讀，乃詞一首，云："昨夜賞月堂前，頗有所感，因成小閿，以寄情郎。"曲名極相思，曰："紅疏翠密晴暄，初夏困人天。風流滋味傷懷，盡在花下風前。　　後約已知君定，這心緒盡日懸懸。鴛鴦兩處，清宵最苦，月甚先圓。"至期，浩入苑待至。不久，有紅絪覆牆，乃李逾而來也。生迎歸館。時街鼓聲沉，萬動俱息，輕幕搖風，疏簾透月。秋水盈盈，纖腰裊裊，解衣就枕，羞淚成交。浩以爲巫山華胥之遇，不過此也。天將曉，青衣復擁李去。浩詩戲曰："華胥佳夢惟聞説，解佩江皋浪得聲。一夕東軒多少事，韓郎虛負竊香名。"

　　不數月，李隨父之官。李遣尼謂浩曰："俟父替回，當成秦晉之約。"李去二載，杳然無耗。及浩叔典郡替回，謂浩曰："汝年及冠，未有室，吾爲掌婚。"浩不敢拒。叔乃與曰孫氏，亦大族也。方納采問名，會李父替回。李知浩已約婚孫。李告父母曰："兒先已許歸浩，父母若更不諾，兒有死而已。"一夕，李不見，父母急尋之，已在井中矣。使人救之，則喘然尚有餘息。既蘇，父曰："吾不復拒汝矣！"遣人通好。浩□□孫氏，"氏"原作"自"，據明鈔本改。李曰："自有計。"一日，詣府陳詞曰："某已與浩結姻素定，會父赴官；泊歸，則浩復約孫氏。"因泣下。陳浩詩及箋記之類。府尹乃下符召浩曰："汝先約李而復約孫乎？"浩曰："非某本心，叔父之命不敢拒耳！"尹曰："孫未成娶，吾爲汝作伐，復娶李氏。"遂判曰："花下相逢，已有終身之約；道中而止，欲乖偕老之心。在人情深有所傷，於律文亦有所禁。宜從先約，可絕後婚。"由是浩復娶李氏。二人再拜謝府尹，歸而成親。夫婦恩愛，偕老百年。生二子，皆登科矣。

金明池吳清逢愛愛

警世通言卷三十

　　〔夷堅甲志卷四吳小員外條〕　趙應之，南京宗室也。偕弟茂之在京師，與富人吳家小員外日日縱遊。春時，至金明池上。行小徑，得酒肆，花竹扶疏，器用羅陳，極瀟灑可愛，寂無人聲。

當壚女年甚艾，三人駐留買酒。應之指女謂吳生曰："呼此侑觴如何?"吳大喜。以言挑之，欣然而應。遂就坐。方舉杯，女望父母自外歸，亟起。三人興既闌，皆捨去。時春已盡，不復再遊。但思慕之心，形於夢寐。明年，相率尋舊遊。至其處，則門戶蕭然，當壚人已不見。復少憩索酒，詢其家曰："去年過此，見一女子。今何在?"翁媼顰蹙曰："正吾女也。去歲舉家上冢，是女獨留。吾未歸時，有輕薄三少年從之飲。吾薄責以未嫁而爲此態，何以適人。遂悒快，不數日而死。今屋之側有小丘，即其冢也。"三人不敢復問。促飲畢，言旋。沿道傷惋。日已暮，將及門，遇婦人冪首搖搖而前，呼曰："我即去歲池上相見人也。員外得非往吾家訪我乎? 我父母欲君絕望，詐言我死，設虛冢相紿。我亦一春尋君，幸而相值。今徙居城中委巷一樓，極寬潔，可同往否?"三人喜，下馬偕行。既至，則共飲。吳生留宿。往來逾三月，顏色益憔悴。其父責二趙曰："汝向誘吾子何往? 今病如是。萬一不起，當訴於有司。"兄弟相顧悚汗，心亦疑之。聞皇甫法師善治鬼，走謁之，邀同視吳生。皇甫才望見，大驚曰："鬼氣甚盛，祟深矣! 宜急避諸西方三百里外。儻滿百二十日，必爲所死，不可治矣!"三人即命駕往西洛。<small>元豐九域志:西京河南府至東京三百八十二里。</small>每當食處，女必在房內；夜則據榻。到洛未幾，適滿十二旬。會訣酒樓，且愁且懼。會皇甫跨驢過其下，拜揖祈哀。皇甫爲結壇行法，以劍授吳曰："子當死。今歸，試緊閉戶。黃昏時有擊者，無問何人，即刃之。幸而中鬼，庶幾可活。不幸誤殺人，即償命。均爲一死，猶有脫理。"吳如其言。及昏，果有擊戶者。投之以劍，應手仆地。命燭視之，乃女也。流血滂沱。爲衙卒所錄，並二趙、皇甫師皆繫圄圄。鞫不成，府遣吏審池上之家。父母告云："已死。"發冢驗視，但衣服如蛻，無復形體。遂得脫。

趙春兒重旺曹家莊

警世通言卷三十一

〔情史卷四婁江妓條〕　嘉靖間，婁江有孫太學者，與妓某善。誓相嫁娶，爲之傾貲。無何，孫喪婦，家益貧落。親友因唆使訟妓。妓聞之，以計致孫，飲食之。與申前約，以身委焉。孫故不善治産；妓所携簪珥，不久復費盡。妓日夜勤辟纑以奉之，饘粥而已。如此十餘年，孫益老成悔過。選期已及，自傷無貲，中夜泣，妓審其誠，於日坐辟績處使孫穴地，得千金。皆妓所陰埋也。孫以此得選縣尉，遷按察司經歷。宦橐稍潤，妓遂勸孫乞休，歸享小康終其身。

杜十娘怒沉百寶箱

警世通言卷三十二

〔明宋懋澄九籥別集卷四負情儂傳題下原有注云：王仲雍懊恨曲曰："常恨負情儂，郎令果行許。"作負情儂傳。〕　萬曆間浙東李生，係某藩臬子，入資遊北雍，與教坊女郎杜十娘情好最殷。往來經年，李資告匱，女郎母頗以生頻來爲厭。然而兩人交益歡。女姿態爲平康絕代，兼以管絃歌舞妙出一時，長安少年所藉以代花月者也。母苦留連，始以言辭挑怒，李恭謹如初。已而聲色競嚴。女益不堪，誓以身歸李生。母自揣女非己出，而故事教坊落籍非數百金不可，且熟知李囊無一錢；思有以困之，令愧不辨，廣韻襇韻："辨，具也。"俗作"辦"。庶日忘日去。以上九字語意不明，必有錯誤。亙史作"令愧不辦，庶自亡去"。高麗鈔本刪補文苑楂橘與亙史同。情史無此九字。乃戟掌亙史、情史並作"戟掌"，與別集同。鈔本文苑楂橘作"抵掌"。訴女曰："汝能聳郎君措三百金畀老身，東西南北，惟汝所之。"女郎慨然曰："李郎雖落魄旅邸，辦三百金不難。顧金不易聚。亘史、鈔本文苑楂橘作"顧當仰諸人"。情史文與別集同。倘金具而母負約，奈何？"母策李郎窮途，侮之，指燭中花笑曰："李郎若攜金以入，婢子可隨郎君而出。以上十五字，情史作八字，曰"金朝以入，汝夕以出"。亘史、鈔本文苑楂橘與別集同。燭之生花，讖郎之得女也。"遂相與要言而散。女至夜半悲啼，謂李生曰："郎君遊資，固不足謀妾身；然亦有意於交親中得緩急乎？"李驚喜曰："唯！唯！向非無心，第未敢言耳。"明日，故爲束裝狀，遍辭親知，多方乞貸。親知咸以生沉湎狹斜積有日月，忽欲南轅，半疑涉妄；且李生之父怒生飄零，亘史、情史並作"飄零"，與別集同。鈔本文苑楂橘作"飀零"。飀、飄字通。作書絕其歸路；今若貸之，非惟無所徵德，且索負無從。皆援引支吾。生因循經月，空手來見。女中夜歎曰："郎君果不能辦一錢耶？妾褥中有碎金百五十兩，向緣縿裹絮中。明日，令平頭密持去，以次付媽。此外非妾所辦，奈何！"生驚喜，珍重持褥而去。因出褥中金語親知。親知憫杜之有心，毅然各斂金付生。僅得百兩。生泣謂女："吾道窮矣，顧安所措五十金乎？"女雀躍曰："毋憂。明旦妾從鄰家姊妹中謀之。"至期，果得五十金。合金以進。媽欲負約，女悲啼向媽曰："母曩責郎君三百金，金具而母食言。郎持金去，女從此死矣。亘史、鈔本文苑楂橘作"女無望生矣"。情史文與別集同。母懼人金俱亡，乃曰："如約。第自頂至踵，寸珥尺素，非汝有也。"女忻然從命。明日，禿鬌布衣，從生出門，過院中諸姊妹作別。諸姊妹咸感激泣下，曰："十娘爲一時風流領袖，今從郎君，藍縷出院門，豈非姊妹羞乎？"於是人各贈以所攜。須臾之間，簪彇指環也。西京雜記一：戚姬以百煉金爲彇環，照見指骨。又趙飛燕爲皇后，其女弟上馬腦彇。衣履，煥然一新矣。諸姊妹復相謂曰："郎君與姊，千里間關，而行李曾無約束。"復合贈以一箱。箱中之盈虛，生不能知；女亦若爲不知也者。

日暮，諸姊妹各相與揮淚而別。女郎就生逆旅，四壁蕭然。生但兩目瞪視几案而已。女脫左膊生絹，擲朱提二十兩，曰："持此爲舟車費。"明日，生辦輿馬出崇文門，至潞河，附奉使船。抵船，而金已盡。女復露右臂生絹，出三十金，曰："此可以謀食矣。"此句下，亘史多四十七字，文爲："生頻承不測，快倅遭逢。於時自秋涉冬，嗤來鴻之寡儔，詘游魚之乏比；誓白頭則皎露爲霜，指赤心則丹楓交炙；喜可知也。"鈔本文苑楂橘、情史與亘史文同，惟亘史"快倅"，情史作"快幸"。亘史"於時"，鈔本文苑楂橘作"於是"。行及瓜州，捨使者餘舲，別賃小舟，明日欲渡。是夜，璧月盈江，練飛鏡寫。生謂女曰："自出都門，便埋頭項；今夕專舟，復何顧忌？且江南水月，何如塞北風煙？顧作此寂寂乎？"女亦以久淹形迹，此下，亘史、情史多十二字，文云："悲關山之迢遞，感江月之交流。"鈔本文苑楂橘與亘史、情史文同，惟"迢遞"誤作"迢遙"。與生携手月中，亘史、情史、鈔本文苑楂橘俱作"乃與生携手月中"。趺坐船首。生興發，執巵，倩女清歌，少酬江月。女宛轉微吟，忽焉入調，烏啼猿咽，不足以喻其悲也。有鄰舟少年者，積鹽維揚，歲暮將歸新安；亘史作"歲暮將歸故里"。鈔本文苑楂橘文與亘史同，惟"歸故里"作"皈故里"。"皈"乃"皈"之訛，皈即歸也。情史作"歲暮將歸新安"，文與別集同。年僅二十左右，青樓中推爲輕薄祭酒。酒酣聞曲，神情欲飛，而音響已寂。遂通宵不寐。黎明，而風雪阻渡。新安人自此而下，"新安人"凡十二見。亘史、鈔本文苑楂橘"新安人"皆作"少年"。情史文與別集同，皆作"新安人"。余三十餘年前讀而疑之，不知其文字所以不同之故。後讀亘史本負情儂傳，傳後有之恒跋云："本傳少年作新安人。吾不願與同鄉，故削去。"始知作"新安人"者，是傳原文。作"少年"者，是之恒所改。文苑楂橘自亘史出，故亦作"少年"也。物色生舟，知中有尤物。鈔本文苑楂橘"物色生舟中，知有尤物"。亘史、情史文與別集同。乃貂帽復綯，弄形顧影。微有所窺，因扣舷而歌。生推蓬四顧，雪色森然。新安人呼生綢繆。亘史、鈔本文苑楂橘作"稍致綢繆"。情史文與別集同。即邀生上岸，至酒肆論心。酒酣，微叩公子："昨夜清歌爲誰?"生具以實對。復問公子："渡江即歸故鄉乎?"生慘然告以難歸之故，"麗人將邀我吴越山水之間"。亘史、鈔本文苑楂橘、情史俱作"邀我於吴越山水之間"。此脱"於"字。杯酒纏綿，無端盡吐情實。新安人愀然謂公子："旅靡蕪鈔本文苑楂橘作"蘼蕪"。而挾桃李，不聞明珠委路，有力交爭乎? 且江南之人最工輕薄，情之所鍾，不敢愛死。即鄙心時時萌之。況麗人之才，素行不測，焉知不藉君以爲梯航，而密踐他約於前途? 則震澤之煙波，錢塘之風浪，魚腹鯨齒，乃公子之一抔三尺也。抑愚聞之，父與色孰親? 歡與害孰切? 願公子之熟思也!"生始愁眉，曰："然則奈何?"曰："愚有至計，甚便於公子。然而顧公子不能行也。"情史作"顧公子不能行耳"，無"然而"二字，於義爲長。亘史、鈔本文苑楂橘與別集同。公子曰："爲計奈何?"客曰："公子誠能割厭餘之愛，僕雖不敏，願上千金爲公子壽。得千金則可以歸報尊君，捨麗人則可以道路無恐。幸公子熟思之!"生既飄零有年，携形挈影，雖鴛樹之詛，"詛"，猶誓也。亘史同。鈔本文苑楂橘作"詎"，誤。生死靡他;而燕幕之棲，進退維谷。此下，亘史、鈔本文苑楂橘、情史並多二句，文云:"瓶藩狐濟，既猜月而疑雲;燕啄龍鬐，更悲魂而啼夢。"乃低首沉思，辭以歸而謀諸婦。遂與新安人携手下船，各歸舟次。女挑燈俟生小飲。生目動齒濕，"齒濕"，疑當作"眦濕"。然諸本皆作"齒濕"，姑仍之以存疑。終不出辭，相與擁被而寢。至夜半，生悲啼不已。女急起坐，抱持之曰："妾與郎君處情境幾三年，行數千里，未嘗哀痛。今日渡江，正當爲百年歡笑。忽作此面向人，妾所不解。抑聲有離音，何也?"生言隨涕興，亘史、情史、鈔本文苑楂橘下多四字，文爲"悲因情重"。因吐顛末。亘史、情史、鈔本文苑楂橘"因"作"既"，下多四字，文爲"涕泣如前"。女始解抱，謂李生曰："誰爲足下畫此策者? 乃大英雄也。郎得千金，可覲二親。妾得從人，無累行李。發乎情，止乎禮義。賢哉! 其兩得之矣。顧金安在?"生對以:

“未審卿意云何，金尚在是人篋内。”女曰：“明旦亟過諾之。“亟過”，亘史、鈔本文苑楂橘同。情史作“亟往諾之”。然千金重事也，須金入足下篋中，妾始至是人舟内。”“妾始至是人舟内”，亘史、鈔本文苑楂橘同，情史作“妾乃可往”。時夜已過半。即請起，爲艷妝。曰：“今日之妝，迎新送舊者也，不可不工。”計妝畢，而天亦就曙矣。“計妝畢而天亦就曙矣”，亘史、鈔本文苑楂橘同。情史作“妝畢而天亦曙”。新安人已刺船李生舟前。得女郎信，大喜曰：“請麗卿“麗卿”，亘史、鈔本文苑楂橘同，情史作“麗人”。妝臺爲信。”女忻然謂李生：情史作“顧李生”。亘史、鈔本文苑楂橘與别集同。“畀之!”即索新安人聘貲過船。衡之無爽。於是女郎起自舟中，據舷謂新安人曰：“頃所携妝臺中，有李郎路引，可速檢還。”新安人急如命。女郎使李生：“抽某一箱來!”皆集鳳翠霓，悉投水中，約值數百金。李生與輕薄子及兩船人，始競大咤。又指生抽一箱。悉翠羽明璫、玉簫金管，情史“金管”下有“也”字，並於此處讀斷。值幾千金。又投之江。復令生抽出革囊。盡古玉紫金之玩，世所罕有，其價蓋不貲。情史“不貲”下有“云”字。亦投之。最後，箕廣韻志韻：箕，教也。生抽一箱出，則夜明之珠盈把。舟中人一一大駭，喧聲驚集市人。女郎又欲投之江。李生不覺大悔，抱女郎，慟哭止之。雖新安人亦來勸解。女郎推生於側，而啐罵新安人曰：“汝蕩情弄舌，情史、鈔本文苑楂橘並作“汝聞歌蕩情，遂代鶯弄舌”。不顧神天。亘史、情史、鈔本文苑楂橘下並多“剪綆落瓶，使妾將骨殷血碧”十一字。妾亘史、情史、鈔本文苑楂橘皆無“妾”字。自恨弱質，不能抽刀向儈。乃復貪財，强求“强求”，亘史、鈔本文苑楂橘同，情史作“强來”。縈抱。“縈抱”句下，亘史、情史、鈔本文苑楂橘並多十二字，文爲：“何異狂犬方事趨風，更欲爭骨”。妾死有靈，當訴之明神，不日奪汝人面。且妾託諸姊妹亘史、鈔本文苑楂橘並作“且妾藏形詒影，託諸姊妹”。芥子園本情史作“妾藏辰詒影，託諸姊妹”。蘊藏奇貨，將資李郎歸見父母也。今畜我不卒而故暴揚之者：欲人知李郎眶中無瞳耳。此句下，亘史、情史、鈔本文苑楂橘並多十二字,文爲:"妾爲李郎,澀眼幾枯,翕魂屢散"。李郎亘史、情史、鈔本文苑楂橘皆無"李郎"二字。事幸初成,不念携手,而倏溺如簧,亘史、情史、鈔本文苑楂橘皆作"笙簧"。畏行多露,一朝棄捐,輕於殘汁。"殘汁",情史同。亘史、鈔本文苑楂橘作"滓汁"。顧乃婪此殘膏,欲收覆水。妾更何顏而聽其挽鼻!今生已矣!東海沙明,西華黍壘;"黍壘",亘史、情史同。鈔本文苑楂橘作"黍累"。此恨糾纏,寧有盡耶!"於是舟中崖上觀者,無不流涕,罵李生爲負心人。而女郎已持明珠赴江水不起矣。當是時,目擊之者,亘史、情史、鈔本文苑楂橘皆作"目擊之人"。皆欲爭毆新安人及李生。李生及新安人各鼓船分道逃去,不知所之。亘史、鈔本文苑楂橘皆無"李生及新安人"六字,但云"鼓枻分道逃去,不知所之",情史文與別集同。惟"李生與新安人各鼓船",作"李生暨新安人各鼓船",爲小異耳。噫!若女郎,亦何愧子政所稱烈女哉!雖深閨之秀,其貞奚以加焉!自"不知所之"至"奚以加焉"二十九字,情史無,蓋夢龍所刪。亘史、鈔本文苑楂橘皆有此二十九字。

宋幼清曰:余自庚子秋庚子,萬曆二十八年。聞其事於友人。歲暮多暇,援筆叙事。至"妝畢而天已就曙矣",時夜將分,困憊就寢。夢被髮而其音婦者謂余曰:"妾羞令人間知有此事。近幸冥司見憐,令妾稍司風波,間豫人間禍福。若郎君爲妾傳奇,妾將使君病作。"明日,果然。幾十日而間。因棄置篋中。丁未,丁未,萬曆三十五年。携家南歸。舟中檢笥稿,見此事尚存。不忍湮没,急捉筆足之。惟恐其復祟使我更捧腹也,既書之紙尾以紀其異,復寄語女郎:"傳已成矣。它日過瓜州,幸勿作惡風波相虐。倘不見諒,渡江後必當復作。寧肯折筆同盲人乎?"時丁未秋七月二日,去庚子蓋八年矣。舟行衛河道中,距滄州約百餘里,不數日而女奴露桃忽墮河死。

余所見負情儂傳凡三本:一曰删補文苑楂橘本。删補文苑楂橘,日本有朝鮮活字印本,又有朝鮮人鈔本。其鈔本余曾照録。傳在卷一。一曰情史本。傳在卷十四。一曰九籥別集本。傳在卷四。文苑楂橘本文繁，情史本與文苑楂橘本同，當是初稿孤行本。別集本文簡，蓋編選時有所刪訂。幼清儷句多澀，然有刪訂後反不如初稿者。如初稿女郎啐罵新安人曰："汝聞歌蕩情，遂代鶯弄舌，不顧神天。剪綆落瓶，使妾將骨殷血碧。自恨弱質，不能抽刀向儈。乃復貪財，强求縈抱。何異狂犬方事趨風，更欲爭骨。妾死有靈，當訴之明神，不日奪汝人面。"別集本改爲："汝蕩情弄舌，不顧神天。自恨弱質，不能抽刀向儈。乃復貪財，强求縈抱。妾死有靈，當訴之明神，不日奪汝人面。"較初稿省二十八字。然意殊不明。此有意求簡之過也。今所録以別集本爲主，更參考情史及文苑楂橘本，疏其異同。其情史所録有文獨異，疑是馮夢龍點定者，亦不遺之，並取以入注。至錯訛字見於鈔本删補文苑楂橘者甚衆，則不一一注明。十娘事哀感頑艷，話本演之，益有名。戲曲明許彥深有百寶箱傳奇。

王嬌鸞百年長恨
警世通言卷三十四

〔夷堅丁志卷十五張客奇遇〕　餘干鄉民張客，因行販入邑，寓旅舍。夢婦人鮮衣華飾求薦寝。迨夢覺，宛然在旁。到明，始辭去。次夕，方闔戶，燈猶未滅，又立於前。復共卧，自述所從來，曰："我鄰家子也。無多言。"經旬日，張意頗忽忽。主人疑焉。告曰："此地昔有縊死者，得非爲所惑否？"張秘不肯言。須其來，具以問之。略無羞諱色，曰："是也。"張與之狎，弗畏懼，委曲扣其實。曰："我故倡女，與客楊生素厚。楊取我貲貨二百千，約以禮昏我。而三年不如盟。我悒悒成瘵疾，求生不能。家人

漸見厭。不勝憤，投繯而死。家持所居售人，今爲邸店。此室實
吾故樓，尚眷戀不忍捨。楊客與爾同鄉人，亦識之否？”張曰：“識
之，聞移饒州市門，娶妻開邸，生事絕如意。”婦人嗟唶良久，曰：
“我當以始終託子。憶埋白金五十兩於牀下，人莫之知。可取以
助費。”張發地，得金，如言不誣。婦人自是正晝亦出。他日低語
曰：“久留此，無益。幸能挈我歸乎？”張曰：“諾。”令書一牌曰“廿
二娘位”，緘於篋。遇所至，啟緘微呼，便出相見。張悉從之。結
束告去，邸人謂張鬼氣已深，必殞於道路。張殊不以爲疑。日日
徑行，無不共處。既到家，徐於壁間開位牌。妻謂其所事神，方
瞻仰次，婦人遂出。妻詰夫曰：“彼何人斯？勿盜良家子累我。”
張盡以實對。妻貪所得，亦不問。同室凡五日，又求往州中督
債。張許之。達城南，正度江，婦人出曰：“甚愧謝爾，奈相從不
久何！”張泣下，莫曉所云。入城門，亦如常。乃就店，呼之再三，
不可見，乃亟訪楊客居，則荒擾殊甚。鄉人曰：“楊之無疾，適七
竅流血而死。”張駭怖遽歸，竟無復遇。臨川吳彥周舊就館於張
鄉里，能談其異，但未暇質究也。

（以上入話）

〔情史卷十六周廷章〕　天順間，有臨安衛王指揮，以從征廣
西苗蠻違限被參，降調河南南陽衛千戶。王有二女，長嬌鸞，次
嬌鳳。鳳已嫁，惟鸞從行。鸞幼通書史，王之文移俱屬代筆，鍾
愛甚至。王之妻周氏有妹嫁於曹，貧而寡。迎使伴鸞，呼爲曹
姨。值清明節，鸞與曹姨率諸婢戲秋千於後園。忽聞人聲。鸞
視，則牆缺處有美少年窺視稱羨。鸞大驚走匿，遺羅帕於地。生
逾垣拾去。方展玩間，旋有侍女來園尋覓，周折數次。生笑曰：
“物入人手，尚何覓耶？”侍女曰：“郎君收得，乞以見還。”生問：
“此帕誰人之物？”侍兒曰：“鸞姐，主人愛女也。”生曰：“若鸞姐自
來，當即奉璧。”侍女叩生姓氏，並家遠近。生曰：“周姓，廷章名，

蘇州吳江人也。父爲本學司教，隨任於此，與尊府只一牆之隔。久聞尊姐精於文事，僕有小詩，煩爲一致。如得教言，帕可還矣。"女急於得帕，允之。生逾垣而出，少頃復至，以桃花箋疊成方勝授女。女返命，鸞發緘得一絕云："帕出佳人分外香，天公教付有情郎。殷勤寄取相思句，擬作紅絲入洞房。"鸞微笑，亦箋答詩云："妾身一點玉無瑕，産自侯門將相家。靜裏有親同對月，閑中無事獨看花。碧梧只許來奇鳳，翠竹那容入老鴉？寄語異鄉孤另客，莫將心事亂如麻。"侍兒捧詩至園，則生已久候於牆缺矣。自此詩句往返數次。侍女得賂，喜於傳送，不復言羅帕之事。適端陽節，王治酒園中家宴。生往來牆外，恨不得一與席末。是晚，生復寄一絕云："配成綵綫思同結，傾就蒲觴擬共斟。霧隔湘江歡不見，錦葵空有向陽心。"鸞閱詩嗟歎，不意爲曹姨所窺，細叩從來。鸞與姨素厚，因備述之。姨曰："周生江南之秀，門戶相敵，何不遣媒禮聘，成百年之眷乎？"鸞點頭稱是。遂答詩，末有"多情果有相憐意，好倩冰人片語傳"之句。生乃僞託父命，求婚於王。王亦雅重生，但愛女不欲遠嫁他鄉，遲疑未許。生遂設計，託以衙齋窄狹，假衛署後園肄業，且以周夫人同姓，請拜爲姑。王武人，喜於奉承，許之，且願任饔飧。周遂寓居園亭，因得以兄妹之禮見鸞，情愈親密。而曹姨居間，以盟主自任，先立婚誓，始訂幽期，從此綢繆無間，恩逾夫婦。約半載，周司教陞任去，生託病獨留。又半載餘，而司教引疾還鄉。生聞之，欲謀歸覲，而心戀鸞，情不能自割。鸞察其意，因置酒勸駕，且曰："君戀私情而忘公義，不惟君失子道，累妾亦失婦道矣。"曹姨亦曰："今暮夜之期，原非久計。公子不如暫歸鄉故，且覲雙親。倘於定省之間，兼議婚姻之事，早完誓願，豈不美乎？"周猶豫未決。鸞使曹姨竟以生欲歸省爲言於王。王致賮餞行。生不得已，始束裝。是夜，鸞邀生，再伸前誓。且詢生居址，以便通信。明日，生歸。而司教已與同里一富家議姻。生始頗不欲。已聞其女甚美，貪財慕色，頓忘前誓。未幾畢姻，夫婦相得甚歡，不復知鶯爲何人矣。鶯久不得生耗，念之成疾。每得便郵，以書招之。俱不報。父欲爲鶯擇配。鶯不可，必欲俟生的信。乃以重賂遣衛卒孫九專往吳江致書，附古風一篇，其略云："憶昔清明佳節時，與君邂逅成相知。嘲風弄月頻來往，撥動風情無限思。侯門曳斷千金索，携手挨肩遊畫閣。好把青絲結死生，盟山誓海情不薄。白雲渺渺草青青，才子思親欲別情。頓覺桃臉無春色，愁聽傳書雁幾聲。君行雖不排鶯馭，勝似征蠻父兄去。悲悲切切斷腸聲，執手牽衣理前誓。與君成就鶯鳳友，切莫蘇城戀花柳。自君之去妾攢眉，脂粉慵調髮如帚。姻緣兩地相思重，雪月風花誰與共。可憐夫婦正當年，空使梅花蝴蝶夢。臨風對月無歡好，凄凉枕上魂顛倒。一宵忽夢汝娶親，來朝不覺愁顏老。盟言願作神雷電，九天玄女相傳遍。只歸故里未歸泉，何故音容難得見？才郎意假妾意真，再馳驛使陳丹心。可憐三七羞花貌，寂寞香閨思不禁。"曹姨亦作書，備述女甥相思之苦，相望之切。孫九至吳江，得生居於延陵橋下。知生再娶，乃候面，方致其情。生一語不答，入而復出，以昔日羅帕並誓書封還，使鶯勿念。孫九憤然而去，逢人訴之。故生薄倖之名播於吳下。孫九還報鶯。鶯製絕命詩三十六首，復爲長恨歌數千言，備述合離之事，語甚憤激。欲再遣孫九，孫怒不肯行。鶯久蓄抱石投崖之意，特不忍自泯没以死，故有待耳。偶值其父有公牘，當投吳江縣勾本衛逃軍；乃取從前倡和之詞並今日絕命詩、長恨歌匯成一帙，_{今通言小說尚載}絕命詩一首及長恨歌全文。合同婚書二紙，總作一緘，入於公牘中，用印發郵，乃父不知也。其晚，鶯沐浴更衣，取昔日羅帕自縊而死。吳江令發封，得鶯詩，大以爲奇。爲聞於直指樊公祉。_{小說作"樊}_{公祉"，似謂姓樊，名祉。與此異。}公祉見之忿然，深惜鶯才，而恨廷章

之薄倖。命司理密訪其人，榜殺之。聞者無不稱快。司教亦以
憂死。

（以上正傳）

趙知縣火燒皂角林
三桂堂本警世通言卷三十六

〔太平廣記卷四百七十李鵠條引獨異記〕　唐敦煌李鵠，開元
中爲邵州刺史，挈家之任，泛洞庭。時晴景登岸，因鼻衄血沙上，
爲江黿所舐。俄然復生一鵠，其形體、衣服、言語與其身無異。
鵠之本身爲黿之所制，縶於水中。其妻子家人迎奉黿妖就任。
州人亦不能覺悟。爲郡幾數年。因天下大旱，西江可涉，道士葉
靜能自羅浮山赴玄宗急詔。過洞庭，忽沙中見一人面縛。問曰：
“君何爲者？”鵠以狀對。靜能書一符，帖巨石上。石即飛起空
中。黿妖方擁案晨衙，爲巨石所擊，乃復本形。時張説爲岳州刺
史，具奏，並以舟楫送鵠赴郡。家人妻子乃信。今舟行者相戒不
瀝血於波中，以此故也。

　　按：廣記引獨異記，當即唐李尤獨異志，今行稗海本獨
異志無此條。

〔太平寰宇記卷一百零五江南西道當塗縣〕　黿浦在縣南
一里三百五十步。李聿任歙州刺史，爲“爲”字誤，未知所作。此浦，
有黿魅領聿妻子往新安郡就任，幽聿本身於潭中。三年，聿從潭
出，往尋妻子，妻子不復識。乃往山東學法。後斬其黿魅，妻子
乃識之。

　　獨異記李鵠，寰宇記作李聿。鵠、聿音同。疑二書所記
是一事。緣傳説異詞，故情節有出入耳。

萬秀娘仇報山亭兒

兼善堂本警世通言卷三十七

〔宋王明清揮塵三録卷二〕　錢義妻德國夫人李氏，和文之孫女，早歲人物姝麗。建炎初，侍其姑秦魯大主避虜入淮。次真州，而爲巨寇張遇衝劫，骨肉散走。宋史卷二十五高宗紀：建炎二年正月己亥，張遇焚真州。度大江，抵句容境上。復爲賊之潰黨十餘人所略。同時被虜儕類六十輩，姿色皆勝。驅之入村落闃無人迹之境，悉置一古廟中。每至未曉，則群盜皆出，扃鎖甚固。至深夜乃歸，必携金繒酒肉而來，蓋椎埋得之。逾旬，無計可脱。一日午間，忽聞廟外嗽咳之音。諸婦出隙中窺之，一男子坐於石上。即呼來，隔扉與之語。男子云："我荷擔於此，所謂貨囊者。"婦各以實告，且祈哀以求生路。許以厚圖報謝。其人復云："此距巡簡司才十餘里。吾當亟往告之，以營救若等，今夕必濟，幸無怖也。何用報乎！"至夜，盜歸，醉飽而寢。忽聞鑼聲甚振，乃巡簡者領兵至矣。盡獲賊徒，無一人脱者。詢婦輩，各言門閥，皆名族貴家。於是遣人以禮津送其歸。夫人後享富貴者數十年。頃歲，其子雋道端英奉版輿過天台。夫人已老，親爲明清言之。

〔花草粹編卷五引小説山亭兒中鷓鴣天小令〕　碎似真珠顆顆停。清如秋露臉邊傾。灑時點盡湘江竹，感處曾摧數里程。

思薄倖，憶多情。玉纖彈處闇銷魂。有時看了鮫綃上，無限新痕壓舊痕。

按：揮塵三録李和文，即李遵勗，尚太宗第七女荆國大長公主，卒謚和文者也。秦魯大主乃仁宗第十女，下嫁錢景臻者也。史稱秦魯國大長公主。建炎初避地南渡，賊張遇

掠其家，中子愕愕官右金吾衛將軍。見建炎以來繫年要録卷十二。被
害。與揮塵三録所記合。景臻建炎二年，追封彭城王。其
子名皆從心旁，孫皆各連"端"字。秦魯大主南渡後，賜第於
台州，時有三子：忱、恂、愷。惟忱是公主所生。故忱與子端
禮世居台州。忱字伯誠，娶唐介孫女，在諸子中年最長。恂
著錢氏私志，所謂伯兄，即忱也。余所閲揮塵三録係津逮
本。所稱"錢義"，"義"當是表德之下一字，其上一字脱。手
中無宋本，無以正之。話本叙萬秀娘事，曲折甚多。云秀娘
爲賈人女，與德國夫人身份有別。而所記賣山亭兒人合哥
於賊焦吉莊中遇秀娘，爲告官，因盡獲賊徒事，則與德國夫
人被掠於古廟遇荷擔人事絶相類。疑話本此段即借德國夫
人事爲之也。萃編所引山亭兒中鷓鴣天詞，今話本有之，在
秀娘被賣一段中。詞意與秀娘當時處境不合。蓋説話人摭
現成詞隨便引用於此，不覺其疏耳。

旌陽宮鐵樹鎮妖
兼善堂本警世通言卷四十

〔太平廣記卷十四許真君條引唐胡慧超十二真君傳〕　許真君名
遜，字敬之，本汝南人也。祖琰，父肅，世慕至道。東晉尚書郎
邁、散騎常侍護軍長史穆，皆真君之族子也。真君弱冠，師大洞
君吳猛，傳三清法要。鄉舉孝廉，拜蜀旌陽令。尋以晉室梦亂，
棄官東歸。因與吳君同游江左。會王敦作亂，真君乃假爲符竹
"符竹"，青瑣高議前集卷一許真君篇作"符祝"，疑當從之。求謁於敦；蓋將欲
止敦之暴，以存晉室也。一日，真君與郭璞同候於敦。敦蓄怒以
見之。謂真君曰："孤昨得一夢，擬請先生圓之，可乎？"真君曰：
"請大將軍具述。"敦曰："孤夢將一木上破其天。孤禪帝位，果十

全乎？”許君曰：“此夢固非得吉。”敦曰：“請問其説。”真君曰：“木上破天，是未字也。明公未可妄動，晉祚固未衰耳。”王敦怒。因令郭璞筮之。卦成，景純曰：“無成。”又問其壽。璞曰：“明公若起事，禍將不久。若住武昌，壽不可測。”敦大怒。又問曰：“卿壽幾何？”璞曰：“余壽盡今日。”敦怒，令武士執璞出，將赴刑焉。是時，二真君方與敦飲酒。許君擲杯梁上，飛繞梁間。敦等舉目看杯。許君坐中隱身。於是南出晉關，抵廬江口。因召船師載往鍾陵。是時船師曰：“我雖有此船，且無人力乘駕，無由載君。”真君曰：“汝但以船載我，我當自與行船。”仍謂船師曰：“汝宜入船，閉門深隱。若聞船行疾速，不得輒有潛窺。”於是騰舟離水，凌空入雲。真君談論端坐。頃刻之間，已抵廬山金闕洞之西北紫霄峰頂。真君意欲暫過洞中。龍行既抵，“抵”，疑當作“低”。其船撥林木戞刺響。駭其聲異常，舟師不免偷目潛窺。二龍知人見之，峰頂委舟而去。真君謂船師曰：“汝違吾教，驚觸二龍，委棄此船萬仞峰頂。吾緣貪與衆真除蕩妖害，暫須離此，遊涉江湖。汝既失船，徒返人世；汝可隱此紫霄峰上，遊覽匡廬。”示之以服餌靈草之門，指之以遁迹地仙之術。由是舟師之船底遺迹尚存。後於豫章遇一少年，容儀修整，自稱“慎郎”。許君與之談話，知非人類。指顧之間，少年告去。真君謂門人曰：“適來年少，乃是蛟蜃之精。吾念江西累爲洪水所害，若非翦戮，恐致逃遁。”蜃精知真君識之，潛於龍沙洲北，化爲黄牛。真君以道眼遥觀，謂弟子施太玉“太玉”，廣記誤作“大王”，青瑣高議不誤，今據改。曰：“彼之精怪化作黄牛。我今化其身爲黑牛，仍以手巾掛膊，高議作“仍繫以白巾”。將以認之。汝見牛奔鬬，當以劍截彼。”“彼”，廣記誤作“後”，今據高議改。真君乃化身而去。俄頃，果見黑牛奔趁黄牛而來。太玉“太玉”，廣記誤作“大王”，今據高議改。以劍揮牛，中其左股。因投入城西井中。許君所化黑牛趁後，亦入井内。其蜃精化爲美少年，聰明

爽雋，而又富於寶貨。知潭州刺史賈玉有女端麗，欲求貴婿以匹
之；蜃精乃廣用財寶略遺賈公親近。遂獲爲伉儷焉。自後與妻
於衙署後院而居。每至春夏之間，常求旅游江湖。歸則珍寶財
貨，數餘萬計。賈使君之親姻僮僕，莫不賴之而成豪富。至是，
蜃精一身空歸。且云"被盜所傷"。舉家歎惋之際，典客者報云：
"有道流姓許，字敬之，求見使君。"賈公遽見之。真君謂賈公曰：
"聞君有貴婿，略請見之。"賈公乃命慎郎出與道流相見。慎郎怖
畏，託疾潛藏。真君厲聲^{廣記誤作"勵聲"，今據高議改。}而言曰："此是
江湖害物。蛟蜃老魅，焉敢遁形！"於是蜃精復變本形，宛轉堂
下，尋爲吏兵所殺。真君又令將其二子出，以水噀之，即化爲小
蜃。妻賈氏幾欲變身。父母懇真君，遂與神符救療。仍令穿其
宅下丈餘，已^{"已"字上疑脫"水"字。}旁亘無際矣。真君謂賈玉曰：
"汝家骨肉幾爲魚鱉也。今須速移，不得暫停。"賈玉倉皇徙居。
俄頃之間，官舍崩没，白浪騰涌。即今舊迹宛然在焉。真君以東
晉孝武帝太康二年八月一日，於洪州西山舉家四十二口拔宅上
昇而去。唯有石函、藥臼各一，所^{"所"下疑脫"御"字。}車轂一具，與
真君所御錦帳，復自雲中墮於故宅。鄉人因於其地置游帷觀焉。
^{許真君居南昌縣水西敦孝鄉，號游帷觀。見太平寰宇記。}

〔唐杜光庭道教靈驗記嚴譔掘洪州鐵柱驗條^{雲笈七籤卷二十}
^七〕洪州鐵柱，神仙許真君所鑄也。晉朝豫章有巨蛟、長蛇、水
獸肆害於人。許君與其師吳君，得正一斬邪、三五飛步之術，制
禦萬精。自潭州井中奮劍逐蛟，出於此井。君出，謂吳君曰："此
井之下，蛟螭所穴。若不鎮之，每三百年一度爲民之害。後來復
何人鎮之？"役鬼神，運鐵數百萬斤，鑄於井中，溢於井外數尺，屹
若柱焉。於井之下，布巨索八條，以鎖地脈。自是鍾陵之境無妖
惑之事，無墊溺之災。誓之曰："後人壞我柱者，城池淹没，江波
泛溢。"人皆知之，固不敢犯。

〔太平寰宇記卷一百零六江南西道洪州南昌縣〕　蛟井，在縣西南四里，俗號橫泉井。蓋許旌陽除蛟龍爲害之所。黃牛洲，在城西南十里。相傳許旌陽逐蛟至此，化爲黃牛。鐵柱觀，晉仕旌陽令觀。左有井與江水相消長。中有鐵柱，旌陽所鑄，與西山鐵柱共鎮蛟螭之害。

　　按：鐵柱鎮蛟螭，舊説也。話本鐵柱作鐵樹，蓋傳聞之訛。

葉法師符石鎮妖
三桂堂本警世通言卷四十

〔太平廣記卷四百四十八狐類二葉法善條〕　道士葉法善，括蒼人，有道術，能符禁鬼神，唐中宗甚重之。開元初，供奉在内，位至金紫光禄大夫鴻臚卿。時有名族，得江外一宰，將乘舟赴任。於東門外，親朋盛筵以待之。宰令妻子與親故車先往胥溪水濱。日暮，宰至舟旁。饌已陳設，而妻子不至。宰復至宅尋之，云：“去矣。”宰驚不知所以。復出城，問行人。人曰：“適食時，見一婆羅門僧執幡花前導，有數乘車隨之。比出城門，車内婦人皆下從婆羅門，齊聲稱佛，因而北去矣。”宰逐尋車迹，至北邙虛墓門，有大冢，見其車馬皆憩其旁。其妻與親表婦二十餘人，皆從一僧合掌繞冢，口稱佛名。宰呼之，皆有怒色。宰前擒之，婦人遂罵曰：“吾正逐聖者，今在天堂，汝何小人，敢此抑遏！”至於奴僕，與言皆不應，亦相與繞冢而行。宰因執胡僧，遂失。於是縛其妻及諸婦人，皆喧叫。至第，竟夕號呼，不可與言。宰遲明問於葉師。師曰：“此天狐也，能與天通。斥之則已，殺之不可。然此狐齋時必至，請與俱來。”宰曰：“諾。”葉師仍與之符，令

置所居門。既置符，妻及諸人皆瘥，謂宰曰："吾昨見佛來領諸聖
衆，將我至天堂，其中樂不可言。佛執花前後，吾等方隨後作法
事。忽見汝至，吾故罵，不知乃是魅惑也。"齋時，婆羅門果至，叩
門乞食。妻及諸婦人聞僧聲，爭走出門，喧言："佛又來矣！"宰禁
之，不可。乃執胡僧，鞭之見血。面縛，舁之往葉師所。道遇洛
陽令，僧大叫稱冤。洛陽令反咎宰。宰具言其故，仍請與俱見葉
師。洛陽令不信宰言，强與之去。漸至聖真觀，僧神色慘沮，不
言。及門，即請命，及入院，葉師命解其縛，猶胡僧也。師曰："速
復汝形！"魅即哀請。師曰："不可！"魅乃棄袈裟於地，即老狐也。
師命鞭之百，還其袈裟，復爲婆羅門，約令去千里之外。胡僧頂
禮而去，出門遂亡。出紀聞。

小説旁證　卷四

醒 世 恒 言

兩縣令競義婚孤女
醒世恒言卷一

〔宋魏泰東軒筆録卷十二〕　余爲兒童時，嘗聞祖母集慶郡太守陳夫人言：江南有國日，有縣令鍾離君與鄰令許君結姻。鍾離女將出適，買一婢以從嫁。一日，其婢執箕帚治地，至堂前，熟視地之宊處，惻然泣下。鍾離君適見，怪問之。婢泣曰："幼時我父於此穴地爲球窩，道我戲劇。歲久矣，而宊處未改也。"鍾離君驚曰："而父何人？"婢曰："我父乃兩考前縣令也。身死家破，我遂落民間，而更賣爲婢。"鍾離君遽呼牙儈問之，復質於老吏，得其實。是時，許令子納采有日。鍾離君遽以書抵許令而止其子。且曰："吾買婢得前令之女，吾特憐而悲之。義不可久辱，當輟吾女之奩笥，先求婿以嫁前令之女也。更俟一年，別爲女營辦嫁資以歸君子，可乎？"許君答書曰："蘧伯玉耻獨爲君子，君何自專仁義？願以前令之女配吾子，然後君別求良婿以嫁君女。"於是前令之女卒歸許氏。祖母語畢，歎曰："此等事前輩之所常行，今則不復見矣。"余時尚幼，恨不記二令之名。姑書其事，亦足以激天下之義也。鍾離名瑾，合肥人也。

三孝廉讓產立高名
醒世恒言卷二

〔梁吳均續齊諧記〕　京兆田真兄弟共議分財。生貲皆平均。惟堂前一株紫荊樹，共議欲破三片，明日就截之。其樹即枯死，狀如火然。真往見之，大驚。謂諸弟曰："樹本同株，聞將分斫，所以憔悴。是人不如木也。"因悲不自勝。不復解樹，樹應聲榮茂。兄弟相感，合財寶，遂爲孝門。真仕至太中大夫。

　　（以上入話）

〔後漢書卷七十六許荆傳〕　許荆字少張，會稽陽羨人也。祖父武，太守第五倫舉爲孝廉。武以二弟晏、普未顯，欲令成名，乃請之曰："禮有分異之義，家有別居之道。"於是共割財產，以爲三分。武自取肥田、廣宅、奴婢强者，二弟所得並悉劣少。鄉人皆稱弟克讓，而鄙武貪婪。晏等以此並得選舉。武乃會宗親，泣曰："吾爲兄不肖，盜聲竊位。二弟年長，未豫榮祿。所以求得分財，自取大譏。今理產所增，三倍於前。悉以推二弟，一無所得留。"於是郡中翕然，遠近稱之。位至長樂少府。漢長樂少府掌皇太后宮，秩二千石。後漢書卷十下孝崇匽皇后紀注引漢官儀曰："帝祖母稱長信宮，帝母稱長樂宮，故有長信少府、長樂少府及職吏，皆宦者爲之。"然亦以士人，如永元初郭璜、永初中梁扈、建寧初李膺，均如長樂少府是也。荆少爲郡吏，太守黃兢舉孝廉。和帝時，稍遷桂陽太守。在事十二年，父老稱歌。以病自上，征拜諫議大夫，卒於官。桂陽人爲立廟樹碑。

　　（以上正傳）

賣油郎獨占花魁

醒世恒言卷三

〔情史卷五史鳳條附錄〕　小説有賣油郎,慕一名妓,乃日積數文,如是二年餘,得十金,傾成一錠,以授嫗,求一宿。是夜,妓自外醉歸。其人擁背而卧,達旦不敢轉側。妓酒醒時,已天明矣。問:“何不見唤?”其人曰:“得近一宵,已爲逾福,敢相犯耶?”後妓感其意,贈以私財,卒委身焉。

大樹坡義虎送親

醒世恒言卷五

〔紀録彙編卷二百零二明祝允明前聞記義虎傳〕　弘治初,予得義虎事,爲作傳,文曰:荆溪有二人,髫卬交,壯而貧富不同。寠子以故晏安,無他技,獨微解書數,妻且艷。富者乃設謀,謂言:“若困甚,盍圖濟乎?”寠告以不能故。富子曰:“固知也。某山某甲豐於賄,乏主計吏,覓久矣。若才正應膺此耳,若欲,吾爲若策之耶?”寠感謝。富子即具舟費,並載其艷者以去。抵山,又謂言:“吾固未嘗夙語彼。彼突見若夫婦,得無少忤乎?一忤且不可得復進。留而内守舟,先容焉。”計也。寠從之,偕上山。富子宛轉引行險惡溪林中,寠胼胝破碎,血出被踝躪不已。至極寂處,乃蹴而委之地,出腰鍁听"听"字疑原爲"斫"字。之。寠隕絶,富子不審,謂死矣。哭下山,謂艷者:“若夫君嚙於虎矣,若如何。”婦惟哭。富子又謂言:“哭無爲,吾試同若往檢覓,不見乃更造計耳。”婦亦從之,偕上山。富子又宛轉引行别險惡溪林中,至極寂處,擁而求淫之。婦未答,忽真虎出叢柯間,咆哮奮前,嚙富子去，斃焉。婦驚定，心念彼習行且爾，吾夫其果在虎腹中矣，不怨客。轉身而歸，迷故途而哭。倏見一人步於旁，問故，婦陳之。人言："爾勿哭，當告之官，得歸，爾舟在彼。"導之返，見舟而滅，蓋神云。婦登舟，莫爲計。俄而山中又一人哭以出，遙察之，厥雄也。婦疑駭其夫鬼歟；夫亦疑婦當爲賊收矣，何尚獨存哉？既相逼，果夫果妻也，相携大慟而蘇，各道故。夫曰："彼圖淫若，固未淫若；圖死我，固未死我，則我可置我憾也。"婦曰："我苦若死，若固不死；圖報賊，賊固自得報矣，我憾亦何不可置哉。"於是更悲而慰，更哭而笑，終歸完於鄉。祝子曰：視賊始謀時，何義哉。已乃以巧敗，受不義之誅於虎，虎亦巧矣。非虎也，天也。使婦不遇虎，得理於人，而報賊且未必遂，遂且未若此快也。故巧不足以盡虎，以義表焉可也。

（以上入話）

〔太平廣記卷四百二十八勤自勵條引唐戴孚廣異記〕　漳浦人勤自勵者，以天寶末充健兒，隨軍安南及擊吐蕃，十年不還。自勵妻林氏，爲父母奪志，將改嫁同縣陳氏。其婚夕，而自勵還。父母具言其婦重嫁始末。自勵聞之，不勝忿怒。婦宅去家十餘里。當疑本作"嘗"。破吐蕃得利劍；是晚，因仗劍而行，以詣林氏。行八九里，屬暴雨天晦，進退不可。忽遇電明，見道左大樹有旁孔，自勵權避雨孔中，須臾復去。自勵聞有人呻吟。徑前捫之，即婦人也。自勵問其爲誰。婦人云："己是林氏女，先嫁勤自勵爲妻。自勵從軍未還，父母無狀，見逼改嫁，以今夕成親。我心念舊，不肯再見。當作"醮"。憤恨莫已，遂持巾於宅後桑林自縊，爲虎所取。幸而遇君。今猶未損，倘能相救，當有後報。"自勵謂曰："我即自勵。原脫"勵"字，今徑補也。曉當作"晚"。還至舍，父母言君適人，故仗劍而來相訪。何期於此相遇！"乃相持而泣。頃之，虎至。初大吼叫，然後倒身入孔。自勵以劍揮之，虎腰中斷。恐又有虎，故未敢出。尋而月明。後果一虎至，見其偶斃，吼叫愈甚。自爾復倒入，又爲自勵所殺。乃負妻還家。今尚無恙。

（以上正傳）

小水灣天狐詒書

醒世恒言卷六

〔梁吳均續齊諧記〕　弘農楊寶性慈愛。年九歲至華陰山，見一黃雀爲鴟梟所搏，墜於樹下，<small>顧氏文房小説本作"逐樹下"。後漢書楊震傳注引續齊諧作"墜於樹下"，今據之。</small>傷瘢甚多，宛轉復爲螻蟻所困。寶懷之以歸，置諸梁上。夜聞啼聲甚切，親自照視，爲蚊所嚙。乃移置巾箱中。啖以黃花。逮十餘日<small>後漢書注作"百餘日"。</small>毛羽成，飛翔。朝去暮來，宿巾箱中。如此積年。忽與群雀俱來，哀鳴，繞堂。數日乃去。是夕，寶三更讀書，有黃衣童子向寶再拜，<small>"向寶再拜"四字，據後漢書注增。</small>曰："我王母使者。昔使蓬萊，爲鴟梟所搏。蒙君之仁愛見救。今當受賜南海。"別以四玉環與之，曰："令君子孫潔白，且位登三事，<small>顧氏文房小説本作"且從登三公事"。據後漢書注改。</small>如此環矣。"寶之孝大聞天下，名位日隆。子震。震生秉。秉生賜。賜生彪。四世名公。<small>自"震"至"彪四世"，顧氏文房小説本缺一世，誤作"秉生彪"，今據後漢書補正。</small>及震葬時，有大鳥降，人皆謂真孝招也。

（以上入話）

〔太平廣記卷四百五十三王生條<small>引唐張薦靈怪集，談本作靈怪録</small>〕杭州有王生者，建中初辭親之上國，收拾舊業，將於親知，求一官耳。行至圃田，<small>圃田謂鄭州。話本改爲樊川。</small>下道尋訪外家舊莊。日晚，柏林中見二野狐倚樹如人立，手執一黃紙文書，相對言笑，旁若無人。生乃叱之；不爲變動。生乃取彈，因引滿彈之，且中其執書者目。二狐遺書而走。王生遽往，得其書，才一兩紙。文字類梵書，而莫究識。遂緘於書袋中而去。其夕，宿於前店。因話於主人，方訝其事，忽有一人携裝來宿，眼疾之甚，若不可忍，而語言分明。聞王之言，曰："大是異事，如何得見其書？"王生方將出書，主人見患眼者一尾垂下牀，因謂生曰："此狐也。"王生遽收書於懷中，以手摸刀逐之。則化爲狐而走。一更後，復有人扣門。王生心動曰："此度更來，當與刀箭敵汝矣。"其人隔門曰："爾若不還我文書，後無悔也。"自是更無消息。王生秘其書，緘縢甚密。行至都下，以求官伺謁之事期方賒緩，即乃典貼舊業田園，卜居近坊，爲生生之計。月餘，有一僮自杭州而至，縗裳入門，手執凶訃。王生迎而問之，則生已丁家難矣。數日聞慟。句有誤。生因視其書，則母之手字，云："吾本家秦，不願葬於外地。今江東田地物業，不可分毫破除。但都下之業，可一切處置，以資喪事。備具皆畢，然後自來迎節。"王生乃盡貨田宅，不候善價。得其資，備塗芻之禮，無所欠少。既而復籃舁東下，以迎靈輿。及至揚州，遙見一船子，上有數人，皆喜笑歌唱。漸近視之，則皆王生之家人也。意尚謂其家貨之，今屬他人矣。須臾，又有小弟妹搴簾而出，皆綵服笑語。驚怪之際，則家人船上驚呼，又曰："郎君來矣，是何服飾之異也！"王生潛令人問之，乃聞其母驚出。生遽毀其縗經，行拜而前。母迎而問之。其母駭曰："安得此理！"王生乃出母送遺書，乃一張空紙耳。母又曰："吾所以來此者，前月得汝書，云近得一官，令吾盡貨江東之産，爲入京之計。今無可歸矣！"及母出王生所寄之書，又一空紙耳。王生遂發使入京，盡毀其凶喪之具。因鳩集餘資，自淮卻扶侍且往江東。所有十無一二，纔得數間屋至"至"字誤。以庇風雨而已。有弟一人，別且數歲，一旦忽至。見其家道敗落，因徵其由。王生具話本末，又述妖狐事，曰："但應以此爲禍耳。"其弟驚嗟。因出妖狐之書以示之。其弟纔執其書，退而置於懷中，曰："今日還我天書。"言畢，乃化作一狐而去。

　　（以上正傳）

錢秀才錯占鳳凰儔

醒世恒言卷七

　　〔情史卷二吳江錢生條〕　萬曆初，吳江下鄉，有富人子顏生喪父，未娶。洞庭西山高翁女，有美名。顏聞而慕之，使請婚焉。高方妙選佳婿，必欲覿面。而顏貌甚寢，乃飾其同窗表弟錢生以往。高翁大喜，姻議遂成。顏自以爲得計。及娶，而高以太湖之隔，必欲親迎，且欲誇示佳婿於親鄰也。顏慮有中變，與媒議，復凂錢往。既達，高翁大會賓客。酒半，而狂風大作，舟不能發。高翁恐誤吉期，欲權就其家成禮。錢堅辭之。及明日，風愈狂，兼雪。衆賓俱來慫恿。錢不得已而從焉。私語其僕曰："吾以成若主人之事，明神在上，誓不相負。"僕唯唯，亦未之信也。合巹之三日，風稍緩，高猶固留。錢不可。高夫婦乃具舫自送。僕者棹小舟，疾歸報信。顏見風雪連宵，固已氣憤；及聞錢權作新郎，大怒。俟錢登岸，不交一語，口手并發。高翁聞而駭然。解之，不能。乃堅叩於旁之人，盡得其實。於是訟之縣官。錢生訴云："衣食於表兄，唯命是聽。雖三宵同臥，未嘗解衣。"官使穩婆驗之，固處子也。顏大悔，願終其婚；而高翁以爲一女無兩番花燭之理。官乃斷歸錢而責媒。錢竟與高女爲夫婦。錢貧儒，賴婦成家焉。

　　情史吳江錢生條後有附記一條專論話本。其文並録於下："小説有錯占鳳凰儔。顏生名俊。錢生名青。高翁名贊。媒爲尤辰。縣令判牒云：‘高贊相女配夫，乃其常理；顏俊借人飾己，實出奇聞。東牀已招佳選，何知以羊易牛？西鄰縱有責言，終難指鹿爲馬。兩番渡河，不讓傳書柳毅；三宵隔被，何慚秉燭雲長？風伯爲媒，天公作合。佳男配了佳婦，兩得其宜；求妻到底無妻，自作之孽。高氏斷歸錢青，不須另作花燭。顏俊既不合設騙局於前，又不合奮老拳於後。事既不諧，姑免罪責。所費聘金，合助錢青，以贖一擊之罪。尤辰往來煽誘，實啟釁端，重懲示儆。’沈伯明爲作傳奇。”

按：傳奇名望湖亭，今存。

喬太守亂點鴛鴦譜
醒世恒言卷八

〔明王同軌耳談類增卷八娶婦得郎條〕　毗陵人有女，且于歸，而婿病劇。婿家貧，利女奩具，故强迎女視婿。女家難之，而又迫於求，欲卻不能。因計其子年貌甚類娣，遂飾子往。故稱未成禮，不宜見尊親，常蔽其面。婿家不知，以婿之妹伴嫂宿於別室。是夜婚合。越三日，女家迎女歸，妹自陳嫂是男子，已爲我婿矣。婿家大恚，訟於御史臺。朱公節曰：“渠不宜以男往，爾奈何以女就之乎？殆是天緣。”聽其自配。後婿病亦愈。女竟得歸。一嫁女而得婦，一娶婦而得郎。虛往實還，網魚得鱐矣。陶駕部考其姓名，令美曲者爲雜劇，盛行於杭越之間。

〔笑史卷三十四嫁娶奇合條〕　嘉靖間，崑山民爲男聘婦，而男得痼疾。民信俗有冲喜之說，遣媒議娶。女家度婿且死，不從。强之，乃飾其少子爲女，歸焉。將以爲旬日計。既草率成禮，男父母謂男病不當近色，命其幼女伴嫂寢。而二人竟私爲夫婦矣。逾月，男疾漸瘳。女家恐事敗，紿以他故，邀假女去。事寂無知者。因女有娠，父母窮問得之。訟之官，獄連年不解。有葉御史者，判牒云："嫁女得媳，娶婦得婿。顛之倒之，左右一義。"遂聽爲夫婦焉。吳江沈寧庵吏部作四異記傳奇。

　　情史卷二崑山民條亦載此事，文與笑史同。惟後有附記一條云：小説載此事，病者爲劉璞。其妹已許字裴九之子裴政矣。璞所聘孫氏，其弟孫潤，亦已聘徐雅之女。而潤以少俊代姊沖喜，遂與劉妹有私。及經官，官乃使孫劉爲配，而以孫所聘徐氏償裴。事更奇。其判牒云："弟代姊嫁，姑伴嫂眠。愛女愛子，情在理中；一雌一雄，變出意外。移乾柴近烈火，無怪其燃；以美玉配明珠，適獲其偶。孫氏子因姊而得婦，搜處子不用逾牆；劉氏女因嫂而得夫，懷吉士初非炫玉。相悦爲婚，禮以義起；所厚者薄，事可權宜。使徐雅別婿裴九之兒，許裴政改娶孫郎之配。奪人婦人亦奪其婦，兩家恩怨總息風波；獨樂樂不若與人樂，三對夫妻各諧魚水。人雖兑换，十六兩原只一斤；親是交門，五百年必非錯配。以愛及愛，伊父母自作冰人；非親是親，我官府權爲月老。已經明斷，各赴良期。

　　〔清平步青霞外攟屑卷四朱存齋比部軼事〕　今古奇觀小説卷二十八有喬太守亂點鴛鴦譜一則，近已抽毁。然實明嘉靖時白洋朱存齋比部筮官松江通判攝府時事。據家傳：按上文妒婦傳條云：予所見白洋朱氏譜，僅鈔本二帙，皆家傳，非全譜也。卷端有順治戊戌仲冬夏夫序，傳分子目十六，曰：碩德、筮仕、儒林、逸民、遺佚、遊俠、正己、射書數(原注云合三爲一傳)、貨殖、方士、日者、畸行、懿範、烈婦、節婦、妒婦，各繫以小序。"俞姓者，未婚。適婿遘疾篤，舅姑欲納婦以徵喜，姻畢即返。卻之不得。行將恐其勿愈也，致累吾女，遂以弟文而往。至則其婿果因疾篤不能起，而以其女弟文之而將事。留廟見，不即返。仍以其女陪嫂宿焉。歸寧之日，始覺爲婦所賣。訟之公。公詢之，俱未冰聘。因判合焉。載在傳奇，彰彰如也。"譜所云傳奇，即此出，特易朱爲喬耳。朱後官南刑部廣東司郎中。嚴嵩婿犯法，一日殺七命。撫按不敢問。有控之南部者。公與大司寇何鰲按其事。嵩以二函一投公一投鰲求釋，公超擢，鰲北轉。廷鞫時，公廉得其實，竟議辟。鰲懼，以嵩屬懇公。公峻拒之。鰲愈迫，計無所出，遂親至公案，以手止公，因令公成牘。公憤甚，因以墨塗鰲面，直指其奸。相爭於堂上。毁冠，裂袍帶，棄官歸。而鰲因是得移北，有殺楊忠愍公之獄。按：事見明史楊繼盛傳，乃嘉靖三十四年事。鰲嘉靖三十一年九月任北刑部尚書，三十五年十二月致仕。蓋舊制郎執筆，尚書簽押而已。比部有此大節足傳，其判俞氏婚亦隱惡得情，不害其良史。或以遊戲作劇譏之，過矣。堅瓠癸集卷三姑嫂成婚條引暇弋編，作孫潤、劉女。其判語與小説略同。秘集卷四引濯纓亭雜記，則又以劉爲王，正德間事。殆一事誤傳。

陳多壽生死夫妻

醒世恒言卷九

〔明許浩復齋日記上〕　陳壽，分宜人，聘某氏。未成婚而壽得癩疾，其父令媒辭絕。女泣不從，竟歸壽。應重"壽"字。以己惡疾，不敢近。女事之三年不懈。壽念惡疾不可瘳，而苟延旦夕以負其婦，不如死。乃私市砒，欲自盡。婦覘之，竊飲其半，冀與俱殞。壽服砒大吐，而癩頓愈。婦一吐不死。夫婦偕老，生二子，家道日隆。人皆以爲婦貞烈之報。安成李翰爲予言之如此。

劉小官雌雄兄弟

醒世恒言卷十

〔耳談類增卷八劉方劉奇夫婦條〕　劉方，方姓女也。年十三，僞爲男子，從父扶母喪還鄉。父死於河西務劉叟家。叟無子，遂爲之子，曰劉方。後叟復收一人爲長子，亦避難來從者，曰劉奇。已叟死。二子皆議婚，方不從。奇爲燕詩以悟弟曰："營巢燕，雙雙雄。辛苦營巢巢始容。若不尋雌寄殼卵，巢成畢竟巢還空。"方和曰："營巢燕，雙雙飛。天設雌雄事久期。雌兮得雄願已足，雄兮得雌胡不知？"奇見詩，大疑。方以實告，始知是女子，便欲合婚。方曰："雖爲自配，實亦天緣。須告三墳，會親友，庶不爲野合。"從之。後成鉅族，號"劉方三義"云。事見明詩正聲。千頃堂目明詩正聲有二本：一爲穆光胤本，一爲盧純學本。各六十卷。盧本未見。穆本今有日本亨保間刊本，中無劉方、劉奇事。

〔情史卷二劉奇條〕　宣德間，河西務劉翁夫婦，業沽酒，家亦小康。年俱六十餘，無子。值雪天，有童子少俊，隨父投宿。及明，父病寒不能興，數日竟死。劉爲殯於屋後，此童遂留爲兒。不没本姓，命名劉方，克盡子道。居二載，復値大風，有少年舟覆遇救，堅持一竹籠，哭泣不止。叩之，則山東劉奇。父以三考聽選，舉家在京。遭時疫，父母俱喪。無力扶柩，此籠中乃火化遺骨也。既被溺，行李蕩然，無復歸計。劉翁惻然，爲助資斧。奇去月餘，復負籠而來，云："故鄉遭河決，已漂盡矣。願乞片地埋骨，而身爲僕役以報。"劉翁許之。奇與方遂爲兄弟。同眠共食，情愛甚篤。奇頗通文理，因教方讀書。方亦日進。久之，劉翁夫婦俱殁，二人喪之如嫡。方復往京，移母柩至，與父合葬。三家之墳，如鼎峙焉。事畢，停沽酒而開布肆，家事日起。鎮富民有來議姻者，劉奇欲之，而方執意不可。奇不能強。一日，見梁燕營巢，奇題一詞於壁云："營巢燕，雙雙雄。朝暮啣泥辛苦同。若不尋雌繼殼卵，巢成畢竟巢還空。"方見之，笑誦數次，亦援筆和詞云："營巢燕，雙雙飛。天設雌雄事久期。雌兮得雄願已足，雄兮將雌胡不知？"奇覽和，大驚曰："吾弟殆木蘭乎？自同臥以來，即酷暑未嘗赤體，合之題詞，情可知也。"乃佯爲不悟，使方再和一詞。方復書云："營巢燕，聲聲叶。莫使青春空歲月。可憐和氏璧無瑕，何事楚君終不識？"奇笑曰："吾弟果女子也。"方聞言，面發赤，未及對。奇復云："你我情同骨肉，何必隱諱。但不識何故作此妝束？"方蹙額告云："妾家向寓京師。因母喪，隨父還鄉。恐中途不便，故爲男扮。後因父没尚埋淺土，未得與母同穴，故不敢改形。欲求一安身之地，以厝先靈。幸葬事已畢，即欲自明；思家事尚微，兄獨力難成，故復遲遲耳。"奇云："爾我同榻數年，愛逾嫡血，弟詞中已有俯就之意，我亦決無更娶之理。昔爲兄弟，今爲夫婦，恩義兩全，不亦可乎？"方曰："妾籌之熟矣。三宗墳墓，俱在於斯。棄此而去，亦難恝然。兄若不棄陋質，使侍箕帚，共奉三姓香火，妾之願也。"是兩人遂分席而臥。次日，奇請鎮中年老者爲媒，擇吉告於三墓，遂成花燭。里中傳爲異事，因名其地爲三義村。

鬧樊樓多情周勝仙
醒世恒言卷十四

〔宋廉布清尊錄原本説郛卷十一〕大桶張氏者，以財雄長京師。宋朱弁曲洧舊聞載張能臣所記天下酒名，京師市店有豐樂樓之眉壽和旨、大桶張宅園子正店之仙醥。凡富人以錢委人，權其出入而取其半息，謂之行錢。富人視行錢如部曲也。或過行錢之家，設特位，置酒，婦人出勸，主人乃立侍。富人遜謝，强令坐。再三，乃敢就位。張氏子年少，父母死，主家事，未娶。因祠州西灌口神歸，過其行錢孫助教家。孫置酒。酒數行，其未嫁女出勸，容色絕世。張目之，曰："我欲娶爲婦。"孫惶恐不可。且曰："我公家奴也。奴爲郎主丈人，鄰里笑怪。"張曰："不然。煩主少錢物耳，豈敢相僕隸也。"張固豪侈，奇衣飾。即取臂上所帶古玉條脱與女，且曰："擇日納幣也。"飲罷，去。孫鄰里交來賀，曰："有女爲百萬主母矣。"其後，張別議婚。孫念勢不敵，不敢往問期。而張亦恃醉戲言耳，非實有意也。逾年，張婚他族。而孫女不肯嫁。其母曰："張已娶矣。"女不對，而私曰："豈有信約如此而別娶乎？"其父乃復因張與妻祝神回並邀飲其家，而使女窺之。既去，曰："汝見其有妻，可嫁矣！"女語塞。去房內蒙被，俄頃即死。父母哀慟，呼其鄰鄭三者告之，使治其喪。鄭以送喪爲業，世所謂作作行者也。且曰："小口死，勿停喪。即日穴壁出瘞之。"告鄭以致死之由。鄭辦喪具，見其臂古玉條脱。鄭心利之，乃曰："某有一園，在州西。"孫謝之曰："良便，且厚相酬。"號泣不忍視，急揮去。即與親族往送其殯而歸。夜半月明，鄭發棺欲取條脱。女蹶然起。顧見鄭，曰："我何故在此？"女"女"字據投轄錄增。亦幼識鄭。鄭以言恐之"之"字據投轄錄增。曰："汝之父母怒汝不肯嫁而念張氏，若辱其門戶，使我生理汝於此。我實不忍，乃私發棺。而汝果生。"女曰："第送我還家。"鄭曰："若歸，必死。我亦得罪矣。"女不得已，聊從鄭匿它處以爲妻。完其殯而徙居州東。鄭有母，亦喜其子之有婦。彼小人，不暇究所從來也。積數年，女每語及張氏，猶忿恚，欲往質問前約者。鄭每勸阻防閑之。崇寧元年，聖端太妃上仙。"聖端太妃"當作"聖瑞太妃"，乃哲宗生母朱氏也。朱氏神宗婕妤，哲宗立，尊爲皇太妃，名所居爲聖瑞宮。徽宗立，尊爲聖瑞皇太妃。崇寧元年二月，聖瑞皇太妃薨，追尊爲皇太后。四月上尊謚曰欽成。見宋史徽宗紀及后妃傳。投轄錄作"欽

成上仙"。鄭當從御輦至永安。永安縣屬西京河南府,北宋諸陵在此。將
行,祝其母:勿令婦出遊。居一日,鄭母晝睡,孫出儌馬,直詣張
氏門。語其僕曰:"孫氏第幾女欲見某人。"其僕往通。張驚且
怒,謂僕戲己,罵曰:"賤奴,誰教汝如此?"對曰:"實有之。"乃與
其僕俱往視焉。孫氏望見張,跳踉而前,曳其衣,且哭且罵。其
僕以婦女不敢往解。張以爲鬼也,驚走。女持之益急。乃擘其
手。手破,流血。推仆地,立死。儌馬者恐累己,往報鄭母。母
訴之有司。因追鄭對獄,具狀。已而園陵覆土。鄭發冢,罪該
流,值赦得原。而張實傷女而殺之,雜死罪也。雖奏獲貸,猶杖
脊。竟憂畏死獄中。時吳興顧道"興"字疑誤。投轄録作"吳拭顧道"。按
金史吳激傳云激建州人,父拭,宋進士,官終朝奉郎知蘇州。當即此吳拭。尹
京云。

〔夷堅支庚卷一鄂州南市女條〕　鄂州南草市茶店僕彭先
者,雖廛肆細民,而姿相白晳若美男子。對門富人吳氏女,每於
簾內窺覘而慕之。無由可通繾綣,積思成瘵疾。母憐而私扣之,
曰:"兒得非心中有所不愜乎?試言之。"對曰:"實然。怕爲爺娘
羞,不敢説。"强之再三,乃以情告。母語其父。以門第太不等,
將詒笑鄉曲,不肯聽。至於病篤。所親或知其事,勸吳翁使勉從
之。吳呼彭僕諭意,謂必歡喜過望。彭時已議婚,鄙其女所爲,
出辭峻卻。女遂死,即葬於百里外本家喪中。凶儀華盛,觀者歎
詫。山下樵夫少年,料其壙柩瘞藏之物豐備,遂謀發冢。既啟
棺,扶女屍坐起剥衣;女忽開目相視,肌體温軟,謂曰:"我賴爾力
幸得活,切勿害我。候黄昏,抱歸爾家將息。若幸安好,便做爾
妻。"樵如其言,仍爲補治壙穴而去。及病愈,據以爲妻。布裳草
履,無復昔日容態。然思彭生之念不暫忘。乾道五年春,紿樵
云:"我去南市久,汝辦船載我一遊。假使我家見時,喜我死而復
生,必不究問。"樵與俱行。才入市,徑訪茶肆。登樓,適彭携瓶

上。女使樵下買酒，亟邀彭，並膝，道再生緣由，欲與之合。彭既
素鄙之，仍知其已死，批其頰曰："死鬼，爭敢白晝現行！""行"疑當
作"形"。女泣而走。逐之，墜於樓下。視之，死矣。樵以酒至，執
彭赴里保。吳氏聞而悉來，守屍悲哭，殊不曉所以生之故。並捕
樵送府。遣縣尉詣墓審驗，空無一物。獄成，樵坐破棺見屍論
死；彭得輕比。雲居寺僧了清，是時抄化到鄂，正睹其異。清尊
錄所書大桶張家女，微相類云。

赫大卿遺恨鴛鴦縧
醒世恒言卷十五

〔情史卷十八赫應祥條〕　監生赫應祥，江右人。落拓不羈，
以風流自命。歌館花臺，無不遍歷。偶尋春郊外，行倦，求水不
得。忽聞聲出林間，趨而投之，女真庵也。生登階揚聲。女童
出，延客坐。少頃，一尼至，向生稽首，天然艷冶，坐定，詢生居止
姓字，何以至此。生詳告之，且求漿止渴。尼命烹茶。談論頗
洽。女童報："茗熟矣！"揮客入內。曲欄幽檻，紙帳梅花。壁供
觀音大士像，几置貝葉經。生翻視之，金書小楷，體類松雪。卷
後志年月，下書空照寫。尼手筆也。橫絲桐於古紋石上。窗前
植修竹數竿。生履其境，別一洞天，非復在塵寰中矣。尼爇涎於
鼎，酌茗奉生，而和琴以進。生鼓關雎以動之。尼深歎其妙，亦
自操離鸞之調，音韻凄切。生傾聽，不覺前席。時天色漸暝，生
故淹留不去。尼曰："郎君行館何方？此時當回。"生曰："某寓在
成賢街，去此二十里。都門已闔，欲暫借蒲團趺坐聽講，不知桃
源中人能相容否？"尼微笑曰："何家阮郎，敢冒入此？第念歸路
既遙，聊宿一宵，亦無不可。"敬致謝。女童秉燭至，酒饌隨列。
兩人對酌，雜以諧詼。尼亦情動，遂攜手歸寢。晨起，方櫛沐，已

報鄰尼靜真來訪。生隱於屏後窺之，容亦姝麗。靜真笑問照曰：
"聞卿昨得情郎，温雅有文，願得一見。"照笑不答。靜真起索之。
方轉屏而生裾露。遂出相見。真見生舉止風流，流盼久之。臨
別，指其室謂生曰："彼此咫尺，能往顧否？"生往報謝。真留生
飲，並招照。照坐未久，託事先歸。生試挑之，遂與私焉。繇是
往來兩院，歡浹無間。兩尼惟恐失生意，奉之者無不至。淹留洽
旬，樂而忘返。生忽染一疾，竟至不起。潛瘞庵後，人無知者。
家人困生久不歸，意爲人謀害，出榜尋覓，杳無影響。後緣修造，
見本匠腰繫舊紫絲縧，生故物也。僕識之，告於主母。詢匠："何
繇得此？"云："得於某庵天花板上。"執縧聞官。捕尼至，一訊而
服。然以生實病故，非尼所害，但杖而遣之還俗云。出涇林雜
記。涇林雜記，明周復俊撰。復俊字子籲，太倉州人。嘉靖壬辰進士，仕至南京太
僕寺卿。

陸五漢硬留合色鞋

醒世恒言卷十六

〔耳談類增卷六臨海令決獄〕　浙之臨海縣以畫旗導新秀才
適黌宮。某家樓臨街，有女窺見一生韶冶，悦之。適一賣婆在
旁，曰："此我鄰家子。今爲小娘執伐，佳偶成矣。"女不言。賣婆
又以意誘生。生唾之，不從。賣婆子固無賴，因假生夜往，女不
能辨。久益纏綿。一日，其家有舍客官人夫婦，因移女而以榻寢
之。其夜，有人雙斷舍客首。明發，以聞於令長。以爲其家殺
之，而橐裝無損，殺之何爲？問："榻向夜寢誰氏？"曰："是其女
榻。"令立逮其女至，作威震之曰："汝姦夫爲誰？"曰："是某秀
才。"又立逮生至，曰："賣婆語有之，何嘗至其家？"又問女："秀才
身有何暗記？"曰："臂有痣。"視之，無有。令沉思曰："賣婆有子

乎?"曰:"有之。"逮其子至,視臂有痣。曰:"殺人者汝也。"即自
輸服。始假生與女姦,既夜至,捫枕上得頭一雙,以爲女有他姦,
故憤拔佩力併殺之,而不知客夫婦也。即日械繫抵死。士由是
得洗冤。黃邑博士臨海陳公談。

〔智囊補卷十臨海令〕　臨海縣迎新秀才適黌宮,有女窺見
一生韶美,悅之。一賣婆在旁曰:"此吾鄰家子也。爲小娘子執
伐,成佳偶矣。"賣婆以意誘生,生不從。賣婆有子無賴,因假生
夜往,女不能辨。一日其家舍客夫婦,因移女,而以女榻寢之。
夜有人斷其雙首以去。明發,以聞於縣,令以爲其家殺之,而囊
裝無損,殺之何爲? 乃問:"榻向寢誰?"曰:"是其女。"令曰:"知
之矣。"立逮其女,作威震之曰:"汝姦夫爲誰?"曰:"某秀才。"逮
生至,曰:"賣婆語有之,何嘗至其家?"又問:"秀才身有何記?"
曰:"臂有痣。"視之,無有,沉思曰:"賣婆有子乎?"逮其子,視臂,
有痣,曰:"殺人者汝也。"刑之,即日輸服。蓋其夜捫得骿首,以
爲女有他姦,殺之。生由是得釋。

〔明周玄暐涇林續記涵芬樓秘笈八集本。明周玄暐涇林續記有涵芬樓
秘笈八集本,有功順堂叢書本。可互校其文字。〕　富室子張蓋,日事遊冶。
偶見臨街樓上有少女,姝麗,凝眸流盼,不能定情。遂時往來其
下,故留連以挑之,女亦心動。一夕月明,女方倚窗遠眺,生用汗
巾結同心方勝投之,女報以紅繡鞋。兩情甚濃,奈上下懸絕,無
繇聚晤。生遍訪熟於女家者,得花粉陸嫗,訴以衷情,並致重賂。
嫗許爲傳達,遂懷鞋至女室,微露其意。女面發赤,初諱無者,嫗
備道生懷想真切,且出鞋示之,女弗能隱,因就嫗求計。嫗令將
布聯接,長可至地,俟生至,咳嗽爲號,開窗垂布,令緣之而登。
因訂期今夕,女許諾。嫗即詣生復命,會他出。嫗歸至門,其子
方操刀欲屠豕,呼母共縛之。宛轉間,袖中鞋不覺墮地。詰其
故,嫗弗能隱,子曰:"審爾! 慎不可爲,倘事洩,其禍非小。"嫗

曰：“業已期今夜矣。”子發怒曰：“不聽我言，當執此聞官，免累及我。”因取鞋藏之，嫗無如之何。適張令人問訊，嫗因失鞋，無所藉手，漫言復之，令其徐圖。張聞言，意亦懈。屠遂秉夜潛往，果見樓窗半啟，女倚欄凝睇，若有所俟。屠微嗽，女即用布垂下，援之登樓，闇中以爲張也，携手入寢。屠出鞋授之，縷述情款，女益無疑。將曉，復垂而下。綢繆無間，將及半年，父母頗覺，切責其女，欲加箠楚。女懼。是夜屠至，爲道父母嚴譴，“今後姑勿來，俟親意稍回，更圖再聚。”屠口唯唯，而心發惡。俟女睡濃，潛下樓，取厨刀殪其父母，俟曉遁去。女不知也。日高而户尚扃，鄰人大呼，不應。女驚，下樓諦視，則父母身首已離矣。惶駭啟門，鄰人共執女赴官。一加拷訊，女即吐露。亟逮張至，稱：“並未知情。”女怒罵，細陳其詳。官嚴加拷掠，不勝楚毒，遂自誣服。與女皆論斬。下獄。張謂獄卒曰：“吾實不殺人，亦未嘗與女私通，而一旦罹大辟，命也！第女言縷縷，真若有因者。今願以十金贈君，幸引我至女所，細質其詳，死亦瞑目。”卒利其賄，許之。女一見生痛恨，大慟曰：“我一時迷惑，失身於汝，有何相負，而殺我父母，致害妾命！”張曰：“始事雖有因，而嫗謂事不諧，我遂絶望。何嘗一登汝樓？”女曰：“嫗定策用布爲梯，汝是夜即至，仍用鞋示信。嗣後，每夕必來，奈何抵諱？”張曰：“此必奸人得鞋，携來誑汝。我若果至，則往來半載，聲音形體，豈不識熟？爾試審視，曾相類否？”女聞言躊躇，注目良久，似有所疑。生復固問之，女曰：“聲口頗不似，形軀亦肥瘦弗等。向來闇中無繇詳察，止記腰間有瘡痕腫起如錢大，可驗視有無，則真僞辨矣。”張遂解衣，衆持燭共視，無有，知必他人妝害，咸爲稱冤。明旦，張具以鳴官，且言曾以鞋受嫗狀。逮嫗刑鞫，具道子語；拘子至，裸而驗之，瘡痕儼然。乃置屠於理，而張得釋。

張孝基陳留認舅

醒世恒言卷十七

〔宋方勺泊宅編卷六讀畫齋叢書本〕　許昌士人張孝基，娶同里富人女。富人只有一子，不肖；斥遂之。富人病，且死，盡以家財付孝基。孝基二字據厚德録卷一引泊宅編補。與治後事，如禮。久之，其子丐於塗。孝基見之，惻然，謂曰："汝能灌園乎？"答曰："如得灌園以就食，何幸！"孝基使灌園。其子稍自力。孝基怪之，復謂曰："汝能管庫乎？"答曰："得灌園已出望外，況管庫乎？"乎"字據厚德録引補。又何幸也！"孝基使管庫。其子頗馴謹，無他過。孝基徐察之，知其能自新，不復有故態，遂以其父所委財産歸之。此似法華窮子之事。其子自此治家勵操，爲鄉閭善士。不數年，孝基卒。其友數輩遊嵩山，忽見旌幢驕御滿野，如守土大臣。竊視專車者乃孝基也。驚喜前揖，詢其所以致此。孝基曰："吾以還財之事，上帝命主此山。"言訖不見。

按：讀畫齋叢書所收泊宅編是十卷宋本，首洪興祖序。明商浚稗海所收泊宅編是三卷本，中無此條。

白玉娘忍苦成夫

醒世恒言卷十九

〔元陶宗儀輟耕録卷四賢妻致貴條〕　程公鵬舉在宋季被虜於興元版橋張萬户家爲奴。張以虜到官家女某氏妻之。既婚之三日，即竊謂其夫曰："觀君之才貌非久在人後者，何不爲去計，而甘心於此乎？"夫疑其試己也，訴於張。張命笞之。越三日，復告曰:"君若去,必可成大器。否則終爲人奴耳。"夫愈疑之,又訴於張。張命出之,遂鬻於市人家。妻臨行,以所穿繡鞋一易程一履,泣而曰:"期執此相見矣。"程感悟,奔歸宋。時年十七八,以蔭補入官。迨國朝統一海寧,程爲陝西行省參知政事。自與妻別已三十餘年,義其爲人,未嘗再娶。至是,遣人携向之鞋履往興元訪求之。市家云:"此婦到吾家執作甚勤,遇夜未嘗解衣以寢;每紡績達旦,毅然莫可犯。吾妻異之,視如己女。將半載,以所成布疋償元鬻鏹物,乞身爲尼。吾妻施貲以成其志。見居城南某庵中。"所遣人即往尋見,以曝衣爲由,故遺鞋履在地。尼見之,詢其所從來。曰:"吾主翁程參政使尋其偶耳。"尼出鞋履示之,合。亟拜曰:"主母也。"尼曰:"鞋履復全,吾之願畢矣。歸見程相公與夫人,爲道致意。"竟不再出。告以參政未嘗娶,終不出。旋報程,移文本省遣使檄興元路。路官爲具禮,委幕屬李克復防護其車輿至陝西,重爲夫婦焉。

〔情史卷二程萬里〕宋末時彭城程萬里,尚書程文業之子也,年十九,以父蔭補國子生。時元兵日逼,萬里獻戰、守、和三策。以直言忤時宰。懼罪,潛奔江陵。未及漢口,爲虜將張萬户所獲。愛其材勇,携歸興元。配以俘婢,統制白忠之女也,名玉娘。忠守嘉定;城破,一門皆死,惟女僅存。成婚之夕,各述流離,甚相憐重。越三日,玉娘從内出,見萬里面有淚痕。知其懷鄉,乃勸之曰:"觀君才品必非久於人下者。何不早圖脱網,而自甘僕隸乎?"萬里不答,小念:此殆萬户遣試我也,婦人必不及此。明日以玉娘之言告萬户。萬户怒,欲撻玉娘。其妻解之而止。玉娘全無怨色。萬里愈疑。是晚,玉娘復以爲言,詞益苦。及明,萬里復告之。萬户乃鬻玉娘於人爲妾,而許萬里以別娶。萬里至是始自恨負此忠告,然已無及矣。玉娘臨行,以繡鞋一隻易其夫舊履;懷之,以爲異日萍水之券。自是萬里爲主人委任不

忌，竟以其間，竊善馬南奔。至臨安，值度宗方立，録用先臣苗
裔。萬里上書自陳，補福清尉。歷官閩中安撫使。宋亡，全城歸
元。加陞陝西行省參知政事。興元，陝所轄也。於是密遣僕往
訪繡鞋之事。玉娘初被鬻，縫其衣，死不受污辱。久之，因乞爲
尼，居曇花庵。僕蹤迹至庵，出鞋玩弄。有尼方誦經，睹鞋驚駭，
亦出鞋質之，相合。僕知是玉娘，跪致主人命，欲迎至任所。尼
謂僕曰："鞋履復合，吾願畢矣。我出家已二十餘年，絶意塵世。
寄語郎君：‘自做好官，勿以我爲念。’"僕曰："主翁念夫人之義，
誓不再娶。夫人不必固辭。"尼不聽，竟入內。僕使老尼傳諭再
四，終不肯出。僕不得已，以鞋履雙雙歸報萬里。乃移文本省，
檄興元府官吏具禮迎焉。夫婦年各四十餘矣。玉娘自謂齒長，
乃爲夫廣置姬妾，得二子。

張廷秀逃生救父

足本醒世恒言卷二十

〔八義雙杯記 古本戲曲叢刊二集影印明廣慶堂刊本〕　江西進賢縣
人張權，號仰亭，本世家。妻陳氏。有二子：長名廷秀、次名文
秀，督課詩書，均甚聰穎。張權挈家到姑蘇，既逢盜劫，適遇凶
年，生計奇窘。因幼年家用匠作，閑中看視，曾悉雕刻之技。遂
與二子商議，暫爲匠作，藉以謀生。時姑蘇城中專諸巷有王百萬
員外王憲，專賣玉貨，兼收古董。無子，止生二女，長女贅趙昂爲
婿，次女未字人。二女無名字，與小説不同。張權父子投王憲門下作
雕刻工匠。王憲因苦無子，商之張權，立廷秀爲嗣子。即延師課
廷秀、文秀讀書，而付張權百金，俾其回家生理。王憲爲次女擇
婿，欲贅廷秀，遣其三弟赴張權家爲媒行聘，婚約立成。長婿趙
昂極力撓阻未果，趙昂言廷秀出身微賤，王憲謂："汝不記玄妙觀

中時耶?"指趙昂好賭不才。趙怒甚。會王憲往淮安貿易。趙昂懷恨,欲謀陷張權,以銀十兩<small>小說作"五十兩"</small>。賂捕人楊洪買盜扳誣。<small>未言王憲長女主謀,楊洪亦非趙昂同窗,與小說不同。</small>楊洪囑繫獄盜犯段文、吉平<small>小說作"吉適、段文"</small>。扳張權爲窩主,曾分銀八十兩,衣飾二十兩。將張權逮案,屈打成招,變產賠贓。陳氏赴官聲冤,亦被判令官賣以補賠贓之不足。河南密縣人褚元<small>小說作"褚衛"</small>。無子,價買陳氏爲妾,並送陳氏至獄中探望張權,因見其夫妻母子哭泣不忍分離,遂決意不娶陳氏,亦不收原銀。張權感其意,即以次子文秀予褚元爲子,<small>小說作褚衛由水中救起文秀。</small>帶回河南,改名褚銳英。<small>小說作"褚嗣茂"。</small>陳氏則暫住王憲家。王憲歸後,趙昂賄囑王家僕人王義,讒害廷秀性好嫖賭、盜賣玉貨。王憲不察,遽逐廷秀。王憲妻私贈廷秀銀五百兩。其次女矢志不另嫁,以鴛鴦白玉杯一雙,雄杯與廷秀,自留雌杯,並勉其努力上進。廷秀赴南京納監,被騙子金才另以酒灌醉,竊去銀兩玉杯等物,只得學習古詞,鬻歌餬口。<small>小說作浙江紹興府孫尚書府戲班由水中將廷秀救起,強之習生腳。</small>山東北海郡人<small>小說作浙江寧海縣人。</small>邵承恩誕日,不願招戲班,僅延廷秀一人唱古詞,大加賞識。詢知家世,命題試文三篇,<small>小說作試詞一篇,並未限題。</small>亦甚佳妙。遂留爲子,改名爲邵祖仁。<small>小說作"邵翼明"。</small>新按院監察御史高鑒蒞境,提審張權。王憲次女恐張權即遭處決,備禮祭,並將其姑陳氏送至影山廟安身。按院審問時,見原案未獲張權原贓,深以爲疑,嚴刑鞫訊段文、吉平,段文等實供係楊洪囑扳,並捕楊洪訊明,依律反坐擬絞。張權得釋,到影山廟迎妻回家團聚。<small>小說作廷秀、文秀中進士居官後始爲父伸冤、出獄。</small>得到廷秀失玉杯者向王憲家配買其另一隻,王憲妻及次女見杯,睹物思人,頗爲感傷,乃另贈以玉杯一雙,而將雄杯留下,於是雙杯復合,存於女方。廷秀入邑庠,捷秋闈,赴京會試。途遇文秀,亦在河南秋闈獲雋,去應會試,兄弟遂同行,會試俱中試。文秀先歸豫再赴任。廷秀任揚州府推，<small>小説作常州推官。</small>先到王憲家。時值趙昂因王憲助銀援例，選得山西紅（洪）同縣主簿，<small>小説作縣丞。</small>衆親友作賀，方大排筵宴。廷秀故意敝衣以進，趙昂大加鄙薄，王憲妻命女取衣相易，入座飲酒。問其近況，答以被騙金書，鬻歌餬口，王憲大怒。廷秀正欲獻拔爲賀，適蘇州知府等官均來拜新進士邵祖仁，<small>即廷秀。</small>廷秀出見，王家人始大驚，趙昂即匆匆携妻赴任。王憲留知府等宴飲，談次，廷秀以父之冤獄請知府嚴究主名。廷秀與王憲次女成婚，知所失玉杯，仍歸原主。蘇州知府審問楊洪，證明係趙昂主使，將楊洪解赴紅（洪）同縣對審。文秀時任山西巡按，經審明後，將趙昂加責二十，轉解回籍處決，<small>小説作在王憲家逮捕，未赴洪同任。</small>發配邊方。<small>小説作問斬。</small>趙妻自縊死。廷秀將邵老夫婦接來同居。文秀後亦來省親，合家團聚。結果是三姓一門，共享幸福。

　　按：八義雙杯記情節比較簡單，王氏二女尚無名字。趙昂陷害張權，全出己意，王氏長女並未助惡。亦無趙昂囑楊洪投二子於水一場。文秀出繼褚姓，係由張權感德相贈。張權係由巡按高鑒審明開釋，在二子登科任官以前。趙昂僅發配邊方，並未問斬。揆諸始創者簡之義，此似係最初衍爲戲曲之原本。曲海總目提要所載雙杯記，似就前本改編，添入趙昂夫婦同惡相濟，並囑楊洪投廷秀等於水端。使情節更爲緊張，趙罪更爲深重。劇尾並改爲廷秀等登科後携父出獄，趙昂則赴晉被誅，雪冤懲惡，皆在一時，亦比較動人觀聽。醒世恒言張廷秀逃生救父一篇，似全以雙杯記爲藍本，再略加修飾。如以買盜誣陷一事全出瑞姐造意，並使趙昂未赴山西即在王家當場逮捕等節皆是。亦似未見八義雙杯記，如廷秀、文秀出繼後，原本均有改名，雙杯記則省略

之。故話本編者無從沿襲，只得另行編造，即其一證。按內
容情節之繁簡異同，其發展嬗變之過程，固了然在目也。

〔曲海總目提要卷四十雙杯記提要〕　不知何人所作。大略
據醒世恒言張廷秀逃生救父一節，劇中小有異同。因兄弟聯
登，故又名喜聯登。明萬曆間，江西進賢人張權，祖係富民，至權
貧竇，以匠作餬口。妻陳氏生二子：長曰廷秀，次曰文秀。家雖
窘，皆就塾讀書，甚聰敏。因避差役擾，徙僑蘇州閶門外。有專
諸巷王憲者，富而無嗣，止生二女：長瑞姐，字同里趙昂；次玉姐，
未納采。時爲瑞治妝奩，雇權作奩具。見廷秀俊偉，收爲嗣。助
權資斧，令改業。後覘廷秀勤學，即以次女訂絲蘿。初昂利憲財
產而入贅。及見憲待廷秀厚，夫婦深嫉之，欲陷權父子。遂賄捕
卒楊洪，誣權以盜，逮繫獄中。且唆憲逐廷秀。憲妻聞甚恚，取
二玉杯，一付己女，一遺廷秀而遣之；期後當再合也。廷秀痛父
冤，與弟詣上司辨控。昂復囑洪害於途。洪乃紿廷秀兄弟同舟，
投之江。適有河南商人褚衛販布潤州。聞呼撈救，得文秀。衛
乏嗣，即以文秀爲子，挈歸河南。廷秀亦得神力，吹傍蘆洲，遇金
陵客船救之去。憲遂逼玉改適。玉不從命，自經。母知，急救
醒。遂不復奪其志。廷秀在金陵，貧無倚，混迹俳優間。值台州
邵承恩任南京禮部。觀劇之次，見廷秀品不凡，詢其故而憫之，
遂收爲子，令勤讀。無幾，與弟文秀，各魁其鄉薦。明年，並成進
士。文秀擢巡按山西。原注：醒世恒言授庶吉士，與劇不同。廷秀授常
州推官。文秀之官，而廷秀以蘇、常咫尺，先抵蘇，微服遇憲。適
昂以粟監補山西洪同主簿，方款客演劇。廷秀以優人入謁。客
皆哂之，而昂獨駭然。謂已斃江中，何由復活也？憲怒詰廷秀，
廷秀紿以落魄無如何。遂登場作王十朋之態。憲益怒。倏聞府
廳官畢至，客皆驚避。廷秀即出迎與坐談。憲覘知，愧無地。昂

知事敗，急促裝避至洪同。及謁文秀，立鞫其罪而誅之。此與小説不同。昂妻愧，遂自投繯。廷秀携父出獄，杖斃楊洪。憲迎權夫婦謝罪。憲妻乃擇吉，使廷秀與玉成婚，雙杯復合。此劇雖屬子虛，但聞蘇州專諸巷尚存"王玉杯"之名，疑果有其事也。

　　按：恒言所收張廷秀平話，校之他篇，別是一種筆墨，必出傳奇或唱本。曲海總目提要雙杯記提要謂雙杯記所據是醒世恒言張廷秀逃生救父一節，未必然也。

呂洞賓飛劍斬黃龍
醒世恒言卷二十二

〔五燈會元卷二十二〕　呂岩真人字洞賓，京川人也。唐末，三舉不第。偶於長安酒肆遇鍾離權，授以延命術，自爾人莫之究。嘗遊廬山歸宗，書鐘樓壁曰："一日清閑自在身，六神和合報平安。丹田有寶休尋道，對鏡無心莫問禪。"未幾，道經黃龍山，睹紫雲成蓋，疑有異人，乃入謁。值龍擊鼓昇堂。龍見，意必呂公也，欲誘而進，厲聲曰："座傍有竊法者。"呂毅然出問："一粒粟中藏世界，半升鐺內煮山川。"且道："此意如何？"龍指曰："這守屍鬼。"呂曰："爭奈囊有長生不死藥。"龍曰："饒經八萬劫，終是落空亡。"呂薄訝，飛劍脅之，劍不能入，遂再拜求指歸。龍詰曰："'半升鐺內煮山川'，即不問；如何是'一粒粟中藏世界'？"呂於言下頓契，作偈曰："棄卻瓢囊摵碎琴，如今不戀汞中金。自從一見黃龍後，始覺從前錯用心。"龍囑令加護。後謁潭州智度覺禪師，有曰："余游韶、郴，東下湘江。今見覺公，觀其禪學精明，性源淳潔，促膝靜坐，收光內照；一衲之外無餘衣，一鉢之外無餘食。達生死岸，破煩惱殼。方今佛衣寂寂兮無傳，禪理懸懸兮幾

絕,扶而興者,其在吾師乎?聊作一絕奉記:達者推心方濟物,聖
賢傳法不離真。請師開說西來意,七祖如今未有人。"

〔萬曆滄州志卷七呂真人神碑記〕原注:碑在滄州玉虛宮　唐呂
洞賓名岩,修煉九轉神丹,自五十歲已得仙道,登真四百九十餘
年後,在宋時咸淳六年二月十五日,是太上老君聖旦之辰,玉帝
臨太極寶殿,宣詔鍾、呂二仙領敕下凡度:"浮世澆薄,人無厚德。
你可察其有德大根器上等之人,然後授與金丹耳。"時咸淳七年
三月三日,呂岩承師法旨,神遊雲駕,直至終南山黃龍寺。觀見
瑞氣連天,呂公曰:"此處必有好人在此。"遂見一老人。呂公問
曰:"此山名為何?"老人答曰:"此山乃黃龍山。寺內有黃龍禪
師,正聚集僧衆,昇堂說法度人。"呂公直至山門,見置牌一面,上
書曰:"聽法聞經者,西廊而入。參禪問道者,東廊而上。"呂公遂
化一道人,依此東廊而上,不去參禪訪道,故於廊下玩戲題詩。
黃龍一見,大喝一聲:"汝乃何人?"呂公不通名姓,直至面前,坐
下言曰:"燦燦開,燦燦開,烏鴉隊裏鳳凰來。空中一楔雷聲響,
振散浮屠闡戾乖。"呂公口念未絕,黃龍怒曰:"吾在此紮寨,何人
侵吾境界?"對曰:"道人從來膽大,時來除營劫寨。空中下一金
鍾,打破大千世界。"黃龍曰:"汝乃何人?"答曰:"雲水道人。"黃
龍曰:"何為雲水?"答曰:"身似白雲常自在,意如流水任東西。"
黃龍曰:"假若雲散水枯,還歸何處?"曰:"雲散則皓月當空;水枯
則明珠自現。"黃龍曰:"何為道人?"答曰:"包含萬象謂之道;體
若虛空謂之人。道本無問,問之無道;既而有名,名之無窮也。
汝既問吾,吾乃告汝。汝乃衆僧,諦聽吾言。道生一,一生二,二
生三,三生萬物。疑當重"萬物"二字。皆從道而生。道乃衆妙之體,
萬物之母。萬物之中最靈最貴者人也。"黃龍曰:"汝有何異奇?"
答曰:"吾一粒粟中藏世界,半升鐺內煮乾坤。"黃龍曰:"但煮鐺
內物,鐺外物如何煮得?"答曰:"能使一粟翻轉過,善調鋼鐵軟如

綿。翻來覆去隨吾使，幾人悟得妙中玄。兩手撥開天地髓，虛無煅煉大根源。"黃龍不能張口，少頃曰："先生佩帶者何物也?"答曰："是吾斬妖神劍也。"黃龍問曰："吾在此説大乘妙法，有何妖邪敢至? 有劍何用?"答曰："此劍特來斬汝。"黃龍曰："吾有何罪?"答曰："汝有三毒!"黃龍曰："吾有何三毒?"答曰："你久坐黃龍不起身，衣食飽暖更言貧。豈不是貪?""吾有何嗔?"答曰："西廊而入聽法聞經者，喜。東廊而上參禪問道者，怒。又見吾玩戲題詩，不來房内參訪，汝大喝一聲。豈不是嗔?""吾有何癡?"答曰："汝一身未了，更度他人。你只求見今名利，不修過去津梁。豈不是癡? 汝貪嗔癡三毒全備，不可度也。"呂公言畢，拂袖而回。黃龍急下禪椅，向前問訊，言曰："今日正是佛聚會之日，如何速往? 請先生方丈待茶。"遂入方丈待茶，畢，有本寺首座向前焚香："上告二位尊師，今日三月三日，揚州瓊花正開，見作賀花之會。仰望二師赴會觀花，豈不妙哉!"黃龍曰："吾與先生同往。"黃龍入室，瞑目端坐，入定而去。先生朗然，不辭大衆，在此玩戲。良久之間，黃龍定中歸回。有首座問曰："瓊花之會若何?"黃龍曰："好會! 好會!"首座曰："有帶來瓊花否?"黃龍曰："一物不染，空色是空。"呂公笑曰："如何帶的?"先生曰："去來無礙，不落空色，道即是空。汝雖言好會，未見會中物色。"先生就於九陽巾中拈出瓊花一朵，袖中取出酸餡四枚。衆僧一見踴躍禮拜，謝先生妙術。黃龍曰："吾與先生同玩之時，我入折花一枝，不能舉手。吾空曉百藝，實不曉折花之術。願禮先生爲師，請傳妙訣。"先生曰："吾見汝名利且重，未有大聖，吾故來度汝。汝出神者陰神也。陰神只能見人，人不能見汝。汝只能赴會，不能帶物。止能受氣，不能食用。汝乃是陰靈之鬼，乃鬼家之活計也。吾出神者乃是陽神也。吾易能見人，人易能見吾。吾亦能赴會，又能食用。吾乃聚則成形，散則成風，神通變化，不可測也。"黃龍曰:"弟子有緣,得遇仙師。若肯點化,傳授妙訣,對天盟誓,不忘師恩。"先生曰:"吾有性命玄妙訣,我今傳汝。入手保守,定心閉口不用説。汝修性,不修命,此是修行第一病。只修祖性不修丹,萬劫陰靈難入聖。不達命幾只求性,好似整容無寶鏡。壽同天地丈夫見,手把陰陽爲斗柄。性命全玄丹又玄,海底洪波渡法船。生擒活捉蛟龍首,始知匠手不虛傳。"訣畢,先生曰:"吾今去矣。你可保守,秘之! 秘之!"黃龍曰:"先生罕遇,萬世難逢。仙師既去,何不通名顯姓?"先生曰:"兀的山門外又一個來也!"衆僧回首,俄然雲生足下,騰空而起。空中現一圓光,中化一仙人,金冠霞佩,光中垂手,落下一紙帖,上有詩曰:"上帝差吾察度賢,雲駢降下九重天。蓬萊普集金仙會,也似浮屠一朵蓮。"又曰:"知佛心印妙神通,三教原來一氣根。知者不言爲大道,達摩東度闡釋門。黃龍若識吾相體,認得如來正法身。今洩我家名和姓,吾乃唐朝呂洞賓。"

　　碑記後有三十三字云:"黃龍禪師首座悟禪、悟性、悟忱等,於大宋咸淳七年三月三日,千餘衆僧發心共立石。"疑此碑文乃據南宋碑重鎸。

金海陵縱慾亡身
醒世恒言卷二十三

　　〔廿二史考異卷八十五后妃傳海陵諸嬖〕　元好問中州集載賈左丞益謙言:世宗大定三十年,禁近能暴海陵蟄惡者,得美仕。史官修實録,誣其淫毒很鷙,遺臭無窮。自今觀之,百可一信邪? 及觀世宗紀,大定八年,上謂宰臣曰:"海陵時修起居注,不任直臣,故所書多不實。可訪求得實,詳而録之。"孟浩傳亦載此事。然則海陵事迹多出於訪聞，中冓之言，不如是之甚也。大抵蒙業而安者，務飾先世之美；廢昏而立者，好談前人之惡。然公論自在古今，難一人手掩天下目也。海陵之惡極矣，世宗取之，固無慚德，乃必假細人之言以增成其醜，斯亦心勞而拙矣。益謙洵古之遺直哉。

隋煬帝逸游召譴
足本醒世恒言卷二十四

〔海山記〕 隋煬帝生於仁壽二年，十歲，好觀書。古今書傳，至於方藥、天文、地理、伎藝、術數，無不通曉。然而性褊忍，陰賊刻忌，好鈎賾人情淺深。時楊素有戰功，方貴用，帝傾意結之。文帝得疾，內外莫有知者。時后亦不安，旬餘日不通兩宮安否。帝坐便室，召素謀曰：“君國之元老。能了吾家事者，君也。”乃私執素手曰：“使我得志，我亦終身報公。”素曰：“待之，當自有謀。”素入問疾。文帝見素，起坐，謂素曰：“吾常親冒鋒刃，出入矢石，出入生死與子同之，方享今日之貴。吾自惟不免此疾，不能臨天下。汝立吾族中人。吾不諱，汝立吾兒勇爲帝。汝倍吾言，吾去世亦殺汝。此事吾不語人，吾之死目不合。”素曰：“國本不可屢易，臣不敢奉詔。”帝因忿懣，乃大呼左右曰：“召我兒勇來！”乃氣哽塞，回面向之不言。素乃出語帝曰：“事未可，更待之。”有頃，左右出報素曰：“帝呼不應，喉中呦呦有聲。”帝拜素：“願以終身累公。”素急入，帝已崩矣，乃不發喪。明日，素袖遺詔立帝。時百官猶未知，素執圭謂百官曰：“大行遺詔立帝，有不從者戮於此。”左右扶帝上殿，帝足弱，欲倒者數四，不能上。素下，去左右，以手扶接帝。帝執之，乃上。百官莫不嗟歎。素歸家，謂家人輩曰：“小兒子吾已提起，教作大家。即不知了當得否？”

素恃有功,見帝多呼爲"郎君"。侍宴内殿,宫人偶覆酒污素衣,素怒,叱左右引下殿,加撻焉。帝頗惡之,隱忍不發。一日,帝與素釣魚於池,與素并坐,左右張傘以遮日。帝起如厠,回見素坐赭傘下,風骨秀異,堂堂然。帝大疑忌。帝多欲,有所爲,素輒請而抑之,由是愈有害素意。會素死,帝曰:"使素不死,夷其九族。"先,素欲入朝,出,見文帝執金鉞逐之曰:"此賊!吾欲立勇,汝不從吾言,今必殺汝!"素驚呼入室,召子弟而語曰:"吾必死以見文帝。"語之不移時,素死。帝自素死,益無憚。

〔迷樓記〕　煬帝晚年,尤深迷女色。他日,顧謂近侍曰:"人主享天地之富,亦欲極當年之樂,自快其意。今天下安富,外内無事,此吾得以遂其樂也。今宫殿雖壯麗顯敞,苦無曲房小室,幽軒短檻。若得此,則吾期老於其中也。"近侍高昌奏曰:"臣有友項昇,湔人也,自言能構宫室。"帝翌日召而問之。悅。即日詔有司,供具材木。凡役夫數萬,經歲而成。樓閣高下,軒窗掩映。幽房曲室,玉欄朱楯,互相連屬,回環四合,曲屋自通。千門萬牖,上下金碧。金虬伏於棟下,玉獸蹲於户傍。壁砌生光,瑣窗射日。工巧之極,自古無有也。費用金玉,帑庫爲之一虛。人誤入者,雖終日不能出。帝幸之,大喜,顧左右曰:"使真仙遊其中,亦當自迷也。可目之曰迷樓。"詔以五品官賜項昇,仍給内庫帛千疋賞之。詔選後宫良家女數千,以居樓中。每一幸,有經月而不出。是月,大夫何稠進御童女車。車之制度絕小,只容一人,有機處於其中,以機礙女之手足,纖毫不能動。帝以處女試之,極喜。召何稠語之曰:"卿之巧思,一何神妙如此?"以千金贈之,旌其巧也。何稠出,爲人言車之機巧。有識者曰:"此非盛德之器也。"稠又進轉關車,車用挽之,可以昇樓閣如行平地。車中御女則自搖動,帝尤悅。帝語稠曰:"此車何名也?"稠曰:"臣任意造成,未有名也。願帝賜佳名。"帝曰:"卿任其巧意以成車,朕得

之，任其意以自樂，可名任意車也。"何稠再拜而去。帝令畫工繪
士女會合之圖數十幅，懸於閣中。其年，上官時自江外得替回，
鑄烏銅屛八面，其高五尺而闊三尺，磨以成鑒，爲屛，可環於寢
所，詣闕投進。帝以屛內迷樓，而御女於其中，纖毫皆入於鑒中。
帝大喜曰："繪畫得其像耳。此得人真容也，勝繪圖萬倍矣。"又
以千金賜上官時。

〔海山記〕　（煬帝）乃辟地，周二百里，爲西苑，役民力萬數。
內爲十六苑，聚土石爲山，鑿池爲五湖四海。詔天下境內所有草
木鳥獸，驛至京師。詔起西苑十六院名：

　　　景明一　　迎暉二　　棲鸞三　　晨光四　　明霞五
　　　翠華六　　文安七　　積珍八　　影紋九　　儀鳳十
　　　仁智十一　清修十二　寶林十三
　　　和明十四　綺陰十五　絳陽十六

皆帝自製名。院有二十人，皆擇宮中佳麗謹厚有容色美人實之。
每一院，選帝常幸御者，爲之首。每院有宦者，主出入易市。又
鑿五湖，每湖四方十里：

　　　東曰翠光湖　南曰迎陽湖　西曰金光湖
　　　北曰潔水湖　中曰廣明湖

湖中積土石爲山，上構亭殿，屈曲環繞澄碧，皆窮極人間華麗。
又鑿北海，周環四十里。中有三山，效蓬萊、方丈、瀛洲，上皆臺
樹回廊。水深數丈，開溝通五湖四海。溝盡通行龍鳳舸。帝多
泛東湖。帝因制湖上曲望江南八闋云：

　　湖上月，偏照列仙家。水浸寒光鋪枕簟，浪搖晴影走金
　　蛇。偏稱泛靈槎。　　　　光景好，輕彩望中斜。清露冷浸銀
　　兔影，西風吹落桂枝花。開宴思無涯。

　　湖上柳，煙裏不勝垂。宿露洗開明媚眼，東風搖弄好腰

肢。煙雨更相宜。　　環曲岸，陰覆畫橋低。綫拂行人春晚後，絮飛晴雪暖風時。幽意更依依。

湖上雪，風急墮還多。輕片有時敲竹戶，素華無韻入澄波。望外玉相磨。　　湖水遠，天地色相和。仰面莫思梁苑賦，朝來且聽玉人歌。不醉擬如何？

湖上草，碧翠浪通津。修帶不爲歌舞緩，濃鋪堪作醉人茵。無意襯香衾。　　晴霽後，顏色一般新。遊子不歸生滿地，佳人遠意寄青春。留詠卒難伸。

湖上花，天水浸靈芽。淺蕊水邊勻玉粉，濃苞天外剪明霞。即在列仙家。　　開爛熳，插鬢若相遮。水殿春寒幽冷艷，玉軒晴照暖添華。清賞思何賒。

湖上女，精選正輕盈。猶恨乍離金殿侶，相將今是採蓮人。清唱謾頻頻。　　軒內好，嬉戲下龍津。玉管朱弦聞盡衣，踏青鬭草事青春。玉輦泛群真。

湖上酒，終日助清歡。檀板輕聲銀甲緩，醅浮香米玉蛆寒。醉眼暗相看。　　春殿遠，仙艷奉杯盤。湖上風光真可愛，醉鄉天地就中寬。皇帝正清安。

湖上水，流繞禁園中。斜日暖搖清翠動，落花香暖衆紋紅。蘋末起清風。　　閑縱目，魚躍小蓮東。泛泛輕搖蘭棹穩，沉沉寒影上仙宮。遠意更重重。

帝嘗遊湖上，多令宮中美人歌唱此曲。大業六年，後苑草木鳥獸繁息茂盛。桃蹊李徑，翠蔭交合，金猿青鹿，動輒成群。自大內開爲御道，直通西苑，夾道植長松高柳。帝多幸苑中，去來無時，侍御多夾道而宿，帝往往中夜即幸焉。大業四年，道州貢矮民王義，眉目濃秀，應對甚敏。帝尤愛之。從帝遊，終不得入宮。曰："爾非宮中物也。"義乃自宮。帝由是愈加憐愛，得出入。帝臥內寢，義多臥御榻下。帝遊湖海回，多宿十六院。一夕，帝中夜潛入棲鸞院，時夏氣暄煩，院妃牛慶兒臥於簾下。初月照窗，頗明朗。慶兒睡中驚魘，若不救者。帝使義呼慶兒，帝自扶起，久方清醒。帝曰："汝夢中何故而如此？"慶兒曰："妾夢中如常時。帝握妾臂，遊十六院。至第十院，帝入院坐殿上。俄而火發，妾乃奔走。回視帝坐烈焰中。妾驚呼人救帝，久方睡覺。"帝怪，自強解曰："夢死得生。火有威烈之勢，吾居其中，得威者也。"大業十年，隋乃亡。帝入第十院，居火中，此其應也。

〔煬帝開河記〕　睢陽有王氣出，煬帝時遊木蘭庭，因觀殿壁上有廣陵圖，帝瞪目視之，移時不能舉步。時蕭后在側，謂帝曰："知他是甚圖畫，何消皇帝如此掛意。"帝曰："朕不愛此畫，只爲思舊遊之處。"於是帝以左手憑后肩，右手指圖上山水及人煙、村落、寺宇，歷歷皆如目前。謂后曰："朕爲陳王時，守鎮廣陵，旦夕遊賞。當此之時，以雲煙爲美景，視榮貴若深冤。豈其久有臨軒，萬幾在躬，使不得豁於懷抱也。"言訖，聖容慘然。后曰："帝意欲在廣陵，何如一幸？"帝聞，心中豁然。翌日，與大臣議，欲泛巨舟，自洛入河，自河達海入淮，方至廣陵。群臣皆言：似此程途，不啻萬里，又孟津水緊，滄海波深，若泛巨舟，事有不測。時有諫議大夫蕭懷靜乃蕭后弟。奏曰："臣聞秦始皇時，金陵有王氣，始皇使人鑿斷砥柱，王氣遂絕。今睢陽有王氣，又陛下意在東南，欲泛孟津，又慮危險。況大梁西北有故河道，乃是秦將王離畎水灌大梁之處。欲乞陛下廣集兵夫，於大梁起首開掘，西至河陰，引孟津水入，東至淮口，放孟津水出。此間地不過千里，況於睢陽境內過，一則路達廣陵，二則鑿穿王氣。"帝聞奏大喜，群臣皆默。帝乃出敕朝堂，如有諫不開河者，斬之。詔以征北大總管麻叔謀爲開河都護，以蕩寇將軍李淵爲副使。淵稱疾不赴，即以左屯衛將軍令狐辛達代李淵爲開渠副使都督。詔發天下丁夫，

男年十五已上,五十以下者皆至。如有隱匿者斬三族。共五百
四十三萬餘人。詔江淮諸州造大船五百隻。使命至,急如星火。
民間有配着造船一隻者,家庭破用皆盡,猶有不足,枷項笞背,然
後鬻貨男女,以供官用。

〔隋遺錄〕　大業十二年,煬帝將幸江都,命越王侑留守東
都。宮女半不隨駕,爭泣留帝。言遼東小國,不足以煩大駕,願
擇將征之。帝意不回,因戲飛帛題二十字賜守宮女云:"我夢江
南好,征遼亦偶然。但留顏色在,離別只今年。"

車駕既行,師徒百萬前驅。長安貢御車女袁寶兒,年十五,
腰肢纖墮,駸冶多態。帝寵愛之特厚。時洛陽進合蒂迎輦花,云
得之嵩山塢中,人不知名。採者異而貢之。會帝駕適至,因以迎
輦名之。帝命寶兒持之,號曰司花女。時詔虞世南草征遼指揮
德音敕於帝側,寶兒注視久之。帝謂世南曰:"昔傳飛燕可掌上
舞,朕常謂儒生飾於文字,豈人能若是乎?及今得寶兒,方昭前
事。然多憨態。今注於卿。卿才人,可便嘲之。"世南應詔爲絕
句曰:"學畫鴉黄半未成,垂眉𢱢袖太憨生。緣憨卻得君王惜,長
把花枝傍輦行。"上大悦。至汴,上御龍舟,蕭妃乘鳳舸。

〔煬帝開河記〕　於是吳越間取民間女年十五六歲者五百
人,謂之殿腳女。至於龍舟御楫,即每船用綵纜十條,每條用殿
腳女十人,嫩羊十口,令殿腳女與羊相間而行,牽之。時恐盛暑,
翰林學士虞世基獻計,請用垂柳栽於汴渠兩堤上。一則樹根四
散,鞠護河堤;二乃牽船之人,獲其陰涼;三則牽舟之羊食其葉。
上大喜,詔民間:有柳一株,賞一縑。百姓競獻之。又令親種,帝
自種一株,群臣次第種,方及百姓。時有謠言曰:"天子先栽,然
後百姓栽。"栽畢,帝御筆寫賜垂柳姓楊,曰楊柳也。時舳艫相
繼,連接千里,自大梁至淮口,聯緜不絕。錦帆過處,香聞百里。

〔隋遺錄〕　一日,帝將登鳳舸,憑殿腳女吳絳仙肩。喜其柔

麗，不與群輩齒，愛之甚，久不移步。絳仙喜畫長蛾眉。帝色不
自禁，回輦召絳仙，將拜婕好。適值絳仙下嫁爲玉工萬郡妻，故
不克諧。帝寢興罷，擢爲龍舟首楫，號曰崆峒夫人。由是殿腳女
爭效爲長蛾眉。司宮吏日給螺子黛五斛，號爲蛾綠。螺子黛出
波斯國，每顆直十金。後徵賦不足，雜以銅黛給之，獨絳仙得賜
螺黛不絕。帝每倚簾視絳仙，移時不去，顧內謁者云："古人言：
'秀色若可餐。'如絳仙，真可療飢矣！"因吟持楫篇賜之，曰："舊
曲歌桃葉，新妝艷落梅。將身倚輕楫，知是渡江來。"詔殿腳女千
輩唱之。時越溪進耀光綾，綾紋突起，時有光彩。帝獨賜司花女
泊絳仙，他姬莫預。蕭妃恚妒不懌，由是二姬稍稍不得親幸。帝
嘗醉游諸宮，偶戲宮婢羅羅者，羅羅畏蕭妃，不敢迎帝，且辭以有
程姬之疾，不可薦寢，帝乃嘲之曰："個人無賴是橫波，黛染隆顱
簇小蛾。幸好留儂伴成夢，不留儂住意如何？"

　　帝自達廣陵，昏湎滋深，往往爲妖祟所惑，常遊吳公宅鷄臺，
恍惚間與陳後主相遇，尚喚帝爲殿下。後主戴輕紗皂幘，青綽
袖，長裾，綠錦純緣紫紋方平履。舞女數十許，羅侍左右。中一
人迥美，帝屢目之。後主云："殿下不識此人耶？即麗華也。每
憶桃葉山前乘戰艦與此子北渡。爾時麗華最恨，方倚臨春閣試
東郭鶿紫毫筆，書小研紅綃作答江令'璧月'句。詩詞未終，見韓
擒虎躍青驄駒，擁萬甲直來衝人，都不存去就，便至今日。"俄以
綠文測海蠡，酌紅梁新醞勸帝。帝飲之甚歡，因請麗華舞玉樹後
庭花。麗華辭以拋擲歲久，自井中出來，腰肢裊娜，無復往時姿
態。帝再三索之，乃徐起，終一曲。後主問帝："蕭妃何如此人？"
帝曰："春蘭秋菊，各一時之秀也。"後主復詩十數篇，帝不記之，
獨愛小窗詩及寄侍兒碧玉詩。小窗云："午醉醒來晚，無人夢自
驚。夕陽如有意，偏傍小窗明。"寄碧玉云："離別腸猶斷，相思骨
合銷。愁魂若飛散，憑仗一相招。"

麗華拜帝，求一章。帝辭以不能。麗華笑曰："嘗聞'此處不留儂，自有留儂處'。安可言不能？"帝强爲之操觚曰："見面無多事，聞名爾許時。坐來生百媚，實個好相知。"麗華捧詩，頮然不懌。後主問帝："龍舟之遊樂乎？始謂殿下致治在堯舜之上，今日復此逸遊。大抵人生各圖快樂，曩時何見罪之深耶？三十六封書，至今使人怏怏不悦。"帝忽悟，叱之云："何今日尚目我爲殿下，復以往事訊我耶？"隨叱聲恍然不見。

〔海山記〕　帝御龍舟，中道，夜半，聞歌者甚悲，其詞曰："我兄征遼東，餓死青山下。今我挽龍舟，又困隋堤道。方今天下饑，路糧無些小。前去三千程，此身安可保。寒骨枕荒沙，幽魂泣煙草。悲損門内妻，望斷吾家老。安得義男兒，焚此無主屍。引其孤魂回，負其白骨歸。"帝聞其歌，遽遣人求其歌者，至曉不得其人。帝頗彷徨，通夕不寐。揚州朝百官，天下朝貢使無一人至。有來者在路，遭兵奪去其貢物。帝猶與群臣議，詔十三道起兵，誅不朝貢者。帝知世祚已去，意欲遂幸永嘉，群臣皆不願從。帝未遇害前數日，帝亦微識玄象，多夜起觀天。乃召太史令袁充，問曰："天象如何？"充伏地泣涕曰："星文大惡，賊星逼帝坐甚急，恐禍起旦夕，願陛下遽修德滅之。"帝不樂，乃起，入便殿。

〔迷樓記〕　迷樓宮人静夜抗歌云："河南楊柳謝，河北李花榮。楊花飛去落何處？李花結果自然成。"帝聞其歌，披衣起聽，召宮女問之云："孰使汝歌也？汝自爲之耶？"宮女曰："臣有弟在民間，因得此歌。曰：道途兒童多唱此歌。"帝默然久之，曰："天啟之也，天啟之也。"帝因索酒自歌云："宮木陰濃燕子飛，興衰自古漫成悲。它日迷樓更好景，宮中吐艷變紅輝。"歌竟，不勝其悲。近侍奏："無故而悲，又歌，臣皆不曉。"帝曰："休問，它日自知也。"

〔海山記〕　（煬帝）按膝俛首不語。顧王義曰：“汝知天下之
亂乎？汝何故省言而不告我也？”義泣對曰：“臣遠方廢民，得蒙
上貢，自入深宮，久膺聖澤。又常自宮，以近陛下。天下大亂，固
非今日，履霜堅冰，其來久矣。臣料大禍，事在不救。”帝曰：“子
何不早教我也？”義曰：“臣不早言。言，即臣死久矣。”帝乃泣下，
曰：“卿爲我陳成敗之理，朕貴知也。”翌日，義上書云：“臣本南楚
卑薄之地，逢聖明爲之時。不愛此身，願從入貢。臣本傃儒，性
尤蒙滯。出入金馬，積有歲華。濃被聖私，皆逾素望。侍從乘
輿，周旋臺閣。臣雖至鄙，酷好窮經，頗知善惡之本源，少識興亡
之所以。還往民間，周知利害。深蒙問，方敢敷陳。自陛下嗣守
元符，體臨大器，聖神獨斷，諫謀莫從，獨發睿謀，不容人獻。大
興西苑，兩至遼東，龍舟逾於萬艘，宮闕遍於天下，兵革常役百
萬，士兵窮乎山谷。征遼者百不存十，殁葬者十未有一。帑藏金
虛，穀粟踊貴。乘輿竟往，行幸無時。兵人侍從，常逾萬人。遂
令四方失望，天下爲墟。方今百家之村，存者可計。子弟死於兵
役，老弱困於蓬蒿，兵屍如嶽，餓殍盈郊，狗彘厭人之肉，鳶烏食
人之餘。聞臭千里，骨積高原，膏血草野，狐彘大肥。陰風無人
之墟，鬼哭寒草之下。目斷平野，千里無煙。殘民剝落，莫保朝
昏，父遺幼子，妻號故夫。孤苦何多，饑荒尤甚，亂離方始，生死
孰知。人主愛人，一何如此？陛下植性毅然，孰敢上諫。或有鯁
言，又令賜死，臣下相顧，鉗結自全。龍逢復生，安敢議諫？上位
近臣，阿諛順旨，迎合帝意，造作拒諫。皆出此途，乃逢富貴。陛
下過惡，從何得聞？方今又敗遼師，再幸東土，社稷危於春雪，干
戈遍於四方，生民已入塗炭，官吏猶未敢言。陛下自惟，若何爲
計？陛下欲幸永嘉，坐延歲月。神武威嚴，一何銷鑠？陛下欲興
師則兵吏不順，欲行幸則侍衛莫從。適當此時，如何自處？陛下
雖欲發憤修德，特加愛民。聖慈雖切救時，天下不可復得。大勢

已去，時不再來。巨廈將崩，一木不能支；洪河已決，掬壤不能
救。臣本遠人，不知忌諱。事忽至此，安敢不言？臣今不死，後
必死兵，敢獻此書，延頸待盡。"帝省<u>義</u>奏，曰："自古安有不亡之
國，不死之主乎？"<u>義</u>曰："陛下猶尚蔽飾己過。陛下平日嘗言：吾
當跨<u>三皇</u>，超<u>五帝</u>，下視<u>商</u>、<u>周</u>，使萬世不可及。今日其勢如何？
能自復回都輦乎？"帝乃泣涕而下拜，再三嘉歎。<u>義</u>曰："臣昔不
言，誠愛生也。今既具奏，願以死謝也。天下方亂，陛下自愛。"
少選，報云："<u>義</u>已自刎矣。"帝不勝悲傷，特命厚葬焉。不數日，
帝遇害。時中夜，聞外切切有聲。帝急起，衣冠御內殿。坐未
久，左右伏兵俱起。<u>司馬戢</u>携刃向帝。帝叱之曰："吾終年重禄
養汝。吾無負汝，汝何負吾！"帝常所幸<u>朱貴兒</u>在帝傍，謂<u>戢</u>曰：
"三日前，帝慮侍衛薄秋小寒，有詔：宮人悉絮袍褲。帝自臨視
造。數千袍兩日畢工。前日賜公等，豈不知也？爾等何敢逼脅
乘輿？"乃大罵<u>戢</u>。<u>戢</u>曰："臣實負陛下。但今天下俱叛，二京以
爲賊據，陛下歸亦無路，臣生亦無門。臣已萌逆節，雖欲復已，不
可得也。願得陛下首以謝天下。"乃持劍上殿。帝復叱曰："汝豈
不知諸侯之血入地尚大旱，況人主乎？"<u>戢</u>進帛。帝入內閣自經。
<u>貴兒</u>猶大罵不息，爲亂兵所殺。

獨孤生歸途鬧夢
醒世恒言卷二十五

〔<u>太平廣記</u>卷二百七十六<u>徐精</u>條_{引宋劉義慶幽明録}〕　<u>晉咸和</u>
初，<u>徐精</u>遠行。夢與妻寢，有身。明年歸，妻果產。後如其言矣。
　　（以上入話）
〔<u>太平廣記</u>卷二百八十一<u>獨孤遐叔</u>條_{引唐薛漁思河東記}〕　<u>貞
元</u>中，進士<u>獨孤遐叔</u>，家於<u>長安崇賢里</u>，新娶<u>白氏</u>女。家貧，下

第,將遊劍南。與其妻訣曰:"遲可周歲歸矣。"遐叔至蜀,羈棲不
偶,逾二年乃歸。至鄠縣西,去城尚百里。歸心迫速,取是夕及
家。趨斜徑疾行,人畜既殆。至金光門五六里,天已暝,絶無逆
旅。唯路隅有佛堂,遐叔止焉。時近清明,月色如畫。繫驢於庭
外,入空堂中。有桃杏十餘株。夜深,施衾幬於西窗下偃卧。
方思明晨到家,因吟舊詩曰:"近家心轉切,不敢問來人。"至夜
分不寐。忽聞牆外有十餘人相呼聲,若里胥田叟,將有供待迎
接。須臾,有夫役數人,各持畚鍤箕帚,於庭中糞除訖,復去。
有頃,又持牀、席、牙盤、蠟炬之類,及酒具、樂器,闐咽而至。遐
叔意謂貴族賞會,深慮爲其斥逐,乃潛伏屏氣於佛堂梁上伺之。
鋪陳既畢,復有公子女郎共十數輩,青衣黃頭亦十數人,步月徐
來,言笑宴宴。遂於筵中間坐。獻酬縱橫,履舄交錯。中有一女
郎,憂傷摧悴,側身下坐,風韻若似遐叔之妻。窺之,大驚。即下
屋袱"袱"字誤。稍於闇處迫而察焉。乃真是妻也。方見一譚本作
"方一見",誤。今徑改。少年,舉杯矚之,曰:"一人向隅,滿坐不樂。
小人竊不自量,願聞金玉之聲。"其妻冤抑悲愁,若無所控訴而强
置於坐也。遂舉金雀,收泣而歌曰:"今夕何夕,存耶? 没耶? 良
人去兮天之涯,園樹傷心兮三見花!"滿座傾聽,諸女郎轉面揮
涕。一人曰:"良人非遠,何天涯之謂乎?"少年相顧大笑。遐叔
驚憤久之,計無所出,乃就階墀間捫一大磚,向坐飛擊。磚纔至
地,悄然一無所有。遐叔悵然悲惋,謂其妻死矣。速駕"駕"原作
"驚",據明鈔本改。而歸。前望其家,步步悽咽。比平明,至其所
居,使蒼頭先入,家人並無恙。遐叔乃驚愕,疾走入門。青衣報
娘子夢魘方寤。遐叔至寢,妻卧猶未興。良久,乃曰:"向夢與姑
妹之黨相與玩月出金光門外。向一野寺,忽爲凶暴者數十輩脅
與雜坐飲酒。"又説夢中聚會言語,與遐叔所見並同。又云:"方
飲次,忽見大磚飛墜。因遂驚魘,殆絶。纔寤而君至。豈幽憤之

所感耶?”

（以上正傳）

薛録事魚服證仙
醒世恒言卷二十六

〔唐李復言續玄怪録卷二薛偉條_{宋臨安書棚本},以太平廣記卷四百七十一薛偉條所引校〕　薛偉者,乾元元年任蜀州_{宋本作“涇州”,誤。今據廣記引改。}青城縣主簿,與丞鄒滂,尉雷濟、裴寮同時。其秋,偉病。七月忽奄然若往者。連呼不應,而心頭微暖。家人不忍即斂,環而伺之。經二十日,忽長吁起坐。謂其人曰:“吾不知人間幾日矣。”曰:“二十日矣。”“與我覘群官方食鱠否。言吾已蘇矣。甚有奇事,請諸公罷箸來聽也。”僕人走視群官,實欲食鱠。遂以告。皆停飧而來。偉曰:“諸公敕司户僕張弼求魚乎?”曰:“然。”又問弼曰:“漁人趙幹藏巨鯉,以小者應命。汝於葦間得藏者,攜之而來。方入縣也,司户吏坐門東,糺曹吏坐門西,方弈棋。入及階,鄒、雷方博,裴啖桃實。弼言幹之藏巨魚也,裴五令鞭之。既付食工王士良者,喜而殺之:皆然乎?”遞相問。誠然。衆曰:“子何以知之?”曰:“向殺之鯉,我也。”衆駭曰:“願聞其說。”曰:“吾初疾困,爲熱所逼,殆不可堪。忽悶,忘其疾。惡熱求涼,策杖而去。不知其夢也。既出郭,其心欣欣然若籠禽檻獸之得逸,莫我知也。漸入山。山行益悶,遂下游於江畔。見江潭深淨,秋色可愛,輕漣不動,鏡涵遠虛。忽有思浴意,遂脱衣於岸,跳身便入。自幼狎水,成人已來,絶不復戲。遇此縱適,實契宿心。且曰:‘人浮不如魚快也。安得攝魚而健游乎?’旁有一魚曰:‘顧足下不願耳。正授亦易,何況求攝? 當爲足下圖之。’決然而去。未頃,有魚頭人長數尺騎鯢來,導從數十魚,宣河伯詔曰:‘城居水游，浮沉異道。苟非好，則昧通波。薛主簿意尚浮深，迹思閑曠。樂浩汗之域，放懷清江；厭巇崿之情，投簪幻世。暫從鱗化，非遽成身。可權充東潭赤鯉。嗚呼！恃長波而傾舟，得罪於晦；昧纖鈎而貪餌，見傷於明。無或失身，以羞其黨！爾其勉之！’聽而自顧，即已魚服矣。於是放身而游，意往斯到。波上潭底，莫不從容。三江五湖，騰躍將遍。然配留東潭，每暮必復。俄而饑甚，求食不得。循舟而行，忽見趙幹垂鈎，其餌芳香。心亦知戒，不覺近口。曰：‘我人也，暫時爲魚。不能求食，乃吞其鈎乎？’捨之而去。有頃，饑益甚。思曰：‘我是官人，戲而魚服。縱吞其鈎，趙幹豈殺我？固當送我歸縣耳。’遂吞之。趙幹收綸以出。幹手之將及也，偉連呼之。幹不聽，而以繩貫我腮。乃繫於葦間。既而張弼來。曰：‘裴少府買魚，須大者。’幹曰：‘未得大魚，有小者十餘斤。’弼曰：‘奉命取大魚，安用小者。’乃自於葦間尋得偉而提之。又謂弼曰：‘我是汝縣主簿，化形爲小魚游江。何得不拜我？’弼不聽，提之而行。罵亦不已，幹終不顧。入縣門，見縣吏坐者弈棋。皆大聲呼之，略無應者。唯笑曰：‘可畏魚，直三四斤餘。’既而入階，鄒、雷方博，裴啖桃實。皆喜魚大，促命付厨。弼言幹之藏巨魚，以小者應命。裴怒鞭之。我叫諸公曰：‘我是公同官。今而見擒，竟不相捨，促殺之。仁乎哉！’大叫而泣。三君不顧而付鱠手。王士良者方礪刃，喜而投我於機上。我又叫曰：‘王士良，汝是我之常使鱠手也。因何殺我？何不執我白於官？’士良若不聞者，按吾頸於砧上而斬之。彼頭適落，此亦醒悟。遂奉召爾。”諸公莫不大驚，心生愛忍。然趙幹之獲，張弼之提，縣司之弈吏，三君之臨階，王士良之將殺，皆見其口動，實無聞焉。於是三君並投鱠，終身不食。偉自此平愈。後累遷華陽丞乃卒。

唐戴孚廣異記記晉江尉張縱事，<small>太平廣記卷一百三十二引。</small>
段成式西陽雜俎卷三記越州韓確事，均與續玄怪録薛偉事
相類。詞皆簡質，非話本所本，今不録。

李玉英獄中訴冤
醒世恒言卷二十七

〔戒庵老人漫筆卷三女辯繼母誣陷疏〕　順天府故官錦衣衛
千户李雄女孩李玉英謹奏，爲明辯生冤以伸死憤，以正綱常，以
還淳俗事。臣聞先王有言："五刑以不孝爲先，四德以無義爲
恥。"又聞列女傳云："以一身而繫綱常之重者，謂之德；以一死而
正綱常之重者，謂之仁。"故竇氏有投崖之義氣，雲華有墜井之英
風。是皆所以振綱常以勵風俗，流芳名於身後，垂軌範於無窮
也。臣父李雄，蔭襲百户。荷蒙聖恩，以征西有功，尋升前職。
臣幼喪母，遺臣姊妹三人，有幼弟李承祖，俱在孩提。恩父見憐，
仍娶繼母焦氏，存恤孤弱。臣十二歲，遇皇上嗣位，遍選才人。
府尹以臣應選。禮部憫臣孤弱，未諳侍御，發臣寧家。父於正德
十四年七月十四日，征陝西反賊。與賊進戰，陣亡。天禍臣家，
流離日甚。臣年十六，未獲結縭。姊妹三人，伶仃無倚，摽梅已
過，紅葉無憑。是以窮迫濫液，<small>"液"字疑誤。</small>形諸吟詠。偶有送春
詩一絶云："柴門寂寂鎖殘春，滿地榆錢不療貧；雲鬢霞裳伴泥
土，野花何似一愁人？"又有別燕詩一絶云："新巢泥滿舊巢鼓，泥
滿疏簾欲掩遲；愁對呢喃終一別，畫堂依舊主人非。"是皆感諸身
心，形諸筆札，蓋有大不得已而爲言者矣。奈何母恩雖廣，弗察
臣衷。但玩詩詞，以爲外通等情。朝夕逼責，求死無門。逼舅焦
榕拿送錦衣衛，誣臣姦淫不孝等情。臣本女流，難謄口舌。本官
昧審事理，問擬剮罪重刑。臣只得俯伏順從，不敢逆繼母之命，

以重不孝之罪也。邇蒙聖恩寬恤，特以天氣太炎，在監軍民未獲
發落，仍差審錄太監研審：凡有事枉人冤，許通行奏。欽此欽遵。
不得不具求生之路，以昭決死之言。臣父雖武臣，頗知典籍。故
臣雖妾婦，亦得奉聞其遺教。況臣繼母年方二十，有弟李亞奴始
生周歲。臣母欲圖親兒繼襲，故當父方死之時，計令臣弟李承祖
十歲孩兒親往戰場，尋父遺骨。蓋欲陷於非命，以圖己之私也。
幸賴皇天不昧，父靈不泯，臣弟得父骸以歸。前計不成，忿心未
息，巧將臣弟李承祖毒藥鴆死，肢解埋棄；將臣姊李桂英賣與權
豪家爲婢，名雖養贍，情實有謀；又將臣妹桃英沿街抄化，屏去衣
服，稍有怨言，朝夕拷打。今又將臣誣陷淫姦等情。臣縱不才，
鄰里何不糾舉？又不曾經獲某人，乃以數句之詩，尋風捉影，陷
臣死罪。臣之死固無憾矣；十歲之弟，果何罪乎？數齡之妹，又
何辜乎？臣母之罪，臣不敢言。凱風有詩，臣當自責。臣之死固
不足惜，恐天下之爲繼母者得以肆其妒忌之心，凡爲兒女者得以
指臣之過也。是以一生而污風俗，以一身而褻綱常也。臣在監
日久，有欺臣孤弱而興不良之心者，臣撫膺大慟，舉監莫不驚惶。
陛下俛察臣情，將臣所奏付諸有司，明布各衙門知道，將臣速斬。
庶身無所苦，免行露之霑濡；魂有所歸，無青蠅之污穢。仍將臣
之詩句委勘，有無淫姦等情；推詳臣母之心，盡在不言之表。則
臣父母之靈亦可慰之於地下，而臣之義亦不可掩於人間矣。臣
冒瀆聖主，不勝祈死之至！係明辨生冤以伸死憤事情，不敢隱
諱。謹具本，令妹李桃英賫奏以聞。"奉聖旨："這奴婢事有可矜，
着三法司會勘來説。"奉聖旨："李承祖死於無辜。焦氏妒忌之
心，罪實難容，依律處斬。李玉英着錦衣衛選良才婚配。"右疏在
嘉靖四年間，一學究所鈔者，余見而錄之。

吳衙內鄰舟赴約

醒世恒言卷二十八

〔情史卷三江情〕　福州守吳君者，江右人，有女未笄，甚敏慧，玉色穠麗。父母鍾愛，携以自隨。秩滿還朝，候風於淮安之版閘。鄰舟有太原江商，亦携一子名情，生十六年矣，雅態可繪，敏辨無雙。其讀書處正與女窗相對，女數從隙中窺之。情亦流盼，而無緣致意。偶侍婢有濯錦船舷者，情贈以果餌，問："小娘子許適誰氏？"婢曰："未也。"情曰："讀書乎？"曰："能。"情乃書難字一紙，托云："偶不識此，爲我求教。"女郎得之，微哂，一一細注其下。且曰："豈有秀才而不識字者？"婢還以告。情知其可動，爲詩以達之，曰："空復清吟托裊煙，樊姬春思滿紅船。相逢何必藍橋路，休負滄波好月天。"女得詩慍曰："暫爾萍水，那得便以艷句撩人！"欲白父笞其婢。婢再三懇。乃笑曰："吾爲詩罵之。"乃緘小碧箋以酬曰："自是芳情不戀春，春光何事惱閨人。淮流清浸天邊月，比似郎心向我親。"生得詩大喜，即令婢返命，期以今宵，啟窗處候。女微哂曰："我閨幃幼怯，何緣輕出；郎君豈無足者耶？"生解其意，候人定，躡足登其舟。女憑闌待月，見生躍然，攜肘入舟。喜極不能言，惟嫌解衣之遲而已。既而體憊神蕩，各有南柯之適。風便月明，兩舟解纜。東西殊途，頃刻百里。江翁晨起，覓其子不得，以爲必登溷墜死淮流，返舟求屍，茫如捕影，但臨淵號慟而去。天明，情披衣欲出，已失父舟所在。女惶迫無計，藏之船旁榻下。日則分餉羹食，夜則就枕席。如此三日。生耽於美色，殊不念父母之離邈也。其嫂怪小姑不出，又饌兼兩人；伺夜窺覘，見姑與少男子切切私語。白其母。母恚不信，身潛往視，果然。以告吳君。搜其艙，得情榻下，拽其髮以出。怒目麒䶛，集韻八沁韻：“噤，口閉也。或從齒。巨禁切。”“䶛”疑當作“齞”。説文二：“齞，齒相齞也。讀若柴。”大徐音仕銜切。齞，齒相切也。礪刃其頸，欲下者數四。情忽仰首求哀，容態動人。吳君停刃叱曰：“爾爲何人？何以至此？”生具述姓名，且曰：“家本晉人，閥閲亦不薄。昨者猖狂，實亦賢女所招。罪俱合死，不敢逃命。”吳君熟視久之，曰：“吾女已爲爾所污，義無更適之理。爾肯爲吾婿，吾爲爾婚。”情拜泣：“幸甚。”吳君乃命情潛足掛舵上，呼人求援，若遭溺而幸免者，庶不爲舟人所覺。生如戒。吳君令篙者掖之，佯曰：“此吾友人子也。”易其衣冠，撫字如子。抵濟州，假巨室華居，召儐相，大講合婚之儀。舟人悉與宴，了不知其所繇。既自京師返斾，延名士以訓之，學業大進。又遣使詣太原訪求其父。父喜，賚珍聘至楚。豫章爲南楚，見史記貨殖列傳。留宴累月，乃别。情二十三領鄉薦。明年，登進士第。與女歸拜翁姑，會親里。携家之官。初爲南京禮部主事，後至某郡太守，膺疊翟之封。有子凡若干人。遐爾傳播，以爲遇云。小説曰彩舟記。

　　按：明汪廷訥彩舟記傳奇人名事迹與此同。惟增出情還鄉落水及龍神保佑諸節稍異。話本則改男爲吳通判子名彦，女爲賀司户女秀娥矣。

盧太學詩酒傲王侯
醒世恒言卷二十九

〔明王世貞弇州山人四部稿卷八十三文部盧柟傳〕　盧柟字少楩，一字子木，大名濬人也。其先世業農，獲則什一而息之，故以貲雄於鄉。柟少負才，敏甚。讀書一再過，終身不忘。父爲入貲太學上舍。數應鄉試，罷免歸。柟才高，好古文辭，不能俛而就繩墨為博士諸生業；以文試輒不利。而聲稱奕奕在薦紳間著也。柟為人跅弛，不問治生產。時時從倡家游，大飲，飲醉輒弄酒罵其坐客，毋敢以脣舌抗者。而又豪歌詩，當得意，下筆數千言立就，客咸咋指遁去。竟用是敗。濬令某者，令姓蔣，見謝榛四溟詩話卷三。考清嘉慶六年修濬縣志卷三，嘉靖十八年至二十二年，蔣宗魯任濬縣知縣，蓋即其人也。數刻深名法家言，於文非能好之，陽浮慕之以張吏術耳。謂柟邑諸生才，得相從事幸甚。柟亦欲借令謬恭敬，為相得極歡。令嘗從容語柟：“吾旦過若飲。”柟歸，與翁媼益市牛酒，夜共張至旦。室邑子相戒，盧生有重客，門之履相蹋也。而會令有他事，日昃不來。柟愧且望之。斗酒有勞，醉則已臥。報令至，柟故徐徐出。坐久之，柟稱醉不能具賓主。令恚去，曰：“吾乃為偷人子辱，愧見其邑長者。”邑人素惡柟者，為柟讒曰：“是嘗見令君文而笑且唾。”令益怒。亡何，柟干揂。説文第十二上手部：“揂，夜戒守有所擊。”小徐曰：“所謂扞揂也。”其役夫得伏麥。以為盜也，榜之。役夫被酒，自理而聲强。柟復加榜焉。旬日矣，役夫夜壓於牆隙。事聞令，令色動曰：“嘻！累，是復能倨見我耶？”匿役夫所繇死狀，當柟抵坐。獄具上，報可。柟既已坐大辟繫獄，又令仇之，故毋敢為稱冤者。而會柟鄉人間嘗侍飲，不遜，柟目攝之，去；已來為獄吏。夜縛柟，格筆之數百，臀踵悉潰爛。且死矣。吏以他事罷，得不死。乃感慨折節，益讀其所携書，著幽鞫、放招賦以自廣。以下載幽鞫賦全文。自“其幽鞫曰”至“放招文多不盡錄”共一千六百餘字，今略之。居頃之，盜行剽，迫柟父自到死，燒其廬。子錢家咸負貸不償。柟固已壁立矣。令亦更悔，念魚肉盧生何酷耶？陰稍寬柟拲。説文第十二上手部：“拲，兩手同械也。”大徐音居竦切。有所仇詩辭，呼從獄具草。草上，予酒肉食飲洗沐。尋令去濬為大官，事益解。而故人謝榛先生者，携柟賦遊京都貴人間，絮泣曰：“天乎！冤哉盧生也。及柟在而諸君不以時白之，乃罔罔從千古哀湘而弔賈乎？"陸光祖吴人，有心計，俄謁選得瀋令。光祖嘉靖二十六年進士，除瀋縣知縣。見明史卷二百二十四本傳。至則首爲更爱書，上論鬼薪輸作三歲。盧柟既出獄，家益貧。乃爲九騷謝陸令。而謝榛先生方留滯鄴，柟走謁之，因上賦趙王。趙王覽而奇其文，立召見，賜金百鎰。於是諸王人人更置邸延柟。柟則稱客坐右坐，握塵尾辨説，揮霍數百千萬言，風雨集而江波流也；鳴毫颯颯，倏忽而爲辭若賦，各得以意去。既酒醉，故態畢發，罵其坐人，則人人掩耳走避。柟竟亦不自得，罷還。顧囊中所餘金幾何，趣付酒家也。婦囁嚅咎，柟不顧曰："天生盧柟，爲女曹地耶？"吴人王世貞治獄大名，飛書大伾山中，勒邑吏具筆札，受柟所著集若干卷。柟故亦慕稱世貞，嘗爲文託謝榛先生致之，不達。至是，見世貞郡臺，把臂爲"爲"，猶如也。見經傳釋詞卷二。布衣。飲三日酒，語慷慨，恨相見晚也。世貞序其賦，略曰："余迹盧柟所遘逢及狀貌，殆中庸人耳。既稍得其古詩歌行，讀而小異之。至讀諸賦，則未嘗不爽然自失也。三閭家言，忠愛悱惻，怨而不怒，悠然詩之風哉。長卿務以靡麗宏博旁引廣喻，其要歸卒澤於雅，子雲謂之從神化來耶？然自東京而下蔑如也。諸儒先生號名能文章家，奈何取其論者而姑韻之以爲賦，若兹乎哉？即盧生所就幽鞫、放招，凡三十餘篇，其概不得離津筏而上之；然而大指可諷也。窮天地之紀，采人物之變，與禾喬走飛之態，經緯臚列；假二三能言之士如宋玉、景差者，蟬緩於左徒之門，豈其先柟而室哉？"柟既以別世貞去，南遊金陵。陸光祖爲祠部郎，留月餘。走越歷吴，毋所遇。還，益落魄嗜酒，病三日卒。

　　按：笑史矜嫚部載盧柟事云："盧柟爲諸生，與邑令善。令嘗語柟曰：吾旦過若飲。柟歸，益市牛酒。會令有他事，日昃不來。柟且望之，斗酒自勞，醉則已卧。報令至。柟

稱:醉不能具賓主。令恚去曰:吾乃爲傖人子辱。”文即出世
貞盧枏傳。笑史乃馮夢龍所編。疑話本盧太學篇亦夢龍本
世貞盧枏傳爲之。

李汧公窮邸遇俠客
醒世恒言卷三十

〔唐李肇國史補卷中〕 或説:天下未有兵甲時,常多刺客。
李汧公勉爲開封尉,鞫獄。獄囚有意氣者,感哀勉求生。勉縱而
逸之。後數歲,勉罷秩,客游河北。偶見故囚。故囚喜,迎歸,厚
待之。告其妻曰:“此活我者,何以報德?”妻曰:“償縑千疋可
乎?”曰:“未也!”妻曰:“二千疋可乎?”亦曰:“未也。”妻曰:“若
此,二字唐語林作“大恩難報”。不如殺之!”故囚心動。其僮哀勉,密
告之。勉衩衣乘馬而逸。比夜半,行百餘里,至津店。津店老人
曰:“此多猛獸,何敢夜行?”勉因話言。言未畢,梁上有人瞥下
曰:“我幾誤殺長者。”乃去。未明,携故囚夫妻二首以示勉。

　　按:宋王讜唐語林卷四載李勉遇故囚事,文全襲國史
補。今清内聚珍本語林“爲開封尉”作“爲開封府”,不知唐
有開封縣,無開封府也。又“衩衣乘馬”作“被衣乘馬”。不
知“衩衣”即褉子,“衩”非誤字也。

〔太平廣記卷一百九十五義俠條引原化記〕 頃有仕人爲畿
尉,常任賊曹。有一賊繫械,獄未具。此官獨坐廳上,忽告曰:
“某非賊,頗非常輩。公若脱我之罪,奉報有日。”此公視狀貌不
群,詞采挺拔,意已許之,佯爲不諾。夜後,密呼獄吏放之,仍令
獄吏逃竄。既明,獄中失囚,獄吏又走。府司譴罰而已。後官
滿,數年客遊,亦甚羈旅。至一縣,忽聞縣令與所放囚姓名同,往

謁之。_{令下疑有脱字。}通姓字。此宰驚懼,遂出迎拜,即所放者
也。留廳中,與對榻而寢。歡洽旬餘,其宰不入宅。忽一日歸
宅,此客遂如廁。廁與令宅唯隔一牆。客於廁室聞宰妻問曰:
"公有何客,經於十日不入?"宰曰:"某得此人大恩,性命昔在手,
乃至今日,未知何報。"妻曰:"公豈不聞大恩不報?何不看時機
爲?"令不語。久之,乃曰:"君言是矣。"此客聞已,歸告奴僕,乘
馬便走,衣服悉棄於廳中。至夜,已行五六十里,出縣界,止宿村
店。僕從但怪奔走,不知何故。此人歇定,乃言此賊負心之狀。
言訖吁嗟,奴僕悉涕泣之次。忽牀下一人,持匕首出立。此客大
懼。乃曰:"我義士也。宰使我來取君頭。適聞説,方知此宰負
心。不然,枉殺賢士。吾義不捨此人也。公且勿睡。少頃,與君
取此宰頭,以雪公冤。"此人怕懼愧謝。此客持劍出門如飛。二
更已至,呼曰:"賊首至。"命火觀之,乃令頭也。劍客辭訣,不知
所之。

　　按:原化記所載某畿尉事即國史補所載李勉事。二書
情節小異,話本兩取之。

〔北夢瑣言卷九穆李非命條〕　葆光子嘗讀李肇國史補曰:
李公沂_{當作"沔公"}。曾放死囚。他日,道次遇之。其人感恩,延歸
其家。與妻議所酬之物。妻嫌數少。此人曰:酬物少,不如殺
之。李公急走,遇俠士方免此禍。常以爲虛誕。今張存翻害穆
李,即史補之説,信非虛誕也。怪哉!

黃秀才徼靈玉馬墜
醒世恒言卷三十二

〔情史卷九黃損條〕　秀士黃損者,丰姿韶秀,早有雋譽。家

世閥閱,至生旁落。生有玉馬墜,色澤温栗,鏤刻精工,生自幼佩帶。一日,遊市中,遇老叟,鶴髮朱標,大類有道者。生與談竟日,語多玄解。向生乞取玉墜。生亦無所吝惜,解授老人。不謝而去。荆襄守帥慕生才名,聘爲記室。生應其聘。行至江渚,見一舟泊岸,篷窗雅潔,朱欄油幕。訊之,乃賈於蜀者,道出荆襄。生求附舟,主人欣然諾焉。抵暮,生方解衣假寐,忽聞箏聲悽惋,大似薛瓊瓊。瓊瓊,狭邪女,箏得郝善素遺法,爲當時第一手,此生素所狎昵者也。入宮供奉矣。生急披衣起,從窗中窺伺。見幼女年未及笄,衣杏紅輕綃,雲鬟半嚲。燃蘭膏,焚鳳腦,纖手撫箏。而嬌艷之容,婉媚之態,非目所睹。少選,箏聲闃寂,蘭銷篆滅。生視之,神魂俱蕩,情不自持,挑燈成一詞云:“無所願,芥子園本情史作“生平無所願”。徐釚詞苑叢談卷六引此詞無“生平”二字。今據删。願作樂中箏。得近佳人纖手子,斫羅裙上放嬌聲。便死也爲榮。”遂展轉不寐。早起伺之。女理妝甫畢,容更鮮妍。以金盆潔手,玉腕蘭芽,香氣芬馥,撲出窗櫺。生恐舟人知之,不敢久視,乘間以前詞書名字從門隙中投入。女拾詞閲之,歎賞良久,曰:“豈意庾子山復見今日耶?”遂啟半窗窺生。見生丰姿皎然,曰:“生平耻爲販夫販婦。若與此生偕伉儷,願畢矣!”自是啟朱户,露半體,頻以目挑。畏父在舟,倏啟倏閉,終不通一語。停午,主人出舟理樵。女隔窗招生密語曰:“夜無先寢,妾有一言。”生喜不自勝,惟恨陽烏不速墜也。至夜,新月微明,輕風徐拂。女開半户,謂生曰:“君室中有婦乎?”生曰:“未也。”女曰:“妾賈人女,小字玉娥。幼喜弄柔翰。承示佳詞,逸思新美。君一片有心人也。願得從伯鸞,齊眉德曜足矣。儻不如願,有相從地下耳。慕君才華,不羞自獻。君異日富貴,萬勿相忘!”生曰:“卿家雅意,陽侯河伯實聞此言。所不如盟者,無能濟河。”女曰:“舟子在前,嚴父在側,難以盡言。某月某日,舟至涪州,父偕舟人往賽水神,日晡

方返。君來，當爲決策。勿以紆道失期，使妾望眼空穿也。”生
曰：“敬如約。”生欲執其手。女謹避不可犯。其父呼女，女急掩
門就寢。生恍惚如在柯蟻夢中。五夜目不交睫。次日，舟泊荆
江。群從促行，生徘徊不忍去。促之再三，始簡裝登岸，復佇立
顧望。女亦從窗中以目送生，粉黛涔涔，有淚痕矣。生唏噓哽
咽。頃之，輕舟掛帆，迅速如飛。生益不勝情。入謁守帥，心搖
搖如懸旌。帥屢扣之，不能舉詞。惟辭帥欲往謁故友，數日復
來。帥曰：“軍務倥傯，急需借箸。且無他往。”命使潔幸舍，治供
具館生。生逡巡就旅舍。陣守甚嚴。生度不得出，恐失前期，逾
垣逸走。沿途問訊，間關險阻，如期抵涪州。客舟雲集。見一水
崖，綠陰拂岸，女舟孤泊其下。女獨倚篷窗，如有所待。見生至，
喜動顏色。招之曰：“郎君可謂信士矣。”囑生水急，曳纜登舟。
生以手解維欲登。水勢洶涌，力不能持。舟逐水漂漾。瞬息，順
流去若飛電。生自岸叫呼，女從舟哭泣。生沿河渚狂走十餘里，
望舟若滅若沒，不復見矣。晚，女父至，覓舟不得。或謂：“纜斷，
舟隨水去多時矣。”女父急覓舟，追尋無迹，涕泗而回故里。

　　適瓊瓊之假母薛媼者，以瓊瓊供奉内庭，隨之長安。行抵漢
水，見舟覆中流。急命長年曳起。舟中一幼女，有殊色，氣息奄
奄。媼負以紵絮，調以蘇合，逾日方蘇。詰其姓氏，曰：“妾裴姓，
玉娥小字也。隨父入蜀。至涪州，父偕舟人賽神，妾獨居舟中。
纜解，漂没至此。”媼曰：“字人無也？”女言：“與生訂盟矣。”出其
詞爲信。媼素契重生，乃善視女，携入長安。謂之曰：“黃生，吾
素所向慕也。歲當試士，生必入長安。爲女偵訪，宿盟可諧也。”
女銜謝不已。自此女修容不整，扃户深藏，刺繡自給。思生之
念，寢食俱廢，或夢呼生名而不覺也。一日，有胡僧值當作“直”。
抵其室募化。女見僧有異狀，女跪膜拜曰：“弟子墜落火坑，有宿
緣未了，望師指迷津。”僧曰：“汝誠念皈依。但汝有塵劫。我授

汝玉墜,配之可解。勿輕離衣裾。"授女而出。女心竊異之,未敢
洩於媼也。然生遍訪女,杳然無蹤,若醉若狂,功名無復置念。
窮途資盡,每望門投止。適至荒林,見古刹,生入投宿。有老僧
跌坐入定。生以五體投地。老僧曰:"先生欲了生死耶?"生曰:
"否,否! 舊與一女子有約涪州,爲天吳漂没。師,聖僧也。敢以
叩問。"僧曰:"老僧心若死灰,豈知兒女子事? 速去,毋溷我。"生
固求。僧以杖驅之使出。生禮拜益堅。僧曰:"姑俟君試後,徐
爲訪求,當有報命。"生曰:"富貴,吾所自有也。佳人難再得。願
慈悲憐憫,速爲指示。"僧曰:"大丈夫致身青雲,亢宗顯親,乃其
事也。迷念慾海,非夫矣。"迫之再三。復出數金以助行裝。生
不得已,一宿戒行。終戀不能舍。勉强應制,得通籍。授金
部郎。

　　時呂用之柄政,斂怨中外。生疏其不法。呂免官就第。生
少年高第,長安議婚者踵至,悉爲謝卻。蓋不忍背女初盟也。呂
閑居,遍覓姬妾。聞薛媼有女佳麗,以五百緡爲聘,隨遣婢僕數
十人劫之歸第。呂見女姿容,喜曰:"我得此女,不數石家綠珠
矣。"女布素縞衣,雲鬟不理。呂出綦組紈綺,命易裝飾。女啼泣
不已,擲之於地。呂令諸婢擁女入曲房。諸客賀呂得尤物,置酒
高會。有牧夫狂呼曰:"一白馬突至廄爭櫪,嚙傷群馬。白馬從
堂奔入內室。"呂命索之,則寂無所見。眾咸駭異,因而罷酒。呂
入女寢室,叱去諸婢,好言慰之曰:"女從我,何患不生富貴乎?"
女曰:"妾本閭閻女子,裙布椎作,固所甘之,無願富貴也。相公
後房玉立,豈少一女子耶? 羅敷自有夫。如苦相迫,願以頸血濺
相公衣。此志不可奪也。"呂自爲解衣。女力拒不得脱。忽有白
馬長丈餘從牀第騰躍,向呂蹄嚙。呂釋女,環室而走。急呼女侍
入。馬嚙女侍,傷數人倒地。呂驚惶,趨出寢所。馬遂不見。呂
曰:"此妖孽也。"然貪戀女姿,不忍驅去。亦不敢復入女室矣。

惟遍求禳遣。有胡僧自言能禳妖，呂延僧入。僧曰：“此上帝玉
馬爲祟女家，非人力所能遣也。兆不利於主人。”呂曰：“將奈之
何？”僧曰：“移之他人，可代也。”呂曰：“誰爲我代耶？”僧良久曰：
“長安貴人，相公有素所仇恨者，贈以此女，彼當之矣。”呂恨生刺
己，思得甘心，乃曰：“得其人矣。”以金帛酬僧。僧不受，拂衣而
出。呂呼薛媼至曰：“我欲以爾女贈故人。爾當偕往。”媼曰：“故
人爲誰？”呂曰：“金部郎黃損也。”媼聞之，私喜，入謂女曰：“相公
欲以汝贈故人，汝願酬矣。”女曰：“所不即死者，意黃郎入長安，
了此宿盟耳。蕭郎從此自路人矣。我九原死骨，奈何驅之若東
西水也。”媼曰：“黃郎爲金部郎。相公以汝不利於主，故欲以贈
之。此胡僧之力也。女當急去。”呂乃以後房奩飾悉以贈女。先
令長鬚持刺投生。生力拒，不允。適薛媼至。生曰：“此薛家媼
也。何因至此？”媼曰：“相公欲以我女充下陳，故與偕來。”生曰：
“媼女已供奉内庭矣。”媼曰：“昔在漢水中復得一女。”遂出其詞
示生。生曰：“是贈裴玉娥者。媼女豈玉娥耶？”媼曰：“香車及於
門矣。”生趨迎入，相抱嗚咽。生曰：“今日之會，夢耶？真耶？”女
出玉馬，謂生曰：“非此物，妾爲泉下人矣。”生曰：“此吾幼時所贈
老叟者。何從得之？”女言：“是胡僧所贈。”方知離而復合，皆胡
僧之力。胡僧真神人，玉馬真神物也。乃設香燭供玉馬而拜之。
馬忽在案上躍起，長丈餘，直入雲際。前時老叟於空中跨去，不
知所適。事見北窗志異。宋史藝文志小説類北窗記異一卷，不知作者。賈
似道悦生隨鈔引北窗記異。見説郛卷十二。

　　宋阮閲詩話總龜前集卷十又引王舉雅言系述云：黃
損，連山人。引其公子行五律一首，又出山吟七律一首。引
張靚雅言雜載云：唐黃損，連山人。龍德後梁末帝年號。二年
登進士第，喜作詩，引讀史五律一首。説郛卷四十三引曾慥

集仙傳：黃損，不知何許人，<u>五代</u>時仕<u>南漢</u>，爲尚書僕射。_東坡志林卷二黃僕射條，連州有黃損僕射者，<u>五代</u>時人，蓋仕南漢官也。未老退歸，一日忽遁去，莫知其存亡凡卅二年。復歸，索筆書壁，"一別人間歲月多"云云，投筆竟去。

〔續前定録黃損條_{左氏百川學海丙集}〕　黃損，連州人，有大志。舉於<u>廬山</u>，與桑維翰、宋齊丘相遇。每論天下之務，皆出<u>損</u>下。<u>損</u>亦自負。居無何，遊<u>五老峰</u>，遇磐石，少憩。頃之，有叟長嘯而至，指維翰、齊丘曰："公等皆至將相，但各不得其死耳。"次指<u>損</u>曰："此子有道氣，可以隱居。若求官，不至一州從事耳。宜思之。"<u>損</u>甚怒。叟曰："休戚之數定矣，吾先去也，何怒乎。"後皆然。

〔燈下閑談卷上神仙雪冤條_{涵芬樓校印本，以適園叢書本、原本説郛}_{卷十一所引校}〕　呂用之在<u>維揚</u>日，佐渤海王，謂高駢。_{駢僖宗乾符末爲}_{淮南節度使。中和間封渤海郡王。見新唐書叛臣傳。}專權擅政，害物傷人，具載於妖亂志中。_{新唐書藝文志乙部雜史類郭廷誨廣陵妖亂志三卷。}此不繁述。中和四年秋，有商人劉<u>損</u>挈家乘巨船自<u>江夏</u>至<u>揚州</u>。<u>用之</u>凡遇公私往來，悉令偵覘行止。劉妻裴氏有國色。<u>用之</u>以陰事構置，取其裴氏。<u>劉</u>下獄，獻金百兩，免罪。雖即脫於非橫，然亦憤惋。因成詩三首曰："寶釵分股合無緣，魚在深淵日在天。得意紫鸞休舞鏡，斷蹤青鳥罷銜箋。金杯倒覆難收水，玉軫傾欹懶續弦。_{頸聯"金杯倒覆"、"玉軫傾欹"二句，涵芬樓本、適園叢書本俱空缺，説郛}_{卷十一引不缺，今據補。}從此蘼蕪山下過，只應將淚比流泉。"其二"鸞辭舊伴知何<u>止</u>，鳳得新梧想稱心。紅粉尚殘香漠漠，_{"漠漠"據説郛}_{本。涵芬樓本作"冪冪"。}白雲將散信沉沉。已休磨琢投歡玉，懶更經營買笑金。願作山頭似人石，丈夫衣上淚痕深。"其三"舊嘗游處遍尋看，睹物傷情死一般。買笑樓前花已謝，畫眉窗下月空殘。雲歸<u>巫峽</u>音容斷，路隔星河去住難。莫道詩成無淚下，淚如泉涌亦須乾。"詩成，吟詠不輟。一日，晚憑水窗，見河街上一虬鬚老叟，行步迅疾，骨貌昂藏，眸光射人，彩色晶瑩如曳冰雪，跳上船來，揖損曰："子中心有何不平之事，抱鬱塞之氣?"損具對之。叟曰："只今便爲取賢閤並寶貨回。即發，不可更停於此也。"損察其意，必俠士也。再拜而啟曰："長者能報人間不平，何不去蔓除根，豈更容奸黨?"叟曰："吕用之屠割生民，奪君愛室。若今誅殛，固不爲難。實則愆過已盈，抑亦神人共怒。只候冥靈聚録，方合身首支離，不唯戮及一身，亦須殃連七祖。且爲君取其妻室，未敢逾越神明。"乃入吕用之家，化形於斗拱之上，叱曰："吕用之違背君親，時行妖孽，以苛虐爲志，以惑亂律身，仍於喘息之閒，更慕神仙之事。冥官方録"録"據說郛本，涵芬樓本作"戮"。其過，上帝即議行刑。吾今"今"下疑有脱字。戮爾形骸，但先罪以所取。劉氏之妻並其寶貨，速便還其前人。儻更吝色顧盼，必見頭隨刃落。"言畢鏗然不見所適。用之驚懼惶惑，遽起，秉簡焚香再拜。夜遣幹事賫金並裴氏還劉損。損不待明，促舟子解維。虬鬚亦無蹤迹耳。

十五貫戲言成巧禍
醒世恒言卷三十三

〔元楊奐陶九嫂詩元詩選二集本還山遺稿題下奐自注云：述蘄春劉益甫所言以爲强暴不道者之戒。〕　勿輕釵與筓，勿賤裙與襦。柘皋一女子，健勝百丈夫。家住廬州東，庫藏饒金珠。天陰夜抹漆，暴客萌覬覦。胠篋不足較，父兄罹剚屠。女年十五六，以色竟見驅。捕捉星火急，亡命洞庭湖。既爲陶家婦，"九嫂"從渠呼。寝息風浪中，四鄰唯菰蒲。琴瑟未免合，積久產二雛。春秋祭享絶，對面佯悲吁。向來郎鬢黑，漂泊生白鬚。身後乏寸土，奈我子母孤。干戈又换世，幸在昔廛區。何當決歸□，卒歲容相娱？聞語略不疑，意謂癡且愚。鋭然□輕舟，携抱登長塗。青氈復舊物，水陸多膏腴。女兒拜夫前，靈覞焉可誣。兒初有秘祝，欲答神□扶。紿郎俟西祠，徑往公府趨。畫地訴首尾，曾不□錙銖。官長怒咆哮，俄頃就執俘。械杻滿蟣虱，□□臨街衢。使女坐其旁，笑頰如施朱。自推二□□，□請加鑕鈇。官曰："產爾腹，頗亦憐呱呱。"女□："□□種，不可謂不辜。"環觀交感泣，猛烈今古無。□事鬼神畏，失機或斯須。甘露若訓注，反遭□□圖。政類竇桂娘，皃同貌當作"心"。實殊。奂自注：桂娘建中時人。見杜牧言。按，"杜牧言"當作"杜牧集"。隱忍寂寞濱，豈甘盜賊污？白玉投青泥，至寶終莫渝。此仇若不雪，何以見烏烏！一息傳萬口，南北通燕吴。夫願女爲婦，□願女爲姑。緑林肝膽寒，低頭羞穿窬。佳人固不幸，能還誰爾拘？何事原巨先，遂使輕俠徒？奂自注云：見前漢書原涉傳。

徐老僕義憤成家

醒世恒言卷三十五

〔田叔禾小集卷六阿寄傳〕 阿寄者，淳安徐氏僕也。徐氏昆弟别產而居，伯得一馬，仲得二牛，季寡婦得阿寄。阿寄年五十餘矣。寡婦泣曰："馬則乘，牛則耕，踉蹌老僕，乃費我藜羹。"阿寄歎曰："噫！主謂我力不若牛馬耶？"乃畫策營生，示可用狀。寡婦悉簪珥之屬得銀一十二兩畀寄。寄則入山販漆，期年而三其息。謂寡婦曰："主無憂，富可立致矣。"又二十年而致產數萬金。爲寡婦嫁女，婚兩郎，賫聘皆千金；又延師教兩郎，既皆輸粟爲太學生。而寡婦則阜然財雄一邑矣。頃之，阿寄病且死，謂寡婦曰："老奴牛馬之報盡矣。"出枕中二楮，則家計巨細，悉均分之，曰："以此遺兩郎君，可世守也。"言訖而終。徐氏諸孫或疑寄私蓄者，竊啟其篋，無寸絲粒粟之儲焉。一嫗一兒，僅敝縕掩體而已。嗚呼！阿寄之事予蓋聞之俞鳴和云。夫臣之於君也，有爵祿之榮；子之於父也，有骨肉之愛。然垂緌曳綬者，或不諱爲盜臣；五都之豪，爲父行賈，匿良獻楛，否且德色也。乃阿寄村鄙之民，衰邁之叟，相嫠人，撫髫種，而株守薄業，户柞凋落，溝壑在念。非素聞詩禮之風，心激寵榮之慕也；乃肯畢心殫力，昌振鎡基，公爾忘私，斃而後已，是豈尋常所可及哉！鳴和又曰："阿寄老矣，見徐氏之族，雖幼必拜，騎而遇諸塗，必控勒將數百武，以爲常。見主母，不睇視。女使雖幼，非傳言，不離立也。後漢書皇后紀：和熹鄧皇后諱綏，太傅禹之孫也。永元八年冬入掖庭，爲貴人，承事陰皇后（和帝陰皇后）。夙夜戰兢，若並時進見，則不敢正坐離立。唐章懷太子賢注：離，並也。禮記曰：離坐離立，無往參也。若然，即縉紳讀書明理達義者，何以加諸！移此心也以奉其君親，雖謂之大忠純孝可也。"

蔡瑞虹忍辱報仇
醒世恒言卷三十六

〔祝允明九朝野記卷四〕　吴邑朱生，宣德中商湖湘。泊舟官河下，其旁四方客雲集，娼船蟻附焉。一日，傳有名妓新王二者至，衆競出觀，果艷姬也。一優偕來。紀録彙編卷二百零二所收明祝允明前聞記作"與一優偕來"。其船密比生舟。既數日，生言笑動靜，娼罔不密察；有眷眷意，數以言挑生，生漫應之。或日，生登岸，獨留一僕在。娼移船就僕，密問生之年里性行及其家族生計以及妻之恕悍、子之多寡，極悉。僕一一語之，乃去。生還，僕以告，生亦不爲意。明日晚，娼視生在舟，使優邀之飲。又潛告生曰："君但言延我入舟則可，我欲有言於君耳。"生從之。娼入生舟，

飲間，戚戚無歡容。生數殷勤之，亦漠領，_{前聞記作"亦漠然不領"。}倩
其歌，亦不肯。俄去眠榻上，生曰："小娘子既辱臨近，何不開意
爲歡乎？"娟曰："我自不耐煩，君勿纏殢也。"生有新衫在榻，娟取
碎裂之。生亦無慍容，惟心念風塵驕賤，不足介意。酒罷就寢。
中夜問之，娟顧旁舟無覺者，乃低語生曰："我有冤欲圖之人，久
不獲。日者察君久，似見君有心人，故輒自求近。凡君身家事，
我固悉知矣，獨不見性度。適裂衫乃試君度耳。我意精如此，不
知君有此力量否？若果能擔負，則我事乃濟，而君亦不爲無益
也。"生曰："吾頗負義略，豈不能庇一婦女乎？"娟潸然曰："我非
娟，淮安蔡指揮女也。吾父以公錯調湖廣之襄陽衞，挈家以行。
舟人王賊，乘父醉，擠之水，並母死焉，僮僕悉盡。以我色獨留。
犯之，呼爲妻。_{前聞記作"呼爲妾"。}吾父貲素豐，賊厚載欲商於他。
不幾日，復爲盜劫，吾與賊僅免。_{前聞記作"僅免死"。}吾家貲仍罄
焉。賊欲歸，以有我不可，進退維谷，遂以餘貲_{前聞記作"身畔餘貲"。}
買小舟，俾我學歌舞爲京娟而來此。君能復吾仇於官，我終身事
君爲妾侍耳。"因出父文牘示生，生慷慨許諾。翌日優來，曰："二
姐未起乎？"生大罵曰："賊不知死所，尚覓二姐乎？"優知事洩，隨
生語投於水，_{前聞記作"隨生語自投於水"。}生遂持娟歸家而卒老焉。

杜子春三入長安
醒世恒言卷三十七

〔<u>太平廣記</u>卷十六<u>杜子春</u>條引<u>唐李復言續玄怪錄</u>，_{今宋臨安書棚本續}
_{玄怪錄無此條}〕　<u>杜子春</u>者，蓋<u>周隋</u>間人。少落拓，不事家產。然
以志氣閑曠，縱酒閑遊，資產蕩盡。投於親故，皆以不事事見棄。
方冬，衣破腹空，徒行<u>長安</u>中。日晚未食，彷徨不知所往。於<u>東
市</u>西門，飢寒之色可掬，仰天長吁。有一老人策杖於前，問曰：

"君子何歎?"春言其心,且憤其親戚之疏薄也。感激之氣,發於顏色。老人曰:"幾緡則豐用?"子春曰:"三五萬則可以活矣。"老人曰:"未也。更言之。""十萬。"曰:"未也。"乃言:"百萬。"亦曰:"未也。"曰:"三百萬。"乃曰:"可矣。"於是袖出一緡,曰:"給子今夕。明日午時,候子於西市波斯邸,慎無後期。"及時,子春往。老人果與錢三百萬,不告姓名而去。子春既富,蕩心復熾,自以爲終身不復羈旅也。乘肥,衣輕,會酒徒,徵絲管,歌舞於倡樓。不復以治生爲意。一二年間,稍稍而盡。衣服車馬,易貴從賤。去馬而驢,去驢而徒。倏忽如初。既而復無計,自歎於市門。發聲而老人到,握其手曰:"君復如此,奇哉!吾將復濟子。幾緡方可?"子春慚不應。老人因^{疑當作"固"。}逼之。子春愧謝而已。老人曰:"明日午時來前期處。"子春忍愧而往,得錢一千萬。未受之初,憤發,以爲從此謀身治生,石季倫猗頓小豎耳。錢既入手,心又翻然,從適之情,又卻如故。不一二年間,貧過舊日。復遇老人於故處。子春不勝其愧,掩面而走。老人牽裾止之。又曰:"嗟呼,拙謀也。"因與三千萬,曰:"此而不痊,則子貧在膏肓矣。"子春曰:"吾落拓邪游,生涯罄盡。親戚豪族,無相顧者。獨此叟三給我,我何以當之!"因謂老人曰:"吾得此,人間之事可以立,孤孀可以衣食,於名教復圓矣。感叟深惠,立事之後,唯叟所使。"老人曰:"吾心也。子治生畢,來歲中元,見我於老君雙檜下。"子春以孤孀多寓淮南,遂轉資揚州,買良田百頃;郭中起甲第;要路置邸百餘間。悉召孤孀,分居第中。婚嫁甥姪,遷祔族親。恩者煦之,仇者復之。

既畢事,及期而往。老人者方嘯於二檜之陰。遂與登華山雲臺峰。入四十里餘,見一處室屋,嚴潔非常人居。綵雲遙覆,鸞鶴飛翔。其上有正堂。中有藥爐,高九尺餘,紫焰光發,灼煥窗户。玉女九人,環爐而立。青龍白虎,分據前後。其時日將

暮。老人者不復俗衣，乃黃冠絳帔士也。持白石三丸，酒一卮，
遺子春，令速食之。訖，取一虎皮鋪於內西壁，東向而坐。戒曰：
"慎勿語。雖尊神、惡鬼、夜叉、猛獸、地獄，及君之親屬爲所困縛
萬苦，皆非真實。但當不動不語。宜安心莫懼，終無所苦。當一
心念吾所言。"言訖而去。子春視庭，唯一巨甕，滿中貯水而已。
道士適去，旌旗戈甲，千乘萬騎，遍滿崖谷。呵叱之聲，震動天
地。有一人稱大將軍，身長丈餘。人馬皆着金甲，光芒射人。親
衛數百人，皆杖劍張弓。直入堂前，叱曰："汝是何人？敢不避大
將軍！"左右竦劍而前，逼問姓名。又問："作何物？"皆不對。問
者大怒，摧斬爭射之聲如雷。竟不應。將軍者極怒而去。俄而
猛虎、毒龍、狻猊、獅子、蝮、蝎萬計，哮吼拿攫而爭前，欲搏噬，或
跳過其上。子春神色不動。有頃而散。既而大雨滂澍，雷電晦
暝。火輪走其左右，電光掣其前後，目不得開。須臾，庭際水深
丈餘，流電吼雷，勢若山川開破，不可制止。瞬息之間，波及坐
下。子春端坐不顧。未頃，而將軍者復來，引牛頭獄卒、奇貌鬼
神，將鑊湯而置子春前。長槍兩叉，四面周匝。傳命曰："肯言姓
名即放。不肯言，即當心取叉，置之鑊中。"又不應。因執其妻
來，拽於階下。指曰："言姓名免之。"又不應。及鞭箠流血，或射
或斫，或煮或燒，苦不可忍。其妻號哭曰："誠爲陋拙，有辱君子。
然幸得執巾櫛，奉事十餘年矣。今爲尊鬼所執，不勝其苦。不敢
望君匍匐拜乞，但得公一言即全性命矣。人誰無情，君乃忍惜一
言。"雨淚庭中，且咒且罵。春終不顧。將軍且曰："吾不能毒汝
妻耶？"令取銼碓，從腳寸寸銼之。妻叫哭愈急。竟不顧之。將
軍曰："此賊妖術已成，不可使久在世間。"敕左右斬之。斬訖。
魂魄被領見閻羅王，曰："此乃雲臺峰妖民乎？"捉付獄中。於是
鎔銅、鐵杖、碓搗、磑磨、火炕、鑊湯、刀山、劍樹之苦，無不備嘗。
然心念道士之言，亦似可忍，竟不呻吟。獄卒告受罪畢。王曰：

"此人陰賊，不合得作男。宜令作女人，配生宋州單父縣丞王勸家。"生而多病。針灸藥醫，略無停日。亦嘗墜火墮牀。痛苦不齊，終不失聲。俄而長大，容色絶代，而口無聲，其家目爲啞女。親戚狎者，侮之萬端。終不能對。同鄉有進士盧珪者，聞其容而慕之，因媒氏求焉。其家以啞辭之。盧曰："苟爲妻而賢，何用言矣。亦足以戒長舌之婦。"乃許之。盧生備六禮，親迎爲妻。數年，恩情甚篤。生一男。僅二歲，聰慧無敵。盧抱兒與之言，不應。多方引之，終無辭。盧大怒曰："昔賈大夫之妻鄙其夫，才不笑。然觀其射雉，尚釋其憾。今吾陋不及賈，而文藝非徒射雉也。而竟不言。大丈夫爲妻所鄙，安用其子?"乃持兩足以頭撲於石上。應手而碎，血濺數步。子春愛生於心，忽忘其約，不覺失聲，云："噫!"噫聲未息，身坐故處，道士者亦在其前。初五更矣。見其紫焰穿屋上。大火起，四合。屋室俱焚。道士歎曰："措，談本作"錯"，今逕改。大誤余乃如是!"因提其髮，投水甕中。未頃，火息。道士前曰："吾子之心，喜、怒、哀、懼、惡、慾，皆忘矣。所未臻者愛而已。向使子無'噫'聲，吾之藥成，子亦上仙矣。嗟呼! 仙才之難得也! 吾藥可重煉，而子之身猶爲世界所容矣。勉之哉!"遥指路使歸。子春强登基觀焉。其爐已壞。中有鐵柱，大如臂，長數尺。道士脱衣，以刀子削之。子春既歸，愧其忘誓，復自效以謝其過。行至雲臺峰，絶無人迹。歎恨而歸。

李道人獨步雲門
醒世恒言卷三十八

〔太平廣記卷三十六李清條引唐薛用弱集異記，今行顧氏文房小説本集異記無此條〕 李清，北海人也。代傳染業。清少學道，多延齊魯之術士道流，必誠敬接奉之，終無所遇。而勤求之意彌切。家富於財，素爲州里之豪氓。子孫及内外姻族近百數家，皆能游手射利於益都。每清生日，則爭先饋遺；凡積百餘萬。清性仁儉，來則不拒納，亦不散。如此相因，填累藏舍。年六十九，生日前一旬，忽召姻族，大陳酒食。已而謂曰："吾賴爾輩勤力無過，各能生活，以是獲優贍。然吾布衣蔬食，逾三十年矣。寧復有意於華侈哉！爾輩以吾老長行，每饋吾生日。衣裝玩具，侈亦至矣。然吾自以久所得緘之一室，曾未閲視。徒損爾之給用資吾之糞土，竟何爲哉！幸天未録吾魂氣，行將又及吾之生辰。吾固知爾輩又營續壽之禮。吾所以先期而會，蓋止爾之常態耳。"子孫皆曰："續壽自遠有之。非此，將何以展卑下孝敬之心。願無止絶，俾姻故之不安也。"清曰："苟爾輩志不可奪，則從吾所欲而致之，可乎？"皆曰："願聞尊旨。"清曰："各能遺吾洪縅麻縻百尺。總而計之，是吾獲數千百丈矣。以此爲紹續，吾壽豈不延長哉？"皆曰："謹奉教。然尊旨必有所以，卑小敢問。"清笑謂曰："終亦須令爾輩知之。吾下界俗人，忘意求道。精神心力，夙夜勤勞，於今六十載矣。而曾無影響。吾年已老耄，朽蠹殆盡。自期筋骸，不過三二年耳。欲乘視聽步履之尚能，將行早志，爾輩幸無吾阻。"先是，青州南十里，有高山俯壓郡城，峰頂中裂，谺爲關崖。州人家家坐對嵐岫；歸雲過鳥，歷歷盡見。按圖經云："雲門山，俗亦謂之劈山。"而清蓄意多時，及是謂姻族曰："雲門山，神仙之窟宅也。吾將往焉。吾生日，坐大竹簣，以轆轤自縋而下，以縅縻爲媒焉。脱不可前，吾當急引其媒。爾則出吾於媒末。設有所遇而能肆吾志，亦當復來歸。"子孫姻族泣諫曰："冥寞深遠，不測紀極。況山精木魅、蛇虺怪物，何類不儲？忍以千金之身自投於斯，豈久視永年之階？"清曰："吾志也。汝輩必阻，則吾私行矣。是不獲行簣洪縻之安也。"衆知不可回，則共治其事。

及期，而姻族鄉里凡千百人，競賫酒饌，遲明大會於山椒。清乃揮手辭謝而入焉。良久及地。其中極暗,仰視天,纔如手掌。
捫四壁,止容兩席許。東南有穴,可俯僂而入。乃棄簀游焉。初
甚狹細,前往,則可伸腰。如此約行三十里,晃朗微明。俄及洞
口。山川景象,雲煙草樹,宛非人世。曠望久之,惟東南十數里,
隱映若有居人焉。因徐步詣之。至則陡絕一臺,基級極峻而南
向,可以登陟。遂虔誠而上,頗懷恐懼。及至,窺其堂守甚嚴,中
有道士四五人。清於是扣門。俄有青童應門問焉。答曰:"青州
染工李清。"青童如詞以報。清聞中堂曰:"李清,伊來也?"乃令
前。清惶怖趨拜。當軒一人遥語曰:"未宜來,何即遽至?"因令
遍拜諸賢。其時日已午。忽有白髮翁自門而入,禮謁啟曰:"蓬
萊霞明觀丁尊師新到,衆聖令邀諸真登上清赴會。"於是列真偕
行。謂清曰:"汝且居此。"臨出,顧曰:"慎無開北扉。"清巡視院
宇,兼啟東西門,情意飄飄然,自謂永棲真境。因至堂北,見北户
斜掩。偶出顧望,下爲青州,宛然在目。離思歸心,良久方已。
悔恨思返,諸真則已還矣。其中相謂曰:"令其勿犯北門,竟爾自
惑。信知仙界不可妄至也。"因與瓶中酒一甌,其色濃白。既而
謂曰:"汝可且歸。"清則叩頭求哀。又云:"無路卻返。"衆謂清
曰:"會當至此,但時限未耳。汝無苦無途。但閉目,足至地則到
鄉也。"清不得已,流涕辭行。或相謂曰:"既遣其歸,須令有以爲
生。"清心恃豪富,訝此語爲不知己。一人顧清曰:"汝於堂內閣
上取一軸書去。"清既得,謂清曰:"脱歸無倚,可以此書自給。"

　清遂閉目,覺身如飛鳥,但聞風水之聲相激。須臾履地。開
目,即青州之南門。其時纔申末。城隍阡陌,仿佛如舊。至於屋
室樹木、人民服用,已盡變改。獨行盡日,更無一人相識者。即
詣故居。朝來之大宅宏門,改張新舊,曾無仿像。左側有業染
者,因投詣與之語。其人稱姓李,自云:"我本北海富家。"因指前
後閭閈:"此皆我祖先之故業。曾聞先祖於隋開皇四年生日,自

縋南山,不知所終。因是家道淪破。"清悒怏久之。乃換姓氏,寓遊城邑。因取所得書閱之,則療小兒諸疾方也。其年,青州小兒痾疫。清之所醫,無不立愈。不旬月,財產復振。時高宗永徽元年。天下富庶,而北海往往有知清者。因是齊魯人從而學道術者凡百千輩。至五年,乃謝門徒云:"吾往泰山觀封禪。"自此莫知所往。

汪大尹火燒寶蓮寺
醒世恒言卷三十九

〔智囊補卷十僧寺求子條〕　廣西南寧府永淳縣寶蓮寺有子孫堂,旁多淨室。相傳祈嗣頗驗,布施山積。凡婦女祈嗣,須年壯無疾者,先期齋戒,得聖筊方許止宿。其婦女,或言夢佛送子,或言羅漢,或不言,或一宿不再,或屢宿屢往。因淨室嚴密無隙,而夫男居戶外,故人皆信焉。閩人汪旦福蒞縣,疑其事,乃飾二妓以往。屬云:"夜有至者,勿拒,但以朱墨密塗其頂。"次日黎明,伏兵眾寺外,而親往點視。眾僧倉皇出謁,凡百餘人。令去帽,則紅頭墨頭者各二。令縛之,而二妓使證其狀。云:"鐘定後,兩僧庚至,贈調經種子丸一包。"汪令拘訊他求嗣婦女,皆云無有。搜之,各得種子丸如伎,乃縱去不問。而召兵眾入,眾僧懾不敢動,一一就縛。究其故,則地平,或牀下,悉有闇道可通。蓋所污婦女不知幾何矣!既置獄,獄為之盈。住持名佛顯,謂禁子凌志曰:"我掌寺四十年,積金無等。自知必死。能私釋我等,暫歸取來,以半相贈。"凌許三僧從顯往,而自與八輩隨之。既至寺,則窖中黃白燦然,恣其所取。僧陽束臥具,陰收寺中刀斧之屬,期三更斬門而出。汪方秉燭構申詳稿,忽心動,念:"百僧一獄,卒有變,莫支!"乃密召快手,持械入宿。甫集,而僧亂起。僧

所用皆短兵，衆以長槍禦之。僧不能敵，多死。顯知事不諧，揚
言曰：“吾儕好醜區別，相公不一一細鞫，以此激變。然反者不過
數人，令已誅死，吾儕當面訴相公。”汪令刑房吏諭諭曰：“相公亦
知汝曹非盡反者。然反者已死，可盡納器械，明當庭鞫分別之。”
器械既出，於是召僧，每十人一鞫，以次誅絶，至明，百僧殲焉。
究器械入獄之故，始知凌志等弊寶。而志等則已死於兵矣。

馬當神風送滕王閣

醒世恒言卷四十

〔唐王定保摭言卷五〕　王勃著滕王閣序時，年十四，都督閻
公不之信。勃雖在座，而閻公屬意子婿孟學士者爲之，已宿構
矣。及以紙筆延讓賓客，勃不辭。公大怒，拂衣而起，專令人伺
其下筆，第一報云：“南昌故郡，洪都新府。”公曰：“亦是老生常
談。”又報云：“星分翼軫，地接衡廬。”公聞之，沉吟不言。又云：
“落霞與孤鶩齊飛，秋水共長天一色。”公矍然而起曰：“此真天
才，當垂不朽矣。”遂亟請宴所，極歡而罷。

〔宋委心子分門古今類事卷三王勃不貴條引羅隱中元傳〕　唐
王勃方十三，隨舅遊江左。嘗獨至一處，見一叟容服純古，異之，
因就揖焉。叟曰：“非王勃乎？”勃曰：“與老丈昔非親舊，何知勃
之姓名？”叟曰：“知之。”勃知其異人，再拜問曰：“仙也？神也？
以開未悟。”叟曰：“中元水府，吾所主也。來日滕王閣作記，子有
清才，何不爲之？子登舟，吾助汝清風一席。子回，幸復過此。”
勃登舟，舟去如飛。乃彈冠詣府下。府帥閻公已召江左名賢。
畢集。命吏以筆硯授之，遞相推遜。及勃，則留而不拒。公大怒
曰：“吾新帝子之舊閣，乃洪都之絶景。悉集英俊，俾爲記以垂萬
古。何小子輒當之！”命吏：“得句即誦來！”勃引紙方書兩句，一

吏入報曰："南昌故郡，洪都新府。"公曰："老儒常談。"一吏又報曰："星分翼軫，地接衡廬。"公曰："故事也。"一吏又報曰："襟三江而帶五湖，控蠻荆而引歐越。""歐"當作"甌"。公即不語。自此往復吏報，但頷頤而已。至報："落霞與孤鶩齊飛，秋水共長天一色。"公不覺引手鳴几曰："此天才也！"文成，閻公閲之，曰："子落筆似有神助。令帝子聲流千古，吾之名聞後世，洪都風月，江山無價：子之力也。"乃厚贈之。勃旋，再過向遇神地。登岸，叟已坐前石上。勃再拜曰："神既助以好風，又教以不敏，當修牢酒以報神賜。"勃因曰："某之壽夭窮達，可得而知否？"叟曰："壽夭繫陰司。言之，是洩陰機而有陰禍。子之窮通，言亦無患。子之軀神强而骨弱，氣清而體羸，腦骨虧陷，目精不全。雖有不羈之才，高世之俊，終不貴矣。況富貴自有神主之乎。請與子別。"勃聞之，不悦。後果如言。

　　按：今話本結末謂王勃省親泛海，遇仙，遂隨與俱去。不言没水而言仙去，小説家言固如此也。然元史卷一百七十暢師文傳言師文皇慶二年奉旨撰王勃成道記序，賜銀二鋌。則元時已有王勃成道之説矣。太平寰宇記卷一百一十一江南西道江州彭澤縣："馬當山在古縣北一百二十里。其山横枕大江，山象馬形，回風急繫，波浪涌沸，爲舟船艱阻。山腹在江中，山際立馬當山神廟。"唐鄭還古博異志載開元中王昌齡自吳舟行至馬當山，謁廟以祈風水之安。則江州馬當山之有廟，由來久矣。宋范成大石湖居士詩集卷十九有泊馬當詩。序云："放舟，風復不順。再泊馬當對岸夾（"夾"同"澗"）中。馬當水府，即小説所載神助王勃一席清風處也。"小説謂羅隱中元傳。然宋、元人之説以江州馬當爲"上元水府"，太平采石爲"中元水府"，鎮江金山爲"下元水府"。山谷外集八題馬當山魯望亭詩："馬當一曲孤煙。"史容注引尋陽志："馬當山江州彭澤縣西四十里,高八十丈,其下無底。有廟,封爲上元水府。"陸游入蜀記三："馬當所謂上元水府。"明華珵活字本渭南文集四十五"上元"誤作"下元"。此上元也。真文忠公文集卷四十八有中元水府廟祝文云："某自春徂冬,三至采石而三謁王。顧豈有私禱哉?以王之威神能相上帝而澤下民故也。"此中元也。釋惠凱金山志:據原本説郛卷九十七引。"金山在京口江心,大江環繞,每風四起,勢欲飛動,故南朝謂之浮玉山。下元水府在此。"陸游入蜀記："入鎮江,謁英靈助順王祠,所謂下元水府。"此下元也。白仁甫天籟集上水調歌頭,賦夢中所得"三元秘秋水"句,凡二首。其第二首以馬當、牛渚、京口之金山爲上中下三元水府。此上中下三元也。據宋史卷一百零二禮志嶽瀆章,"真宗詔封江州馬當上水府,福善安江王;太平州采石中水府,順聖平江王;潤州金山下水府,昭信泰江王。"紹興末改封英靈助順王。然則以馬當爲上元,采石爲中元,金山爲下元,自真宗始。而唐人自以馬當爲中元。唐康駢劇談録下崔道樞食井魚篇自注云："舊傳夔州及牛渚磯即采石磯。皆是水府。"豈唐人以夔州爲上元,馬當爲中元,采石爲下元;而潤州之金山不在三元之數耶?

小説旁證　卷五

初刻拍案驚奇

轉運漢巧遇洞庭紅　波斯奴指破鼉龍殼
初刻拍案驚奇卷一

〔夷堅支戊卷四張拱之銀條〕　江陵人張拱之，世以富雄州里。政和中，夢白衣人二十餘輩拜揖於牀下。問其何人，皆不答。旋没於地。心雖怪之，亦不以爲絶異。已而每夕皆然。於是命僕掘所没處。才深三尺，得大銀二十枚，各重五十兩，樣製甚古。料爲千歲前物，一一花書之而藏於篋笥。不爲子弟言，亦未嘗非時閱視也。他日，又夢來別，云："欲往長沙助趙官人宅造屋，恨不得久從君遊。然終當復來。"張疑焉。旦而發笥，空無所見矣。始大駭。欲窮其驗，專詣長沙訪之。果於善化縣傍有趙宅，方興工創大第，治廳事。張老納謁。趙宿聞其名，亟出迎。坐少定，張起白曰："君家治第，曾於土中獲何物？"趙不復隱，告以得白金千兩。張曰："乃我家故所蓄，每錠有花書。"取視之，信然。張乃話前夢，願以他銀換易。趙欣然許之。張携歸。喚銀匠鎔爲一巨球，當中穿竅，用鐵索羈縶，置於牀腳，使不可復動。

入夜，常聞泣聲。復經兵盜，不知所在矣。俗云："張循王在日，家多銀，每以千兩鎔一球，目爲'没奈何'。"正此類也。

〔明周玄暐涇林續記卷三十八涵芬樓秘笈八集本〕　閩廣奸商慣習通番；每一舶推豪富者爲主，中載重貨，餘各以己資市物往，牟利恒百餘倍。有蘇和，本微不能置貴重物，見福橘每百價五分，遂多市之。至泊處，用楪數十各盛四橘，布舶面上。夷人登舟，競取而食。食竟後取置袖中。每楪酬銀錢一文。蘇意嫌少，夷復增一文。計所得殆萬錢，每錢重一錢餘，蓋已千金矣。舟歸，遇風。泊山島下。隨衆登陸閑行。至山坳，見草叢中有龜殼如小舟，長丈許。蘇心動，倩人舁至舶。衆大笑，謂："安用此枯骨爲?"蘇不顧，日夕坐臥其內。及抵岸，主人出速客，置酒高會。蘇擯居末席。明晨，主人發單，令諸商各疏其貨，明珠翠羽、犀象瑤珍，種種異品，炫耀奪目。蘇愧怯遜謝曰："貨微不足錄也。"主人按單細觀畢，曰："店有識寶胡，夜來望船中奇光燭天，意必載希世異寶，今胡寥寥乃爾? 豈諸君故秘之耶?"衆謝無有。主人詢詰再三，衆謝如初。主遂携胡，同衆登舶，逐倉驗閱。至舟尾，得龜殼。驚曰："此大寶也，胡埋没於此!"即命人抬至店，藏密室中。更設盛筵，延蘇置上席，且謝曰："君懷寶不炫，致令輕褻，幸勿見罪!"向者大賈悉列其下。衆益不測。酒闌，主請值。蘇見其鄭重，漫答曰："一萬。"主曰："市中無戲言，幸以實告。"蘇囁嚅。旁有點者更之曰："三萬。"主視蘇尚泯没，堅詢之。謾曰："五萬足矣。"胡商得定價，甚喜，約次日交銀。盡醉而散。凌晨，已具銀置堂中，如數交足，抬龜殼去，鼓舞不勝。衆駭異，請於主曰："交易已成，決無悔理。第未審枯骨何異，而酬直若斯?"胡咲曰："爾輩自不識耳。此鼉龍遺蛻，非龜殼也。背有九節，各藏一珠。小者徑寸，大者倍焉。光可照乘。每顆酬鎰萬，所酬未及一珠之半也。"衆猶未信。胡遂求良工剖其首節。得珠，果如所言。

衆始驚服。<u>蘇</u>持銀歸，坐擬<u>陶朱</u>，不復航海矣。

劉東山誇技順城門　十八兄奇蹤村酒肆
初刻拍案驚奇卷三

〔<u>明宋懋澄九籥別集卷二劉東山</u>〕　<u>劉東山</u>，<u>世宗</u>時三輔捉盜人，住<u>河間交河縣</u>。發矢未嘗空落，自號"連珠箭"。年三十餘，苦厭此業。歲暮，將騾馬若干頭到京師轉買，得百金。事完，至<u>順成門</u>雇騾。歸，遇一親近，道入京所以。其人謂<u>東山</u>："近日群盜出沒<u>良</u>、<u>鄭</u>間。卿挾重資，奈何獨來獨往？"<u>東山</u>鬚眉開動，唇齒奮揚，舉右手拇指笑曰："二十年張弓追討，今番收拾，定不辱寞。"其人自愧失言，珍重別去。明日，束金腰間，騎健騾，肩上掛弓，繫刀衣外，於跗注中藏矢二十簇。<u>亙史外紀卷四劉東山遇俠事</u>作"於兩膝下藏矢二十簇"。未至<u>良鄉</u>，有一騎奔馳南下，遇<u>東山</u>而按轡，乃二十左右顧影少年也；黃衫氈笠，長弓短刀，箭房中新矢數十餘。<u>亙史</u>作"新矢二十餘"。白馬輕蹄，恨人緊轡，噴嘶不已。<u>東山</u>轉盼之際，少年舉手曰："造次行途，願道姓氏！"既叙形迹，自言："本良家子，爲賈京師三年矣。欲歸<u>臨淄</u>婚娶，猝幸遇卿，某直至<u>河間</u>分路。"<u>東山</u>視其腰纏若有重物，且語動溫謹，非惟喜其巧捷，而客況當不寂然，晚遂同下旅中。<u>亙史</u>作"旅店"。明日，出<u>涿州</u>。少年問："先輩平時捕賊幾何？"<u>東山</u>意少年易欺，語間益輕盜賊爲無能也。笑語良久，因借弓把持，張弓如引帶。<u>東山</u>始驚愕。借少年弓過馬，重約二十觔。極力開張，至於赤面，終不能如初八夜月。乃大駭異。問少年："神力何至於此？"曰："某力殊不神，顧卿弓不勁耳。"<u>東山</u>歎咤至再，少年極意謙恭。至明日日西，過<u>雄縣</u>，少年忽策騎前驅不見。<u>東山</u>始惶懼，私念："彼若不良，我與之敵，勢無生理。"行一二鋪，遥見向少年在百步外，正弓挾矢，向東山曰："多聞手中無敵，今日請聽箭風。"言未已，左右耳根但聞蕭蕭如小鳥前後飛過。又引箭曰："東山曉事人，腰間驄馬錢一借！"亘史"一借"作"快送"。於是東山下鞍，解腰間囊，膝行至馬前，獻金乞命。少年受金，叱曰："去！乃公有事，不得同兒子前行！"轉馬面北，惟見黃塵而已。東山撫膺惆悵，空手歸交河。收合餘燼，夫妻賣酒於村郊。手絕弓矢，亦不敢向人言此事。過三年，冬日，有壯士十一人，人騎駿馬，身衣短衣，各帶弓矢刀劍，入肆中解鞍沽酒。中一未冠人，身長七尺，帶馬持器，謂同輩曰："第十八向對門住。"皆應諾曰："少住便來周旋。"是人既出，十人向壚傾酒，盡六七壇。雞豚牛羊肉，啖數十斤殆盡。更於皮囊中，取鹿蹄野雉及燒兔等，呼主人同酌。東山初下席，視北面左手人，乃往時馬上少年也。益生疑懼。自思："產薄，何以應其復求？"面向酒杯，不敢出聲。諸人競來勸酒。既坐定，往時少年擲氈笠呼東山曰："別來無恙？想念頗煩！"東山失聲，不覺下膝。少年持其手曰："莫作！莫作！昔年諸兄弟於順城門聞卿自譽，令某途間輕薄，今當十倍酬卿。然河間負約，魂夢之間，時與卿並轡任邱亘史作"任丘"。路也。"言畢，出千金案上，勸令收進。東山此時如將醉將夢，欲辭不敢，與妻同昇而入。既以安頓，亘史作"既已安頓"。復殺牲開酒，請十人過宿流連。皆曰："當請問十八兄。"即過對門，與未冠者道主人意。未冠人云："醉飽熟睡，莫負殷勤。少有動靜，兩刀有血吃也。"十人更到酒肆中劇醉。攜酒對門樓上。十八兄自飲，計酒肉略當五人。復出銀笟籬，舉火烘煎餅自啖。亘史"烘煎餅"作"作煎餅"。夜中獨出。離明，重到對門。終不至東山家，亦不與十人言笑。東山微叩"十八兄是何人？"衆客大笑，且高詠曰："楊柳桃花相間出，不知若個是春風？"至三日而別。亘史此下有"宋叔意云"四字。曾見瑯琊王司馬親述此事。

明史卷三百外戚傳載：世宗時，獄囚劉東山發張延齡手書訕上，東山得免戍。其後東山以射父亡命，爲御史陳讓所捕獲。復誣告延齡並構讓等數十人。讓獄中上疏，言東山扇結奸黨，圖危宮禁。疏奏，帝頗悟。指揮王佐典其獄，鈎得東山情奏之。乃械死東山，赦讓等。此劉東山與九籥別集所載劉東山名同，且又同時。豈世宗時有二劉東山耶？

亙史云：十八童最奇，以無作爲，更見豪宕。卻多了"少有動靜兩刀有血吃"二語，何其淺露！彼狡童何渠出此伎倆？夜中所行，秘密乃爾！三日而別，亦不必究竟何事。此文高手，非水滸能仿佛也。

宋叔意，諱新，雲間奇士。其所紀野史甚佳，是當代小説家第一手也。

程元瑜店肆代償錢　十一娘雲岡縱譚俠
初刻拍案驚奇卷四

〔亙史外紀卷三韋十一娘傳〕　建業胡汝嘉曰：程德瑜者，字元玉，徽賈人也。然性簡默端重，有長者風。嘗行貨川陝間，即得利將歸，過文、階道中，飲於逆旅。時有一婦人跨驢而至，年可三十許，頗有色而貌甚武，亦投店飯。店中無不屬目。程獨端坐不瞬。飯既畢，將行，婦忽舉其袖憮然曰："適無所携而已饜主人飯，奈何？"眾皆訕侮之。而店主堅求其值。程遽起以錢酬之，曰："此良子，豈乏此數文？而君必困之耶！"語畢，欲行，婦前再拜，曰："公誠長者。請公姓名，當倍酬公耳。"程答曰："錢不足酬，姓名亦不足問也。"婦曰："少間，有小驚恐。妾將有以報公，故問公。公幸勿隱。如欲知妾姓氏，則韋十一娘者是也。"程極訝其言不倫，漫道姓名而去。婦曰："余於城西探一親，少頃亦當東耳。"策驢而去,其行如飛。

程且行且疑:第以婦人語不足憑;又彼一飯之貲尚不能措,即有驚恐,又安能相報也。與其僕驅而前。甫三四里,道遇一人荷笠負笈,衣體塵暗,似遠行者,與程並道,或前或後。程試問之曰:"此前當何所抵。"其人曰:"此去六十里爲楊松鎮,鎮有旅鋪可棲泊。近則不可得也。"程曰:"日暮可得達乎?"其人視日影曰:"我可耳,君不可達也。"程曰:"我騎爾步,何反不相及?"其人笑曰:"此南有支徑,可二十餘里,直達河水灣,又二十餘里,即鎮耳。公官道迂回,故不相及。"程曰:"果有支徑,即相指示,抵鎮當以酒食奉勞,可乎?"其人欣然而前。程驅而從之,果得一徑。初入,稍平坦。里許,漸磽确。有山陡絕。繞岡而行,密林如幄,仰不見天。程惶懼,咎其人。答曰:"前此即平路矣。"又度一丘,則轉崎嶇。程悔,欲回馬。忽其人呼嘯數聲,即有紅巾數輩涌出。程知不可脱,遽前揖曰:"寶鐺恣君取之,惟鞍馬衣裝留爲歸途之費耳。"盜果取其鐺而去。劻勷中僕馬俱失所在。

程悵悵莫知所適從。登高望之,杳無蹤迹。忽樹葉窣窣有聲。回視之,見一女子瞥然而至。視其貌甚姝而體特輕便。方欲問之,遽前致詞曰:"兒韋十一娘弟子青霞也。知公驚恐,特此奉慰。復約會前岡之側。"程頓悟曩語,稍安。隨女子行半里許,則韋在焉。迎語程曰:"公大驚恐。不早相接,妾之罪也。然寶鐺已取卻,僕與馬當即至也。"程唯唯。韋曰:"公不可前。小庵不遠,能過一飯否?失此處亦無可寄宿也。"程從之。過二崗,即見一山陡絕,四無連屬,高峰入雲。韋以手指之曰:"此是也。"引程攀蘿附木而登。每陡絕處,韋與青霞扶掖而上。數步一休,喘呵不已;而韋與女子則無異平地。每上望,若將入雲霭中。比中回視,則雲霭又在下矣。如此行數里許,方得石磴。磴百級,乃有平土。則茅堂在焉。堂甚雅潔。揖程坐升榻上。更命一女曰縹雲，具茶果、松醪、山蔌，飲程，皆甘芳可愛。酒罷，命飯。意甚勤渠。"渠"當作"劬"。程乃請曰："曩不自戒，狼狽在途。非藉夫人威力，不能出諸泥塗。然不知夫人以何術能制諸鼠輩也？"韋曰："吾劍俠也。適於市肆見公修雅，故相敬。然視公面氣滯，知有憂虞。故爲乏錢以相試耳。"程頗通文，讀史鑑，因問之曰："劍術始於唐，至宋而絶。故自元迄國朝竟無聞者。夫人自何而學之？"韋曰："劍不始於唐，亦不絶於宋。自黄帝受兵符於玄女，而此術遂興。風后習之，因破蚩尤。帝以術神奇，恐人妄用，又上帝之戒甚嚴，以是不敢宣言，而口授一二誠篤者。故其傳未嘗絶而亦未嘗廣也。其後張良募之以擊秦皇；梁王遣之以刺袁盎；公孫述之殺來歙岑彭；李師道之傷武元衡：皆此術也。此術既絶，唐之藩鎮有相仿傚延致奇異，而一時罔利之人皆爲之用，故獨見稱耳。而不知實犯大戒。諸人旋亦就禍，無怪也。爾時先師復申前戒：大抵不得妄傳人，妄殺人；不得爲不義使而戕善人；不得殺人而居其名；此最戒之大者也。故元昊疑當作"張元"。所遣，不敢賊韓魏公琦；苗傅劉正彦所遣，不敢刺張德遠浚：蓋猶有畏心，顧前戒耳。"程曰："史稱黄帝與蚩尤戰，不言有術。張良遣力士，亦不言術。梁主、當作"梁王"。公孫述、李師道所遣，盜耳。亦何術之有？"韋曰："公誤矣。此正所謂不敢居其名者也。蚩尤生象異形，且有奇術，豈戰陳可得？始皇擁萬乘，僕從之盛可知；且秦法甚嚴，固無敢擊之，亦未有擊之而得脱者。至如袁盎官近侍，來、岑爲大師，武相位台衡，而或取之萬衆之中，直戕之輦轂之下，非有神術，何以臻此？且武相之死，取其顱骨去，何其暇裕哉！此在史傳，公不詳玩之耳。"程曰："史固有之，如太史公所傳刺客，豈非其人乎？至荆軻則病其劍術疏，豈諸人固有得也？"韋又曰："史遷非也。秦誠無道，天所命也。縱有劍術，將安施乎？李、聶"聶"謂聶政。史記刺客列傳無姓李者，"李"疑"專"字之誤。"專"謂專諸。今話本作

"專諸",蓋所見本不誤。諸人,血氣雄耳。此而謂之術,則幾世之拚死殺人而以身殉之者,孰非術哉?"程曰:"崑崙摩勒如何?"曰:"是特粗淺者耳,聶隱娘、紅綫,斯至妙者也。摩勒以形用,但能歷險阻,試矯健耳。隱娘輩以神用,其機玄妙,鬼神莫窺,針孔可度,皮郛可藏,倏忽千里,往來無迹,豈得無術?"程曰:"吾觀虯髯函仇人首而食之也,是術之所施,固在仇乎?"韋曰:"不然。虯髯之事寓言耳。雖仇亦有曲直;若我誠負,則亦不敢也。""然則子之所仇孰爲最?"曰:"世之爲守令而虐使小民,貪其賄又戕其命者;世之爲監司而張大威權,悦奉己而害正直者;將帥殖貨,不勤戎務,而因償國事者;宰相樹私黨,去異己,而使賢不肖倒置者:此皆吾術所必誅者也。若夫舞文之吏,武斷之豪,則有刑宰主之;忤逆之子,負心之徒,則有雷部司之。我不與也。"程曰:"殺之之狀如何? 何我未前聞也?"韋笑曰:"豈可令君知也? 凡此之輩,重者或徑取其首領及其妻子;次者或入其咽,斷其喉;或傷其心,使其家但知其爲暴卒,而不得其由;或以術攝其魂,使之佗傺失志而歿;或以術迷其家,使之醜穢迭出,憤鬱而死。其時未至者,但假之神異夢寐以驚懼之而已。"程曰:"劍可試乎?"曰:"大者不可妄用,且恐怖公。小者可也。"乃呼二女子至曰:"程公欲觀劍,可試爲之。即此懸崖,旋制可也。"女曰:"諾"。韋即出二丸子向空擲之,數丈而墜。女即躍登枝梢,以手承之,不差毫髮。接而拂之,皆霜刃也。其枝樛曲倒懸,下臨絕壑,杳不可測。程觀之,神奪體粟,毛髮森豎,而韋談笑自若。二女運劍爲彼此擊刺之狀。初猶可辨,久之則但如白練飛繞而已。食頃乃下,氣不噓,色不變。程歎曰:"真神人也!"

　　時已昏黑,乃就升榻上,施衾褥,命程卧;仍加以鹿裘。韋與二女作禮而退。宿其在空中。時方八月,程擁裘覆衾,猶覺涼涼,蓋其居高寒故也。未明,韋已興,盥櫛畢。程亦與韋出拜相慰勞。早膳畢，命青霞操弓矢下山，求野鮮饌，無所得。復命縹雲。坐談未久，縹雲携雉兔各一至。韋甚喜，命庖治供酌。程曰："雉兔固不易得乎？山中何乏此？"曰："山中誠不乏此，彼潛藏難求耳。"程笑曰："子之神術，無求不獲，何有雉兔？"韋曰："公何謬也。吾術固可用以傷物命以充口腹乎？不惟神理莫容，亦不得小用之如此也。固當挾弓矢盡人力取之耳。"程深歎服。既而酒至數行，程請曰："夫人家世，亦可聞乎？"韋踧踖沉吟曰："事多可愧。然公長者，言之固無妨耳。妾故長安人。父母貧，携妾取寓平涼，以藝營食。父亡，獨與母居。又二年，以妾嫁同里鄭氏子，而母亦適人。鄭子挑達無度，喜狹遊，不事產業。數諫之，輒至反目。因棄余，與其徒之塞上立功，竟無復耗。而伯氏不良，屢以言挑我。我峻拒之。他日強即我。我提牀頭劍刺之，不殊而走。我自念不得於夫，又傷其兄；雖釁不自我，亦何顏立其家？先是，有趙道姑者，有神術。自幼愛我，謂可傳其道。制於父母，未遂也。次日潛往投之。道姑欣然接納曰：'此地不可居，吾山中有別業。'即携我登一峰，較此更峻。既上，則團瓢止焉。教我以術。至暮，則徑下山去，而留我獨宿。戒之曰：'無得飲酒及外淫也。'余意深山中二事皆非所當有，心不然之。遂宿其牀。至更次，有男子逾垣而入，貌絕美。余遽驚起。問之，不答。叱之，不退。其人遽前，將擁抱我。我不從。彼求益堅。抽劍欲擊之，其人亦出劍相刺。劍極精，我方初學，不逮也。乃擲劍哀求之曰：'妾命薄，久已安，誠不忍及亂。且師有明戒，不敢犯也。'其人不聽，力欲加我以劍。我引頸受之曰：'死即死耳，吾志不可奪也。'其人卻劍而笑曰：'可以知子之心矣。'諦視之，非男子，即道姑也。因是謂我心堅，遂盡授其術。術成而遠遊，遂居此山耳。"程聽之，愈加欽重。日將午，辭韋行。韋出藥一囊授之，曰："每歲服一丸，可一年無疾。"乃送程下山。至大道而別。程行數

里,則群盜舉貨及僕馬候矣。程命分半與之,不可。舉一金贈
之,不可。問其故,曰:"韋家娘子有命,雖千里不敢違也。違則
必知之。吾不敢以性命博君貨。"程乃歎惜,束裝而行。遂不相
聞。又十餘年,程復出蜀,行棧道中。有少婦從士人行,數目程。
程亦若素相識者。忽呼曰:"程丈固無恙乎?獨不憶青霞耶?"程
方悟。乃與霞及士人相見。霞顧士人曰:"此即吾師所重程丈
也。"揖程,於樹下相慰。而霞言其師尚如故。別程後數年,師命
嫁此士人。縹雲亦已從人。師亦復有弟子,"今我輩但歲時省之
耳"。問其所之。云:"有少公事。"意甚倉卒。遂別去。後數日,
傳聞蜀中某官暴卒。程心疑霞之爲。然某人者好詭激飾名,陰
擠人而奪之位耳。是後更不復相聞矣。

　　沈氏鸚架齋較録。亘史外紀韋十一娘傳有此七字,蓋所據是沈氏鸚架
齋校録本。

　　　亘史曰:此秾稜胡太史筆,如唐小説家文。乃論劍術則
精矣。胡有紅綫雜劇,太勝梁梁辰魚長。其所尚可知。若賈
人多鄙,數顧問其裝。余甚恥之,爲節百餘字。非於文有加
損也。

感神媒張德容遇虎　　湊吉日裴越客乘龍
初刻拍案驚奇卷五

〔唐李復言續玄怪録卷二鄭虢州騟夫人條宋臨安府書棚本,以太
平廣記卷一百五十九盧生條所引校〕　弘農下當脱"李"字。令之女既笄,將
適盧氏。卜吉之日,女巫有來者。李氏之母問曰:"小女今夕適
人。盧郎常來,巫當屢見。其人官禄厚薄?"巫曰:"盧郎非長而
髯者乎?"曰:"然。""然則非夫人之子聟也。夫人子聟中形,且無

髯。"夫人大驚曰："吾女今夕適人，何以非盧生？"曰："不知其他，
盧非子聟之貌。"俄而盧納采。夫人怒，援巫視之。巫曰："事在
今夕，安敢妄乎？即盧納，下疑脫"采"字。其身非夫人之子聟也。"
其家大怒，共逐焉。及夕，盧乘軒車來，展親迎之禮。賓主禮具，
解珮約花。盧若驚，奔而出，乘馬而遁。衆賓追之不及。主人素
有氣丈夫，不勝其憤，且恃其女之容也；邀客皆坐，呼女出拜，其
貌之麗，天下罕敵。指曰："此女豈驚人乎！今若不出，人以爲獸
形也。"衆莫不嗟憤。主人曰："此女已奉見。衆賓中有能聘者，
願赴今夕。"時有鄭駒，"鄭駒"，廣記作"鄭某"。按新唐書宰相世系表滎陽鄭
氏出北祖者有駇、駒、驤、驥、駒、騏兄弟六人，乃鄭餘慶族兄弟。蓋亦代、德間人，當
即此鄭駒。爲盧之儐，在坐。起曰："願事門館。"於是奉書，擇相，
登車成禮。巫之言貌宛然。乃知巫之有知也。後數年，鄭仕於
京。逢盧，問其走狀。盧曰："兩眼赤且大如朱盞，牙長數寸出口
之兩角，得無驚奔乎？"鄭素與盧善，乃出其妻以示之。盧大慚而
退。乃知結縭之親命固前定，不可苟求。乃驗巫言有徵矣。

　　（以上入話）

　　〔太平廣記卷四百二十八裴越客條引唐薛用弱集異記〕 唐乾
元初，吏部尚書張鎬貶辰州司户。鎬以上元二年四月坐買嗣岐王珍宅，貶
辰州司户。見舊唐書肅宗紀，及通鑑卷二百二十二。明談刻本廣記誤作"辰州"，今
徑改。以下同此。先是，鎬之在京，以次女德容與僕射裴冕第三子
前藍田尉越客結婚焉。已克迎日，而鎬左遷。遂改期來歲之春
季。其年越客則速裝南邁，以畢嘉禮。春仲，拒辰百里，鎬知其
將至矣。張斥在遠方，抱憂惕深，喜越客遵約而至，因命家族宴
於花園，而德容亦隨姑姨妹遊焉。山郡蕭條，竹樹交密。日暮，
衆將歸，或後或先，紛紜笑語。忽有猛虎出自竹間，遂擒德容跳
入翳薈。衆皆驚駭，奔告張。夜色已昏，計力俱盡，舉家號哭，莫
知所爲。及曉，則大發人徒，求骸骨於山野間。週迴遠近，曾無

蹤迹。由是夕之前夜，越客行舟去郡三二十里，尚未知其妻之爲虎暴；乃召僕夫十數輩登岸徐行，而船亦隨焉。不二三里，遇水，次板屋。屋内有榻。因掃拂，即之憩焉。僕從羅列於前後。俄聞有物來自林木之間。衆乃靜伺。微月之下，忽見猛虎負一物至。衆皆惶撓。則共鬭喝之，仍大擊板屋並物。其虎徐行，尋俯於板屋側，留下所負物，遂入山間。共窺看，云是人，尚有餘喘。越客即令舁之登舟。因促使解纜。然後船中烈燭熟視，乃是十六七美女也。容貌衣服，固非村間之所有。越客深異之。則遣群婢看胗之。雖髻被散，衣服破裂；而身膚無少損。群婢漸以湯飲灌之，即能微微入口。久之，神氣安集。俄復開目。與之言語，莫肯應。夜久，即有自郡至者，皆云：“張尚書次女，昨夜遊園，爲暴虎所食，至今求其殘骸未獲。”聞者遂以告之於越客。即遣群婢具以此詢德容，因號啼不止。越客既登岸，遂以其事列於鎬。鎬凌晨躍馬而至。既悲且喜，遂與同歸。而婚媾果諧其期。自是黔峽往往建立虎媒之祠焉。今尚有存者。

　　（以上正傳）

烏將軍一飯必酬　陳大郎三人重會
初刻拍案驚奇卷八

　　〔情史卷十八邵御史條〕　蘇州皐橋，有何氏兄弟二人，世以販漆爲業。一日，大郎與二郎閑坐店中，見一長大漢子，其鬚自兩眶下虬然而起，兩面悉被長毛，不見其鼻。二郎大笑，謂：“此人何從下食？”大郎便趨出，長揖而進。其人曰：“與君風馬，何緣見接？”大郎曰：“見丈人狀貌非常，特欲一致殷勤，無他意也。”進以鷄黍酒脯，其人袖中取出金鈎子一雙，左右分掛其鬚，從容飲啖，無異常人。既畢，謝主人曰：“某萍梗江湖，遨遊上國，落落無見知者。荷君兄弟置酒爲樂，又執禮最恭，自慚無有，異日未知圖報何地耳！"自是別去，數年杳無聲迹。後大郎、二郎各挾資往嶺南販漆。既至海上，惡風漂泊，夜爲海賊劫至一寨中。兄弟相持而泣，自分必死。既見寨主，便問："汝兄弟何以至此？"下階親釋其縛，蓋即昔年滿面長毛人也。何答以販漆，曰："漆不須買，荒寨所餘。"開筵設具，強留之。半月，厚贈金繒，復遺之漆四十桶，滿載還家。入門，與母、妻相慶，兄弟各分二十桶。適新郭人來買漆，舁之一桶去。明日五更復來。大郎疑其中有物，覆之，每桶底置二元寶在。因密而不言，盡出其囊中裝，以他客悉居二郎之漆，而罟其金，二郎不知也。後稍稍覺露，二郎不勝忿爭，求索無厭，大郎便以毒藥鴆殺之。二郎之婦訟於官，論大郎抵死。獄已質成，無異詞矣。後大郎亦使其婦出訴於御史臺。時邵天民按江南，見大郎婦妍冶上色，非人間有也，徑呼至案前，以眉語挑之。夜與指揮張建節謀。張取食籮鑿通其底，坐婦，託言領給於中，舁而進，伴御史宿。三夜後，便更男子衣，夜混執燈者入，無忌憚矣。御史卒釋其夫之罪而出之。里人皇甫司勛汸譔淫史謡云："暫收寶髻與羅裙，結束吳兒兩不分。夜夜臺中陪御史，朝朝門外候將軍。"指此事也。邵由此聲名大損。

宣徽院仕女秋千會　清安寺夫婦笑啼緣
初刻拍案驚奇卷九

〔太平廣記卷三百八十六劉氏子妻條引原化記〕　劉氏子者，少任俠，有膽氣。常客遊楚州淮陰縣，交遊多市井惡少。鄰人王氏有女，求聘之；王氏不許。後數歲，因饑，遂從戎。數年後，役罷，再遊楚鄉，與舊友相遇，甚歡。常恣遊騁，晝事弋獵，夕會狹邪。因出郭十餘里，見一壞墓，棺柩暴露。歸而合飲酒。時將夏,夜暴雨初止,衆人戲曰:"誰能以物送至壞冢棺上者?"劉乘酒恃氣曰:"我能之!"衆曰:"若審能之,明日衆置一筵以賞其事。"乃取一磚,同會人列名於上,令生持去,餘人飲而待之。生獨行,夜半至墓。月初上,如有物蹲踞棺上,諦視之,乃一死婦人也。生舍磚於棺,背負此屍而歸。衆方歡語,忽聞生推門,如負重之聲。門開,直入燈前,置屍於地,卓然而立。面施粉黛,鬢髮半披,一座絕倒;亦有奔走藏伏者。生曰:"此吾妻也。"遂擁屍至牀同寢,衆人驚懼。至四更,忽覺口鼻微微有氣,診視之,即已蘇矣。問所以,乃王氏之女,因暴疾亡,不知何由至此。未明,生取水與之洗面濯手,整釵髻,疾已平復。乃聞鄰里相謂云:"王氏女將嫁,暴卒未殮,昨夜因雷,遂失其屍。"生乃以告王氏,王氏悲喜,乃嫁生焉。衆咸歎其冥契,亦伏生之不懼也。

（以上入話）

〔剪燈餘話卷四秋千會記〕　元大德二年戊戌,字羅以故相齊國公子拜宣徽院使,奄都剌爲僉判,東平王榮甫爲經歷,三家聯住海子橋西。宣徽生自相門,窮極富貴,宅第宏麗,莫與爲比。然讀書能文,敬禮賢士,故時譽翕然稱之。私居後有杏園一所,取"春色滿園關不住,一枝紅杏出牆來"之意。花卉之奇,亭榭之好,冠於諸貴家。每年春,宣徽諸妹、諸女邀院判、經歷宅眷於園中,設秋千之戲,盛陳飲宴,歡笑竟日。各家亦隔一日設饌。自二月末至清明後方罷,謂之秋千會。適樞密同僉帖木爾不花子拜住過園外,聞笑聲,於馬上欠身望之,正見秋千競蹴,歡哄方濃。潛於柳陰中窺之,睹諸女皆絕色,遂久不去。爲閽者所覺,走報宣徽。索之,亡矣。拜住歸,具白於母。母解意,乃遣媒於宣徽家求親。宣徽曰:"得非窺牆兒乎?吾正擇婿,可遣來一觀。若果佳,則當許也。"媒歸報同僉,飾拜住以往。宣徽見其美少年,心稍喜,但未知其才學。試之曰:"爾喜觀鞦韆,以此爲題,菩

薩蠻爲調,賦南詞一闋,能乎?"拜住揮筆以國字寫之曰:"紅繩畫
板柔荑指,東風燕子雙雙起。誇俊要爭高,更將裙繫牢。　　牙
牀和困睡,一任金釵墜。推枕起來遲,紗窗月上時。"宣徽雖愛其
敏捷,恐是預構,或假手於人,因盛席待之,席間再命作滿江紅詠
鶯。拜住拂拭剡藤,用漢字書呈宣徽。宣徽喜曰:"得婿矣!"遂
面許第三夫人女速哥失里爲姻;且召夫人,並呼女出,與拜住相
見。他女亦於窗隙中窺之,私賀速哥失里曰:"可謂門闌多喜色,
女婿近乘龍也。"擇日遣聘,禮物之多,詞翰之雅,喧傳都下,以爲
盛事。

　　拜住鶯詞附錄於此:

　　　　嫩日舒情,韶光艷,碧天新霽。正桃腮半吐,鶯聲初試。
　　孤枕乍聞弦索悄,曲屏時聽笙簧細。愛綿蠻柔舌韻東風,逾
　　嬌媚。　　幽夢醒,閑愁泥;殘杏褪,重門閉。巧音芳韻,十
　　分流麗。入柳穿花來又去,求好友真無計。望上林,何日得
　　雙棲?心迢遞!

　　既而同僉豪蕩,簠簋不飭,竟以墨敗,繫御史臺獄。得疾囹
圄間,以大臣例,蒙疏放回家醫治。未逾旬,竟爾不起。闔室染
疾,盡爲一空。獨拜住在,然冰消瓦解,財散人亡。宣徽將呼拜
住回家,教而養之,三夫人堅執不肯。蓋宣徽內嬖雖多,而三夫
人者獨秉權專寵,見他姬女皆歸富貴之門,獨己婿家反雕敝如
此,決意悔親。速哥失里諫曰:"結親即結義,一與訂盟,終不可
改。兒非不見諸姊妹家榮盛,心亦慕之。但寸絲爲定,鬼神難
欺,豈可以其貧賤而棄之乎?"父母不聽,別議平章闊闊出之子僧
家奴,儀文之盛,視昔有加。暨成婚,速哥失里行至中道,潛解腳
紗,縊於轎中,比至而死矣。夫人以其愛女,輿回,悉傾嫁奩及夫
家聘物殮之,蹔寄清安僧寺。拜住聞變,是夜私往哭之,且叩棺

曰："拜住在此。"忽棺中應曰："可開柩，我活矣!"周視四隅，漆釘牢固，無由可啟。乃謀於僧曰："勞用力! 開棺之罪，我一力承之，不以相累，當共分所有也。"僧素知其厚殯，亦萌利物之意，遂斧其蓋。女果活，彼此喜極。乃脫金釧及首飾之半謝僧。計其餘，尚直數萬緡。因託僧買漆整棺，不令事露。拜住遂挈速哥失里走上都。住一年，人無知者。所携豐厚；兼拜住又教蒙古生數人，復有月俸，家道從容。不期宣徽出尹開平，下車之始，即求館客，而上都儒者絕少。或曰："近有士自大都挈家寓此，亦色目人，設帳民間，誠有學問。府君欲覓西賓，惟此人爲稱。"亟召之，則拜住也。宣徽意其必流落死矣，而人物整然，怪之，問："何以至此? 且娶誰氏?"拜住實告，宣徽不信。命昪至，則真速哥失里。一家驚動，且喜且悲，然猶恐其鬼假人形，幻惑年少。陰使人詣清安詢僧，其言一同。及發殯，空櫬而已。歸以告，宣徽夫婦愧歎，待之愈厚，收爲贅婿，終老其家。拜住三子，長教化，仕至遼陽等處行中書省左丞，早卒；次子忙古歹，幼子黑廝，俱爲内怯薛帶御器械。宋武官銜有帶御器械。岳飛嘗呼牛皋爲牛帶御。元無此稱。忙古歹先死，黑廝官至樞密院使。天兵至燕，順帝御清寧殿，集三宮后、妃、皇太子同議避兵，黑廝與丞相失列門哭諫曰："天下者，世祖之天下也，當以死守!"不聽，夜半開建德門而遁。黑廝隨入沙漠，不知所終。

　　(以上正傳)

惡船家計賺假屍銀　狠僕人誤投真命狀
初刻拍案驚奇卷十一

〔夷堅志補卷五湖州薑客條〕　湖州小客，貨薑於永嘉。富人王生，酬直未定，强秤之。客語侵生，生怒，毆其背，仆戶限死。

生大窘，禱祈拯救，良久復蘇，飲以酒，仍具食謝前過，取絹一疋
遺之。還次渡口，舟子問：“何處得絹？”具道所以，且曰：“使我一
跌不起，今作他鄉鬼矣。”時數里間有流屍，無主名。舟子因生
心。從客買其絹，並丐笇籃。客既去，即運篙撐屍至其居，脱衫
褲衣之，走叩<u>王生</u>門，倉皇告曰：“午後有<u>湖州</u>客人過渡，云爲君
家捶擊垂死；云有父母妻子在鄉里，浼我告官，呼骨肉直其冤。
留絹與籃爲證。不旋踵氣絶。絹今在是，不敢不奉報。”<u>王生</u>震
怖，盡室泣告，賂以錢二百千。舟子若不得已者，勉從其請，相與
瘞屍深林中。翌日徙居，不知何所屆。黠僕聞其故，數數干求。
與者倦矣，而求者未厭。竟詣縣訴生。下獄，不勝拷掠，以病死。
明年，薑客又至，訪其家，以爲鬼也。罵之曰：“向者汝邂逅仆絶，
繼而無他，卻使我家主死於非命，今尚來作祟邪？”客引袖怪歎
曰：“我去歲幾死，賴君家救活，蒙賜絹，賣與渡子徑歸矣。今方
賫少土儀以報大德，何謂我死爲鬼乎？”<u>王子</u>哀慟，留客止泊，而
執故僕訴冤。索捕舟子，得於<u>天台</u>窮壑中。遂皆斃於獄矣。乃
<u>吳子南</u>説。

　　<u>夷堅丙志</u>卷五<u>蘭溪獄</u>條所叙與<u>夷堅志補</u>此條頗相似。

陶家翁大雨留賓　蔣震卿片言得婦
初刻拍案驚奇卷十二

　　〔原本<u>説郛</u>卷十一引<u>宋廉布清尊録</u>〕　<u>崇寧</u>中有<u>王生</u>者，貴
家之子也，隨計至都下。嘗薄暮被酒，至<u>延秋坊</u>，過一小宅，有女
子甚美，獨立於門，徘徊徙倚，若有所待者。生方注目，忽有騶騎
呵衛至，下馬於此宅。女子亦避去。生匆匆遂行，初不暇問其何
姓氏也。抵夜歸，復過其門，則寂然無人聲。循牆而東數十步，

有隙地丈餘，蓋其宅後也。忽自內擲一瓦出。拾視之，有字云：
“今夜於此相候。”生以牆上剝粉戲書瓦背云：“三更後宜出也。”
復擲入焉。因稍遠十餘步伺之。少頃，一男子至，周視地上，無
所見，微歎而去。既而三鼓，月高霧合，生亦倦睡欲歸矣。忽牆
門軋然而開，一女子先出，一老嫗負篋從後，生遽就之，乃適所見
立於門首者。熟視生，愕然曰：“非也！”回顧嫗，嫗亦曰：“非也！”
將復入。生挽而劫之曰：“汝爲女子，而夜與人期至此。我執汝
詣官，醜聲一出，辱汝門户。我邂逅遇汝，亦有前緣。不若從我
去。”女泣而從之。生携歸逆旅，匿小樓中。女自言曹氏，父早
喪，獨有己一女。母鍾愛之，爲擇所歸。女素悅姑之子某，欲嫁
之，使乳嫗達意於母。母意以某無官，弗從。遂私約相奔。牆下
微歎而去者，當是也。生既南宮不利，遷延數月，無歸意。其父
使人詢之，頗知有女子偕處。大怒，促生歸，扃之別室。女所賫
甚厚，大半爲生費。所餘與嫗坐食，垂盡。使人訪其母，則以亡
女故，抑鬱而死久矣。女不得已，與嫗謀下汴，訪生所在。時生
侍父官閩中。女至廣陵，資盡不能進，遂隸樂籍，易姓名，爲妓。
“妓”字，情史卷三王生條作“蘇媛”。生遊四方，亦不知女安否。數年，自
浙中召赴闕，過廣陵。女以倡侍宴，識生。生亦訝其似女，屢目
之。酒半，女捧觴勸，不覺雙淚墮酒中。生悽然曰：“汝何以至
此？”女以本末告，淚隨語零。生亦愧歎流涕，不終席，辭疾而起。
密召女，納爲側室。其後生子，仕至尚書郎，歷數郡。生表弟臨
淮李從爲余言。

〔明祝允明九朝野記卷四〕　蔣霆，餘杭人，素佻浪。與二客
同賈江南，返經諸暨村中，行漸暮，不逢居人。迆邐微雨作，三人
疾步而前。俄林間有一莊宅，三人大幸，立門下。雙扉一闔一半
扃。霆遽推門，二人止之。霆曰：“何傷乎？此吾婦翁家。”二人
又止之。既久，雨甚。門啟，主人出，乃龐眉翁也。揖客人，且

曰："適聞有云云者，誰耶？"霆面發赤，二客不敢對。翁曰："二君
請入少周旋。此郎既云爾，乃吾子行，非賓友之禮，何得預？伺
於外可也。"語既，徑肅二人入，戶復闔。二客登堂喧涼後，翁又
曰："途道間無狀如此，豈周身之道乎？"二客敬謝，翁不知顧。﹁不
知顧﹂當作﹁不之顧﹂。少頃，進酒食，竟不邀霆，二客又不敢請。霆棲
棲獨倚雨簾，良不堪也，然又不可獨去。迨夜，雨止，月出朧明。
霆聞内稍寂，似已寢，去住未決。忽聞内附檻小語云："姑勿去！"
霆以爲客語，漫應之。少選，又小語云："有少物將出，可取之。"
霆又唯唯，念："必二君耳。既安享啖嚼，又攘其賄乎？然而姑伺
之。"須臾，牆上投物出。視之，二襆也，中實以女飾、飲器、黃白
錢布。霆急負而趨，少遠其門。又久之，聞牆上逾出二人。霆謂
客耳，不復近，先行去數十步，逾者遥尾之。霆又念："二士及，當
均賄焉！"乃止，啟檢黃金重貨別裹之，援襆以行，尾者亦不敢近。
冥行半夜不相覿。將黎明，二人乃疾逐之。及，霆視之，二女子
也；睨霆，亦皆驚欲退，霆劫持之曰："何去乎？急從吾行，不然鳴
於爾家！"女不敢言，既從之。霆挽與偕逝。天明，入一館，密叩
之，女曰："吾主人翁女也。幼許嫁某，今其人瞽矣，我不願歸。
嘗屬意於一姻家郎，期今夕竊負而逃。我伺之不至。忽聞父入
内，喧言門前客妄語云爾。我料爲私郎必矣，急收並少貨貨，引
此青衣爲伴，擲襆牆以從郎。慮爲人覺，故不近。紀録彙編卷二百零
二引祝允明前聞記戲語得婦條作﹁故不近君﹂。今業如此，則且奈何哉？然
而既兩失之，即應終附君耳，餘固不容計矣。"霆欣然，不待二友，
徑携之還家。紿家人以娶之途。婦入門，甚賢能，爲霆生一子。
已而，思其父母不置，謂霆曰："始吾不欲從瞽夫，故冒禮顚沛至
此。今則思親不能一刻忘，殆病矣。奈何？然父母愛我甚，脱使
之知，當亦不多譴。君決圖之。"紀録彙編引前聞記作﹁君試圖之﹂。霆因
謀於一友，其人報："當爲君效委曲。"乃至翁所，爲商人貿易者。

事竟，翁款客，縱譚客邑中事。客言："三年前，餘杭有一商而歸，<u>紀錄彙編引前聞記</u>作"二三年前，餘杭有一客商而歸"。道里間，以片言得一婦，仙邑人也，翁寧知之乎？"翁曰："知其姓耶？"曰："聞之，陶氏也。"翁矍然曰："得非吾女乎？"客復説其名歲容貌了悉，翁曰："真吾女矣！"客曰："欲見之歟？"翁曰："固也。"翁妻<u>王媪</u>屏後奔出，哭告客："吾夫婦只此女，自失之，殆無以爲生。客誠能見吾女，傾半産謝客耳！"客曰："翁媪固欲見之，得無難若婿乎？"翁曰："苟見之，慶幸不遑，尚何迕情爲？"客曰："然則請丈人偕行矣。"翁與俱去。既相見，相持大慟，載之以歸。母女哭絶，分此生無復聞形迹，誰復知有今日哉？婿叩頭謝罪，共述往語，翁曰："天使子爲此言，真前定也，何咎之有？"遂大召族里，宴會成禮，厚資遣歸之；復禮客爲媒，遺貺甚夥云。事在<u>成化</u>間。

酒謀財于郊肆惡　鬼對案楊化借屍
初刻拍案驚奇卷十四

〔<u>耳談類增卷四十八楊化冤獄案</u>〕　<u>楊化</u>冤報，往<u>姚</u>侍御<u>羅浮</u>以語御史大夫<u>沈繼山</u>，予聞而識之，然梗概耳。今從侍御得其罪案一口，因稍從其文，悉識以見實際。夫此既實，則凡諸冤報附魂者，何不實也！曰：于<u>大郊</u>，<u>即墨</u>縣人。狀招：<u>大郊</u>本户有<u>興州右屯衛</u>頂當祖軍一名<u>徐守宗</u>。守宗令本衞先存，今故。被<u>大郊</u>謀死<u>楊化</u>，於<u>萬曆</u>二十一年月前來討取軍裝，宿<u>大郊</u>家。陸續打討銀二兩八錢。本年月日，<u>楊化</u>同<u>大郊</u>趁趕<u>鰲山衞</u>集，在於衞城内<u>尹三</u>家飲酒。<u>大郊</u>思得<u>楊化</u>身邊有銀，要行勒死，故意用黃燒酒灌醉。至日落時，<u>楊化</u>沉醉，不能行走。<u>大郊</u>扶<u>化</u>騎驢同往衞北<u>石橋子溝</u>，哄<u>楊化</u>下驢稍睡再行。<u>楊化</u>依從，下驢卧地。<u>大郊</u>候至一更，窺見無人，不合將<u>楊化</u>驢繮繩解下作扣，當套<u>楊化</u>

脖項，將帽塞口，用腳踏面，兩手扯繩，登時勒死。隨於腰間搜劫前銀，纏在自己腰內。比大郊恐天明有屍不便，又不合隨將楊化屍用驢馱至海邊，離本莊三里許，即丟海內。當將前驢趕至黃鋪舍漫坡棄撇，纔回家。前驢失落無存。至本年二月初八日，已隔十二日，楊化前屍被水潮至本社海邊。比有本社保正于良等將情報李知縣。查得海潮死屍，不知何處人民，何由落水，難明。除責令一面訪拿外，李知縣遂禱於本縣城隍神，務期報應，方顯靈佑。本月十三日，楊化陰魂隨附大郊本戶于得水伊妻李氏身上。方在碾米，忽跌在地，良久，口稱"我是討軍裝楊化，在鰲山集被大郊將黃燒酒灌醉。云云。我恐大郊逃走，官府連累無干，以此前來告訴。我家還有親兄楊大化，妻李氏，二男二女等情"。此時于良等聽知，報與老人邵強，地方牌頭小甲等。隨將大郊叫至李氏家，兩相面對。相同。李氏又稱"你快拿出我銀子來。不然，我就打你咬肉洩恨"。大郊因見李氏說出前情，不能隱匿，隨自吐稱"是實。卻不料這等陰魂附人通明"等語。于良等當押大郊回家，將原劫楊化纏袋一條，內盛軍裝銀二兩八錢，於本家竈鍋煙籠內取出。連贓送縣。比大郊畏懼在監無人供送牢食，要將本戶人攀扯管顧，又不合妄稱于從豹、于大敖、于大節三人。以致于良等亦將三人拘集，並大郊於十四日首送到縣覆審。李氏吐稱："並不相干，正恐累及平人，故來通明。"大郊亦稱："鬼神難昧，委係自己將楊化勒死圖財是實。"本縣看係謀殺人命重情，未經檢驗，當押大郊等親詣海邊潮上楊化屍所相驗，得本屍云云。本府看得楊化以邊塞貧軍，跋涉二千里，銀不滿三兩，于大郊輒起毒心，先之酒醉，繼之繩勒，又繼之驢駝丟屍海內。彼以為葬魚腹求之無屍，質之無證，已可安享前銀，宴然無事；孰意天道昭彰，鬼神不昧，屍入海而不沉，魂附人而自語。發微曖之奸，褫兇人之魂。至於"咬肉洩恨"一語，凜如斧鉞；"恐連累無干"數言，赫然公平。化可謂死而靈，靈而真，正不遂死而亡者。孰謂人可謀殺又可漏網哉？該縣禱神有應，異政足錄，擬斬情已不枉；緣係面鞫殺劫，魂附情真，理合解審定奪。督府軍門孫評審蒙批：楊化魂附訴冤，面審俱薊鎮人語，誠爲甚異。仰按察司覆審詳報。取問罪犯到府，于得水泣曰："妻李氏久爲楊化冤魂所附，真性迷失，有子弗乳，不免母子兩傷。"卑職喚至案前，曲爲開諭，李氏猶然爲化語。怒叱之曰："爾冤既雪，魂當依爾體骨，何爲耽閣人妻子？可速去，不然則痛責汝。"復叩頭曰："小的行矣。"李氏起走，復令人拉之轉曰："吾叫楊化去，李氏將何之？"復怒叱之。如此回轉數次，將欲刑之。李氏始仆地，喚不應，目瞑色變，如死人。得水並其母，附耳以乳名呼之，痛哭不已。猶不醒，但四體搖戰，汗下如雨。久始張目視曰："吾李家閨女，何故在此？"業知其真魂返矣。硃筆大書數字鎮之，令得水扶出。次日，同知劉提審李氏，涕泣不能出一語。相應解回，免其再提。

〔明沈瓚近事叢殘卷一冤鬼報官條〕　楊化者濟南人，以祖軍戍某衛。萬曆丙申間，告回原籍，取軍裝於族人。既編索，盈囊而行。族人某知之，尾其後，與同行。醉以酒，擠之海濱。屍飄不知何處。盡取其囊以歸。一日，有同族妻某氏正在家舂麥，忽有所見，下碓曰："長官來了。"遂爲化之言曰："同拿殺人賊。"率人徑至賊家，於卧具下取所劫贓，皆在。乃報官。凡府縣道等衙門審問，婦皆爲化言，縷縷致辯，繼之號泣，始終如出一口，不少變。至獄乃寂。首尾殆二三月矣。初府審時，府公疑其矯詐，乃於公座上微呼化名。計其離囚所伏處不啻數百步。人皆不聞，而婦獨爭先應如響。以此益異之。又云："初死時於水濱遇群神，即赴訴之。曰：'吾水神，不與人命事。宜往地方城隍中告。'如其言，乃得准理云。"

西山觀設籙度亡魂　開封府備棺追活命

初刻拍案驚奇卷十七

〔夷堅支戊卷五任道元條〕　任道元者，福州人，故太常少卿文薦之長子也。少年慕道，從師歐陽文彬受練度，行天心法，甚著效驗。乾道之季，永福何氏子以病投壇，未至。任與其妻姪梁緄宿齋舍。緄亦好法，夜夢神將來告曰："如有求報應者，可書'香'字與之，令其速還家。"緄覺即以語任。任起，明燭書之。封押畢，復寢。翌早，何至。乃授之。何還家十八日而死。蓋香字爲十八日也。其後少卿下世。任受官出仕，於奉真香火之敬浸以疏懈。每旦過神堂，但於外瞻禮，使小童入炷香。家人數勸之，不聽。淳熙十三年上元之夕，北城居民相率建黃籙大醮於張道者庵內。請任爲高功。行道之際，觀者雲集。兩女子丫髻駢立，頗有容色。任顧之曰："小娘子穩便裏面看。"兩女拱謝。復諦觀之曰："提起爾襴裙。"襴裙者，閩俗指言抹胸。提起者，謔媟語也。其一曰："法師做醮，如何卻説這般話！"逾時而去。任與語如初。又爲女所譙責。及醮罷，便覺左耳後癢且痛。命僕視之，一瘡如粟粒，而中痛不可忍。次日歸，情緒不樂。越數日，謂緄曰："吾得夢極惡，已密書於紙。俟偕商日宣法師來考照。"商至曰："是非我所能辨。須聖童至乃可決。"少頃，門外得一村童。纔至，即跳昇梁間作神語曰："任道元，諸神保護汝許久，而乃不謹香火，貪淫兼行，罪在不赦。"任深悼前非，磕頭謝罪。又曰："汝十五夜所説大段好！"任百拜乞命，願改過自新。神曰："如今復何所言。吾亦不欠汝一個奉事，當以爲受法弟子之戒。且寬汝二十日期。"言訖，童墮地而醒，懵然了無所知。緄拆所書示商，乃"二十日"三字。是時正月二十六也。次時，任夢神將持鐵鞭追逐，環繞所居九仙山下幾一匝。腦後爲鞭所擊。悸而瘖。
自此瘖益大，頭脹如栲栳。每二鼓後輒叫呼若被鞭之狀。左右
泣拜，小止，復作。遍體色皆青黑。二月十二夜，緄還厥居，母不
許再往。夜夢神云："汝到五更初急詣任氏，看吾撲道元。"緄起
坐，伺期而往。任見而泣曰："相見只此耳。"披衣欲下牀，忽仆於
席。八僕扶之坐。如有物拽出，仆之地上。就視，已死。歐陽師
居城北，亦以是日殂。緄自是不敢行法。予大兒録示其事。因
記南部煙花録"香娘爲十八日"與此"香"字同。任卿佳士，宜其
嗣續熾昌；後生妄習不謹，自掇奇譴，予見亦多矣。

　　（以上入話）

〔太平廣記卷一百七十一李傑條引劉餗國史異纂。國史異纂即劉餗
傳記。見新唐書藝文志三小説類〕　李傑爲河南尹，有寡婦告其子不
孝。其子不能自理，但云："得罪於母，死所甘分。"傑察其狀，非
不孝子。謂寡婦曰："汝寡居，唯有一子。今告之，罪至死，得無
悔乎？"寡婦曰："子無賴，不順母，寧復惜乎！"傑曰："審如此，可
買棺木來取兒屍。"因使人覘其後。寡婦既出，謂一道士曰："事
了矣。"俄持棺至。傑尚冀有悔，再三喻之，寡婦執意如初。道士
立於門外，密令擒之。一訊承伏，與寡婦私通，常爲兒所制，故欲
除之。傑放其子，杖殺道士及寡婦，便同棺盛之。

丹客半黍九還　富翁千金一笑
初刻拍案驚奇卷十八

〔古今譚概譎知部丹客〕　客有以丹術行騙局者，假造銀
器，盛輿從，復典妓爲妾，日飲於西湖；觴首所羅列器皿，望之皆
朱提白鑼。一富翁見而心艷之，前揖問曰："公何術而富若此？"
客曰："丹成，特長物耳。"富翁遂延客並其妾至家，出二千金爲

母，使煉之。客入鉛藥，煉十餘日，密約一長髯突至，紿曰："家罹內艱，盍急往！"客大哭，謂主人曰："事出無奈何，煩主君同余婢守爐，余不日來耳。"客實竊丹去。又囑妓私與主嫗，而不悟也，遂墮計中，與妓綢繆數宵，而客至。啟爐視之，佯驚曰："敗矣！汝侵余妾，丹已壞矣！"主君無以應，復出厚鏹酬客。客作怏怏狀去，主君猶以得遣爲幸。

〔古今譚概譎知部丹客第二則〕　嘉靖中，松江一鹽生，博學有口，而酷信丹術。有丹士先以小試取信，乃大出其金而盡竊之。生慚憤甚，欲廣遊以冀一遇。忽一日，值於吳之閭門。丹士不俟啟齒，即邀飲肆中，殷勤謝過。既而謀曰："吾儕得金，隨手費去。今東山一大姓，業有成約，俟吾師來舉事。君肯權作吾師，取價於彼，易易耳。"生急於得金，許之。乃令剪髮爲頭陀，事以師禮。大姓接其談鋒，深相欽服，日與款接，而以丹事委其徒輩，且謂師在無慮也。一旦，復竊金去，執其師，欲訟之官。生號泣自明，僅而得釋。及歸，親知見其髮種種，皆訕笑焉。

〔明王象晉剪桐載筆丹客記〕　堪輿熊生見龍爲予言：一縉紳家甚富，嗜爐火，屢被欺不置也。家亦漸耗，妻子苦相諫，因戒閽人勿通方外士，而心實未滅。臨街設一牖，以便外觀。一日午後，見一道士持銀一珠與對門賣餅家，飄然去。呼詢之，云："道士自昧爽坐店門外，閉目不語，某心異之。至午乞齋，饋以茶一壺，餅十枚。食盡，命取水銀一錢及炭火來與之。道士於衣下取杏核一枚，笀空，入水銀，加藥少許，投火內，須臾，成一銀珠。取相付，遂去。"索觀之，銀色甚佳。鎔之，不少毫釐。心爲動，令僕遍索，得於城隍廟闇室中，面壁坐。縉紳躬往延之。立其後良久，始起與揖。邀之書室，具酒肴甚虔。言及爐火，輒云不知。案上銅香箸一雙，道士取以爇香，時玩弄之。食畢求去。留之宿，約翌早。次早延之，又約近午。至期果來，縉紳執禮益恭，求益懇。道士云："此事非可輕易。公必欲觀，當爲小試。"因令僕取炭十餘斤，水一盂，火一爐。既至，悉屏諸人，於室内掘一坎，取銅箸稱之，拭以囊中藥，箸白如雪。置坎内，加炭。因言："此等術造化所忌，不得已爲公試。然不可不虔誠。公宜焚香一拜天地。"拜罷，火已熾，箸與火一色。熄以水，稱之，依然故物也，而質則銀。鎔之，紋銀也。縉紳大喜，願終身不相負。道士曰："公心既誠，真可教。第此事不可令多人見，須靜室乃可。"周視，無當意者。至宅後園中，樹木陰翳，一亭巍然。道士曰："可矣。公真個中人，當爲大做，令子孫世世稱陶朱也。非數百金爲母不可。"遂於亭中安爐置鼎。縉紳親持三百金，同入鼎加火。日往視火候，飲食與共。暇則相與闡玄理，或談生平宦途中事，意甚浹。已而漸暑，爲製葛衣。一日，道士曰："某孤雲野鶴，性疏宕。今久坐漸鬱，何處可少豁心目也？"曰："園後即城。登城，四遠皆目中矣。"於是道士科頭跣足，衣短葛，四體無纖毫障，偕一僕遊城上，日以爲常。間獨往，縉紳以相與厚，不疑也。一日，忽不返。候數日，竟不返。開爐視之，三百金化爲烏有矣。大怒，倒爐碎鼎，毀其亭作馬廄。

次年春，閽人報故人子求見。出視之，一少年可二十許，身被械，偕一婦人。又一男子執文牒隨其後。詢之，云："南京人，姓某，名某，乳名某，於某年月日生。父某，任某官。母某氏。"縉紳聞言大驚。所云某官，與縉紳爲生死交；而此人乳名即縉紳所命也。亟問："何以至此？"涕泣云："父在日，時時念老伯交口，恨不縮地一會。不幸父歿，尋喪母，隻身伶仃，爲群不逞所誘。醉後，誤殞一人。官司欲擬大辟，傾家營干，僅得遣戍。而先業蕩然矣。婦即某之結髮，今爲軍妻。此一人長解也。行至此地，身無一錢。倘念先人舊誼，少濟數金，使得至戍所，幸甚。"縉紳聞言爲墮淚，留住宅中。此人感甚，因言："身犯罪不可令人知。曷

於人迹不到處暫休息。當亟行，恐誤期限也。"歷數處，行至園，
欲宿亭內。以不潔告。此人曰："先君在日，雅好花卉。家有一
園，頗相仿，先君日夕遊焉。見此園如見先君，是以不忍捨。"縉
紳爲掃除，令息其中。日延與語，同飲食。夫人亦時召其婦與飲
食。縉紳之子見婦少而多姿，乘間挑之，欣然相允。遂匿之書
室，不令至園中。已而，其人忽不見。亭中銅香箸一雙，帖一緘，
不言姓名，但謝昨歲相待之厚，云："銀未携去，埋亭中，今來取者
其子也。所談某官家世，暨其子乳名，皆得之縉紳所自言。"又
言："世間燒煉者，術多贋。前銀箸乃造以相紿者。所以遲至午，
箸未就也。今銅箸公故物。從今可絕意此道，勿再爲人紿耳。"
亟召長解詢之，自言身係樂户；婦人，妓也。問以來人。云："不
知何許人。初入門，用頗奢，漸與妓密。謂其父爲公點金萬億，
執有契券。假此行徑，可得數百金。當均分。不知乃爲所紿。"
問妓，得之其子書室中，遣之不去，云："與公子約偕死，不則願死
公前。"縉紳大窘，不得已，給廿餘金始行。縉紳懊悔甚痛，笞其
子，從此絕口不談爐火事。

李公佐巧解夢中言　謝小娥智擒船上盜
初刻拍案驚奇卷十九

〔太平廣記卷一百二十八報應二七尼妙寂條引續幽怪錄〕　尼
妙寂，姓葉氏，江州潯陽人也。初嫁任華，潯陽之賈也。父昇，與
華往復長沙、廣陵間。唐貞元十一年春，之潭州，不復。過期數
月，妙寂忽夢父被髮裸形，流血滿身，泣曰："吾與汝夫湖中遇盜，
皆已死矣。以汝心似有志者，天許復仇。但幽冥之意，不欲顯
言，故吾隱語報汝。誠能思而復之，吾亦何恨！"妙寂曰："隱語云
何？"昇曰："殺我者：車中猴，門東草。"俄而，見其夫形狀若父，泣

曰："殺我者：禾中走，一日夫。"<u>妙寂</u>撫膺而哭，遂爲女弟所呼覺，
泣告其母，闔門大駭。念其隱語，杳不可知。訪於鄰叟及鄉閭之
有知者，皆不能解。秋，詣<u>上元縣</u>，舟檝之所交處，四方士大夫多
憩焉。而又邑有<u>瓦棺寺</u>，寺上有閣，倚山瞰江，萬里在目，亦江湖
之極境；遊人弭棹，莫不登眺。"吾將緇服其間，伺可問者，必有
醒吾惑者。"於是褐衣<u>上元</u>，捨力<u>瓦棺寺</u>。日持箕帚，灑掃閣下。
閑則徙倚欄檻，以伺識者。見高冠博帶，吟嘯而來者，必拜而問。
居數年，無能辯者。十七年，歲在辛巳，有<u>李公佐</u>者，罷<u>嶺南</u>從事
而來，攬衣登閣，神彩雋逸，頗異常倫。<u>妙寂</u>前拜泣，且以前事問
之。<u>公佐</u>曰："吾平生好爲人解疑，況子之冤懇而神告如此，當爲
子思之。"默行數步，喜招<u>妙寂</u>曰："吾得之矣！殺汝父者，申蘭；
殺汝夫者，申春耳。"<u>妙寂</u>悲喜嗚咽，拜問其說。<u>公佐</u>曰："夫猴，
申生也；車去兩頭而言猴，故申字耳。草而門，門而束，非蘭字
耶？禾中走者，穿田過也；此亦申字也。一日又加夫，蓋春字耳。
鬼神欲惑人，故交錯其言。"<u>妙寂</u>悲喜，若不自勝；久而掩涕，拜謝
曰："賊名既彰，雪冤有路，苟或釋惑，誓報深恩。婦人無他，唯潔
誠奉佛，祈增福海。"

　　初<u>泗州普光王寺</u>，有梵氏戒壇，人之爲僧者必由之，四方輻
輳，僧尼繁會，觀者如市焉。<u>公佐</u>自<u>楚</u>之<u>秦</u>，維舟而往觀之。有
一尼，眉目朗秀，若舊識者，每過，必凝視<u>公佐</u>，若有意而未言者。
久之，<u>公佐</u>將去，其尼遽呼曰："侍御，<u>貞元</u>中不爲<u>南海</u>從事乎？"
<u>公佐</u>曰："然。""然則記小師乎？"<u>公佐</u>曰："不記也。"<u>妙寂</u>曰："昔
<u>瓦棺寺</u>閣求解車中猴者也。"<u>公佐</u>悟曰："竟獲賊否？"對曰："自悟
夢言，乃男服，易名<u>士寂</u>，泛傭於江湖之間。數年，聞<u>蘄</u>、<u>黃</u>之間
有<u>申村</u>，因往焉。流轉周星，乃聞其村西北隅有名<u>蘭</u>者。默往求
傭，輒賤其價，<u>蘭</u>喜召之。俄又聞其父弟有名<u>春</u>者。於是勤恭執
事，晝夜不離。見其可爲者，不顧輕重而爲之，未嘗待命。<u>蘭</u>家

器之。晝與群傭苦作，夜寢他席，無知其非丈夫者。逾年，益自勤幹，蘭逾敬念，視士寂即目視其子不若也。蘭或農或商，或畜貨於武昌，關鎖啟閉悉委焉。因驗其櫃中，半是己物，亦見其父及夫常所服者，垂涕而記之。而蘭、春叔出季處，未嘗偕出，慮其擒一而驚逸也。銜之數年。永貞年重陽，二盜飲既醉，士寂奔告於州，乘醉而獲，一問而辭伏就法。得其所喪以歸，盡奉母，而請從釋教師洪州天宮寺尼洞微，即昔受教者也。妙寂，一女子也，血誠復仇，天亦不奪，遂以夢寐之言，獲悟於君子。與其仇者，得不同天。碎此微軀，豈酬明哲。梵宇無他，唯虔誠法象，以報效耳。”公佐大異之，遂爲作傳。大和庚戌歲，庚戌，大和四年。隴西李復言游巴南，與進士沈田會於蓬州。田因話奇事，持以相示，一覽而復之。録怪之日，遂纂於此焉。

〔太平廣記卷四百九十一雜傳記引李公佐謝小娥傳〕　小娥，姓謝氏，豫章人，估客女也。生八歲，喪母。嫁歷陽俠士段居貞。居貞負氣重義，交遊豪俊。小娥父畜巨産，隱名商賈間，常與段婿同舟貨，往來江湖。時小娥年十四，始及笄。父與夫俱爲盜所殺，盡掠金帛。段之弟兄，謝之生侄，與僮僕輩數十，悉沉於江；小娥亦傷胸折足，漂流水中，爲他船所獲，經夕而活。因流轉乞食，至上元縣，依妙果寺尼淨悟之室。初，父之死也，小娥夢父謂曰：“殺我者車中猴，門東草。”又數日，復夢其夫謂曰：“殺我者禾中走，一日夫。”小娥不自解悟，常書此語，廣求智者辨之，歷年不能得。至元和八年春，余罷江西從事，扁舟東下，淹泊建業，登瓦官寺閣。有僧齊物者，重賢好學，與余善，因告余曰：“有孀婦名小娥者，每來寺中，示我十二字謎語，某不能辨。”余遂請齊公書於紙。乃憑檻書空，凝思默慮。坐客未倦，了悟其文。令寺童疾召小娥前至，詢訪其由。小娥嗚咽良久，乃曰：“我父及夫，皆爲賊所殺。邇後嘗夢父告曰：殺我者車中猴，門東草。又夢夫告

曰：殺我者禾中走，一日夫。歲久無人悟之。”余曰：“若然者，吾
審詳矣。殺汝父是申蘭，殺汝夫是申春。且車中猴，車字去上下
各一畫，是申字；又申屬猴，故曰車中猴。草下有門，門中有東，
乃蘭字也。又禾中走是穿田過，亦是申字也。一日夫者，夫上更
一畫，下有日，是春字也。殺汝父是申蘭，殺汝夫是申春，足可明
矣。”小娥慟哭再拜，書“申蘭申春”四字於衣中，誓將訪殺二賊，
以復其冤。娥因問余姓氏官族，垂涕而去。

　　爾後，小娥便爲男子服，傭保於江湖間。歲餘，至潯陽郡，見
竹户上有紙榜子云召傭者。小娥乃應召詣門。問其主，乃申蘭
也。蘭引歸。娥心憤貌順，在蘭左右，甚見親愛。金帛出入之
數，無不委娥。已二歲餘，竟不知娥之女人也。先是，謝氏之金
寶錦繡、衣物器具，悉掠在蘭家。小娥每執舊物，未嘗不暗泣移
時。蘭與春，宗昆弟也。時春一家住大江北獨樹浦，與蘭往來密
洽。蘭與春同去，經月，多獲財帛而歸。每留娥與蘭宴蘭氏“蘭宴
蘭氏”四字誤，未知所作。同守家室。酒肉衣服，給娥甚豐。或一日，
春携文鯉兼酒詣蘭。娥私歎曰：“李君精悟玄鑒，皆符夢言，此乃
天啟其心，志將就矣。”是夕，蘭與春會。群賊畢至，酣飲。暨諸
凶既去，春沉醉卧於内室，蘭亦露寢於庭。小娥潛鎖春於内，抽
佩刀先斷蘭首。呼號，鄰人並至。春擒於内，蘭死於外，獲贓收
貨，數至千萬。初蘭、春有黨數十，暗記其名，悉擒就戮。時潯陽
太守張公善其志行，爲具事上旌表，乃得免死。時元和十二年夏
歲也。復父、夫之仇畢，歸本里，見親屬。里中豪族爭求聘，娥誓
心不嫁。遂剪髮披褐，訪道於牛頭山，師事大士尼將律師。娥志
堅行苦，霜春雨薪，不倦筋力。十三年四月，始受具戒於泗州開
元寺。竟以小娥爲法號，不忘本也。

　　其年夏月，余始歸長安。途經泗濱，過善義寺，謁大德尼，令
操戒新見者數十，淨髮鮮帔，威儀雍容，列侍師之左右。中有一

尼問師曰："此官豈非<u>洪州李判官二十三郎</u>者乎?"師曰："然。"
曰："使我獲報家仇,得雪冤恥,是判官恩德也。"顧余悲泣。余不
之識,詢訪其由。<u>娥</u>對曰："某名<u>小娥</u>,頃乞食孀婦也。判官時爲
辨<u>申蘭</u>、<u>申春</u>二賊名字,豈不憶念乎?"余曰："初不相記,今即悟
也。"<u>娥</u>因泣,具寫記<u>申蘭</u>、<u>申春</u>,復父夫之仇,志願相畢,經營終
始艱苦之狀。<u>小娥</u>又謂余曰："報判官恩當有日矣,豈徒然哉。"
嗟乎!余能辨二盜之姓名,<u>小娥</u>又能竟復父夫之讎冤,神道不
昧,昭然可知。<u>小娥</u>厚貌深辭,聰敏端特,煉指跛足,誓求真如。
爰自入道,衣無絮帛,齋無鹽酪,非律儀禪理,口無所言。後數
日,告我歸<u>牛頭山</u>。扁舟泛<u>淮</u>,雲遊南國,不復再遇。君子曰:誓
志不捨,復父夫之仇,節也;傭保雜處,不知女人,貞也。女子之
行,唯貞與節,能終始全之而已。如<u>小娥</u>,足以儆天下逆道亂常
之心,足以觀天下貞夫孝婦之節。余備詳前事,發明隱文,暗與
冥會,符於人心。知善不錄,非<u>春秋</u>之義也。故作傳以旌美之。

大姊魂游完宿願　小妹病起續前緣
初刻拍案驚奇卷二十三

〔<u>太平廣記卷一百六十李行脩條</u>引<u>唐溫畬續定命錄</u>〕　故諫議
大夫<u>李行脩</u>娶<u>江西</u>廉使<u>王仲舒</u>女,貞懿賢淑。<u>仲舒</u>,字<u>弘中</u>,<u>太原祁</u>
人,家於<u>河南府</u>。<u>元和</u>末,由中書舍人出爲<u>江南西道</u>觀察使,<u>長慶</u>三年卒於<u>洪州</u>。在
官四年。<u>韓愈</u>爲作墓誌銘,見<u>昌黎先生集</u>卷三十三。又爲作神道碑,見集卷三十一。
墓誌銘云:"公長女婿<u>劉仁卿</u>,<u>高陵</u>令。次女婿<u>李行脩</u>,尚書刑部員外郎。"與此小說
所記合。<u>行脩</u>敬之如賓。<u>王氏</u>有幼妹,嘗挈以自隨。<u>行脩</u>亦深所
鞠愛,如己之同氣。<u>元和</u>中,有名公<u>淮南</u>節度<u>李公鄘</u>論親,諸族
人在<u>洛</u>下。時<u>行脩</u>罷<u>宣州</u>從事,寓居<u>東洛</u>。<u>李</u>家吉期有日,固請
<u>行脩</u>爲儐。是夜禮竟,<u>行脩</u>昏然而寐,夢己之再娶,其婦即<u>王氏</u>

之幼妹。行脩驚覺，甚惡之。遽命駕而歸，入門，見王氏晨興，擁膝而泣。行脩家有舊使蒼頭性頗兇橫，往往忤王氏意。其時行脩意王氏爲蒼頭所忤，乃罵曰：“還是此老奴。”欲杖之。尋究其由，家人皆曰：“老奴於厨中自説五更作夢，夢阿郎再娶王家小娘子。”行脩以符己之夢，尤惡其事。乃强喻王氏曰：“此老奴夢、安足信！”無何，王氏果以疾終。時仲舒出牧吳興，墓誌、神道碑均不言仲舒刺湖州。此蓋傳聞之誤。及凶問至，王公悲慟且極，遂有書疏意託行脩續親。行脩傷悼未忘，固阻王公之請。有秘書衛隨者，即故江陵尹伯玉之子，有知人之鑒，言事屢中；忽謂行脩曰：“侍御何懷亡夫人之深乎？如侍御要見夫人，奚不問稠桑王老？”後二三年，王公屢諷行脩，託以小女。行脩堅不納。及行脩除東臺御史，是歲，汴人李介逐其帥。詔徵徐泗兵討之。道路使者星馳，又大掠馬。行脩緩轡出關，程次稠桑驛，新唐書卷三十八地理志：虢州湖城縣縣東故道濱河，不井汲，馬多渴死。天寶八載館驛使、御史中丞宋渾開新路，自稠桑西由晉王斜。由此可知稠桑驛在湖城。元豐九域志卷三載陝州靈寶縣有稠桑澤。靈寶、湖城地近稠桑，蓋因澤得名。已聞敕使數人先至。遂取稠桑店宿。至是，日迨曛暝。往逆旅間，有老人自東而過。店之南北，爭牽衣請駐。行脩訊其由。店人曰：“王老善録命書，爲鄉里所敬。”行脩忽悟衛秘書之言，密令召之，遂説所懷之事。老人曰：“十一郎欲見亡故夫人，今夜可也。”乃引行脩，使去左右，屨屨，由一徑入土山中。又陟一坡，近數仞。坡側隱隱若見叢林。老人止於路隅，謂行脩曰：“十一郎但於林下呼妙子，必有人應。應即答云：傳語九娘子，今夜暫將妙子同看亡妻。”行脩如王老教呼於林間。果有人應。仍以老人語傳入。有頃，一女子出，行年十五，便云：“九娘子遣隨十一郎去。”其女子言訖，便折竹一枝跨焉。行脩觀之，迅疾如馬。須臾，與行脩折一竹枝，亦令行脩跨。與女子並馳，依依如抵。西南行約數十里，忽到一處，城闕壯麗。

前經一大宮,宮有門。仍云:"但循西廊直北,從南第二院,則賢夫人所居。內有所睹,必趨而過,慎勿怪。"行脩心記之。循西廊,見朱裏緹幕下燈明,其內有橫眸寸餘數百。行脩一如女子之言,趨至北廊。及院,果見行脩十數年前亡者一青衣出焉。迎行脩前拜。乃賷一榻云:"十一郎且坐,娘子續出。"行脩比苦肺疾,王氏嘗與行脩備治疾皂莢子湯。自王氏之亡也,此湯少得。至是,青衣持湯令行脩啜焉。即宛是王氏手煎之味。言未竟,夫人遽出,涕泣相見。行脩方欲申離恨之久,王氏固止之曰:"今與君幽顯異途,深不願如此貽某之患。苟不忘平生,但得納小妹鞠養,即於某之道盡矣。所要相見,奉託如此。"言訖,已聞門外女子叫:"李十一郎速出。"聲甚切。行脩倉卒而出。其女子且怒且責:"措大不別頭腦,宜速返。"依前跨竹枝同行。有頃,卻至舊所。老人枕塊而寐,聞行脩至,遽起云:"豈不如意乎?"行脩答曰:"然!"老人曰:"須謝九娘子遣人相送。"行脩亦如其教。行脩困憊甚,因問老人曰:"此等何哉?"老人曰:"此原上有靈應九子母祠耳。"老人行引行脩卻至逆旅,壁釭熒熒,櫪馬啗芻如故,僕夫等昏憊熟寐。老人因辭而去。行脩心憤然,一嘔,所飲皂莢子湯出焉。時王公已〔"已"明談刻本廣記作"亡",今徑改。〕移鎮江西矣。從是行脩續王氏之婚。〔墓誌不言續婚。〕後官至諫議大夫。

　　(以上入話)

　　〔剪燈新話卷一金鳳釵記〕　大德中,揚州富人吳防禦,居春風樓側,與宦族崔君爲鄰,交契甚厚。崔有子曰興哥,防禦有女曰興娘,俱在繈褓。崔君因求女爲興哥婦,防禦許之,以金鳳釵一隻爲約。既而崔君遊宦遠方,凡一十五載,並無一字相聞。女處閨闈,年十九矣。其母謂防禦曰:"崔家郎君一去十五載,不通音耗。興娘長成矣,不可執守前言,令其挫失時節也。"防禦曰:"吾已許吾故人矣。況成約已定,吾豈食言者也?"女亦望生不至,因而感疾。沉綿枕席,半歲而終。父母哭之慟。臨斂,母持金鳳釵撫屍而泣曰:"此汝夫家物也。今汝已矣,吾留此安用!"遂簪於其髻而殯焉。殯之兩月,而崔生至。防禦延接之,訪問其故。則曰:"父爲宣德府理官而卒,母亦先逝數年矣。今已服除,故不遠千里而至此。"防禦下淚曰:"興娘薄命,爲念君故,得疾,於兩月前飲恨而終。今已殯之矣。"因引生入室,至其靈几前,焚楮錢以告之。舉家號慟。防禦謂生曰:"郎君父母既歿,道途又遠。今既來此,可便於吾家宿食。故人之子,即吾子也。勿以興娘歿故,自同外人。"即令搬挈行李於門側小齋安泊。

　　將及半月,時值清明,防禦以女新歿之故,舉家上冢。興娘有妹曰慶娘,年十七矣,是日亦同往。惟留生在家看守。至墓而歸,天已曛黑,生於門左迎接。有轎二乘,前轎已入,後轎至生前,似有物墮地,鏗然作聲。生俟其過,急往拾之,乃金鳳釵一隻也。欲納還於內,則中門已闔,不可得而入矣。遂還小齋,明燭獨坐。自念婚事不成,只身孤苦,寄迹人門,亦非久計。長歎數聲,方欲就枕,忽聞剝啄扣門聲。問之則不答,斯須復扣,如是者三度。起^{"起",高麗本作"乃啟闈"。}視之,則一美姝立於門外。見戶開,遽搴裙而入。生大驚。女低容斂氣,向生細語曰:"郎不識妾耶? 妾即興娘之妹慶娘也。向者投釵轎下,郎拾得否?"即挽生就寢。生以其父待之厚,辭曰:"不敢!"拒之甚確,至於再三。女忽頳爾怒曰:"吾父以子姪之禮待汝,置汝門下。汝乃於深夜誘我至此,將欲何爲? 我將訴之於父,訟汝於官,必不捨汝矣!"生懼,不得已而從焉。至曉乃去。自是,暮隱而入,朝隱而出,往來於門側小齋,凡及一月有半。一夕,謂生曰:"妾處深閨,君居外館,今日之事,幸無人知覺。誠恐好事多磨,佳期易阻。一旦聲迹彰露,親庭罪責,閉籠而鎖鸚鵡,打鴨而驚鴛鴦。在妾固所甘心,於君誠恐累德。莫若先事而發,懷璧而逃,或晦迹深村,或藏

蹤異郡，庶得優遊偕老，不致睽離也。"生頗然其計。曰："卿言亦
自有理，吾方思之。"因自念："零丁孤苦，素乏親知，雖欲逃亡，竟
將焉往？嘗聞父言：有舊僕金榮者，信義人也，居鎮江呂城，以耕
種爲業。今往投之，庶不我拒。"至明夜五鼓，與女輕裝而出，買
船過瓜州，奔丹陽。訪於村氓，果有金榮者，家甚殷富，見爲本村
保正。生大喜，直造其門。至則初不相識也。生言其父姓名、爵
里及己乳名，方始記認。則設位而哭其主，捧生而拜於座。曰：
"此吾家郎君也。"生具告以故。乃虛正堂而處之，事之如事舊
主。衣食之需，供給甚至。生處榮家，將及一年。女告生曰："始
也懼父母之責，故與君爲卓氏之逃，蓋出於不獲已也。今則舊穀
既没，新穀既登，歲月如流，已及暮矣。且愛子之心，人皆有之。
今而自歸，喜於再見，必不我罪。況父母生之，恩莫大焉，豈有終
絶之理？盍往見之乎？"生從其言，與之渡江入城。將及其家，謂
生曰："妾逃竄一年，今遽與君同往，或恐逢彼之怒。君宜先往覘
之，妾艤舟於此以俟。"臨行，復呼生回，以金鳳釵授之曰："如或
疑拒，當出此以示之可也。"

　　生至門，防禦聞之，欣然出見。反致謝曰："日昨顧待不周，
致君不安其所，而有他適，老夫之罪也。幸勿見怪！"生拜伏在
地，不敢仰視，但稱"死罪"，口不絶聲。防禦曰："有何罪過，遽出
此言？願賜開陳，釋我疑慮。"生乃作而言曰："曩者房帷事密，兒
女情多。負不義之名，犯私通之律。不告而娶，竊負而逃。竄伏
村墟，遷延歲月。音容久阻，書問莫傳，情雖篤於夫妻，恩敢忘於
父母。今則謹攜令愛，同此歸寧。伏望察其深情，恕其重罪，使
得終能偕老，永遂于飛。大人有溺愛之恩，小子有宜家之樂，是
所望也，惟冀憫焉！"防禦聞之，驚曰："吾女臥病在牀，今及一歲。
饘粥不進，轉側需人，豈有是事耶？"生謂其恐爲門户之辱，故飾
詞以拒之，乃曰："目今慶娘在於舟中，可令人舁取之來。"防禦雖

不信，然且令家僮馳往視之。至則無所見，方詰怒崔生，責其妖
妄。生於袖中出金鳳釵以進。防禦見，始大驚曰："此吾亡女興
娘殉葬之物也。胡爲而至此哉？"疑惑之際，慶娘忽於牀上欨然
而起，直至堂前，拜其父曰："興娘不幸，早辭嚴侍，遠棄荒郊。然
與崔家郎君緣分未斷。今之來此，意亦無他，特欲以愛妹慶娘續
其婚事耳。如所請肯從，則病患當即痊除。不用妾言，命盡此
矣。"舉家驚駭。視其身，則慶娘，而言詞舉止，則興娘也。父詰
之曰："汝既死矣，安得復於人世爲此亂惑也？"對曰："妾之死也，
冥司以妾無罪，不復拘禁，得隸后土夫人帳下，掌傳箋奏。妾以
世緣未盡，故特給假一年，來與崔郎了此一段因緣爾。"父聞其語
切，乃許之。即斂容拜謝。又與崔生執手歔欷爲別。且曰："父
母許我矣。汝好作嬌客，慎毋以新人而忘故人也。"言訖，慟哭而
仆於地。視之，死矣。急以湯藥灌之，移時乃蘇。疾病已去，行
動如常。問其前事，並不知之，殆如夢覺。遂涓吉續崔生之婚。
生感興娘之情，以釵貨於市，得鈔二十錠，盡買香燭楮幣，齎詣瓊
花觀，命道士建醮三晝夜以報之。復見夢於生曰："蒙君薦拔，尚
有餘情。雖隔幽明，實深感佩。小妹柔和，宜善視之。"生驚悼而
覺，從此遂絕。嗚呼異哉！

　　（以上正傳）

鹽官邑老魔魅色　會骸山大士誅邪
初刻拍案驚奇卷二十

　　〔續艷異編卷十二大士誅邪記〕　洪武間，鹽官會骸山中有
一老道，緇服蒼顏，幅巾繩履。居嘗恂恂，恢諧則秀發如瀉。雖
不事生業，而日常醉歌於市間。歌畢長舞，或跳木，或緣枝，宛轉
盤旋，驚魚飛燕，莫能□也。且知書善詠，嘗與登遊文士相賡歌

焉。山居熟識者雖以道人呼之，而心甚疑議，然卒莫能根究其實也。一日大醉，索酒肆中筆硯，題風、花、雪、月四詞於石壁，閱者稱賞。後見墨迹漸深，磨涅不能去，人又怪之。詞並錄後。

其一："風裊裊，風裊裊，冬嶺泣孤松，春郊搖弱草。收雲月色明，捲霧天光早。清秋送桂香來，極夏頻將炎氣掃。風裊裊，野花亂落令人老。"其二："花艷艷，花艷艷，妖嬈巧似妝，鎖碎渾如剪。露凝色更鮮，風送香嘗遠。一枝獨茂逞冰肌，萬朵爭妍含醉臉。花艷艷，上林富貴真堪美。"其三："雪飄飄，雪飄飄，翠玉封梅萼，青鹽壓竹稍。灑空翻絮浪，積檻聳銀橋。千山渾駮鋪鉛粉，萬木依稀擁素袍。雪飄飄，長途遊子恨迢遙。"其四："月娟娟，月娟娟，乍缺鈎橫野，方圓鏡掛天。斜移花影亂，低映水紋連。詩人舉盞搜佳句，美女推窗遲月眠。月娟娟，清光千古照無邊。"

離山里許，有大姓仇氏者，夫妻四十無嗣，乃刻慈悲大士像，供禮於家，朝夕香花，欲求如願。每年於二月十九則齋戒虔誠，躬往天竺而禱。如是者三，越歲果妊，得育一女孩。及周，名爲夜珠，取掌上珠意也。時年十九，父母已六十餘矣。端慧多能，工容兼妙，夫妻望之甚重，必得佳婿倚托殘年，故荏苒以待也。詎料爲老魅所知，不求媒妁，自薦於其門。父母大怒，逐之使出。老魅從容不動，曰："吾丈誤矣。蓋聞選擇東牀，不過爲老計耳。僕能孝養吾丈於百歲前，禮祭吾丈於百歲後，是亦足以任所重矣，酬所托矣。此不爲佳，何爲佳乎？"大姓復叱曰："不思人鳳薰蕕，甚非偶類，而乃冒漸妄語，狎侮傷人。非病狂則爽心者，奚足與較！"復呼壯力持杖逐之。老魅行且言曰："今則去矣，後雖追悔，何門求見我哉！"大姓復指詈曰："視汝罪骨已枯，棺冢待之方急。人形鬼質，求汝奚爲？行將見汝爲犬鴉所飽，則有之矣。"老魅掀髯長笑而退。越兩日，夜珠方倚窗繡鞋，忽見巨蝶一雙飛

至，紅翅黃身，黑鬚紫足，如流霞飛火，旋繞夜珠左右而不捨，似
若眷戀其香者。夜珠喜異，輕以袖羅撲之。撲不能得，笑呼女奴
徐相追逐。直至後園牡丹花側，二蝶漸大如鷹，扶掖夜珠，從空
逾垣飛去。女奴駭報大姓。大姓驚走號呼，莫可挽救。時夜珠
雖心知墮術，而此身則無主也。履荊榛，踐險阻，方至嶙岏山窟
中。一洞甚小，僅可容頭。洞邊老魅拱立，伸把珠手。不覺轟然
有聲，洞忽開裂，而身已進內。回視其門，則抱合不可啟矣。洞
中寬敞如堂，人面猴形者二十餘，皆承應老魅所役。旁有一房清
潔，頗類僧室，几窗間且置筆硯書史，竹牀石磴，擺列兩行。又有
美婦閨鬟八九人，或坐或立。牀前特設一席，無烹炙味，香花酒
果而已。老魅因謂衆曰："試與新人成禮。"遂牽珠□。夜珠且恐
且怒，卻之甚嚴。老魅喝猴形者四五輩，揪按并坐。老魅喜，頻
自行酒，頃之大醉，一婦一鬟扶伴中牀而寢。夜珠雖蹲踞磴下，
苦不成寐。明起，老魅見珠悲泣，拊其肩慰之曰："家園咫尺，勝
會方新，何乃不趁少年，徒爲自苦？ 若欲執迷，則石爛河枯，此中
不可復出。不如從事之爲得也。"夜珠聞言，觸壁欲盡。老魅私
使衆美勸之。珠遂不食水米，欲自餓死。奈處及旬，一毫無恙。
因見老魅秋收田間稻花，貯之石櫃。日則炊花合餘，則玉粒滿
釜。又能以水盛甕，用米一撮，仍將紙封其口，藏於松灰間，不
開；二三日開封取吸，湛然香醪也。或天雨不出，則剪紙爲戲，有
蝶者、鳳者、犬者、燕者、狐狸者、猿、猱、蛇、鼠者。囑之使去往某
家取某物來，則時刻即至；用後復使還之。其桃、梅、榛、栗等果，
日輪猴形者二人供辦，然皆帶葉連枝，非貨殖市中物也。數者皆
怪異，又不知何法。一日，老魅它出，衆美亦欺息，謂珠曰："吾豈
山妖野偶乎！ 但今生不幸，爲彼術致此中，撇父母，棄糟糠，雖朝
暮憂思，竟成無益。所以忍耻偷生，譬作羊豕牛馬以自解耳。事
勢如斯，爾吾力且何奈？ 不若稍寬一二，待命於天。苟彼罪惡有

終，或可披雲再世。”言畢，各各淚下如雨。忽傳老魅至，俱掩拭而散。是夜，珠□□□□。大姓思望雖殷，無所用力。但日夕於慈悲大士前哭祝而已。一日會骸嶺上忽旛竿直竪，竿末掛一物，莫識。好事者□梯而至其所，但見巉岏中一洞甚大，婦女十餘人倚卧不一，如醉迷之狀。其老猴數十，皆身首異處，膏血交流。竿上之物，則一骷髏高綴耳。好事者驚異，急報其令長官。令長官即差兵收勘，方知皆良家婦女，爲妖所誤。出示召□間，而大姓喜躍奔探，女果在內。及視旛竿，方識天竺大士殿前物也。年月猶存，一旦徙至於此，非神力詎可能乎？因悟大姓感神之誠，同還者皆來拜謝。於是協資建廟山頂，奉像其中，香火不絕。其石壁書詞，又且拂滅如洗，人遂得知道人即老魅云。

趙司戶千里遺音　蘇小娟一詩證果

初刻拍案驚奇卷二十五

〔青瑣高議前集卷二書仙傳〕　曹文姬，本長安倡女也。生四五歲，好文字戲。每讀一卷，能通大義，人疑其夙習也。及笄，姿艷絕倫，尤工翰墨。自箋素外，至於羅綺窗戶可書之處，必書之，日數千字，人號爲“書仙”。筆力爲關中第一。當時工部周郎中越，馬觀察端，一見稱賞不已。家人教以絲竹，則曰：“此賤事，吾豈樂爲之？惟墨池筆冢，使吾老於此間足矣。”由是藉藉賣聲名豪貴之士，願輸金委玉求與偶者，不可勝計。女曰：“此非吾偶也。欲偶者請託投詩，當自裁擇。”自是長篇短句，艷詞麗語，日馳數百。女悉阿閣。有岷江任生客於長安，賦才敏捷，聞之，喜曰：“吾得偶矣。”或問之，則曰：“鳳棲梧而魚躍淵，物有所歸耳。”遂投之詩曰：“玉皇殿上掌書仙，一點塵心謫九天；莫怪濃香薰膩骨，霞衣曾惹御爐煙。”女得詩喜曰：“此真吾夫也。不然，何以知吾行事耶？吾願妻之，幸勿他顧。”家人不能阻，遂以爲偶。自此春朝秋夕，夫婦相携，微吟小酌，以盡一時之景。如是五年。因三月晦日送春對飲，女題詩曰：“仙家無夏亦無秋，紅日清風滿翠樓；況有碧霄歸路穩，可能同駕五雲遊？”吟畢，嗚咽泣曰：“吾本上天司書仙人，以情愛謫居塵寰二紀。”謂任曰：“吾將歸，子可偕行乎？天上之樂，勝於人間。幸無疑焉！”俄聞仙樂飄空，異香滿室。家人驚異，共窺見朱衣吏持玉版朱書篆文，且曰：“李長吉新撰玉樓記就，天帝召汝寫碑。可速駕無緩！”家人曰：“李長吉唐之詩人，迄今堇三百年，焉有此妖也？”女笑曰：“非爾等所知。人世三百年，仙家猶頃刻耳。”女與生易衣拜命，舉步騰空，雲霞爍爍，鸞鶴繚繞。於是觀者萬計，以其所居地爲書仙里。“長安小隱”永元之善丹青，因圖其狀，使余作記。時慶曆甲申上元日記。

〔明郎瑛七修類稿卷二十七辯證類蘇小小考〕　蘇小小有二人，皆錢塘名娼。一南齊人，郭茂倩所編樂府解題下已注明矣。故古辭有蘇小小歌及白樂天、劉夢得詩稱之者。春渚紀聞所載司馬才仲事，並是南齊之蘇小小也。一是宋人，乃見於武林紀事。其書無刻板，其事隱微，今錄以明之：蘇小小，錢塘名娼也。容色俊麗，頗工詩詞。其姊名盼奴，與太學生趙不敏宋史卷二百二十四宗室世系表太宗長子漢王房有保義郎不敏。不知即此不敏否？相與甚洽款。遇二年“遇二年”，疑當作“逾二年”。西湖遊覽志餘卷十六、亙史外紀卷二十二並作“久之”。不敏日益貧，盼奴周給之，使篤於業。遂捷南省。得官，授襄陽府司户。盼奴未能志餘、亙史皆無“能”字。落籍，不能偕行。志餘、亙史作“不得偕老”。不敏赴官三載，想念成疾而卒。有禄俸餘資，囑其弟趙院判分作二分：一以與弟，一命送盼奴。爲言：盼奴有妹小小，俊秀善吟，可謀致之，佳偶也。院判如言至錢塘。有宗人爲錢塘倅，託召盼奴領其物。倅爲召之。有蒼頭至，云：“盼奴於一月前已抱病殁，小小亦爲於潛縣官絹事繫廳監。"倅遂呼<u>小小</u>出，詰之曰："於潛官絹，汝誘商人一百疋，何以償之？"<u>小小</u>回覆："此亡姊<u>盼奴</u>之事，乞賜周旋。非惟<u>小小</u>感生成之恩，<u>盼奴</u>在泉下亦不忘也。"倅喜其言婉順，因問："汝識<u>襄陽趙司戶</u>耶？"<u>小小</u>曰："<u>趙司戶</u>未仕之日，姊<u>盼奴</u>周給。後中科授官去久，_{志餘、亘史無"久"字}。<u>盼奴</u>想念，因是致疾不起而卒。"倅曰："<u>趙司戶</u>亦謝世矣。遣人附一緘及餘物一罨；外有伊弟院判一緘，付爾開之。"<u>小小</u>自謂："不識院判何人？"乃_{亘史作"及"}。拆書，惟一詩。曰：昔時_{志餘、亘史作"當時"}。名妓鎮東吳，不戀_{志餘、亘史並作"不好"}。黃金只好書。借問<u>錢塘蘇小小</u>，風流還似<u>大蘇</u>無？"<u>小小</u>默然。倅令和之。辭不能。倅强之，責以官絹罪名。_{"責以官絹罪名"，志餘作"不和即償官絹"。亘史與志餘同，唯"即償"作"且償"}。不得已，和云："君住<u>襄江</u>妾住<u>吳</u>，無情人寄有情書。當年若也來相訪，還有<u>於潛</u>絹事無？"_{志餘、亘史作"絹也無"}。倅大喜，盡以所寄_{志餘、亘史"寄"字下有"物"字}。與之，力爲作主，命<u>小小</u>歸院判，與偕老焉。

　　據此，曰"太學"，曰"錢塘"；詩曰："還似<u>大蘇</u>無？"則可知矣。又有<u>元遺山</u>所作<u>虞美人</u>長短句云："槐陰別院宜清晝。入坐春風秀。美人圖子阿誰留？都是宣和名筆內家收。　　鶯鶯燕燕分飛後。粉淡梨花瘦。只除<u>蘇小</u>不風流，斜插一枝萱草鳳釵頭。"此詞既說<u>鶯鶯</u>、<u>燕燕</u>之後，此蓋是<u>趙司戶小小</u>也。今人止知是<u>蘇小小</u>，不知是何時人。<u>輟耕</u>既備載數事，辯以爲<u>南齊</u>人矣，又不知有<u>宋蘇小小</u>，故覆載<u>虞美人</u>之詞也。_{按遺山先生新樂府卷三有虞美人詞二首。其第一首題下有自注云："題蘇小小圖。"詞云："桐陰別院宜清晝。入座春山秀。美人圖子阿誰留？都是宣和名筆內家收。　　鶯鶯燕燕分飛後。粉淡梨花瘦。只除蘇小不風流，倒插一枝萱草鳳釵頭。"元陶九成輟耕錄卷十七黃金縷條考蘇小小事引遺山此詞，以爲蘊藉可喜。詞與七修類稿所引全同。亘史卷二十二蘇小小條亦引遺山此詞。其第一疊開首二句云："淮陰庭院宜清晝。簾捲香風逗。"餘與元詞同。唯第二疊"倒插"作"斜插"爲異。余我亘史引遺山詞，首句"淮陰"二字定誤。以淮陰宋縣，隸楚州。遺山舍人，其詞無由詠淮陰也。考西湖遊覽志餘卷十六蘇小}

小條引元遺山蘇小小圖詞，與亘史同，蓋即亘史所本。唯志餘"槐陰"亘史誤書作"淮陰"耳。一本"小小"又作"小娟"，蓋鈔之者之誤。殊不觀所寄之詩，若是"小娟"，則音拗矣，何不另換一句？況又有虞美人之詞可證。春渚紀聞又載：小小之墓在錢塘縣廨舍之後，蓋縣原在錢塘門邊，去湖上西陵橋下遠。故古辭有"何處結同心，西陵松樹下"之句。此則南齊小小之墓，必在西湖上西陵橋，故油壁車之事，俱在湖上。若以託才仲之夢，有"妾本錢塘江上住"之句，即云在江干差矣。元人張光弼有蘇小小墓詩云："香骨沉埋縣治前，西陵魂夢隔風煙。好花好月年年在，潮落潮生更可憐。"注："墳在嘉興縣前，今爲民家所佔。"既曰縣治，又曰西陵，亦不知而渾言。此必宋小小墳耳。何也？趙不敏乃吳人，安知不住嘉興？院判既取小小而終老，可知矣。此特光弼不知有二而差言。予既辨其人，復辨其墓，以正輟耕之不足。

　　亘史外紀卷二十二蘇小小後附載蘇小娟事，與七修類稿同。凡類稿"小小"，亘史並作"小娟"。

顧阿秀喜捨檀那物　崔俊臣巧會芙蓉屏
初刻拍案驚奇卷二十七　今古奇觀

〔剪燈餘話卷四芙蓉屏記〕　至正辛卯，真州有崔生名英者，家極富，以父蔭補浙江温州永嘉尉。携妻王氏赴任，道經蘇州之圖山，泊舟少憩，買紙錢牲酒，賽於神廟。既畢，與妻小飲舟中，舟人見其飲器皆金銀，遽起惡念。是夜，沉英水中，並婢僕殺之。謂王氏曰："爾知所以不死者乎？我次子尚未有室，今與人撐船往杭州，一兩月歸來，與汝成親。汝即吾家人，第安心無恐。"言訖，席捲其所有，而以新婦呼王氏。王氏佯應之，勉爲經理，曲盡殷勤。舟人私喜得婦,然漸稔熟,不復防閑。將月餘,值中秋節,舟人盛設酒餚,雄飲痛醉。王氏伺其睡沉,輕身上岸。走二三里,忽迷路,四面皆水鄉,惟蘆葦菰蒲,一望無際。且生自良家,雙彎纖細,不任跋涉之苦;又恐追尋者至,於是盡力而奔。久之,東方漸白,遙望林中有屋宇,急往投之。至則門猶未啟,鐘梵之聲隱然。少頃開關,乃一尼院,王氏徑入。院主問所以來故,王氏未敢以實對,紿之曰:“妾真州人,阿舅宦遊江、浙,挈家皆行。抵任而良人歿矣,孀居數年,舅以嫁永嘉崔尉次妻。正室悍戾難事,箠辱萬端。近者解官,舟次於此。因中秋賞月,命妾取酒杯,不料失手,墜金盞於江,必欲置之死地,遂逃生至此。”尼曰:“娘子既不敢歸舟,家鄉又遠,欲別求匹偶,卒乏良媒。孤苦一身,將何所託?”王惟涕泣而已。尼又曰:“老身有一言相勸,未審尊意如何?”王曰:“若吾師有以見處,即死無憾!”尼曰:“此間僻在荒濱,人迹不到,茭葑之與鄰,鷗鷺之與友,幸得一二同袍,皆五十以上;侍者數人,又皆淳謹。娘子雖年芳貌美,奈命蹇時乖,盍若捨愛離癡,悟身爲幻,披緇削髮,就此出家。禪榻佛燈,晨餐暮粥,聊隨緣以度歲月,豈不勝於爲人寵妾,受今世之苦惱,而結來世之仇讎乎?”王拜謝曰:“是所志也。”遂落髮於佛前,立法名慧圓。王讀書識字,寫染俱通。不期月間,悉究內典,大爲院主所禮待,凡事之巨細,非王主張,不敢輒自行者。而復寬和柔善,人皆愛之。每日於白衣大士前禮百餘拜,密訴心曲。雖隆寒盛暑弗替。既罷,即身居奧室,人罕見其面。歲餘,忽有人至院隨喜,留齋而去。明日持畫芙蓉一幅來施,老尼張於素屏。王過見之,識爲英筆,因詢所自。院主曰:“近日檀越布施。”王問:“檀越何姓名? 今住甚處? 以何爲生?”曰:“同縣顧阿秀。兄弟以操舟爲業,年來如意。人頗道其掠江湖間,未識誠然否。”王又問:“亦嘗往來此中乎?”曰:“少到耳。”即默識之。乃援筆題於屏上曰:“少日風流張敞筆,寫生不數今黄筌。芙蓉畫出最鮮妍。豈知嬌艷色,翻抱死生冤。　　粉繪凄涼餘幻質,只今流落有誰憐!素屏寂寞伴枯禪。今生緣已斷,願結再生緣。"其詞蓋臨江仙也。尼皆不曉其所謂。

　一日,忽在城有郭慶春者,以他事至院,見畫與題,悅其精緻,買歸爲清玩。適御史大夫高公納麟退居姑蘇,<small>納麟,元史卷一百四十二有傳云:智曜之孫,睿之子。大德六年,以名臣子入備宿衛。至正四年爲中書平章政事。七年,出爲江南行臺御史大夫。八年,進紫光禄大夫。請老不許。加太尉。御史劾之。尋召爲御史大夫,退居姑蘇。十二年江淮盜起,帝命爲南臺御史大夫。納麟承詔即起,所在群賊皆敗,州郡悉平。十三年,退居慶元。十六年九月,詔以江南,移治紹興,復以納麟爲御史大夫。十八年赴召,由海道入朝,至黑水洋,阻風而還。十九年,復由海道趨直沽。八月抵京師。帝遣使勞以上尊。感疾日亟,卒於通州。年七十有九。張士誠陷平江在至正十六年,崔英赴温州永嘉尉任經蘇州,被盜劫,事在至正十一年辛卯。盜沉英水中。英幼習水,潛泅波間,陳告於平江路。聽候一年,無音耗。計其時爲至正十二年。又半年,進士薛理溥化爲監察御史按郡,溥化,高公舊日屬吏。語溥化掩捕盜(顧阿秀),於其家中得中書牒及英家財。英妻從盜所逃出爲尼,高公迎至家已近一年。至是,使英妻出見英,携妻赴任。英任滿重過吳門,而公已卒。</small>多慕書畫。慶春以屏獻之,公置於内館,而未暇問其詳。偶外間忽有人買<small>"買",當作"賣"。</small>草書四幅,公取觀之,字格類懷素而清勁不俗。公問:"誰寫?"其人對是某學書。公視其貌,非庸碌者,即詢其鄉里姓名。則蹙額對曰:"英姓崔,字俊臣,世居真州。以父蔭補永嘉尉,挈累赴官,不自慎重,爲舟人所圖,沉英水中。家財妻妾,不復顧矣。幸幼時習水,潛泅波間。度既遠,遂登岸投民家。而舉體霑濕,了無一錢在身,賴主翁善良,易以衣裳,待以酒食,贈以盤纏,遣之曰:'即遭寇劫,理合聞官,不敢奉留,恐相連累!'英遂問路出城,陳告於平江路。今聽候一年,杳無消耗。惟賣字以度日,非敢善書也。不意惡札上徹鈞覽。"公聞其語,深憫之。曰:"子既如斯,付之無奈!且留吾西

塾,訓諸孫寫字,不亦可乎?"英幸甚。公延入內館與飲。英忽見
屏間芙蓉,泫然垂淚。公怪問之。曰:"此舟中失物之一,英手筆
也。何得在此?"又誦其詞,復曰:"英妻所作。"公曰:"若然,當爲
子任捕盜之責,子姑秘之。"乃館英於門下。明日,密召慶春問
之,慶春云:"買自尼院。"公即使宛轉詰尼:"得於何人?誰所題
詠?"數日報云:"同縣顧阿秀捨;院尼慧圓題。"公遣人說院主曰:
"夫人喜誦佛經,無人作伴,聞慧圓了悟,今禮爲師,頗勿卻也。"
院主不許,而慧圓聞之,深欲一出,或者可以藉此復仇。尼不能
拒。公命舁至,俾夫人與之同寢處。暇日問其家世之詳。王飲
泣以實告,且白題芙蓉事。曰:"盜不遠矣。惟夫人轉以告公。
脫得罪人,洗刷前恥,以下報夫君,則公之賜大矣。"而未知其夫
故在也。夫人以語公,且云:"其讀書貞淑,決非小家女。"公知爲
英妻無疑,屬夫人善視之,略不與英言。公廉得顧居址出沒之
迹,然未敢輕動。惟使夫人陰勸王蓄髮,返初服。又半年,進士
薛理溥化"薛理溥化",疑當作"變理溥化"。變理溥化字元溥,蒙古氏。元揭傒斯
揭文安公集卷九有送變元溥序。爲監察御史,按郡。溥化,高公舊日屬
吏,知其敏手也。且語溥化掩捕之。敕牒其家,財尚在,惟不見
王氏下落。窮訊之,則曰:"誠欲留以配次男,不復防備,不期當
年八月中秋逃去,莫知所往矣。"溥化遂置之於極典,而以原贓給
英。英將辭公赴任,公曰:"待與足下作媒,娶而後出,非晚也。"
英謝曰:"糟糠之妻,同貧賤久矣。今不幸流落他方,存亡未卜。
且單身到彼,遲以歲月,萬一天地垂憐,若其尚在,或冀伉儷之重
諧耳。感公恩德,乃死不忘。別娶之言,非所願也。"公淒然曰:
"足下高誼如此,天必有以相佑,吾安敢苦逼。但容奉餞,然後起
程。"翌日開宴,路官及郡中名士畢集。公舉杯告衆曰:"老夫今
日爲崔縣尉了今生緣。"客莫喻。公使慧圓出,則英故妻也。夫
婦相持大慟,不意復得相見於此。公備道其始末,且出芙蓉屏示

客,方知公所云"了今生緣",乃英妻詞中句,而慧圓則英妻改字也。滿座爲之掩泣,歎公之盛德爲不可及。公贈英奴婢各一,津遣就道。英任滿,重過吳門,而公薨矣。夫婦號哭,如喪其親,就墓下建水陸齋三晝夜以報而後去。據史,納麟赴召北上。至正十九年八月抵京師。感疾日亟,卒於通州,非卒於平江也。王氏因此長齋念觀音不輟。真之才士陸仲陽作書芙蓉屏歌以紀其事,因録以警世。云:

畫芙蓉,妾忍題屛風,屛間血淚如花紅。敗葉枯梢兩蕭索,斷縑遺墨俱零落。去水奔流隔死生,孤身隻影成飄泊。成飄泊,殘骸向誰托,泉下遺魂竟不歸,圖中艷姿渾似昨。渾是昨,妾心傷,那禁秋雨復秋霜。寧肯江湖逐舟子,甘從實地禮醫王。醫王本慈憫,慈憫憐群品,游魄願提撕,梵氂賴將引。芙蓉顏色嬌,夫婿手親描。花萎因折蔕,幹死爲傷苗;蕊乾心尚苦,根朽恨難消。但道章臺泣韓翃,豈期甲帳遇文簫。芙蓉良有意,芙蓉不可棄。幸得寶月再團圓,相親相愛莫相捐。誰人聽我芙蓉篇?人間夫婦休反目,看此芙蓉真可憐。

瞿佑此傳,情文並茂。濛初譯爲白話,文亦可觀。話本中之平正通達而有關風教者也。然亦僅見矣。

金光洞主談舊迹　玉虛尊者悟前身
初刻拍案驚奇卷二十八

〔宋孫升孫公談圃卷中百川學海戊集本〕　馮大參京嘗患傷寒,已死。家中哭之。已而忽甦。云:"適往五臺山,見昔爲僧時室中之物皆在。有言我俗緣未盡,故遣歸。"因作文記之,屬其子他日勿載墓誌中。

〔廣艷異編卷十二玉虛洞記〕　宋丞相馮公京久疾方痊,羸

瘦尤甚,思欲靜坐,遂杖策後園。中有茅庵一所,名容膝庵。公
遂悉屏侍妾,自焚龍涎,瞑目默坐,覺肢體舒暢。徐徐開目,見青
衣小童拱立於右。公曰:"婢僕皆去,爾何獨存?"小童曰:"相公
久病新愈,恐有所遊,小童職爲參從,故不敢捨去。"公伏枕日久,
方欲閒遊,忽聞斯言,遂乘興離榻,步至容膝庵外。小童啟曰:
"路徑不平,恐勞尊重,請登羊車,緩遊園圃。"公喜小童惠黠如
此,遂從其請。俄而,小童挽羊車一乘至前,簾垂斑竹,輪斫香
檀,帶繫鮫綃,欄雕美玉。公欣然登車而坐。小童揮鞭前馭,疾
若飄風。公怪車行太速,遂俯首前觀,見駕車之獸,文成五色,光
彩射人。公大驚,方欲詢問,車已漸入青霄,行翠雲深處。食頃,
車止。公下車四顧,身獨在萬山之間。唯見山川秀麗,林麓清
佳,出沒萬壑煙霞,高下千峰花木。忽聞清磬一聲,響於林杪。
公舉目仰視,見松陰竹影間,有飛檐畫棟,遂穿雲踏石,歷險登
危,尋徑而往。但聞流水松風,聲喧於步履之下。漸林麓兩分,
峰巒四合。行至一處,溪深水漫,風軟雲閑。下枕清流,有朱門
碧瓦。門懸白玉牌,牌金書"金光第一洞"五字。公見洞門,知非
人世,惕然不敢進步,遂憩於磐石之上。坐尤未定,忽聞大聲,起
於洞中。松竹低偃,瓦礫飛揚。見一巨獸,自洞奔出。公倉皇欲
避,忽聞振錫之聲。猛獸似爲人驅,竄伏亭下。公驚異未定,見
一胡僧,自洞而來,雙眉垂雪,碧眼橫波,將至洞門,橫錫揖公曰:
"小獸無知,驚恐丞相。貧僧即金光洞主也。粗茗相邀,丈室閒
話。"公細視僧貌,如舊相識,但倉卒中不能記憶,遂相逐而去。
至丈室中,啜茶罷,方欲疑問其詳,洞主起立,謂公曰:"敝洞荒
涼,無可大觀,欲邀相公遍遊諸洞。"遂相逐而去。俄至一處,飛
泉千丈,注入清溪。白石爲橋,班竹夾徑。於巘峰之下,見洞門,
用玻璃爲牌,金書"玉虛尊者之洞"。公謂洞主曰:"洞中景物,料
想不凡。若得一觀,此心足矣。"洞主曰:"所以相邀遠來,正欲遊

此耳。"遂排扉而人。公本謂洞中景物可賞,既至其中,則絳燭光消,仙扃晝掩;珠網遍生虛室,寶鉤低壓重簾。遂旖旎移蹤,漸至後院。忽見行童憑案誦經,公呼而問曰:"此洞何獨無僧?"行童聞語,掩經而言曰:"玉虛尊者遊戲人間,今五十六年,更三十載方回此洞。緣主者未歸,是故無人相接。"洞主曰:"此不必問,後當自知。此洞高出群峰,下視千里。請公登樓,款歇而歸。"遂相隨登樓。至其上,見碧瓦甃地,金獸守扃;飾異寶於虛檐,纏玉虯於巨棟。犀軸仙書,堆積架上,洞主指樓外雲山,謂公曰:"此堪寓目,何不憑欄?"公遂憑欄凝望。忽遙見一處,有翠煙掩映,絳霧氤氳,美木交枝,清陰接影。下有波光泊岸,翠色逼人。日影下照,如萬頃琉璃。公駐目細視久之,問洞主曰:"此何處也?"洞主愕然驚曰:"此地即雙摩訶池。五十年前,相公皆曾遊賞,今何不記?"公聞此語,遂復回思,終不記憶。洞主曰:"相公儒者,何用感傷? 豈不知人之生也,寄身於太虛之中,移形換殼,如夢一場。方其夢時,固何足問。及其覺也,又何足悲。自古皆以浮生比夢,相公今日何獨感傷?"公聞言貼然敬伏。方欲就坐款話,忽見虛檐日轉,晚色相催。公意欲歸,遂告洞主曰:"此別之後,未知何日再會?"洞主曰:"是何言也。非久,當與相公同爲道友。豈無相見之期?"公曰:"京病既愈,旦夕朝參,職事相縈,恐無暇日。"洞主曰:"浮世三十年,光陰能有幾? 瞬息未終,相公復居此洞,豈無再會之期?"公聞此語,謂洞主曰:"京雖不才,而位窮一品。他日若荷君恩,放歸田野,豈更剪髮披緇,坐此洞中爲衲僧也?"洞主但笑而不答。公曰:"吾師相笑,豈京之言誤也?"洞主曰:"公不知:身外有身,夢中作夢。是以貧僧失笑。"公曰:"吾師身外有身,豈非除此色身之外,別有身乎?"洞主曰:"貧僧豈虛語人也。"公曰:"既非虛語,當施何術,可見身外之身?"洞主曰:"欲見何難?"逐以手指壁間,畫一圓圈,以氣吹之。謂公曰:"請公觀

此景界。”公遂近壁細視之。圓圈之内，瑩潔朗然，如掛明鏡。遂
駐目細看其中，見有風軒水榭，月塢花畦。小橋跨曲水銀塘，垂
柳鎖綠窗朱户。花木深處，有茅庵一所，半開竹牖，低下疏簾。
庵内有一人，疊足瞑目，靠蒲團坐禪牀上。洞主拊公之背曰：“容
膝庵中，豈不記也？”公於是頓省。坐禪牀者，乃公之前身，不覺
失聲言曰：“當時不曉身外身，今日方知夢是夢。”公因此頓悟無
上菩提，喜不自勝。方欲參問心源，印證覺省，回顧金光洞主，已
失所在。遍視精舍、伽藍，皆無蹤迹。遂俄然而醒，覺茶味微甘，
松風在耳。公自算其壽，正五十六歲。自後每與客對，常稱老
僧。後果歷三十年而終，蓋歸於玉虚洞矣。

通閨闥堅心燈火　鬧囹圄捷報旗鈴
初刻拍案驚奇卷二十九

〔太平廣記卷一百八十二趙琮條引唐無名氏玉泉子〕　趙琮
妻父爲鍾陵大將。琮以久隨計不第，窮悴甚。妻族益相薄，雖妻
父母不能不然也。一日，軍中高會，州郡請之春設者。大將家相
率列棚以觀之。其妻雖貧，不能無往。然所服故弊，衆以帷隔絕
之。設方酣，廉使忽馳吏呼將。將驚且懼。既至，廉使臨軒手持
一書，笑曰：“趙琮得非君子婿乎？”曰：“然。”乃告之適報至，已及
第矣。即授所持書，乃牓也。將遽以牓奔歸，呼曰：“趙郎及第
矣。”妻之族即撤去帷障，相與同席，競以簪服而慶遺焉。

（以上入話）

〔明鈔本綠窗紀事之張羅良緣條〕　浙東張忠父與羅仁卿鄰
居，張貧而羅富也。宋端平間，兩家同日生產，張生子名幼謙，羅
生女名惜惜。稍長，羅女寄學於張。仁常戲曰：“同日生者蓋爲
夫婦。”張子羅女私以爲然，密立券約，誓必偕老。兩家父母罔知

也。年十數歲,嘗私合於齋東石榴樹下,自後無間。明年,羅女
不復來學,張子雖屢至羅門,閨院深邃,終不見女。至冬,張子書
一剪梅云:"同年同日又同窗,不似鸞凰,誰是鸞凰?石榴樹下事
匆忙,驚散鸞凰,拆散鸞凰。　　一年不到讀書堂,教不思量?
怎不思量。朝朝暮暮只燒香,有分成雙,願早成雙。"伺其婢,連
日不至,又成詩云:"昔人一別恨悠悠,猶把梅花寄隴頭。咫尺花
開君不見,有人獨自對花愁。"一日婢至,云:"齋前梅花已開,可
托拆梅花遞回信。"來去無報音。明年,隨父忠館寓越州太守齋,
兩年方歸。羅女遣婢餽餞,篋中有金錢十枚,相思子一粒,張音
_{疑"因"字之誤}。語婢:"欲得一日會。"且復書一緘,有詩云:"一朝不
見似三秋,真個三秋愁不愁。金錢難買樽前笑,一粒相思死不
休。"嘗擲金錢爲戲,母見,許之_{情史作"詰之"}。云:"得之羅女。"母
覺其意,遣里媼問昏。羅父母以其貧,不許,曰:"若會及第做官,
則可。"明年張子又隨父同越州太守候差於京,又兩年方歸。而
羅女受富室辛氏聘矣。張大恨,作詞名長相思云:"天有神,地有
神,海誓山盟字字真,如今墨尚新。　　過一春,又一春,不解金
錢變作銀,如何忘卻人?"遣里媼密送與女。女言:"受聘乃父母
意。但得君來會面,寧與君俱死,永不願與他人俱生也。"羅室後
牆内,有山茶數株,可以攀緣及牆。約張於牆外,中夜令婢登牆,
用竹梯置牆外以度。凡候三夕而失期。賦詩云:"山茶花樹隔東
風,何啻雲山萬萬重。銷金帳暖貪春夢,人在明月_{情史作'月明'}。
風露中。"復遣遞去。女言三夕不寢,無間可乘;約今夕燭燈後爲
期。至期,果有竹梯題在牆外,遂登牆緣樹而下。女延入室,登
閣,極其繾綣。遂訂後期,以樓西明三燈爲約。自後無夕不至。
月餘,隨父館寓湖北帥廳。先數夕,相與泣別,女遺金帛甚厚,
曰:"幸未即嫁,則君北歸尚有會期。否則君其索我於井中,結來
世因矣。"其年,張赴湖北_{情史作"張赴留寓試畢"。按"留寓"疑當},遇試畢

作“流寓”。歸里，則女亦擬是冬出適。聞張歸，即遣婢訂約今夕，且書卜算子詞一闋云：“幸得那人歸，怎便交來也？一日相思十二辰，真是情難捨。　本是好因緣，又怕因緣假；若是教隨別個人，相見黃泉下。”張如約至，女喜且怨，曰：“幸有會期，子無何，又云湖北去。縱今無夜不會。當與極歡，雖死無恨。君少年才俊，前程未可量，妾不敢以世俗兒女態邀君俱死也。”相對泣下。久之，張索筆和其卜算子云：“是情史“是”作“去時”。不由人，歸怎由人也？羅帶同心結到，情史作“蘿帶同心結到成”。底事教拚捨。　心是十分真，情沒些兒假；若到歸遲打棹篦，甘受三千下。”自是遂無夜不至。半月餘，爲羅父母所覺，執送本縣。尹憐其才，欲貸張罪，而辛氏必欲究竟。未幾揭曉，捷報，張作周易魁。尹大喜，遂申州取辛休狀，仍追聘財給辛，令別擇所配，爲張、羅了此一段因緣。明年，張登甲第，夫婦共享富貴於無窮也。

王大使威行部下　李參軍冤報生前

初刻拍案驚奇卷三十

〔太平廣記卷一百二十五盧叔倫女條引唐盧肇逸史〕　長安城南曾有僧至日中求食。偶見一女子採桑樹上，問曰：“此側近何處有信心可乞飯者？”女子曰：“去此三四里，有王家見設齋次，見和尚來必喜。可速去也。”僧隨所指往，果見一群僧方就坐，其慰。延入齋訖。主姥異其及時至也，問之。僧具以實告。主人夫妻皆驚曰：“且與某同往訪此女子。”遂俱去。尚在桑樹上，乃村人盧叔倫女也。見翁姥，遂趨下。棄葉籠奔走歸家。二人隨後逐之，到所居。父母亦先識之。女子入室，以牀扄戶，牢不可啟。其母驚問之。曰：“某今日家內設齋，有僧云小娘子遣來。某作此功德，不曾語人。怪小娘子知，故來覷看。更非何事。”其母推户遣出，女堅不肯出。又隨而罵之。女曰："某不欲見此老兵老嫗，亦豈有罪過？"母曰："鄰里翁婆省汝，因何不出？"二人益怪，厚祈請之。女忽大呼曰："某年月日販胡羊父子三人今何在？"二人遂趨出，不敢回顧。及去，母問之。答曰："某前生曾販羊從夏州來，至此翁莊宿。父子三人，並爲其害，劫其資貨。某前生乃與之作兒，聰黠勝人。渠甚愛念。十五患病，二十方卒。前後用醫藥，已過所劫數倍。渠又爲某每歲亡日作齋，夫妻涕泣。計其淚過三兩石矣。偶因僧問乞飯處，某遂指遵之耳。亦是償債了矣。"翁姥從此更不復作齋也。

〔夷堅支戊卷四吳雲郎條〕　吳江縣二十里外因_{黃丕烈校云："因"字疑誤。}濆村富人吳澤將仕，生一子小字雲郎。自少即向學。嘗應進士，預待補籍。紹熙五年八月，以疾亡。父母追念痛割。明年冬，澤之弟助教滋，往洞庭東山婦家沈氏。未至數里，暴風打船。暫泊於福善王廟下。登岸縱行，望廟門半掩，見雲郎著皂綈背子緩步而出。滋大駭去，就語之曰："汝父母曉夜思念汝，欲一會面不可得；何爲在此？"對曰："兒爲一事拘繫，留連對證，說來極苦。告叔爲道此意於二親，若要相見，須親自來乃可。"欷息而去。滋亟還舍，白兄嫂。皆相持悲哭。三人者共乘元舟，復抵廟步。雲郎已立津次。奔至父母前，下拜，泣訴。具述幽冥辛苦之狀。語未竟，忽怒目奮捽父衣大呼曰："汝陷我性命，盜我金帛，使我銜冤茹痛五六十年。今日決不相捨。"遂互相擊搏，滾入水中。滋與僕從及舟人涉水救澤，始得脫。登岸，困乏垂死。傍人初無所睹，但見澤舉首揮爭。至暮乃定。滋不知澤有隱慝，試問之。囈讝而言："昔虜騎破城，一少年子相投寄宿，所賫囊金頗厚。吾心利其貨，至_{張元濟校云："至"字疑誤。}之數月，殺而取之。自念冤債在身，從壯至老，未嘗不戚戚。此兒生於壬午。今日之報，豈非此乎？"自是憂悶不食，涉旬而死。魏南夫丞相之子羔如表弟李生，吴氏婿也，爲魏説此。

（以上入話）

〔唐張讀宣室志卷三〕　唐貞元中有李生者，家河朔間。少有膂力，恃氣好俠，不拘細行，常與輕薄少年遊。年二十餘，方折節讀書。自"常與"以下十六字，據太平廣記卷一百二十五引改。稗海本作"常與輕薄少年二十餘輩爲樂。厥後省過，折節讀書"。爲歌詩，人頗稱之。以上七字據廣記改。稗海作"以詩名稱之"。累爲河朔官，改深州録事參軍。生美風儀，善談笑，曲曉吏事，廉謹明幹，至於擊鞠、飲酒兼能之，雅爲太守所重。時王武俊帥成德軍稗海誤作"成都"，今據廣記改。恃功負衆，不顧法度。支郡守畏之側目。嘗遣其子士貞巡屬郡，至深州。太守大具牛酒，所居備聲樂，宴士貞。太守畏武俊而奉士貞之禮甚謹。又慮有以酒忤士貞者，以是僚吏賓客一不敢召。士貞大喜，以爲他郡莫能及。飲酒入夜，士貞乃曰："幸使君見待之厚，欲盡樂於今夕。豈無嘉賓韻士？願爲我召而見之。"太守致敬前白曰："偏郡無名人。懼副大使原注："士貞時爲武俊節（度）副大使。"之威，不敢以他客奉宴席。自"懼副大使"以下十四字並注："十字據廣記補。"其僚屬庸猥，恐其詞令不謹，禮度失當。少有愆責，吾之任也。"士貞强之。太守曰："惟"惟"字據廣記增。録事參軍李某足"足"字廣記、稗海作"願"。以侍談笑。"士貞曰："但命之。"於是召李生。生入，趨拜。士貞見之，色甚怒。既而命坐；貌益恭。士貞甚不悦，瞪視攘腕，無向時之歡矣。太守懼，莫知所謂。顧視生，靦然而汗，不能持杯。一坐皆愕。少頃，士貞叱左右縛李某繫獄。左右即牽李抉疾去，械獄中。已而士貞歡飲如初。迨曉宴罷。太守且驚且懼，乃潛使人於獄中訊李生，曰："君貌甚恭，且未嘗言，固非忤於王君。寧自知取怒之意否？"李生悲泣久之，乃曰："嘗聞釋氏有現世之報，吾知之矣。某少貧窶，無以自資。由是好與俠客遊，往往掠奪里人財帛。常馳馬腰弓，往還太行道，日百餘里。一日稗海誤"旦"。遇一年少，鞭駿驟，負二巨囊。吾利其資，顧左右皆崖岩萬仞，而日漸曛黑，遂力排之，墜於崖下。即疾驅其驟逆旅氏。解其囊，得繒綺百餘段。自此家稍贍。因折弓矢，閉門讀書，遂仕而至此，及今二十七年。稗海作"遂仕至此而及今二十七年"。今據廣記改正。昨夕君侯命與王公之宴。既入而視王公之貌，乃吾囊所殺少年也。一拜之後，"後"字據廣記，稗海作"中"。心懷慄惕，自知死於旦夕。今將延頸待刃，又何言哉！爲我謝君侯，幸深知我，敢以身後爲托。"有頃，士貞醉悟，急召左右："往獄取李某首來。"左右即於獄中斬其首以進士貞。士貞熟視而笑。既而又與太守大飲於郡齋。酒醉，太守因歎甚乃曰："某幸得守一郡。而副大使下察弊政，寬不加罪，爲恩厚矣。昨夕副大使命某召他客。屬郡僻小，無客，不足奉歡宴者。竊稗海誤"切"。以李某善飲酒，故爲召之。而李某愚劣，不習禮法，有忤於明公。實某"某"字稗海作"余"，據廣記改。之罪也。今明公既已誅之，宜矣。竊稗海誤"切"。有所未曉。敢問李某之罪何爲者？願得明公教之，且用誡於將來也！"士貞笑曰："李生亦無罪。但一見之，即忿然激吾怒，便有戕戮之意。今既殺之，吾亦不知其所以然也。君無再言。"及宴罷，太守密訪其年，則"則"字廣記、稗海作"曰"。二十有七矣。蓋李生殺少年之歲，而士貞生於王氏也。太守歎異久之。因以家財厚葬李生。

　　（以上正傳）

喬兌換胡子宣淫　顯報施臥師入定

初刻拍案驚奇卷三十二

〔宋郭彖睽車志之欺心殿舉條〕　龍舒人劉觀，仕平江許浦監酒。其子堯舉字唐卿，因就嘉禾流寓試，僦舟以行。舟人有

女，堯舉調之。舟人防閑甚嚴，無由得間。既引試，舟人以其重
扃棘闈，無他慮也，日出市貿易。而試題適唐卿私課，既得意，出
院甚早。比兩場皆然。遂與舟女得諧私約。觀夫婦一夕夢黃衣
二人馳至報榜云："郎君首薦。"觀前欲視其榜。傍一人忽掣去，
云："劉堯舉近作欺心事。天符殿一舉矣。"覺言其夢而協。頗驚
異。俄而拆卷，堯舉以雜犯見黜。主文皆歎惜其文。既歸，觀以
夢語之，且詰其近作何事。匿不言。次舉，果首薦於舒。然至今
未第也。事又見夷堅丁志之劉堯舉條。

（以上入話）

〔覓燈因話卷二臥法師入定録〕　漢、沔之俗，其女好遊。貴
第大家，競以美色相尚，一得嬌艷，惟恐人不及知。每燈夕花晨，
士女歡集，稠人廣坐，臂接肩摩，恬不爲怪。及歸途，必舉所見而
品題之：某爲之冠，某爲之次。欣喜艷羨，踴躍交口。即其丈夫
聞之，亦以受之於人爲慶，且自誇獨得美妻焉。至元、至正以來，
此風益熾。原上里有鋠生者，娶妻狄氏，美冠一城。每出遊，所
至聞嘖嘖聲。無問識與不識，皆就生熟視，曰："爾何前緣，獲福
如是？"或就以酒餚慶之。故生出不持一錢，而每醉返。傾城内
外，莫不識鋠生，而覬覦之心無不有也。顧鋠本鉅族，且獷悍，人
以故不敢昵。同里有胡綬者，其妻聲聞亦亞於狄，生遂結交於胡
生焉。嘗謂狄氏曰："人言汝爲色魁。自我視之，胡生之妻當不
汝讓也！吾何術以通之？死且甘心焉。"乃日就胡綬，沉酣於酒，
傾囊篋奉以爲歡；胡亦時與往來，通宵無禁。里中惡少，歌姝舞
姬，無不畢集。淫褻之事，妖冶之容，目送心挑，靡所不逞。二人
之妻，亦各於簾瑣中窺覷以爲樂。生自念庶幾一遇，而狄氏每出
簪珥佐其歡會。生大以爲快，而不知狄氏之屬意於胡也。已而，
胡綬果通於狄氏。狄氏愛之過於其夫，而生不覺也。生家本饒
欲，"欲"疑當作"裕"。倖有田園，乃悉變遷以供資費。所得之直，什

無二三，而狄氏從中又匿其半。訪有名妓，故令生從之遊，間出所匿以資之。生大喜過望，或旬月不歸，而胡與狄因得暢意爲樂，生反以爲妻之賢能不妒也。狄氏巧爲珍饌，以享胡綬，烹解刺肥，日費不貲，而生適自外至，則詭謂曰：“爾來薑鹽自甘，今日之設，與子聊歡娛耳。”生信之，且喜。或杯盤已狼藉，而生突歸，則曰：“某親畏汝強酒，逃去矣。”生亦不問。生或與狄氏促膝對飲，未過三酌，而鼾然熟睡。胡綬即出，冠其冠，衣其衣，與狄氏笑語終夕，而生頗無聞也。蓋狄氏預釀惡酒以醉之，其方出於胡，屢試屢中。故每當生卒爵時，胡已於幃中招狄氏矣。生墮於計久而不悟，屢有聲迹而不疑，如是者累月。一夕，生偶小恙，臥室中，而胡不復顧忌，出入自擅。生忽覷見胡，不覺怪問，狄氏與婢皆佯爲不知。生曰：“適所見頗類胡生，豈病眼模糊見鬼物耶？”狄氏曰：“汝心熱慕其妻，故恍惚遇之耳。”次日，胡綬以靛塗其面，硃染其髮，綿裹其足，使之無聲，故於生前直衝而出。生失聲大叫：“有鬼！”以被蒙頭，涕泣求生。急召師巫爲之禳祝，而病日有增矣。

去原上百里有了臥法師，號虛谷，戒行爲諸山之冠。乃以禮請至，建懺悔法壇以祈福庇。是日，臥師入定，過時不起，至黃昏而後蘇，歎曰：“異乎！鬼神之間，審於陽世，予得聞所未聞也。”衆諦問之，曰：“予始行見土地，適遇鎮之先祖繡衣公亦在，訴冤云其孫爲胡生所害。土地自以職卑，教之曰：‘今日南北二斗會降玉笴峰下，可往訴之。’繡衣公邀予同往。至，則見二老人：一衣緋，一衣緑，對坐弈棋。予二人叩首仰訴，久之不應。予二人益堅。弈罷，衣緑者慨然歎曰：‘吾怪世人謬妄，不意儒者亦然。世謂吾等降生注死，可以延年益壽。夫天下不知幾千萬人，古往今來，生死代禪，不知幾千萬世。果如是説，生死有簿，福禄有籍，則雖設幾千萬員役，亦不足以治事。天上之勞，豈不過於人間乎？蓋天非他，理而已矣。福善禍淫，理之可信者也。栽培傾覆，人之自取者也。爾名世儒家，乃昧自取之理，爲無益之求，不可爲太息哉！'繡衣公曰：'世説之妄，敬聞教矣。然天之生人，使無一定之數，則何以言有命？今有童稚之日，而鬼神預定其科名；當少壯之時，而推算可決其壽夭。若此之類，抑何説與？'緋衣者曰：'嗟乎！此所謂彌近理而大亂真者也。夫萬物有終窮，豈以人無定限哉？然有大限，無小限。所謂大限者何？如富貴之不終貧賤，福壽之不困災殤，此數之一定者也。若夫富或爲貴，貴或爲富，或有爵而無嗣，或多子而短年，或豐於壽而嗇於財，或蹇於前而亨於後，得此失彼，補短截長，隨遇而移，因此而變則有千態萬狀，莫知端倪，而未嘗膠於一定也。蓋禄位名壽，皆謂之福；病苦死傷，皆謂之災。豈若世俗飲啄前定之謂哉？子獨不見風之送落英乎？或拂於簾櫳之上，或墮於糞混之中，此其清濁大較然也。而風無心。至若均之拂乎簾櫳，或見賞於騷人，或見棄於俗子，或空院閑庭而俱泯其賞棄之迹，此皆既落以後時事物，不得自主。曾謂風得主之乎？是故窮鄉深谷之人多壽，都邑城郭之人多顯，郊野田谷之夫多勤，詩書禮樂之胄多秀：遇之所使，習之所致也。豈命限之乎？乃若鬼神之靈，卜算之智，不過能前知其當然，非能預定其已然也。世説矯誣，皆云由命，遂使驕蹇者曰：命在我矣。暴棄者曰：其如命何！其爲世害，豈淺淺哉！爾孫不肖，有死之理。以吾度之，爾爲名儒，豈終絶嗣？爾孫不死可也。彼胡生者，不受報於人間，則受罪於陰世。蓋天之生人，初本無意，既生之後，善惡始分，乃有報應陰官之置，正補陽世之不及耳。子且歸，胡生自有主者，何庸仇之哉！'語畢，又顧予曰：'吾與爾非有緣不遇，寧無一語以詔世人？豈"豈"字疑當作"且"。人所謂惜壽惜福之説，則誠有之。譬之世人，有有錢十貫，有百貫，又有千萬貫者。奢用之，則千萬而不足；儉用之,則百十而常存,此理之可信者也,可爲世人道之。'言訖而去。予莊誦其言,不敢遺失。豈不異哉?"於是衆共賀鋬生之必起,快胡綏之必報。未及期年,胡病腰痛,旬日,癱疽大發。醫者以爲髓竭,無救。既死之後,妻女皆淫千人,"千人"當作"于人"。爲鋬生之報,而鋬卒無恙云。

　　自好子曰:"負販之夫,莫不惡其妻之淫也。然而淫人之妻,則君子欲之。何其不善推也? 鋬生爲通宵之戲,設垂簾之觀,將以導淫於人耳。而只導其妻。玷污祖父,貽笑鄉鄰。雖藉先蔭以不死,安知非蒼穹有靈,故留醜穢之軀以鑒斯世乎? 嗟嗟! 人情多欲,惟色易流。婦人無詩書之訓,而益潰堤防,則未有不漸染於淫者也。世之君子,欲閨門無狄氏之羞,則必先無鋬生之行。敗德墮名,豈一朝一夕之故哉! 至若大限小限之說,實發前人之未發,足破千古矯誣之惑矣。"

　　(以上正傳)

張員外義撫螟蛉子　包待制智賺合同文

初刻拍案驚奇卷三十三

清平山堂本題作合同文字記,無入話。

〔明何孟春餘冬序録〕　幼聞客謂先君刑部公言:其鄉有富民張老者,妻生一女,無子,贅某甲於家。久之,妾生子,名一飛,甫四歲而張老卒。張妻性極妒。張病時謂甲曰:"妾子不足任吾財,吾當全畀爾夫婦。爾但養彼母子不死溝壑,即爾陰德矣。"於是出券書云:"張一非吾子也家財盡與吾婿外人不得爭奪。"甲乃據有張業不疑。張妻卒後,妾子壯,告官求分。甲以券呈官。因見"與吾婿"語,遂置不問。他日,奉使者至。"奉使者"謂巡按監察御史。妾子復訴。而甲仍前赴證。奉使諭曰:"爾婦翁明謂吾婿外

人，尚敢有其業耶？詭書‘飛’若‘非’者，慮彼幼爲爾害耳。”於是
斷給妾子。人稱快焉。張老亦可謂有智矣。談苑載宋張公咏守
杭日，有富民病將死，子方三歲。乃命其婿主其貲，而與婿遺書
曰：“他日欲分財，即以十之三與子，七與婿。”子時長立，果以財
爲訟。婿持其書詣府，請如元約。咏閱之，以酒酹地曰：“汝之婦
翁智人也。以子幼故以此屬汝。不然，子死汝手矣。”乃命以其
財三與婿而子與七。皆泣謝而去。奉使事實類此，惜不得其
名也。

　　（以上入話）

　　〔曲海總目提要卷四合同文字提要〕　元無名氏撰。略云：
汴梁西關有兄弟二人曰劉天祥、天瑞。妯娌曰楊氏、張氏。天祥
無子。天瑞有三歲兒安住，與李社長約爲婚。時值年荒，上官令
民間分房減口，適他邦就熟地。而天祥兄弟產業未分。於是作
合同文字二紙，上書田房等件，社長爲證。兄弟各執一紙。兄守
家，弟率妻孥他往。天瑞與妻子行至潞州高平縣，舍於張秉彝
家。秉彝待之頗厚。而天瑞夫婦一病不起，出合同文字託孤於
秉彝。秉彝爲埋骨撫孤。迨安住十八歲，始告其父母姓氏鄉里，
以合同文字交還，使負父母骨歸葬。時天祥家已富厚，而其妻楊
有前夫所出女，贅婿在家，惟恐安住之歸奪其貲也。安住歸，未
見天祥，先遇楊氏。楊氏賺出合同文字，而擊破其額，拒之門外，
謂非己姪。天祥惑婦言，亦以爲非己姪也。安住進退無門。適
李社長來，乃助安住爭，而楊氏終不肯留。社長乃率安住申冤於
包拯。拯數日不問，陰遣人往潞州取張秉彝至。乃鞫楊氏，楊氏
堅持不認。鞫天祥，天祥如婦言。拯命下安住於獄。俄而獄吏
言安住前爲楊氏所傷，傷發已斃。拯從容謂楊氏曰：“殺人者死。
是親則不問，非親則須抵命也。”楊氏乃曰：“此我親姪。”拯以爲
無據不足信。楊氏乃以所奪安住文字出諸袖中。拯猶以一紙，

不足信。楊氏並出合同二紙。拯乃命獄吏取安住,則安住固生也。乃並召秉彝,四面質證,事遂大白。於是賞社長,獎秉彝,罰楊氏,逐其贅婿。葬天瑞夫婦於其先塋,擇日與安住成婚云。

(以上正傳)

合同文字劇今有元曲選本。拍案驚奇所演,全與元曲同。清平山堂本所演亦同,唯無賺合同一節爲稍異耳。

訴窮漢暫掌別人錢　看財奴刁買冤家主

初刻拍案驚奇卷三十五

〔曲海總目提要卷四張善友提要〕　元無名氏撰。略云:晉州人張善友,妻李氏,乏嗣。善友性慈祥,茹齋課佛,與同邑崔珏字子玉者最契厚。珏素剛直,學甚富,能斷陰府事,辭張詣長安應試。貧人趙廷玉葬母乏資,夜竊張銀五錠。李氏念張辛勤所蓄,日夕嗟怨。適五臺僧募修殿銀十錠,知張樸實,權以寄藏。張出進香,謂其妻云:“僧至即付還。”及僧取索,妻賴以無所寄,且設惡誓。臨去,與相抵不承。僧憤憤而別。張歸詢之,紿已還訖。會李有娠,生一男名乞僧。家漸饒裕,遷居福陽縣。又生一男,名福僧。皆成立婚娶。乞僧甚慧,爲其父殖貨財。福僧甚愚,嗜酒色。張恚其蕩費,以田產分析之。乞憐弟落魄,每代償其負。張夫婦以其孝悌,甚鍾愛之。忽患病不起,張痛惜之。適珏第狀元,授福陽尹。謁張,慰以定數。俄而妻亦歿,張益怨咨。俄而福亦病歿,張悲憤交集。素知珏能斷陰府事,控土地及閻羅於珏。珏辭以陽官焉能剖陰事。張懇珏再三,珏攝其魄見閻羅。閻羅遣二子出,張相抱慟哭。乞謂張云:“予趙廷玉也。昔竊汝銀五錠,今倍償之矣。”福云:“予五臺僧也。昔寄修殿銀十錠,汝

妻賴之。今倍索清，與汝無涉矣。"皆不顧而去。張詢李氏。閻
羅謂張云："因負僧銀墮無間獄中。"亦令出見。告張以受苦不
勝，速爲懺罪。閻羅云："汝識吾否？"張視，即子玉也。及醒，乃
大悟，薙髮修道云。

（以上入話）

張善友劇今有元曲選本，也是園藏陸敕先校鈔本。元
曲選"福陽縣"當作"滏陽縣"。

〔曲海總目提要卷一看錢奴提要〕 元鄭廷玉撰。其略云：
曹州秀才周榮祖者，世富。祖周奉記，敬重釋門，曾蓋佛院一所，
爲薰修之地。其父爲修理宅舍需木石，毀之。旋得疾而亡，人皆
以爲不信三寶之故。後榮祖學成應舉，以祖遺金悉藏地窖中，率
妻及子長壽同行。有打牆人賈仁者，不勝窮苦，至東嶽廟中，訴
於廟神靈派侯，求小富貴。侯問之增福神，核其籍應餓死。以榮
祖之父一念差池，子孫合受折罰，乃以其家藏金暫借與仁，期以
二十年後還本主。仁於夢中受命，醒而爲人打牆，於牆下忽得藏
金，遂致富。然慳吝異常，一錢不輕出。其自奉之薄，無異打牆
時也。榮祖赴舉，不第歸。求藏金於故處，不復見。復投姻故，
皆不遇。流落不堪。過賈仁門，見其門客陳德甫。知仁無子，欲
求他人子爲義兒，乃鬻其子長壽於仁。仁又吝，不肯多出錢。德
甫支己俸錢並給榮祖。越二十年，賈仁死，長壽盡有其業。至嶽
廟燒香，與榮祖遇，兩不相識。越明，榮祖婦患心痛，至藥鋪中求
藥。而藥鋪主人陳德甫也。引與長壽相見，爲道其詳。於是厚
酬德甫，父子重合。檢其鐲上，有"奉記"字云。

（以上正傳）

鄭廷玉看錢奴劇今有元刊本、明息機子刊元人雜劇選
本、元曲選本。

東廊僧怠招魔　黑衣盜姦生殺
初刻拍案驚奇卷三十六

〔太平廣記卷三百六十五宮山僧條引唐薛用弱集異記〕　宮山
僧“僧”字衍。在沂州之西鄙，孤拔聳峭，迥出衆峰。環山三十里皆
無人居。貞元初，有二僧至山，蔭木而居。精勤禮念，以晝繼夜。
四遠村落爲構屋室。不旬日，院宇立焉，二僧尤加慤勵。誓不出
房，二十餘載。元和中，冬夜月明，二僧各在東西廊朗聲唄唱。
空中虛靜，時聞山下有男子慟哭之聲。稍近。須臾則及院門。
二僧不動，哭聲亦止，逾垣遂入。東廊僧遙見其身絕大，躍入西
廊。而唄唱之聲尋輒如門“門”當作“斗”。擊撲爭力之狀。久又聞
咀嚼啖噬，啜咤甚勵。東廊僧惶駭突走。久不出山，都忘途路。
或仆、或蹶，氣力殆盡。回望見其人蹌蹌將至，則又跳迸。忽逢
一水，兼衣徑渡畢，而追者適至。遙詬曰：“不阻水，當並食之。”
東廊僧且懼且行，罔知所詣。俄而大雪，咫尺昏迷。忽得人家牛
坊，遂隱身於其中。夜久，雪勢稍晴。忽見一黑衣人自外執刀槍
徐至欄下。東廊僧省息屏氣，向明潛窺。黑衣踟躕徙倚，如有所
伺。有頃，忽院牆中般過兩廊“廊”明鈔本作“囊”。衣物之類。黑衣
取之，束縛負擔。續有一女子攀牆而出，黑衣挈之而去。僧懼涉
蹤迹，則又逃竄。恍惚莫知所之。不十數里，忽墜廢井。井中有
死者，身首已離，血體猶暖。蓋適遭殺者也。僧驚悸不知所爲。
俄而天明。視之，則昨夜攀牆女子也。久之，即有捕逐者數輩偕
至。下窺曰：“盜在此矣！”遂以索縋人，就井縶縛。加以毆擊，與
死爲鄰。及引上，則以昨夜之事本末陳述。而村人有曾至山中，
識爲東廊僧者。然且與死女子俱得，未能自解。乃送之於邑。
又細列其由，謂：西廊僧已爲異物啖噬矣。邑遣吏至山中尋驗。

西廊僧端居無恙。曰："初無物。但將二更,方對持念,東廊僧忽然獨去。久與誓約,不出院門。驚異之際,追呼已不及矣。山下事,我則不知。"邑吏遂以東廊僧誑妄,執爲殺人之盜。榜掠薰灼,楚痛備施。僧冤痛誣,甘置於死。贓狀無據,法吏終無以成其獄也。逾月,而殺女竊資之盜,他處發敗,具得情實。僧乃冤"冤"字疑誤衍。免。

屈突仲任酷殺衆生　鄆州司馬冥全內姪

尚友堂原本初刻拍案驚奇卷三十七

〔太平廣記卷一百屈突仲任條〕　同官令虞咸,頗知名。開元二十三年春,往溫縣。道左有小草堂,有人居其中,刺臂朱和疑當作"和朱"。用寫一切經。其人年且六十,色黃而羸瘠,而書經已數百卷。人有訪者,必丐焉。或問其所從,亦有助焉。"或問其所從亦有助焉",意不明,疑有誤。其人曰:"吾姓屈突氏,名仲任,即仲將、季將兄弟也。"父亦典郡,莊在溫,唯有仲任一子。憐念其少,恣其所爲。性不好書,唯以樗蒲弋獵爲事。父卒時,家僮數十人,資數百萬,莊第甚衆。而仲任縱賞好色,荒飲博戲,賣易且盡。數年後,唯溫縣莊存焉。即貨易田疇,拆賣屋宇,又已盡矣。唯莊內一堂巋然。僕妾皆盡,家貧無計,乃於堂內掘地,埋數甕,貯牛馬等肉。仲任多力。有僮名莫賀咄,亦力敵十夫。每昏後,與僮行盜牛馬。盜處必五十里外。遇牛,即執其兩角,翻負於背。遇馬驢,皆繩蓄其頸,亦翻負之。至家,投於地,皆死。乃皮剝之。皮骨納之堂後大坑,或焚之。肉則貯於地甕。晝日令僮於城市貨之,易米而食。如此者又十餘年。以其盜處遠,故無人疑者。仲任性好殺,所居弓箭、羅網、弋彈滿屋焉。殺害飛走,不可勝數。目之所見,無得全者。乃至得刺猬,亦以泥裹而燒之;

且熟，除去其泥，而猬皮與刺皆隨泥而脱矣。則取肉而食之。其所殘酷皆此類也。後莫賀咄病死。月餘，仲任暴卒，而心下暖。其乳母老矣，猶在，守之未瘞，而仲任復蘇。言曰：初見捕去，與奴對事。至一大院，廳事十餘間。有判官六人，每人據二間。仲任所對最西頭判官不在。立仲任於堂下。有頃，判官至，乃其姑父鄆州司馬張安也。見仲任，驚而引之登階，謂曰：“郎在世爲惡無比，其所殺害千萬頭。今忽此來，何方相拔？”仲任大懼，叩頭哀祈。判官曰：“待與諸判官議之。”乃謂諸判官曰：“僕之妻姪屈突仲任造罪無數，今召入對事。其人年命亦未盡。欲放之去，恐被殺者不肯。欲開一路放生，可乎？”諸官曰：“召明法者問之。”則有明法者來，碧衣踽踽。判官問曰：“欲出一罪人，有路乎？”因以具告。明法者曰：“唯一路可出，然得殺者肯。“得殺者肯”疑當作“得被殺者肯”。若不肯，亦無益。”官曰：“若何？”明法者曰：“此諸物類爲仲任所殺，皆償其身命，然後託生。合召出來，當誘之曰：‘屈突仲任今到，汝食啖畢即託生。羊更爲羊，馬亦爲馬。汝餘業未盡，還受畜生身。使仲任爲人，還依舊食汝。汝之業報無窮已也。今令仲任略還，令爲汝追福。使汝各捨畜牲業，俱得人身，更不爲人殺害，豈不佳哉！’諸畜聞得人身必喜。如此乃可放。若不肯，更無餘路。”乃鎖仲任於廳事前房中。召仲任所殺生類到。判官庭中地可百畝，仲任所殺生命填塞皆滿，牛、馬、驢、騾、豬、羊、麕、鹿、雉、兔乃至刺猬、飛鳥，凡數萬頭。皆曰：“召我何爲？”判官曰：“仲任已到。”物類皆咆哮大怒，騰振蹴踏之，而言曰：“巨盜盍還吾債？”方忿怒時，諸豬羊身長大與馬牛比，牛馬亦大倍於常。判官乃使明法人曉諭。畜聞得人身，皆喜，形復如故。於是盡驅入諸畜，乃出仲任。有獄卒二人手執皮袋兼秘木。至則納仲任於袋中，以木秘之。仲任身血皆於袋諸孔中流出灑地。卒秘木以仲任血遂遍流廳前。須臾，血深至階，

可有三尺。然後兼袋投仲任房中，又扃鎖之。乃召諸畜等。皆
怒曰："逆賊殺我身，今飲汝血。"於是兼飛鳥等盡食其血，血既
盡，皆共舐之，庭中土見乃止。當飲血時，畜生盛怒，身皆長大數
百，仍罵不止。既食已，明法又告："汝已得債，今放屈突仲任歸。
今爲汝追福，命汝爲人身也。"諸畜皆喜，各復本形而去。判官然
後命袋內出仲任，身則如故。判官謂曰："既見報應，努力修福。
若刺血寫一切經，此罪當盡。不然更來，永無相出望。"仲任蘇，
乃堅行其志焉。

占家財狠婿妒姪　　延親脈孝女藏兒

初刻拍案驚奇卷三十八

〔輟耕録卷二十二算命得子條〕　橋李郭宗夏，嘗見建德路
總管趙良臣言：都下有李總管者，官三品，家鉅富，年逾五十而無
子。聞樞密院東有術者設肆算命，談人休咎多奇中；試往叩焉。
且曰："吾之禄壽已不必言，但惟有子與否。"術者笑曰："君有子
矣。何爲紿我？"李曰："吾實無子，豈紿汝耶？"術者怒曰："君年
四十當有子。今年五十六矣。非紿我而何！"同坐者皆軍官。見
二人爭執，甚訝之。李沉吟良久曰："吾年四十時，一婢有娠，吾
以職事赴上都。比歸，則吾妻鬻之矣，莫知所往。若有子，則此
是也。"術者曰："此子終當還君。"相別而出。時坐中一千户邀李
入茶坊，告之曰："十五年吾亦無子；因到都置一婢，則已有孕。
到家時，適吾妻亦有孕。前後一兩月間，各生一男。今皆十五六
矣。豈君之子也？"兩人各言婦人之容貌歲齒，相同。李歸，語於
妻。妻往日誠悍妒。至是，見夫無嗣，心頗慚而憐之。翼日，邀
千户至家，享以盛饌，與之刻期而別。千户先歸南陽府。李以實
告於所管近侍大官，乞假前往。大官曰："此美事也。我當與汝

奏聞。"既而有旨,得給驛以行。凡筵席之費,皆從官辦。李至,
眾官郊迎,往千户宅設大宴。李所以饋獻千户並其妻子僕妾之
物甚侈。千户命二子出拜。風度不殊,衣冠如一,莫知何者爲己
子。致請於千户。千户曰:"君自認之。"李諦視良久,天性感通,
前抱一人曰:"此吾子也!"千户曰:"然!"於是父子相持而哭,坐
中皆爲墜淚。舉杯交賀,大醉而罷。明日,千户答禮,會客如昨。
謂李曰:"吾既與君子矣,豈可使母子分離? 今並其母以奉。"李
喜出望外。回都,携見大官。大官曰:"佳兒也。"引之入覲,通籍
宿衛。後亦官至三品。大抵人之有子無子,數使之然,非人力所
能也。而術士之業亦精矣。

　　(以上入話)

　　〔曲海總目提要卷二老生兒提要〕　元武漢臣撰。據云:東
昌劉從善娶李氏,垂老無子。有女曰引張,贅婿曰張郎。從善之
弟從道早亡,有子曰引孫;從善撫之甚篤。其妻李氏憎之,尤爲
張夫婦所不容。從善乃以銀百金、草房一所與引孫,令獨居訓蒙
以自活。從善家本厚,憤妻女若婿之逐其姪,乃取藏券悉焚之。
有婢小梅懷孕。從善他出,囑妻女善視之。女若婿相與謀曰:
"小梅有子,則家產無復望矣。"乃移置小梅於別屋。與從善妻同
告從善,謂:"小梅有私潛逃,不知所之矣。"從善心疑,然無可如
何,浩歎而已。旋念年老無子,皆宿業所致。於是至開元寺捨財
布施,救濟貧人。時引孫亦貧甚,來求鈔。而鑰爲張婿掌握,不
肯給鈔。從善陰以銀二錠付引孫去。值清明節,從善命婿備祭
具掃墓,而囑其夫婦先往墓所陳設,二老當繼至。至則不見張夫
婦而墓有焚紙一陌,澆酒一杯。徐迹張夫婦,則自往張墓設祭。
從善大悲惋,妻亦悟婿不可爲後也。俄而引孫荷鍤來增土,向所
謂一陌一杯,乃其所奠也。於是夫婦皆持引孫泣,携之歸,產業
盡付之。而拒張夫婦。張夫婦皆內慚。求昔所置別屋之小梅,

則已生子三歲矣。小梅雖置別屋，張夫婦仍以衣食稍稍給之，故得存活。至是，引見從善，具道其詳。從善大喜，以家貲分而爲三：一以與女，一以與姪，一與其子。有小說載此事，則云劉女甚賢，與此略異。

　　（以上正傳）

　　武漢臣老生兒劇今有元刊本、元曲選本。二本詞雖稍異，而情節悉同。嫉婢有孕者乃張郎，非劉女。劉女恐其夫暗算婢，匿婢於東莊姑母家中。生子數歲，引婢與子見其父。故元刊本劉禹白云："當時若不是女兒賢惠，將小梅藏在姑姑家，怎能勾子父團圓？"元曲選劉從善（即元刊本之劉禹）念詞云："狠張郎妄圖家業，孝順女闇撫親友。"話本全本武漢臣劇。其所從出底本則元曲選本也。提要云劉女與婿同謀，又云：小說載此事則云劉女甚賢，與劇異。皆未的。

喬勢天師禳旱魃　秉誠縣令召甘霖
尚友堂原本初刻拍案驚奇卷三十九

　　〔唐康駢劇談錄上狄惟謙請雨津逮秘書本〕　會昌中，北都晉陽縣令狄惟謙，梁公之後，守官清恪，有蒲密之政，撫綏勤恤，不畏強禦。屬州境亢陽，涉歷春夏，數百里水泉農畝，無不耗斁枯竭。禱於晉祠者數旬，略無陰曀之兆。時有郭天師者，本并土女巫，少攻符術，多行猒勝之道。有監軍使將至京師，因緣中貴，出入宮掖。其後軍牒告歸，遂以天師爲號。既而亢旱滋甚，闔境莫知所爲，僉言曰："若得天師一到晉祠，則災旱不足憂矣！"惟謙請於主帥，主帥難之。惟謙曰："災屬流行，旺庶焦灼，若非天師一救，萬姓恐無聊生。"於是主帥親自爲請，巫者唯而許之。惟謙乃具車輿，列幡蓋，迎於私室，躬爲控馬。既至祠所，盛設供帳，豐潔飲饌，自旦及昏，磬折於階庭之下。如此者兩日。"兩日"，津逮本作"翌日"，今據唐語林卷一改。語惟謙曰："我爲爾飛符於上界請雨，已奉天帝之命。必在虔懇至誠，三日雨當足矣。"由是四郊士庶，奔走雲集。三夕于茲，曾不降雨。又曰："此土災沴所興，亦由縣令無德。我爲爾再上天請，七日方合有雨。"惟謙引罪於己，奉之愈恭。俄而又及所期，略無霑霑。郭乃驟索馬入州宅。惟謙拜留曰："天師已爲萬姓此來，更乞至心祈禱。"於是勃然而怒，罵曰："庸瑣官人，不知道理。天時未肯下雨，留我將復奚爲！"惟謙謝曰："非敢更煩天師，俟"俟"，津逮本作"候"。今據廣記改。明旦排比相送耳。"於是，惟謙宿誡左右曰："我爲巫者所辱，豈可復言爲官！明晨別有指揮，汝等咸"咸"，津逮本作"或"，誤。今據廣記改。須相稟。是非好惡，縣令當之。"及曉，祠門未開，郭已嚴飾歸騎。常供設肴醴，一無所施。郭"郭"字據廣記增。坐於皇堂，大恣呵責。惟謙曰："左道女巫，妖惑日久，當須斃在茲日，焉敢言歸！"叱左右曳巫"曳"字據唐語林補。"巫"字津逮本作"坐"，今徑改。於神前，鞭背三十，投於潭水。祠後有山，高萬千丈。廣記作"高可十丈"。遽令設席焚香，從吏悉皆放還，簪笏立於其上。於是合縣駭愕，云："長官打殺天師。"馳走者紛紜，觀者如堵。是時炎旱累月，爍石流金，晴空萬里，略無纖翳。祠上忽有片雲如車蓋。俄頃漸高，先覆惟謙立所，四郊雲物隨之而合。雷震數聲，甘澤大澍。焦原赤野，無不滋潤。於是士庶數千，自山頂擁惟謙而下。州將以杖殺巫者，初亦怒之，既而嘉其"嘉其"二字，據唐語林增，津逮本此二字脫。精誠有感，深加歎異，與監軍發表上聞。俄有詔書褒獎，賜錢五十萬，寵賜章服。爲絳隰二州刺史，所理咸有政聲。敕書云：狄惟謙劇邑良才，忠臣華胄。睠此天勵，將瘳下民。當請禱於晉祠，類投巫於鄴縣。曝山椒之畏景，事等焚軀；起天際之油雲，法同翦爪。

遂使旱風潛息，甘澤旋流。天心猶鑒於克誠，余志豈忘於褒善。特頒朱紱，俾耀銅章。勿替令名，更昭殊績！

華陰道獨逢異客　江陵郡三拆仙書
尚友堂原本初刻拍案驚奇卷四十

〔太平廣記卷一百五十七李君條引盧肇逸史〕 江陵副使李君嘗自洛赴進士舉。至華陰，見白衣人在店。李君與語，圍爐飲啜，甚洽。同行至昭應，曰："某隱居，飲西嶽。甚荷郎君相厚之意。有故，明旦先徑往城中，不得奉陪也。莫若知向後事否？"君再拜懇請。乃命紙筆，於月下凡書三封，次第緘題之。"甚急則開之。"乃去。五六舉下第。欲歸無糧食，將住，求容足之地不得。曰："此爲窮矣。仙兄書可以開也。"遂沐浴，清旦焚香啟之，曰："某年月日以困迫無資用開一封，可青龍寺門前坐。"見訖，遂往。到已晚矣。望至昏時，不敢歸。心自笑曰："此處坐，可得錢乎？"少頃，寺主僧領行者至，將閉門，見李君，曰："何人？"曰："某驢弱，居遠，前去不得，將寄宿於此。"僧曰："門外風寒，不可。且向院中。"遂邀入。牽驢隨之。具饌烹茶。夜艾，熟視李君，低頭不語者良久，乃曰："郎君何姓？"曰："姓李。"僧驚曰："松滋李長官，識否！"李君起，顰蹙曰："某先人也。"僧垂泣曰："某久故舊。適覺郎君酷似長官。然奉求已多日矣，今乃遇。"李君涕流被面。因曰："郎君甚貧。長官比將錢物到此下疑有缺字。求官，至此狼狽，有錢二千貫寄在某處。自是以來，如有重負，今得郎君分付，老僧此生無事矣。明日留一文書，便可挈去。"李君悲喜。及旦，遂載錙而去。鬻宅安居，遽爲富室。又三數年不第，塵土困悴，欲罷去，思曰："乃一生之事。仙兄第二緘可以發也。"又沐浴，清旦啟之，曰："某年月日以將罷舉可開第二封。可西市鞦轡行頭

坐。"見訖復往。至即登樓飲酒。聞其下有人言："交他郎君平明
即到此,無錢。"即道："元是不要錢及第。"李君驚而問之。客曰:
"侍郎郎君有切故,要錢一千貫致及第。昨有共某期不至者,今
欲去耳。"李君問曰："此事虛實?"客曰："郎君見在樓上房內。"李
君曰："某是舉人,亦有錢。郎君可一謁否?"曰："實如此,何故不
可!"乃卻上,果見之,話言飲酒,曰:侍郎郎君也。云主司是親叔
父。乃面定約束。明年,果及第。後官至殿中江陵副使。患心
痛,少頃數絕,危迫頗甚。謂妻曰："仙師第三封可以開矣。"妻遂
灌洗,開視之,云："某年月日江陵副使忽患心痛。可處置家事。"
更兩日卒。

二刻拍案驚奇

小道人一着饒天下　女棋童兩局注終身

二刻拍案驚奇卷二

〔明梅鼎祚青泥蓮花記卷七謝天香條〕　鉅野有穰芳亭，邑人秋成報祭所也。一日鄉耆謀立石其中，延士人王維翰書“穰香亭”字。久之，未至。有妓謝天香者，問曰：“祀事既畢，何爲遲留不飲?”衆曰：“俟維翰書石耳。”謝遂以其袖當筆，書“穰芳”二字。會維翰至，書“亭”字以完之。父老遂命刻之石。王謝遂成夫婦。後王戲謝曰：“昔日章臺曾舞腰，行人無不折枝條。”天香曰：“從今已付丹青手，一任狂風不動搖。”後維翰登進士，與天香偕老。

　　（以上入話）

〔夷堅志補卷十九蔡州小道人條〕　蔡州有村童，能棋，里中無敵。父母將爲娶婦，力辭曰：“吾門户卑微，所取不過農家女，非所願也。兒當挾藝出遊，庶幾有美遇，以償平生之志。”遂着野人服，自稱“小道人”。適汴京，過太原、真定，每密行棋覘視，自知無出其右者。奮然至燕。燕爲虜都，而棋國手乃一女子妙觀道人。童連日訪其肆，見有誤處，必指示。妙觀懼為衆哂，戒他少年遮闌於外，不使入視。童憤憤。即彼肆相對僦屋，標一牌，曰："汝南小道人手談，奉饒天下最高手一先。"妙觀益不平，然揣其能出己上，未敢與校勝負，擇弟子之最者張生往試之。張受童一子，不可敵，連增至三。歸語妙觀曰："客藝甚高，恐師亦須避席。"未幾，好事者聞之，欲鬬兩人，共率鈔二百千，約某日會戰於僧舍。妙觀陰使人禱童曰："法當三局兩勝，幸少下我，自約外奉五十千以酬。"童曰："吾行囊元不乏鈔，非所望。然慕其顏色，能容我衽席之歡乃可。"女不得已，許之。及對局，童果兩敗，妙觀但酬鈔而不從其請。適虜之宗王貴公子宴集，呼童弈戲，詢其與妙觀優劣。童曰："此女棋本劣，向者故下之耳。"於是亦呼至前，令賭百千。童探懷出金五兩曰："可賭此。"妙觀以無金辭。童拱白座上曰："如彼勝則得金，某勝乞得妻。"坐客皆大笑，同聲贊之曰："好！"妙觀慚窘失措，遂連敗。既退，復背約。童以詞訴於燕府，引諸王為證。卒得女為妻，竟如初志。

（以上正傳）

文云"燕為虜都"，是所叙乃海陵自上京遷中都後事。考金史卷九十七張大節傳云："善弈棋，當世推為第一，嘗被召與禮部尚書張景仁弈。"大節生宋宣和三年，卒金承安五年，年八十。與洪景盧居不同國而同時，年亦相若。自大定五年宋金議和之後，三十餘年間，使者相望於道，歲歲不絕，大節大定二十四年且曾充賀宋生日使。其善弈，景盧或知之，今云棋國手乃一女子，蓋傳此事者所言如此耳。

又按宋俞文豹唾玉集常談出處條云：蔡州褒信縣有道人工棋，常饒人先。其詩曰："爛柯仙客妙通神，一局曾經幾度春；自出洞來無敵手，得饒人處且饒人。"文據原本説郛卷四十九引。唾玉集即吹劍錄,不知今通行本吹劍錄有無此條。文豹此書編於南宋末。所云"蔡州褒信縣道人",豈即夷堅志"蔡州小道人"耶?

襄敏公元宵失子　十三郎五歲朝天
二刻拍案驚奇卷五

〔夷堅志補卷八真珠族姬條〕宣和六年正月望日,京師宣德門張燈,貴近家皆設幄於門外,兩廡觀者億萬。一宗王家在東偏,有姻族居西,遣青衣邀其女真珠族姬者,曰:"若有來,當遣兜轎至。"女年十七八歲,未適人,顏色明艷,服御麗好。聞呼喜甚,請母欲行。時日猶未暮。少頃,轎從西幄來,舁以去;又食頃,青衣復與一轎至,王家人語之曰:"族姬已去矣。"青衣駭曰:"方來相迎,安得有先我者?"於是知爲奸黠所欺。亟告於開封,散遣賊曹迹捕;其家立賞揭二百萬求訪。杳不可得。明年三月,都人春游,見破轎在野,有女子哭聲,無人肩輿。扣窗詢之,乃真珠也。走報其家,取以歸。霧鬟鬅鬙,不施朱粉。望父母,擲身大哭,久乃能言。初上車"車"字疑誤。時,不復由正路,其行如飛。俄入一狹徑,漸進漸暗,車"車"字疑誤。止而出,乃是古神堂。鬼卒十餘輩,執兵杖夾立;坐者髯如戟,面闊尺餘,目光如炬。我懼而泣拜,而即叱曰:"汝何人?敢奸吾聖宇!"便使明鈔本作"令"。人捽拽裸衣,用大杖撻二十。杖畢,痛不可忍,昏昏不知人。稍蘇,乃在密室內,一媼拊我甚勤,爲洗瘡敷藥,將獲一明鈔本作"三"。月,甫能起,先遭奸污,然後售於某家,爲之妾。主人以色見寵,同列皆妬嫉。因同浴,窺見瘢痕,語主人云:我爲女時,嘗與人奸,受杖矣。主人元知我行止,至是乃曰:"若果近上宗室女,何由犯官刑?"遂相棄,還付元牙儈家,猶念舊愛,不督餘雇直。儈家既先得金多,且畏終敗露,不敢再鬻,故乘未晚送於野。亦幸不死耳。
乃知向來神堂所見,皆群賊詐爲之。前後爲惡如是者多矣。

〔桯史卷一南陔脱帽條〕　神宗朝,王襄敏詔在京師。會元
夕張燈,金吾弛夜,家人皆步出,將帷觀焉。幼子宷,第十三,方
能言,珠帽褓服,馮肩以從。至宣德門,上方御樓,靄雲綵鰲,簫
吹雷動。士女仰視,喧擁闐咽,轉盼已失所在。騶馭皆惶擾不知
所爲,家人不復至帷次,狼狽歸,未敢白請捕。襄敏訝其反之亟,
問,知其爲南陔也,曰:“他子當遂訪,若吾十三,必能自歸。”怡然
不復求。咸叵測。居旬月,内出犢車至第,有中大人下宣旨,抱
南陔以出諸車。家人驚喜,迎拜天語。既定,問南陔以所之。乃
知是夕也,姦人利其服裝,自襄敏第中已竊迹其後。既負而趨,
南陔覺負己者之異也,亟納珠帽於懷。適内家車數乘將入東華;
南陔過之,攀幰呼焉。中大人悦其韶秀,抱置之膝。翌早,擁至
上閣,以爲宜男之祥。上問以誰氏。竦然對曰:“兒乃詔之幼子
也。”具道所以。上顧以占對不凡,且歎其早慧,曰:“是有子矣!”
令暫留欽聖鞫視。密詔開封捕賊以聞。既獲,盡戮之。乃命載
以歸,且以具獄示襄敏,賜壓驚金犀錢果,直鉅萬。其機警見於
幼年者已如此。南陔,宷自號,政和間有文聲,敢爲不訕,充其幼
者也。余在南徐,與其孫遇游,傳其事。

〔揮塵三録卷三〕　王樞密襄敏本江州人。有十子。輔道既
罹橫逆,而有名宇者爲開封幕,過橋墮馬死;名端者待漏禁門,檐
瓴冰柱折墜,穿頂而没。後數十年,輔道之子炎弼、炎融以勛德
之裔,朝廷録用以官,把麾持節,陞直内閣。炎弼二子萬全、萬
樞,今皆正郎。而諸位登進士第者接踵。

　　按十三郎話本,十三郎闇以針綫縫賊領爲記號,使公人
認領上綫而捕之,乃後漢虞詡事也。宋本後漢書卷五十八

虞詡傳云：朝歌賊寧季等攻殺長吏，屯聚連年，州郡不能禁。乃以詡爲朝歌長。詡到官，潛遣貧人能縫者傭作賊衣，以采綖縫其裾爲幟，李賢注：幟，記也。續漢書曰：以絳縷縫其裾也。"幟"，白氏六帖事類集卷二十八竊盜州引作"識"。按"幟"蓋"識"假，故章懷太子訓幟爲識。有出市里者，吏輒禽之。賊由是駭散。

十三郎對神宗言："被賊人馱走，便把所帶的珠帽除下藏好。那珠帽之頂，有臣母將繡針綵綫插戴其上，以厭不祥。臣此時在他背上，想賊人無可記認，就於除帽之時將針綫取下密把衣領縫綫一道，插針在衣內以爲暗號。今陛下令人密查，若衣領有此針綫者，即是昨夜之賊，有何難見？"

此小說文，桯史無此一節。

李將軍錯認舅　劉氏女詭從夫
二刻拍案驚奇卷六

〔夷堅丙志卷十四王八郎條〕　唐州比陽富人王八郎，歲至江淮爲大賈。因與一倡綢繆，每歸家必憎惡其妻，銳欲逐之。妻，智人也。生四女，已嫁三人，幼者甫數歲。度未可去，則巽辭答曰："與爾爲婦二十餘歲，女嫁有孫矣。今逐我，安歸？"王生又出行，遂携倡來，寓近巷客館。妻在家稍質賣器物，悉所有藏篋中，屋內空空如窶人。王復歸，見之愈怒，曰："吾與汝不可復合。今日當決之。"妻始奮然曰："果如是，非告於官不可。"即執夫袂走詣縣。縣聽仳離，而中分其貨産。王欲取幼女。妻訴曰："夫無狀，棄婦嬖倡。此女若隨之，必流落矣。"縣宰義之，遂得女而出居於別村。買瓶缶之屬列門首，若販鬻者。故夫它日過門，猶以舊恩意與之語，曰："此物獲利幾何？胡不改圖？"妻叱逐之，曰："既已決絕，便如路人。安得預我家事？"自是不復相聞。女年及笄，以嫁方城田氏。時所蓄積已盈十萬緡，田氏盡得之。王生但與倡處，既而客死於淮南。復數年，妻亦死。既殯，將改葬。女念其父之未歸骨，遣人迎喪，欲與母合祔。各洗滌衣斂，共臥一榻上。守視者稍息，則兩骸已東西相背矣。以爲偶然爾，泣而移置元處。少頃，又如前。乃知夫婦之情，死生契闊，猶爲怨偶如此。然竟同穴焉。

（以上入話）

〔剪燈新話卷三翠翠傳〕　翠翠姓劉氏，淮安民家女也。生而穎悟，能通詩書。父母不奪其志，就令入學。同學有金氏子者，名定，與之同歲，亦聰明俊雅。諸生戲之曰：“同歲者當爲夫婦。”二人亦私以此自許。金生贈翠翠詩曰：“十二闌干七寶臺，春風到處艷陽開；東園桃樹西園柳，何不移教一處栽？”翠翠和曰：“平生每恨祝英臺，懷抱何爲不早開？我願東君勤用意，早移花樹向陽栽。”已而翠翠年長，不復至學。年及十六，父母爲其議親，輒悲泣不食。以情問之，初不肯言。久乃曰：“必西家金定，妾已許之矣。若不相從，有死而已。誓不登他門也。”父母不得已，聽焉。然而劉富而金貧，其子雖聰俊，門戶甚不敵。及媒氏至其家，果以貧辭，慚愧不敢當。媒氏曰：“劉家小娘子必欲得金生，父母亦許之矣。若以貧辭，是負其誠志，而失此一好因緣也。今當語之曰：‘寒家有子，粗知詩禮。貴宅見求，敢不從命。但生自蓬蓽，安於貧賤久矣。若責其聘問之儀，婚娶之禮，終恐無從而致。’彼以愛女之故，當不較也。”其家從之。媒氏覆命。父母果曰：“婚姻論財，夷虜之道。吾知擇婿而已，不計其他。但彼不足而我有餘，我女到彼，必不能堪。莫若贅之入門可矣。”媒氏傳命再往。其家幸甚，遂涓日結親。凡幣帛之類、羔雁之屬，皆女家自備。過門交拜，二人相見，喜可知矣。是夕翠翠於枕上作臨江仙一闋贈生曰：“曾向書齋同筆硯，故人今作新人。洞房花燭十分春。汗沾蝴蝶粉，身惹麝香塵。　殢雨尤雲未慣，枕邊眉黛羞顰。輕憐痛惜莫嫌頻。願郎從此始，日近日相親。"邀生繼和。生遂次韻曰："記得書齋同講習，新人不是他人。扁舟來訪武陵春。仙居鄰紫府，人世隔紅塵。　誓海盟山心已許，幾番淺笑輕顰。向人猶自語頻頻。意中無別意，親後有誰親？"二人相得之樂，雖翡翠之在赤霄，鴛鴦之游綠水，未足喻也。

　　未及一載，張士誠兄弟起兵高郵，盡陷沿淮諸郡。女爲其部將李將軍者所擄。至正末，士誠辟土益廣，跨江南北，奄有浙西。乃通款元朝，願奉正朔。道途始通，行旅無阻。生於是辭別內外父母，求訪其妻，誓不見則不復還。行至平江，則聞李將軍見於紹興守禦。及至紹興，則又調兵屯安豐矣。復至安豐，則回湖州駐紮矣。生來往江淮，備經險阻。星霜屢移，囊橐又竭。然此心終不少懈。草行露宿焉。乞於人，謹而得達湖州。則李將軍方貴重用事，威焰赫奕。生佇立門牆，躑躅窺伺。"伺"當作"伺"。將進而未能，欲言而不敢。閽者怪而問焉。生曰："僕淮安人也。喪亂以來，聞有一妹在於貴府。是以不遠千里至此，欲求一見耳。"閽者曰："然則汝何姓名？汝妹年貌若干？願得詳言，以審其實。"生曰："僕姓劉，名金定。妹名翠翠，識字能文，當失去之時年始十七；以歲月計之，今則二十有四矣。"閽者聞之曰："府中果有劉氏者，淮安人，其齒如汝所言，識字善爲詩，性又通慧，本使寵之專房。汝信不妄。吾將告於內，汝且止於以待。"遂奔趨入告。須臾復出，領生入見。將軍坐於廳上。生再拜而起，具述厥由。將軍武人也，信之不疑。即命內豎告於翠翠曰："汝兄自鄉中來此，當出見之。"翠翠承命而出，以兄妹之禮見於廳前。動問父母外，不能措一辭，但相對悲咽而已。將軍曰："汝既遠來，道途跋涉，心力疲困，可且於吾門下休息。吾當徐爲之所。"即出新衣一襲，令服之。並以帷帳衾席之屬，設於門西小齋，令生處焉。翌日，謂生曰："汝妹能識字，汝亦通書否？"生曰："僕在鄉中以儒爲業，以書爲本。凡經、史、子、集，涉獵盡矣。蓋素所習也，又何疑焉。"將軍喜曰："吾自少失學，乘亂倔起。方向用於時，趨從者衆。賓客盈門，無人延款。書啟堆案，無人裁答。汝便處吾門下，足充一記室矣。"生聰敏者也，性既溫和，才又秀發。處於其門，益自檢束。承上接下，咸得其歡。代書回簡，曲盡其意。將軍大以爲得人，待之甚厚。然生本爲求妻而來。自廳前一見之後，不可再得。閨閣深邃，內外隔絕。但欲一達其意，而終無便可乘。荏苒數月，時及授衣。西風夕起，白露爲霜。獨處空齋，終夜不寐。乃成一詩曰："好花移入玉闌干，春色無緣得再看。樂處豈知愁處苦，別時雖易見時難。何年塞上重歸馬，此夜庭中獨舞鸞。霧閣雲窗深幾許，可憐辜負月團圓。"詩成，書於片紙，拆布裘之領而縫之。以百錢納於小豎而告曰："天氣已寒，吾衣甚薄。乞持入付吾妹，令浣濯而縫袵之。將以禦寒耳。"小豎如言持入。翠翠解其意，拆衣而詩見。大加傷感，吞聲而泣。別爲一詩，亦縫於內以付生。詩曰："一自鄉關動戰鋒，舊愁新恨幾重重。腸雖已斷情難斷，生不相從死亦從。長使德言藏破鏡，終教子建賦游龍。綠珠碧玉心中事，今日誰知也到儂？"生得詩，知其以死許之。無復致望，愈加抑鬱，遂感沉痼。翠翠請於將軍，始得一至牀前問候。而生病已亟矣。翠翠以臂扶生而起。生引首側視，凝淚滿眶。長吁一聲，奄然命盡。將軍憐之，葬於道場山麓。翠翠送殯而歸，是夜得疾，不復飲藥。展轉衾席，將及兩月。一旦告於將軍曰："妾棄家相從，已得八載。流離外境，舉目無親。止有一兄，今又死矣。妾病必不起，乞埋骨兄側，黃泉之下庶有依托，免於他鄉作孤魂也。"言盡而卒。將軍不違其意，竟附葬於生之墳左。宛然二丘焉。洪武初，張氏既滅。翠翠家有一舊僕，以商販爲業，路經湖州，過道場山下。見朱門華屋，槐柳掩映，翠翠與金生方憑肩而立。遽呼之，入，訪問父母存歿，及鄉井舊事。僕曰："娘子與郎安得在此？"翠翠曰："始因兵亂，我爲李將軍所擄。郎君遠來尋訪。將軍不阻，以我歸焉。因遂僑居於此耳。"僕曰："予今還淮安，娘子可修一書以報父母也。"翠翠留之宿。飯吳興之香糯羹，苕溪之鮮鯽，以烏程酒出飲之。明旦，遂修啟以上父母曰："伏以父生母育，難酬罔極之恩；夫唱婦隨，夙著三從之義。在人倫而已定，何時事之多艱。曩者漢日將頹，楚氛甚惡。倒持太阿之柄，擅弄潢池之兵。封豕長蛇，互相吞併；雄蜂雌蝶，各自逃生。不能玉碎於亂離，乃至瓦全於倉卒。驅馳戰馬，隨逐征鞍。望高天而八翼莫飛，思故國而三魂屢散。良辰易邁，傷青鸞之伴木雞；怨偶爲仇，懼烏鴉之打丹鳳。雖應酬而爲樂，終感激而生悲。夜月杜鵑之啼，春風蝴蝶之夢。時移事往，苦盡甘來。今則楊素覽鏡而歸妻，王敦開閣而故妓。蓬島踐當時之約，瀟湘有故人之逢。自憐賦命之屯，不恨尋春之晚。章臺之柳，雖已折於他人；玄都之花，尚不改於前度。將謂瓶沉而簪折，豈期璧返而珠還。殆同玉簫女兩世因緣，難比紅拂妓一時配合。天與其便，事非偶然。煎鸞膠而續斷弦，重諧繾綣；托魚腸而傳尺素，謹致丁寧。未奉甘旨，先此申覆。"父母得之甚喜。其父即賃舟與僕自淮徂浙，徑奔吳興。至道場山下，疇昔留宿之處，則荒煙野草，狐兔之迹交道，前所見屋宇乃東西兩墳耳。方疑訝間，適有野僧扶錫而過。叩而問焉。則曰："此故李將軍所葬金生與翠娘之墳耳。豈有人居乎？"大驚，取其書而視之，則白紙一幅也。時李將軍爲國朝所戮，無從詰問其詳。父哭於墳下曰："汝以書賺我，今我千里至此，本欲與汝一見也。今我至此，而汝藏蹤秘迹，匿影潛形。我與汝生爲父子，死何間焉。汝如有靈，毋吝一見，以釋我疑慮也。"是夜宿於墳。以三更後，翠翠與金生拜跪於前，悲號宛轉。父泣而撫問之。乃具述其始末曰：“往昔禍起蕭牆，兵興屬郡。不能效竇氏女之烈，乃致爲沙吒利之驅。忍恥偷生，離鄉去國。恨以蕙蘭之弱質，配兹駔儈之下材。惟知奪石家買笑之姬，豈暇憐息國不言之婦。叫九閽而無路，度一日如三秋。良人不棄舊恩，特勤遠訪。託兄妹之名而僅獲一見；隔伉儷之情，而終遂不通。彼感疾而先殂，妾含冤而繼殞。欲求祔葬，幸得同歸。大略如斯，微言莫盡。”父曰：“我之來此，本欲取汝還家以奉我耳。今汝已矣，將取汝骨遷於先壟，亦不虛行一遭也。”復泣而言曰：“妾生而不幸，不得視膳庭闈；歿且無緣，不得首丘塋壟。然而地道尚靜，神理宜安。若更遷移，反成勞擾。況溪山秀麗，卉木榮華，既已安焉，非所願也。”因抱持其父而大哭。父遂驚覺，乃一夢也。明日，以牲酒奠於墳下。與僕返棹而歸。至今過者指爲“金翠墓”云。

〔曲海總目提要卷二十三領頭書提要〕　近時濟南袁聲作。按：聲，章邱人。金定與劉翠翠縫詩領頭，故名。事載瞿佑剪燈新話。此處自序云：“親至道場山，土人猶能指金、翠葬處。及過淮陰，父老傳聞，其説較詳。”則真有此事無疑。新話未載將軍名。劇言李伯昇，不誤。元順帝至正十三年，泰州張士誠起兵。其黨有李伯昇、潘原明、呂珍等十八人。二十六年，明太祖以兵徇湖州。士誠左丞張天麒等以城降，伯昇亦降。

（以上正傳）

按：曲家演金定、劉翠翠事者，明葉憲祖已有金翠寒衣記雜劇，不自袁聲始也。領頭書，今未見。

呂使君情媾宦家妻　吳太守義配儒門女
二刻拍案驚奇卷七

〔原本説郛卷二十九引宋無名氏朝野遺記〕　張孝純在雲中

府粘罕座上有所睹，賦一詞云："疏眉秀目。依舊是宣和裝束。貴氣花草粹編卷十引朝野遺記此詞作"飛步"。盈盈姿性巧，舉止知非凡俗。宋室宗姬，秦王幼女，宋太祖弟廷美封秦王，孫承亮襲封秦國公。承亮卒，子克愉嗣。克愉卒，子叔才嗣。徽宗即位，改封秦王爲魏王，秦國公爲魏國公，太祖子德芳追封楚王。欽宗即位，改封楚王爲秦王。德芳六世孫子裡追封秦國公。此云"秦王幼女"，未詳所出。曾嫁欽慈族。欽慈謂神宗欽慈陳皇后，後入宮爲御侍，生徽宗，進美人，卒。徽宗即位，追冊爲皇太后，上尊謚。干戈橫蕩，花草粹編作"浩蕩"。事隨天地翻覆。　　一笑，邂逅相逢，勸人欲飲，花草粹編作"滿飲"。旋旋吹橫竹。流落天涯俱是客，何必平生相熟。舊日榮華，如今憔悴，付與杯中醁。興亡休問，爲伊且盡舡玉。花草粹編作"船玉"。按：船謂臺盞。"

（以上入話）

按：此念奴嬌詞也。金劉祁歸潛志、元好問中州樂府均以此詞爲宇文虛中作。歸潛志八云："先翰林嘗談：國初宇文叔通主父盟。吳彥高視宇文爲後進。因會飲，酒間有一婦人，宋宗室子流落，諸公感歎，皆作樂章。宇文作念奴嬌，有'宗室家姬，陳王幼女，曾嫁欽慈族。干戈浩蕩，事隨天地翻覆'之語。及彥高作人月圓詞，宇文覽之，大驚。自是人乞詞，輒曰：當詣彥高也。"中州樂府吳彥高人月圓詞後附記云："彥高北遷後爲故宮人賦此。時宇文叔通亦賦念奴嬌，先成，頗近鄙俚。及見彥高此作，茫然自失。是後有人求作樂府者，叔通即批云：吳郎近以樂府名天下，可往求之。"京叔、遺山以金人言金事，當不誤。朝野遺記以念奴嬌爲張孝純作，蓋南人傳聞之失。至叔通、彥高二詞，均爲宋宗姬嫁陳氏者作，則叔通詞意甚明。遺山云彥高詞爲故宮人賦，蓋不欲顯言之也。

〔夷堅支志卷九董漢州孫女〕　董漢卿字仲巨，原本如此。據張菊生先生校：明清平山堂所刊宋建安葉祖榮分類本作“董賓卿，字仲臣”。今話本所書名字與葉祖榮分類本同。饒州德興人，娶於同縣祝氏。紹興初，爲漢州守，卒於官。其家不能遽歸，暫居於蜀道。長子元廣，亦娶於祝，既除服，調房州竹山令。妻生二女而死。元廣再娶一武人之室。秩滿，挈家東下，與蜀客呂使君原注：不欲名。方舟偕行，日夕還往，相與如骨肉。繼室微有姿色，性頗蕩。元廣到臨安，亦死。呂陽示高義，攜其孥復西，遂據以爲外婦，蓄之郫縣，而三女不知存亡矣。祝次騫以兩世宗姻之故，痛惻不去心，屬鄉人制帥王恭簡公王恭簡即王剛中。剛中，饒州樂平人，紹興末知成都府，制置四川，孝宗乾道初同知樞密院事，卒謚恭簡。宋史有傳。訪求之，杳不聞問。乾道初，祝知嘉州，就除利路運使，正與呂爲代。惡其人，不俟合符，先期解印去。歲丙戌，其子震亨東老攝四川總幹，原本“總”下無“幹”字。張校云：明呂胤昌本下多一“幹”字。今據補。四川總幹，即四川總領所幹辦公事簡稱。總領是長，總幹是屬員，總領所幹辦公事之稱總幹，猶轉運司幹辦公事之稱運幹、發運司幹辦公事之稱發幹、提舉司幹辦公事之稱提幹、宣撫司安撫司幹辦公事之稱撫幹、制置司幹辦公事之稱制幹也。宋四川總領以利州（益昌郡）爲理所。近人解話本，有謂總幹即總領者，非是。屬受檄來成都，途經綿右。吳仲廣待制爲綿守，開宴延之，倡優畢集。一妓立於户椽“椽”，疑當作“掾”。“户掾”即司户。傍，姿態恬雅，不類流輩。東老注目詢隊魁曰：“彼何人？”曰：“官人喜之邪？”曰：“不然，吾以其不似汝曹，故疑異而問耳。”曰：“是薛倩也。”未暇應。吳適舉杯相屬，辭以不能飲。吳責隊魁，必使勸酬。魁笑曰：“若欲總幹飲盡，非薛倩不可。”吳亦解顏曰：“素識其人乎？”曰：“前者未常到大府，何由與此曹款接？但見其標格如野鶴在鷄羣，非個中人，所以扣諸其長，無他意也。”吳即令侍席。因密念之曰：“汝定不是風塵中物，安得在此？”始猶羞澀不語，久乃言：“本好人家兒女，祖、父皆作官。不

幸失身辱境，只是前生業債，今世補償。夫復何説！"東老矍然有
感曰："汝祖、汝父，非漢州知州、竹山知縣乎？"倩驚泣曰："吾官
如何得知？"東老曰："汝母是祝乎？乃我姑也。吾聞汝母子流
落，尋覓累年，不意邂逅於此。"又歷道所從來，乃知昨爲繼母鬻
於薛媼，得錢七十千，今在籍歲餘矣。語竟，不覺墜淚。一座傾
駭，爭致問。東老曰："其話甚長，茲未可以立談盡。他日當言
之。"酒罷，歸館舍。翌日，倩偕其母來。吳守亦至。因備述本
末，亟爲除籍。吳曰："此易爾，事竟如何？"曰："正有望於公。其
人於震亨爲表妹，必嫁之。當以此行所得，諸臺及諸郡餉贐，爲
資送費。今且托之於合人間！"吳笑曰："天下義事豈應一人獨
擅？吾當以二十萬錢助之！"東老遂往成都。越一月，復還。合
所得爲五十萬，悉付倩。吳喜曰："已爲擇一佳婿，即嫁之矣。"婿
姓史，失其名。次年，預鄉薦。又物色其兄弟所在，運使皆睭以
生理。漢州之後，賴以不絶。

（以上正傳）

沈將仕三千買笑錢　王朝議一夜迷魂陣
二刻拍案驚奇卷八

〔夷堅支丁卷七丁湜科名條〕　丁晉公本吳人，其孫徙居建
安，貲産豪盛。子弟中名湜者，少年俊爽，負才氣，特酷嗜賭博。
雖常獲勝，然隨手蕩析於狎遊。厥父屢訓責之，殊無悛心。父
怒，囚縛空室，絶其飲饌，餓困瀕死。家老嫗憐之，破壁使之竄。
父喜其去，亦不問，但謂其必隕填溝壑。湜假貸族黨得旅費，徑
入京師。補試太學，預貢籍。熙寧九年，南省奏名。相國寺一相
士以技顯；其肆如市，大抵多舉子詢扣得失。湜往訪之。士曰：
"君氣色極佳。吾閲人多矣，無如君相。便當巍峨擢第。"即大書

紙粘於壁云：“今歲狀元是丁湜。”湜益自負，而所好固如昔時。同牓有兩蜀士，皆多貲，亦好博。湜宛轉鈎致，延之酒樓上，仍令僕携博具立於側。蜀士見之而笑，遂戲於小閣。始約以萬錢爲率，戲酣志猛，各不能中止，累而上之。湜於此藝得奇法，是日所贏六百萬，如數算取以歸邸。又兩日，復至相士肆。士驚曰：“君今日氣色大非前比，魁選豈復敢望？誤我術矣。”湜請其説。士曰：“相人先觀天庭，須黃明澤潤則吉。今枯燥且黑，得非設心不善爲牟利之舉以負神明哉？”湜竦然具以實告，曰：“然則悉以反之可乎？”士曰：“既已發心，冥冥知之矣。果能悔過，尚可占甲科居五人之下也。”湜亟求蜀士還其所得。迨庭策唱名，徐鋒首魁，湜爲第六云。“徐鋒”當作“徐鐸”。鐸字振文，興化蒲田人，宋史有傳。夢粱錄卷十七狀元表：熙寧九年狀元徐繹，“繹”亦“鐸”字之誤。其侄孫德興尉先民説。

（以上入話）

〔夷堅志補卷八王朝義條〕　宣和中，吳人沈將仕調官京師。方壯年，携金千萬，肆意歡適。近邸鄭、李二生與之遊，一飲一食，三子者必參會。周旋且半年，歌樓酒場，所之既倦，頗思逍遥野外。一日，約偕行。過一池，見數圉人浴馬，望三子之來，迎喏頗肅。沈驚異，以爲非所應得。鄭、李曰：“此吾故人王朝義使君之隸也。”去之而行，又數百步，李謂沈曰：“與其信步浪遊，栖栖然無所歸宿，曷若跨王公之馬就謁之乎？翁常爲大郡，家資絶豐，多姬侍，喜賓客。今老而抱疾，諸姬悉有離心，而防禁苛密。幸吾曹至，必傾倒承迎，一夕之歡可立得，君有意否乎？”鄭又侈言動之。沈大喜，即回池邊，李、鄭喚馬，圉人謹奉令。既乘，請所往，曰：“到汝使君宅。”遂聯鑣鞍轡，轉兩坊曲，得車門。門内宅宇華邃，李先入報。出曰：“主人聞有客，喜甚。但久病倦懶，不能具冠帶，願許便服相延。”已而翁出，容止固如士大夫，而衰態堪掬。揖坐東軒,命設席。杯柈果饌,咄嗟而辦,雖不腆飫,皆雅潔適口。小童酌酒過三行,翁嗽且喘,喉間疾聲如曳鋸,不可枝梧,起謝曰:"體中不佳,而上客倉卒惠顧,不獲盡主禮,奈何?"顧鄭生代居東道,曰:"幸隨意劇飲,僕姑小歇,煮藥並服。少定復出矣。"沈大失望,興緒亦闌珊。散步於外,將捨去,又未忍。忽聞堂中歡笑擲骰子聲,穴屏隙窺之,明燭高張,中置巨案,美女七八人環立聚博。李徑入攘袂,衆曰:"李秀才,汝又來廝攪。"遂厠其間,且擲且笑。沈神志搖蕩,頓足曰:"真神仙境界也!何由使我預此勝會乎?"鄭曰:"諸人皆王翁侍兒。翁方在寢,恐難與接對,非若我曹與之無間也。"沈禱曰:"吾隨身篋中,適有茶券子,善爲吾辭,倘得一餉樂,願畢矣。"鄭逡巡乃入,睢盱偵伺良久,介沈至局前。衆女咄曰:"何處兒郎,突然到此?"鄭曰:"吾友也。知今宵良會,故願拭目。"女曰:"汝得無與松子良誘我乎?"一姬取酒,滿酌與沈,飲釂無餘。姬詫曰:"俊人也!"戒小鬟伺朝議睡覺亟報,乃共博。沈志得意逞,每采輒勝,須臾得千緡,諸姬釵珥首飾,爲之一空。鄭引其肘曰:"可止矣!"沈心不在賄,索酒無算。有姬最少艾,敗最多,悒而起,挾空樽至前曰:"只作孤注一決。此主人物也,幸而勝,固善,脫有不如意,明日當遭鞭箠!"勢不得不然。同席爭勸止,或責之,皆不聽。沈撚一擲,敗焉,傾樽倒物,蓋實以金釵珠琲,評其三千緡,沈反其所贏,又去探腰間券盡償之。尚有餘鍰,方擬再角勝負,俄聞朝議大嗽,索唾壺急。衆女推客出,奔入房。三人趨詣元飲處,翁使人追謝,約後數日復相過。沈歸邸,臥不交睫,雞鳴而起,欲尋盟。拂旦,遣召二子,云:"已出。"候至午,杳不至。遽走王氏宅審之,屋空無人,詢旁側居者,云:"素無王朝議。疇昔之夜,但惡少年數輩偕平康諸妓飲博於此耳。"始悟墮奸計。是時囊裝垂罄,鄭、李不復再見云。

　　(以上正傳)

趙五虎合計挑家釁　莫大郎立地散神姦
二刻拍案驚奇卷十

〔齊東野語卷二十莫氏別室子條〕　吳興富翁莫氏者，暮年忽有婢作娠。翁懼其嫗妒，且以年邁，慚其子婦若孫，亟遣嫁之。已而，得男。翁時歲給錢米繒絮不絕。其夫以餳粉羹爲業；子稍長，詅原注："詅，力丁切，炫聲也。"羹於市。且十餘歲，莫翁告殂。里巷群不逞遂指爲奇貨，悉造婢家唁之。婢方哭，則謂之曰："汝富貴至矣，何以哭爲？"問其說，乃曰："汝之子，莫氏也。其家田園屋業，汝子皆有分。盍歸取之？ 不聽，則訟之可也！"其夫婦皆曰："吾固知之，奈貧無資何？"曰："我輩當貸汝。"即爲作數百千文約，且曰："我爲汝經營，事濟則歸我。"然實無一錢。止爲作衰服，被其子，使往。且戒曰："汝至靈幃，則大慟，且拜。拜訖，可亟出。人問汝，謹勿應。我輩當伺汝於屋左某家。"某家"，據涵芬樓校印本。津逮秘書本作"其家"，誤。即當告官可也。"其子謹受教。既入其家，哭且拜。一家駭然辟易。嫗罵，欲毆逐之。莫氏長子亟前曰："不可！ 是將破吾家！"遂抱持之曰："汝非花樓橋賣羹之子乎？"曰："然！"遂引拜其母，曰："此母也。吾乃汝長兄也。汝當拜！"又遍指其家人，曰："此爲汝長嫂，此爲次兄若嫂，汝皆當拜！"又指云："此爲汝長姪，此爲次姪。汝當受拜！"即畢，告去。曰："汝吾弟，當在此撫喪，安得去？"即令櫛濯，盡去故衣，便與諸兄弟同寢處。已，又呼其所生，喻之以月廩歲衣如翁在日，且戒以非時毋輒至。亦欣然而退。群小方聚委巷茶肆俟之，久不至。既而物色之，乃知已納。相視大沮，計略不得施。他日，投牒持券，訴其子負貸錢。郡逮莫嫗及其子問之。遂備陳首尾。太守唐少劉掾涵芬樓本校云：張本作"唐少尉象"，"象"字旁寫，張本謂學津討原本也。

歎服曰：“其子可謂有高識矣！”於是盡以群小具獄，杖脊編置焉。

滿少卿饑附飽颺　焦文姬生仇死報
二刻拍案驚奇卷十一

〔夷堅志補卷十一滿少卿條〕　滿生少卿者，失其名，世爲淮南望族。生獨踈弛不羈，浪遊四方。至鄭圃，依豪家。久之，覺主人倦客，聞知舊出鎮長安，往投謁，則已罷去。歸次中牟，適故人爲主簿，覯之，不能足，又轉而西，抵鳳翔。窮冬雪寒，餓卧寓舍。鄰叟焦大郎見而惻然，飯之，旬日不厭。生感幸過望，往拜之。大郎曰：“吾非有餘，哀君逆旅披猖，故量力相濟，非有他意也。”生又拜，誓：“異時或有進，不敢忘報。”自是，日詣其家，親昵無間，杯酒流宕，輒通其室女。既而事露，慚愧無所容。大郎叱責之曰：“吾與汝本不相知，過爲拯拔，何期所爲不義若此，豈士君子之行哉？業已爾，雖悔無及。吾女亦不爲無過，若能遂爲婚，吾亦不復言。”生叩頭謝罪：“願從命。”暨成婚，夫婦相得歡甚。居二年，中進士第，甫唱名，即歸。綠袍槐簡，跪於外舅前。鄰里爭持羊酒往賀，歆艷誇詫。生連夕燕飲，然後調官。將戒行，謂妻曰：“我得美官，便來取汝，並迎丈人俱東。”焦氏本市井人，謂生富貴可俯拾，便〔明鈔本作“浸”。〕不事生理，且厚贐厥婿，貲產半空。生至京，得東海尉。會宗人有在京者，與相遇，喜其成名，拉之還鄉。生深所不欲，託辭以拒。宗人罵曰：“書生登科名，可不歸展墳墓乎？”命僕負其囊裝先赴舟，生不得已而行。到家逾月，其叔父曰：“汝父母俱亡，壯而未娶，宜爲嗣續計。吾爲汝求宋都朱從簡大夫次女，今事諧矣。汝需次尚歲餘，先須畢姻，徐爲赴官計。”叔性嚴毅，歷顯官，且爲族長，生素敬畏，不敢違抗，但唯唯而已，心殊窘懼。數日，忽幡然改曰：“彼焦氏非以禮合，況門户寒微，豈眞吾偶哉？異時來通消息，以理遣之足矣！"遂娶於朱。朱女美好，而裝奩甚富，生大愜適，凡焦氏女所遺香囊巾帕，悉焚棄之。常慮其來，而杳不聞問。如是幾二十年，累官鴻臚少卿，出知齊州。視印三日，偶攜家人子散步後堂，有兩青衣自別院右舍出，逢生輒趨避。生追視之，一婦人着冠披褰幃出，乃焦氏也。生惶懼失措，焦泣泫然，曰："一別二十年，向來婉孌之情，略不相念，汝眞忍人也。"生不暇扣其所從來，具以實告。焦氏曰："吾知之久矣。吾父已死，兄弟不肖，鄉里無所依。千里相投，前一日方至此，爲閽者所拒，懇祈再三，僅得托足。今一身孤單，茫無棲泊。汝既有嘉耦，吾得備側室，竟此餘生，以奉事君子及尊夫人足矣。前事不復校也！"語畢長慟。生軟語慰藉之，且畏彰聞於外，乃以語朱氏。朱素賢淑，欣然迎歸，待之如妹。越兩旬，生微醉，詣其室寢。明日，門不啟，家人趣起視事，則反扃其户，寂若無人。朱氏聞之，喚僕破壁而入，生已死牖下。口鼻流血，焦與青衣皆不見。是夕，朱氏夢焦曰："滿生受我家厚恩，而負心若此。自其去後，吾抱恨而死，我父相繼淪没。年移歲遷，方獲報怨，此已按：此疑有脱誤。幽府伸訴逮證矣。"朱未及問而寤，但獲喪柩南還。此事類王魁，至今百餘年，人罕有知者。

硬勘案大儒爭閑氣　甘受刑俠女著芳名
二刻拍案驚奇卷十二

〔夷堅支庚卷十吳淑姬嚴蕊條〕　湖州吳秀才女，慧而能詩詞，貌美家貧，爲富民子所據。或投郡訴其姦淫。王龜齡爲太守，逮繫司理獄。既伏罪，且受徒刑。郡僚相與詣理院觀之。仍具酒，引使至席，風格傾一坐。遂命脱枷侍飲，諭之曰："知汝能長短句，宜以一章自詠，當宛轉白待制，爲汝解脫。不然，危矣。”女即請題。時冬末雪消，春日且至，命道此景，作長相思令，捉筆立成。曰：“煙霏霏，雨霏霏，雪向梅花枝上堆，春從何處回？

醉眼開，睡眼開，疏影橫斜安在哉？從教塞管催。”諸客賞歎，爲之盡歡。明日以告王公，言其冤。王淳直不疑人欺，亟使釋放。其後無人肯禮娶。周介卿石之子買以爲妾，名曰叔姬。王三恕時爲司户攝理，正治此獄，小詞藏其笥。

又台州官奴嚴蕊，有才思，而通書究達今古。唐與正爲守，頗屬目。朱元晦提舉浙東，按部，發其事。捕蕊下獄，杖其背。猶以爲伍伯行杖輕，復押至會稽，謂紹興府。本越州會稽郡，南渡後陞爲府，提舉浙東常平茶鹽司治此。再論決。蕊墮酷刑，而繫樂籍如故。岳商卿霖提點刑獄，宋浙東路提點刑獄司治婺州。因疏決至台。蕊陳狀乞自便。岳令作詞，應聲口占云：“不是愛風塵，似被前身誤。花落花開自有時，總是東君主。　　去也終須去，住也如何住？若得山花插滿頭，莫問奴歸處。”岳即判從良。

〔齊東野語卷十七朱唐交奏本末條〕　朱晦庵按唐仲友事，或云：“吕伯恭嘗與仲友同書會，有隙。朱主吕，故抑唐。”是不然也。蓋唐平時恃才輕晦庵，而陳同父頗爲朱所進，與唐每不相下。同父遊台，嘗狎籍妓，囑唐爲脱籍。許之。偶郡集，唐語妓云：“汝果欲從陳官人邪？”妓謝。唐云：“汝須能忍饑受凍乃可。”妓聞大恚。自是陳至妓家，無復前之奉承矣。陳知爲唐所賣，亟往見朱。朱問：“近日小唐云何？”答曰：“唐謂公尚不識字，如何作監司？”宋諸路安撫司、轉運司、提點刑獄司、常平茶鹽司，皆是監司。朱銜之，遂以部内有冤獄，乞再巡按。既至台，適唐出迎少稽，朱益以陳言爲信，立索郡印付以次官，乃摭唐罪具奏。而唐亦作奏馳上。時唐鄉相王淮當軸。既進呈，上問王。王奏：“此秀才爭閑氣耳。”遂兩平其事。詳見周平園周必大王秀海王淮日記。而朱門諸賢所著年譜道統録，乃以季海右唐而並斥之，非公論也。其說聞之陳伯玉式卿，蓋親得之婺之諸呂云。

〔齊東野語卷二十台妓嚴蕊條〕　天台營妓嚴蕊，字幼芳，善琴奕歌舞絲竹書畫，色藝冠一時，間作詩詞，有新語，頗通古今，善逢迎。四方聞其名，有不遠千里而登門者。唐與正守台日，酒邊嘗命賦紅白桃花，即成如夢令云：“道是梨花不是。道是杏花不是。白白與紅紅，別是東風情味。曾記，曾記，人在武陵微醉。”與正賞之雙縑。又七夕郡齋開宴，坐有謝元卿者，豪士也，夙聞其名，因命之賦詞，以己之姓為韻。酒方行而已成鵲橋仙云：“碧梧初出，桂花才吐，池上水花微謝。穿針人在合歡樓，正月露玉盤高瀉。　蛛忙鵲懶，耕慵織倦，空做古今佳話。人間剛道隔年期，指天上方纔隔夜。”元卿為之心醉，留其家半載，盡客囊橐饋贈之而歸。其後朱晦庵以使節行部至台，欲摭與正之罪，遂指其嘗與蕊為濫，繫獄月餘。蕊雖備受箠楚，而一語不及唐。然猶不免受杖。移籍紹興，且復就越。置獄鞫之，久不得其情。獄吏因好言誘之曰：“汝何不早認？亦不過杖罪。況已經斷罪不重科，何為受此辛苦邪？”蕊答云：“身為賤妓，縱是與太守有濫，科亦不至死罪。然是非真偽，豈可妄言以污士大夫。雖死不可誣也。”其辭既堅，於是再痛杖之，仍繫於獄。兩月之間，一再受杖，委頓幾死。然聲價愈騰，至徹阜陵之聽。未幾，朱公改除，而岳霖商卿為憲。因賀朔之際，憐其病瘁，命之作詞自陳。蕊略不構思，即口占卜算子云：“不是愛風塵，似被前緣誤。花落花開自有時，總賴東君主。　去也終須去，住也如何住？若得山花插滿頭，莫問奴歸處。”即日判令從良。繼而宗室近屬納為小婦，以終身焉。夷堅志亦嘗略載其事，而不能詳。余蓋得之天台故家云。

按：晦庵先生朱文公文集卷十九按唐仲友第四狀云：
"今據通判申於黃巖縣鄭㮚家追到嚴蕊。據供，仲友因與嚴
蕊逾濫，欲得落籍，遣歸婺州永康縣親戚家。至五月十六日
筵會，仲友親戚高宣教撰曲一首名卜算子，後一段云：'去又
如何去？住又如何住？但得山花插滿頭，休問奴歸處。'"倘
詞是蕊於岳商卿爲憲時作，晦庵何以先知此詞？疑夷堅志、
齊東野語所記嚴蕊對岳商卿口占卜算子詞事，乃傳聞之誤。

〔四庫全書總目卷一百三十五帝王經世圖譜〕　宋唐仲友
撰。仲友字與政，金華人。紹興中，登進士第，復中宏詞科。後
守台州，與朱子相忤，爲朱子所論罷，故宋史不爲立傳。惟王象
之輿地紀勝稱其博聞洽識，尤尚經制之學。又朱右白雲稿有題
宋濂所作仲友補傳云："在台州發粟賑饑，抑奸扶弱，刱浮梁以濟
艱涉，民利賴焉。"則仲友立身，自有本末。其與朱子相軋，蓋以
陳亮之誣構。觀周密齊東野語所載唐朱交奏始末一條、台妓嚴
蕊一條，其事迹甚明，未可以是病仲友也。是書原本十卷。永樂
大典所載，以圖譜數繁，析爲一十五卷；然但均其篇頁，而不復分
別其門目，割裂舛混，原次遂不可尋。今詳爲釐正，依類排比，分
爲一十六卷。體例之淆，句字之誤，則各爲考核更定，而附注案
語於下方。其書分類纂言，大要以周禮爲綱，而諸經史傳以類相
附。於先聖大經大法，咸縱橫貫串，曲暢傍通，故以帝王經世爲
目。其所繪畫州居部分，經緯詳明，具有條理。其所辨訂，不甚
主注疏舊説，而引據博贍，亦非杜撰空談。蓋考證之學，議論易
而圖譜難。圖譜之學，陰陽奇偶推無形之理易，名物制度考有據
之典難。仲友此編可徵其學有根柢矣。

〔清錢大昕潛研堂詩續集卷四台州名宦詞詩〕　與政今華
彥，著書譜經世。何哉好大言，嗤人不識字。文人善相輕，平地

生鑿枘。部民訟長官，白簡亦常事。株連嚴蕊兒，毋乃罪文致。小唐侮自取，大儒難輕議。卻哂陳同甫，饒舌太無謂。只今名宦祠，栗主仍並置。遺愛猶在人，俎豆兩不愧。東坡嘲伊川，永叔彈待制。大節苟未虧，何弗安同異。

趙縣君喬送黃柑　吳宣教甘償白鏹
二刻拍案驚奇卷十四

〔夷堅志補卷八臨安武將條〕向巨源爲大理正。其子士肅因出謁呼寺隸兩人相隨，俗所謂院長者也。到軍將橋，遇婦人蓬髮垂泣而來。一武士着青紵絲袍，如將官狀，執劍牽驢衛其後，唾罵切齒，時以鞭痛擊，怒色不可犯。又有健卒十輩，負挈箱篋。行路爭駐足以觀。士肅訝其事。院長曰：“只是做一場經紀耳。”肅殊不曉，使蹤迹其由。徐而來言：浙西一後生官人赴銓試，寓於三橋黃家客店樓上。每出入下樓，常見小房青簾下婦人往來，姿態頗美。心慕之。詢茶僕曰：“彼何人？”僕蹙額對曰：“一店中爲此婦所苦三年矣。”問：“何爲？”曰：“頃歲某將官攜妻居此房十許日，云欲往近郡，留妻守舍。初約不過旬時，既乃杳無信。婦無以食，主人不免供其二膳。久而不能供。然又率在邸者輪供焉。未知何日可了此業債也。”生喜曰：“可得一見乎？”曰：“彼乃良人妻，夫又外出，豈宜如是？”曰：“然則少致飲饌爲禮可乎？”曰：“若此則可。”於是買合食送之。明日，婦人卻以勸酒一样答謝生。生愈注意。信宿，復致餉。婦亦如前以報。生買酒自酌，使茶僕捧一杯下爲壽，饋至於三，強僕必盡力邀請。婦固辭不獲，勉登樓一醻，亟趨下。生覺可動，厚賂此僕，使遊說。他日再至，遂留坐從容。久而不復自匿，浸淫及亂。相從兩月許。婦人與生曰：“我日日自下而升，十目所視，終爲人所疑。君若從而相就，似兩便也。"生滿意過望，立攜橐囊下，置鄰室，而身與婦人處。甫兩夕，平旦，未櫛洗，望見偉丈夫長六尺餘，自外至。婦變色顫悸曰："吾夫也。"生遽走避。彼丈夫直入室，叱罵，捽妻髮，亂筆。生委身從後門竄。凡所賫皆遭席捲。方戀迷時，足迹不出戶庭，元未嘗赴試。蓋少年多資，且不解事，故爲惡子所誘陷。

（以上入話）

〔夷堅志補卷八吳約知縣條〕　士大夫旅遊都城，爲女色所惑，率墮姦惡計中。宣教郎吳約字叔惠，道州人。以父左朝奉郎民瞻遺澤補官，再仕廣右。自韶州録曹，赴吏部磨勘。家故饒財，且久在南方，多蓄珠翠香象奇貨，駿馬及鞍勒，可直千緡，悉携以自隨。待引見，留滯。數出遨嬉，服御麗好。又與鄰近寓館諸官相習熟。有宗室趙監廟挈家居百步間，志同道合，數以酒饌果蔬來致餉。吳亦答以南中珍異。趙邀至居舍，情均骨肉，時取其衣衾洗濯縫紉，細意熨帖，曲盡精致。周旋益久，令妻衛氏出相見，美色妙年，吳爲之心醉。遂同飲席。酒酣以往，笑狎謔浪，日成雲雨，忘形無間。趙殊不動容，唯恐賓之不我顧。如是者屢矣。一日，趙從吳假僕馬，欲往婺。吳立遣之。衛密使蒼頭持簡來，約未申前後詣彼，云："機不可失。"吳欣然而行。至，延入邃閣，張筵偶坐，極其歡適。衛善謳，且慧黠，唱酬應和，出人意表。及暮，遂留宿。將就枕，忽聞扣扉甚急，乃趙生歸。衛悚汗變色，命侍妾收撤觴豆，掃除肴核。方畢，趙從外來。吳欲竄去，而不得其門。衛目之，俾趨伏牀下。衛見趙問："何以遽還?"曰："大風浪如山，渡江不得。暫歸，拂曉即東矣。"索湯濯足。置盆於前，且洗且澆。須臾間，水流滿地。吳衣裳濟楚，慮爲所污，數展轉移避，窸窸有聲。趙秉燭照見之，叱使出，曰："與君本非親舊。但念羈旅中，故相暖熱。今交遊累月，何意所爲若是! 吾妻係宗婦，豈得輒犯。明當執以告官。此釁由淫婦始，且先痛筆，然後

斷之以法。"吳頓首謝愆。遂與衛並施束縛,坐於地上,鞭衛背數
十。趙取酒獨酌,且飲且罵,以賤畜醜詆。衛不敢對,但悲泣咽。
趙撫劍疾視,如將揮擊。夜過半,方熟睡。衛語吳曰:"今日之
事,固我誤官人;亦是官人先有意向我。不謂隨手事敗。我前者
用宗蔭,刑責所不加。儻坐姦論,只同常人。我委身受杖不足
道,將來猶可嫁與_{疑當作"爲"}市井細民妻。奈官人何?"吳曰:
"汝夫利吾財耳!"衛曰:"實然。"趙睡起,訶詈愈切。吳請輸金贖
罪。嘻笑曰:"我忝爲天胄,顧以妻子易賄邪?"吳乞憐不已,願納
百萬。弗應。增至三倍,仍並鞍馬服玩盡賂之,始肯。解縛,使
自狀其過,乃放歸。於是壯夫數輩盡掇資裝去。同邸多爲不平。
或謂曰:"彼豈真宗婦哉!蓋猾惡之徒結娼女誘餌君,而君不悟
也。"吳大惆悒,擬訟諸府縣。往視昨處,空無一迹,怨恨欲死。
囊中枵然,幾無餬口之費。迨改秩,再任連州陽山縣。歸,所喪
既多,心志罔罔;而且貽里社姻友譏議。常如醉夢中,遂感疾沉
綿。未赴官而卒。

〔夷堅志補卷八李將仕條〕　李生將仕者,吉州人。入粟得
官,赴調臨安。舍於清河坊旅館。其相對小宅,有婦人常立簾下
閱市。每聞其語音,見其雙足,着意窺觀,特未嘗一覿面貌。婦
好歌"柳絲只解風前舞,誚繫惹那人不住"之詞。生擊節賞詠,以
爲妙絕。會有持永嘉黃柑過門者。生呼而撲之,輸萬錢。慍形
於色。曰:"壞了十千,而一柑不得到口。"正嗟恨不釋,青衣童從
外捧小盒至,云:"趙縣君奉獻。"啟之,則黃柑也。生曰:"素不相
識,何爲如是? 且縣君何人?"曰:"即街南所居趙大夫妻。適在
簾間聞官人有不得柑之歎,偶藏此數顆,故以見意。愧不能多
矣。"因扣趙君所在。曰:"往建康謁親舊,兩月未還。"生不覺情
動。返室發篋,取色綵兩端致答。辭不受,至於再,始勉留之。
由是數以佳饌爲饋,生輒倍酬土宜。且數飲此童,聲迹益洽。密

賄童，欲一見。童曰：“是非所得專，當歸白之。”既而返命，約只
於廳上相見。生欣躍而前。繼此造其居者四五。婦人姿態既
佳，而持身甚正，了無一語及於鄙媟。生注戀不舍旦暮，向雖游
娼家，亦止不往。一夕，童來告：“明日吾主母生朝。若致香幣爲
壽，則於人情尤美。”生固非所惜，亟買縑帛、果實、官壺遣送。及
旦往賀，乃昇堂會飲。晡時席罷。然於心終不愜。後日薄晚，童
忽來邀至，前此所未得也。承命即行。似有繾綣之興。此疑有脱
句。少頃登牀。未安席，驀聞門外馬嘶，從者雜沓。一妾奔入
曰：“官人歸也。”婦失色惴惴，引生匿於內室。趙君已入房，詬罵
曰：“我去能幾時，汝已辱門户如此！”揮鞭箠其妾。妾指示李生
處。擒出縛之，而具牒將押赴廂。生泣告曰：“儻到公府，定爲一
官累。荏苒雖久，幸不及亂。願納錢五百千自贖。”趙陽怒不可。
又增至千緡。妻在旁立勸曰：“此過自我，不敢飾辭。今此子就
逮，必追我對鞫。我將不免，且重貽君羞。幸寬我！”諸僕皆受生
餌，亦羅拜爲言。卒捐二千緡。乃解縛，使手書，謝拜。而押回
邸取貲，然後呼逆旅主人付之。生得脱自喜，獨酌數杯就睡。明
望其店，空無人矣。予邑子徐正封亦參選，與生鄰室，目擊其事。
所賫既罄，亟垂翅西歸。

韓侍郎婢作夫人　顧提控掾居郎署
二刻拍案驚奇卷十五

〔重訂不可録卷二十一下〕　明太倉州吏顧佐，凡送迎官府，
主城外賣餅江家。後其家被仇唦盜，佐集衆訴其冤，得釋。江携
其女送至佐家，曰：“感公之德，願以此女爲妾。”佐使妻送歸；父
又携往，復固卻之。其後數年，佐考滿赴京，撥韓侍郎門下辦事。
一日，侍郎他往，顧偶坐宅門首。夫人見而問之曰：“君非太倉顧

提控乎？識我否？"佐愕然，跪伏不敢仰視。夫人曰："起，起！我
乃賣餅家女也。嫁充相公副室，尋繼正室。每恨無由報德，今幸
相逢，當爲相公言之。"侍郎歸，備陳始末，侍郎曰："仁人也。"疏
上其事。孝宗嘉歎，擢爲禮部主事。

遲取券毛烈賴原錢　失還魂牙僧索剩命
二刻拍案驚奇卷十六

〔夷堅支戊卷五劉元八郎條〕　明州人夏主簿，與富民林氏
共買撲官酒坊。它店從而沽拍，各隨數多寡償認其課。歷年久，
林負夏錢二千緡。督索不可得，訴於州。吏受賄，轉其辭，翻以
爲夏主簿所欠。林先令干者八人換易簿籍以爲道地，夏抑屈不
獲伸。遭囚繫掠治，因得疾。郡有劉元八郎者，素倜儻尚氣，爲
之不平。宣言於衆曰："吾鄉有此等冤抑事。夏主簿陳理酒錢，
卻困坐圖圄。何用州縣爲哉？恨不使之指我爲證。我自能暢述
情由，必使彼人受杖。"八人者浸浸聞其語，懼彰洩爲害，推兩人
饒口舌者隔手邀劉，與飲於旗亭。摘語茲獄曰："八郎何必管他
人閑事？且吃酒。"酒罷，袖出官券二百千畀之，曰："知八郎家
貧，漫以爲助。"劉大怒罵曰："爾輩起不義之心，興不義之獄，今
又以不義之財污我。我寧餓死，不受汝一錢餌也。此段曲直虛
實，定非陽間可了。使陰間無官司則已，若有之，渠須有理雪
處。"呼問酒保："今日所費若干？"曰："爲錢千八百。"劉曰："三人
共飲，我當六百。"遽解衣質錢付之。已而夏病棘，舁出獄而死。
臨命終，戒其子曰："我抱冤以歿，凡向來撲坊公帖並諸人負課契
約，盡可納棺中。將力訴於地下。"纔一月，八人相繼暴亡。又一
月，劉在家，忽覺頭涔涔顛眩，謂其妻曰："眼前境界不好。必是
夏主簿公事發，要我供證。勢必死。然自料平生無他惡業，恐得

反生。幸勿巫殮，以三日爲期，過期則一切由汝。"是日晚，果死。越兩宿，瞿然起坐，曰："比爲兩個公吏追去。行百里乃抵官府。遇綠袍官人從廊下房中出。視之，則夏主簿也。再三相謝曰：'煩勞八郎來此處。文書都明了，只要略證明。切莫憂惱。'續見八人者共著一連枷，長丈五六尺，而鑽八竅以受首。俄報王至，坐殿上。吏引造廷下。王曰：'夏家事不須説。但酒樓上吃酒一節，分明白我。'我供曰：'是兩人見招，飲酒五杯，買羹三味。與官會二百道，不曾敢接。'王顧左右歎曰：'世上卻有如此好人，真是可重！須議所以酬獎。試檢他壽算。'一吏走出。須臾而至，曰：'合七十九歲。'王曰：'窮人不受錢，豈可不賞與增一紀之壽？'勅元追者：'且引看地獄了，卻來。'既見，大抵類人間牢獄，皆本郡城内及屬縣人，有荷枷絣縛者；有訊決刑杖者。望我來，各悲泣，更相道姓氏居止，屬我還世日爲報本家。或云欠誰家錢，或云欠誰家租，或云借誰家物，或云妄賴人田產。皆令妻兒骨肉方便償還以減冥罪。它或乞錢財，或求功課。我不忍注目而退，猶聞咨嗟歎羡不已。再到殿前。王曰：'汝既見了，反生時一一説與世人，教知有陰司。'我拜謝辭去。既出門，送吏需錢。拒不與。詬曰：'兩三日服事你，如何略不陳謝！且與我十萬貫。'又拒之曰：'我自無飯吃，那得閑錢與你？'吏□捽脱頂髻，推我仆地。於是獲蘇。"摸其頭已禿，而一髻乃在枕。濟南王夷縣尉時居四明，親見其説如此。淳熙中，劉年過八十而病。王往省問，甚憂之。劉曰："縣尉不必慮，吾未死。"後果無恙。蓋屈指冥王所增之數也。至九十一歲乃卒。王今爲饒州理掾。

（以上入話）

〔夷堅甲志卷十九毛烈陰獄條〕　瀘州合江縣趙市村民毛烈，以不義起富。他人有善田宅，輒百計謀之，必得乃已。昌州人陳祈與烈善。祈有弟三人，皆少，慮弟壯而析其産也，則悉舉

田質於烈，累錢數十緡。其母死，但以見田分爲四。於是載錢詣
毛氏，贖所質。烈受錢，有乾沒心，約以他日取券。祈曰："得一
紙書爲證足矣。"烈曰："君與我待是耶?"祈信之。後數日往，則
烈避不出。祈訟於縣，縣吏受烈賄，曰："官用文書耳。安得交易
錢數千緡而無券者? 吾且言之令。"令決獄，果如吏旨。祈以誣
罔受杖。訴於州、於轉運使，皆不得直。乃具牲酒詛於社，夢與
神遇，告之曰："此非吾所能辦。盍往禱東嶽行宫，當如汝請。"既
至殿上，於幡帷蔽映之中，屑然若有言曰："夜間來。"祈急趨出。
迨夜復入拜謁，置狀於几上。又聞有語曰："出去。"遂退。時紹
興四年二十日也。如是三日，烈在門内，黃衣人直入，捽其胸毆
之，奔迸得脱，至家死。又三日，牙儈一僧死；一奴爲左者亦死；
最後，祈亦死，少焉復蘇。謂家人曰："吾往對毛張大原注：即烈也。
事，善守我七日至十日，勿斂也。"祈入陰府，追者引烈及僧參對。
烈猶以無償錢券爲解。獄吏指其心曰："所憑唯此耳，安用券。"
取業鏡照之，睹烈夫婦并坐受祈錢狀。曰："信矣。"引入大庭下，
兵衛甚盛。其上衰冕人怒叱吏械烈。烈懼，乃首服。主者又曰：
"縣令聽決不直，已黜官。若干吏受賕者，盡火其居，仍削壽之
半。"烈遂赴獄，且行，泣謂祈曰："吾還無日。爲語吾妻，多作佛
果救我。君元券在某櫝中。又吾平生以詐得人田，凡十有三契，
皆在室中錢積下，幸呼十三家人並償之以減罪。"主者又命引僧
前，僧曰："但見初質田時事，他不預知也。"與祈俱得釋。既出，
徑聚落屋室，大抵皆囹圄。送者指曰："此治殺降者、不孝者、巫
祝淫祠者、逋誑佛事張校雲：葉本作"誑讀佛道"。者，其類甚衆，自周、
秦以來，貴賤華夷悉治，不擇也。"又謂祈曰："子來七日矣，可急
歸。"遂抵其家而寤。遣子視縣吏，則其廬焚矣。視其僧，茶毗已
三日。往毛氏述其事，其子如父言，取券還之。是夕，僧來擊毛
氏門，罵曰："我坐汝父之故被逮，得還，而身已焚。將何以處

我?"毛氏曰:"業已至此,惟有□爲作佛事耳!"僧曰:"我未合死,鬼録所不受。又不可爲人,雖得冥福無用也。俟此世數盡,方別受生。今只守爾門,不可去矣。"自是,每夕必至。久之,其聲漸遠,曰:"以爾作福,我稍退舍。然終無生理也。"後數年,毛氏衰替始已。

（以上正傳）

賈廉訪贗行府牒　商功父陰攝江巡

〔夷堅志補卷二十四賈廉訪〕　寶文閣學士賈讜之弟某,以勇爵入官,宣和間爲諸路廉訪使者。後避地入嶺南,寓居德慶府。宋屬廣南東路,本康州,紹興元年,以高宗潛邸升爲府,今廣東德慶縣。濟南商侍郎之孫知縣者,亦寓焉。商無妻,一女筓,二兒絕幼,唯侍妾主家政。商死,其女嫁廉訪之子成之;率旬日頃,女輒歸家拊視二弟,且檢校橐鑰以爲常。他日,歸啟篋笥,凡黃白器皿皆不見,但公牒一紙存。驚扣妾。妾曰:"比者府牒以赴天申節按:天申節乃宋高宗生辰。高宗以大觀元年五月乙巳生,建炎元年五月,以生辰爲天申節。見宋史高宗紀。今上海坊間所印二拍作"天中節"。二拍原本,今無從核對。如原本作"天中節",則是凌濛初不知天申節之義而擅以己意改之也。盡數關借。當時遣僕馳白姐姐及賈郎。回云:府命不可不與。遂悉以付之。望其持還而未可得。"女拊膺大哭,走問其夫。夫亦愕然曰:"無此事。"乃詣府投牒,立賞捕盜,竟失之,計直逾萬緡。商氏由此貧匱。而廉訪者數使僕以竹節銀鬻於肆。肆主問:"何處用竹筒鑄銀?"僕曰:"廉訪手自坯銷者。"於是人疑商氏亡金,必其所爲也。後二十年,成之通判橫州。商徙居臨賀,長已亡,幼子曰懋。每往謁成之,必得錢十餘萬。未幾,成之終於官。成之,紹興末通判橫

州，乾道元年卒於官。見夷堅乙志卷十九。懋挈嫠姊、挾二孤甥偕至臨賀
卜葬。遂相依以居。甥非商出。懋經紀其家，掩有財物過半。
後病傷寒，惛不知人者數日。忽蘇而言曰："憶初入冥，只覺此身
飄浮直出帳頂，又升屋。恣行曠野，更無侶伴。俄爲人録至官
府。見一囚荷鐵枷、戴黑帽，絣於獄門。兩人執大扇對立其側。
囚忽舉目呼曰：商六十五哥識我否？懋未應。又曰：我賈廉訪
也。諸事殊未辦得，爾來且可了其一。我昔年取爾家財，所償略
盡，猶有未竟者。幸爲我供狀結絶。懋視執扇者一揮，則囚血肉
糜潰滿地，不見人，唯存空枷。須臾，復如初。懋睹其楚毒，不忍
視。頓憶曩事，爲供狀而出。囚大哭曰：今便相別，我猝未脱。
其執扇驅入。張校云：疑有脱誤。懋至門外，一吏持符引卒徒數百，
若迎新官者。白云：泰山府君以君剛正好義，抵陰府不應空回，
可暫充賀江巡按使者。吏導行江上空中，所至廟神參謁。主者
呈文簿，懋一一詰責，據案剖判。別一主者前進曰：某神奉法不
謹，誤溺死人。懋即判領至原地頭誅戮。迤邐到封州大江口。
吏曰：事已畢，福神來迎，公可歸矣。懋還賀州所居，從屋飛下，
汗浹背而寤。"其妻方掛真武畫像於牀頭，焚香禱請，蓋福神之
應云。

癡公子狠使噪脾錢　賢丈人巧賺回頭婿
二刻拍案驚奇卷二十二

〔明邵景詹覓燈因話卷一姚公子傳〕　浙東有姚公子，不必
指其里氏。父拜尚書，妻亦宦族。家累鉅萬，周匝百里内田圃、
池塘、山林、川藪，皆姚氏世業也。公子自倚富强，不事生産，酷
好射獵，交遊匪人。客有談詩書、習科舉者，見之則面棩頭重，手
足無措；有計盈縮、圖居積者，則笑以爲樸樕小人，不足指數。惟

驍猛猿捷之輩，滑稽桀黠之雄，則日與之逐犬放鷹、伐狐擊兔。
市井無賴少年，因而呼引羅致之門下者數十百人。此數十百人
之家，皆待公子以舉火。公子不吝也。或麾千金使易駿馬；或傾
百斛使買良弓；或與之數道並馳，克時期會而後至者罰；或與之
分隊角勝，計獲獻功而多禽者賞；或秉燭夜圍而無厭；或浹旬長
往而忘歸。至若蹂躪稼穡，毀傷柴木，則必估值而倍酬之。曰：
"人生行樂耳，吝嗇何爲！"間有舉先尚書聚斂掊克之術以諫者，
公子未發口，群少年共嗾之曰："彼田舍翁，氣量淺陋，何足爲公
子道耶！"公子頷之。一日，出獵稍遠，糧運不繼。雖囊有餘錢，
而野無邸店。正饑窘中，忽有數人迎拜道左曰："某等小人，難遇
公子至此，謹備瓜果酒餚，以獻從者。"公子與群少年拍手大笑，
以爲神助。乃下馬直抵其室，恣意饕餮。少年曰："此輩不可不
報。"公子乃酬以三倍。其人大獲所願，仍拜伏送於馬首。公子
復喜曰："此輩非但解事，兼有禮數。"急命後騎傾囊勞之。由是
此風既倡，人皆傚尤。公子東馳，則西人已爲之飣餼；南狩，則北
人已爲之戒廚。士有餘糧，獸有餘食。雖旬日之久，而不煩饋
運。一呼百諾，顧盼生輝。此送彼迎，尊榮莫並。公子大喜，雖
竭力報答，猶自歉然。諸少年各欲染指其中，齊聲力贊，以爲此
輩乃小人，今不勞督率而供糧大備，奉承公子過於君王矣。不有
重賞，其何以慰。公子是之。然而公子數年之間囊空橐罄，止有
世業存焉。諸少年相與進言曰："公子田連千陌，地占半州，足迹
所不能到者，不知其幾。然大率皆有勢之時，小民投獻，官府賂
遺，非用價平買者也。即有以價得之，亦不過債負盤折，因其户
絕人窮，收其磽田瘠地；所值又能幾何？故今荒蕪者多，墾辟者
少；錢糧督促，租課消條。以公子視之，直土泥耳。如以荒蕪之
土泥爲償賷之資費；小民得之，寸土如金。是以泥沙同金用也，
奚不可哉！"公子大以爲得策。於是，所至輒立賣券爲賞。諸人

故難之，群少年以好言慰勉。公子蹴踖，惟恐其人不受也。凡肥饒之産，奸民欲得之，則必先賂少年。少年故令公子受其酒食。或飾歌妓爲妻女，故調公子；公子或識之，亦不問也。將去，則群少年一人運筆，一人屈指，一人查籍，寫券已成，令公子押字。多寡美惡之間，公子不得張主焉。既而公子曰：“吾倦矣。豈能執筆簽判，習書生之勞哉！”群少年乃鏤板刷印，備載由語及圖籍年月，後附七言八句詩一首，則公子所作也。詩曰：“千年田土八百翁，何須苦苦較雌雄。古今富貴知誰在？唐宋山河總是空。去時卻是來時易，無他還與有他同。若人笑我亡先業，我笑他人在夢中。”

　　每日晨出，先印數十木，“木”，當作“本”。臨時則填注數目而已。然而遊獵無度，賞賜無算，加以少年之侵漁，及日用之豪侈，不逾數年，産業蕩盡。先人之丘壟不守，妻子之居室無存。嚮日少年皆華衣鮮食，肥馬高車，出遇公子，漸不相識。諸嘗匍匐迎謁道傍者，氣概反加其上，見公子飢寒，掉臂不顧，且相與目哂之。公子計無所出，思鬻其妻；而憚於妻之翁，不敢啟口。乃翁固達者，深識其情，先令人許之，已而陰迎其女，養之別室。詐令人爲豪族，以厚財爲聘，與之約曰：“爾妻價不及此。聞其賢能，故不惜厚聘。然一入豪門，終身不得相見！”公子大喜過望，亦甘心焉。妻去未數月，而聘金又盡，左顧右盼，孑然無依。將自賣其身而苦無主者。妻翁又以厚價詐令莊客收之，亦與之約曰：“爾本貴人，故重其價。但輸券之後，當唯命是從，不得違忤。”公子自念己富盛時家徒數百，皆游蕩飽暖而已，殊無所苦。乃允諾，隨之而去。至則主人旦令之采薪，暮督之舂穀，勞筋苦力，時刻不堪。數日，遂逃去，與乞兒爲伍。自作長歌丐食於市。歌曰：“人道流光疾似梭，我說光陰雨樣過。昔日繁華人羨我，一年一度易蹉跎。可憐今日我無錢，一時一刻如長年。我也曾，輕裘肥馬載高軒,指麾萬衆驅山泉。一聲圍合魑魅驚,百姓邀迎如神明。今日呵,黃金散盡誰復矜,朋友離盟獵狗烹。晝無饘粥夜無臁,當作"眠"。學得街頭唱哩蓮。一生兩截誰能堪,不怨爹娘不怨天。蚤知到此遭坎坷,悔教當日結妖魔。而今無計可奈何,殷勤勸人休似我!"妻翁知其在市中也,故令乞兒百般侮之。稍不順意,嚇之曰:"吾將訴爾主人。"則抱頭鼠竄而逸,不敢回顧。以是東西流轉,莫能容身。凍餒憂愁,備嘗艱苦。翁乃令其女築環堵之室於大門之傍,器具衾裯,稍稍略備。故又令人說公子曰:"爾本大家,乃爲乞兒所侮。爾非畏乞兒,畏主人也。爾主朝夕尋訪,幸不相遇。遇則幽禁牢獄中,死無日矣。爾之故妻,今爲豪家主母,門庭赫奕,不異曩時。吾盍與爾言,求爲門役。但有啟閉之勞,無樵春之苦,終享安佚之樂,無飢寒之慮,豈不愈於旦夕死溝壑乎?"公子涕泣乞憐,拜伏泥塗中,曰:"如此則再生父母也。"於是,引至妻之別室。公子見一舍清淨,器服整潔,喜不自勝,如入仙境。乃戒之曰:"爾主母家富,故待僕役皆修整。然勢尊望重,羞睹爾顏。爾誓不可竊入中堂,且不宜暫出門外。儻爲爾主人所獲,受禍不淺矣。"於是公子謹守戒言。雖飽食暖衣,不無弋獵之想;而内憂外懼,甚嚴出入之防。竟不知妻之未嫁,終其身不敢一面,老死於斗室云。

按:清無名氏錦蒲團傳奇演此事。石印本傳奇匯考卷七錦蒲團解題謂本厚德録張孝基事,誤也。

僞漢裔奪妾山中　假將軍還珠江上
二刻拍案驚奇卷二十七

〔耳談類增卷三十二汪太公歸婢條〕　吾里汪太公爲青衿時

失愛婢，覘者謂在戈陳家。戈陳者勝國陳友諒之裔，介瑞昌、興國間，負險善鬬，爲逋逃藪，不奉三尺久矣。公以訟於司憲。司憲曰："小故；今以隷往，必爲爭端。"不可。公曰："但得牒文自往，不煩隷，亦無所爭。"與之。於是集奴爲兵卒，假諸武弁，樓船冠服、黃蓋絳旌以往，稱是新都護"都護"，明無此司官，或是指揮使。謁此者，入謁諸豪長。諸豪長郊迎，金帛交錯，宴款周渥，談風颷發，四筵聳動。返舟，而諸豪長報謁，留款舟中。優人奏技，金鼓喧震。且宴且發，若爲玩月，沿流勸酬，極醉大樂。公度行既遠，罷酒，出牒文示之曰："婢小故，今汪秀才且具奏大庭。上司以屬我，我何敢搪突？故邀公至此，當煩對簿耳。"諸豪長大懼，求策於公。公曰："今但飛騎歸，將婢至，可立解。"既至，公始捋其人鬚笑曰："我即汪秀才。誰爲都護？以愛婢故，爲此伎倆。然得從公等游宴累日，莫非緣結。"諸豪長亦皆大噱，復交解贈，始去。報命司憲。司憲亦甚才之。張舉之談。

瘞遺骸王玉英配夫　償聘金韓秀才贖子

二刻拍案驚奇卷三十

〔耳談類增卷二十三王玉英條〕福清茂材韓生慶雲，授徒於長樂之藍田石尤嶺間。見嶺下遺骸，傷之。歸具畚鍤，自爲瘞埋。是夜，有人剝喙籬外。啟户，見端麗女子，曰："妾王玉英也，家世湘潭。宋德祐間，父爲閩守，將兵禦胡元，戰死。妾不肯辱虜，與其家死嶺下。歲久，骸骨偶出。蒙公覆掩，恩最深重，來相報耳。妾非人也，理有冥合。君其勿疑！"遂遘合。而亡何，七月七日，子生。慶雲母亦微知其事；急欲見孫，因欲抱歸。女戒曰："兒受陽氣尚淺，未可令人遽見。"忽母來登樓，女已抱子從窗牖逸去。唻兒果尚棄在地。始猶謂蓮子，察之乃蜂房也。抱兒歸

湘潭，無主者。乃故棄之河旁，書生辰於衣帶間，仍書曰：“十八
年後當來歸。”湘潭有黃公者，富而無子，拾之。稍長，清癯敏慧
異常，名曰鶴齡。公旋又生一子曰鶴算。二子共習制業，頗有
聲。已而，其弟已授室，獨鶴齡泥衣帶中語未決。然已捐金四十
兩，委禽於其里易氏矣。先是，女即歸楚，嘗以二竹筴與生；令擊
竹筴，則女即至。凡有疾痛禍患，得女一語，即獲庇佑。後以人
言疑女爲妖；又誣生失行，淫主人女，褫去章服；故女來見疏。相
期惟一歲一來，來必七月七日。久之，女謂生曰：“兒已符衣帶之
期，可不來相之乎？”生遂抵湘潭，僞作星家語謁黃公。公出二子
年甲，生指鶴齡者曰：“此非公子。即浪得，當歸矣。”黃公色動，
問所自來。生曰：“我即棄兒父，故來試公。倘不寒盟，有衣帶語
在。”公曰：“固也。我已有子，不死溝壑。若公還珠，可忘阿保？
他且勿論，頃者委禽之資當爲計耳。”因問兒所在。曰：“應試長
沙去也。”生即往就視。一見，兩皆感動，若不勝情。其弟暨家奴
皆大訴，禁不令與語。生自忖貧，既不能償金，又婚未易就；以咨
女，亦莫爲計。遂棄之歸。始來浮湘，屢徑險，女皆在舟中陰爲
衛，又爲經紀其資斧。至，兒不得，疾歸；女亦恚悵，若有待耳。
抵閩，人皆驚詫。蓋始皆謂生必死狐媚，今不然；又謂見兒，知非
崇也。女能詩，長篇短詠，筆落數千言，皆臻理致。其詠某貞婦
詩曰：“芳心未可輕行露，高節何須怨凱風。”其憶生詩三絕句曰：
“洞裏仙人路不遙，洞庭煙雨晝瀟瀟；莫教吹苗城頭閣，尚有銷魂
烏鵲橋。”“莫訝鴛鴦會有緣，桃生結子已千年；塵心不釋藍橋路，
信是蓬萊有謫仙。”“朝暮雲驂閩楚間，青鸞信不斷塵寰；乍逢仙
侶拋桃打，笑我清波照霧鬟。”諸篇爲人所誦。生始命賦“萬鳥鳴
春”，即成四律。今即以名集，計十餘卷。閩莊靜甫談。

〔亙史外篇卷一韓鶴算條〕　韓夢雲，福清諸生也。嘉靖甲
子，授經於邑之藍田。道過石湖山，見遺骸焉，哀而掩之。其夜

宿於藍田書舍，忽聞異香滿室。頃之，一童子款扉“款扉”，續艷異編
卷十三王秋英傳作“入門”。投刺，曰：“娘子奉謁。”夢雲愕然，則麗人
已立於燈下，斂衽而拜，曰：“妾稾里“稾里”疑當作“蒿里”。續艷異編作
“藁里”，亦誤。之累也。委身草莽，二百年於茲矣。君子厚德，惠
及骼胔；靜言感念，銜結焉忘？偶作小圖，用伸寸報。”遂出袖中
綵障一軸以遺之，題曰續艷異編作“題其標曰”。“萬鳥啼春”，夢雲罄
折拜授。因詢其家世，麗人曰：“妾楚人也，姓王氏，名秋英，澹容
其別號也。父曰德育，元至正間以兵曹郎參軍入閩。妾從父之
任，見執強寇；至石湖山，不忍受污，投崖而死。曩者車騎臨況，
躇躊相從，此亦夙世因緣，非偶爾也。”因與夢雲共談，言如懸河。
夢雲曰：“卿能詩乎？”曰：“惟先生命。”於是啟齒微吟曰：“咄咄復
咄咄，二百年來滯閩越。回頭往事付空華，淚逐西風寒刺骨。當
時恨不早見幾，扁舟一葉隨裏歸。海上風煙驀地起，一家骨肉隨
流水。渺渺殘魂寄碧岑，花開花落古猶今。相逢此日無它物，贈
爾平生一片心。”夢雲擊賞久之。遂申伉儷之私。枕上作滿江紅
一闋曰：“偶度銀河，霎時續艷異編作“霎時間”。雲收雨歇。枉做了續
艷異編作“枉作了”。叢莽溪頭，一場轟烈。江山風雨百年心，家國存
亡千里月。愧今宵勾引蔓藤，又添悽切。　　煙花耻，應難雪。
雲雨債，何時滅？只爲塵緣把白瑜玷缺。高唐夢裏情如海，望帝
山中淚成血。羞睹著嫦娥長自在，璚瑤闕。”比曉，續艷異編“比曉”
下多三十五字。文爲：“起謂夢雲曰：妾以感遇之故，失身於君。惟君始之終之，君之
惠也。不者，曲是在君。妾何敢言！”飄然而去。續艷異編作“遂飄然而去”。自
是數旦至，至則讎校經籍，續艷異編作“自是數日一至，至則究校經籍”。揚
榷古今，意灑如也。是歲之冬，夢雲歸自藍田，獨坐於其家之小
樓，秋英遣向者之童子遺之以詩曰：“朔風振撼似瀟湘，滿樹歸鴉
噪夕陽。不見王孫停駟馬，惟聞牧豎喚牛羊。荒山野水悲長夜，
懶鬢疏容怯凍霜。漠漠陰雲愁黯黯，幾時相對一爐香？”夢雲乃

以除夕設主於樓，薦以酒餚。<small>續艷異編作“酒饌”。</small>其夜，<u>秋英</u>盛妝飾而至，與<u>夢雲</u>宴飲。酒酣，憑<u>夢雲</u>肩作臨江仙一闋曰：“燈火滿城鳴爆竹，家家收拾殘年。春陽初轉動朱弦。金爐香幾縷，裊裊散輕煙。”又：“人事天時又一歲，迎春送臘開筵。多情杯酒更烹鮮。殷勤斟玉斝，相對淚潛然。”明年寒食，<u>夢雲</u>復攜雞黍過<u>秋英</u>墳上。少頃，<u>秋英</u>至，設席籍草，謳唱相和。<u>夢雲</u>以巨觥酬<u>秋英</u>曰：“今日之樂，千古一時，可無片詞以紀盛事？”於是<u>秋英</u>乃作<u>瀟湘</u>逢故人慢一闋曰：“春光將暮。見嫩柳拖煙，嬌花帶霧。頃刻間風雨。把堂上深恩，閨中遺事，鑽火留錫，都付卻落花飛絮。又何心挈罍提壺，鬬草踏青載路。　又“又”字衍。<small>續艷異編無“又”字，是也。</small>子規啼，蝴蝶舞，遍南北山頭，紙灰綠醑。奠一丘黃土。嗟海角飄零，湘雲淒楚。無主泉扃，也能得有情雞黍。畫角聲吹落梅花，又帶離愁歸去。”因謂<u>夢雲</u>曰：“妾懷君之子，今將免身矣。當產君家，食以生人乳少許，乃可育於人間也。”遂與<u>夢雲</u>並轡同歸。<u>夢雲</u>妻子皆安之。客有問及<u>澹容</u>前身者，以詩答之曰：“地老天荒一化人，寒煙衰草度芳晨。真真渺渺無生死，豈有前身與後生。”<small>其一。</small>“熒熒瘦魄濯寒流，偶爲塵緣世外遊。莫道此生原不滅，生生滅滅一浮漚。”後月餘，產一丈夫子。時<u>嘉靖乙丑</u>年四月十八日也。<u>夢雲</u>妻聞之大喜，遍覓人乳以食之。於是里人求觀者如堵矣。<u>秋英</u>乃謂<u>夢雲</u>曰：“神奇之事，愚者駭焉。兒育於君，恐招物議。妾當歸<u>楚</u>，寄兒於<u>楚</u>人。後十八年，圖與相見未晚也。”乃作留別詩曰：“兩年歡會夢魂中，聚散人間似轉蓬。歲月無情催去燕，關河有信寄來鴻。劍沉<u>延浦</u>光終合，瑟鼓<u>湘靈</u>調自工。它日扁舟尋舊約，夕陽疏影<u>楚</u>雲東。”遂將兒擘瓦升屋而去。<small>“昇屋而去”下，續艷異編多百餘字。文如下：忽一日，遺夢雲以詩曰：“處處青山叫子規，家家乳燕鑄芹泥。獨憐知己千山外，遥望白雲雙眼迷。”是後每歲巧夕，一過小樓。嘗作滿江紅一闋曰：“蓐暑誰收，秋聲報梧桐一葉。□聽得，蛩泣階除，雁</small>

啼沙磧。清光玉宇本無塵，無奈妒雲□□。□難忘，倏忽馭颷輪，尋舊約。　　柳風
疏，歡情拆。芙蓉□，□愁結。□□滴丁丁不堪苦咽。夢魂河漢隔年期，骨肉關山千
里別。兩關情，極目楚山雲，龍江月。"迨至萬曆壬午，遺書夢雲，招之入
楚，曰："兒寄湘陰黃朱橋，今弱冠矣。君得無意乎？妾請爲卿導
之。"爲卿導之"下續艷異編多一百五十餘字。文如下：暇間賦得長相思二篇，請
教。其詞曰："長相思，相思長。獨鶴高飛九回翔。楚天嘹唳驚胡霜，側身東望淚霑
裳，思君間阻天一方。欲往從之河無梁，臨流欲遡川無航，江東渭北恨參商。安得共
此明月光？長相思，相思長。"其二曰："長相思，相思長。寒蟲唧唧九回腸。中夜爲
君起彷徨，期君不至倚胡牀。衰草滄煙漫隴襄，願言載道歷盤塘。扁舟一葉通武昌，
身隨鴻雁度衡陽，無令戚戚滯湖湘。長相思，相思長。"是年，夢雲不果行。明
年乃行。自洪塘買舟，秋英已先至矣。與之同寢處，它人莫見
也。及至湘陰，果有黃朱橋者，湘陰豪宗也。有三子：曰鶴算、鶴
齡、鶴鳴。鶴算得之神女。叩門授兒，忽不見。以白布裹兒也，
而題以血書曰："血書尺帛裹呱兒，抱送君家好護持。乙丑之年
辛巳月，甲申日主丑初時。閩生楚長人非幻，陽氣陰胎事亦奇。
莫道螟蛉難似我，恩深還有報恩期。"末書："十八年後，閩有韓夢
雲來。此其子也。"及夢雲至，相視愕然。夢雲具道其詳。朱橋
大駭。鶴算持父哭，幾不自勝。是時鶴算已婚易氏女，不能從父
之閩。夢雲遂留飲數十日而別。秋英乃從夢雲入閩。閩士大夫
及當道諸公往來玉融，續艷異編注云："玉融，福清地名。"卜事求詩者踵
相接也。萬曆癸巳年，秋英謂夢雲曰："妾以冥數得侍巾櫛，不自
韜斂，籍籍人間。今者賓客如雲，答之則事涉漏洩；不答，咎且歸
君。然亦塵緣已盡，吾將從此逝矣。"夢雲及妻子聞之驚愕挽留。
秋英揮涕而別。於是合家皆號慟，爲之舉喪。今遂寂然。

〔靜志居詩話卷二十四王秋英條〕　嘉靖中，福清諸生韓夢
雲過石湖山，見遺骸，哀而掩之。是夜，宿藍田書舍，一麗人斂衽
拜燈下曰："妾王秋英，字澹容，楚人也。父德育，元至正間以兵

曹參軍入閩。妾從父之官，遇寇，投崖死。荷君子厚德，惠及骼骴，是亦夙世緣也。"遂定情焉。生一子，曰鶴算。萬曆癸巳，揮涕而別。留別詩云："兩年歡會夢魂中，聚散人間似轉蓬。歲月無情催去燕，關河有信寄來鴻。劍沉延浦光終合，瑟鼓湘靈調自工。他日扁舟尋舊約，夕陽疏影楚雲東。"事載萬鳥啼春集。

明詩綜卷九十九王秋英小傳並此選秋英歸楚留別夢雲七律，均與續艷異編同。小傳云：事載萬鳥啼春集。竹垞曾見此集耶？

張福娘一心貞守　朱天錫萬里符名
二刻拍案驚奇卷三十二

〔夷堅志補卷十魏十二嫂條〕　睢陽劉槃夫婦年皆四十餘，屢得子不育，唯一幼女。劉調官京師。女在家亦死。將出瘞，母望送之，哭甚苦，倦憩椅上，遂昏睡。及醒，見高髻婦人立於側，曰："無庸過悲惱，便毓貴子矣。官人已得差遣，朝夕歸。但往城西魏十二嫂處覓一故衣，俟生子，假大銀合，藉以衣，置子於中，合之少時而出，命之爲合住或蒙住可也。"語畢，忽不見。後五日，劉調滁州法曹掾歸，妻告之故。次日，即出西門尋魏氏。行二里，無此姓者。還及門，偶駐茶肆，與主人語，詢其行第，則魏十一也。問其弟，曰："正爲十二。弟所娶弟婦生十子，皆不損折，共居同食，殊非貧舍所宜。"劉聞言，喜甚，以情語之。魏入告其弟，持婦所衣絹中單與客。劉酬以錢二千，不肯受。既而妻娠。越五月赴官，時宣和庚子歲也。夫婦因對食相與語："生男以有證，顧何處得銀合？"適被郡檄兼委公帑，閱器皿，乃有大銀合二。滁固荒州蕭索，他物不相副。蓋巨瑈譚積"積"，疑當作"積"。

使浙西，所過州必薦土物，盛以合而並歸之。滁亦爲備。積從他道去，故留庫中。至六月生男，如婦所教而字之曰蒙住。方在南京語時，合猶未制，一何神也。男後名孝韙，字正甫，位至兵部侍郎。正甫於淳熙庚子守當塗，爲通判吳敏叔説。

　　　　（以上入話）

　　〔夷堅志補卷十朱天錫條〕　朱景先銓，淳熙丙申主管四川茶馬。男遂，買成都張氏女爲妾，曰福娘。明年，娶於范氏，以新婚不欲留妾。妾已娠，不肯去。强遣之。又明年，朱被召，以六月旦離成都。福娘欲隨東歸，不果。後四十日，生一子，小名爲寄兒。朱居姑蘇，吳蜀杳隔，彼此不相知聞。庚子歲，遂亡。范婦無出，朱又無他兒，悲痛殊甚。乙巳歲，朱持母喪後，茶馬使者王渥少卿遣馹卒賫書致唁。卒乃舊服役左右者；方買福娘時，其妻實爲牙儈。因從容言：福娘自得子之後，甘貧守節，誓不嫁人。其子今已七八歲，從學讀書，眉目疏秀，每自稱官人，非里巷群兒比也。朱雖喜而未深信。其與卒偕來者巡檢鄒圭，亦故吏。呼扣之，盡得其實。即令圭達書王卿及制帥留尚書，“制帥留尚書”當是留正。正，淳熙末爲四川制置使兼知成都，見宋史本傳。祈致其母子。會蜀士馮震武舟東下，遂附以行。未至，而朱遇南郊恩當延賞，乃以此孫剡奏。朱以爲得之於乖離絶望之中，實天所賜，名之曰“天錫”。及其至也，首問其曾命名與否。母曰：“從師發蒙日，命爲天錫。”吁！萬里之遥，吻合若此。何其異哉！景先説。

　　　　（以上正傳）

楊抽馬甘請杖　富家郎浪受驚

二刻拍案驚奇卷三十三

　　〔夷堅丙志卷三楊抽馬〕　楊望才，守希呂，蜀州江原人。自

爲兒童，所見已異。嘗從同學生借錢，預言其笥中所携數。啟之
而信。既長，遂以術聞。蜀人目爲"楊抽馬"。原注：謂與人抽檢祿馬
也。容狀醜怪，雙目如鬼。所言事絕奇。其居舍南，大木蔽芾數
丈；忽書揭於門曰："明日午未間，行人不可過此。過則遇奇禍。"
縣人皆相戒勿敢往。如期，木自拔，仆地，盈塞街中，而兩旁屋瓦
略不損。然所爲初乃類妖誕。每持縑帛賣於肆，若三丈，若四
丈。主人審度之，償錢使去。既而驗之，財三四尺爾。或跨騾訪
人而託故暫出，繫騾其庭。行久不返，騾亦無聲。視之，剪紙所
爲也。或詣郡告其妖云："每祠祀時，設爲位六。虛其東偏二位，
而楊夫婦與相對。又一僧一道士坐其下。左道惑衆，在法當
死。"坐是執送獄。獄吏素畏信之，不敢加械杻，又慮逸去。楊知
其意，謂曰："無懼我。我當再被刑責。數已定，吾含笑受之。吾
前日爲某事、某事，法所不捨，蓋魔業使然。度此兩厄，則成道
矣。"司理楊忱夜定獄。楊言曰："賢叔某有信來乎？殊可惜。"忱
不答。暨出戶而成都人來，正報叔訃。他日又謂忱曰："明年君
家有喜。名連'望'字者，四人及第。"忱一女年十六七歲，暴得
疾，更數醫不效。則又告之曰："公女久病，醫陳生用某藥，李生
用某藥，皆非是。此獨後庭朴樹內蛇祟爾。急屛去藥，須我受杖
了，爲以符治之，女當平安。勿憂也。"忱歸語其妻，且疑且信。
蓋常見小蛇延緣樹間，而所説易醫用藥皆不妥。後楊受杖歸，書
符遺忱，使掛於樹，女即洒然。明年，忱群從兄弟類試，果四人中
選：曰從望，民望，松望，泰望。先是楊取倡女爲妻。一日招兩杖
直至其居，與錢三萬，令用官大杖撻己及妻各二十下。兩人驚問
故。曰："吾夫婦當罹此禍，今先穰之。"皆不敢從而去。及獄成，
與妻皆得杖，如所欲穰之數；而持杖者正其所招兩人。晚來成
都，其門如市。士人問命，應時即答。或作賦一首，詩數十韻，長
歌序引，信筆輒成。每類試，必先爲一詩示人，語秘不可曉。迨

揭榜，則魁者姓名必委曲見於詩。或全榜百餘人，豫書而緘之，多空缺偏傍，不成全字。等級高下，無有不合。四川制置司求三十年前案牘不得，以告楊。楊曰："在某室匱第幾沓中。"如言而獲。眉山師琛造其家，鄉人在坐，新得一馬，黑體而白鼻。楊曰："以此馬與我。君將不利。"客恚曰："先生恃有術欲奪吾馬，吾用錢百千，未能旬日，而可脅取乎？"楊曰："欲爲君救此厄而不吾信，命也。明年五月二十日，冤當督報。謹志之，勿視其芻秣，善護左肋。過此日或可再相見。"客愈怒，固不聽，亦忘其語。明年是日親飼馬，馬忽跑躍，踢其左肋下，即死。關壽卿書孫爲果州教授，致書爲同僚詢休咎。僕未至，楊在室，告其妻令以飯犒關教授僕。飯已具，僕方及門。又迎問之曰："不問己事而爲他人來，何也？"僕驚拜，殊不知所以然。與華陽富家某氏子遊，甚昵。嘗貸錢二十千，富子靳不與。夜處外室，聞扣門聲曰："我乃東家女，夫婿使酒見逐。夜不可遠去，幸見容。"富子欣然延納，與共寢。慮父母覺，未曉呼使起，杳不應。但聞血腥滿帳。挑燈照之，女身首斷爲三，鮮血橫流，如方被刑者。駭悸幾絕。自念奇禍作，非楊君無以救，奔詣其家，排闥入告急。楊曰："與君遊久，緩急當同之。前日相從假貸，拒不我與。今急而求我，何故？"富子哀泣引咎。楊笑曰："此易爾，無庸憂。持吾符歸，置室中，亟閉戶，切勿語人。"富子謝曰："果蒙君力，當奉百萬以報。"曰："何用許？但當與我所需二萬錢。"遂以符歸。惴惴竟夜。遲明，潛入室，不見屍。一榻皎然，若未曾有漬污者。不勝喜，即日携謝錢，且携酒肴過楊所。楊曰："吾家冗隘，不可飲。盍相與出郊乎？"遂行，訪酒家，命席對酌。視當壚婦，絕似前夕所偶者，唯顏色萎黃爲不類。婦亦頻屬目，類有所疑。呼問之。對曰："兩日前，夢人召至一處，少年郎留連竟夕。暨睡醒，體中殊不佳。血下如注，幾二斗乃止。今猶奄奄短氣。平生未嘗感此疾也。"始

悟所致蓋其魂云。虞丞相自荆襄召還,子公亮遣書扣所向。楊
答曰:"得蘇不得蘇,半月去作同簽書。"虞公以爲簽書不帶"同"
字已久。既而守蘇臺。到官十五日,召爲同簽書樞密院事。時
錢處和先爲簽書,故加"同"字。如此類甚多,不勝載。按:虞丞相
謂虞允文,錢處和即錢端禮。端禮以孝宗隆興二年十一月辛丑自兵部尚書除端明殿
學士簽書樞密院事。允文以隆興二年十一月壬寅自顯謨閣學士知平江府,召除端明
殿學士同簽書樞密院事。見宋史宰輔年表。夷堅丙志此篇所載與史同。又按允文
以孝宗乾道五年八月除右僕射同平章事兼樞密使,八年二月改僕射,官名爲左右丞
相,允文自右僕射除左丞相兼樞密使。九月罷相,宣撫四川。丙志成於乾道七年,正
允文在政府時,故曰虞丞相也。夷堅三志壬卷二載楊抽馬卦象靈驗及答北客問休咎
詩,吉州守趙從善流年詩,話本不採。

任君用恣樂深閨　楊太尉戲宮館客
二刻拍案驚奇卷三十四

〔夷堅支乙卷五楊戩館客〕　楊戩貴盛時,嘗往鄭州上冢,挈
家而西,其姬妾留京師者,猶數十輩。中門大門,悉加扃鎖,但壁
隙裝輪盤,傳致食物,監護牢甚。有館客在外舍,一妾慕其風標,
置梯逾屋取以入,恣其歡昵。將曉,送之去。次夕,復施前計。
同列浸聞之,遂展轉延納,逮七八晝夜。賂監院奴,使勿言。客
不勝困憊,而報戩且至,亟升至屋,兩股無力,不能復下。戩還宅
望見,訝其非所處,殆爲物所憑祟。遣扶以下,招道士禳治。因
妄云:"爲鬼迷惑,了不自覺。"經旬良愈。戩固深照其姦,故置酒
叙慶,極口慰撫。客謂己秘其事弗洩矣。一日,召與共食。竟,
令憩密室。則有數壯士挽執,縛於卧榻上,持刃剖其陰,剝出雙
腎,痛極暈絶。戩命以常法灌傅藥。此數士者,蓋素所用閹工
也。後十餘日,僅能起坐。喚湯沃面,但見墮鬚在盆無數,日以
益多。已而,儼然成一宦者。自是主人待之益厚,常延入內閣,

與妻女同宴飲，蓋知其不必防閑，且以爲玩具也。客素與<u>方務德</u>相善，每休沐，輒出訪尋。是時，半歲無聲迹，皆傳已死。偶出遊<u>相國寺</u>，遇之於<u>大悲閣</u>下，視形模容色，疑爲鬼。客呼曰："<u>務德</u>，何恝然無故人意？"乃前揖之。客握手流涕，道遭變本末，深自咎悔。云："何顏復與士友接？特貪戀餘生，未忍死耳。"後不知所終。

王漁翁舍鏡崇三寶　白水僧盜物喪雙生
二刻拍案驚奇卷三十六

〔夷堅志補卷七豐樂樓條〕　<u>臨安</u>市民<u>沈一</u>，酒拍户也。<small>都城紀勝酒肆篇：除官庫、子庫、腳店之外，餘皆謂之拍户。</small>居<u>官巷</u>，自開酒爐。又撲買<u>錢塘門</u>外<u>豐樂樓</u>庫，<small>上海坊間印二拍誤作"豐樓"。都城紀勝酒肆篇：官庫則西酒庫曰<u>金文庫</u>，有樓曰西樓；西子庫曰<u>豐樂樓</u>，在今涌金門外，乃舊<u>楊和王</u>之聳翠樓，後<u>張定叟</u>兼領庫事，取爲官庫。武林舊事卷五：<u>豐樂樓</u>舊爲衆樂亭，又改聳翠樓。政和中改今名。舊爲酒肆。卷六酒樓篇：<u>豐樂樓</u>等十一樓並官庫，屬户部點檢作。撲買，謂包課稅，今話本徑作"買了一所庫房"，非也。</small>日往監沽，暮則還家。<u>淳熙</u>初，當春夏之交，來飲者多，一日不克歸，就宿於庫。將二鼓，忽有大舫泊湖岸；貴公子五人，挾姬妾十數輩，徑詣樓下，喚酒僕問："何人在此？"僕以<u>沈</u>告。客甚喜，招相見。多索酒，<u>沈</u>接續侍奉之。縱飲樓上，歌童舞女，綫管喧沸，不覺罄百樽。飲罷，夜已闌。償酒直，鄭重致謝。<u>沈</u>生貪而黠，見其各頂花帽，錦袍玉帶，容止飄然，不與世大夫類，知其爲五通神。即拱手前拜曰："小人平生經紀，逐錐刀之末，僅足餬口。不謂天與之幸，尊神賜臨，真是夙生遭際。願乞小富貴以榮終身。"客笑曰："此殊不難，但不曉汝意。"問："所欲何事？"對曰："市井下劣，不過欲冀錢帛之賜爾。"客笑而頷首。呼一駛卒至耳邊與語良久。

卒去，少頃，負一布囊來，以授沈。沈又拜而受。摸索其中，皆銀酒器也。慮持入城或爲人詰問，不暇解囊，悉槌擊蹴踏，使不聞聲。俄耳鷄鳴，客領妾上馬，籠燭夾道，其去如飛。沈不復就枕。待旦，負持歸，妻尚未起。連聲誇語之曰："速尋等秤來！我獲橫財矣！"妻驚曰："昨夜聞櫃中奇響。起視，無所見。心方疑之。必此也！"啟鑰往視，則空空然。蓋逐日兩處所用，皆聚此中。神以其貪癡，故侮之耳。沈喚匠再團，打費工直數十千。羞於徒輩，經旬不敢出。聞者傳以爲笑耳。

（以上入話）

〔夷堅支戊卷九嘉州江中鏡〕　嘉州漁人黃<small>"黃"字原本如此。張菊生先生校云：下文均作"王"。葉祖榮分類本亦作"王"。按：話本作"王"，所據蓋葉本也。</small>甲者，世世以捕魚爲業，家於江上。每日與其妻子棹小舟，往來數里間。網罟所得，僅足以給食。它日，見一物蕩漾水底，其形如日，光采赫然射人。漫布網下取，即得之，乃古銅鏡一枚，徑圓八寸許；亦有雕鏤瑑刻，固不能識也。<small>"瑑刻"，原本作"琢克"。"固"，原本作"故"。今並據葉本改。</small>持歸家。因此生計浸豐，不假經營，而錢自至。越兩歲，如天雨鬼輸，盈塞敗屋，幾滿十萬緡。王無所用之，翻以多爲患。與妻謀曰："我家從父祖以來，漁釣爲活，極不過日得百錢。自獲寶鏡以來，何啻千倍。念本何人，而暴富乃爾！無勞受福，天必殃之。我惡衣惡食，錢多何用？懼此鏡不應久留，不如攜詣峨眉山白水禪寺，獻於聖前，永爲佛供。"妻以爲然。於是沐浴齋戒，卜日入寺，爲長老說因依，盛具美饌，延堂僧，皆有襯施，而出鏡授之。長老言："此天下之至寶也。"王既下山，長老密喚巧匠，寫仿形模，別鑄其一。迨成，與真者無小異。乘夜易取而藏之。王之貲貨日削，初無橫費，若遭鉅盜輩竊而去者。又兩歲，貧困如初。夫婦歸咎於棄鏡；復往白水拜主僧，輸以故情，冀返元物。僧曰："君知吾向時吾不輒預之意乎？今日之來，理之必然。吾爲出家子，視色身非已有，況於外物耶？常憂落奸偷手中，無以藉口。茲得全而歸，吾又何惜？"王遂以鏡還，不覺其贋也。鏡雖存而貧自若。僧之衣鉢充牣，買祠部牒度童奴，數溢三百。聞者盡證原鏡在僧所。提點刑獄使者建臺_{原本作"基"，張校云：葉本作"臺"。今據改。}於漢嘉，謂嘉州。_{宋嘉州治龍游縣，本東漢漢嘉縣地，蜀於漢嘉縣置漢嘉郡，西晉因之，江左廢郡留縣。近人解話本有謂漢嘉是宋漢州嘉州簡稱者，非是。}貪人也。認爲奇貨，命健吏從僧逼索。不肯付。羅致之獄，用楚掠就死。使者籍其貲，空無儲。蓋入獄之初，爲親信行者席捲而隱。知僧已死，穿山谷徑路，擬向黎州。到溪頭，值神人金甲持戟，長身甚武，叱曰："還我寶鏡！"行者不顧，疾走，投林。未百步，一猛虎張口奮迅來，若將搏噬。始顛懼，探懷擲鏡而竄。久乃還寺，爲其儔侶言之。後不知所在。意所隱沒亦足爲富矣。隆興元年，祝東老泛舟嘉陵，逢王生，自說其事，時年六十餘。

　　（以上正傳）

叠居奇程客得助　三救厄海神顯靈
二刻拍案驚奇卷三十七

　　〔明蔡羽遼陽海神傳_{古今説海説淵部丙集}〕　程宰士賢者，徽人也。正德初元，與兄某挾重貲商於遼陽。數年，所向失利，展轉耗盡。徽俗，商者率數歲一歸，其妻孥宗黨，全視所獲多少爲賢不肖，而愛憎焉。程兄弟既省落莫，羞慚慘沮，鄉井無望，遂受傭他商，爲之掌計糊口。二人聯屋而居，抑鬱憤懣，殆不聊生。至戊寅秋，又數年矣。遼陽天氣早寒。一夕，風雨暴作，程擁衾就枕，苦寒思家，攬衣起坐，悲歌浩歎，恨不速死。時燈燭已滅，又無月光。忽盡室明朗，殆同白晝，室中什物毫髮可數。方疑惑

間，又覺異香氤氳，莫知所自。風雨息聲，寒威頓失。程益錯愕
不知所爲。亟啟戶出視，則風雨晦寒如故。閉戶入室，即別一境
界矣。疑鬼物所幻，高聲呼怪，冀兄聞之。兄寢室才隔一土壁，
連呼數十，寂然不應。愈惶急無計。遂引衾冪首，向壁而臥。少
頃，又聞空中車馬喧鬧，管弦金石之音自東南來。初猶甚遠，須
臾已入室矣。回眸竊視，則三美人皆朱顏綠鬢，明眸皓齒，約年
二十許；冠帔盛飾，若世所圖畫后妃之狀；遍體上下，金翠珠玉，
光艷互發，莫可測識；容色風度，奪目驚心，真天人也。前後左右
侍女數百，亦皆韶麗。或提爐，或揮扇，或張蓋，或帶劍，或持節，
或捧器幣，或秉花燭，或挾圖書，或列寶玩，或荷旌幢，或擁衾褥，
或執巾帨，或奉盤匜，或擎如意，或舉肴核，或陳屏障，或布几筵，
或奏音樂。雖紛紜雜沓，而行列整齊，不少錯亂。室才方丈，數
百人各執其事，周旋進退，綽然有餘，不見其隘。門窗皆扃，不知
何自而入。俄頃，冠帔者一人前逼牀，撫程微笑曰：「果熟寢耶？
吾非禍人者。子有夙緣，故來相就。何見疑若是？且吾已至此，
必無去理。子便高呼終夕，兄必不聞，徒自苦耳。速起！速起！」
程私計此物靈若斯，非仙則鬼，果欲禍我，雖臥不起，其可逭乎？
且彼既有夙緣語，亦或無害。遂推枕下榻，匍匐前拜曰：「下界愚
夫，不知真仙降臨，有失虔迓！誠合萬死，伏乞哀憐。」美人引手
掖程起，慰令無懼。遂與南面同坐。其二人者，東西相向。皆
言：「今夕之會，數非偶爾，慎勿自生疑阻。」遂命侍女行酒進饌。
品物皆生平目所未睹。才一舉飲，珍美異常，心胸頓爽。俄以紅
玉蓮花巵進酒。巵亦絕大，約容酒升許。程素少飲，固辭不勝。
美人笑曰：「郎懼醉耶？此非人間麴蘗所醞，奈何概以狂藥見
疑？」遂自舉巵奉程。程不得已，爲之一吸。酒凝厚如餳，而爽滑
異甚，略不粘齒。其甘香清冽，醴泉甘露弗及也。不覺一巵俱
盡。美人又笑曰：「郎已信吾未？」遂連酌數巵。精神愈開，略無

醉意。酒每一行,必八音齊奏。聲調清和,令人有超凡遺世之
想。酒闌,東西二美人起曰:"夜已向深,郎夫婦可就寢矣。"遂爲
褰帷拂枕而去。其餘侍女,亦皆隨散。凡百器物,瞥然不見。門
亦尚扃,又不知何自而出。獨留同坐美人。相與解衣登榻,則帷
褥衾枕皆極珍奇,非向之故物矣。程雖駭異,殊亦心動。美人徐
解髮縮髻,黑光可鑒,殆長丈餘。肌膚滑瑩,凝脂不若。側身就
程,豐若有餘,柔若無骨。程於斯時,神魂飄越,莫知所爲矣。已
而交會才合,丹流浹藉。若喜若驚,若遠若近,嬌怯宛轉,殆弗能
勝,真處子也。程既喜出望外,美人亦眷程殊厚。因謂:"世間花
月之妖,飛走之怪,往往害人,所以見惡。吾非若比,郎慎勿疑。
雖不能有大益於郎,亦可致郎身體康勝,資用稍足。倘有患難,
亦可周旋。但不宜漏泄耳。自今而後,遂當恒奉枕席,不敢有
廢。兄雖至親,亦慎勿言。言則大禍踵至,吾亦不能爲子謀矣。"
程聞言甚喜,合掌自誓云:"某本凡賤,猥蒙真仙厚德,恨碎骨粉
身不能爲報。伏承法旨,敢不銘心。倘違初言,九殞無悔。"誓
畢,美人挾程項謂曰:"吾非仙也,實海神也。與子有夙緣甚久,
故相就耳。"須臾,鄰舍鷄鳴,至再,美人攬衣起曰:"吾今去矣,夜
當復來。郎宜自愛。"言畢,昨夕二美人及諸侍女齊到,各致賀
詞。盥洗嚴妝,捧擁而出。美人執程手囑令勿洩,丁寧數四,去
復回顧,不忍暫捨。愛厚之意,不可言狀。程益傾喜發狂,不能
自禁。轉盼間已失所在。諦觀門扉,猶昨夕所扃也。回視室中,
則土炕布衾、荆筐蘆席,依然如舊,向之瑰異無有矣。程茫然自
失,曰:"豈其夢耶?"然念飲食笑語、交合誓盟之類,皆歷歷明甚,
非夢境也。且惑,且喜。

　　頃之,曙色辨物,出就兄室。兄大駭曰:"汝今晨神彩發越,
頓異昨日。何也?"程恐見疑,謬言:"年來失志,鄉井無期。昨夕
暴寒,愁思殊切。展轉悲歎,竟夕不寢。兄必聞之。有何快心,

而神彩發越耶？"兄言："我亦苦寒，思家不寐。靜聽汝室，始終闃然。何嘗聞有悲歡聲耶？"已而商夥群至。見程容色，皆大駭異，言與兄合。程但唯唯，謙晦而已。然程亦自覺神思精明，肌體膩潤，倍加於前。心竊喜之。惟恐其不復至也。是日，頻視晷影，恨不速移。才至日晡，託言腹痛，入室扃扉，虔想以伺。及街鼓初動，則室中忽然復明，宛如昨夕。俄頃，雙爐前導，美人至矣。侍女數人耳，儀從不復疇昔之盛。彼二人者，亦不復來。美人笑曰："郎果有心若是，但當終始於一耳。"即命侍女行酒薦饌，珍腆如昨。歡謔諧矣，則有加焉。須臾，徹席就寢。侍女復散。顧視牀褥，又錦繡重疊矣。然不見其鋪設也。程私念，吾且詐跌牀下，試其所爲。方欲轉身，則室中全襯錦裀，地無隙矣。是夕，綢繆好合，愈加親狎。晨雞再鳴，復起妝沐而去。自後人定即來，雞鳴即起，率以爲常，殆無虛夕。雖言語喧鬧，音樂迭奏，兄室甚邇，終不聞知。莫知其何術也。程每心有所慕，即舉目便是，極其神速。一夕，偶思鮮荔枝；即有帶葉百餘顆，香味色皆絕珍美。他夕，又念楊梅；即有白色一枝，長三四尺，約二百餘顆，甘美異常，葉殊鮮嫩。食餘忽不見。時已深冬，不知何自而得。況二物皆非北地所產也。又夕，言及鸚鵡。程言："聞有白者，恨未之見。"轉盼間，已見數鸚鵡飛舞於前，白者五色者相半。或誦佛經，或歌詩賦，皆漢音也。一日，市有大賈售寶石二顆，所謂硬紅者，色若桃花，大於拇指，價索百金。程偶見之，是夜言及。美人撫掌曰："夏蟲不可語冰，信哉！"言絕，即異寶滿室。珊瑚有高丈許者，明珠有如鵝卵者，五色寶石有如栲栳者。光艷爍目，不可正視。轉睫間又忽空室矣。是後相狎既久，言及往年貿易耗折事，不覺嗟歎。美人又撫掌曰："方爾歡適，便以俗事嬰心。何不灑脫若是耶？雖然，郎本業也，亦無足異。"言絕，即金銀滿前，從地及棟，莫知其數。指謂程曰："子欲是乎？"程歆艷之極，欲有所取。美人引箸，挾食前肉一臠，擲程面。問曰：“此肉可粘君面否？”程言：“此是他肉，何可粘吾面也。”美人笑指金銀：“此是他物，何可爲君有耶？君欲取之，亦無不可。但非分之物不足爲福，適取禍耳。吾安忍禍君也。君欲此物，可自經營，吾當相助耳。”

時己卯初夏，有販藥材者，諸藥已盡，獨餘黃蘗大黃各千餘斤不售，殆欲委之而去。美人謂程：“是可居也，不久大售矣。”程有傭直銀十餘兩，遂盡易而歸。其兄謂弟失心病風，誶罵不已。數日，疫癘盛作。二藥他肆盡缺，即時踴貴。果得五百餘金。又有荆商販綵段者，途間遭濕熱蒸發，班過半，日夕涕泣。美人謂程：“是亦可居也。”遂以五百金獲四百餘疋。兄又頓足不已，謂弟福薄，得此非分之財，隨亦喪去。爲之悲泣。商夥中無不相咎竊笑者。月餘，逆藩宸濠反於江西，朝廷急調遼兵南討。師期促甚，戎裝衣幟，限在朝夕，帛價騰踴。程所居者，遂三倍而售。庚辰秋，有蘇人販布三萬餘者，已售什八矣，尚存粗者什二。忽聞母死，急欲奔喪。美人又謂程：“是亦可居也。”程往商價。蘇人獲利已厚，歸計又急，止取原直而去。蓋以千金易六千餘疋云。明年辛巳三月，武宗崩，天下服喪。遼既絶遠，布非土產，價遂頓高。又獲利三倍。如是屢屢，不能悉紀。四五年間，展轉數萬，殆過昔年所喪十倍矣。宸濠之變也，人心危駭，流言屢至。或謂據南都即位矣，或謂兵渡淮矣，或謂過臨清近德州矣。一日數端，莫知誠僞。程心念鄉邑，殊不能安。私叩美人。美人哂曰：“真天子自在湖湘間，彼何爲者？止作死耳。行且就擒矣，何以慮爲？”時七月下旬也。月餘報至，逆徒果以是月二十六日兵敗。程初聞真天子在湖湘之説，恐江南復遭他變，愈疑懼。美人搖首曰：“無事，無事。國家慶祚靈長，天下方享太平之福，近在一二年耳。”更叩其詳曰：“期已近矣，何必豫知？”再期，今上中興，海

宇於變,悉如美人之言。其明驗之大者如此,餘細弗錄。他夕,
程問:"天堂地獄、因果報應之說,有諸?"曰:"作善降之百祥,作
不善降之百殃。心所感召,各以類應,物理自然。若謂冥冥之中
必有主者,銖銖兩兩而較其重輕以行誅賞;爲神祇者,不亦勞
乎?""輪回之說有諸?"曰:"釋以爲有,誣也。儒以爲無,亦誣也。
人有真元完固者,形骸雖斃而靈性猶存,投胎奪舍,間亦有之。
千億之一二也。""人死而爲厲,有諸?"曰:"精神未散,無所依歸,
往往憑物爲厲。所謂遊魂爲變耳。""人間祭祀,鬼神歆饗,有
諸?"曰:"精誠所至,一氣感通,自然來格。非鬼而祭,徒自諂耳。
所謂神不歆非類,民不祀非族也。""人有化爲異類者,何也?"曰:
"人之心術既與禽獸無異,積之至久,外貌猶人,而五內先化,一
旦改形,無足深訝。""異類亦有化人者,何也?""是與人化異類同
一理耳。""人有爲神仙者,何也?""異類猶有化人者,況人與仙本
一階耳,又何足異。""雷神巧異,往往有迹,何也?"曰:"陽能變
化,理所自然,人得幾何,而智巧若是。況雷實至陽,其爲神變何
足怪乎?""龍能變化,大小不常,何也?"曰:"龍亦至陽,故能屈伸
變化,無足問也。""蜃氣能爲山川城郭、樓臺人物之形,何也?"
曰:"天地精明之氣,游變無常。兩間所有,時或示現。此可驗天
地生物之機。所謂在天成象,在地成形也。蜃何能爲?"程平生
所疑,皆爲剖析,詞旨明婉,如指諸掌。又夕,問美人:"姓氏爲
何?"曰:"吾既海神,有何姓氏? 多則天下人皆吾同姓,否則一姓
亦無也。""有父母親戚乎?"曰:"既無姓氏,豈有親戚? 多則天下
人盡吾同胞,少則全無瓜葛也。""年幾何矣?"曰:"既無所生,有
何年歲? 多則千歲不止,少則一歲全無。"言多此類。迨嘉靖甲
申,首尾七年,每夜必至,氣候悉如江南二三月。琪花寶樹,仙音
法曲,變幻無常,耳目應接不暇。有時或自吹簫、鼓琴、浩歌、擊
築,必高徹雲表,非復人世之音。蓋凡可以娛程者,無不至也。

兩情繾綣，愈久愈固。

　　一夕，程忽念及鄉井，謂美人曰："僕離家二十年矣。向因耗折，不敢言旋。今蒙大造，豐饒過望。欲暫與兄歸省墳墓，一見妻子。便當復來，永奉歡好。期在周歲，幸可否之!"美人欷歔歎曰："數年之好，果盡此乎？郎宜自愛，勉圖後福。"言訖，悲不自勝。程大駭曰："若告假歸省，必當速來，以圖後會，何敢有負恩私。而夫人乃遽棄捐若是耶？"美人泣曰："大數當然，非關彼此。郎適所言，自是數當永訣耳。"言猶未已，前者同來二美人及諸侍女儀從，一時皆集。簫韶迭奏，會燕如初。美人自起酌酒勸程，追叙往昔，每吐一言，必汍瀾哽咽。程亦為之長慟，自悔失言。兩情依依，至於子夜。諸女前啟："大數已終，法駕備矣。速請登途，無庸自戚。"美人猶執程手泣曰："子有三大難，近矣。時宜警省。至期，吾自相援。過此以後，終身清吉，永無悔吝。壽至九九，當候子於蓬萊三島，以續前盟。子亦自宜宅心清淨，力行善事，以副吾望。身雖與子相遠，子之動作，吾必知之。萬一墮落，自干天律，吾亦無如之何也。後會迢遙，勉之! 勉之!"丁寧頻復，至於十數。程斯時神志俱喪，一辭莫措，但雪涕耳。既而鄰鷄群唱，促行愈急。乃執手泣訣而去。猶復回盼再四，方忽寂然。於時蟋蟀悲鳴，孤燈半滅。頃刻之間，恍如隔世。亟啟戶出觀，但曙星東昇，銀河西轉，悲風蕭颯，鐵馬叮噹而已。情發於中，不覺哀慟。才號一聲，兄即驚呼問故，蓋不復昔之若聾矣。兄既細詰不已，度弗能隱，乃具述會合始末，及所以豐裕之由。兄始駭悟，相與南望瞻拜。至明，而城之內外傳皆遍矣。程由是終日鬱鬱，若居伉儷之喪。

　　遂束裝南歸。俾兄先部貨賄自潞河入舟，而自以輕騎由京師出居庸，至大同，省其從父。流連累日，未發。忽夕夢美人催去甚急，曰："禍將至矣! 猶盤桓耶!"程憶前言，即晨告別。而從

父殷勤留餞。抵暮出城，時已曛黑，乃寓宿旅館。是夜，三鼓，又
夢美人連催速發，云："大難將至，稍遲不得脫矣！"程驚起，策騎
東奔四五里。忽聞砲聲連發，回望城外，則火炬四出，照天如晝
矣。蓋叛軍殺都御史張文錦，脅城內外壯丁同逆也。乃抵居庸，
夜宿關外，又夢美人連促過關，云："稍遲必有犴狴矣！"程又驚起
叩關，候門先入。行數里，而宣府檄至，凡自大同入關者，非公差
吏人，皆桎梏下獄詰驗，恐有奸細入京也。是夜，與程偕宿者，無
一得免，有禁至半年者，有瘐死於獄者。程入舟爲兄備言得脫之
故，感念不已。及過高郵湖，天雲驟黑，狂風怒號，舟掀蕩如簸。
須臾，二桅皆折，柁零落如粉，傾在瞬息矣。忽聞異香滿舟，風即
頓息。俄而黑霧四散，中有彩雲一片，正當舟上。則美人在焉。
自腰以上，毫髮分明。美人亦於雲端舉手答禮，容色猶戀戀如故
也。舟人皆不之見。良久而隱，從是遂絕矣。

　　戊子初夏，余在京師聞其事，猶疑信間。適某僉憲，某總戎
自遼入京，言之詳甚。然猶未聞大同以後事。今年丙申，在南
院。南院，謂南京翰林院。羽甞爲南京翰林院孔目。客有言程來游雨花臺
者，遂令邀與偕至，詢其始末。程故儒家子，少嘗讀書。其言歷
歷具有源委。且年已六衮，容色僅如四十許人，足徵其遇異人無
疑，而昔聞不謬也。作遼陽海神傳。

其 它 話 本

吹鳳簫女誘東牆
西湖二集卷十二

〔明鈔本綠窗紀事之潘黃奇遇條以情史卷二潘用中條校〕　嘉熙丁酉，福建潘用中隨父候差於京邸。潘喜笛，每父出，必於邸樓憑欄吹之。隔牆一樓，相距二丈許，畫欄綺窗，朱簾翠幕，一女子聞笛聲，垂簾觀望久之，或揭簾露半面。潘問主人，知黃府女孫也。若是月餘，潘與太學彭上舍聯輿出郊，值黃府十數轎乘春遊歸。路窄，過時相挨，其第五轎乃其女孫也。轎窗皆半推，四目相視不遠尺餘。"尺餘"原誤"久餘"，據情史改。潘神思飛揚，若有所失，作詩云："誰家情史作"誰教"。窄路恰相逢，默脉靈犀一點通。最恨"最恨"原誤"醉恨"，據情史改。無情芳草路，匼蘭含蕙各西東。"暮歸吹笛。時月明，見女捲簾憑欄，潘大誦前詩數遍。適遇父歸，遂寢。黃府館賓晏仲舉，建寧人也，潘明日往訪，邀歸邸樓，縱飲橫笛。見女復垂簾，潘曰："對望"望"原作"聖"，據情史改。誰家樓也？"晏曰："即吾館，遇"遇"字誤，疑當作"適"。情史作"館寓"。所窺主人女孫也。幼從吾父學,聰明俊爽,且工詩詞。"潘愈動念。晏去,女復揭簾半露。潘醉狂,取胡桃擲去。女用帕子裹胡桃復擲來,上有詩云:"闌干閑倚日偏長,短笛無情苦斷腸。安得身輕如燕子,隨風容易到君傍。"潘亦以帕子題詩裹胡桃復擲去,云:"一曲臨風值萬金,奈何難買玉人心。君如解得相如意,比似金徽恨轉身。""恨轉身"當作"恨轉深"。情史作"更恨深"。女子復以帕子題詩裹胡桃擲來,擲不及樓,墜於檐下,潘亟下樓取之,爲店婦所拾矣。潘以情告,懇求得之,帕上詩云:"自從聞笛苦匆匆,魄散魂飛似"似"原誤"仙",據情史改。夢中。最恨"恨"原誤"帕",據情史改。粉牆高幾許,蓬萊弱水隔千重。"遂令店婦往道殷勤。女厚遺婦,至囑勿洩,且曰:"若諧,當厚謝婦。"未幾,潘父遷去,與鄉人同邸。潘惚惚不樂,厭厭成病,父爲問藥,凡更十數醫,展轉兩月不愈。一日,與彭上舍曰:"吾其殆哉?吾病非藥石所能愈!"乃告以故,曰:"即某日郊遊所遇者也。"彭告之父,父憂之。既而店婦訪至潘寓,曰:"自官人遷後,女病垂死,母於枕中得帕子,究知其故。今願以女適君,如何?"潘不敢諾。未幾,晏仲舉"仲舉"原誤"仲子",據情史改。至,具道女父母真意,適彭亦至,遂語"語"原誤"與",據情史改。潘父,竟偕伉儷。奩具且巨萬焉。前詩喧傳都下,達於禁中,理宗以爲奇遇。時潘與黃皆年十六也。

邢君瑞五載幽期
西湖二集卷十四

〔西湖遊覽志餘卷二十六〕 宋時有邢鳳者,字君瑞,寓居西湖。有堂曰"此君",水竹幽雅,常宴息其中。一日獨坐,見一美女度竹而來,鳳意爲人家宅眷,將起避之。女遽呼曰:"君瑞毋避,我有詩奉觀。"乃吟曰:"娉婷少女踏春陽,無處春陽不斷腸。

舞袖弓彎渾忘卻，羅衣虛度五秋霜。"鳳聽罷，亦口占挑之曰："意態精神畫亦難，不知何事出仙壇。此君堂上雲深處，應與蕭郎駕彩鸞。"女曰："予心子意彼此相同，奈夙數未及。當期五年，君來守土，相會於鳳凰山下。君如不爽，千萬相尋。"言訖不見。後五年，邢隨兄鎮杭，乃思前約，具舟泛湖。默然間，忽聞湖浦鳴榔，遙見一美人駕小舟，舉手招之曰："君瑞信人也。"方舟相叙曰："妾西湖水仙也。千里不違約，君情良厚矣。"君瑞喜，躍過舟，蕩入湖心，人舟俱没。後人常見鳳與採蓮女遊蕩於清風明月之下，或歌或笑，出没無時焉。

灑雪堂巧結良緣

西湖二集卷二十七

〔李昌祺剪燈餘話卷五賈雲華還魂記〕魏鵬，字寓言，其先鉅鹿人。九世祖飛卿，宋高宗朝仕至御史中丞，以論秦檜誤國，貶襄陽令，死葬白馬山。子孫遂留居焉。宗族蕃衍，富擬封君。迨元朝，尤盛。鵬父巫臣，延祐初參政江淛行省，生鵬於公廨，而父卒。母郢國蘭夫人，携鵬暨二兄鶯、鷟，扶櫬歸襄陽。魏生五歲通五經，七歲能屬文。肌膚瑩然，眉目如畫。鄉里以神童稱之。至正間累舉不隅，"不隅"疑作"不遇"。深置恨焉。嘗曰："大丈夫當唾手以取功名，而一第乃不可得耶！"因撫几長歎。蘭夫人聞之，恐其悒鬱成疾，遂命之曰："錢塘，汝父桐鄉也。凡此時名師夙儒，多前日門生故吏。汝往請業，庶或有成。矧東南大藩，山水奇勝，可以開豁心胸，吟詠情性。汝其行哉，毋事一室。"乃於懷中出書一緘，付之曰："到彼，讀書之暇，當往訪故賈平章鈞眷邢國莫夫人，以此呈之，議汝姻事。吾自有説，慎勿妄開也。"生退，私啟其封。始知己未生時，母氏與彼有指腹之約。不勝忻

喜,促駕而行。郕國書詞,附錄如後:

> 懿恭斂衽再拜,奉書邢國太夫人几前:懿恭闊別十五
> 年,遠隔數千里,各天一所,杳不相聞。緬想穹祗協相,茵鼎
> 善調,喜溢門闌,福臻閨閫,健羨何可勝言。如懿恭者,既失
> 所天,苟存貞節,一家長幼,處此粗安,無足爲太夫人道。第
> 念先平章於先夫參政,官雖僚友,情則弟兄。妾荷夫人視同
> 娣妹。始因有妊,各發誓言。夫人嘗舉漢光武、賈復故事,
> 指妾腹而言曰:"生子耶,我女嫁之;生女耶,我子娶之。"厥
> 後神啟其衷,天作之配,慶門誕瓦,寒舍得雄。不幸未期,夫
> 君薨逝。妾提挈諸孤,扶柩歸殯。山遥水遠,無地相逢。今
> 者幼兒已冠,賢女諒亦及笄。苟未訂盟,願如夙誓。故敢冒
> 昧貢書,布茲悃款,仍令此子親賫奉聞。倘到階庭,希垂顧
> 盼,佇聆金諾,拱俟報音。會晤未期,臨緘於悒。不具。

生奉命,翌旦成行。逾兩月,抵杭。僦居於北關門邊嫗
家。嫗善延納,生頗安之。越數日,舍館既定,乃漸出遊。訪問故人,
無一在者。惟見湖山佳麗,清景滿前,車馬喧闐,笙歌盈耳。生
乃賦滿庭芳詞一闋,以紀其勝,因題於寓舍紙窗之上。詞云:"天
下雄藩,浙江名郡,自來惟說錢塘。水清山秀,人物異尋常。多
少朱門甲第,鬧叢裏,爭沸絲簧?少年客、謾携綠綺,到處鼓求
凰。　徘徊、應自笑,功名未就,紅葉誰將?且不須惆悵,柳嫩
花芳。聞道藍橋路近,顧今生、一飲瓊漿。那時節,雲英覰了,歡
喜殺裴航!"偶邊嫗見之,問曰:"斯作郎君所綴乎?"生未答。嫗
曰:"郎君豈以老婦爲不知音也耶?大凡樂府,醞藉爲先。此詞
雖佳,尚欠嫵媚。歐、晏、秦、黃,殆不如是。"生聞之,乃大驚,因
致謝曰:"淺陋之言,獻笑多矣。"因諏嫗出處,方知爲達睦丞相寵
姬。丞相薨,出嫁民間,今老矣。通詩書,曉音律,喜笑談,善刺

繡。多往來達官家，爲女子師，皆呼爲邊孺人。"孺"本作"儒"，今徑改。生曰："然則丞相政與先公大參、及賈平章爲同輩人矣。"嫗駭曰："郎君豈魏參政子乎？"生曰："然。"嫗曰："真韓子所謂稱其佳兒者也。"因出杯款生。生乃得備詢參政舊日僚寀。嫗曰："俱無矣。惟賈氏一門在此耳。"生曰："老母有書奉達於彼，敢托爲之先容。"嫗許諾。生又問："平章棄禄數年，今有誰在？生事若何？"嫗曰："平章一子，名麟，字靈昭。一女，名娉娉，字雲華。母夢孔雀銜牡丹蕊置懷中而生。語顏色，則若桃花之映春水；論態度，則似流雲之迎曉日。十指削纖纖之玉，雙鬟縮裊裊之絲。填詞度曲，李易安難繼後塵；織綿繡圖，蘇若蘭詎容獨步。邢國鍾愛之，俾從余講學，余自以爲弗如也。且夫人勤勵，治産有方。珠履玳簪，不減昔日之豐盛；鐘鳴鼎食，宛如嚮日之繁華。"生聞之，知其必指腹之人也。急欲一往，會嫗病目，弗能前，遂止。夫人訝嫗久不來，乃遣婢春鴻往嫗家問焉。時嫗目愈，欲生偕行。值生偶出，嫗乃先遣鴻往，詣夫人，謝，且道魏生母寄書事。邢國駭愕曰："政爾念之，今焉至此。亟爲我召來，勿緩也！"春鴻承命，復至請生。生便同行。既及門，鴻先入。俄而二青衣導生至重堂，即東階少立。邢國服命服，出坐堂中。生再拜。夫人曰："魏郎幾時來耶？"生曰："數日耳。"命坐於西楹前鈿椅上。茶罷，夫人曰："記得別時尚在繈褓，今長成若是矣。"慰勞甚至，且問蘭夫人暨鶯、鸞安否。生答以幸俱無恙。夫人爲生道舊，如在目前，但不及指腹誓姻之説。生疑之，乃顧隨來老僕青山，解囊取母書投上。夫人拆封，觀畢，納諸袖中，亦不發言。頃間，一童子出，娟娟如瓊瑶。夫人命拜生，生答拜。夫人曰："小兒子也。當教之，乃答禮耶？"復命侍妾秋蟾曰："召娉娉來。"須臾，邊嫗領二丫鬟，擁一女子從繡幕後冉冉而至，面生而展拜。生逡巡欲起避。夫人曰："無妨，小女子也。"拜畢，退立於夫人座右。邊嫗亦侍座於隅。生竊窺娉娉，真傾國色也。雖西施、洛神，未可優劣。
生見後，魂神飛越，色動心馳，恐夫人覺之，即起辭出。夫人曰：
"先平章視先參政猶骨肉，尊堂亦視老身如姊妹。自二父云亡，
兩家闊別，魚沉雁杳，音耗不聞。本謂此生無復再見，豈意餘年
得睹英妙。老懷喜慰，何可勝言，郎君乃爾寡情耶？"生揖，返席，
不復敢辭。邢國目娉入，意若使治具然。於時開宴，水陸畢陳。
夫人親酌飲生。生跪受而飲。既而命麟與娉娉更勸迭進。娉酒
至，生辭以乍出遠方，久疏麴蘗，今不勝杯杓矣。娉娉捧杯再拜。
生欲熟視之，固辭不敢先飲。夫人曰："郎君年長於汝。自今以
後，既是通家，當爲兄妹。汝宜跪勸。"娉遂跪，生蒼皇遽接，一吸
而盡。娉娉收杯，至夫人前，瀝餘酒於案曰："兄飲未爵，更告一
杯，可乎？"夫人笑曰："才爲兄妹，便鍾友愛之情。郎君豈得戞然
乎？"邊嫗亦從更相勸。生乃盡飲。夫人復讓邊嫗曰："郎君既舍
汝家，乃不早以見告。當滿進一觥。"嫗笑而飲。宴罷，告歸。夫
人曰："郎君毋還邸中，只在寒舍安下。"生略辭。夫人曰："貧家
寂寥，願勿嫌也。"即呼家僕脫歡、小蒼頭宜童引生，於前堂外東
廂房止宿。生入門，但見屏幃牀褥，書几盥盆，筆硯琴棋，靡一不
備。嫗家行李，亦已在焉。生既得定居，復遇絕色，且驚且喜，睡
不能成，因賦風入松一詞，乘醉書於粉壁之上。詞云："碧城十二
瞰湖邊，山水更清妍。此邦自古繁華地，風光好，終日歌弦。蘇
小宅邊桃李，坡公堤上人煙。　　綺窗羅幕鎖嬋娟，咫尺遠如
天。紅娘不寄張生信，西廂事只恐虛傳。怎及青銅明鏡，鑄來便
得團圓。"

　　是夕，娉娉反室，亦厚屬生，因呼侍女朱櫻曰："魏兄臥否？"
櫻曰："弗知也。"娉語之曰："汝往廂房窺之。"去良久，反命云：
"郎君微吟燭下，若有深思。既而取筆，題數行於壁間。妾諦視
之，乃風入松詞也。"娉曰："汝記憶乎？"櫻曰："已記之矣。"遂口

占一過。娉便濡毫，展雙鸞霞箋，次其韻，頃刻而就。封緘付櫻曰："明晨汝奉湯與郎君盥面時，以此授之。"櫻收於囊，次日黎明，如教而往。生盥沃竟，櫻出緘，昇生曰："娉小娘致意郎君，有書奉達。"生荒忙取視之，乃和生所賦壁間風入松詞云："玉人家在漢江邊，才貌及春妍。天教分付風流態，好才調，會管能弦。文采胸中星斗，詞華筆底雲煙。　藍田新産璧娟娟，日暖絢晴天。廣寒宮闕應須到，霓裳曲一笑親傳。好向嫦娥借問：冰輪怎不教圓？"

生讀之數過，不忍釋手，知娉之賦情特甚也，遂珍藏於書笈中。方欲細詢娉情性，而夫人已遣宜童召生矣。生偕童入。夫人見生來，迎謂生曰："郎君奉命萱堂，遠來遊學，不可虛度光陰，玩時廢日。此中有大儒何先生者，及門之士常數百人。郎君如從之遊，必有進益。贄見之禮，吾已辦矣。"食罷請行。生睹娉後，萬念俱灰，不求聞達，惟雲華是念。不虞夫人之逼令就學也，黽勉應承，然亦不數數往也。因念夫人雖甚見愛，而掛口不及姻事，且令與娉認爲兄妹，蓋有可疑，而無從質問。乃潛往伍相祠祈夢，得神報云："灑雪堂中人再世，月中方得見嫦娥。"既覺，莫曉所謂，但私識之。一日，偶與朋友遊西湖。娉伺生不在，携侍姬蘭苕，潛至其室，遍閱簡牘，見有嬌紅記一冊，笑謂苕曰："郎君觀此書，得毋壞心術乎！"因戲題絕句二首於生卧屏上。詩曰："淨几明窗絕點塵，聖賢長日與相親；文房瀟灑無餘物，惟有牙籤伴玉人。""花柳芳菲二月時，名園剩有牡丹枝；風流杜牧還知否？莫遣尋春去較遲。"

抵暮，生歸。見詩，知爲娉作，深悔一出不得相見。乃賡其韻，用趙松雪體行楷書於花箋，以答娉。詩曰："冰肌玉骨出風塵，隔水盈盈不可親；留下數聯珠與玉，憑將分付有情人。""小桃纔到試花時，不放深紅便滿枝；只爲易開還易謝，東君有意故教遲。"寫畢，無便寄去。躊躇間，忽春鴻來謂生曰："夫人聞郎君西湖歸，懼爲酒困，遣妾持武夷小龍團茶奉飲。"生喜甚，即啜一甌。因移身逼鴻坐，笑謂鴻曰："娉娉既視我爲兄，汝何惜暫爲吾婦。"鴻變色曰："夫人理家嚴肅，婢妾只任使令，豈敢薦枕於君，以污清德。"生曰："東園桃李片時春也，何害？"遂與鴻狎。且謂鴻曰："吾有一簡奉娉娉，能爲我持去否？"鴻曰："敢不從命，當亟遞去。"鴻入，遇娉茶堂中，即以與之。娉急置於懷，囑鴻勿洩。返室觀之，乃和其絕句二首。讀罷，歎曰："清楚流麗，類其爲人。"言未已，聞夫人呼曰："有客。"娉趨出，乃外兄莫有壬也。自藳城來省邢國，因設宴待之。生亦與坐。夫人以久別有壬，且悲且喜。姑姪勸酬，不覺至醉。兼之有壬遠來，驅馳鞍馬，困憊不任酒，急欲休息，苦告夫人。夫人乃令脫歡扶掖至禮賓堂之南小齋内歇卧。生亦隨出，獨立於重堂。無何，夫人亦眩暈思卧，乃先就榻。惟娉娉率諸婢收拾器皿，鎖閉門户。朱櫻持燭，伴娉出重堂巡邏。見生孤立，驚曰："兄未寢乎，何此延佇？"生告以渴甚，求漿弗能得。娉即令櫻入厨中取茶，因代櫻執燭，置案上。燭爲風爍，蠟液淚流。娉以金剪剪之曰："汝亦風流乎？"生曰："子不聞李義山詩云：'春蠶到死絲方盡，蠟燭成灰淚始乾。'"娉曰："義山，浪子耳。何眷戀之深耶？"生曰："人同此心，心同此欲。烏可以此病義山乎？"娉曰："然則兄亦義山之流亞矣。"生曰："風情幽思，自謂過之。"娉曰："若兄之言，真風流蘊藉之士也。但佳句云'勞心'者，果勞何事，不知商隱亦有是乎？"生曰："室邇人遐故也。"娉不答，指壁上琴曰："兄善是耶？"生曰："幼耽此技。小姐聞亦能之？"娉曰："謾寄指耳，敢言能乎。"俄朱櫻捧茶至。娉起，遞與生。生謝曰："何煩鄭重？"娉曰："愛親敬兄，禮宜如是。"生將促席與言，娉遽斂身曰："今夕夜深，兄宜返室，來宵有便，當詣聽琴，幸無他往也。"各道萬福而退。

次日,夫人中酒不能起。薄暮,娉偷至厢房。生政懸望,佇俟階前,陡見娉來,喜心翻倒,即擁娉入。坐定,生拂几焚香,解錦囊,出天風環佩琴,請娉彈。娉羞澀固辭。生於是轉軫調弦,鼓關雎一曲,以感動之。娉曰:"吟揉綽注,一一皆精。但惜取聲太巧,下指略輕耳。"生甚服其言,必欲觀娉之指法,請之不已。娉乃命朱櫻取琴放己前琅玕石桌上,操雉朝飛一調以答生。生曰:"佳哉指法!但此曲未免淫艷之聲多。"娉曰:"無妻之人,其詞哀苦,其聲悽怨,何淫艷之有?"生曰:"自非牧犢子妻,安能造此妙乎?"娉無言,惟微哂而已。是夕,談話稍款,言情頗深。值夫人睡覺,呼娉,索人參湯。娉惶恐走去。生茫然自失,魂魄俱喪,面若死灰,大失所望。因枕上賦如夢令一詞自悼。詞云:"明月好風良夜,夢到楚王臺下。雲薄雨難成,佳會又爲虛話。誤也,誤也,青著眼兒干罷。"

平旦,生起,整衣冠,趨夫人閣問安否。出至重堂,轉從堂後,循曲巷,欲造娉室,迷路而回。至清凝閣前,少憩。時娉政坐閣中,低鬟束雙彎,著繡鞋。生即屏身戶外,窺於隙間,爲娉小婢福福見之,報與娉。娉大憤,將起白夫人。生惶恐告娉曰:"向於夫人處問安,路迷至此。兄妹之情,寧忍見窘?"娉曰:"男子無故不入中堂,況且直造人家閨閣乎?今且恕兄,後勿再至。"生連揖不已。娉曰:"聊恐兄耳,毋勞深謝。"因指閣前臨清小瓦盆養瑞香一株,命福福云:"送去兄臥房中,爲幽人之伴。"生曰:"得此一株,當貯諸金屋。"娉笑而頷之。福遂捧花,送生出。生知福乃娉之親隨,即探囊中金數星與之,冀其傳遞簡帖,潛通殷勤。福拜而受之,自此得其用矣。然生自離家之後,兩月有餘。寒食初過,清明又到。夫人備酒肴,召鄰曲及邊嫗,並拉生出郭掃墳。惟娉娉以小疾新愈,不得偕行。生覘知娉不去,乃佯出。夫人留之,生曰:"適何先生遣人見呼,不敢不去。弗及拜平章神道,意甚缺然。”夫人曰：“先生召無諾，宜速往也。”生去，夫人亦登輿。
舉家畢從，惟留福福及小女使蘭苕伴娉。生度夫人行遠，徐徐而
歸。至重堂，門閉不得入，徘徊廊下。福福聞人履聲，謂是客至，
啟門問之，乃生也。生急持福裾，問娉所在，欲見之。福曰：“小
姐敏慧聰明，知書識禮，持身謹慎，不離閨房，貞靜幽閒，凜不可
犯。妾不敢冒昧導君唐突西子。”生曰：“吾之遇汝，自謂有緣。
雖張珙之紅娘，不啻過也。今汝乃有是言，余之觖望甚矣！”福沉
吟半晌曰：“彼雖以禮自持，然幽情頗切。吾嘗見其臨鏡自照，回
顧妾曰：‘我何如月中之嫦娥也？’妾復之曰：‘不己誇乎？’彼乃
曰：‘姮娥雖貌美，叵耐只孤眠。’由是觀之，可以情亂也。”生曰：
“爲今之計，將若之何？”福曰：“妾有吳綾手帕，郎君試爲情詩，染
其上，我當持與之觀。郎君輕步躡妾後窺之，彼若動心，事諧必
矣。”生欣然握管，題以付之。詩曰：“絞綃原自出龍宮，長在佳人
玉手中。留待洞房花燭夜，海棠枝上拭新紅。”福袖帕入。生尾
福後，至柏泛堂，以夫人守節，取詩“泛彼柏舟”之義，故扁。娉方倚檻，玩
庭前新柳，曰：“綠陰如許矣。”因誦稼軒詞云：“莫去倚危闌，斜陽
政在、煙柳斷腸處。”生遽前撫其背曰：“斷腸何所爲乎？”娉驚曰：
“狂生又至此耶？”生曰：“韓壽竊香，相如滌器，狂者固如是乎！”
娉乃命福取茶。福佯墮手帕於地。娉拾而觀之，見詩怒曰：“此
必兄所爲，小妮子何敢無忌憚如是，吾將持以白夫人。”生愧謝再
三，繼之以跪。娉因回顏一莞，收置懷中曰：“毋多言。姑此共
坐，少叙半晌之歡。倘老母來歸，則無及矣。”生大喜就坐。娉呼
福出佳肴薦酒，親持金荷葉杯，酌以勸生。生辭不飲。娉固勸，
生謝曰：“此意良已勤，政昔人所謂：雖吃椎子，亦醉不煩酒。”略
飲數杯，因命徹去。娉從之。生乃促席，與娉聯坐，語娉曰：“我
奉命慈親，爲此姻事，艱難水陸，千里遠來。今夫人了無一語道
及前盟，必有他謀。事恐中變，命爲兄妹，其意可知。子復漠然，

路人相視，殊無聊賴。久擬賦歸，但以未與子言，故遲遲不決耳。今幸相逢，難期再會。余之心事，子既知之，諧與不諧，明以見告，毋徒使我爲周南留滯之客也。"娉聞之，撫髀歎曰："余豈木石人哉！兄之此言，豈知我者。妾自遇兄來，忘飧廢事，心動神疲，夜寐夙興，惟君子是念。願以葑菲，得侍房帷，偕老百年，乃深幸也。第恐天不與人方便，不能善始令終，張琪、申純，足爲明鑒。兄如不棄菅蒯，妾可永執箕帚。毋輕一舉，當計萬全。"生曰："若待六禮告成，則余墓草宿矣。子其憐之，毋吝今夕。"娉未及對，而蘭苕報夫人回矣。生蒼忙趨出。是日，三月丙午也。

　丁未清晨，生入謁。夫人曰："昨因祭掃就，過湖上諸寺一行，佳景滿前，令人應接不暇。所惜者，寓言不在耳。"生唯唯而退。至中堂側門，與娉相遇。侍妾森然，前遮後擁。彼此注視，莫交一言。生歸室悶悶，因誦崔灝黄鶴樓詩云："日暮鄉關何處是？煙波江上使人愁。"適娉經窗外，聞之，因穴窗呼生曰："男兒何懷土之切乎？"生曰："事屬參差，終不能就。處此無益，莫如歸休。"娉曰："少頃當令福福詣君。"言訖而去。早飯罷，福果來謂生曰："娉小娘有簡奉君。"生拆而觀之，乃詩一首，云："春光九十恐無多，如此良宵莫浪過。寄語風流攀桂客，直叫今夕見姮娥。"讀畢，生喜不自制，顒顒然視日之斜，汲汲然望夜之至。豈期向午，生之友人金在鎔來，拉生過平康。生以他事拒之，金固不許。不得已，乃與同行。至彼，妓有秀梅者，頗曉詩詞，素慕才俊，見生洒落，勸以巨觥。金又與轟飲。生意不在酒，爲二人所困，痛醉而歸。展紫絲褥，卧於房前石闌干側地上。迨暮，月明，夫人睡熟，娉乘便赴約。不意生酣寢，酒氣逼人，呼之不應。乃悵然行於階下，徐入生室，取宣毫，寫絶句一首於生練裙上，投筆而去。詩曰："暮雨朝雲少定蹤，空勞神女下巫峰。襄王自是無情者，醉卧月明花影中。"

　　五更天明，生酒亦醒，起步花陰，但見落紅沾袖，墜露濕衣，追省娉期，潸然流淚。正鬱鬱間，忽風吹生衣裾，裾翻字見。生舉視之，乃七言絕句，娉所染也。因大悵恨，失此良會，爲人所誤，深負娉期。因剪下裙幅，裝潢成軸，懸於壁間。仍賡原韻，緘以寄娉。詩曰："飄飄浪迹與萍蹤，誤入蓬萊第幾峰。凡骨未仙塵俗在，罡風吹落醉鄉中。"詩後復有一詞，名憶秦娥，云："春蕭索，可憐更負佳人約。佳人約，今番準定，莫教違卻。　　世間雖有相思藥，應知難療身如削。身如削，盈盈珠淚，夜深偷落。"

　　一日，忽聞夫人喚春鴻云："平章忌辰在邇，合照常規。汝可往西鄰靖恭姚長者家，問幾時建金山佛會，亦欲附薦平章，以邀冥福。"鴻少選返命云："只在此月二十五日，爲始適廟忌辰，凡三晝夜。若欲與建善功，必須先嚴齋戒。至日，請詣法筵，炷香禮佛，竣事方歸。"至期，夫人分付娉家事畢，乃往姚宅。娉與生俱送及門，因得同行入內。經過生臥房前，生苦邀入，欲賦高唐。娉懇辭曰："蒲柳賤軀，敢自吝惜。但今白晝，僕妾衆多。若交接之頃，雲雨方濃，妾於此時如醉如夢，能保無他虞乎？莫若少待今宵。兄宜親即妾所，妾當明燭啟門，焚香迎候。"生深然之。至暮，娉戒諸奴僕曰："夫人偶不在家，汝等各宜早歇。男僕不許擅入中門，女僕亦須不離內寢。毋得輒便私相往來！"衆皆拱聽，莫敢不遵。人既定，生乃尋向路，由柏泛堂後轉過橫樓西。適有兩巷相聯，莫知何者可達。狐疑未決，忽風送好香一炷，逆鼻而來。生心喜曰："娉不遠矣。"徑趨右巷。巷窮，果得娉寢。但見綠窗半啟，絳燭高燒。娉上服紫羅衫，下着翠文裙，自拈生龍腦於金雀尾爐中焚之。香煙縹緲，燭影晶熒。驟得見娉，疑與仙遇。娉笑曰："巨卿信人也。"出戶迎生，延入室內。室中安墨漆羅鈿屏風牀，紅羅圈金雜綵繡帳。牀左有一殷紅矮几，几上盛繡鞋二雙，彎彎如蓮瓣，仍以錦帕覆之。右有銅絲梅花籠，懸收香鳥一隻。餘外無長物。房前寬闊僅丈許。東壁掛二喬並肩圖,西壁掛美人梳頭歌。壁下,二犀皮桌相對,一放筆硯文房具,一放妝奩梳掠具。小花瓶插海棠一枝,花箋數番,玉鎮紙一枚。對房則藕絲吊窗。窗下作船軒,軒外繚以粉牆。牆內疊石爲臺。臺上牡丹數本,四傍佳花異草,叢錯相間。距臺二尺許,磚甃一方池。池中金魚數十尾,護階草籠罩其上。生未暇遍觀,即攜娉就寢。娉乃取白絨軟帕付生曰:"兄詩驗矣。可謂'海棠枝上拭新紅'也。"生笑爲娉解衣,共入帳中。娉低聲告生曰:"妾幼處深閨,未諳情事。媾歡之際,第恐弗勝。兄若見憐,不爲已甚。"生曰:"姑且試之,庶幾他日見慣。"豈期娉之身體纖柔,腰肢顫掉,花心才折,桃浪已翻,羞赧呻吟,如不堪處。而生蜂鑽蝶戀,未肯即休。直至興闌,將過夜半。生起,持帕剪燭觀之,仍與娉,使藏焉,留爲後日之驗。娉曰:"賤妾陋軀,爲兄所破。靜言思之,有靦面目。伉儷之約,兄善圖之。毋使妾爲章臺之柳,則幸矣。不然當墜樓赴水以死謝。兄斷不能學流俗之人,背盟他適,以負所天。"生曰:"我爲男子,豈不能謀一婦人! 況有夙緣,不必過爲之慮!"乃於枕上口占唐多令一闋以贈娉。詞云:"深院鎖幽芳,三星照洞房。驀然間,得效鸞凰。燭下訴情猶未了,開繡帳,解衣裳。　新柳未舒黃,枝柔那耐霜。耳畔低聲頻付囑,偕老事,好商量。"娉亦依韻和以酬生:"少小惜紅芳,文君在繡房。馬相如,賦就求凰。此夕偶偕雲雨事,桃浪起,濕衣裳。　從此褪蜂黃,芙蓉愁見霜。海誓山盟休忘卻,兩下裏,細思量。"

　　自此往來頻數,無夕不歡。雖連理之柯,比翼之鳥,奚以過也。何期光陰易失,樂極悲來,夏暑將殘,秋風又動。忽收蘭夫人及二兄書,取生回應鄉試。生得書悒怏,不遣娉知。然言動之間,屢有嗟歎之意。娉察知之,生不獲隱,出母書示之,彼此流涕。未數日,生二兄又遣一僕海仙馳書奉邢國夫人,使促生早還。夫人啟緘，讀畢，令人召生至，以母書示之，且謂生曰："尊夫人相念之深，二令兄促歸亦急，且欲同應秋科，實人間美事。老身雖不忍遽捨郎君，然母命兄書，安可違越？所願桂枝高折，早佔鰲頭，側耳捷音，與有榮耀。瓜期未及，拱候再來。"遂備辦行裝，送生上路。娉時侍夫人座側，聞知此言，淚落如注，即起入內。其夜，伺夫人睡靜，乃潛出別生。相視飲泣。遂謂生曰："政爾歡娛，乃有遠別。天耶？人耶？何至此極也？"生曰："我爲母兄所逼，且只暫歸。三兩月間，再圖相見。子第寬心，保攝眠食，勿爲無益之悲，徒損傾城之貌。"娉掩泣曰："兄途中謹慎，早早到家，有便再來，勿爲長往。妾醜陋之身，乃兄所有。儻念么麼，不我遐棄，雖死之日，猶生之年。"乃面生再拜曰："只此別兄，明日不能出矣。"生亦哽咽，目送娉退。次早，娉又遣福福叩門，持手簡送鴉青紵絲成鞋一雙，綾襪一輛。贈生簡云：

> 薄命妾娉再拜白寓言兄前：娉薄命，不得侍奉左右爲久計。今馬首欲東，無可相贐。手製粗鞋一雙，綾襪一輛，聊表微意。庶步武所至，猶妾之在足下也。悠悠心事，書不盡言。伏楮緘詞，涕淚交下。不具。

生覽畢，惟墜淚而已。遂收拾鎖於書笈。既登途，凡道中風晨月夕，水色山光，睹景懷人，只增悲惋。及抵家，已迫槐黃矣。遂偕二兄往就試。鸞、鷟失利，惟鵬領高薦而歸。賀客填門，雜沓數月。迨冬末，同年促上禮闈。生方欲託病不赴，圖爲杭游，以踐夙約。而母與二兄之弗容，府尹、縣侯之敦遣，不獲已，黽勉而行，期在下第，庶得即歸。詎意青錢萬選，高中會闈，揭曉名次，群英廷試，又在甲榜。擢應奉翰林文字。才名日起，籍甚。當時虞、揭諸公，皆加愛重。生雖居清要，而心念雲華，未嘗暫捨。因求外補。明年正月得江浙儒學副提舉，政愜所願。遂不歸襄漢，徑赴錢塘。需次待缺，首具袍笏，詣賈氏，拜夫人。夫人見生來，喜色溢面，勞之曰：“且審金榜題名，文臺列職，平生之願，一旦盡酬。第恨靈昭年幼，未歷江湖；老病屢嬰，不能遠涉，無由造賀，作慶尊堂爲愧耳。”生謝曰：“末學荒疏，謬登科目。續貂之誚，有愧於中。然自別門下，兩載光陰，令女、賢郎安否何似？輒敢請見，少慰下懷。”夫人曰：“小兒讀書郡學，半月一回。醜女在家，尋當上謁。”遂命秋蟾召娉。須臾出見，流盼風生，悲喜交集。夫人置酒，邊嫗亦來。邢國舉杯致賀，生畢飲。復命娉曰：“魏兄高第顯官，人間盛事。汝既在妹列，豈可無一杯致賀乎？”娉再拜領命，乃酌酒勸生。生復酬娉母女，極歡而罷。既暮，辭出。夫人曰：“幸未上官，免尋邸舍。吾家舊寓，謹以相延。”生且謝且辭，退就寢室，風物依然，一榻如故。因賦律詩一首，題於壁，以紀重來。詩曰：“不到仙家兩載餘，竹窗幽户尚如初。梁懸徐孺前時榻，壁寫崔生昔日書。花柳謾爲新態度，江山不改舊規模。未知當日桓溫幕，還有風流此客無？”

次日，生出謁。夫人慮生寓所器物不備，或乏人使令，乃呼娉侍行，過彼點檢。及至，凡百所需，悉已完具。宜童復專供役。蓋娉已宿戒之矣，而夫人弗知也。周視間，忽見生壁上新題，讀之數過，稱賞不已。且顧娉曰：“才子！才子！”又云：“此人器量宏深，學問該博，聰明敏捷，少有比倫，不出十年，須當遠到，提舉未足以淹也。女子識之。”夫人素有藻鑒，慎許可。娉見母譽生如此，愈加愛重。由是夜往晨回，傾情倒意，雖接翼之鸞鳳，交頸之鴛鴦，未足以喻其和協也。夫何情愛所迷，殊無顧忌；朝歡暮樂，婢妾皆知。所未覺者，惟邢國一人而已。

或日，春鴻與蘭茗於清凝閣前閒坐，分食泉州鳳餅香茶。娉偶過見之，默然不樂。私念此茶，夫人物也。惟己嘗竊數餅與生，計必生私二人，自彼而得。因詰問之，鴻、茗不能隱，以生與爲對。娉大恨恚，妒念頓生，乃捃摭他事，白於夫人，俱遭痛撻。鴻輩銜恨，謀發娉私。覷娉與生於後園池上重陰亭前弈棋，急趨白夫人云："圃中池蓮，有一花並蒂，紅白二色，開已一日。請往觀之，恐久則卸矣。"夫人喜曰："此禎祥兆也。"如其請。生與娉不虞其至，方抵掌大笑曰："雲華姐又輸一局矣！敢請子之金釧爲賭資，可乎？"言未已，忽風撼敗桃一枚，墜局中。娉驚訝，舉首視之，遙見二人侍夫人來，知其故意相襲也，急目生，使入天林洞避去。而博戲之具收拾弗及，乃佯趨走，迎語夫人曰："兒多時不到園中。適因繡倦，與福福携楸枰來此，以消長日。忽見並頭蓮花，紅白二色相向，真佳瑞也！政擬報知膝下，而娘娘來矣。"鴻、苔雖善其支吾，然未敢面斥，惟相目冷笑而已。幸夫人眼昏，莫辨其爲生也。夫人曰："蓮花雙蒂者，常有之。但一紅一白，爲難得耳。適聞春鴻言如此，將欲呼汝同觀，不意汝先在此矣。然人家處子，不離閨房，偶或出遊，擁蔽其面。今汝不使我知，輒行至此，雖無人見，亦且不宜。況汝讀書知禮，豈不知博弈之爲非當，痛以自懲，後勿復爾。"然夫人只知其與福福手彈，不料其與生對壘也。遂同至亭間，徘徊瞻企。夫人命春鴻曰："佳哉花也！可召魏郎君來此同玩。"鴻將啟齒，娉恐其有言，潛躡其足。鴻會意，乃紿夫人曰："有此佳花，而酒肴未備，不若明旦於此開宴，召之賞玩，亦未爲晚。"夫人點頭曰："春鴻言是也。"遂回。詰旦，果於亭上設席。且於郡學呼麟回，同生賞花。酒半，夫人目麟曰："吾聞人家興替，見於花卉，蓋草木得氣之先，且瑞應之來，必不虛也。汝今秋文戰，或者得捷雙蓮之瑞，其在是乎？宜賦一詩，以觀汝志氣。魏提舉如不相棄，亦請唾珠玉，以重斯芳。"麟與生奉命一揮而就，以呈夫人，夫人覽而歎曰："提舉絕妙好詞！吾兒結意亦自可取。"因付娉曰："汝觀而藏之，留爲汝弟秋科張本。"二詩云：

若耶溪裏萬紅芳，那似君家並蒂祥。韓虢醉醒殊態度，英皇濃淡各梳妝。徒勞畫史丹青手，謾費詞人錦繡腸。向夜酒闌明月下，只疑神女伴仙郎。

鵬詩

亭亭翠蓋陰妁嬈，一種風流兩樣嬌。飛燕洗妝迎合德，綠鸞微醉倚文簫。若教解語應相妒，縱是無情也自妖。寄語品題高著眼，直須留作百花標。

麟詩

娉讀之，微莞，將收入袖中。生乃請於夫人曰："小姐也不可無佳製。"夫人乃命娉曰："汝試爲之，請教提舉。"娉對曰："好語皆爲兄所道，尚何言哉！然亦不敢不勉強。"遂口占聲聲慢一闋。詞云：

太華峰頭，若耶溪上，秋波蕩漾嬋娟。翠蓋陰中，佳人並著香肩。深杯怎禁頻勸，便玉容霞臉爭研。真個是善才、龍女，不染塵緣。　　共說風流態度，似鳳臺簫史，夫婦同仙。描畫丹青，生綃難寫清聯。鴛鴦也知相妒，卻愛來比翼花邊。心更苦，委淤泥，絲又闇牽。

生傾聽之餘，自愧弗及，因出席揖之曰："風流俊媚，的是當家。真可謂才調女相如也！"娉斂繡巾拜謝曰："不敢當，不敢當。"酒散月明，夫人醺寢。娉出就生，具告以昨日圍棋之故。且吐舌曰："非桃墜，則夫人見矣。奈何？奈何？"生曰："此天也！然非子之臨機應變，則罅隙呈露。吾二人安得復合耶？危哉！危哉！"娉曰："夫人以妾昨過園中，微賜訶譴。今不敢再至矣。所恨前時遠別，今幸相遭，復被匪人百端間阻。然當爲兄屈己下之，冀回其意。兄且忍耐，勿爲憂煎。然此亦由兄私之之過也。論語曰：'惟女子與小人爲難養也。近之則不遜，遠之則怨。'不可不加之意也。"蓋微諷生寵春鴻、蘭苕事，以箴之。生慚悚交並，莫知爲對。娉自此深居簡出，杳不相聞。生亦踧踖不安，若有芒刺在背。凡遇內集，多卻不來。娉雖謬爲斂迹，而益重幽思，故於鴻、苕，特加禮待，但其所欲，舉以贈焉。再後，二人俱墮娉術中，夙怨冰釋，翻爲之用，第生未知耳。踽踽月餘，無聊特甚。政憂悶中，忽福福送新蓮數房來，且報鴻、苕釋憾，早晚可以相見，生聞之，手舞足蹈，不任歡情。因以蜀箋寫所賦夏景閨情十首，爲小引於前，以答娉。其詞曰：

> 孤館無聊，睡起塊坐，不見賢淑，豈止鄙吝復生而已哉。謾成閨思十首奉寄。一則以見此情之拳拳，一則時自省覽，猶佳麗之在側也。

> 香閨曉起淚痕多，倦理青絲髮一縚。十八雲鬟梳掠遍，更將鸞鏡照秋波。

> 侍女新傾盥面湯，輕攘雲腕立牙牀。都將隔宿殘脂粉，洗在金盆徹底香。

> 紅棉拭鏡照窗紗，畫就雙娥八字斜。蓮步輕移何處去？階前笑折石榴花。

> 深院無人刺繡慵，閑階自理鳳仙叢。銀盆細搗青青葉，染得春葱指甲紅。

> 薰風無路入珠簾，三尺冰綃怕汗粘。低喚小鬟扃繡戶，雙彎自濯玉纖纖。

> 愛唱紅蓮白藕詞，玲瓏七竅逗冰姿。只緣味好令人羨，花未開時已有絲。

> 雪爲容貌玉爲神，不遣風塵涴此身。顧影自憐還自歎，新妝好好爲何人？

> 月滿鴻溝信有期，暫拋殘錦下明機。後園紅藕花

深處，密地偷來自浣衣。

明月嬋娟照畫堂，深深再拜訴衷腸。怕人不敢高
聲語，盡在殷勤一炷香。

闊幅羅裙六月裁，好懷知爲阿誰開。<u>温生</u>不帶風
流性，辜負當年玉鏡臺。

詩後復寫一詞，名青玉案：

合歡花下曾相見，猶記把毫題綵扇。自別佳人冰雪面，
朝思暮想，倚門挨戶，無也千來遍。　　靈犀一點懸春綫，
殘夢驚回梁上燕。惆悵佳期成又變，雲箋都是蠅頭字，難寫
<u>張生</u>怨。

書畢，付<u>福</u>賚去。<u>娉</u>得之，啟誦，而<u>鴻</u>、<u>苕</u>偶來問曰："小姐所詠
詩，誰人之作，乃爾俊麗耶？"<u>娉</u>汪然流淚曰："久有心事，思與渠
輩談之。屢欲吐詞，復囁嚅而止。"<u>鴻</u>等同聲應曰："某輩賤流，受
小姐厚愛多矣。但可爲地，當盡力以報。"<u>娉</u>曰："此<u>魏生</u>詩也。
吾之遇彼，渠輩備詳。爰自爾日重陰之遊，幾於狼狽。若爲夫人
見之，我無措身之地。賴汝調護，遂得無他。今不見生者，一月
矣。非惟我念之深，生亦思吾尤切。彼此隔越，誰與爲謀？"二人
起謝曰："今夫人受戒，日坐佛閣，誦內典，家政悉小姐所權。苟
有欲爲，儔敢喘息！萬有異議，某等任之。脱不踐言，鬼神臨
鑒。"<u>娉</u>曰："若然，吾何恨！"是夕，始復就生，相與如故矣。或偎
紅倚翠，盡雲雨之歡；或舉白弄琴，極從容之樂。不覺流光奄冉，
七夕又臨。<u>娉</u>請於夫人，於內堂結綵樓乞巧。瓜果羅列，肴羞備
陳。夫人謂<u>娉</u>曰："久不見汝作詩詞。今夕天上佳期，人間良夜。
或詩或詞，隨汝所爲。吾當召<u>魏生</u>來，與汝講論，庶有新益。"<u>娉</u>
唯命。於時，生至。夫人曰："世謂今宵天孫賜巧，小女輩未能免
俗，謾設瓜果之筵，亦嘗命之賦小詩，以紀佳節。竟未知曾就

否？"娉即前應曰："適奉命綴得七言絕句二首。"遂出諸袖間，墨痕猶濕。夫人接看畢，遞與生曰："小女拙詩，提舉無吝見教。"生讀竟，曰："宋若蘭姊妹之儔，誠不易得也！鵬雖不敏，當亦效顰。第恐白雪陽春，難爲屬和耳。"娉詩曰："梧桐枝上月明多，瓜果樓前艷綺羅。不向人間賜人巧，卻從天上渡天河。""斜嚲香雲倚翠屏，紗衣先覺露華零。誰云天下無離合，看取牽牛織女星。"鵬和詩曰："流雲不動鵲飛多，微步香塵滿襪羅。若道神仙無配偶，怎教織女渡銀河。""娟娟新月照圍屏，井上梧桐一葉零。今夕不知何夕也，雙星錯道是三星。"

詎意好事多乖，會難離易。次早，生收家問，報母訃音，竟不及榮上提舉之任，而丁憂之行逼矣。夫人乃召邊嫗，告之曰："吾有一切己事相託，未審能爲我周全乎？"嫗避席曰："願聞何事。苟可用情，當爲極力。"夫人曰："娉娉年長，欲覓一快婿。斧柯之任，相屬如何？"嫗笑曰："老拙久懷此意，但未敢形言。今夫人門下，自有其人，而欲他謀，徒費齒煩，真所謂：道在邇而求諸遠也。"夫人曰："得非謂魏生乎？佳則佳矣！然有說焉。生少年高擢，揚歷仕途，若以歸之，勢必携去。吾止有此一息，時刻不面，尚且念之；若嫁他鄉，寧死不忍。政爲向者生來時，乃母惠書及此，且舉昔日指腹之言，我欲答書，沉思而止。是以對生亦絕口不曾道及者，非背盟也。今蘭夫人棄養，生又得官，他日當自有佳人求爲匹配。醜女不足以奉箕帚也。吾不欲面談，煩嫗委曲達及，使之他圖。我若不明言，彼又膠於前語，如之何？其不兩誤耶？"嫗如教，喻生。生曰："余久知之，彼則遲疑未判。今言若此，明說不諧。況寒門重罹荼毒，行色匆匆，殞越之餘，寧暇爲計。雖然，此先堂意也。煩嫗善爲我辭，夫人豈不聞聖人有言：'自古皆有死，民無信不立。'既奉初言，息壤在彼。天地鬼神，昭布森列。豈可以吾母既亡，背盟棄好？且閭閻下賤，尚不食言。

曾謂小君,而可失信?嫗若以義責之,庶或可允萬一。秦晉能
諧,當奉千金爲壽。"嫗曰:"吾哀王孫而緩頰,豈望報哉!"遂去,
備以言反覆勸於夫人。夫人曰:"嫗雖巧爲説客如蘇張,其如吾
不聽何?"嫗見如此,不復敢言,退而告生。生忍淚曰:"死生契
闊,從此始矣。"乃即促裝,亟爲歸計。娉聞之,與春鴻、秋蟬輩伺
夫人困睡,潛於柏泛堂設宴,召生入爲别。生至,相持,魂飛魄
喪,嗚咽不自勝。鴻等亦哽塞,不能仰視。娉乃舉杯於生前,拜
曰:"兄行,不來矣。平時與兄一日不握手,此恨何堪!矧今守制
三年,伖離千里,不諧伉儷,從此途人。惟兄節哀順變,保攝金玉
之軀,服闋上官,别議佳偶,宗祧爲重,勿久鰥居。妾命薄春冰,
身輕秋葉,雲泥異路,濁水清塵。然既委身於君子,豈再托體於
他人!以死爲期,言猶在耳。行當畢命窮泉,寄骸空木,曷其有
極,長恨悠悠。平時兄屢命我歌,每每忸怩而止。今死生永訣,
豈可復辭。我試謳之,兄其側耳。政唐人所謂:'一聲河滿子,雙
淚落君前'也。"乃歌踏莎行一闋,云:"隨水飛花,離弦飛箭,今生
無處能相見。長江縱使向西流,也應不盡千年怨。　　盟誓無
憑,情緣無便。願魂化作啣泥燕,一年一度一歸來,孤雌獨入郎
庭院。"歌訖,大痛數聲,蓦然仆地。左右扶掖,良久乃蘇。竟夕
不成歡而罷。來早,娉乃破所照匣中鸞鏡,斷所彈琴上冰弦,並
前時手帕,遣福福持去,付生,爲相思記念。福福艴然曰:"小姐
賦禀温柔,幽閑貞靜,其性不可及,一也。天資美艷,絶世無雙,
其貌不可及,二也。歌詞流麗,翰墨清新,其才調不可及,三也。
諳曉音律,善措言詞,其聰明不可及,四也。至於考究經史,評論
古今,纚纚然如貫珠,灑灑然若霏雪。下至女事,更不在言。矧
又爲薊公之孫,娉祖封薊國公。平章之女,母有邢國之賢,弟有令尹
之貴。四德全備,一族同推。行配高門,豈無佳婿?顧乃逾牆鑽
穴,輕棄此身,戀戀魏生,甘心委質,流而爲崔鶯鶯、王嬌娜淫奔

之女，以辱祖宗。且生纍然衰絰，五內崩摧。以此與之，毋乃不可。誠所謂既不能以禮自處，又不能以禮處人。妾實恥之，無面目將去也。"媾吁聲長歎曰："爾自事吾，小心謹慎，我亦憐汝，不啻己生。來往十年，未嘗齟齬。然尚不知我心，猶有此論。則紛紛外議，無怪其然。與其負謗而生，莫若捐軀而死。"乃取白練，將自縊。福遽止之，急足遞去。生收置行李中，入辭夫人。夫人贈白金五十兩，生固卻不受。夫人曰："知不成禮，聊見微情。想讀禮之餘，剩有閒暇，毋惜惠音，以慰老朽。"生跪曰："數年門下，深荷恩慈，豈特待我如賓，真乃視余猶子。死生骨肉，鏤膽銘肝。方獲微官，冀圖少報。不幸禍延先妣，遺棄諸孤。守制東還，遠違懿範。素心曷已，黃髮是期。俯首階庭，不勝霑灑。"夫人亦感愴，使鴻呼媾出別。促之至再，堅不肯來。生亦不苦請，蓋不忍與之見也。遂行。

　　其年秋，麟果中浙江鄉試。夫人喜動顏色，曰："雙蓮之祥驗矣。"遂改重陰亭爲瑞蓮亭。明年，赴春官，亦得捷。授陝西之咸寧尹，挈家偕行。媾自離生後，柳悴花憔，香消玉減。終日不食，達旦不眠。咄咄書空，盈盈滴淚。兼之道途頓撼，陸路艱難，抵縣浹旬，息將垂絕。夫人憂損特甚，莫曉其致病之由。研問家人，鴻等始略言其概。夫人懊恨違盟，勢已無及，但百端寬喻，使之勉進湯藥而已。又月許，將屬纊之先一日，沐浴梳飾，具衣帨如常時，於母前拜曰："兒不幸疾疢彌留，死在朝夕。母恩未報，飲恨黃泉。賴有靈昭，可爲終養。願夫人割不可忍之恩，勿以女子自苦也。"又語麟曰："吾弟聰明才智，早掇巍科，步武青雲，前程遠大，家門有幸，父母有光。但願早尋佳偶，以養夫人。_{時麟猶未娶，故媾及之。}姊命薄年促，不及見賢弟聳壑昂霄，徒以死相累耳。我歿後，千萬勿焚，謀一坯之土，以權殯。俟賢弟解官，北歸幽州，携骨還葬，則志願永畢。"返室，撫福福曰："我將溘先朝露，只在朝夕。汝善侍夫人,勿以我爲念。"又有手書,囑春鴻曰:"爲我以是寄謝魏生,俾知我爲泉下客矣!"鴻謹藏而慰之曰:"小姐平生穎悟,通達過人。雖在女流,深知道理。亦嘗賤焦仲卿伉儷之傷生,鄙苟奉倩夫妻之滅性。豈今日忘之,而自蹈其覆轍乎?且生一去,遂絕音徽。雖在制中,諒亦謀配。今紅葉頻來,紛紜傍午。天下多奇男子、美丈夫,以小姐才貌配之,孰所不願?何必魏生,然後快意?況夫人垂暮,愛女只小姐一人。萬一果致淪亡,尊懷何以堪處?竊爲小姐不取也。惟小姐不以人廢言,曲聽鄙語,翻然省悟,以理自遣。則非春鴻之幸,亦非小姐之幸,實夫人之大幸也!"娉曰:"嘻!爾過矣。吾豈世間癡淫女子,不知命者之流乎!吾之與生,蓋不偶也。彼此在母,先已締盟。厥後二家,果生男女。斯言斯誓,不爽毫釐。則天意人事,斷可知矣。豈料萱親鍾愛,不果命以歸生。雖出恩慈,不免負約。且女子事人,惟一而已。苟圖他顧,則人盡夫也。鬼神其謂我何?詩云:'穀則異室,死則同穴。'吾之心事,生實知之。春鴻雖厚我念我,然君子愛人以德,不可以姑息也。"言訖,淚落如雨。鴻亦慘慘而出。至晚,竟逝。麟以漆棺斂之,殯於開元寺僧舍,期任滿載歸瘞焉。無何,縣有劇盜,遁於襄陽,官遣胥吏康鏵者往彼捕之。春鴻乃出娉緘白麟,俾因鏵寄去與魏生。麟拆覽之,乃集唐人詩,成七言絕句十首,與生爲訣之詞也。麟以白母。夫人曰:"人已逝矣,勿違其意。"遂命寄去。其詩曰:

　　兩行清淚語前流,千里佳期一夕休。倚柱尋思倍惆悵,
　　寂寥燈下不勝愁。

　　相見時難別亦難,寒潮惟帶夕陽還。鈿蟬金雁皆零落,
　　離別煙波傷玉顏。

　　倚闌無語倍傷情,鄉思撩人撥不平。寂寞閒庭春又晚,

煙花零落過清明。

　　自從消瘦減容光，雲雨巫山枉斷腸。獨宿孤房淚如雨，
秋宵只爲一人長。

　　紗窗日落漸黃昏，春夢無心只似雲。萬里寂寥音信斷，
拎身何處更逢君。

　　一身憔悴對花眠，零落殘魂倍黯然。人面不知何處去，
悠悠生死別經年。

　　真成薄命久尋思，宛轉娥眉能幾時？漢水楚雲千萬里，
留君不住益凄其。

　　魂歸冥漠魄歸泉，卻恨青娥誤少年。三尺孤墳何處是，
每逢寒食一潸然。

　　物換星移幾度秋，鳥啼花落水空流。人間何事堪惆悵，
貴賤同歸土一丘。

　　一封書寄數行啼，莫動哀吟易慘悽。古往今來只如此，
幾多紅粉委黃泥。

生家居苫塊，度日如年，追念舊歡，遽成陳迹，然猶未知娉之死
也。因賦摸魚兒一闋憶之。詞曰：

　　記當年，浪遊江海，湖山佳處頻到。緋桃紅杏春光媚，
駿馬驕嘶馳道。親曾造，拜第一仙人，聽鼓朝飛操。風流音
耗，縱水隔蓬壺，浪翻銀漢，青鳥解相報。　　徒自悼，憶殺
那人情好，萬千心事難告。天涯回首成陳迹，還想綠依紅
靠。空灑淚，歎暑往寒來，綠鬢愁成皓。何時偎抱？把月下
鸞簫，花間鳳管，細寫斷腸套。

詞成，蓋略述與娉相遇顛末，方擬謀人寄去，忽康鐘者自陝來，得
娉凶問，並所集古句絕詩。讀之哀怨，悶而復醒。乃於峴山墮淚
碑傍，爲位以哭，酹酒以祭。且出娉前時所贈破鏡、斷弦，仰天誓

曰:"子既爲我捐生,我又何忍相負。惟當終身不娶,少慰芳魂。"
祭文就録於下云:

> 維大元至正十二年月日,鉅鹿魏鵬顥以清酌肴羞之奠,
> 遙祭於故賈氏雲華小娘子之靈。嗚呼! 天地既判,即分陰
> 陽。夫婦攸合,人道之常。從一而殞,是謂貞良;二三其德,
> 是曰淫荒。昔我參政,暨先平章,僚友之好,金蘭其芳。施
> 及壽母,與余先堂,義若姊妹,閨門頡頏。適同有妊,天啟厥
> 祥。指腹爲誓,好音琅琅。乃生君我,二父繼亡。君留涮
> 水,我返荊裏。彼此闊別,各居一方。日月流邁,逾十五霜。
> 千里跋涉,訪君錢塘。佩服慈訓,初言是將。冀遂曩約,得
> 諧姬姜。因緣淺薄,遂墮荒唐。一斥不復,竟成參商。嗚
> 呼! 君爲我死,我爲君傷。天高地厚,莫訴衷腸。玉容花
> 貌,宛在目傍;斷弦破鏡,零落無光。人非物是,徒有涕滂。
> 悄悄寒夜,隆隆朝陽。佳人何在? 令德難忘。曷以招子?
> 誰爲巫陽? 曷以慰子? 鰥居空房。庶幾斯語,聞於泉鄉。
> 峴山鬱鬱,漢水湯湯。山傾水竭,此恨未央。嗚呼小姐! 來
> 舉余觴。尚饗!

未久,生服滿赴都,陞除陝西儒學正提舉,階奉議大夫。而麟尹
咸寧,瓜期尚未及。迨復得相見,陞堂拜母,而夫人益老矣。見
生祇加悲悔。舊僕若脱歡輩,亦有物故者。惟春鴻諸姬,一一無
恙。生詢知娉殯宮所在,即往痛哭,以手叩墓門曰:"雲華,魏寓
言在此。想子平生精靈未散,豈不能爲華山畿乎?"生是夕宿公
署,似夢非夢,仿佛見娉來,曰:"天果從人願乎?"忘其死也,遽擁
抱之。娉曰:"兄勿見持,當有奉告。"生方悟其鬼也,因問之曰:
"子已謝世,今安得來耶?"娉曰:"妾死後,冥司以我無過,命入金
華宮,掌箋奏之任。今陰君感子不娶之言,以爲義高劉庭式。且

曰：‘不可使先參政盛德無後。’將命我還魂，而屋舍已壞。今議
假他屍，尚未有便。數在冬末，方可遂懷。彼時復得相聚也。”語
畢，倏然飛去。生驚覺，但見澹月侵簾，冷風拂面。四顧悽然，泣
數行下。遂成疏簾淡月詞一闋，以吊娉。詞云：

> 西湖皓月，從前歲別來，幾回圓缺。何處悽然，怕近暮
> 秋時節。花顏一去成終古，灑西風，淚流如血。美人何在？
> 忍看殘鏡，忍看殘玦。　　忽今夕分明夢裏，陡然相見，手
> 攜肩接。微啟朱唇，耳畔低聲兒説，冥君許我還魂也，教同
> 心羅帶重結。醒來驚怪，還疑又信，枕寒燈滅。

生到任，不覺雪花飄粉，梅蕊舒瓊，兔走烏飛，又當臘月。有
長安丞宋子璧者，一室女年及笄，忽暴卒。已三日，復蘇，不認其
父母，曰：“我賈平章女雲華，今咸寧縣宜差賈麟姊也。死已二
年，數當還魂。今借汝女之屍，其實非汝女也。”父母訝其聲音不
類，言語不倫，政疑怪間，女即徑入賈尹宅，如素曾到者。見夫人
及尹，道還魂甚詳。夫人與麟察之：聲音語笑，娉也；舉止態度，
娉也。然尚未信。須臾，入其寢室，呼春鴻諸婢妾名字，索其存
日遺物，絲髮皆不謬，始深信之。蓋咸寧與長安，俱西安在城屬
縣，廨宇相鄰。宋丞亦聞賈尹到任時，其姊氏亡故。然還魂之
事，世所罕有，乃與其妻陳氏同詣賈宅取回。女子堅不肯出，且
詬罵曰：“何爲妄認他人家女爲女耶？”宋夫婦無計，遂歡息而返。
夫人曰：“此天作之合也。”乃報魏生。生亦以夢中見娉事告賈母
子。夫人忻忻難言，於是命媒妁通殷勤，再締前盟，重行吉禮。
生執雁帛往親迎焉。夫人暨春鴻、蘭苕等俱往送娉。花燭之夕，
真處子也。枕上與生話舊，一事不遺。翌日，設宴於提舉公廨後
堂，宋丞一門亦與禮席。因詢丞女何名，乃知呼爲月娥。又得之
老門子云：“廨宇後堂，舊有扁名灑雪，蓋取李太白詩‘清風灑蘭

雪'之義,爲前任提舉取去,今無矣。"遂悟伍相廟夢中神云者,上句言成婚之地,下句言其妻之名。生遍以告座人,知神言之驗,喧傳關中,莫不歡異。有賦永遇樂詞以慶生者,因錄於此:

　　傾國名姝,出塵才子,真個佳麗。魚水因緣,鸞鳳契合,事如人意。貝闕煙花,龍宮風月,謾託傳書柳毅。想傳奇,又添一段,勾欄裏做還魂記。　　希希罕罕,奇奇怪怪,轃得完完備備。夢叶神言,婚諧腹偶,兩姓非容易。牙牀兒上,繡衾兒裏,渾似牡丹雙蒂。問這番,怎如前度,一般滋味。

生後與娥産三子,皆列顯宦。生仕至太禧宗禋院使,兵部尚書,年八十三方死。娥亦封郜國夫人,壽七十九而歿,與生合葬焉。生與娥平昔吟詠賡和之作,多至千餘篇,題曰唱隨集。酸齋貫雲石爲序於其前,生夫婦自序於其後,載於別錄,此不著云。

盧夢仙江上尋妻
石點頭卷二

〔情史卷一李妙惠條〕 李妙惠,揚州女,嫁爲同里舉人盧某爲妻。盧以下第發憤,與其友下帷西山寺中,禁絶人事,久無家音。成化二十年,有與同名者死,京城鄉人誤傳盧死,父母信之。居無何,歲大饑,維揚以北,家不自給。父母憐李寡貧,欲奪其志,强之不可。臨川鹽商謝能博子啟,聞其美且賢也,效幣請婚。李自縊者再,父姑患之。時李之父在外郡訓鄉學,李母偕鄰嫗勸諭殷勤,防閑愈密。李日夜哀泣,聞者爲之墮淚。既知勢不可解,乃勉從焉。緘書與父訣,詞甚慘。及歸謝家,抗志益篤。謝之繼母,亦揚州人,與李有瓜葛。李即跪請,願延斯須之命,終身爲主母執役。因堅侍母傍不去。謝故饒婢妾，未及凌犯。居數日，李復懇請爲尼，母姑唯唯。度還鄉無復之耳。於時啟船先發，而母及李繼之。至京口，舟泊金山寺下。母偕上寺酬酢。有筆墨在方丈，李取題壁間云："一自當年拆鳳凰，至今消息兩茫茫。蓋棺不作橫金婦，入地還從折桂郎。彭澤曉煙歸宿夢，瀟湘夜雨斷愁腸。新詩寫向金山寺，高掛雲帆過豫章。"款其後曰："揚州盧某妻李氏題。"盧後會試登甲榜，捷音至揚州，父母乃知子存，然無及矣。弘治元年，纂修憲廟實録，差進士姑蘇杜子開來江右采事。未報，復使盧促之。過家，知妻已嫁，恐傷父母，不敢言。然亦未忍別議，遂行。道出鎮江，登金山，見寺壁題，不覺氣噎。問之寺僧，曰："先有姑媳過此，留題去矣。"盧録其詩以去而江右，密籌之徐方伯。方伯曰："咸艘逾千，孰從覘察。縱得之，聲亦不雅。盍以計取乎？"乃選臺隸最黠者一人，諭以其故，令熟誦前詩，駕小艇沿鹽船上下歌而過之。越三日，忽聞船中女聲，啟窗喚曰："此詩從何得來？"隸前致盧命。李大驚曰："揚州盧舉人其死已久，爾欺我也。"隸備述如所諭語。叩父母及妻名，一一不爽。李遂掩泣曰："真我夫矣。始吾聞歌已疑之，恨未有間。今日商偶往娼院，母亦過鄰舟，故得問汝。汝歸，可善爲我辭。"因密致之約，揮手曰："去，去！"隸歸報。其夜，依期舟來，遂接李至公館，夫妻歡會如初。商貲俱付母主其出入，母轉以委李。及商歸，簡視，歷感分明，封志完固。歎曰："關羽昔逃歸漢，曹公不追，而曰彼各爲其主。此亦爲其夫耳！貞婦也！可置之。"時弘治二年也。

　　梅鼎祚青泥蓮花記蘇小卿條云："蘇小卿，盧州娟也。與書生雙漸交昵，情好甚篤。漸出外，久之不還。小卿守志待之，不與他狎。其母私與江右茶商馮魁定計賣與之。小

卿在茶船，月夜彈琵琶，甚怨。過金山寺，題詩於壁以示漸
云：‘憶昔當年拆鳳凰，至今消息兩茫茫。蓋棺不作橫金婦，
入地當尋折桂郎。彭澤曉煙迷宿夢，瀟湘夜雨斷愁腸。新
詩寫記金山寺，高掛雲帆上豫章。’漸後成名，經官論之，復
還爲夫婦。”自注：“出傳奇。”又注云：“此亦談説家近俚俗，
然元人喜詠之。仰山脞録載其詩爲盧進士妻揚州李妙惠。
未知何據。”按仰山脞録，乃浮梁人閔文振所撰。據青泥蓮
花記此注，知情史所録乃閔文振仰山脞録之文，而石點頭作
者又據之演爲話本也。今行五朝小説本仰山脞録無此文。
文振字道充，號蘭莊，嘉靖時人。

王本立天涯尋父

石點頭卷三

〔文安縣志卷九藝文志紀常王孝子傳〕　文安民王原，在繈
褓，其父珣貧窶，苦於里役，謀於妻張氏曰：“吾單弱，不能支門
户。今躬耕薄田數十畝，其直不能辦一歲之差。使地去差存，吾
與汝俱不免爲饑殍。吾將逃焉。汝母子守薄田，勤紡績，庶可以
存活。別後勿相念也。”出而不告以所往。張氏撫原，煢煢以居。
原幼多病。及長，問父存亡。母曰：“汝父累於貧，不能顧我母
子，棄家避差，今已迄二十年矣。”淚下如雨。原酸痛不能言。及
冠，娶段氏。月餘，一日跪其母曰：“吾將去尋吾父以歸。”母曰：
“勿！妻與夫，子與父，悲喜離合，其情均一迫切。但汝父去家，
二十年不通音耗，尋可得乎？”原仰天而號曰：“人而無父，何以爲
人？”泣與母別。

初去涿鹿境，轉而東行。將遍齊、魯之郊者數年。濱於田橫
島。時日已西沉，颶風甚急，止宿於岔路口土神祠。夜夢古刹

寺，日近午，見廊僧煮飯，就乞食之。與一盂曰："此莎米飯也。味苦，爲汝澆以羹。"乃肉汁也。曰："甘乎？"曰："甘。"曰："如來如來真箇來，好去好去還須去。"忽驚。祠門軋然有聲，一丈人攜杖而入，問原奚自。原以實對。丈人曰："鶴鳴於天，其子隨其影以周旋。今形影不相屬，而卒以相合，不敢許爾。"原語以夜夢。曰："吉夢也。人非匏瓜，焉能繫於一隅。夢日當午，南方也。莎草根，附子也。調以肉汁，附子膾也。可急去，當於寺中求之。"原如其言，越清源而上。渡淇水，晝行夜禱。逾月，入輝縣。縣帶山有古寺，名曰夢覺，曰慇報。原雪夜造夢覺寺，寢於門下。天將曙，一苾芻出，見而駭之，曰："少年何處人？何以至此？"原嗫嚅曰："文安人，尋父而來。"曰："識其面乎？"曰："不識也。"引至禪堂。住持哀而食之粥。珣方與禪僧供晨炊。住持素知珣文安人，因召而問曰："汝識此少年乎？"曰："不識也。"曰："同桑梓，曷敘寒溫。"珣曰："汝父爲誰？"曰："某。"珣呼原乳名，不覺欷歔。原曰："是也。"相抱而哭。珣無歸家意，曰："拋妻子二十餘年，有何顏面見汝母。不免爲輝山下孤魂。"原以頭觸地，牽珣衣，望住持哀而大號。住持曰："天作之合，非人力也。"強之行。住持號法林，詩僧也，口占七言以贈之曰："豐干豈是好饒舌，我佛如來非偶爾。昔日曾聞呂尚之，明時罕見王君子。借留衣鉢種前緣，但笑懶牛鞭不起。歸家日誦法華經，苦惱衆生今有此。"援紙筆並述其始末以付原。時珣已六十有四，歸而團聚。原生男六人，孫男十有五，曾孫男二十有二，俱業耕讀。有司嘉其行，例以壽官。遠近鄉閭，極口盛傳，以爲孝感餘慶。予爲之傳，非阿於王氏而私之。孝心純篤如原者，不可以不傳也。且父子之感，天人之應，雲日之祥，雷霆之擊，語其常，不語其變。即原之獲，有足徵矣。

〔耳談類增卷四王長者條〕　王長者原，霸州文安人。緼袍時,父珣苦差役,捐妻子逃去。越二十年,原長,娶婦,甫月餘,曰:"無父可爲人乎?"因別母尋父,期不獲不還。母曰:"許大世界,生死未保,無耗已廿年,將何之?"原意益堅,竟拜母出。歷青齊兗洛,晝行夜禱,哀號泣血,聞者莫不感動。饑則乞食,凡十餘年。至衞界田橫島。隆冬,颶風寒甚,宿於岔路口土神廟。夢至古刹,日正午,廊僧食以莎米飯,甚苦,乃澆以肉汁,曰:"甘乎?"曰:"甘。"曰:"如來如來真個來,好去好去還須去。"爲句八,僅記此耳。夢覺,門軋然開,有丈人扶藜來。原告以故,並所爲夢。丈人凝思解之曰:"日午,南方也;莎草根,附子也;肉汁,膾也。汁入附子,父子會也。行哉,汝得父矣!"原從之,南渡淇水,入輝縣,有寺曰夢覺。雪甚,原止門外,拂曙,一苾蒭出,曰:"少年何處人? 何以在此?"原口噤不能成語,徐曰:"文安人,以尋父至此。"苾蒭憐之,引至禪堂,向老師法林道其故。師啖以粥,曰:"汝識父乎?"曰:"不識也。"曰:"久知爨備珣,文安人。"時珣方供晨炊,呼至,問之曰:"汝識此人乎?"曰:"不知也。"問原:"汝父何名?"曰:"珣。"珣稱其子小名曰:"汝某乎?"曰:"然。"兩相顧,形神感動曰:"我父也。"相抱慟哭。珣恥見其婦,不欲歸。師曰:"乃天合,非人力也。其歸乎。"而原亦牽衣號哭不已。遂與歸,時六十四。至八十四始卒,享原甘膬孝養,雙白齊眉者二十年,視爨備天壤矣。卒後,有司上其事於朝。下旌門之典。俎豆學宮,子孫蕃衍,福澤盼蠁。今比部王文郊應期及某進士,皆其孫也。徵詩於都人士,因詠而識之。昔曾母扼臂而參歸,乃天性所感。長者父宜早得,而必廿年,造化亦欲歷試以成其孝也。苦盡甘來,真來好去,菩薩已詔之,而解者丈人亦必靈通道師,夢覺而入夢覺,誰非大覺,何其異也? 以此持心,面壁九年而道就,冥求十載而親歸,其爲誠一也。

莽書生強圖鴛侶

石點頭卷五

〔情史卷三莫舉人條〕　廣西莫舉人,會試過江都。一宦家有女及笄,往神廟燒香,莫隨行至廟。女盥手上香,婢進帨,莫因就水盥手,以所衣盛服拭之。女目婢以帨授莫,莫以爲奇遇。候婢出,出袖中金致謝。女怒,令反其金。莫曰:"我欲爾爲謝娘子,此何足計?"婢復於女,女恐人知,命諭士:"速去,毋招人議!"莫曰:"我欲一見娘子,不然,雖死不去。"女無奈,取一簪一帕令婢持謝莫曰:"感相公美意,然禮不可見,以此奉答,望絕念即去!"莫曰:"娘子以此見與,是期我相見也。"女聞,悔之,業已與矣。躊躇良久,乃曰:"某日家中修醮事,黄昏時門外送神,我於門首一見可也,餘則不可。"婢復告莫,莫喜。至某日晚,女果出見。一揖後,女即轉身入内。莫乘鬧蓦隨其後。女至閣中,將晚,促之出。莫曰:"我既入,則不可出矣,我功名之念亦休矣。爾以簪帕約我來,倘不得相從,有死而已。"抽襪中佩刀欲自刎。女驚,姑留莫。因託疾坐閣中。計事必終露,乃携婢宵遁。宦家失女,大駭。且女已許聘一宦家。至是,懼事洩成訟。適家有病婢,遂毒死,詐稱女死,殯葬如禮。莫携女歸,生二子。後數年,登進士,授江都鄰縣尹。携妻之任,因謁女父。既久,成厚契。莫迎女父至衙,設宴酒。至夜,呼妻子出拜,前婢亦在。父愕然曰:"爾乃在此乎? 此女之不肖,非婿罪也! 但前失女時,恐婿家知,已託言病死。自今宜謹密,我亦不敢頻往來。任滿別遷,我自來會。"遂别去。莫後官至方面,二子俱登仕籍。

乞丐婦重配鸞儔
石點頭卷六

〔夷堅支丁卷九鹽城周氏女條〕　鹽城民周六，居射陽湖之陰，地名朦朧。左右前後皆沮洳藪澤，無田可耕，且爲人闒茸，不自振拔，唯芟刈蘆葦織席以旦本作"爲"。生。一女年十七八，略不識針鈕之事，但能助父編葦而已。以神堰漁者劉五爲其子娶之，不能縫裳，逐之歸。父母俱亡，無以餬口，遂行丐於市。朱從龍寓居堰側，時時呼入其家，供薪水之役。久而欲爲擇配。楚士吳公佐，本富家子，放肆落魄，棄父而出遊，至寄迹僧寺爲行者。後還鄉里，親族皆加厭疾。郡庠諸生容之齋舍。因相與戲謀，使迎周女爲婦。假衣襦，具酒炙，共僦茅舍一間，擇日聘取。儕輩悉集，姑以成一笑。意吳生知爲丐者，必將棄之。已而，相得甚歡。偶鈴轄兵馬鈴轄。葛玥之子，富於貲財，拉吳博。吳僅有千錢，連擲獲勝，通宵贏過百緡。葛不能堪，明日復戰，浹辰之間，所得又十倍。吳由是啟質肆，稱貸軍卒。不數年，利入萬計。其父呼還家，讀書益勤。兩預貢籍。周女開敏慧解，婦功不學而能。肌理豐麗，頓然美好。初，里中有嚴老翁，吻士也。善講解孝經，又能説相。見周於丐中，語人曰："此女骨頭裏貴。"果如其言。向使在劉漁家時已如是，則飢寒畢世矣。

感恩鬼三古傳題旨
石點頭卷七

〔夷堅支景卷三三山陸蒼條〕　傅敞，字次張，濰州人。爲士子時，以紹興二十年過吳江，縱步塔院。見僧房竹軒雅潔，至彼小憩。其東室有殯宮,問爲誰。僧云:"數歲前知縣館客身故,聞其家在福建,無力歸窆,因權厝於此。"敞惻然憐之。既還舟次,是夜夢儒冠人持名紙來見,曰:"三山陸蒼。"自叙蹤迹,與僧言同。將退,拱白曰:"旅魂棲泊無依,君其念我。"明旦,敞以告邑宰,亦有舊學院小吏知其事者,遂遷葬於官地上,仍修佛果資助之。至七月,敞赴轉運司試,寓西湖小刹,復夢陸生來,再三致謝。且云:"舉場三日題目,蒼悉知之,謹奉告,切宜勿洩。若洩之,彼此當有禍。"敞寤,而精思屬稿。洎應試,盡如其素,於是高擢薦名。

〔夷堅續志後集卷二鬼報冒頭條〕　宋汪玉山知貢舉,將就道,有一布衣友極相得,甚念之,乃書約其胥會於富陽一蕭寺中,與之對榻。夜分密語之曰:"某此行或典貢舉,特相牢籠。省試程文,易義,冒子中可用三古字,以此爲題。"其友感喜。玉山既知貢舉,探易卷中,果有冒子内用三古字,遂徑批上置之前列。及拆號,乃非其友也,私竊怪之。數日,友人來見,玉山怒責之輕名重利售之他。友人指天誓曰:"某以暴疾幾死,不能就試,何敢漏洩於人。"玉山終疑之。未幾,以古字得者來謁。玉山因問冒子中三古字之故,其人泯默久之,對曰:"兹事甚怪!初來就宿,假宿於富陽某寺中,見室内一棺,塵埃漫漶。僧曰:'此一官員女也,殯此年久,杳無骨肉來葬。'是夕,夢一女子行廡下,謂某曰:'官人赴省試,頭場冒子中用三古字,必高中。但幸勿相忘,使妾朽骨早得入土。'覺,甚怪之。遂用其言,果叨前列。近往寺葬其女矣。"玉山驚歎,雖功名富貴,信有定分,而玉山萌一私心,出一言於其友,昏夜闇室,人所不知,鬼神先知之矣。

玉簫女再世玉環緣

石點頭卷九

〔雲溪友議卷中三玉簫化苗夫人條〕　西川韋相公皋，昔游江夏，止於姜使君姜輔相國之從兄也。之館。姜氏孺子曰荆寶，已習二經，雖兄呼於韋，恭事之，禮如父叔也。荆寶有小青衣曰玉簫，年纔十歲，常令祗候侍於韋兄，玉簫亦勤於應奉。後二載，姜使君入關求官，而家累不行。韋乃易居，止頭陁寺。荆寶亦時遣玉簫往彼應奉。玉簫年稍長大，因而有情。時廉使陳常侍得韋君季父書云："姪皋久客貴州，切望發遣歸覲。"廉察啟緘，遺以舟楫、服用，仍恐淹留，請不相見，泊舟江渚，俾篙工促行。昏暝拭淚，乃書以別荆寶。寶頃刻與玉簫俱來，既悲且喜。寶命青衣從往。韋以違覲日久，不敢俱行，乃固辭之。遂爲言約：少則五載，多則七年取玉簫。因留玉指環一枚，並詩一首。五年既不至，玉簫乃靜禱於鸚鵡洲。又逾二年，暨八年春，玉簫歎曰："韋家郎君一別七年，是不來耳！"遂絕食而殞。姜氏愍其節操，以玉環著於中指，而同殯焉。

後韋公鎮蜀，到府三日，詢鞫獄情，滌其冤濫輕重之繫，近三百餘人。其中一輩，五器所拘，偷視廳事，私語曰："僕射是當時韋兄也。"乃厲聲曰："僕射！僕射！憶得姜家荆寶否？"韋公曰："深憶之。""即某是也。"公曰："犯何罪而重羈縲？"答曰："某辭違之後，尋以明經及第，再選清城縣令。家人誤爇廨舍、庫、牌印等。"韋曰："家人之犯，固非己尤。"便與雪冤，仍歸墨綬，乃奏眉州牧。敕下，未令赴任，遣人監守。朱紱其榮，留連賓幕。屬大軍之後，草創事繁，經旬莢數洞，方謂："玉簫何在？"姜牧曰："僕射維舟之夕，與伊留約七載。是期逾時不至，乃絕食而殞。"因吟

留贈玉環詩云：“黃雀銜來已數春，別時難解贈佳人。長吟不見
魚書至，爲遣相思夢入秦。”韋公聞之，益增悽歎，廣修經像，以報
夙心。且想念之懷，無由再會。時有祖山人者，有少翁之術，能
令逝者相親，但令府公齋戒七日。清夜，玉簫乃至，謝曰：“承僕
射寫經僧佛之力，旬日便當託生。卻後十二年，再爲侍妾，以報
鴻恩。”臨袂微笑曰：“丈夫薄情，令人死生隔矣。”後韋公隴右之
功，終德宗之代，理蜀不替。是故年深累遷中書令同平章事，天
下向附，瀘僰歸心。因作生日，節鎮所賀，皆貢珍奇。獨東川盧
八座送一歌姬，未當破瓜之年，亦以玉簫爲號。觀之，乃真姜氏
之玉簫也。而中指有肉環隱出，不異留別之玉環也。京兆公曰：
“吾乃知存歿之分，一往一來，玉簫之言，斯可驗矣。”議者以韋中
書脫布衣不五秋而擁旄鉞，皇朝之盛，罕有其倫。然鎮蜀近二
紀，雲南諸蕃部落，悉遣儒生教其禮樂，易衽歸仁，彼我以鹽鏻貨
賂，悉無怨焉。後司空林公弛其規准，別誘言化，復通其鹽運，而
不贍金帛。遂令部落懷二，猖悍邦君孟蚩爲群，侵逼城壘，俘掠
士庶妻子，其萬人乎！雍陶先輩感亂後詩曰：“錦城南面遥聞哭，
盡是離家別國聲。”或謂黜韋帥之功，削成都之爵，且淮陰叛國，
名居定難之始；竇融要君，迹踐諸侯之列，蓋録其勛而不廢其名
乎。所讓不合教戎濮詩書，致閑名法，考其銜怨有以，而莫敢斥
言，故乃削爵黜功，是爲大謬矣！

〔同書卷四〕　張延賞相公累代台鉉，每宴賓客，選子聲莫有
人意者。其妻苗氏，太宰苗公晉卿之女也。夫人有才鑒，甚別英
銳，特選韋皋秀才曰：“此人之貴，無與比儔。”既以女妻之。不二
三歲，以韋郎性度高廓，不拘小節，張公稍悔之，至不齒禮。一門
婢僕漸見輕怠，惟苗氏待之常厚矣。其於衆，多視之悒怏，而不
能制遏也。皋妻張氏垂泣而言曰：“韋郎七尺之軀，學兼文武，豈
有沉滯兒家，爲尊卑見誚？良時勝境何忍虛擲乎？”韋乃遂辭東

遊，妻罄妝奩贈送。<u>清河公</u>喜其往也，贐以七驢駄物。每之一
驛，則附遞一駄而還。行經七驛，所送之物盡歸之也。其所有
者，清河氏所贈妝奩，及布囊書册而已。<u>清河公</u>睹之，莫可測也。
後權隴右軍事，會<u>德宗</u>行幸<u>奉天</u>，在西面之功，獨居其上也。聖
駕旋復之日，自金吾持節<u>西川</u>，替妻父<u>清河公</u>。乃改易姓名，以
<u>韋</u>作<u>韓</u>，以<u>皋</u>作<u>翱</u>，莫敢言之也。至<u>天回驛</u>，<small>上皇發駕日以爲名</small>。去
府城三十里，有人特報相公曰："替相公者，金吾<u>韋皋</u>將軍，非<u>韓</u>
<u>翱</u>也。"<u>苗夫人</u>曰："若是<u>韋皋</u>，必<u>韋郎</u>也。"<u>張公</u>笑曰："天下同姓
名者何限，彼<u>韋生</u>應已委棄溝壑，豈能乘吾位乎？婦女之言，不
足云爾。"<small>初有咎嫗巫者，每述禍祟，其言多中，乃云："相公擁護之神漸減，韋郎擁
從之神日增。"皆以妖妄之言，不復再召也</small>。<u>苗夫人</u>又曰："<u>韋郎</u>比雖貧賤，
氣凌霄漢，每以相公所誚，未嘗一言屈媚，因而見尤。成事立功
必此人也。"來早入州，方知不誤。<u>張公</u>憂惕，莫敢瞻視曰："吾不
識人！"西門而出。凡是舊時婢僕曾無禮者，悉遭<u>韋公</u>棒殺，投於
<u>蜀江</u>，展男子平生之志也。獨<u>苗氏</u>夫人無愧於<u>韋郎</u>，賢哉！賢
哉！<u>韋公</u>侍奉外姑，過於布素之時。海内貴門不敢忽於貧賤東
牀者矣！所以<u>郭泗濱</u>詩曰："<u>宣父</u>從<u>周</u>又適<u>秦</u>，昔賢多少出風塵。
當時甚訝<u>張延賞</u>，不識<u>韋皋</u>是貴人。"

王孺人離合團魚夢

石點頭卷十

〔<u>夷堅丁志</u>卷十一<u>王從事妻</u>條〕　<u>紹興</u>初，四方盜寇未定。
<u>汴</u>人<u>王從事</u>挈妻妾來<u>臨安</u>調官，止抱劍營邸中。顧左右皆娼家，
不爲便，乃出外僦民居。歸語妻曰："我已得<small><u>張菊生</u>校云：某本作"尋"。
疑本作"尋得"</small>某巷某家，甚寬潔，明當先護籠篋行，郤倩<small>原誤"倚"，
據張校改</small>。轎取汝。"明日遂行。移時而轎至，妻亦往。久之，<u>王</u>復

回舊邸訪覓。邸翁曰：“君去不數刻，遣轎^{“轎”原誤“車”，據張校改。}
來，君夫人登時去，妾隨之矣。得非失路耶？”王驚痛而反，竟失
妻，不復可尋。後五年，爲衢州教授，赴西安宰宴集。羞鱉甚美，
坐客皆大嚼。王食一臠，停箸悲涕。宰問故。曰：“憶亡妻在時，
最能饌此。每治鱉裙，去黑皮必盡，切臠必方正，今一何似也？
所以泣。”因具言始末。宰亦悵然。托更衣，入宅。既出，即罷酒
曰：“一人向隅而泣，滿堂爲之不樂。教授既爾，吾曹何心樂飲
哉！”客皆去，宰揖王入堂上，喚一婦人出，乃其妻也。相顧大慟
欲絕。蓋昔年將徙舍之夕，奸人竊聞之，遂詐興至女儈家，而貨
於宰，得錢三十萬。宰以爲側室。尋常初不使治庖厨，是日偶然
耳。便呼車送諸王氏，王拜而謝，願盡償元直。宰曰：“以同官妻
爲妾，不能審詳，其過大矣。幸無男女於此，尚敢言錢乎！”卒歸
之。予頃聞錢塘俞悰話此，能道其姓名鄉里，今皆忘之。如西安
宰之賢，不傳於世，尤可惜也。

江都市孝婦屠身

石點頭卷十一

〔太平廣記卷二百七十周迪妻條〕　周迪妻某氏。迪善賈，
往來廣陵。會畢師鐸亂，人相掠賣以食。迪饑將絕，妻曰：“今欲
歸，不兩全；君親在，不可並死。願見賣以濟君行。”迪不忍，妻固
與詣肆，售得數千錢以奉迪。至城門，守者誰何，疑其給，與迪至
肆問狀，見妻首已在於枅矣。迪裹餘體歸，葬之。

　　談愷刻本廣記，此條乃愷所補。所據廣記底本原缺此
　　條。今核其文與新唐書卷二百零五列女傳周迪妻傳同，愷
　　蓋即取新唐書文補之。

侯官縣烈女殲仇

石點頭卷十二

〔情史卷一申屠氏〕　申屠氏，宋時長樂人，美而艷，申屠虔之女也。既長，慕孟光之爲人，名希光。十歲能屬文。讀書一過，輒能成誦。其兄漁釣海上，作詩送之，曰："生計持竿二十年，茫茫此去水連天。往來酒灑臨江廟，晝夜燈明過海船。霧裏鳴螺分港釣，浪中抛纜枕霜眠。莫辭一棹風波險，平地風波更可憐。"其父常奇其女，不妄許人。年二十，侯官有董昌以秀才異等爲虔所識，遂以希光妻昌。希光臨行作留別詩曰："女伴門前望，風帆不可留。岸鳴蕉葉雨，江醉蓼花秋。百歲身爲累，孤雲世共浮。淚隨流水去，一夜到閩州。"入門絶不復吟。食貧作苦，晏如也。居久之，當靖康二年，郡中大豪方六一者，虎而冠者也，聞希光美，心悅而好之，乃使人誣昌陰重罪，罪至族。六一復陽爲居間，得輕比。獨昌報殺，妻子幸無死。因使侍者通殷勤，强委禽焉。希光具知其謀，謬許之。密寄其孤於昌之友人。乃求利匕首懷之以往。謂六一曰："妾自分身首異處矣。賴君高誼，生死而骨肉之。妾之餘，君之身也。敢不奉承君命。但亡人未歸淺土，心竊傷之。惟君哀憐，既克葬，乃成禮。"六一大喜，立使人以禮葬之。於是希光僞爲色喜，裝入室。六一既至，即以匕首刺之帳中。六一立死。因復殺其侍者二人。至夜中詐謂六一卒病委篤，以次呼其家人。家人皆愕，卒起不意，先後奔入。希光皆殺之，盡滅其宗。因斬六一頭，置囊中，馳至董昌葬所，以其頭祭之。明旦，悉召山下人告之曰："吾以此下報董君，吾死不愧魂魄矣。"遂以衣帶自縊而死。

唐明皇恩賜纊衣緣
石點頭卷十三

〔唐孟棨本事詩之情感篇〕　開元中頒賜邊軍纊衣，製於宮中。有兵士於短袍中得詩曰："沙場征戍客，寒苦若爲眠？戰袍經手作，知落阿誰邊？蓄意多添綫，含情更着綿。今生已過也，重結後身緣。"兵士以詩白於帥。帥進之。玄宗命以詩遍示六宮，曰："有作者勿隱，吾不罪汝。"有一宮人自言"萬死"。玄宗深憫之，遂以嫁得詩人。仍謂之曰："我與汝結今身緣。"邊人皆感泣。

潘文子契合鴛鴦冢
石點頭卷十四

〔太平廣記卷三百八十九冢墓類潘章條〕　潘章少有美容儀，時人競慕之。楚國王仲先聞其美名，故來求爲友。章許之，因願同學。一見相愛，情若夫婦，便同衾共枕，交好無已。後同死，而家人哀之，因合葬於羅浮山。冢上忽生一樹，柯條枝葉，無不相抱，時人異之，號爲共枕樹。

高才生傲世失原形　義氣友念孤分半俸
醉醒石第六回

〔太平廣記卷四百二十七李徵條引宣室志，今稗海本宣室志無此條〕　隴西李徵，皇族子，家於號略。徵少博學，善屬文，弱冠從州府貢焉，時號名士。天寶十載春，據清徐松輯登科記考，李徵中進士，當在天寶十五年。於尚書右丞楊没^{"右丞"當作"左丞"，"楊没"當作"楊浚"，見登科記}考。榜下登進士第。後數年，調補江南尉。徵性疏逸，恃才倨傲，不能屈迹卑僚，嘗鬱鬱不樂。每同舍會，既酣，顧謂其群官曰："生乃與君等爲伍耶？"其寮佐咸嫉之。及謝秩，則退歸閉門，不與人通者近歲餘。後迫衣食，乃具妝東遊吳楚之間，以干郡國長吏。吳楚人聞其聲固久矣，及至，皆開館以俟之，宴遊極歡。將去，悉厚遺以實其囊橐。徵在吳楚且周歲，所獲餽遺甚多。西歸虢略，未至舍，於汝墳逆旅中忽被疾發狂，鞭捶僕者，僕者不勝其苦。如是句餘，疾益甚。無何，夜狂走，莫知其適。家僮迹其去而伺之。至一月，而徵竟不回，於是僕者驅其乘馬，挈其囊橐而遠遁去。

　　至明年，陳郡袁傪以監察御史奉詔使嶺南，乘傳至商於界。晨將發其驛，吏白曰："道有虎，暴而食人，故過於此者，非晝而莫敢進。今尚早，願且駐車，決不可前。"傪怒曰："我天子使，衆騎極多，山澤之獸能爲害耶？"遂命駕去。行未盡一里，果有一虎自草中突出，傪驚甚。俄而，虎匿身草中，人聲而言曰："異乎哉！幾傷我故人也。"傪聆其音，似李徵。傪昔與徵同登進士第，分極深，別有年矣。忽聞其語，既驚且異，而莫測焉。遂問曰："子爲誰，得非故人隴西子乎？"虎呻吟數聲，若嗟泣之狀。已而，謂傪曰："我李徵也。君幸少留，與我一語。"傪即降騎，因問曰："李君！李君！何爲而至是也？"虎曰："我自與足下別，音曠阻且久矣。幸喜得無恙乎？今又去何適？向者見君有二吏，驅而前驛，隸挈印囊以導，庸非爲御史而出使乎？"傪曰："近者幸得備御史之列，今乃使嶺南。"虎曰："吾子以文學立身，位登朝序，可謂盛矣。況憲臺清峻，分糺百揆，聖明慎擇，尤異於人。心喜故人居此地，甚可賀。"傪曰："往者吾與執事同年成名，交契深密，異於常友。自聲容間阻，時去如流，想望風儀，心目俱斷。不意今日

獲君念舊之言。雖然，執事何爲不我見，而自匿於草莽中？故人
之分，豈當如是耶！"虎曰："我今不爲人矣，安得見君乎。"僔即詰
其事，虎曰："我前身客吳楚，去歲方還。道次汝墳，忽嬰疾發狂，
走山谷中。俄以左右手據地而步，自是覺心愈狠，力愈倍，及視
其肱髀，則有氂毛生焉；又見冕衣而行於道者，負而奔者，翼而翶
者，毳而馳者，則欲得而啖之。既至漢陰南，以飢腸所迫，值一人
腯然其肌，因擒以咀之立盡。由此率以爲常，非不念妻孥、思朋
友，直以行負神祇，一日化爲異獸，有靦於人，故分不見矣！嗟
夫！我與君同年登第，交契素厚，今日執天憲、耀親友，而我匿身
林藪，永謝人寰，躍而吁天，俯而泣地，身毀不用，是果命乎？"因
呼吟咨嗟，殆不自勝，遂泣。僔且問曰："君今既爲異類，何尚能
人言耶？"虎曰："我今形變，而心甚悟，故有搪突，以悚以恨，難盡
道耳！幸故人念我，深恕我無狀之咎，亦其顧^{"顧"字誤，疑當作"願"。}
也！然君自南方回車，我再值君，必當眛其平生耳。此時視君之
軀，猶吾機上一物，君亦宜嚴其警從以備之，無使成我之罪，取笑
於士君子。"又曰："我與君真忘形之友也，而我將有所託，其可
乎？"僔曰："平昔故人，安有不可哉！恨未知何如事，願盡教之！"
虎曰："君不許我，我何敢言！今既許我，豈有隱耶？初，我於逆
旅中，爲疾發狂。既入荒山，而僕者驅我乘馬衣囊悉逃去，吾妻
孥尚在虢略，豈念我化爲異類乎！君若自南回，爲賫書訪妻子，
但云我已死，無言今日事，幸記之！"又曰："吾於人世，且無資業，
有子尚稚，固難自謀。君位列周行，素秉風義，昔日之分，豈他人
能右哉？必望念其孤弱，時賑其乏，無使殍死於道途，亦恩之大
者。"言已，又悲泣。僔亦泣曰："僔與足下休戚同焉。然則足下
子亦僔子也，當力副厚命，又何虞其不至哉？"虎曰："我有舊文數
十篇，未行於代，雖有遺稿，盡皆散落。君爲我傳錄，誠不可列人
之閫，然亦貴傳於子孫也。"僔即呼僕命筆，隨其口書近二十章，

文甚高，理甚遠，儌閱而歎者再三。虎曰："此吾平生之素也，安敢望其傳乎！"又曰："君銜命乘傳，當甚奔迫，今久留驛隷，兢悚萬端，與君永訣。異途之恨，何可言哉！"儌亦與之叙別，久而方去。儌自南回，遂專命持書及賻賵之禮寄於徵子。月餘，徵子自號略來京，詣儌門求先人之柩。儌不得已，具疏其事。後儌以己俸均給徵妻子，免饑凍焉。儌後官至兵部侍郎。

女陳平計生七出

偽齋主人序本無聲戲第五回

連城璧外編卷一題作"落禍坑智完節操　借仇口巧播聲名"。

〔明季北略卷十一〕　賊破和州，其魁混天王與徒黨酣飲，使美人侑觴，既醉偕寢。及覺，呼之不得。令左右秉燭四覓，已縊矣。嗟歎良久。已而褫其衣，投之坑内。又有甘氏，智婦人也，年少而美，以家富不能速遷。賊信急，豫取巴豆藏之。已而被掠，賊將欲污之。甘氏辭曰："今佳麗甚多，先與爲歡，遲我三日，永侍箕帚，何必速耶？"賊訊之，甘氏曰："身不潔耳。"乃已。又數日，復求合，更以陰腫紿之，又止。賊以甘美艷，慮爲二王得。甘氏曰："君勿憂，吾有計在。"乃以鱔血及膏藥等傅面，果免。又誘賊將曰："吾與汝義爲夫婦，此非容身地，宜他適乃可。"賊將從之，遂携輕寶潛逃。一日，密以巴豆進賊，賊暴死。甘將貲寶異歸，與夫復合，爲鉅富云。

明季北略此條末有注云：此出野史。所云野史，當即無聲戲。

解己囊惠周合邑　受人託信著遠力
娛目醒心編卷三

〔虞初新志卷十〕　河南劉理順，鄉薦久不第。讀書二郎廟中，聞哭聲甚哀。問之，乃婦人也。其夫出外，七年不歸，母貧且老，欲嫁媳以圖兩活，得遠商銀十二兩，將携去。姑媳不忍別，故悲耳。劉聞之，急呼其僕曰："取家中銀十二兩來。"僕曰："家中乏用，止有納糧銀在，明早當投櫃矣。"劉曰："汝且取來，官銀再設處可也。"因代爲其子作一書稱"離家七年，已獲五百餘金，十日後便歸矣。先寄銀十二兩"等語。覓人送其家。姑媳得銀及書，以告商，商知其子在，取銀去。越十日，其子果歸，所得之銀及所行之事，與書中適符。母以問子，子駭甚，但曰："此神人憐我也。"惟每日拜謝天地而已。劉公是年會試，廟祝見二郎神送之。中崇禎甲戌狀元。其子後於廟中見公題詠，乃知書銀出自公手，舉家往謝，公竟不認，尤不可及也。

觸類旁通讀旁證

孫楷第先生是我景仰的前輩學者。

較之同輩，孫先生或許沒有那麼顯赫的聲名，這又或許與他老來病魔纏身，少有寫作，疏於交際有關，但是，憑着一部專著中國通俗小說書目，兩部文集滄州集、滄州後集，其在通俗小說研究及版本校勘方面的國學大師的地位，卻依舊是不可動搖的。特別於通俗小說一門，篳路藍縷，銳意進取，其奠基力，開創功，以及所取得的成就，至今雖從之者眾，成果亦豐，似尚無人能達到他的水平。擺在我們面前的這部小說旁證就足以說明這一點。

小說旁證本是完成於 1935 年的舊著，根據是 1935 年出版的國立北平圖書館館刊第九卷第一號上首次發表的小說旁證八則。在文前自序中言明其大旨在"上起六朝，下逮清初雜書小記傳奇記異之編，凡所載事爲通俗小說所本，或可以互證者皆錄之"。就其恢宏的架構、整體的規模言之，均是完竣的語氣，只是未見全帙。"文革"之後，雖在文獻、文學評論、文學遺產等刊物上又有零種發表，也不見全書的出版。這在學術界不能不算是個謎。

直到看過原稿，看過那一處處並非寫自一時的夾注、按語，方始有所明悟。拗相公飲恨半山堂話本,引效顰集鍾離叟嫗傳作爲故事之本源,茲後有按語:"此文犀利,章法謹嚴。然刻露已甚,必元祐黨家所作也。"文末注明寫於"一九七二年六月十七日","老病無聊,聊以自遣而已"。這就意味着,從 1935 年到 1972 年,近四十年都在經常地整理此稿。如果再算上八十年代初,於垂暮之年,還對重新鈔錄過的原稿通讀一遍,且做了若干處的修訂補充,那麼,可以毫不誇張地説,孫先生爲此書是傾盡畢生心血的。之所以遲遲沒有出手,自然無所謂待價求沽,恰恰在字斟句酌、精雕細刻般的修修補補之間,每在版本上有所發現、字義上有所詮釋、史料上有所徵實,均一一納入,數十年不輟,這又是多麼可欽可敬的精益求精的水磨工夫呵。

通俗小説乃相對古小説而言,指的是興起於宋元間的話本、擬話本一類的白話小説。因其内容更貼近社會底層,語言也更市井化,易讀好懂,遂迅速成爲文章之大宗。不過,囿於傳統偏見,向被視爲文章之末流,研究之小道,似乎難登大雅之堂。在孫先生之前,除胡適、魯迅等大家外,尚少人染指,而以治此學爲專工,則應是從孫先生始。至於孫先生何以從事起通俗小説研究的,我倒有幸聽先生講過一些趣事。

先生 1928 年畢業於輔仁大學中文系,本熱衷於樸學,據説讀書時即逐漸掌握了乾嘉學人治經考據的方法,師友之間也常做學術上的切磋。楊樹達先生曾將手校的劉子一書讓他繼續整理,待完成後,楊先生喜其成果豐碩,不僅多次在講課時徵引,最後竟連同自己的校勘成果一並付之,這就是後來收入滄州後集的楊子新論之新證。因學習成績優異,又有志於校勘之學,即留校做錢玄同先生助教。是一個偶然的機遇,改變了他事業的座標。孫先生家境較爲貧寒,亟欲謀新職以充家用。當其時黎錦熙先生在北京圖書館組織"漢語大辭典編纂處",經錢玄同先生

鄭重推薦,遂在編纂處任編輯之職。鑒於小説戲曲等俗文學語
彙無人照應,孫先生得以專司其職,並從此開始了對通俗小説的
研究。第一步自然是版本的廣爲涉獵和探求,傅增湘先生是對
他有過知遇之恩的,又是京城著名藏書家,其豐富藏書自可任孫
先生隨意瀏覽;馬隅卿先生致力於建設的孔德學校圖書館,以典
藏通俗文學資料見長,亦向孫先生開放;更不必説編纂處所依仗
的北圖書庫了。有此優越的條件,孫先生得以博覽群書,在當時
尚少人問津的通俗小説領域進行開拓耕耘。直到晚年,孫先生
對這段生活仍留有美好的回憶。每天晚飯後,携帶着需要精選
細讀的書籍,漫步走回下榻之處。進神武門——當時的故宮後
門,除了整理大内檔案的工作人員,人迹罕至,十分荒凉,在高高
的宮牆下,黑黝黝、靜悄悄,在没膝的荒草中趙行,不時可以踢到
個刺猬。只能看到從一間厢房裏發出闇淡的燈光,聽差已經爲
主人沏好了一壺茶水,放在暖籠裏,見主人回來,道一聲“您早點
歇着”就離去了。孫先生邊喝茶邊看書,繼而躺在牀上吸着雪茄
再讀,直至更深夜半,日復一日,從不間斷。孫先生説,他的工作
習慣是,凡所需資料,即夾上浮籤,注明章節段落,次日交付鈔寫
員過録,然後自己復閲、斷句、歸類備用。凡有參照、校勘、注釋、
案語,就在此過録本上不斷豐富着。至今,能夠看到的小説旁證
的原稿,還都是當年鈔寫員的工整小楷,即在我看到的當時,也
已經是五十年前的舊物了。經過數年整理爬梳,遍覽京城通俗
小説藏書,猶嫌不足;爲了開闊眼界,更廣泛地瞭解和掌握這方
面的版本情况,遂有赴日訪書之議。由編纂處出資,傅增湘等師
友解囊相助,乃於1933年成行。在東京的日子,因語言不通,少
有人際交往,正好集中精力訪書。出入各圖書館之間,麵包就着
開水充飢,一呆就是一天,邊翻閲邊鈔録,樂此不疲。辛勤勞作
的成果就是那部日本東京所見小説書目,以及隨後的大連圖書

館所見小説書目。

　　其實，早在赴日前，孫先生在通俗小説研究方面即已嶄露頭角，畢業後的第一篇論文就是包公案故事考，隨後的三言二拍源流考更是他的成名之作，從此確立了以故事考源爲主的研究方向。他從目録學入手，編輯書目，比較異同，以及版本刊印源流，就是爲將其研究置於豐厚而扎實的基礎之上。以這種乾嘉學派校勘經史的方法進行通俗小説資料的整理，更可謂是厚積薄發，舉重若輕，因而纔有小説旁證的旋即問世。

　　如今我們看到的小説旁證全書，依"舊話本"、"古今小説（即喻世明言）"、"警世通言"、"初刻拍案驚奇"、"二刻拍案驚奇"、"其它話本"的順序，已釐爲七卷，考證求源的話本達一百六十三種之多。

　　"徵其故實，考其原委，以見文章變化損益之所在。"（見原序）此固爲全書之大旨。不過，話本之所本，大率在傳奇、野史、筆記之類的雜書，涉及面既寬，版本亦精蕪俱陳，竟有不堪卒讀者。倘爲故事考源，發現一端，照録徵引，已然足夠。孫著似不以此爲滿足，對徵引之文，不僅要進行版本的校勘，而且對其中的漫漶錯訛、同音假借，乃至史實舛謬，皆一一指出，或補充以史料，或參照以别書，加以訂正，直至成一完整可靠的讀本。卷二古今小説汪信之一死救全家，引岳珂桯史卷六汪革謡讖條作爲出處。文末案語曰："桯史此篇，文起簡古，且有假借字，余再三斟酌校定之，始可讀。"囿於成見，人們輕視通俗小説，認爲好認易讀，所以在處理上常失於粗率，反而容易出毛病。孫先生以治經史的方法治通俗小説，認真推敲，一絲不苟，終使通俗變爲通達，頗有運斤成風、牛刀小試的氣概。

　　孫著不只注重版本的校勘，其於通俗小説中經常碰到的一些特殊語彙也多有詮釋。即如"汪信之"一篇，在"騍"字下即有這樣的夾注:"爾雅釋畜馬屬:牝曰騍。郭注:草馬名。郝氏疏:今東齊人以牡馬爲兒馬,牝爲騍馬。唯牝驢呼草驢。余按天津以南人呼牝馬爲騍馬,與東齊人同。"這樣就把"騍"確切解釋爲牝馬。次又考"校"即"枷"。校,枷械刑具的統稱,從這意義上説,校即枷不算什麼字義的新闡釋,但因引證豐富,比並清晰,卻使人讀來一目了然。始引明人趙弼效顰集鍾離叟嫗傳所叙故事:王安石罷相歸金陵,云子王雱死後,公"嘗見雱荷巨校爲重囚"。後又引警世通言拗相公飲恨半山堂故事,云"荆公(以王安石封荆國公而得名)恍恍忽忽,見雱荷巨枷約重百斤"。繼引河南邵氏聞見録,言"荆公在鍾山嘗恍惚見雱荷鐵枷杻械如重囚者"。既然是同一故事,"荷巨校"、"荷巨枷"、"荷鐵枷"三詞語中的"校"與"枷"通義,就顯而易見了。再如卷六二刻拍案驚奇中王漁翁舍鏡崇三寶　白水僧盗物喪雙生故事,引夷堅志補豐樂樓條作爲本證,文中提到:"臨安市民沈一,酒拍户也。"於"酒拍户"下加注:"都城紀勝酒肆篇:'除官庫、子庫、腳店之外,餘皆謂之拍户。'"原來酒拍户就是小酒店。這類在通俗小説裏常見的特殊語彙,並非方言俗語,也不見字書,作者以其廣博的見識,信手注來,爲讀者答疑解惑,也是功德無量的事。此外,如卷三警世通言俞伯牙摔琴謝知音,作者引吕氏春秋高誘注:"伯,姓;牙,名,或作雅。"以證"伯牙"前面加"俞"姓,疊牀架屋,乃小説家言,是不足爲訓的。再如卷二古今小説陳御史巧勘金釵鈿,其入話部分證之以元人楊瑀山居新話,正文部分則證之以明人黄瑜雙槐歲鈔,甚至參考正史以證陳御史其人其事。凡此,説明其引證材料之豐富,連金石、方志也多涉及;證人、證事、證年代、證地域,更不一而足,不勝枚舉。

我曾天真地想過,該書既是爲話本考源,何以不名之"本證"、"本事考"之類,而偏偏以"旁證"冠之呢?記得曾以此疑惑請教過孫先生:"書名'旁證',是您的自謙吧?"先生莞爾不答。至今我深悔自己的唐突。若是自謙,"旁"與"本"相對,乃取左道旁門、旁生枝節之義,固有一定道理。但觀其豐贍的内涵,多方的考索,手到之處皆是學問,其"旁"的正義,不正是名副其實的觸類旁通嗎?旁通其它,較之單純的正本求源,其信息量、其含金量,又大之多多矣。前人有"工夫在詩外"之説,意思大約是詩的靈感、意境無法刻意求之,需要的是多方充實、感悟,纔有詩興的激發。爲詩而詩,實不可取。小説旁證一書,雖重在故事考源,但筆下生輝,於不經意間給我們遠比考源要多的知識。這種工夫,確實不是一般專事故事考源之作可望其項背的。

　　本書責任編輯馬玉梅先生知我曾接觸過此書稿,承不棄,讓我寫一點介紹此書的文字。在孫先生這位大儒的專著面前,哪輪到我來説三道四。拉雜寫來,不過是自己的點滴體會,還不敢説搔到癢處未。如果我記憶不錯的話,孫先生當是本世紀的同齡人,此文權當對這位冥壽近百的前輩學者的紀念吧。

　　　　　　　　　　1998 年 12 月 9 日　於天壇舊屋

附：

編　輯　後　記

　　小説旁證是孫楷第先生六十年前的舊作，大約成稿於 1935 年。直至孫先生逝世的 1986 年，在近半個世紀的時間裏，作者又不斷地有增補修訂。因年代久遠，原稿紙張已發黃變脆，此次發稿使用的是原稿的複鈔件（約於八十年代初孫先生請中華書局同志代鈔）。從眉批文字的筆迹和新舊稿對照判斷，複鈔件曾由孫先生親自校閲，並有新的訂補。

　　在整理這部遺稿時，編輯主要做了以下幾方面的工作：

　　一、編定目次。原稿凡七卷，前六卷分別標目爲：卷一"舊話本"，證宋元舊話本本事十八則；卷二"古今小説"，證古今小説本事二十七則；卷三"警世通言"，證警世通言本事二十三則；卷四"醒世恒言"，證醒世恒言本事三十二則；卷五"初刻拍案驚奇"，證初刻拍案驚奇本事二十七則；卷六"二刻拍案驚奇"，證二刻拍案驚奇本事二十則。按各則所證本事在原書所在卷、回的順序編排。惟第七卷不標目，編次也較混亂。本卷證西湖二集本事三則，石點頭本事十則，醉醒石本事一則，無聲戲本事一則，娛目醒心編本事一則。所證各書大體爲産生於宋元以後的、"三言二拍"之外的擬話本之作，現權定其目爲"其它話本"，並將原排於卷尾的"灑雪堂巧結良緣"調整於同出於西湖二集的"邢君瑞五載幽期”後。原稿無目録，補。

　　二、小説旁證曾於 1935 年在國立北平圖書館館刊九卷一號上發表八則；建國後又陸續在文學遺産、文學批評等刊物上發表了近十則，其中“葛令公生遣弄珠兒”、“楊思温燕山逢故人”、“李秀卿義結黄貞女”、“張古老種瓜娶艾女”、“鬧樊樓多情周勝仙”、“馬當神風送滕王閣”等爲原稿所無，疑係當年發表時從原稿中抽出。此次出版依體例，次序補入。

　　三、原稿中有一部分屬未定稿性質。如引徵元楊奐陶九嫂詩，上有批注：“此條乃錯斬崔寧（十五貫戲言成巧禍）材料，應入卷一或卷四，未拿定主意。”現入編第四卷。又如卷七第一則、第三則、末則（皆重新編目後所在位置），只有引證材料，而無所證篇目，查乃分別證西湖二集卷十二“吹鳳簫女誘東牆”、卷二十七“灑雪堂巧結良緣”、娱目醒心編卷三“解己囊惠周合邑　受人託信著遠力”，今補齊篇名。

　　四、複鈔件上有許多眉批文字。有些是寫給編輯的提示性文字，如卷四“隋煬帝逸游遭譴”有批注：“出處書名當依蘇天爵名臣事略例注於每條之下。”“黄秀才徼靈玉馬墜”有批注：“以下宋阮閱條至續前定録乃是篇末附録。”有些類似札記，雖與本書有關，但不宜編入正文，如卷四“金海陵縱慾亡身”有批注：“潛研堂集尚有開封懷古七律詠金海陵，大意云其惡迹難明，已鈔出別存放。”“陸五漢硬留合色鞋”批注云：“情史卷十八此條注云出涇林續記。原書今存，宜改用原書。”有些文字則完全可以作爲夾注或按語編入正文。如“陸五漢硬留合色鞋”上又云：“明周玄暐涇林續記有涵芬樓秘笈八集本，有功順堂叢書本，可互校其文。”卷三“俞仲舉題詩遇上皇”引明田汝成西湖遊覽志餘，云：“通言此一段夾叙在俞良事中。”對於這些文字，根據其不同性質，或删，或納入正文，做了一些技術處理。

　　五、書稿所引材料,疑文字有誤者,儘量核對原始材料,改必有據。然小説旁證徵書範圍極廣,不僅有館藏書,更有一些私家藏書,現已不易得見。無法核對者,則仍其舊。(核對一般只據通行的排印本,特此説明。)

　　1953年,鄭振鐸先生在給孫楷第先生俗講、説話與白話小説一書所作的序言中有這樣一段話:"孫先生有一部小説旁證,專證好些小説的故事的來源,我盼望它也能早日印行。凡是有益、有用的書,都是值得,而且也應該爲讀者所見到。"現在,這部受鄭先生推崇的著作幾經輾轉,終於刊行於世,在此謹對給該書出版以極大幫助的作者家屬及有關同志致以謝忱。

人民文學出版社古典文學編輯室

一九九八年十一月二十日